The Annotated Alice:
150th Anniversary Deluxe Edition

by Martin Gardner, Lewis Carroll
Translated by Hiroshi Takayama
Expanded and Updated by Mark Burstein

詳注アリス

完全決定版

マーティン・ガードナー / ルイス・キャロル
マーク・バースタイン 補訂
高山 宏 訳

AKISHOBO

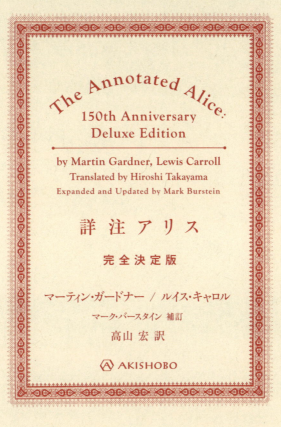

詳注アリス　一五〇周年記念版

ルイス・キャロル

マーティン・ガードナーの『詳注アリス』『新注アリス』、そして『決定版詳注』を愛読し、愛読の礼状を書き、誤ちを糺《ただ》し、新しい注のためにさまざま御提案をいただいた何千という有難い読者の皆さんへ

総目次

アリスよ、いずこ

ふしぎっ子、いにしえ御世《みよ》のアリス、きみの夢を借りるね。
ちかごろの物語の紡《つむ》ぎ手にはうんざりだ。
笑い、そして輝きを追いたい、きみと二人して。
こよいも、聖人だの罪人だの、もう飽き飽きだ。
二人ずっと仲良しだ、ルイス、そしてテニエル老が
きみを赤と黄金《きん》色で不滅にと封じこめて以来。
さあ！　きみの純真こそが滅びぬ常春《とこはる》だ。
どうかわたしを若いままに、唇むざと褪《あ》せぬ間《ま》に。

きみこそ若さの美酒。決めたよ、こよい。
きみの魔法の迷宮にさまようことを。
目立つ服着て赤の女王がわめきたてるそこに、
そして白うさぎがせっせと道急ぐそこ。
手に手をとっていまひとたびの冒険を二人。
あるとも一度思わせておくれ、ふしぎの国。

ヴィンセント・スタレット『そはゆうまだき』
（シカゴ、ディッケンズ出版、一九四九）より

『詳注アリス』序文

『アリス』に詳注本？　また余計なことをという声が、いきなり聞こえてくるようだ。ルイス・キャロル生誕百周年の一九三二年、アリス物語が学者たちのしかつめらしい研究の対象になり、「ギリシア・ローマの陵墓《りょうぼ》みたいに冷たい歴史記念物」と化しつつあるのは「本当にうんざり」だと苦言を呈していたのは、たしかギルバート・K・チェスタトンだった。

「可哀想な少女アリスよ！」とチェスタトンは嘆いた。「つかまえられてお勉強をさせられるだけでなく、他の人間に勉強させる側の人間になるよう仕向けられたのだ。今や生徒であるばかりか、先生なのだ。休みはおしまいだし、ドジソンも学校の教師に逆戻り。試験、また試験。問1だ、次の各語について知るところを述べよ。みむじい、ぎりばる、鱈《たら》の目、糖蜜井戸、美しいスープ。問2、『鏡の国のアリス』はチェスの勝負だが、指し手すべてを調べ、それを図に表せ。問3、緑色のひげという社会問題を白のナイトはどう実際的に解決しようとしていると思うか、記せ。問4、トゥイードルダムとトゥイードルディーの違いを述べよ、とかとか」

『アリス』物語をあまり大真面目に読むなというチェスタトンの言い分には大いに一理ある。しかしジョークはどこがどうだから笑えるのだということがわからないと、そもそもジョークにならないわけで、時にはそこの説明は必要なのだ。『アリス』について言えば、我々が相手にしているのは別の世紀の英国人読者のための非常に変わった複雑なノンセンスなのであって、その切れ味、その趣向を十分に楽しもうとすれば、文章本体には出てこないことを実はいろいろと知っていなければならない。さらに厄介なことに、キャロルの繰りだすジョークにはオックスフォードの住人にしかわからないという種類のものがあり、もっと言えば、リドゥル学部長のかわいい娘さんたちだけにわかったはずのまったくの内輪ネタもある。

『アリス』を骨折って読む現代アメリカの子供たちにそう感じられるようには、キャロルのノンセンスはオチもなければイミもないものとは違う。「骨折って」読むと言ったのは、十五歳より下の子供が本国イングランドでさえ、『アリス』を『たのしい川べ』とか『オズの魔法使い』とかと同じくらい楽しく読むことができたのは過去のことだからである。アリスの夢には悪夢じみたところがあって、現代の子供は困ってしまう。ふるえあがることもあり得る。この物語は永遠不滅だと言い切れるのは『アリス』を楽しんで読み続ける読者が大人たち――とりわけ科学者、数学者たち――であるからだ。本書の詳注はもっぱらこうした大人の読者を対象にしている。

　私がともかく避けようとした注釈が二通りある。注にするのが難しいとか、してはいけないとかいうのでなく、むしろ非常にやり易くてちょっと小才のきいた読み手なら自分でもどんどんつけられるような注のことである。寓話《アレゴリー》的解釈と精神分析的解釈のことを指している。ホメロス、聖書、その他、偉大な幻想文学の例に漏れず『アリス』にもどんな象徴的な――政治的な、形而上学的な、そして精神分析的な――解釈もうまく当てはまる。この種のわけ知り解釈は当たるとなかなか歯切れが良い。たとえばシェーン・レスリーが「ルイス・キャロルとオックスフォード運動」と題して書いた記事（『ロンドン・マーキュリー』誌、一九三三年七月号）はヴィクトリア朝イングランドを騒がせた宗教論争の秘められた歴史を『アリス』中に読み込んだ。オレンジ・マーマレードの瓶はプロテスタンティズムの象徴となる（オレンジ公ウィリアム［訳注：オラニエ公ウィレムの英語表記］というわけ。いいんでしょうかね）。白のナイトと赤のナイトの一騎打ちはトマス・ハクスリーとサミュエル・ウィルバーフォース司教の有名な論争だとか。イモムシはベンジャミン・ジョウェットのこと、白のクィーンはジョン・ヘンリー・ニューマン枢機《すうき》卿《けい》、赤のクィーンはヘンリー・マニング枢機卿、チェシャー猫はニコラス・ワイズマン枢機卿。極めつけは怪獣ジャバウォックで、「ローマ教皇庁を英国がどう見ていたかということをおそろしげに表現したものでなくて何か……」

　近年は当然のように精神分析が流れである。フロイト派がアリスの夢に手を出さないでおいてくれたのはありがたいとアレグザンダー・ウルコットが書いているが、二十年も前のことで、今は残念、そこいらじゅうがにわか精神分析医だ。うさぎ穴に入りこむとはどういうことで、小さな家の中にうずくまって片足を煙突に突っこむとはどういう意味かなど、だれもが知っている。まずいことにノンセンス作品というものはこういういかにもという象徴であふれかえっているので、そういう作家なのだと勝手に決めたところからいかようにも始められ、それらしい理屈を簡単に組み立てられるのである。たとえば、アリスが白のキングの鉛筆の端をつかんで代わりに書き始める場面はどうだろうか。五分もしないうちに違った解釈の五つや六つは思いつきそうだ。そのうちのどれかがキャロルの無意識のうちに宿っていたというのは、まったく怪しい話だ。キャロルが心的現象とか自動筆記に関心を持っていたというのならまだまともな話だし、この場面の鉛筆の動きは単なる偶然という考え方だってできなくはない。

『アリス』物語ではキャラクターやエピソードの多くが地口《パン》その他言葉の上のジョークを直《じか》に形にしたというもので、もし作者がフランス語で書いていたらまったく別ものになったはず、ということも覚えておく必要がある。「ニセウミガメ」に複雑な説明などいるだろうか。彼の悲しい立ち居振る舞いは、ニセウミガメ・スープから瞬時に説明される。ウミガメの肉の代わりに仔牛の肉を使ったスープのことなのだ。『アリス』物語には食べる話がいっぱい出てくる。これはキャロルの「口唇《こうしん》期攻撃性」の印なのだろうか、それとも子供というものは食べることに強い関心があり、読み物の中にもそれを探すはずという認識がキャロルにあったのだろうか。同様の疑問符が『アリス』中のサディズム的要素にもつく。それはこの七十年くらいの漫画映画に比べると、問題にならぬほど穏やかなものだ。だが、漫画映画制作者全部がサド・マゾと考えるなんてばかげている。子供たちがスクリーン上に何を見たがっているかについて単にそれぞれが同じ発見をしたと考えるべきだろう。キャロルは卓越したストーリーテラーだ、彼も同じような発見をできたのだ、と。キャロルが神経を病んではいなかったという話ではなく（神経を病んでいたことは周知の事実）、子供向けのノンセンス幻想作品は、そう考えられがちなほどには精神分析のネタが豊かではないということなのだ。シンボルが豊かすぎる。シンボルにはつく説明がいろいろと多すぎる。

『アリス』にいろいろとせめぎ合いながらどんな精神分析的解釈が加えられてきたか知りたいという読者には、本書巻末の参考文献一覧がお役に立つだろう。この観点からキャロルを見た最も精彩なベスト参考書はニューヨークの精神分析家、フィリス・グリーンエイカーの『スウィフトとキャロル』（一九五五）であろう。実に巧みな議論だし、おそらくどれも真相なのだが、少々一刀両断が過ぎるという印象だ。キャロルが父親の死を「我が生涯、最大の打撃」と手紙に書いている。『アリス』物語では明白に母親象徴たるハートのクィーン、赤のクィーンは荒ぶる存在であるのに対して、父親象徴然《ぜん》たるハートのキング、白のキングは心優しい存在である。しかし、鏡像のようにこれが反転して、キャロルが解消せぬエディプス・コンプレックスを抱いていたとしたらどうか。多分キャロルは少女たちに彼の母親を見ていた。少女アリスは真の母親象徴なのだ。これがグリーンエイカー女史の見方である。博士はキャロルとアリスの年齢の差がキャロルと母親のそれとほぼ同じだという点を捉え、「解消されないエディプス的愛着の反転は珍しいものではない」とする。グリーンエイカー博士流に言えば、ジャバウォックもスナークも、精神分析派が今なお「プライマル・シーン」と呼ぶのをやめない原風景に対する隠蔽記憶《スクリーン・メモリー》だということになる。多分そうなのだろう。それにしてもやっぱり引っ掛かりがある。

チャールズ・ラトウィッジ・ドジソン師の奇癖奇行の内的原因はなおよくわからないが、その生涯の外的な表れはよく知られている。およそ半世紀の間、彼は母校オックスフォード大学クライスト・チャーチ学寮の住人だった。その時代の半ば以上、数学教師を務めたが、授業は面白くなく、学生を退屈させた。『マインド』誌に発表した二つの論理パラドックスが今日メタ論理と呼ばれるものを含む難題に触れているぐらいで、数学への重要な貢献はない。論理学、数学関係の本は書き方が風変わりで、楽しい問題でできているが、レヴェルは初歩的なもので、今日読まれることはほとんどない。

外見は端正だが、体の左右でくいちがう。キャロルはこの二点のせいで鏡面の反射像に関心を持ったのかもしれない。肩は左右で高さが違うし、笑う時の口も少しゆがみがあり、ブルーの目も左右均衡でない。中脊《ちゅうぜい》、痩せぎす、しゃんとしているが肩に力がはいっていて、歩きも妙にぴょこぴょこ歩く感じだった。耳は片方が難聴、吃音《きつおん》があって上唇がぷるぷるふるえた。(ウィルバーフォース司教によって)執事《ディーコン》に任ぜられたが、この言語障害のせいで説教壇に立つことはめったになかったし、正式な聖職には就かなかった。その英国国教会教義への深い傾倒には疑問の余地がない。どうしても永遠の劫罰《ごうばつ》など信じられないという一点を除けば完全な正統派だった。

政治的にはトーリー党、というか貴顕淑女《きけんしゅくじょ》に人気があり、目下の者には俗物的態度に出る保守党支持者だった。舞台に冒瀆的なものや好色なものが演《で》ると強く反対したし、完成することのなかった多くの企画の中には、少女たちに読ませても良いように猥雑表現を削除したので有名なボウドラーのさらに先を行くシェイクスピア作品の編集本を刊行しようというものさえあった。そのボウドラーですら無害と見る文章をさえ削除しようとしたのである。非常な人見知りで、世間での集まりに出て何時間でも坐ったまま、会話に加わらなくて平気だったが、子供と二人きりになると人見知りも吃音も「静かに突然消えた」のだった。気むずかしく、気取っていて、細かしいが、優しく親切心もある独身者で、浮いたうわさも事件もないが幸福な明け暮れだった。「私の人生は奇妙なほど面倒や厄介と無縁なので」と、ある時この人物は書いた、「御主人が戻って来る時までの、他の人間を幸福にする『代役』ということであずけられた才能のひとつこそ我と我が身の幸福という才なのだと考える他ないだろう」、と。

ここまでなら話は退屈そのものである。このチャールズ・ラトウィッジ・ドジソンの趣味やいかにと、そちらに目を向けると、一挙に面白い人物像が浮かんでくる。幼い頃は人形劇と手品に夢中だし、長《ちょう》じては魔術トリックを、特に子供相手に演じるのをずっと楽しみにした。ハンカチでねずみをつくると、びっくりそれが腕から跳び出てくるように見せた。子供たちに紙を折って船をつくり、空中でさっと振りおろすとパンと鳴る紙のピストルをつくった。写真術の黎明期にあって写真に手をそめ、子供と有名人の良い写真を撮り、驚異の技術と趣味をそこに活かした。あらゆるゲームを楽しんでいる。とりわけチェス、クローケー、バックギャモン、そしてビリヤードだ。数学と言葉のパズル、ゲーム、暗号記法などを数多く考案しもした。数字を暗記する記憶術も（日記を覗くと円周率《パイ》を小数点以下七十一位まで暗記する方法が記述されている）。教会が演芸に眉をひそめていた時代、オペラと演劇を熱狂的に擁護したのもこの人物である。有名な大女優エレン・テリーとは生涯変わらぬ交友を続けた。

　エレン・テリーは例外である。キャロル最大の趣味は——彼に最大の喜びをもたらした趣味は——少女たちを娯《たの》しませることであった。「子供が好き（男子は除く）」と、ある時書いている。幼い男の子には恐怖を感じたらしいし、後世にもできる限り男の子を避けたようだ。幸運の日をローマ人愛用のやり方で日記中によく特記している。覚えておきたい日と思うと必ず、「今日は白い石の印をつけよう」となるのである。* そのほとんどが、子供友達を娯《たの》しませた日か、新しい子供友達のできた日のようなのだ。小さな女の子の裸は（男の子の体と違って）とてもきれいだと感じていた。折々に少女たちの裸身を、むろん母親の許可を得た上でスケッチしたり、写真に撮ったりした。「とびきりかわいい子を相手に絵を描けたり写真が撮れそうでも、その子が裸の姿をさらすことに（ほんの僅かでも、ほんの束の間でも）躊躇《ちゅうちょ》の色が見えたら、そういう望みはまったく捨てることが神を前にしての義務と感じます」と書いている。着物を脱い

＊古代ローマの、カトゥルスなどが引き合いに出している、何か特別な日や事件を白い石で記念する習俗についてはケイト・ライオンの次のエッセーを見るとよい。Kate Lyon, "The white stone", *Knight Letter* 68 (Spring 2002). その後からの手紙類は *Knight Letter* 69 (Summer 2002) に。

だ姿が少女たちの未来を悩ませることのないように、自分の死後、それらの作は破棄されるか、本人や親に返されるように望んでいる。一枚として現存していないようだ。『シルヴィーとブルーノ・完結篇』に、キャロルに恵まれた情熱のすべてがいかに少女なる一点に固着したものか示す痛切の一文がある。物語の語り手がチャールズ・ドジソンその人たることが見え見えなのだが、人生でただ一度きり完璧な美に遭遇した時のことをこんなふうに思い出している。「……ロンドンの展覧会でのことだが、群集をかきわけて進んでいて突然私はこの世のものとも思えぬ美を帯びた子供と、顔と顔も間近にはちあわせしたのだった」、と。そのような子供をキャロルは決して探しやむことがない。汽車の車中とか海水浴場で少女たちと出会う名人になっていった。海辺に行く時に必ず携行していった黒い鞄には知恵の輪その他の珍しい小道具類が入っていて、少女たちの好奇心をくすぐるのである。少女たちが波と遊ぶのに、めくったスカートを留《と》める安全ピンの用意さえ怠りない。口火を切る言葉も相手の心をいきなりとらえたに相異ない。キャロルが海辺でスケッチしていたら、水に濡れてしまった少女がぼとぼとと水をたらしながら側を通ったことがあるらしい。そこでキャロルは吸い取り紙のへりをちぎって、「お嬢ちゃんをこれで吸い取ってあげる！」と言ったのだそうである。

　一群の少女たちは本当にかわいいが（残っている写真を見ればよくわかる）、次々とスキップでキャロルの生涯を駆け抜けていった。しかしやはり最初の少女、アリス・リドゥルに代われた少女など、いない。このアリスが結婚したあとでキャロルは「きみと会ったあと、何十人もの少女と友達になったが、皆、きみとは全然違ったのです」と書き送っている。アリス・リドゥルはクライスト・チャーチ学寮の長、ヘンリー・ジョージ・リドゥル（「フィドゥル」と同じ発音。リデルではない）の娘であった。アリスがいかに美しい娘であったかは、ジョン・ラスキンが断片的に綴った自伝、『過ぎしことども』に書かれたところからもうかがえるだろう。この文章はフローレンス・ベッカー・レノンのキャロル伝に採られている。そこを引いてみよう。

当時ラスキンはオックスフォード大学で教鞭をとる身で、アリスにも絵を個人授業していた。ある雪の夕方、リドゥル夫妻が外食に出るというので、アリスがラスキンをお茶に招いた。「トム・クォッドの東側に」と、ラスキンは書いている、「いつ人がいなくなるのか、アリスはちょっと書いといてくれれば良かったのだ」。ぼうぼうと炎をあげる暖炉のわきの肘掛け椅子にラスキンは身を沈めていた。と突然、ばあんとドアがあいて、「星がいくつも風に吹き散らされてしまったみたいな気分になった」。雪で道が通れなくなって、夫妻が帰って来ていたのである。

「ラスキン先生、私たちがいて、がっかりされたでしょうね」とリドゥル夫人が言った。

「がっかりというよりはがっくりですなあ」と、ラスキン。

お茶をどうです、とリドゥル氏が言った。「それでお茶したのだが」と、ラスキンは書いている、「ディナーを終えた夫妻をずっと客間から追い出しているわけにもいかないから、私はがっかりしてコーパス（学寮）に戻った」

それでこの逸話の一番大事なところになる。今思うに、アリスの姉妹、イーディスとローダもいたはずなのだが、どうも思い出せない、とラスキンは言う。「今もなんだか夢みてるみたいで」と。アリスという少女の魅力はよほどのものだったのに違いない。

キャロルがこのアリス・リドゥルに恋愛感情を抱いていたか否かについてはまさしく甲論乙駁《ばく》である。結婚したい、恋人になりたいという話なら、そうした証拠はまったくない。他方、少女に対するキャロルの態度はたしかに恋する男のそれである。リドゥル夫人もなんだか危ないと感じたものか、キャロルの目を逸《そ》らそうということを始め、後にはキャロルがアリス宛てに書いた過去の手紙をすべて焼却した。一八六二年十月二十八日の日記に謎めいた記載があり、リドゥル夫人の不興を買っているのは「ニューリー卿のことがあって以来」とある。日記中のこの「ニューリー卿のこと」というのが何を指しているのか、今に到っても依然わからないので困る。

少女たちとの付き合いで純粋で無垢の極み以外の何か

の気持ちがキャロルにあったことを示すものはない。後日少女たちの書いた回想の交友記のどこを見ても、ここはまずいなと感じさせるところはない。ヴィクトリア朝イングランドには、当時の文学に現れているが、少女たちの美と純潔を理想化する傾向があった。これあるが故にキャロルが自らの少女愛を精神的に高潔なものと考えていたとしても、まあ十分な説明と言えるとも思えないが、それほど不思議ではない。この頃ではキャロルはウラジーミル・ナボコフの小説、『ロリータ』の語り手のハンバート・ハンバートと似ているとされることが多い。両者ともたしかに強い少女愛を抱いているが、しかし目的は真逆である。ハンバート・ハンバートの相手たる「ニンフェット」たちは身体が目的の相手である。キャロルの少女たちは一緒にいても性的に安全な相手だからこそ魅力的だった。性なき生活を送った他の作家たち（ソロー、ヘンリー・ジェイムズ、他）、あるいは少女に異常に魅《ひ》かされた作家たち（ポーとかアーネスト・ダウソンとか）からキャロルを分けるのは、完全な性的無垢と、まったく異性愛的としか言いようのない情熱が奇妙に結びついているところで、文学史上にもこれはなかなか他に例を見ない。

　キャロルは少女友達とキスするのが好きだったし、手紙の締めくくりに一千万回だの、四と四分の三回だの、二百万分の一回だの、しきりとキスを送っている。だが、性的な感じがすると言われるのをものすごく嫌っていた。日記に面白いことが出てくる。一人の少女とキスしたところ、後日この少女が十六歳と判明。キャロルは以後二度としませんと、すぐに相手の母親に面白おかしい詫び状を書いている。母親は面白がらなかった。

　ある時、十五歳のアイリーン・バーンズというかわいい女優（後の『アリス』のミュージカル劇で白のクィーンとハートのジャックを演《や》った）が海水浴場でキャロルと一週間一緒だったことがある。「今でもよく覚えているけれど」と、自伝『私の話をして』の中でアイリーンは回想しているが（その文章はロジャー・グリーンが編集したキャロルの『日記』第二巻の四五四ページに引かれている）、「とてもほっそりとして、六フィートよりちょっと低く、若々しい青年の顔、白髪で、非常に清潔な人物という印象を与えました。……子供たちを本当に好きな人でした。私としては子供をそんなにまで理解できるものなんだろうかと感じるのですけれど。……この人物は私に『論理ゲーム』を教えるのが好きでした（彼自身が発明した図の上に黒と赤の駒を置くことで三段論法を解き進む方法でした）。これで夕方の時間をとられちゃって、外ではバンドがパレードをもりあげ、お月様がきらきら海に照っていたりしたのに」

　キャロルが抑圧されていたものを『アリス』の野放図に気紛れで暴力的な物語に解き放ったのだ、とはだれしも言うことである。ヴィクトリア朝の子供たちも同様の解放感を味わったに相違ない。子供たちは結局、なんの敬虔《けいけん》なお説教もない本を喜んだのだ。しかるにキャロル自身は福音主義キリスト教の教えを若い世代に伝える本をまだ書けていないことにいらだっていた。そちらの方面の努力は、二部に分冊されて出たファンタジー長篇、『シルヴィーとブルーノ』に結実する。この作品にはすばらしく笑える場面もあるし、狂ったフーガみたいに作品中ずっと響きやまぬ庭師の唄はキャロルにして面目躍如の傑作だろう。最後の一連を唄う庭師は滂沱《ぼうだ》の涙にかきくれている。

きゃつは思った。その目で見たのは
自分が法王とわかる議論。
も一度見たらば、なんと
斑《ふ》入りの棒石鹸。
「こわすぎる」言ってふるえが
「希望の片《かけ》もありやせん」

　しかるにノンセンスの唄がいかによくできていようと、それがこの物語でキャロルが眼目としたものではなかった。二人の妖精、姉のシルヴィーと弟のブルーノが唄う、こういう繰り返し句《リフレーン》を持つ唄をこそ愛《め》でたのだ。

思うの、それは愛、
感じるの、それは愛、
たしかよ、ただただ愛！

自分が書いた詩では最高と、キャロルは考えている。背後にある感情、あるいはこってりと甘々の宗教心を盛ったこの作全体の背後にある気分については、作者に共感するはずの人も、今こういう詩を前にして、一体何を考えているのだろう、この作者はと考えぬわけにいくまい。甘過ぎて糖蜜の井戸の底で書いていたのかしらん、と。悪いが、全体的に見て『シルヴィーとブルーノ』は文学としても修辞としても失敗の作と結論しないわけにいかない。物語が相手にしたはずのヴィクトリア朝の子供で、これで感動したとか、面白がったりしたとか、高められたりしたとかいう子供がいっぱいいたとはとても考えにくい。

宗教的メッセージでは、この『シルヴィーとブルーノ』よりはもっと早い時期の異教的なノンセンス作の方が上と感じる現代人読者が、それほど多くないとは言え、いるというのは皮肉だ。ノンセンスとは、生きるということを宗教的な謙遜と驚異の念を持って見る見方だと、たとえばチェスタトンは言おうとしている。ユニコーンはアリスを見てお伽話《とぎ》の怪物と思う。後脚で立ち、融通利《き》く小さなレンズ越しに世界を眺め、時に顔の真ん中にあいた穴から有機的物質を摂《と》りこむことで元気になりながら、日々何百万という頭デッカチの怪物が、しかも自ら怪物だという自己認識がないというのは、現代が哲学的に怠慢な時代だということの証左ではないのだろうか。こういう生き物にも鼻がむずむずしだす時がある。最高に深遠な哲理を書き留める最中に大きなクシャミをする哲学者の姿を、キルケゴールは想像している。そして、その時その人物は形而上学をまともなものと思えたりするものか、と問う。

畢竟《ひっきょう》、『アリス』物語が示す究極のメタファーとは何か。幻想抜きに冷静に見るなら、フォークナー流に言って生とは一人の白痴《イディオット》数学者が語る「響きと怒り」なノンセンス以外の何であるか、ということである。科学から見て、事物の核心部分にあるのが、ただニセウミガメ波動とグリュフォン粒子の狂った終わりないカドリールである。暫時《ざんじ》の間、波動と粒子は自分たちの条理のなさ《アブサディティ》を映し出すばかりのグロテスクで、想像を絶するパターンで踊る。我々の生など説明不能な死刑宣告を受けて踊り狂うどたばた劇《スラップスティック》でなくて何か。生という名の城の支配主が我々に何をさせようとしているのか知ろうと思っても、手下の役人どもの間をたらい回しにされるだけ。大体、城の城主たるウェストウェスト伯が本当に存在するのかどうかもよくわからない。フランツ・カフカの『審判』とハートのジャックの裁判がそっくりだと指摘する評者は一人や二人ではない。生ける駒がゲーム全体のことはわからず、第一自分の意志で動いているのか、何やら見えざる指に運ばれているだけなのか、よくわかってもいないチェス盤《ボード》とカフカの『城』がそっくりだと言う人も多い。

怪物的に心ない、というか頭切れたマインドレスな宇宙（そりゃあそうだ。「そやつの頭《くび》を切れ！」の宇宙だ、頭ブチ切れ）がいかに不気味で混沌としているかはカフカや『ヨブ記』でわかるし、いかに気楽なコメディであるかは『アリス』物語とかチェスタトンの『木曜の男』を読むとわかる。このチェスタトンの形而上学的な悪夢の物語では神の象徴たる「日曜日」が追随者たちに小さなメッセージを与えるが、あけてみると皆、ノンセンスなメッセージだ。ひとつなどは「スノウドロップ」とサインしてある。そう、アリスの白い仔猫の名。絶望と自殺に続く見方だし、ジャン＝ポール・サルトルの『壁』の幕切れの笑いにも、最後の闇に直面しても勇気をもって身を処そうというヒューマニストの決意にも開けていく。闇の彼方には光あるかもという大胆な仮説がにおわされるところがさらに奇妙だ。

笑いは、とその最高の説教のひとつでラインホルド・ニーバーが言っている、信と絶望の間の人外境《ノーマンズ・ランド》であると。我々は生の表面の不条理を笑うことで正気を保つのだが、悪そして死といったもっと深い非合理に向けられると笑いは苦汁と嘲笑に転じる。「こういうわけで」とニーバーは言う、「聖堂の車寄せ部分には笑いがあり、聖堂にもその笑いの谺《こだま》があるが、堂の中心には笑いはない。あるのは信と祈りのみである」と。

ダンセイニ卿は『ペガーナの神々』で同じことを、こんなふうに言っていた。語っているのは愉悦と声良しの伶人《うたびと》たちの神リンパン＝タン〔訳注：リンパン＝トゥング〕である。

「私は楽しみと少しの愉悦を世にもたらすだろう。死が山々の紫色したへりの如く遠くにあると思われ、悲しみが夏の晴天の雨のように遠くだと思われるなら、リンパン＝タンに祈るがよい。しかしおまえがもっと老いたり、死を前にするなら、リンパン＝タンに祈ってはならぬ。おまえは彼にはわからぬ世界のものとなるからだ」

「星月夜《ほしづくよ》に出よ、すればリンパン＝タンはおまえとともに踊るだろう。……リンパン＝タンには笑いを供物《くもつ》に。悲しい気分でリンパン＝タンに祈るな、悲しみとは『一番賢い神なのかもしれないが、彼にはわからぬものだ』と彼は言っているからだ」

『不思議の国のアリス』と『鏡の国のアリス』という比類のない二つの笑いは、クライスト・チャーチの雑務の間《あわい》の心の休日にC・L・ドジソン師がこれを先途とリンパン＝タンにささげた供物だったのに違いない。

マーティン・ガードナー

一九六〇年

『新注アリス』序文

ルイス・キャロルの名での方がずっと通りが良いチャールズ・ラトウィッジ・ドジソンという人物はオックスフォード大学クライスト・チャーチ学寮で数学を教える内気で、奇人の独身者だった。数字や論理や言葉で遊ぶのが、ノンセンスを書くのが、そして魅力的な少女たちと交遊するのが大好きな人物だった。どういう具合にかこういう趣味が混ざり合って二冊の不滅のファンタジー物語を生んだ。クライスト・チャーチの長《ちょう》の娘、キャロルが一番愛した少女友達、アリス・リドゥルのために書かれた作品である。この二冊が英国文学の古典になるだろうなどと、当時考えた人間はいまい。キャロルの名がアリスの父親［訳注：有名なギリシア語学者］の名や、オックスフォード大学のキャロルの同僚すべての名を凌駕するはずだなど、想像できた人間がいただろうか。

子供向きに書かれた作品で『アリス』物語以上に注釈の必要なものが他にあるだろうか。面白味のほとんどが今日のアメリカ人読者にとって、いや英国人読者にとってさえなじみのないヴィクトリア朝英国の事件や習俗がらみである。この作品中のジョークの多くはオックスフォードの住人にしか通じないし、アリス一人に笑ってもらおうとした極私的なジョークだってある。こうしたよくわからないことどもにできるだけ光を当てようと思って三十年前、私は『詳注アリス』を世に送った。

この本に書いてあることくらい、いろいろ出版されているキャロル伝のあちこちに書かれている。私の任務は従って独創的な研究をするということではなく、いっぱい出ているそうした文献から、現代の読者から見てもっと『アリス』物語を面白く読ませてくれるはずの材料を片はしから集めてくることである。

『詳注』刊行後三十年、ルイス・キャロルに対する一般の、学界の関心はものすごい勢いで大きくなった。ルイス・キャロル協会が英国にでき、元気の出る機関誌の『ジャバウォッキー』（現在は改題して『ザ・キャロリアン』）は一九六九年創刊以来、季刊ということで続いてきている。スタン・マークスを中心にして北米ルイス・キャロル協会ができたのは一九七四年のことだ。いろいろと新しいキャロル伝が——アリス・リドゥル伝一冊とともに——出たし、キャロルの人と作品の特定の面を論じる本も汗牛充棟《かんぎゅうじゅうとう》の体《てい》である。コレクターには不可欠の手引き、『ルイス・キャロル・ハンドブック』は故ロジャー・グリーンの手で一九六二年に増補改訂されたし、一九七九年にはデニス・クラッチによって再度増補された。学術誌に掲載されるキャロル論は年々歳々いやましにふえ続けた。キャロル論叢も出るし、新しい書誌も出る。モートン・コーエン編の二巻本、『ルイス・キャロル書簡集』が一九七九年刊行。一九八五年にはマイケル・ハンチャーの『アリス物語のテニエル挿画』が出た［訳注：邦訳『アリスとテニエル』東京図書］。

『アリス』の数々の新版に加えて『地下の国のアリス』（キャロルがアリス・リドゥルへの贈り物とした文も絵

も手書き・手描きの原話）や、『子供部屋のアリス』（キャロルが幼児読者のために書き直したもの）のリプリント本が世界中で印刷された。『アリス』のいくつかの版本には新しい注がついている――英国の哲学者ピーター・ヒースが注をつけた本もある。他の版には高名な画家たちが新たに挿絵を入れた。こうした資料文献がいかにすごい量になるかは、エドワード・グィリアーノの『ルイス・キャロル――注釈付き書誌 一九六〇－七七年』の厖大二百五十三ページを瞥見《べっけん》するだけで一目瞭然だが、問題になっている年号を見るだに、二十年も前、これでも最早古い。

一九六〇年この方、アリスは世界中で終わりのない映画、テレビ放映、そしてラジオ放送のスターで来た。『アリス』物語中の詩や唄には現代の作曲家たちが――たとえばCBSの一九八五年のミュージカルではスティーヴ・アレンがというように――飽かず曲をつける。デイヴィッド・デル・トレディチなどは『アリス』の主題を基にしたすばらしい交響曲を書いた。デル・トレディチの楽曲をフィーチャーしたグレン・テトリーの『アリス』バレエが一九八六年、マンハッタン公演を見た。存命の人ではだれよりもドジソンのことに詳しいモートン・コーエンが一九九五年に出した伝記、『ルイス・キャロル』に盛られた数多くの新知見には目を瞠《みは》されたものである。

こうしたことが続いている間、『詳注アリス』読者から何百通という手紙が来て、私が問題にできていないテクストのあちらこちらに気づかせてくれ、前の注を改善せよ、新しい注を加えろ、と実にいろいろ提案してくれたものだ。段ボール箱ひとつ手紙で一杯になった頃、これはどうでもこれらの新材料を活字にしないといけないかなという気がしてきた。『詳注』を改訂し、アップデート版として出すべきだろうか。それとも『新注』と称して、一冊続篇として出すべきか。最後にはこちらに決した。元の本をお持ちの方は自分の本がもう古いのだと思わないで済む。自分の本と改訂版を比べてどこに新注が加わったのか知る必要などない。それに第一、既に細かい活字で埋まった前の本のどこにこの猛烈な量の材料を押しこめるあいたスペースがあるというのか。

別の一冊ということで違った挿画を読者に楽しんでもらえる絶好の機会ということにもなった。テニエルの絵は永遠に『アリス』正典《カノン》の一部であることに何の疑いもないが、『詳注アリス』のページをめくれば良い話だし、今店頭で見られるあの版本、この版本でも自由に眺めることができる。ピーター・ニューエルは別にテニエル以後『アリス』に最初に挿絵を提供した画家ではないが、ちょっと忘れがたい絵を提供した第一号とは言える［訳注：『新注アリス』の挿絵にはテニエルの代わりにピーター・ニューエルの作品が掲載されている。本書には一部のみ収録］。ニューエルの四十枚の絵に飾られた『不思議の国のアリス』が書肆ハーパー・アンド・ブラザーズから刊行されたのが一九〇一年、続けて同様に四十枚の挿絵が入った『鏡の国のアリス』が一九〇二年に出版された。二冊とも現在では非常に高価なコレクターズ・アイテムである。読者諸賢がニューエルの筆致をどう見るにしろ、アリスとその周辺をまったく別のアーティストの想像力を通して見直すというのは新鮮だろう、とは言えよう。

『アリス』をどう見たかをニューエルが魅力的に語った記事も併せて再録した。その後にはニューエルの人と仕事に触れた最新最高のエッセーが続く［訳注：共に本書には未収録］。実はこの序文で私自身、ニューエル論をと考えていたが、友人で『詳注オズの魔法使い』の作者、マイケル・ハーンが一文を著して、私に言えそうなことをさらに竿頭《かんとう》一歩進めて書き尽くしているのを発見、断念した。

作品から落とされたとして有名な「かつらをかぶった雀蜂」のエピソードについてだが、テニエルが自分には雀蜂は描けない、この話がない方が良い本になると言い張ったので、キャロルは『鏡の国のアリス』からこの部分を落としたというのだが、キャロルが当初そこに入れるつもりだった白のナイトの章には入れないで本書巻末（五九九ページ）に載せておいた。このエピソードは一九七七年に北米ルイス・キャロル協会が小冊子として出したもので初めて読めたわけだが、序と注は私がつけた。この本は現在絶版だし、全部を本書に再録することの許可をいただけて幸いである。

『詳注アリス』序文中の誤りを訂正しておきたい。私はシェーン・レスリーの書いた「ルイス・キャロルとオックスフォード運動」を本格的な批評として扱ったのだが、そうではないと何人もの読者から直ちに注意を受けた。『アリス』にあり得そうにない象徴的意味をさぐり当てずに措《お》くかという一部学者の悪癖を嗤《わら》いとばすのが目的の文章なのだ、と。私はまたキャロルが裸の少女を撮った写真は一枚として現存しないと書いた。しかし、まさしくそういう手彩の写真が四枚、フィラデルフィアのローゼンバック基金のキャロル・コレクションの中に現存しているのが後日わかった。基金が一九七九年に出した、コーエン教授序文のなかなかの論文、「ルイス・キャロルの裸体少女写真」に四枚とも掲載された。

キャロルが本物のアリスに「恋して」いたかどうか、キャロル好きたちは随分ああでもないこうでもないという議論をしてきた。わかっているのはリドゥル夫人が娘に対するキャロルの態度に一寸《ちょっと》変なところがあると感じ、彼を近づかせまいとしたらしいこと、そしてアリスに対するキャロルの昔の手紙を全部焼いたことである。私は序文で、キャロルの日記中に、「ニューリー卿のことがあってずっと」リドゥル夫人が自分を遠ざけているとする謎の記載があることに触れた。十八歳のニューリー卿はクライスト・チャーチの学部学生だったが、リドゥル夫人は娘のだれかを伯爵に縁付けたいと考えていたようだ。一八六二年のことだが、ニューリー卿は舞踏会を開こうとしたが、大学の規則に引っ掛かった。卿はリドゥル夫人に背中を押されて学部に許可を求めたのだが、否決された。反対票を投じた一人がキャロルだった。このことだけでリドゥル夫人のキャロルへの反感の説明がつくだろうか。それともそのうちキャロルがアリスと結婚したいと言いだしかねぬ気配を感じて、これが火に油を注ぐことになったのだろうか。リドゥル夫人から見て、これはあり得ぬことだった。二人の年齢差がありすぎる上に、夫人から見てキャロルは社会的身分が低すぎた。

リドゥル夫人とうまくいかなくなったあたりの日記の記述は、キャロルの一家のだれかの手によってページごと消えた。おそらく焼かれたものでもあろう。アリスの息子、キャリル・ハーグリーヴズが母親がキャロルを恋慕していたと言ったことが知られているし、未公表だがキャロルが結婚したいと思っているとアリスの両親に伝えたと思わせるふしがないではない。アン・クラークがキャロルとアリスのことを書いた伝記では、何らか求婚めいたことがあったのはたしかだということになっている。

この問題はモートン・コーエンのキャロル伝で詳しく論じられた。コーエン教授は初めキャロルはだれかとの結婚など考えていなかったとしていたが、あとで考えを変えた。エドワード・グィリアーノ、ジェイムズ・キンケード共編の論叢、『ドードー鳥と飛び上がる』（北米ルイス・キャロル協会、一九八二）収載のインタヴュー記事で、教授はその辺の経緯をこう述べている。

実は私は最近になって考えを変えたわけではなかった。御家族から初めて日記を複写したものをいただいた一九六九年に変わっていたのだ。これらの日記をじっくりと精査してみた。公表された部分集塊でなく、まさしく日記全部をということだが、すると二割五分から四割方が公表されていないし、当然ながら未公表部分が実は重要なのだということがわかった。ここの公表はまずいのではと御家族が決めたということだからだ。日記を編集したロジャー・ランスリン・グリーンは既に編集済みのタイプ原稿を基に仕事をしたので、未公表部分を含む日記全体を実は見ていない。しかるに私がそれら未公表部分を通して眺めてみるに、ルイス・キャロルにはもうひとつ、「ロマンチック」な別の一面があったことがわかってきたのだ。ヴィクトリア朝の厳格な聖職者の姿を、少女たちを好み、終《しま》いにはその一人二人に求婚しようとした人物と重ね合わせるのは難しい。しかしリドゥル家に対して何らかの形で求婚の働きかけはしたと私は考えている。「十一になられるお嬢様と結婚させていただきたいのですが」みたいな言い方ではなく、「六年とか八年とかたってもお互い今と同じような考え方でいられたならば、何かの形で一緒にいて良いでしょうか」みたいな言い方で低く出たのではないか。のみか、後には別の少女との結婚も考えた可能性があるし、求婚したかもしれない。結婚願望型だった。結婚していたら独身の何倍も楽しくやれたはずの人間だと強く思うし、彼の人生において結婚しなかったことがその悲劇のひとつだというのは間違いない。

ウラジーミル・ウラジーミロヴィッチ・ナボコフの小説、『ロリータ』の語り手、ハンバート・ハンバートをキャロルになぞらえる評者がいる。ナボコフが「ニンフェット」と呼ぶ相手に魅了されるという点では両者たしかに似ているのだが、動機は両者で全く違う。ルイス・キャロルが少女たちに惹《ひ》かれるのは、少女たちといても性的に安全だとキャロルが感じているからである。時代の文学・美術にそっくり反映されているわけだが、少女の美と純潔純良を理想視する傾向がヴィクトリア朝英国には強くあった。自分の少女愛が当然高い精神性を帯びたものとキャロルが素直に感じられたのだとすれば、そういう時代背景もあった。キャロルは敬虔な国教会徒《アングリカン》だし、いとも高尚な意図以外の何かを抱いていたと言う学者もいなければ、キャロルの多くの少女友達の交友回想録のどこを見ても怪《け》しからない話は出てこない。

『ロリータ』には、ハンバート・ハンバートと同性向のエドガー・アラン・ポーへの言及は多いのだが、キャロルが引き合いに出されることはない。ナボコフはさるインタヴューで、キャロルとハンバートの「情感の近さ」について語りながら、「『ロリータ』ではね、妙に気がとがめて、キャロルのひどい倒錯にも、薄暗い部屋で撮ったいかがわしい写真のことにも話を振らなかった」と言い足している。

ナボコフは『アリス』物語の大ファンだった。若い頃（一九二三）には『不思議の国のアリス』のロシア語訳『不思議の国のアーニャ』を出した——「最初のではないが最良の」と訳者自賛の訳である。ナボコフはチェスをする人間をめぐって『ディフェンス』という小説を書いたし、トランプのカードをあしらった『キング、クィーンそしてジャック』という小説を書いている。『不思議の国のアリス』の幕切れがナボコフの『断頭台への招待』のそれと酷似していると言う評家もいる。*

『詳注アリス』を読んで、注が本文を離れすぎている、そうした逸脱はエッセーにして書くべきものと不平を言う評家がいる。逸脱しているところもあるが、しかしそういうくねくねと逸《そ》れていく話柄を喜んでくれる読者も間違いなくいるのである。関心を惹く、少なくとも楽しく読めるということで入れる注を良くないと思う注釈者がいるはずがない。『詳注アリス』中の私の長い注――生きるということのメタファーとしてのチェスについての注が一例だ――はそれぞれが一篇のミニ・エッセーであることを目指している。

本書のために材料を提供していただいた読者の方々の御名前は皆、当該の注の中に掲げたが、ここでは特別な恩人ということでセルウィン・H・グッデイカー博士の御名を顕彰させていただく。『ジャバウォッキー』の現編集長で高名なキャロル学者であられる。無数の洞察をいただいたばかりではない。私の注の草稿を喜んで読んで下さった上、ありがたい訂正の御指摘や御提案をいただいた。

マーティン・ガードナー識

一九九〇年

*ナボコフの小説中の『アリス』物語への言及についてはアルフレッド・アッペル・ジュニア編『詳注ロリータ』の注133（第二十九章、三七七–七八ページ）を見られたい〔原著編集者注：『自然界における左と右』（一九六四）でガードナーはある引用をナボコフからとせず、（ナボコフの『青白い炎』の作中の詩人たる）ジョン・シェードからとした。ナボコフは『自然界における左と右』の著者を「マーティン・ガーディ《ママ》ナー」なる「作中の哲学者」とした。愉快なしっぺ返しである」。

『詳注アリス 決定版』序文

『詳注アリス』は一九六〇年、クラークソン・ポッター社から刊行された。英国でもアメリカでも、ハードカバーでもペイパーバックでもどんどん版を重ねたし、イタリア語、日本語、ロシア語、そしてヘブライ語に翻訳された。クラークソン・ポッターを引き継ぎながら、やがては自らもランダム・ハウス社に合併されていくクラウン社に、私はたまりにたまった新しい注も加えて『詳注アリス』の大幅な増補改訂版を出してもらうことができなかった。やっとのことで『新注アリス』と銘打って続篇として刊行する決心がついた。『詳注アリス』刊行三十年後の一九九〇年、それはランダム・ハウス社から刊行された。

この続篇が『詳注アリス』とは別の本だということをはっきりさせようと思った私は、テニエルの挿絵の代わりにピーター・ニューエルの八十枚の絵を一枚一ページの大きさで入れた。マイケル・パトリック・ハーンがすばらしいニューエル論を寄せてくれた。それから私は『新注アリス』に、テニエルが削除をキャロルに強く進言したためにキャロルが『鏡の国のアリス』から削除し、長く忘れられたままだった「かつらをかぶった雀蜂」の話を加えることもできた。しかし二冊の本を別々に分けなくてはいけない点には変わりなく、やはり不便は不便。

だから一九九八年に、ノートン社の私担当の編集者、ロバート・ウェイルが、二つの『アリス』物語の詳注を「決定版」一冊にまとめてしまってはどうかと言いだしてくれた時、虚《きょ》を突かれたし、嬉しくもあった。注はすべて収録できた。引き伸ばした注もあるし、全く新しく書かれた注も少なくない。『詳注アリス』のテニエル挿画は版がつぶれたり、線がぶれたりして、印刷が良くない。今回作では元々の明快な線を忠実に再現できている。「かつらをかぶった雀蜂」の話は本書にも入った。それが初めて北米ルイス・キャロル協会から一九七七年に限定版として活字になった時に私の書いた序と注も併録した。ロンドンのオークションでこのゲラ刷りを競り落としたニューヨークのコレクターを突きとめ、それを小さな本の形に復刻したいという此方の願いを聞き届けてもらう作業は大変有意義な仕事だった。

そもそもこの版を存在させてくれたウェイルに次いで感謝の言葉をささげたい相手は、この国きっての児童書稀《き》覯《こう》本のコレクターで売り手たるジャスティン・シラーで、テニエルの予備的スケッチ画をシラーの私家版『不思議の国のアリス』（一九九〇）から復刻して使うことの許可をいただけたのは何よりだった。それから、『アリス』映画の、そうした映画の大コレクションをベースにつくられたチェックリストを提供していただいたデイヴィッド・シェーファーにも感謝の言葉を述べさせていただきたい。

マーティン・ガードナー
一九九九年

『ナイト・レター』誌詳注への序文*

　一九九九年にノートン社が当社言うところの「決定版」の『詳注アリス』を出して以後ずっと、無数の読者から新しい注と称して書き送られてきたものも多く、書物と誌紙とを問わず面白い提案が他にもさまざまあった。要は決定版とはほど遠い、そもそも決定版と言えるものなどあり得るのかということである。またぞろ改訂版を出してそこに新注を盛ることは前の本を買っていただいた方々から見れば愉快ならざることになるからやめて、さらに新注と二、三の小さな訂正の指摘を含む補遺記事を『ナイト・レター（騎士の手紙）』誌に送りつける決心をした。

　『詳注アリス』初版は一九六〇年にクラークソン・ポッター社から刊行された。その三十年後、ピーター・ニューエル挿画の『新注アリス』がランダム・ハウス社から出される。現ノートン社版はこの二冊のテクストを一緒にし、新しい注を大量に投入してある。この数年、ルイス・キャロルとアリスをめぐる本や記事が沢山、引きも切らず刊行され続けている。キャロルの伝記だけで二十を上回るし、（私見では）モートン・コーエンによるものが最良の出来映えである。[1] 英国内のルイス・キャロル協会が機関誌として『ザ・キャロリアン』『ルイス・キャロル・レヴュー』『バンダースナッチ』の三誌を発行している。そして北米ルイス・キャロル協会からは『ナイト・レター』誌が出されている。カナダ、オーストラリア、そして日本にも同じような協会があって機関誌を発行している。

　こうしてキャロルによる本、キャロルについての本が年々歳々どんどん出ているわけで、挿絵の入った『アリス』の新しい版本を数えあげるだけで厖大なページ数が必要だろう。私一人考えても、キャロル・オリジナルのゲーム・パズル論、『ハンカチの中の宇宙』を書き、『スナーク狩り』『ファンタスマゴリア』詳注をやり、『子供部屋の「アリス」』『地下の国のアリス』、それから『シルヴィーとブルーノ』第一巻にそれぞれ序文を提供した。[2]

モートン・コーエンの本や論文が相変わらずびっくりするような新情報を盛り続けている。お芝居やミュージカル、映画、いやバレエまでが舞台に、銀幕にあふれかえっている。『アリス』新訳も世界中、とりわけロシアと日本で今も鋭意進行中である（ロシアでのすごい活字量を知りたければ『ナイト・レター』七十四号〔二〇〇四年冬号〕にマリア・イサコーヴァが寄稿した好エッセーを見ると良い）。

進行中のキャロル・ルネッサンスの明るい面を紹介した。もう少しダークな面もある。小さな学者グループで外部から「修正主義者」として知られる人々が突発的に始めたキャロル批評のことだ。自分たちのことは「ルイス・キャロルを新たに研究するさかさまさかさ協会（Contrariwise）」と呼んでいる（「さかさまさかさ」とはもちろんトゥイードルの双子の口癖だ）。この人たちは“Contrariwise”という名のウェブ・サイトも持っている。[3]

この批評の「新しい波」の目指した目的というのが、その中心人物たちがドジソン「神話」と蔑称するものを粉砕し去ることだった。この敬虔《けいけん》な国教会の人物は少年にも成人女性にもほとんど何の関心も持たない代わりに、その心を思春期前の美少女に向け、とりわけ幼いアリス・リドゥルに特別な愛情を注いだ、というがその「神話」なのか。コーエン教授の言い分だと、ドジソンはそのうち成人になったアリスと結婚しようと本当に考えていたらしい、のだが。

＊〔原著編集者注：マーティン・ガードナーは二〇一〇年五月二十二日の死の日まで『詳注アリス』に関して、新しい注、新発見の訂正個所を集積し続けた。『庭師《ガーデナー》への花束——マーティン・ガードナー回想』（北米ルイス・キャロル協会）が二〇一一年に出たが、協会の機関誌『ナイト・レター』に第七十五号（二〇〇五年夏号）と第七十六号（二〇〇六年春号）の二号にわたり掲載されたガードナー自身による更新事項を、氏の死後にまとめたものである。第七十五号に出たこの序文は『アリス』に関するフォーマルなエッセーとしてはガードナー最後の文章である。『花束』に集められた注や訂正箇所はこの『百五十周年記念デラックス版』に取り込まれている〕

修正主義の先頭を切ったキャロライン・リーチが「さかさまさかさ！」と声をあげる。破壊狙いの『ドリームチャイルドの影の下に——ルイス・キャロル異貌』という本でリーチはキャロルの聖人君子イメージを壊そうと力を尽くす。代わりに出されるキャロル像は普通に女好きのノーマルな人物で、「卑しい心の浄化装置」として幼女たちと交遊したに過ぎないというものだ。[4] ドジソンが少女アリスの厳格な母たるリドゥル夫人と姦通関係にあったばかりか、他の成人女性たちもろもろとも同様の関係を持ったと言うリーチの見解には、やはりとてものことついてはいけない。[5]

リーチの意見はコーエン教授はじめ、私も含めて多くのキャロル・ファンの憤激を買う。まるでイエス・キリストがマグダラのマリアと結婚していたとするダン・ブラウンの『ダ・ヴィンチ・コード』[6] みたいなどうしようもない話だ。ダ・ヴィンチの描いた『最後の晩餐』でキリストの右隣に坐っているのが聖娼婦マリアだからというのである。リーチの異貌話は数年以前に出ていた、キャロルこそが切り裂きジャックだとする本とか、『アリス』物語の真の作者がヴィクトリア女王だと「あばく」本とかと同一線上のばかげたトンデモ本だ！

「さかさまさかさ」協会についてコメントが見たければモートン・コーエンの容赦ない記事、『タイムズ文芸付録』掲載の「愛が若かった頃——ルイス・キャロルの性的なることを論じる立場の破綻」[7] を見ると良い。コーエンはリーチの本とそれから、同じ『タイムズ文芸付録』のもっと前に出ていた二つの記事を基に論難している。[8]

リーチにも怪《け》我《が》の功名な点もあって、長く忘れられていた短篇小説、『島から』（一八七七、復刊一九九六）を記憶に蘇らせた点である。作者はウィリアム・サッカレーの娘のアン。リーチは『ザ・キャロリアン』の記事[9] の中で、アン・サッカレーの短篇はモデル小説で、主な人物がテニソンとか画家のG・F・ワッツとか、当時まだ存命だった人物だったと言う。小説の中心人物はジョージ・ヘクサムという変わった名を持っているが、おそらくはケンブリッジ大学クライスツ・カレッジ出身の若い写真家である。[10] ワイト島に行った折、ヘクサムは小説のヒロイン、ヘスターと相思相愛になる。ヘスターがアンであり、そしてヘクサムが――さあ眉につばをおつけください！――我らがドジソン氏に間違いない、とリーチは主張するのである。

アン・サッカレーはヘクサムには手きびしい。上背はあり美男子としては描かれているが（吃音《きつおん》はない）、利己的で押しの強い、自己中心的で頑固、怒りやすく、ヘスターも含めだれに対しても強く当たる人物とされている。もっとも頭髪は「短く刈り込ま」れていて、直毛長髪のキャロルとは違っている。ヘスターに対しては冷淡で思いやりがないが、他の女性とは恥も外聞もなくべたつく。物語の終わりに二人は和解することになっているが、いかにも唐突だ。

「ロマンチック・ヒーローとしての『ルイス・キャロル』」という記事でリーチは、ドジソンが『島から』を持っていたこと、ある手紙でアンの文章をめったにないほど「素敵」と褒めていることをとりあげている。一八六九年十月五日、別の手紙でドジソンはさるディナー・パーティでアンに「会った」と短く書いている。リーチが何の確たる証拠もなく考えるには、ここで「会った」というのはその時が初めての出会いだったという意味ではない。リーチ女史が想像するに、何年か前に会っているのだが、そのことを日記に書いた部分は日記からちぎりとられている箇所のひとつなのに違いない。私にはドジソンがアンの作品を高く評価していたので、自分とアンがただこんにちはと言い合う以上の仲だったととられそうな手掛かりをどこかでわからないものにしたというふうに思われる。アンがヘクサムを写真家にして、有名な児童書の書き手にしていないのも不思議だ（『不思議の国のアリス』はアンの小説［訳注：の雑誌初出］より三年前に出されていた）。

編集者宛ての手紙[11]でキース・ライトは『島から』を論じているが、ヘクサムは他の人物とは違ってまったくの架空人物だとしていて、なかなか説得力がある。その言い分に従うと、ドジソンは三回、本当にワイト島を訪れている。テニソン夫人は日記をつけており、この三回のうち後の二回については書いているが、同じ瞬間この島にアンとドジソンがいたということについては何も記していない。一回目に行った時のことはドジソンの日記に一八六四年のこととして記載がある。アンのことは出てこない。それから若き日のドジソンがヘクサムのような度し難い人物だったと考えるのは、だれか現にそういう人物印象を述べた記録がない以上、かなりな無理筋だと思う。アンとのロマンチックなやりとりは、キャロルが一人の女性の恋について書いた後の詩の背景にある、とリーチはなお頑張る。

キャロル的にうまい、と言える手掛かりを最近私は見つけたので、御紹介。言葉遊び好きの間で「アルファベットずらし（alphabetical shifts）」の名で知られているやり方に通じていれば良いのだ。ジョージ・ヘクサムのイニシャルGHの文字をアルファベットの中で四つ前にずらすとCD、すなわちチャールズ・ドジソンではないか！　CDをうしろ向けにさらに四つずらすならKLとなるが、これはキャロライン・リーチのイニシャル！　数秘遊戯《ニューメロロジー》ついでに、LCとGHのつながりをさらに確認しておくと、アルファベットの並びの中でAを1、Bを2……というふうに数に置き換えてみるなら、Lは12、Cは3だから足して15。同じことをGHでやってみても、なんと同様に15になる。

（とか、一寸《ちょっと》おふざけしてみた。真《ま》に受けないでね）

奇怪かつ未解決な文学事件をひとつ明るみに出した功をキャロライン・リーチに認めておく。[12]

マシュー・デマコスは『ザ・キャロリアン』に手紙を書いて、[13]『島から』の登場人物が実はだれなのかをめぐって議論する学者六人を紹介している。甲論乙駁《ばく》すというわけだが、それを見てみるに『島から』はどうやらモデル小説でもなさそうなのだ。当時存命でアンの小説中のだれかにされている人物についての意見も一向一致をみない。たとえばテニソンにしたって、セント・ジュリアンでもあり得るし、ユレスケルフ卿でもあり得る。セント・ジュリアンはテニソンばかりか、ブラウニング、ワッツ、だれをモデルと見ることもできる。他の人物についても同様だ。

デマコスが示すところによると、『島から』は『コーンヒル・マガジン』に（一八六八－六九）三回に分けて発表されたが、そうなるとキャロルがアンと会ったとするどんな記録よりも前である。小説の中でヘクサムはリンドハーストから手紙を出しているが、なぜ彼がそこにいるのかの説明も一切ない。何もかも謎である。

マーティン・ガードナー
二〇〇五年

【原注】

1 Morton Cohen, *Lewis Carroll: A Biography* (New York: Knopf, 1995).

2 Martin Gardner, *The Universe in a Handkerchief* (New York: Copernicus, 1996); Martin Gardner, *The Annotated Snark* (New York: Simon and Schuster, 1962); Lewis Carroll, *Phantasmagoria*, with introduction and notes by Martin Gardner (Amherst, NY: Prometheus Books, 1998); Lewis Carroll, *The Nursery "Alice,"* with an introduction by Martin Gardner (New York: McGraw-Hill, 1966); Lewis Carroll, *Alice's Adventures Under Ground*, with an introduction by Martin Gardner (New York: Dover, 1965); *Sylvie and Bruno*, with an introduction by Martin Gardner (New York: Dover, 1988).

3 *Contrariwise*, http://contrariwise.wild-reality.net.

4 Karoline Leach, *In The Shadow of the Dreamchild: A New Understanding of Lewis Carroll* (London: Peter Owen, 1999), 71, 223.

5 Ibid., 196, 252–56.

6 Dan Brown, *The Da Vinci Code* (New York: Doubleday, 2003).

7 Morton Cohen, "When Love Was Young: Failed Apologists for the Sexuality of Lewis Carroll," *The Times Literary Supplement*, September 10, 2004: 12–13.

8 Karoline Leach, "Ina in Wonderland" and "The Real Scandal: Lewis Carroll's Friendships with Adult Women," *The Times Literary Supplement*, August 20, 1999, and February 9, 2002.

9　Karoline Leach, "'Lewis Carroll' as Romantic Hero: Anne Thackeray's *From an Island,*" *The Carrollian* 12 (Autumn 2003): 3–21.

10　［マット・デマコス注：実際にはヘクサムはケンブリッジのクライスツ・カレッジの出身と書かれているわけではない。小説の終わりで、友人がヘクサム宛ての手紙を「クライスツ・カレッジ、ケンブリッジ」から書き送っているだけのことだ。もっと前のところではヘクサムがリンドハーストから手紙を出しているが、小説がこの町と何の関係があるのか、小説は教えてくれない］

11　Keith Wright, letter to the editor, *The Carrollian* 13 (Spring 2004): 59–60.

12　ヘクサム（Hexham）という北イングランドのノーザンバーランド郡の町がある。アンがこの名をジョージ・ヘクサムの名に採った理由を読者どなたかお教えいただけませんか。ケンブリッジ大学の写真家で、ヘクサム出身という人物がいそうでしょうか？［マット・デマコス注：Hex-（ギリシア語でἕξ、6のこと）がDOD-（ギリシア語でδώδεκα、12のこと）の半分というのも話として面白くはないか］

13　Matthew Demakos, letter to the editor, *The Carrollian* 14 (Autumn 2004), 63-64.

『詳注アリス 完全決定版』*への序文

美的な好みを言う場合、「議論の余地はあろうが」と断りを入れてからというのがならわしだとは思うが、「一八六五年もしくは六六年に、そして一八七二年にキャロルの傑作が初めてお目見えして以来、最重要な版は一九六〇年のマーティン・ガードナー編『詳注アリス』だろう」とするのに議論の余地ありとだれかが言いだすとはまず思えないのである。脚注、巻末注、欄外注といった批評装置を取り入れたもちろん最初の本ではないが、先駆的なフォーマット、手広い探索、的確な判断、ゆったりした評釈は読者にコンテクストをわからせ、比較の材料、別の観点、さまざまな説明を提示し、未曾有の規模で読者を娯《たの》しませ、かつ啓蒙もした。加えて言っておけば、詳注のついた他の古典的作品あれこれの出版に先鞭をつけたのもこの本であった。

今日の学生に検索ということが半世紀前にどんな具合だったか想像してみろと言ったところで難しいはず、というより不可能に近いだろう。パソコンはない、スマートフォンもタブレットもない。インターネットも、ウィキも、グーグルも、グーグルブックスもない。メールもなければソーシャルメディアも存在しない。あるのは図書館だけ、大学だけ、郵便だけ。キャロル研究ひとつとっても、キャロルの手紙がモートン・コーエンとロジャー・ランスリン・グリーンに編集され書簡集として利用できるようになったのはやっと一九七八年のこと。キャロルの日記にしても完全な形で読めたのは二〇〇七年、エドワード・ウェイクリング編の十巻本が出て初めてのことなのだ。専門的研究や一般啓蒙の『ザ・キャロリアン』（一九六九―）『ナイト・レター』（一九七四―）といった雑誌もなければ、ルイス・キャロル協会のたぐ

＊［訳注：オリジナルタイトルは *The Annotated Alice: 150th Anniversary Deluxe Edition.*］

いも、ない。そのすべてをガードナーは郵便通信と、たまさかの電話でやり切ったのである。クラウドソーシングを早々と地でいった偉大な先駆者でもあり、探索してみるべき洞察やら事実、興味深い理論など教えてくれた数限りない文通相手の名は喜んで公式に顕彰した。

一九九七年の秋、私は北米ルイス・キャロル協会の機関誌『ナイト・レター』の編集を引き受けて二年目か三年目だったのだが、直接マーティンからの手紙をもらって、とびあがった。彼からの手紙はいつも非常に丁重なもので大体はタイプで打って、然るべき語には手で下線を引き、訂正部分はインクで手書きで直してあった。幾通かの手紙は我が誌に掲載もし、時々の文通がずっと何年も続いた。そして二〇〇五年の五月、郵便で一通の紙封筒が届いたのだ。中身の手紙には「マークさん、同封の資料ですが貴誌に合いましょうか」とあった。「『詳注アリス』補遺」というタイトルがついていて、タイプで打たれたその十四枚の原稿は注と訂正記事で、ガードナーが相変わらずキャロルのことを考え続けていることを証していた。「合いましょうか」だって！　そう、合うに決まってる。それらは『ナイト・レター』七十五号（二〇〇五年夏号）の看板記事となったし、するとすぐ第二便が来て、これは次の号（二〇〇六年春号）に掲載された。これらの詳注原稿が氏存命中の最後の活字になったわけだが、その後も原稿書きはやむことなく、二〇一〇年の死の直前まで続いていた走り書きの注、タイプ打ちされた記載事項のコピー一式が御子息のジム氏から送られてきた。ガードナーが二十一世紀になっても書き続けた執念の詳注が、活字になったもの、なっていないもの併せて、本書を構成する変更点の多くの基盤となっている。

我が協会としてはガードナー追善に本一冊、必ず必要と考え、私は二〇一一年、『庭師《ガーデナー》への花束――マーティン・ガードナー回想』を編んだ。一連の追想記、伝記、書誌、論叢からできているが、ダグラス・ホフスタッター、モートン・N・コーエン、デイヴィッド・シングマスター、マイケル・パトリック・ハーンといった豪華メンバーによるエッセーが嬉しかった。

ガードナーと学界

その本にエッセーを寄稿してくれた一人がエドワード・グィリアーノ博士である。協会創設メンバーの一人、かつ名誉会長、現在はニューヨーク・インスティテュート・オブ・テクノロジー校長。そのグィリアーノ博士が、大学世界に及ぼされたガードナー効果について、こんなふうにおっしゃっていられる。

> 因果関係というのはなかなかわかりにくいことではあるが、ルイス・キャロルと『アリス』物語が今日大学の世界で、さらにそれを越えてグローバルな文化の中で受けいれられ、高い人気を得ている状況はマーティン・ガードナーの鴻業《こうぎょう》が因である。……ガードナー登場までキャロルは大学が相手にするに値する作家でも、論文課題でもなかった。推薦書リストに入ってはいなかった。キャロル論のペイパーが学会で読まれることなど、ありえなかった……。

キャロル没後、有名作家の例に漏れず、伝記、書簡、書誌その他がいっぱい出た。しかしキャロルが学者のまともな研究の対象になったのは一九三五年、ウィリアム・エンプソンの『牧歌の諸変奏』中の「牧夫としての子供」というエッセーを俟《ま》ってやっとということである。第二弾は今でも難解で通るエリザベス・シューエルの『ノンセンスの領域』で、これが一九五二年。もうひとつ、フィリス・グリーンエイカーのスウィフトとキャロルの精神分析学的な半伝記研究があって、一九五五年の刊行。しかし、これらは一般動向に対する珍《めず》らかな例外だった。キャロル没後六十年、得るところのある論が他にもあったのはたしかだが、今我々が考えるような学術的、批評的な関心やコメントがずっと持続することはなかった。『ヴィクトリア朝小説——研究案内』の一九六四年初版にも、一九七八年度第二版にもキャロルは入っていない。それが一九八〇年はどうかと見るに、最も高評価を受けているヴィクトリア朝作家の何人かさえキャロルに対する学界の関心で影がうすくなりつつあった……。

マーティン・ガードナーはキャロルの世界を我々に開き、ある意味、児童文学などという観念は、狭くも「児童向きの本」と呼ばれているものから大《だい》の大人がこうしていくらも意味ある洞察と喜びを引き出せる以上、存在しないということを教えたのだ。彼が示したものは芸術作品なのであり、そこにもっといろいろ読み込め、もっといろいろ引き出せ、と教え、ゲーム、論理、物語、笑い、言語の妙を存分に楽しめと勧める。そう、大人の主題と普遍的に訴える力を解き明かしてみせたのである。

まあこんなふうだ《エ・ヴォアラ》。今日、学術の世界に占めるキャロルの位置はゆるぎない……。

この出現、この受容ぶりを見て、『詳注アリス』一著を世に送りだした、何にでも広く趣味と関心を持つ不思議な精神に改めて頭がさがるのである。

完全決定版

『詳注アリス』はいつだって一種のパリンプセスト (palimpsest) だった。パピルスで試みられる重ね書き。新しい本になるたびにガードナーは必ず注を足し、誤りを直した。今あなたが手にしておられる本は、『詳注アリス 決定版』が一九九九年に出て以後の、新研究、新アイディアを取り入れた百以上の注を加えたり、アップデートしたりして出来上がっているのである。そしてまた（世間は周知だが、この本にとっては初めての）新しいイラストレーションを百ほども入れたが、『アリス』物語について教えてくれる絵、テニエル以外の画家たちが一八八七年あたりから描き始め今日まで描いてきた多くの絵の代表的な場面の絵である。「主要参考文献」「ルイス・キャロル関連協会現況」「スクリーンの上の『アリス』」はアップ・トゥ・デートにしたし、「本書に収録されたイラストレーターたち」は新たに加えられた。『詳注アリス』はキャロル生前最後のテクスト（一八九七年のマクミラン本「第八万六千部刷り」）を用いたが、一般にキャロル好きたちによって――そして何よりもキャロル自身によって――最も正確かつ信用に足るテクストとされるもので、キャロルが好きだった“ca'n't”とか“sha'n't”とかとかの綴り、彼独特の句読法、ハイフン使いをそっくり採用してある。テニエルの挿絵はやはり最高の出来映えなのだが、ダルジール兄弟が彫ったオリジナル版を再製作したもの（オリジナル版はさる銀行の管理庫で一九八五年発見）。他の画家についてはは、可能ならば原画をデジタル化し、可能でない場合は画集からとった。物語全部の絵だろうと一部についての絵だろうと、印刷物になっていようといまいと、とにかく『アリス』を絵にした何千というアーティストから適当な画像を選びだすのがいかに畏れ多いわざくれであるかは御想像いただけるだろう。満足していただける選択だと思っている。ヴァラエティに富み、これしかないという感じ、創造的という感じを、とりわけ念頭に置いた図版選びだった。

本書に先行する三つの『詳注アリス』のマーティン・ガードナー序文と、『ナイト・レター』誌掲載の新しい注に付された同氏の序文も再録した。さらに物語についてキャロルが生前に書いた、リーフレット、折り込み、本の前付、後付のたぐいも全部再録してある。

二〇一三年冬、本書の文と絵の編集をまかせたいのだが、とマーティンの御子息のジムから打診されて、いろいろな思いが心中にせめぎ合った時の感じはなかなかうまく言葉に表せない。そこに自分の手が加わるなんて、誇らしくもあり、自分ごときがとも思え、高揚もし、第一、多少とも戸惑いがなかったと言えばうそになるだろう。

マーク・バースタイン
北米ルイス・キャロル協会
名誉会長

不思議の国のアリス

Alice's Adventures in Wonderland

目次

『不思議の国のアリス』の子供読者、すべてのきみへ[1]

やあ、お子たち、みんな。

なにしろクリスマスだからね、ノンセンスの本の終わりにだって、まじめなことばのひとつふたつあったっていいじゃない？　それからこれこそ良い機会だ、『不思議の国のアリス』を読んでくれた何千という子らのみなさんに、私の小さな夢の子供に興味をもって面白がってくれてどうもありがとうって言わせてもらいたいです。

幸せそうな顔、顔、顔がアリスにこんにちはって笑いかける英国じゅうの沢山の炉辺《ろばた》を思うと、またアリスが彼らに（必ず汚れない）たのしみのひときをもたらすこの英国じゅうの沢山のお子たちのことを思うと、それすなわち我が人生で一番輝かしく、一番たのしい思いのひとつに他ならないのです。もう若い友だちがいっぱいいます。その名も顔もよく知っていますが——でも『不思議の国のアリス』を通じて、他の多くの子供たち、その顔をこれからも目にすることもなさそうなお子たちともすっかり友だちになって

1　これはまず四ページのリーフレットとして出版され、『鏡の国のアリス』の初版本に折り込みとして挿まれた。この文章は結局キャロル生前には本の本体部分にはなっていない。

いるように感じられることが、ひときわ嬉しいのです。

知っている友よ、未知の友よ、こころからなる「クリスマスおめでとう、新年おめでとう」をきみに。友よ、きみに神さまのお恵みを。クリスマスが来るごとに、前のクリスマスより輝いてありますように、さらに美しくありますように――かつてこの地上で小さな子らを祝福した目に見えぬ**大いなる友**みそなわしますがゆえ輝いてあり――まっこと真実の幸せを求め、そして見出したすばらしい命の思い出ゆえ美しくあるように。真実の幸せとはすなわち、まっこと抱く値打ちある唯一の幸せ、他の人たちをも幸せにするという幸せのことです！

こころの友へ
ルイス・キャロル
一八七一年のクリスマスに

『アリス』のこと好きな子らすべてに、イースターを言祝《ことほ》ぐ[1]

その姿を目にしたことがあり、そしてその声がきみに——そう、今私がこころからそうしているように、たのしいイースターをと言っているのを耳にする気がするような、本物の友からの本物の手紙を目にしてるんだって思ってもらえると、嬉しい。

夏の朝めざめると、空に鳥がさえずり、窓辺にすがしい気が立つ時の——なかば目を閉じてのんびり横たわり、波打つ緑の木々や黄金の光受けてさざなみ打つ水を、まるで夢の中の景色かとながめる時の甘い夢の感じ、ひょっとしてわかってもらえるかな。たのしみでありながらとても悲しみに近くて、まるできれいな絵か詩のように、それはきみの目になみだをもたらす。それから、それはきみのカーテンをあける**母さま**のやさしい手であるまいか、起きなさいと言う**母さま**の甘い声ではあるまいか。一面まっくらだった時きみを怖がらせたみにくい夢を、明るい陽の中、起きて忘れよ、と——起きて、幸せなもう一日をたのしむように、と。きみに美しき太陽を恵んでく

1　これはまず四ページのリーフレットとして出版され、『スナーク狩り』に折り込みとして挿まれた。後にこの文章は一八八七年、ピープル社版『アリス』に取り込まれた。

れた目に見えぬ**大いなる友**に膝を折って、まずは祈れ、と。

　こんなふうな言い方は『アリス』みたいな物語の作者にはふさわしくないだろうか。ノンセンスな本の中にこんな手紙が入ってるなんて変なことなんだろうか。多分そうなんだ。人によっては、重いことと軽いことをこんなふうに混ぜこぜにしてると言って私を責めるだろうし、まじめなことを教会の外で、日曜以外の日に言ってる人間がいると言って笑う人もいるだろう。しかし思うのだが——しかもたしかなことと思うのだが——子供によってはこれをやさしく、あるがままに、私がこれを書いた時のこころの持ちようそのままに読んでくれるはず。

　だって**神**がこのように命をまっぷたつに分けようとしているなんて——日曜にはまじめな顔をし、普通の日には**神**の名を口に出すのさえ場ちがいと思え、というふうに**神**がさせてるなんてどうしても信じられないからだ。**神**はひざまずく人間だけを見、祈りの声だけを耳にされようとするのだろうか。**神**は日の中にとびはねる仔《こ》羊《ひつじ》をも目にされたがるのではあるまいか。草の中をころげまわる子らの大きな声を耳にされたがるのではあるまいか。汚れない笑いは**神**の耳には、いかめしい大《だい》伽《が》藍《らん》の「かそかな宗教の光」からこぼれきたる荘厳な聖歌さながらにどこまでもすずろかなのではあるまいか。

こんなにも愛する子らに向けての本につめこまれた大なる汚れなき健《すこや》かなたのしみにつけ足せる何かを書けたのだとすると、死の谷に歩み入る番がやってきても、恥も感じず悲しみもなく思い出せる何かを残したと言えるのだと思う。

イースターの日《ひ》の光《め》が、いとしい子よ、きみの上に昇ると、「四肢に命を感」じて、すがしい朝の気の中にとびでていき——そしてイースターの日はきみが衰えて白髪になり、大儀《たいぎ》そうにはいでては再び日の光を浴びるようになるまで、幾度となく来ては去る——でも今にあっても良きことだ、「義の太陽」が翼に癒やしを秘めて昇る偉大な朝のことを時に触れて思うのは。

いずれきみがこれより明るい夜明けを見るだろうと考えたとして、きみの喜びはいささかも減りはすまい——いかなる波打つ木々やさわさわさざなみ立つ水面《みのも》よりもっと美しい景色がきみの目をとらえるのだとしても——天使がきみのカーテンをあけ、いつだって美しい**母さま**の口から出るのより甘い音がきみを栄《は》えある新しい日にめざめさせるとしても、この狭い地上で生を暗くしたすべての悲しみと罪が、過ぐる一夜の夢みたいに忘れさられるとしても！

こころの友へ
ルイス・キャロル
一八七六年の復活祭に

クリスマスを言祝《ことほ》ぐ[1]（妖精から子に）

嬢ちゃまよ、妖精らいまは
　ひととき　おあずけします、
悪いおふざけ、小鬼のいたずら、
なぜって　楽しいクリスマス。

昔こんなこと　子ら口々に――
　わたしらが大好きなやさし子が――
むかしむかしのクリスマスの日
　おしらせがあったよ　お空から。

でも　またきたねクリスマス
　子らまたそれを思いだし――
よろこびの音《ね》のこだまする。

1　最初は一八八四年、別のリーフレットとして出版。一八八七年、ピープル社版『アリス』に、そして一八九七年からは各標準的『アリス』に組み込まれた。

「地には平安　善意は人に！」

こころは子供なるべし
かくも天の客　宿るところは。
子らいつも　よろこび、
クリスマスさ一年じゅうが！

いたずらやおふざけは
ひととき　おあずけのこと。
およろこびを　嬢ちゃまには、
メリークリスマス、良きお年を！

ルイス・キャロル

序詩

すべて黄金の午後のこと[1]
　すべりゆくも　のんびり。
二本のオール進めるのは
　ちいさな力、ちいさな腕力《わんりき》。
その間《ま》にもちいさな手が
　迷い旅みずからに導くふり。[2]

おお、むごき三人《みたり》！　そんな時
　そんな夢さそう天気に、
何か話せとは。どんな軽い
　羽根もとばせぬ息弱き相手に！
それにしても哀れなひとつ声で
　どうして勝てよう、みっつの舌に！

いばって一番手の言いはなつ、

1　この序詩でキャロルは一八六二年の「黄金の午後」を回想しているが、キャロルは友人のロビンソン・ダックワース師（当時はオックスフォード大学トリニティ・カレッジのフェロー。後にウェストミンスター司教座聖堂参事会員）と二人で三人の魅力的なリドゥル姉妹をテムズ川を川上りするボート旅につれだした。「一番手《プリーマ》」というのが長女のロリーナ・シャーロットのこと。当時十三歳。当時十歳だったアリス・プレザンスが「二番目《セクンダ》」、当時八歳の末娘イーディスが「三番目《ターシア》」。キャロルはその時、三十歳。問題の七月四日の金曜日。詩人W・H・オーデンが言ったように、「それはアメリカ史における同様［訳注：独立記念日である］に、また「文学の歴史においても何としても記憶さるべき日付」なのだ。

　このボート川上りはオックスフォード近傍のフォーリー・ブリッジからゴッドストウ村までの約三マイルの

その命令は「早《はや》はじめよ」
少しやさしい声は二番目で
「ばかなお話も入れること！」
三番目は話の腰折り役、
い、必ずじゃまを一分に一度。

さあて突然《ゆくりなく》きた沈黙、
三人は頭の中で追うに夢中、
夢の子供がさまようさまを、
珍しい新しい不思議の国さまよう途中、
鳥やけものと仲良くしゃべりつつ――
それをなかば本当のことと思う最中。

そして必ずや話は尽きる、
空想の泉とて必ず枯れる。
語り部倦《う》んで根《こん》も続かず、
話切りあげようと言う始末、

旅であった。「そこの土手でお茶したが」とキャロルは日記に書いている、「もう一度クライスト・チャーチにたどりついたのはやっと八時十五分のこと。自分の部屋につれていってマイクロ写真のコレクションを見せた。彼女らを学部長宅に送り届けたのは九時直前だった」と。この記載事項に七ヶ月後、次の注記を付している。「その折に彼女らに地下世界でのアリスの冒険のお伽《とぎ》話をして聞かせた……」

二十五年後には（『ザ・シアター』誌、一八八七年四月号の記事、「舞台の上の『アリス』」で）キャロルはこう書いた。

何日も私たちはあの穏やかな流れに舟を浮かべて一緒に――三人のちいさな少女、そして私――遊んだし、彼女らのためにいくつものお伽話を即興的につくったものだ――それは何かが話し手に「おりて」きて、頼みもしないのに空想

「あとは次に――」と。「だって次って今よ！」
　ここぞとばかり、みっつ声がさけぶ。

かくて不思議の国の話は成った。[3]
　かくもゆっくりと、ひとつ、またひとつ。
変てこ事件を次々ひねりだし、
　かくて物語も一段落。
そしてたのしき乗組どもは家路に、
　折しも日ものっと沈みゆく。

アリスよ！　子供の物語ひとつあげる。
　そしたらやさしい手で
子供の時の夢々が記憶女神の
　神秘の帯に紡ぎこまれる所に供《そな》えておくれ、
ちょうど遠《と》つ国で摘《つ》まれきたった
　巡礼の枯れた花輪ともみせて。[4]

が彼の中に次々とせめぎ合うような時間だったのか、それとも倦《う》み困《こう》じた詩神が行動やむなきに到り、何か言いたいことがあるというよりは、とにかく何か言う他ないからとぼとぼ歩むそういう時間であったのか――ともあれそうした多くの話はひとつひとつとして文字にもされず、ひとつひとつおのがじしの黄金の午後にたゆたいながら、夏の羽虫のように生き、そして死んでいったのだが、やがて私の話のちいさな聴き手の一人が話を自分のために文字にしてくれないかとたまたまはずみで言いだす日がやって来たのだった。大分昔のことながら、今これを書いている時と変わらないくらい鮮やかに覚えているが、どうせなら何か新種のお伽話をとか焦り気味に、まず何はともあれ主人公をそのあと何がどうなるなんて何も考えないまま、うさぎ穴にまっすぐ放りこんだのだった。それから愛する子供を喜ばせたい一心で（他の動機などなかったように思う）字に起こし、自己流の下手くそな挿絵もつけた――（なにしろ絵の勉強をしたことがないから）解剖学にも美術にも認めてもらえそうにない出来映えの絵だ――写しをとって手書きの本にした。書いていく中で元の話を幹に勝手に出てくる感じの新しい枝葉も少なからず加えたし、何年かして出版のためもう一度全体に手を入れた時にはさらに多くのものがおのずから足されることになった……。

こうして影のような過去から「アリス」よ、私の夢の子よ姿を現せ。話の発端のあの「黄金の午後」からずいぶん時がたったが、まるでほとんど昨日のことのように鮮やかに思い出すことができる――上には真澄の青空、下にはきらきら水鏡、のんびり漂う小船《ボート》、眠たげに前後するオールからちらちら滴《したた》る水、（この眠れる景色の中に唯一命の輝きをもって明るい）夢中になっている三つの顔。それは妖精国のことを知りたくてうずうずし、「お話、おねがい」と口に出して相手が「だめだめ」とか断るはずもなくて、頑として動かざること、運命女神《フェイト》もさながらだった！

アリスその人も二度、この時のことを回想していた。次はスチュアート・コリングウッドの『ルイス・キャロルの生涯と書簡』に引かれているもの。

ドジソン氏のお話はオックスフォード近傍のニューナムもしくはゴッドストウへの川の遠足の折にしていただきました。現在スキーン夫人になっている姉が「一番手」でした。私が「二番目」で、妹のイーディスが「三番目」。「アリス」のお話の始まりのところはある夏の午後ですが、かんかん照りだったので川下の牧草地に上がり、ボートを置いてとにかく暑さを遮る日陰をさがしてできたばかりの乾草堆《ほしくさづみ》を見つけた時のことでした。この三人皆がお約束の「お話、おねがい」を言いだしたものですから、いつも楽しいあのお話が始まったのでした。時々はじらすため――そして多分疲れて見えたのですが――ドジソン氏はよく突然話をやめると「今日はここまで。あとは次に」とおっしゃいました。「だって次って、今よ」と三人の口から大声が出ましたね。しばらくやる、やらないの話があってから物語は再開されました。別の日も話はボートで始まりましたが、ドジソン氏ったら、話がもりあがってきたところで急に寝たふりをして三人をがっかりさせたものです。

アリスの息子のキャリル・ハーグリーヴズは『コーンヒル・マガジン』（一九三二年七月号）に、母親から聞いたという話を、こう書いている。

> 『地下の国のアリス』のほぼ全部がかんかん照りの夏の午後に語られましたが、一同は暑さを避けようとゴッドストウ近くの乾草の山の日陰でしばし休みをとったところでした。思うにその午後のお話はいつもよりずっと面白かったのに違いありません、その川遊びのこと、それから次の日から自分のためにこの物語を書きものにしてくれと、こんなにも何度も頼み始めたのですが、そのことをはっきりと覚えているからです。そんなこと、それまで一度も頼んだことなかったのです。私の「もっと、もっと」と言う執拗さに負けたのでしょう、考えておこうと言われたあと、とにかく書き始めてみようという気乗り薄の約束が最後にいただけたというのも。

最後に、ダックワース師の説明を。コリングウッドの『ルイス・キャロル絵本』に載っている。

> 有名なゴッドストウ村行きの夏休みの川遊びでは自分が整調役《ストローク》を、彼が前オール《バウ》を担当し、乗客は三人のリドゥル姉妹で、物語は本当にそこでつくられ、このボートの舵手役《コックス》だったアリス・リドゥルに向けて小生の肩越しに語られたのです。小生はふり返って「ねえ、ドジソン、これきみが今つくった話なのか」と聞いたのを覚えています。「うん、つくっては進める」と彼は答えました。もうひとつ覚えているのは三人の娘さんを学寮長舎に届けた時、お休みなさいを言うアリスが「ね、ドジソンさん、アリスのお話、私に書いてほしいんですけど」と言ったこと。やってみようと彼は言い、後日彼から聞いたところではほとんど一晩中寝ないで、問題の午後を楽しくさせた滑稽話の面白かった部分を手書き本にするのにすごしたのだそうだ。自分で描いた挿絵も足し、この本をプレゼントしたのだが、学寮長舎の客間のテーブルの上でよく見られたのがそれである。

一九五〇年にロンドン気象台相手にチェックを入れたところ（ヘルムート・ガーンシャイムの『写真家ルイス・キャロル』が報じている）、その記録に従うなら一八六二年七月四日の天候は「冷たく雨がち」だったのだそう。こう書きながらも、残念な思いだ。

オックスフォード大学営林学科のフィリップ・スチュワートも後にこの点を確認してくれた。氏からいただいた手紙では、『オックスフォード大学レイドリフ観測所天文・気象観測』第二十三巻によると、七月四日は午後二時以後は雨、全天雲、日陰最高気温華氏六七・九度だったことになる。この記録からしてキャロルもアリスも、問題の日の記憶を、もっと陽の射した日にした似たような川遊びのそれと混同してしまっているのではという説に説得力が出てくる。

いずれにしろこの問題についてはなお議論の余地がある。当日が乾いた日で日照もあったかもしれないという推測を支えてくれるよく考えられた議論が "The Weather on Alice in Wonderland Day, 4 July 1862," by H.B.Doherty, of the Dublin Airport, in *Weather*, Vol.23 (February 1968), pp.75-8. この記事のことを教えてくださったのはウィリアム・ミクソン氏である。

2　この一聯《れん》が三度「ちいさな (little)」という語を使ってリドゥル (Liddell) 三姉妹と掛けた言葉遊びをやっている点に注意。"Liddell" は "fiddle" と韻を踏むように発音する［訳注：「リデル」では、ないわけだ。本書第七章注11を参照］。

3　「ワンダーランド（不思議の国）」という語は別段キャロルの発明ではなかった。「他の旅人が恐怖を満身にさまよう所で／見よ！　ワンダーランドのブルースすっかりくつろいで」というのはピーター・ピンダーの『完全書簡』（一八一二）より。「まさしく此処《ここ》だ、幻想がその深秘《じんぴ》なるワンダーランドもろともに分別のちいさな散文の領域に遊び入り、そこに組み込まれていくのは」は、トマス・カーライルの『衣裳哲学』（一八三一、ちなみに有名な "reign of wonder"〔驚異の支配〕という句もこの同じ出典だ）。

キャロルが物語タイトルを――「鉱山のことをいろいろ指示する教科書みたいでいやだ」とキャロルに拒否された元々の題『地下の国のアリス』とか、『アリスの黄金の時』とか、『アリスが妖精国で何をするか』とかとかを――どう考えていたのかは、友人だったトム・テイラー（一八一七―一八八〇）宛ての手紙の中に記されている。ちなみにこのトム・テイラーは『我らのアメリカのいとこ』（一八五八）という、アメリカ史の中で悲劇的な役を担わされた劇の作家である。リンカーンがフォード劇場に見にいっていて暗殺されたのがこの劇だったからである。

4　聖地パレスチナへの巡礼たちは頭に花輪をかぶることが多かった。読者ハワード・リーズがチョーサーの『カンタベリー物語』序から、法廷召喚人の姿が描かれているところを、抜き書きして送ってくれた。

　彼が頭にめぐらせた花輪は
　杭の上のヒイラギの茂みほど大きい
　居酒屋の外の……

リーズ氏が問うのは、アリスがこう

した物語を子供時代の記憶にたくわえるのはいいが、この記憶も彼女が大人になると、子供時代という「遠つ国」で摘まれた花々の枯れたひと握りになる、とキャロルは言いたいのではないかということだ。

この序詩を書く二、三年前にキャロルは頭に花輪をのせた姿のアリスを写真におさめている。この写真を見たければアン・クラークの『ルイス・キャロル伝』(ショッケン社、一九七九)の本体活字ページ六五ページの対向写真ページか、モートン・コーエンの『鏡の中の鏡映』(アパーチャー社、一九九八)の五八ページで見られる。

第１章　うさぎ穴落下

アリスは、[1]土手の上、姉さまのそばに坐っていながら、することが何もなくてとても退屈し始めていました。一度か二度、姉さまの読んでいる御本をちらりとのぞいたりしたのですが、絵もないし、おしゃべりだってありませんので、「なんの役に立つの」とアリスは思いました、「絵もおしゃべりもない本なんて?」と。

そこで心の中で考えたのは(といってもできるだけっていうこと。だって暑い日だったからとても眠くて、ぼおっとしていたからね)ひなぎくの花輪つくるの楽しいけど、わざわざ起きていって、ひなぎくを摘むのもめんどうくさいわねということでしたが、まさにそこに突然、ピンク色の目をした一羽の白うさぎがぴょんぴょんとそばを走り抜けていったのです。[2]

すごくなんだろうというところもなかったし、アリスはうさぎが「どうする! どうする! ひどい遅刻だ!」とひとりごと言うのが耳に入ってもさほど変なこととも思いませんでしたが(あとからよく考えてみて、それやっぱりふしぎなことと感じるべきだったとか思ったわけだけど、その時は本当に普通のことに思えたのです)、うさぎがなんたること、チョッキのポケットから時計をひっぱりだして、じっと眺めると、いそぎ足になったのを見て、さすがにアリスもびくっとしました。大体がチョッキにポケットがあ

1 テニエルの描いたアリスはアリス・リドゥルその人とは違う。アリス・リドゥルは黒髪ショート、ひたい全体にまっすぐな切り下げ(bangs)である。『不思議の国のアリス』の前の手書き自画の『地下の国のアリス』におけるキャロル自身によるアリス・イメージは友人ダンテ・ゲイブリエル・ロセッティ(モデルはアニー・ミラー)やアーサー・ヒューズの絵からインスパイアされている。ヒューズの油彩『ライラックの少女』をキャロルは持っていた。次を参照せよ。"Lewis Carroll the Pre-Raphaelite," in Edward Guiliano(ed.), *Lewis Carroll Observed* (Clarkson N. Potter, 1976).

キャロルが少女メアリー・ヒルトン・バドコックの写真をテニエルに送ったのだとする説がかつておこなわれたことがあるが、その写真をキャロルが目にする半年も前にアリスの完成された姿が『パンチ』一八六四年六月［訳注：正確には同年一—六月合本(要

る、そこから時計が出てくるうさぎなんて今まで見たことないわと気づいたからで、そうなるとむらっと好奇心に火がついて、野っぱら越しに追いかけていき、すると生垣下の大きなうさぎ穴に相手がぴょおんととびこむのが、

チャールズ・コープランド画、1893. ボストンのトマス・クロウエル社の無許可版から。アリスが青い衣服の最初の例［訳注：アリスの服の色は当初黄色だった。本章注 12も参照］

約版）と思われる」の表紙に現れているので、この説は、ない（『ナイト・レター』八十六号、二〇一一年夏号の「例のバドコック・ガール」参照）。

テニエルのアリス、初お目見え。1864年6月、『パンチ』要約版の表紙。『不思議の国のアリス』刊行の1年半前である。

ルイス・キャロル自画、1864.

まさにぴったりのところで目にとびこんできたのでした。

うさぎを追ってアリスもすぐにとびこんだのですが、全体どうやって戻ってくるか考えてなどいなかったのでした。

うさぎ穴はしばらくはトンネルのようにまっすぐ続いたのです。が、道は突然下向きに落ちました。あまりにも突然でしたから、なんとか落ちないようにとか一瞬も考えるいとまもなく気づいてみると、どうやらとても深い井戸のようなところを下に落ちていっていたのです。

井戸がとても深かったのか、アリスがとてもゆっくりと落ちていったのか。というのも落ちていきながら、まわりを見わたして次には何がどうなるのかふしぎがる時間があったからです。まず下に目をやって、どんなところに行くのかしらと見ようと思ったのですが、暗くて何も見えません。それか

もし写真を送っていたとしても、一八九二年三月三十一日付け、E・ガートルード・トムソン宛て書簡にあるように、「テニエル氏は小生の挿絵画家の中で唯一、モデルを頑として使わなかった人で、自分がモデルを使わないのは数学問題を解くのにきみが九《く》々《く》表を使わないのと同じだと言ってよこしたのです」

序詩をめぐっての注1でも引いた記事「舞台の上の『アリス』」でキャロルは彼のヒロインのことをこんなふうに書いている。

> それでは汝、夢のアリスは養父の目にはどう映っていたのでしょう。彼は汝をどうだと言うのでしょうか。まずかわいい、かわいいしやさしい。犬みたいにかわいいし（安っぽい比較ですが、地上でこれほど純粋で完全なかわいさは私、犬以外に知らないのです）仔羊みたいにやさしい。それから

ら井戸の壁を見ますと、食器棚や本棚がぎっしり、あちこちに地図や絵やが木釘《きくぎ》で吊されています。アリスは棚のひとつを通りすぎながら壺《つぼ》をひとつ手にとります。貼ったラベルには「オレンジ・マーマレード」とあるのに、中はからっぽでアリスはとてもがっかりしました。でも壺を下へ落とすまいとしたのは下にいるだれかを殺してはいけないと思ったからなので、通りすぎる時、食器棚のひとつになんとかおさめたのです。[3]

「すごおいっ！」とはひとりごと。「こんなにも落ちちゃったんだもの、階段でこけるぐらい、もうなんでもない。戻ったら皆、勇敢《ゆうかん》でえらいと言うはずよ！　そうよ、私、何も言わないわ、お家のてっぺんから落ちたって、何よそんなこと！」（そう、絶対、何も言えないはずだし[4]）

ひゅん、ひゅん、ひゅうん。いつまでも落ち続けちゃうのかな。「もう何マイル落ちたのかしら」これは口に出して言いました。「きっと地球の中心近くなのにちがいない。うんと、すると四千マイルの地下、ってことか——」（そう、きみの見る通り、この子は学校の教室でこんなことをいくつも勉強していたからね。知ってることを見せびらかすには、聞いてくれる人がだれもいないんじゃあまり良い機会でもなかったんだけど、口に出すのはやっぱり良い練習になりました）「そうそう、大体そんなような距離よ——すると、

礼儀正しい——上にも下にも、崇高にもグロテスクにも、王様にもイモムシにも、まるで自分自身王様の娘でもあるかのように、すべてにわけへだてなく礼儀正しいし、手のこんだ金色の服も着ている。それからなんでもを信じること、ありえないことどもも夢みる者のみに見られる信じやすさで喜んで受けいれる。それからもうひとつ、好奇心——ものすごい好奇心。すべてが新しく汚れない、そして罪も悲しみも名前だけのものである子供の頃の幸せな時にのみ可能な生を心から喜びとするところ——罪も悲しみも、なんの意味も持たぬうつろな音でしかない世界です！

キャロルが物語全体を「アリス」という語で始めているのは意図あってのことと、リチャード・ハマルードは手紙に書いてくれた。L・フランク・

ハリー・ファーニス画、1908.

ボームがキャロルから影響を受けたことを内々に示す印のひとつが、『オズの魔法使い』が「ドロシー」という語で始まる点かもしれない。リンダ・サンシャインは美しい絵の入った本をこの二人にささげている。『アリスのすべて（*All Things Alice*）』（クラークソン・ポッター、二〇〇四）と『オズのすべて（*All Things Oz*）』（同、二〇〇三）である。リンダ・サンシャイン、アンジェリカ・カーペンター、ピーター・ハンフ、そして私などもそうだが、キャロル狂（Carrollian）でかつオズかぶれ（Ozian）という人間は多い。

テニエルの絵すべての左下隅にある文字記号は彼のイニシャル（J・T）のモノグラムである。

2　ユニヴァーシティ・カレッジ・ロンドン（UCL）のD・T・ドノヴァン教授の御教示によると、白うさぎのピンク色の目はアルビノ（albino）である証拠らしい。

3　自然な自由落下状態ではアリスは壺を落とすことはできないし（アリスの前に浮かんだままだ）、棚に戻すこともできない（アリスのスピードが速すぎる）ということをもちろん知らないキャロルではないはず。長篇小説『シルヴィーとブルーノ』第八章でキャロルが落下している家の中でお茶をするのは、さらにはやや加速度で下に引っぱられている家の中でお茶するのと同様難しいという話をしていることを思い出すと面白い。アインシュタインの「思考実験（thought experiment）」を先取りしているからだが、アインシュタインは落下する架空のエレヴェーターを使って相対性理論のいくつかの局面を説明した。

4　ウィリアム・エンプソンは著書『牧歌の諸変奏』中のルイス・キャロル論で、これが『アリス』物語に出てくる死主題のジョークの第一号であると指摘している。このあと、続々と出てくる。

ここのイドは、ケイドは、っと」（経度って何か緯度って何か、アリスは全然知らなかったわけですが、口に出してみるとなんだかすごく大人の気分）

アリスはすぐ言います。「地球の真ん中をつきぬけて落ちてったら、どうなの！[5] 頭を下にして歩く人たちの中に着いちゃうなんて面白そうっ！ 対敵人、って言ったっけなあ――」（今回は、聞いている人間がだれもいなくて本当に良かったとアリスは思いましたが、まるで正しい言葉とちがっているようだったから）[6]「――でも、なんて名前の国か聞かなくちゃいけない。でしょう？[7] すみません、奥さま、ここ、ニュージーランドですか。オーストラリアでしょうか」（と言いながら、膝折りのあいさつをしようとしました――空中を落ちていきながら膝折りのお辞儀なんて、おかしい！ そんなことできると思う？）「そんなこと人に聞くなんて、なんて何も知らない子と思われそう！ だめ、尋ねるなんてだめ。多分どこかに書いてあるでしょうし」

ひゅん、ひゅん、ひゅうん。他に何もすることがないので、アリスはすぐまたおしゃべりを始めました。「ダイナは今夜、私がいないからとっても寂しがるわ、きっと！」（ダイナって猫のこと）[8]「お茶の時にだれか、ダイナのお皿にちゃんとミルクやってよね。ダイナったら！ ここに一緒にいてくれ

5 キャロル同時代、地球の中心を通ってまっすぐ伸びるトンネルを進むとどうなるかという議論が世間をかなり騒がせたのである。プルタルコスがこの問いを発して以来、フランシス・ベーコンやヴォルテールを含む多くの有名思想家が連綿とこれを論じてきた。ガリレオ（『二大世界大系についての対話』一八四二、フィレンツェ版、巻一、二五一―二ページ）が正解を出した［訳注：邦題名『天文対話』とも］。物体は速度を増し、加速度を減らしながら落ちて地球中心に達し、そこで加速度はゼロとなる。その後、速度が減り、減速度を増しながら、もう一方の端の開口部に達し、逆向きに再び落ちる。空気抵抗、そして（穴が極から極へ通じているのでない限り）地球自転によって生じるコリオリの力（coriolis force）を考えなければ、物体は行きつ戻りつの単振動を続ける。もちろん空気抵抗のため物体は地球中心で止まる。関心があるならフランスの

天文学者カミーユ・フラマリオンが『ストランド・マガジン』第三十八巻（一九〇九）に書いた（三四八ページ）「地球の中心を通る穴」を、ぞっとさせる絵を見るためだけにでも見ると良いだろう。

　キャロルがこの問題に抱いていた関心の強さは『シルヴィーとブルーノ・完結篇』第七章にもうかがえる。そこには（メビウスの輪、射影平面その他の科学や数学の面白ギミックと一緒に）引力だけで走る汽車の愉快な話が出てくる。町から町へ完全にまっすぐなトンネル軌道が走る。トンネルの中心部は必然的に末端部より地球の中心に近いはずだから汽車は中心に向かってダウンヒルに走り、その間に得た慣性によってトンネルの残り半分を上り抜く。面白いことに、この汽車が行程に使う時間は（空気抵抗と車輪にかかる摩擦を無視すると）、物体が地球の中心を通って落下する時間と正確に同じ――四十二分――である。この時間はトンネルの長さと関係なく一定である。

　不思議の国に行く手段として地球内部への落下を使うやり方は他にも多くの子供向けファンタジーの書き手を魅了した。たとえばフランク・ボーム自身（『オズの不思議な地下世界（*Dorothy and the Wizard in Oz*）』）やボームの後継者ルース・プラムリー・トンプソン（『オズのロイヤルブック（*The Royal Book of Oz*）』）など。ボームは地球貫通の地下鉄を『オズのチクタク（*Tik-Tok of Oz*）』でもなかなかなプロット・ギミックとして使ったりもしている。

6　アリスはもちろん“antipodes”（対蹠《たいせき》人）と言おうとした。地球の真裏の場所を「対蹠地」、住人を「対蹠人」と呼ぶのである。足の裏（「蹠」）の向きが此方と逆という意味。実際に一群の無人火山島がニュージーランド領にあって、この名を持っている（アンチポディーズ諸島）〔訳注：この先、アリスと出会うキャラのほとんどが彼女に共感を示さないだろうことを予示する、“antipathies”（対敵人）は言い間違いとしても巧いとするうがった説もある〕。

7　“you know”を無意味な間投詞（「……でしょう」「……だよね」）としてアリスが使った最初の場面。ふたつの『アリス』物語でアリスが“you know”を口にするのは三十回以上と教えてくれたのはジェイムズ・B・ホッブズで、これには驚いた。他の登場人物たちは五十回以上ですと！　これらの数には普通に使う「きみは知っている」とする用法は含まれていない。交感的（phatic）に使用される言語のよく知られた例である。
　アリスも登場人物たちも、成人してなお使い続ける今日のアメリカ青少年たちに負けずおとらず“you know”（でしょう）をよく使う。キャロルの時代に“you know”は同じくらい流行語大

たらよかったのに！　困るわね、空中にネズミはいない。でもこうもりならいるし、ネズミそっくりよ、でしょう？　でも猫ってこうもり食べるかしらね？」アリスはひどく眠くなり始めました。そこでひとりごとは続くのですが、夢みごこちでした。「猫、こうもり食べるか？」と。そして時には「こうもり、猫食べるか？」と。そして、つまりはどちらにも答えられないわけだもの、どっちの問いでも別にいいんだよね、でしょう？　自分がうとうとし始めていると思い、ダイナの手をとって歩きだし、本気でダイナに「ね、ダイナ、教えて、一度でもこうもり食べた？」と話しかけたとたん、突然、どさっ！　どさんっ！　棒と乾草《ほしくさ》の山の上に落ち、落下は終わりました。

　アリスはなんのけがもしません。すぐぴんと起きると上を見あげたのですが、頭上は真っ暗でした。目の前にはまた長い廊下があって、向こうへ急いで歩く白うさぎの姿が目に入りました。のんびりできません。アリスは速きこと風のごとくそこを離れると、うさぎが角を曲がるところで、こうつぶやくのが聞こえました。「耳《イヤ》だなあ鬚《ひげ》えなあ、遅刻だわあ！」角を曲がる時にはほとんど追いついていたのに、もう今うさぎは見えませんでした。気づくとアリスは長い天井低いホールにいましたが、そこは天井から吊りさげられた一列の明かりに照らされていました。[9]

賞だったと考えてよいのか。アリスが“you see”（見易い話）と言うと（こちらもアリスの愛用句）、イモムシが［訳注：目が見えないので］“I don't see”（わしゃ見えにくいからなあ）と答えたり、あとでアリスが“you know”（でしょう）と言うところ、イモムシ答えて“I don't know”（で仕様ねえけど）と答えるやりとりにホッブズ氏は大満足である。拙論“Well, You Know...”が『ナイト・レター』六十五号（二〇〇〇年冬号）に載っているので、どうぞ。

8　リドゥル姉妹は家の飼い猫、ダイナ（Dinah）とヴィリケンズ（Villikens）を猫かわいがりしていた。妙な名であるが、当時の流行歌「ヴィリケンズとダイナ」からとった名である。ダイナと二匹の仔猫は『鏡の国のアリス』の第一章に揃って出てくるし、あとのアリスの見る夢にも赤のクィーン、白のクィーンとして出てくる。

ホール中まわりすべて扉ですが、全部鍵がかかっていました。アリスは全部の錠をしらべながら片側をずっと向こうに歩き、もう片側でこちらに戻ってきて、悲しそうに真ん中に立ちつくし、どうすればもう一度外に出られるだろうと考えあぐねていました。

突然、がっしりしたガラスでできたちいさな三脚テーブルに出くわしましたが、上にのっかっていたのは小ぶりな金色の鍵ひとつだけ。アリスがまず思ったのは、この鍵が扉のどれかに合うだろうということだったのですが、いかんせん、錠が大きいのだか鍵がちいさいのだか、ともかくどの扉もあけられませんでした。でも二度目に回ってみると、前には気づかなかった低いカーテンに出くわし、そのうしろに高さ十五インチほどのちいさな扉があったのです。アリスは金色の鍵をその錠にさしこんでみましたら、驚くではありませんか、ぴったりと合ったのです！10

アリスはその扉をあけると、うさぎ穴よりそれほど大きくもない通路があるのがわかりました。膝をつくと、通路越し

9 テニエルの挿絵で白うさぎがホールを向こう側へ行く絵を見ても（本書八五ページ）、明かりが天井から吊りさげられていないが、という御指摘はブライアン・シブレーさんから。

10 謎の扉をあける金色の鍵はヴィクトリア朝ファンタジーの定番。次はアンドリュー・ラング作「紙魚《しみ》のバラッド」の第二聯《れん》。

贈りものひとつ妖精から（昔は
　ふつうみっつくれたとか）、
本への愛、魔法のとびら
あける金色の鍵。

オックスフォード版『アリス』物語で注をつけたロジャー・ランスリン・グリーンはこの金色の鍵をジョージ・マクドナルドの有名なファンタジー、『黄金の鍵』の天国への魔法の鍵につなげて考えている。この物語が初めて現れたのは一八六七年の『妖精たちに今まで見たこともない美しい庭がのぞけました。[11] どれほどその暗いホールから出て、明るい花々の花壇、冷たそうな泉の中をあちこち歩いてみたいと思ったことでしょう。しかし戸口から首さえ出せないのです。「もし首が出たとしても肩が出ないんじゃ、これがほんとのかたなし、なんの役にも立たない。望遠鏡みたいに伸縮《しんしゅく》きくといいのになあ！ はじめ方さえわかればできそうだけど」。おわかりのように、次から次へと変なことばかり起こり続けだったもので、本当にできないことなどほとんどないのだ、とアリスは考えるようになっていたのです。[12]

　ちいさな扉のそばで待っていてなんの役に立つはずもないのでテーブルのところに戻りましたが、その上にまた別の鍵がないか、ともかく人の体を望遠鏡のように縮めるためのやり方を書いた本がないかという気持ちでした。今回テーブルの上に見つかったのはちいさな瓶で（「この前にはたしかなかったわ」とアリス）、その首には一枚の紙のラベルがくくりつけてあって、このラベルにはきれいな大きな文字で「**我レヲ飲《イン》セ**」と書いてありました。[13]「我レヲ飲セ」とはありがたい。しかし賢い少女アリスはすぐにそうしようとはしません。「だめだめ、まずよっく見る」とアリスは言いました、「『毒』って印があるかどうか、見ること」と。だってそれまでに、友だち

とのつきあい』の中でだから、『不思議の国のアリス』刊行より二年あとということになるのだが、キャロルとマクドナルドが昵懇《じっこん》だったことを考えると、キャロルが草稿を見られたということは充分にありうる、とグリーンは考える。マクドナルドには「金色の鍵」という詩もあり、公表は十分に早く（一八六一）、キャロルの目にとまっていたと考えられる。問題の物語はマイケル・パトリック・ハーンのすばらしいアンソロジー、『ヴィクトリア朝妖精物語撰』（パンテオン、一九八八）にも入っている。

11　T・S・エリオットが批評家ルイス・L・マーツに明かしたところによると、詩人が長編詩、『四つの四重奏』（一九四三）の最初の詩「バーント・ノートン」に次のように書く時、念頭にあったのがこのエピソードだったらしい。

現在の時と過去の時は
ふたつながら多分未来の時の中に
ある。
そして未来の時は過去の時に含ま
れる。
もしあらゆる時が永遠に現在なら
あらゆる時間は取り戻せない。
あったかもしれないものはひとつ
の抽象
永遠に可能性にとどまる
思弁の世界の中でのみの。
あったかもしれないものとあった
ものは
ひとつの終わりをめざすが、それ
がいつも現在。
足音が記憶の中にこだまする、
我々が通らなかった通路を
我々があけなかった扉に向け
薔薇園へと。

秘密の庭へのちいさな通路はエリオットの『一族再会』（一九三九）にも出てくる。エリオットにとって、ある扉があけられていたら「あったかもしれない」事象のメタファーだった。

12 キャロルはスカート裾を張り広げるクリノリン（crinoline）のファッションを嫌悪していた（『鏡の国のアリス』第九章注11も参照）。ここでは『不思議の国のアリス』の挿絵（下右）と『子供部屋のアリス』の同じ挿絵（下左）を比べてみよう。後者においてクリノリンは劇的に控えられ、ブルーの蝶リボン（bow）が加えられている。ちなみにこのアリスの服にも注目。『子供部屋のアリス』でも、キャロル認可のすべての『不思議の国』グッズ——「不思議の国郵便スタンプ・ケース」（一八八九）と「ド・ラ・リュ・カード・ゲーム」（一八九四）——でも、その色はコーン・イエローだ！　アリスにつきものと言って良いブルーの衣裳の由来を知りたければ次など。"Am I Blue?" *Knight Letter* 85(Winter 2010).

『不思議の国のアリス』収録のテニエルのオリジナル挿絵

『子供部屋のアリス』（1890）の絵はジョン・テニエルによって彩色された

13 ヴィクトリア朝の薬瓶はねじ蓋ではなく、側にラベルを貼りつけてもいなかった。コルク栓だったし、紙のラベルが瓶の首にくくりつけてあった。

チャールズ・ロビンソン画、1907.

が教えてくれた、たとえば真っ赤に焼けた火かき棒を長く持ちすぎると火傷《やけど》するとか、ナイフでとても深く切ると普通は血が出るとかいった簡単なルールをどうしても思い出そうとしなかったために火傷したり、獣に食べられたり、その他いろいろないやな目にあう子供たちの、ちいさな良い物語をいくつも読んで知っていたのです。[14]

ところが、この瓶には「毒」の印がないものですから、アリスは思いきって飲んでみたのです。とても良い味とわかりましたので（実際のところ、チェリー・タルト、カスタード、パイナップル、七面鳥焼肉、タフィー、それに熱いバターつきトーストをまぜたような味というか）あっというまに飲んでしまいました。

＊　＊
＊
＊　＊
＊
＊　＊
＊
＊　＊

14　「ちいさな良い物語」が本当にそれほど良かったのかどうかとはチャールズ・ラヴェットの意見である。伝統的なお伽《とぎ》話で、怖いエピソードだらけで、信心深い教訓《モラル》がついているのが一般的だ。たとえばルイス・キャロル自身の本棚はどうかと言っているのはステファニー・ラヴェットで、一八一一年の物語、『エレン、あるいは更生不良少女』をのぞいてみると、不良少女が家から追いだされるが、少女が一老婦人の使いをきちんとつとめているのを親が見かけ、偶然のことで和解が成る。教訓臭を抜くことで『アリス』物語は子供向け物語に新しいジャンルを切り開いた。

「なんて変な気分！」とアリスは言いました。「望遠鏡みたいに縮んでるう！」[15]

それは気分だけじゃありませんでした。ほんとに今身の丈《たけ》たったの十インチ。だから、このちいさな戸口を抜けてあの美しい庭に出られるぴったりの大きさなので、それを思ってアリスの顔はぱっと明るくなりました。でもまずはちょっと待って、それ以上縮まないかたしかめる必要がありました。ちょっとばかりびくびくしていたのです。「だって最後は」とアリス、「ろうそくみたいに消えてなくなるかもしれないじゃない、でしょう？[16]　そしたら、私、どんなことになるのかしら」。そしてもしろうそくが吹き消されたら炎はどこに行ってしまうものか、一生けんめい考えるアリスでした。だってそんなもの一度だって想像したことがなかったからです。

　少ししてもう何も起こらないとわかると、すぐ庭に行く決心をしたのですが、いかんせん、いかん子なんだアリスは！[17]　戸口に行ってみるとちいさな金色の鍵を忘れてきたことがわかり、鍵をと思ってテーブルに戻ってみると、手が届かなくなっていることがわかりました。ガラス越しに鍵ははっきり見えるから、テーブルの脚のひとつを必死にのぼろうとするのですが、これがまたすべる、すべる。のぼり疲れてしまったかわいそうな少女はつき坐ると、やっぱり泣いてしまいました。

15　この作品でアリスの大きさが変わる場面が十二回あるが、ここが最初である。リチャード・エルマンは、自分が愛しながらも結婚はできないちいさなアリスと、彼女がすぐにそうなってしまうはずの大きなアリスの間の否み難い分裂をキャロルはこうして無意識裡に象徴化していたのかもしれないとしている。次も。Selwyn Goodacre, "On Alice's Changes in Size in Wonderland," *Jabberwocky* (Winter 1977). テニエルの挿絵に見るアリスの大きさをめぐるさまざまなズレについて論じている。

16　『鏡の国のアリス』第四章を見ると、トゥイードルダムが同じろうそく、炎のメタファーを使っている。

17　「いかんせん、いかん子（"alas for poor Alice!"）」。キャロルは "alas" で言葉遊びをしたつもりなのだろうか。こちらはなんとも言えないが、ジェイムズ・ジョイスが『フィネガンズ・

レオノール・ソランス・グラシア画、2011.

ウェイク』（ヴァイキング社改訂版、一九五九、五二八ページ）で “*Alicious*, twinstreams twinestraines, through alluring glass or *alas* in jumboland?”（「誘惑の鏡の国の、或は巨魁の国の二股に流れ、つたからみ合う悪《わり》いす」〔訳注：Alicious（悪いす）は Maliciouos（意地悪な）からMを脱落させたもの〕）と書いた時、あるいは “Though Wonderlawn's lost us for ever. *Alis, alas*, she broke the glass! Liddell lokker through the leafery, ours is mistery of pain.”（こちらは二七〇ページ「ふしぎの国の園生《そのう》、我らにことわに失われ、いかんせん、このいかん子はすでに鏡を割りす。リドゥルは葉むら越しに目で利取る。今、苦しみの秘儀は我らのもの」）と書いた時、こちらには意図ありとしないわけにはいくまい。

『フィネガンズ・ウェイク』中でドジソン、あるいは『アリス』物語に触れている何百箇所については、次のすばらしいエッセーを。Ann McGarrity

「さあ、そんなにめそめそしてなんの役に立つの！」アリスはきっぱりと、そう自分に言いきかせます。「言っとくけど、もう泣かないのっ！」いつも自分にとても良い忠告をする子供だったのです（ま、従うこともめったになかったんですが）。自分を叱りすぎて涙が出ることも時にはあったし、一度なんか一人二役でやっていたクローケーで自分に対してズルをしたといって自分の耳をなぐろうとしたのを覚えておりました。そう、この変な子供は二人ごっこをするのがとても好きでした。「でも今、なんの役に立つの」と、かわいそうなアリスは考えます、「まともに一人と言えるほどの自分も残っていないのに」と。[18]

すぐアリスの目はテーブルの下にあったちいさな緑の箱の上に落ちました。その箱をあけてみると、とてもちいさなケーキが入っており、その上にはきれいに干しブドウで「**我レヲ食《ショク》セ**」と書いてありました。「じゃ食べてみる」とアリス。「大きくなれば鍵に手が届く、ちいさくなるのなら戸をくぐり抜けられる。どちらにしろ庭に出られるんだもの、どっちだっていいや！」

少し食べると、どちらになるか手を頭のてっぺんにのせ、どきどきもので「どっち、さあどっち」とひとりごとを言います。ところが元の大きさの

Buki, "Lewis Carroll in *Finnegans Wake*," in Edward Guiliano(ed.), *Lewis Carroll: A Celebration*(Clarkson N.Potter, 1982). もっと早い時期に書かれたが、J. S. Atherton, "Lewis Carroll and Finnegans Wake," *English Studies* (February, 1952) も。こうした関連付けのほとんどは別に問題ないが、Alice Plaisance Liddell とAnna Livia Plurabelle［訳注：『フィネガンズ・ウェイク』の登場人物］という名のイニシャルの酷似といった類の変態事象はどう考えるべきか。それもまた（読者デニス・グリーンが気づいたことだが）、語の長さ、母音と子音の並び方、姓《せい》の方に含まれる二文字連続ということで、キャロルとアリスの名に見られる「一致」と同様の、単なる偶然であるのか。

ALICE　LIDDELL
LEWIS　CARROLL

文字遊びをもうひとしきり。"Dear

Lewis Carroll”の子音イニシャルを考えてみる。どう見てもこれ、“Charles Lutwidge Dodgson”のイニシャルを逆にしている、とかとか。
　少しまじめな話を。本物のアリスには息子がいて、その名がCaryl Liddell Hargreaves. これも偶然の一致だろうか。さらにアリスをめぐる大型ロマンス関連でひとつ。アリスがレジナルド・ハーグリーヴズと結婚する前の英国皇太子レオポルドとのロマンスのことだ。レオポルドがクライスト・チャーチの学部生だった時、二人は出会った。ヴィクトリア女王は公女との結婚以外許さなかったし、リドゥル夫人も断念した。アリスは結婚衣裳にレオポルドから贈られたものを付けたし、次男にレオポルドという名をつけた。数週後にさる公女と結婚したレオポルドは娘にアリスという名をつけた。こうなるとアリスが三男にキャリル（Caryl）の名を与えた時、なじみの数学者の名が念頭になかったとは考えにくくなるわけだが、アン・クラークの絶品伝記、『本物のアリス』（スタイン&デイ、一九八二）によると、アリスはキャリルの名はある小説からとったと言い続けていたとのことである。なんという小説かはわかっていない。

18　特段の根拠はないが、Denis Crutch & R.B.Shaberman, *Under the Quizzing Glass* (Magpie Press, 1972)というブックレットによると、アリス・リドゥルは二人ごっこが好きだったらしい。クラッチとシェイバーマンは、キャロルが自分自身を旺盛に物語のアリスに投影していたという議論にのせ、キャロルがいつも注意深く自分をオックスフォード大学の数学者チャールズ・ドジソンと、子供向けの本を書く少女愛の人物ルイス・キャロルを截然《せつぜん》と二分していた（「割りす」していた）ことを思い出させてくれる。

ままなので、とてもびっくりしました。普通ケーキを食べるとそうなんだよね。でもアリスは変なことずくめで当たり前と思うようになっていたので、普通のことが普通に進むの、とても退屈でばかばかしいと感じたのです。

そしてケーキを食べ始め、あっというまにたいらげたのでした。

第2章　涙が池

「チョーヘン、チョーヘン！」アリスは大声を出しました（あまりにびっくりしたらしく、とても変《へん》ってちゃんと言うことができなかったみたいだね）。今までで一番長い望遠鏡になって伸びちゃってるみたい。さよなら、足たち！（下の方の足を見てそう言ったのは、足がほとんど見えなくなるくらい向こうの方へ行ってしまうところだったからです）「ああ、かわいそうな私の足さんたち、こんなになってだれに靴や靴下はかせてもらえるの？私、絶対できない！　ものすごく遠くになって私、お世話できないわ、自分でうまくやって頂戴《ちょうだい》ね——でも親切にしてはあげなくちゃあ」とアリスはひとりごとを言います。「でなきゃ私の行きたい方に行ってくれなそう！　そうだ、クリスマスごとに新しいブーツ、あげればいい」

どういうふうにそうするか、いろいろと考え続けます。「宅配がいいかも」と考えつきます。「自分の足に御贈答品なんておかしい！　御住所が、また変なのよね、きっと！

アリスの右足殿、
炉格子《ろごうし》郡[1]
敷物町

1　炉格子（fender）は暖炉前の敷物と口をあけた炉本体の間を仕切る丈《たけ》低い金属製の枠ないしスクリーンのこと。セルウィン・グッデイカーはアリスが右足への宛名を〝Esquire〟（「殿」）にしたのは英語、フランス語両語にわたるジョークではないかと言っている。「足」に当たるフランス語は〝ピエ（pied）〟だが、履く人間の性《セックス》が男か女かに関係なく、このフランス語の（文法上の）性《ジェンダー》は男、男性名詞なのである。

（アリス拝）

とか。ああ、なんてばかばっかりしゃべってるのかしら、私！」

この時です。アリスの頭がホールの天井にぶつかりました。うそいつわりなく九フィート以上の身長になっていたのです。アリスはちいさな金色の鍵を手にすると庭に出る戸口へと一目散《いちもくさん》にかけだします。

かわいそうなアリス！　片方の腹を床につけて横になって、片目で庭をのぞくのがやっとで、外に出るなんてもっと難しくなっています。坐りこむと、またひとしきり泣きました。

「おまえ、恥ずかしくないの」と、アリスは言いました。「おまえみたいなおっきい子が」（本当に大きい子だったものね）「そんなふうにめそめそし続けてるなんて！　いいかげんに泣くの、おやめっ、いいことっ！」

チャールズ・ロビンソン画、1907.

でも一向に泣きやめませんから何ガロンも涙があふれ、まわりに大きな水たまりができました。深さ四インチの涙の池がホールの半ばまで広がりました。

少ししてアリスは離れたところにぱたぱたというちいさな足音を聞きつけたので、急いで涙をぬぐうと何が来るのか目をこらしました。白うさぎが戻ってきたのでした。白いキッドの手袋一組を片手に、もう一方の手には大きな扇子を持って、ちゃんとした正装です。ものすごくあわてていて、通りすぎる時に一人つぶやいて言うには「ああ！　公爵夫人、公爵夫人！　待たせちゃったら、怒り狂うなあ！」アリスはどうにもならない状態とせっぱ詰まっていたので、だれの助けでも借りるつもりでした。だからうさぎが近くに来た時、おどおどした低い声で「あのう、すみませんが――」と話しかけました。うさぎはびくっとして、白いキッドの手袋も扇子もそこに落とすと、暗闇の中へ全力で走りこんでいきました。[2]

2　「舞台の上の『アリス』」（序詩についての本書注1で既に述べた記事）でキャロルはこう書いている。

それから白うさぎだが、彼は何者か。彼はアリスの同類なのか、反対の存在なのか。もちろん反対の存在だ。彼女は若さ、大胆さ、元気、目的が迅速かつはっきりしているといった言葉で描かれるのに比べて、白うさぎは年かさの、臆病な、弱々しい、神経質でぐずぐずしているなどとされる。彼をどういう存在にしたいと私が考えたかの幾分かは、そうした表現でわかってもらえるだろう。私は、白うさぎは眼鏡をかけるべきだと思う。彼の声もふるえて（quaver）いなければならないし、膝もふるえて（quiver）いなければならない。全体的な感じとしては完全にいわゆる「ガチョウにワッとも言えない」タイプだと思う［訳注：

アリスは扇子と手袋を拾いあげました。なにしろホールがとても暑いので、ひとりごとを言っている間じゅうずっと扇子であおぎ続けです。「あら、あら！　今日は何もかもなんて変なんだろう！　昨日はまったくいつも通りだったのに。私、夜の間に取り換えっ子されてしまったのかしら。今朝起きた時は同じ私だったの？　ちょっとちがった感じ、したようにも思うけど。で、もしちがうんだとすると、また別の問題が。一体全体、私ってだれなの？ああ、これって大難問ね！」それからアリスは知っている子供で同い年の相手のことを片はしから思い浮かべ、そのだれかと取り換えられたのではないかと考え始めました。

「エイダじゃないのはたしかよ」と言います。「だってエイダの髪はすごく長い巻毛だけど、私の巻毛じゃない。それからメイベルともちがう。[3] 私、なんでも知ってるけど、メイベルときたらひっどいもの知らず！　それによ、彼女は『彼女』っていうし、私は『私』っていう、それから——ううんとっ、なんてややっこしいの！　前に知ってたこと今知ってるか、しらべてみよう。ええっと、四かける五は十二、四かける六は十三、四かけの七は——ひどいわ、この調子じゃ絶対二十に答、届かないじゃない！[4] 九々《くく》なんてどうだっていいから、次、地理ね。ロンドンはパリの首都で、パリはローマの首

“cannot say ‘Boo’ to a goose.” 超臆病の意」。

この物語の原話である『地下の国のアリス』では、うさぎは扇子ではなく香りの良い花の花束を落とす。あとでアリスの体が縮むのはこの花の香りを嗅いだ結果という話になっている。

3　原話『地下の国のアリス』を見ると、ここの名前はガートルードとフローレンスになっている。アリス・リドゥルのいとこたちの名前である。

4　アリスが答として二十に届かないことの一番簡単な説明としては、英米の九々表（multiplication table）は九かける九で終わらないで、十二かける十二まであるので、このノンセンスな計算を続けるなら——4×5＝12、4×6＝13、4×7＝14、……4×12（かける方の最大数）＝19となるはずで、20に1足りない、とするわけ。なある

都で、ローマは――なんか、これ全部ちがうみたい。メイベルと取り換えられちゃったの！　『なんてちいさな――』を復唱してみよう」。そして復唱の時間そっくりに膝の上で十字に手を組むと復唱を始めたのですが、しわがれた声は他人《ひと》の声みたいだし、言葉だっていつものものとちがっていました[5]――

テニエル以外の画家が挿絵を入れた最初の『不思議の国のアリス』。Ovenden & Davis, *The Illustrators of Alice*(1970) で誤って翻訳者のエレノーーラ・マンの絵とされたのだが、このオランダ語訳『アリス』(*Alice in het Land der Droomen* [Amsterdam: Jan Leendertz & Zoon.c.1887]) のオランダ人画家の名は未詳。

ほど。

　A・L・テイラーは著作『白の騎士』で面白いがもっと複雑な説明をしている。4×5は本当に12になる、但し18進法で、というのだ。4×6は13、但し21進法での話。進法の方の数が三つふえるこのやり方を続ける限り、掛算の積の方は1ずつふえて20に達するが、そこで初めてこのやり方がくずれる。4×13は（42進法で）20（のかたち）にならない。「10」にどんな記号（＊）を当てるにしろ「1」にこの記号のついた「1＊」（のかたち）にしかならないはずである。

　アリスのむちゃぶり計算に対するまたひとつ別の解釈については、Francine Abeles, "Multiplication in Changing bases: A Note on Lewis Carroll," *Historia Mathematica*, Vol.3(1976), pp.183-4を見られよ。Kenneth.D.Salins, "Alice in Mathematics," *The Carrollians* (Spring 2000)も。

なんてちいさなワニさんの
　かがやくしっぽ、うまく使い、
うまくかけるの　ナイルの水を
　金のうろこ一枚ずつに！

なんてうれしそうににったり、
なんてうまく水かきひろげ、
ちいさな魚にいらっしゃい、
　やさしくほほえむ顎《あご》ひろげ！

「ううん、正しい言葉じゃない」と、かわいそうなアリスは言って、言いながらまた目に涙です。「やっぱりメイベルに変わっちゃった。あんなちっぽけな汚い家に住むのかあ、おもちゃほとんどないし、それに勉強ばっか！　いやだ、私、決めた。もし私メイベルなのなら、下のここにずっといる！　みんなが顔つき出して『もう上がっておいで！』とか言っても、私、上を向いて言ってやる。『じゃ、私、だれ？　まずそれを答えて頂戴。それで私、その人間が気に入ったら、上がっていく。気に入らなきゃ、もっと別のだれ

5　ふたつの『アリス』物語中の大半の詩がキャロル同時代の読者によく知られた詩や流行した歌のパロディになっている。わずかな例外を除いて元歌の方は今日すっかり忘れられているが、キャロルが笑いとばすために選んだというだけの理由でタイトルのみ生き残っている。何を嗤《わら》おうとしているのかに通じていないと、戯詩《バーレスク》の面白さの大方は失われてしまう以上、パロディすべての元歌も本書では並べておくことにした。この巧みなパロディは英国の神学者で、「おお神よ、過ぎし世の我等の助け手よ」といった有名な賛美歌の作者でもあったアイザック・ウォッツ（一六七四－一七四八）の一番名高い作を元歌にしている。ウォッツの『子供たちのための賛美歌』（一七一五）から「怠慢と罠」をここに丸ごと引いておく。

なんてちいさなハチさんの
　かがやく時間、うまく使う

かになるまでは、下のここにずっといるわ』――でも、とにかく！」と、突然涙が噴きだしてきて、アリスは大声になりました。「みんな、顔を出してよ、おねがいい！　ここでひとりぽっち、もうやだあ！」

こう言いながら目を下にやって手を見て、アリスはしゃべってる間にいつのまにかうさぎのちいさな白いキッドの手袋をしているのを知って、びっくりしました。「どうやってこんなことが？」とアリスはいぶかしみます、「またちいさくなってるんだ」と。アリスは立ちあがり、テーブルの横に行って、それで身の丈《たけ》を測ってみて、できるだけ正確に当ててみると約二フィートという身長で、しかもさらに急に縮んでいっているとわかりました。どうやら原因は手に持っている扇子だとわかったので、あわてて捨てますと、ぎりぎりのところで縮み消えになるのをまぬがれました。

「あぶないとこだった！」言いながら突然の変化にぞっとすると同時に、まだ存在していることがわかって心底安堵《ほっと》しました。[6]「さあ、いよいよ庭だ！」そして全力でちいさな戸口にかけ戻っていったのですが、いかんせん《アラース》！　ちいさな扉はまた閉じていて、ちいさな鍵は前と同様、ガラスのテーブルの上にのっかっていました。「って、もう最悪」と、あわれな子供は言います。「だってこれほどちいさくなったこと今までない、絶対に！　そう最低、一

日長《ひなが》一日あつめるの
　花また花から花の蜜
なんて達者に巣をつくる
　なんてみごとに蠟《ろう》ひろげて
一生けんめいにたくわえる
　甘いたべものこしらえて
骨折り技ふるって
　私も忙しくはたらく
サタンが今も罠かけて
　怠け者らを引っかける
本に、仕事に、元気な遊びに
　若い日々がすぎるよう
毎日ひにち何かきっちり
　良いことちゃんとできるよう

キャロルは忙しずくめ、動き回る蜜蜂から一番遠い怠けもの、スローモーのワニを選んだ。

番低い！」

そしてこう言っている間に足をすべらせ、あっというまに、どっぽおん！　あごまで塩水につかってしまっていました。アリスがまず思ったのは、どういう次第《しだい》でか海に落ちたのだということでした。「なら、汽車で帰れる」と、ひとりごとを言いました（一度だけアリスは海岸に行ったことがあり、そこから大変大まかな結論を引き出していたのですが、どこにしろ英国の海岸に行くなら、まず海中にたくさん水着着替え車[7]が見え、木の手《て》鋤《すき》で砂を掘る子供たちが見え、それから海の家の列が見え、するとその後には必ず汽車の駅があるというものでした）。しかし、自分がいるのは身長九フィートの時に自分が流した涙のたまった池だと、すぐわかりました。

「あんなに泣かなきゃよかった！」どこかに出口がないかと泳ぎ回りながらアリスは言いました。「思うにその罰を、自分の涙で溺れることで受けるのね！　妙な話よね、たしかに！　でも今日は何もかも変なんだ」

W・H・ウォーカー画、1907.

6　既に見られたアリスの巨大化は宇宙発生論者たちが拡大宇宙論のある局面を説明するのによく利用されてきた。ここでのアリスの危機一髪は、優れた数学者のエドマンド・ホイッテカー卿《けい》がキャロル的遊びをこめて縮小宇宙論としたものを思い出させる。宇宙の物質の総量は間断なく減っていき、ついには宇宙全体が完全に無と化す。「宇宙の最終的行き所を非常に簡潔に説明できる利点がある」とホイッテカーは書いている（*Eddington's Principle in the Philosophy of Science.* ホイッテカーの講義が一九五一年、ケンブリッジ大学出版局から出版されたもの）。宇宙に拡大を止めさせ、ビッグ・バンならぬビッグ・クランチ（Big Crunch、大粉砕点）に向かって逆行させる状態が宇宙の全物質に生じる時、ここと同じような縮減・無化が生じる。

7　水着着替え車（bathing machine）はちいさな個室ロッカールームに車輪がついたものと思えば良い。馬に引かせて海水浴客が望む水深のところまで運ばせ、客は控え目に戸をあけて海に向かう。この更衣室のうしろに巨大な傘がついて客の姿を隠す。海岸で人目につかず衣服を着脱するための仕掛けである。このヴィクトリア朝らしい奇態な発明品は一七五〇年前後、マーゲートのクエイカー、ベンジャミン・ビールによって制作され、マーゲート・ビーチで使われた。後にこれをウェイマウスに持ちこんだのがラルフ・アレン。フィールディング作『トム・ジョーンズ』に出てくるオールワージー氏のモデルの人物だ。スモレットの『ハンフリー・クリンカー』（一七七一）中にも、マット・ブランブルの手紙にスカボロにおける着替え車の描写がある（*Notes and Queries* [August 13, 1904], Series 10. Vol.2, pp.130-1参照）。

　キャロルの傑作ノンセンス詩『スナーク狩り』（副題「八障の苦しみ」）の第二障（fit）を見ると、着替え車好きが本物のスナークを見分ける「間違えようのない五標識」のひとつということになっている。

　四つめ、それはこいつの着替え車
好《ず》きで、
いつもそいつを引っぱり回してる、
それが美しい景色に興を添えると
信じて――
この感情には皆首をかしげてる。

当時の水着着替え車

ちょうどその時、何かが涙の池の少し離れたところでぱしゃりぱしゃりいわせているのが耳に入りましたので、何かしらと思って近くへ泳いでいってみました。最初せいうちかカバかと思ったのですが、すぐ自分がいかにちいさくなっているのか思い出し、するとそれがアリス同様池にすべり落ちたネズミだと、すぐわかりました。

「なんの役に立つのかしらね」とアリス、「このネズミに話しかけてみたところで？　ここでは何もかも変だし、ひょっとしたら口がきけるかも。まあいずれ、だめもとだわ」。そこでアリスは話しかけます。「おおネズミ、この水たまりの出口、知らない？　私、この辺泳いで泳いで飽きてしまったの、おおネズミ！」（これが正しいネズミへの呼びかけ方のはずと思っていました。そんなこと今までやったことはなかったのですが、兄様のラテン語文法の本で[8]「ネズミは――ネズミの――ネズミに――ネズミを――おおネズミ！」とあったのを見たことを思い出していました）。ネズミはさぐるような目をしてアリスを

8　セルウィン・グッデイカーはこの本が『愉快なラテン語文法（*The Comic Latin Grammar*）』（一八四〇）だったのではと言っている（Selwyn Goodacre, "In Search of Alice's Brother's Latin Grammar," *Jabberwocky* [Spring 1975]参照）。『パンチ』誌ライターのパーシヴァル・リーが名を隠して書き、『パンチ』の漫画家ジョン・リーチが挿絵を入れた。初版をキャロルは購入している。同書中、語形変化させられている唯一の名詞が、「ミューズ（詩女神）」のラテン語に当たる"musa"である。グッデイカーは、兄の肩越しに兄のラテン語文法書を眺めたアリスが"musa"を"mus"［訳注：即ちラテン語の「ネズミ」］と取りちがえたのではないか」と言っている。オーガスト・A・イムホルツ・ジュニアはアリスがおこなう語形変化には奪格が欠けていて、ギリシア語の「ムーサ、Μοῦσα（詩神）」語形変化に近いわけだが、偉大なギリシア語学者の娘にとても似

見ていましたが、ちいさな目の片方でウィンクをしたようにも見えました。が、言葉は発しませんでした。

「きっと英語はわからないんだ」とアリスは思いました。「多分フランスのネズミなんだ、ウィリアム征服王についてやって来たのね」（そう、歴史をいくら知っているとしても、何が昔のいつ起きたか、あまりよくわかっていないアリスなのです）。そこでアリスは再び話しかけます。「ワタシノネコ、ドコ？」アリスのフランス語教科書の第一行目だったんですね。[9] ネズミは突然、水からとび上がると、全身恐怖でわなわなふるえている感じでした。「あら、ごめんなさい！」急いでアリスは大声を出します。かわいそうな動物の気持ちを傷つけてしまったと思ったからです。「あなたが猫をお好きでないこと、すっかり忘れてました」

「お好きでない、だって！」怒ったような鋭い口調でネズミが叫びました。

「きみ、猫好きになれるか、きみがぼくなら！」

「そうね、きっとなれないでしょう」なだめるようにアリスが答えます。

「どうか怒らないでください。それでも、うちの猫のダイナは見せてあげたいな。ダイナを見てもらうだけで、きっと猫を好きになってもらえるんじゃないかな。とてもおとなしい子よ」。アリスは池をゆっくり泳ぎながら、続

つかわしいと言っている。こうした話の展開は次のエッセーにうまくまとめられている。"A Mouse, a Cat, and a King: The Lesson Books," *Knight Letter* 82(Summer 2009).

9　ヒュー・オブライエンは「フランス語教科書」とは『やさしくお勉強（*La Bagatelle: Intended to introduce children of three or four years old to some knowledge of the French Language*）』（一八〇四）のこととしている（Hugh O'Brien, "The French Lesson Book," *Notes and Queries* [December 1963] 参照）。〔訳注：そこのやりとり。「私の猫ちゃんはどこ」「知らない」「彼にミルクをあげたの」「彼とってもミルクが好き」〕

7

La chatte.

Où est ma chatte?

Je ne sais pas.

Je lui ap-por-tais du lait.*

Elle aime beau-coup le lait.†

* I was bringing some milk to her.
† She is very fond of milk.

『やさしくお勉強』より

ハリー・ラウントリー画、1916.

けるのですが、半ばはひとりごとのようです。「暖炉のそばに坐ってすごく喉をごろごろいわせるの、手をなめたり、顔洗ったりしてね——第一、なでるととてもやわらかいし——第一、ネズミとらせたらぴかいちだわ——あらっ、ごめんなさい！」アリスがまた大声を出します。今度はネズミが全身ぶるぶるふるわせていて、アリスは相手を本当に怒らせてしまったのを感じました。「あなたがおいやなら、私たち、もうダイナの話、やめましょう」

「私たち、だと！」とネズミ。尻尾《しっぽ》の先までふるえています。「こ、こ、こっちまでそういう話をしたかったみたいじゃないか！　我らの一族はいつだって猫を憎んでたんだ。汚く、みすぼらしく、俗っぽいやつらだ！　二度とその名を聞かさんでくれ！」

「本当に聞かせない！」とにかく話の内容を一刻も早く変えようとして、アリスは言いました。「それじゃあ——好きなのは——っと——犬？」ネズミは何も答えませんから、アリスは熱心に続けました。「うちの近所にとてもすばらしいちいさな犬がいてね、見せてあげられたらどんなにいいか！　目がきらきらしたちいさなテリアだけど、カールした長い茶色の毛がとてもきれい！　もの投げると取ってくるし、ちんちんして御飯ねだるし、とにかくいろいろする——その半分だって思い出せないくらいよ——あるお百姓さんの犬なんだけど、役に立つ百ポンドの値打ちのある犬だって、お百姓さん言ってる。そこら中のネズミ皆殺しだって、ね——あららら！」とアリスが悲しそうに言いました。「どうやら、また怒らせちゃったみたい！」というのもネズミは全速力でアリスのいるところから泳ぎ去ろうとしていて、それで池には大きな水紋が立ったからです。

それでアリスは相手の背中に向けて、「ネズミさあん！　戻ってきてくださいよう。お好きでないのなら猫のことも犬のことも話しませんから！」と、やさしく声をかけました。ネズミはその声でふり返ると、ゆっくりと泳いでアリスのところに戻ってきました。その顔は（アリスが思うに、怒りで）蒼白《まっさお》です。ふるえ声でネズミが言います。「岸へ上がろう。そうすればぼくの身上話をしてあげられるから、なぜぼくが猫と犬が嫌いか、そのわけも知ってもらえるだろう」

行くべき時でした。池は落ちた鳥や動物たちでとても混雑してきました。あひる《ダック》もいればドードー鳥もいるし、おうむ《ローリー》もいれば仔鷲《イーグレット》も、他にもいくつか奇妙な生きものがいます。10 アリスが先頭をきりました。そして全員うちそろって岸に泳ぎついたのでした。

10　次章のテニエル挿絵の二点（本書一〇三ページ、一〇八ページ）に猿が顔を出している。テニエルがチャールズ・ダーウィンの戯画化を意図したという説がおこなわれてきているが、考えにくい。第二の絵に描かれた猿はテニエルが『パンチ』（一八五六年十月十一日号）に描いた政治諷刺漫画の猿の顔の引き写しだが、そこでの猿は敵都市への砲撃ゆえ「ボンバ王」のあだ名で知られた両シチリア王国の王、フェルディナント二世（一八一〇–五九）を表現したものである。

飛べない鳥ドードー（dodo）は一六八一年前後に絶滅した。キャロルがよくリドゥル姉妹を伴って訪れたオックスフォード大学博物館にはドードーの剝製標本があったし（今も現存）、ルーラント・サーフェリー描くドードー鳥の有名な絵があったと教えてくれたのはチャールズ・ラヴェットである。ドードーはインド洋のモーリシャス島に棲息していたが、オラン

ルイス・キャロル自画、一八六四

ダ人船員及び入植者が彼らの言うこの「不細工鳥」を食用に殺し、卵（一巣一卵）は初期入植者の持ちこんだ家畜に食べられてしまった。人間の手で絶滅させられた一番早い種《しゅ》のひとつである。スティーヴン・ジェイ・グールドの次の文章を。Stephen Jay Gould, "The Dodo in the Caucus Race," *Natural History* (November, 1996).

キャロルの「ドードー」にはキャロルの自己戯画の意図がある――キャロルの吃音《きつおん》のため、彼は自分の名を口にすると「ドードードジソン」とどもったとされる。「ダック」とは、リドゥル姉妹を舟遊びにつれだすキャロルによく同伴したロビンソン・ダックワース師のこと。オーストラリア産のおうむの「ローリー」とは姉妹の中の最年長、ロリーナ・リドゥルのこと（次章で「ローリー」がアリスに「私、そっちより年上、だからそっちよりもの知り」と言うのは、このためだ）。「仔鷺《イーグレット》」はイーディス・リドゥルのこと。

キャロル人物解説が『大英百科事典』に入る時、ドードー鳥の項目の直前に入ったのは、やっぱり面白い。この「奇妙な一団」のそれぞれがキャロルの日記の一八六二年六月十七日の記事になった出来事に関わった人間を表している。キャロルは姉妹のファニーとエリザベス、それに叔母のルーシー・ラトウィッジ（「他の奇妙な連中」）を、ダックワース師、リドゥル三姉妹とともに川遊びにつれだした。

六月十七日（火）。ニューナムへ。（トリニティの）ダックワース、イーナ、アリス、イーディスも来た。十二時三十分頃出発。ニューナム着二時頃。そこで食事。パークを歩き、四時半くらい帰途。ニューナム上一マイルほどのところで雨。少し雨宿りしたあと、ボートを置いて歩こうということにした。三マイルも歩いたら皆びしょ濡れになった。エリザベスより足がはやい子供たちとまず歩きだし、サンドフォードで唯一の知人たるブロートン夫人のところに子供たちを連れていった。ランケンが住んでいるところだ。着物を乾かす間、子供たちを夫人にあずけ、車を見つけに出たが見つからない。他の連中が到着するのを待ってダックワースと自分でイフリーに行き、そこから一同に馬車を回した。

手書き原話の『地下の国のアリス』にはこの時の経験にまつわるディテールが一杯あるが、キャロルは関係者以外の人間にはどうでもいい話と思ったか、後に削除した。一八八六年、手書き本がファクシミリ版で出た時、ダックワースが受けとった一冊には「ダックへ、ドードーより」の署名があった。

ブライアン・シブリーの次のエッセーが面白い。Brian Sibley, "Mr. Dodgson and the Dodo," *Jabberwocky* (Spring 1974). シブリーが引くウィル・カピーの言葉。「ドードー鳥にはチャンスがなかった。絶滅するというただひとつの目的のために発明されたように思われ、そしてその役にだけは立派に役立ったのだ」

第３章　コーカス競争と長い尾はなし

実際、土手の上に集まったのは奇妙な一団でした——鳥たちは羽からしずくがぼたぼた、動物たちは毛が体にぴったり、皆びしょびしょで、ぷんぷんで、いらいらでした。

第一の問題はどうすれば元通り乾くかということで、少しやりとりがありましたが、ものの数分もすれば、気づくとずっと昔からの知り合いみたいに口をきいて、少しも不自然でない感じなのです。実際ローリーともずいぶん話しましたが、挙句《あげく》に相手は不機嫌になり、「私、そっちより年上、だからそっちよりもの知り」とだけ言いました。なにしろ相手の年齢《とし》がわからないのですから、これはうんとは言えません。ローリーが絶対年齢を言わないので、それ以上話すことは何もありませんでした。

やっと、一同の中で何やらえらい相手と思われているふうなネズミが大声でこう呼ばわりました。「みんな、腰をおろして、こちらの言うことを聞いてくれ！　私がすぐにも乾燥させてやるぞ！」皆、ネズミをとり巻く大きな輪になって坐りました。ネズミをじっと見つめる目はどこか不安そう、だってすぐにも乾かさなくては悪い風邪をひきそうだと思っていたからです。「えっへん！」大変えらぶってネズミが始めました。「用意はいいか。以下は私の知る限り、最も無味《むみ》にして乾燥な話なんだ。皆謹聴《きんちょう》して。頼むよ！

イアン・マッケイグ画、2011.

『その大義、羅馬《ローマ》より是《ぜ》とされたる征服王ウィリアムに、頭《かしら》を欲しがり、最近は略奪と征服に泥《なず》み切っていたイングランド人は忽《たちま》ちにして平伏したる也《なり》。マーシア及びノーサンブリアの殿《との》たるエドウィンとモーカーにして[1]――』」

「ぎゃあ！」とローリー。ぷるっと体がふるえました。

「なんですかね！」とネズミ。眉根にしわを寄せながらも、あくまで丁重《ていちょう》に、「何かおっしゃいました？」

「言ってないわ！」ローリーはあわてて答えます。

「おっしゃったと思いましたが」とネズミ。「先、続けます。『マーシア及びノーサンブリアの殿たるエドウィンとモーカーにして、彼の味方と宣し、カンタベリーの大司教スティガンドさえそを良きことと――』」

「そってなんだい？」とダック。

「それってことだ」ネズミはかなり怒って答えました。「それの意味、知ってるよなあ」

「『それ』が何を指すか、私が何かを見つけた時にゃはっきりしてる」とダック。「たとえば普通にゃカエル、とかミミズだが。問題は大司教が見つけたそだ！」

1　キャロルの日記を編集したロジャー・ランスリン・グリーンはこのなんとも埃《ほこり》高い言葉がハヴィランド・チェプメルの『歴史速解』（一八四八）一四三―四ページをそっくり引いたものとしている。キャロルは実はエドウィン、モーカーと遠縁に当たるが、キャロルがそのことを知っているとは考えにくい、とする（『ルイス・キャロル日記』第一巻、二ページ）。チェプメルの本はリドゥル家の子供たちの教科書のひとつ。グリーンはまた別のところで、ここでのネズミは子供たちの女家庭教師だったミス・プリケットを表すようにキャロルが書いたものかもしれないと言っている。

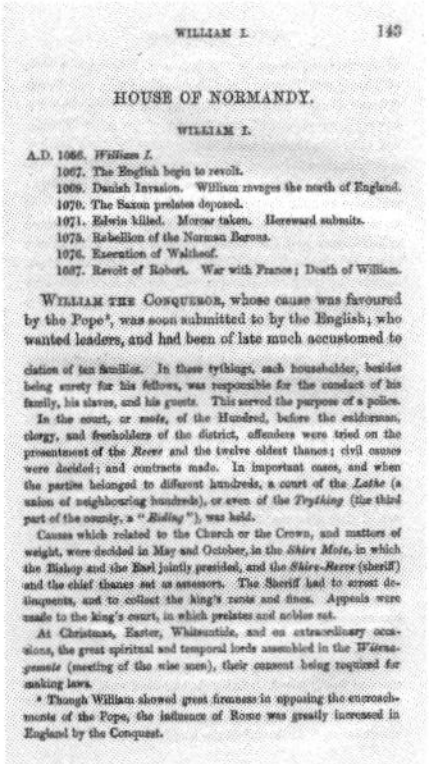

WILLIAM I. 143

HOUSE OF NORMANDY.

WILLIAM I.

A.D. 1066. *William I.*
1067. The English begin to revolt.
1069. Danish Invasion. William ravages the north of England.
1070. The Saxon prelates deposed.
1071. Edwin killed. Morcar taken. Hereward submits.
1075. Rebellion of the Norman Barons.
1076. Execution of Waltheof.
1087. Revolt of Robert. War with France; Death of William.

WILLIAM THE CONQUEROR, whose cause was favoured by the Pope*, was soon submitted to by the English; who wanted leaders, and had been of late much accustomed to

ciation of ten families. In these tythings, each householder, besides being surety for his fellows, was responsible for the conduct of his family, his slaves, and his guests. This served the purpose of a police.

In the court, or *mote*, of the Hundred, before the ealdorman, clergy, and freeholders of the district, offenders were tried on the presentment of the *Reeve* and the twelve oldest thanes; civil causes were decided; and contracts made. In important cases, and when the parties belonged to different hundreds, a court of the *Lathe* (a union of neighbouring hundreds), or even of the *Trything* (the third part of the county, a "*Riding*"), was held.

Causes which related to the Church or the Crown, and matters of weight, were decided in May and October, in the *Shire Mote*, in which the Bishop and the Earl jointly presided, and the *Shire-Reeve* (sheriff) and the chief thanes sat as assessors. The Sheriff had to arrest delinquents, and to collect the king's rents and fines. Appeals were made to the king's court, in which prelates and nobles sat.

At Christmas, Easter, Whitsuntide, and on extraordinary occasions, the great spiritual and temporal lords assembled in the *Witenagemote* (meeting of the wise men), their consent being required for making laws.

* Though William showed great firmness in opposing the encroachments of the Pope, the influence of Rome was greatly increased in England by the Conquest.

『歴史速解』より

ネズミはもう相手にしません。そして急いで続けます。「『――そを良きことと諾《うべな》い給《たま》う、エドガー・アセリングと共に行き、ウィリアムに拝謁《はいえつ》して王冠を供《きょう》すことを。ウィリアムの挙措《きょそ》、初手こそ穏やかなり。しかるに彼がノルマン人《びと》らの不遜《ふそん》たるや――』、そこ、カンソーはどうかね？」アリスに向き直ってネズミは言いました。

「まだびしょびしょ」つらそうにアリスは答えます。「そんなお話じゃ、感想なんか持てないわ」

「その場合には」とドードーが立ちあがっておごそかに申しますには、「より有効なる解決法の即時採択のために一時休会の動議をば――」

「わかるように言ってよ！」と仔鷺《イーグレット》。「そんな長たらしい言葉の半分だってわかりゃしないし、もっと言えばあんただってそうじゃないの！」仔鷺は頭を下げて笑いを隠します。他の鳥で声をあげて騒ぐものが何羽もいました。

「私が言おうとしておったのは」と、

ちょっと怒ってドードーが言いました。「完走っていうんなら一番いいのはコーカス競走だっていうこと[2]」

「なあに、コーカス競走って？」とアリス。アリスにしても知りたかったわけではありません。見るところだれかがしゃべるべきだとドードー鳥が思っているらしいし、かと言って他のだれかが何かを言うふうでもなかったからです。

「そうだな」とドードー。「それが何か説明するには、まずやってみることだ」（それで、きみが自分でもやってみたいだろうから、ドードーがどうやったかをここで教えておこうね）

まずレースコースを円みたいに描く（「正確になんて必要ない」とドードーは言いました）。そして全員がコース沿いにあっちやこっちに立つ。「かまえてえ、よおい、どんっ！」好きな時に走り始め、好きな時にやめてよいから、いつ競走が終わるのかはよくわからない。しかし一同が半時間かそこいら走って、すっかり乾燥した時、突然ドードー鳥が大声で呼ばわったものです。「競走終わり！」そこで皆、ドードーのまわりに集まってきましたが、皆息をきらせており、「それにしてもだれが勝ったの？」と口々に聞いていました。

2 「コーカス（caucus）」という言葉はアメリカ合衆国起源。政治集団の政策作成や候補者指名をおこなう幹部会会議のこと。英国に移ると少し意味が違って、委員会形式の高度に熟練した政党組織の体系のことを指す。普通は政党が反対政党を罵る時に使う。キャロルが彼のコーカス競争に何を象徴させたかというと、委員会メンバーがどこにも行きつかない堂々めぐりをぐるぐるやりながら政治的利権や任官にあずかろうとしている状態である。『水の子供たち』第七章はチャールズ・キングズリーが露骨な政治諷刺をこめた箇所だが、そこのカラスどものコーカスにキャロルが影響を受けたとする説もあるが、ふたつの場面に共通点はほとんどない。

　コーカス競争は原話たる『地下の国のアリス』には出てこない。前章の注10に述べたエピソードに基づいた次の文章が消された代わりに書かれたくだりなのである。

「私が言いたかったのはだな」と、かなり怒った口調でドードーが言いました。「このあたりにお嬢ちゃんと他の皆が体を乾かすことができる家があってだな、きみが我々に話してくれると約束してくれたはずの物語をゆっくりと拝聴することができるよ」とネズミに向かって重々しく頭《こうべ》をたれました。ネズミは反対しません。そこで一同、川の土手に沿って歩き始めました（池はこの時にはホールからあふれだし始めており、ふちには燈心草《とうしんそう》や忘れな草が生えていました）。ゆっくり行列になって進み、先頭はドードーでした。少しばかり進むとドードーはいらだち始め、一同の残りの者たちをダックにあずけると、アリス、ローリー、イーグレットと一緒に俄然《がぜん》歩調を早め、すぐにちいさな小屋に着いて、炉辺で気持ちよく毛布に包まれてくつろいでいると、一同到着し、全員また乾いたことであります。

アリスに供出《きょうしゅつ》させ、またアリスに戻す指貫き（thimble）は、当局が市民の財布から税金をとり、政策という形でこの金を返すあり方を象徴しているのかもしれない。次などを見ると良い。

Narda Lacey Schwartz, "The Dodo and the Caucus-Race," *Jabberwocky* (Winter 1977), あるいは August Imholtz, J., "The Caucus-Race in *Alice in Wonderland*: A Very Drying Exercise," *Jabberwocky* (Autumn 1981). コーカス競争で走るとは、アルフレーダ・ブランチャードによれば、政治屋どもの猟官競「争」の象徴でもある（『ジャバウォッキー』一九八二年夏号）。

　この場面の絵（本書一〇八ページ）だが、テニエルもドードーの退化したちいさな翼の下に人間の手をつけざるを得なかったのがおかしい。これがないと、どうして指貫きがつまめるか、ということだからである。

　前章の注10最初の部分で、コーカス競争参加の動物たちを描いたテニエルの絵に唐突に猿が出てくることを書いておいた。キャロルは『地下の国のアリス』に入れた自画スケッチにも猿を描きこんでいる。この原話にしろ、『不思議の国のアリス』にしろ文章本体に猿は出てこないので、批評家たちは当然のように、なぜキャロルは猿を加え、テニエルにもそうさせたかについて頭をひねってきた。この猿の追加は、ダーウィンの進化論が大いに世間を騒がせていた風潮を反映していたというのが大方の意見である。

　キャロルはそもそも進化論を良しとしていたのだろうか。良しとしてなかったと考えられてきたのだが、私にはもうひとつはっきりしない。日記には（一八七四年十一月一日付け）、英国人動物学者セント・ジョージ・ジャクソン・ミヴァートの本を褒める記事が書かれている。

調子良くないので一日家を出ず、この一日をかけてミヴァートの『種《しゅ》の生成』全巻を通読したが、興味津々《しんしん》、得心のいく本だ。「自然選択」だけでは宇宙は説明がつかないし、神の創造と教導の御力とそれとのまったき併立共存も説けない。「環境との一致」理論もキリスト教信仰と調和するのだ。

こうして進化論者トマス・ハクスリーの学生だったミヴァートは蒼古《そうこ》たる地球と、全生命が単細胞の生命形態から始める進化とを十全に受けいれた。しかし、今日の「インテリジェント・デザイン（intelligent design）」［訳注：知性ある存在による世界創造］の信奉者たちに通じなくもないが、ミヴァートはその本の中で、神が進化プロセスを創造・教導し、歴史のある時点で不滅の霊魂が猿のような獣に吹きこまれるという説をなした。

一九〇〇年、カトリック教会は異端の嫌疑でミヴァートを破門した。最近になってヴァチカン教皇庁はミヴァートの「インテリジェント・デザイン」的立場を公式に認めた。この悲劇的経緯については拙著『過激な側面』（プロメシューズ・ブックス、一九九二）第九章を見られたい。

後日の、一八七八年十二月二十八日の日記の記載。「書いたのは『自然選択（Natural Selection）』というゲームの規則集（の）……第二版」。このゲームの元の名からしてダーウィンへの供物だったはずなのに、一八七九年には「ランリック（Lanrick）」と名称変更の上、出版された。

ハワード・チャンは、この絵が「キャロルのアリスと結婚したいという熱烈な願いを示す巧みに隠された証拠だ」とし、もしこれを伝統的な結婚式だと見れば指貫きが即ち結婚指輪に当たるのだろうと言う。アリスが花嫁とするならドードー（ドジソン）が花婿、ダック（ダックワース師）が中央で式を仕切り、アリスの二姉妹、イーグレット（イーディス）とローリー（ロリーナ）が証人役という図である(Howard Chan, "Seek It with a Thimble," *Knight Letter* 92 [Spring 2014])。

この問いはいろいろ考えないとドードーにも答えられませんから、長い間、一本の指をひたいに当てて（シェイクスピアが肖像の中でしてるところをよく見かける恰好《かっこう》だよね）、残りの者は黙って待っていました。やっとドードーが口を開きます。「皆が勝った、だからだれもに賞品」

「だれが賞品渡すの？」皆が一斉に尋ねます。

「むろん、この子じゃ」と、ドードーは一本の指でアリスを指しながら言いました。すると一同一斉にアリスを取り囲み、てんでんに「御褒美！　ごほうびっ！」と叫びます。

アリスはどうしたら良いかわかりません。自棄《やけ》になって手をポケットにつっこんで、お菓子の小箱を取りだしました[3]（塩水が中に入ってなくて幸いでした）。そして片はしから賞品として渡していきました。ぴったりこ、全員に一人一個回りました。

「この子に、ない。でしょう？」とネズミ。

「それもそうだな」とドードーが重々しく言います。「ポケットに他に何かないのかい？」と、アリスに向かって言葉を継ぎました。

「指貫《ゆびぬ》きがひとつだけ」つらそうにアリスが答えます。

「それをここへ」とドードー。

3　〔訳注：ここで「お菓子」と訳した〕「コンフィッツ（Comfits）」は乾燥させた果実細片や種を砂糖漬けにしたものを芯にシロップでコーティングした、固い球状の糖菓。

それから皆でアリスをもう一度取り囲み、ドードーはおごそかに指貫きを手渡すと、「願わくはこの雅《みや》びなる指貫き、御嘉納《ごかのう》あらせられますよう」と言いました。短い演説が終わりますと、やんややんやの喝采《かっさい》でありました。

なんて何もかもばかげてるのとアリスは思いましたが、皆があまりに真面目くさっているので笑うこともできません。何を言ったら良いのかもわからないのでただお辞儀《じぎ》をして、できるだけ真面目な様子で指貫きを受けとりました。

次はお菓子を食べる番です。これがまた大騒ぎでした。大きな鳥は菓子が

ちいさいと言い、ちいさな鳥は喉につっかえて、背中を叩いてもらわないといけません。それやこれやで一段落しますと、一同もう一度輪になって坐り、ネズミにもっと何か話すように頼みます。[4]

「身上話してくださるお約束です。でしょう?」とアリス。「どうしてお嫌いなのか——そのぉネとイが」と、小声になったのは相手をまた怒らせてはいけないと思ったからです。

「長くて悲しいお話になるな」ネズミはアリスに向かって、ため息まじりに言います。

「たしかに長い尾だわね」と、アリスは目を落としてネズミの尻尾《しっぽ》をふしぎそうに見ながら言いました。[*]「でも悲しいって、一体どこが?」と、ネズミが話してるかたわらで、やっぱりわからないと思い続けているアリスでした。その尾《お》はなしをどう思っていたかというと、そう、こんなぐあい[5]——

4　テニエルの絵（本書一〇三ページ）の中で楽しそうにネズミの話に聴き入っているフクロウ（どうして楽しそうなのか）が、自分の声の響きに夢中で天敵がそばにいることに気づいていないネズミをどうにかしようという様子が見えないのも奇妙ではないか、と指摘してくれたのはアンドリュー・オーガスである。

*　［訳注：「尻尾／お話（tail/tale）」］

5　ネズミの尾はなしは多分英語で書かれた一番有名な形象詩（emblematic verse; figured verse）である。印刷された詩の形が何か主題と関係あるものに似ているような詩を形象詩という。この気取った趣向は古代ギリシアの「テクノパエグニア」という技巧詩にまで遡る。実作者にはロバート・ヘリック、ジョージ・ハーバート、ステファヌ・マラルメ、ディラン・トマス、e《マ》・e《マ》・カミングズ、そして現代フランス詩人

フューリーが家で会った
ネズミに言ったことには
「ふたりして裁判だ。
おれがおまえを
起訴する――
どうでもいやとは
言わせない。なに
がなんでも裁判だ。
だって今朝、何
もすることないし」
ネズミが犬に
こう言った。「そん
な裁判て、旦那、
陪審も判事もい
ないでは何を言お
うがむだ」「おれが

ギヨーム・アポリネールなど錚々《そうそう》たる詩人が名を連ねる。形象詩をまともな芸術形式とする説得力はいまイチながら元気をくれる擁護論が次。Charles Boultenhouse, "Poems in the Shapes of Things," *Art News Annual* (1959). 形象詩の例をもっと見たければ『ポートフォリオ』誌（一九五〇年夏号）。C. C. Bombaugh, *Gleanings for the Curious* (1867, revised); William S. Walsh, *Handy-Book of Literary Curiosities* (1892); Carolyn Well, *A Whimsey Anthology* (1906) も。

　テニソンがキャロルに妖精の出てくる長い詩の夢を見たという話をしたことがあるらしい。初めのうちは一行一行が非常に長い詩なのに進むにつれ一行がどんどん短くなり、最後には一行たったの二音節だけという行が五、六十行続いたというのである（その夢の中でその詩を傑作と感じていたテニソン、しかし覚醒してみると完全に忘れてしまっているのだった）。この逸話がキャロルのネズミの尾はなしに影響

判事で、おれが
陪審」と言った
のはこずるい
老犬フュー
リー「事件
すべておれ
が仕切っ
てなにが
なんでも
おまえ
の刑
は
死[6]
。

を与えたのかもしれないという説がある（『ルイス・キャロルの日記』第一巻、一四六ページ）。

　原話の手書き稿では語られる物語詩はこれとまったくちがっているが、ある意味、この詩より良い。自分が猫と犬が大嫌いである理由を話すというネズミの約束がちゃんと果たされているからだ。我々がここで目にしている詩では猫の話がにゃい。キャロル自筆の原話は次のようである。

敷布の下で暮らしてた、
あったか、もふもふ、ふかふか、
でもひとつ悩みが、
それはニャンこにゃ！

たのしみにはじゃま、
目にはもや
心にゃ丸太
それがワン公だわ！

ニャンこいないならば

チュー公あそべら、
しかしひどい！　ある日のことだ
（というお話だが）。

ニャンとワンがきた、
チュー公狩りにだ、
ネズミぺちゃんこにしてから
それぞれ坐るのは
敷布の下、
あったか、もふもふ、ふかふか、
考えるだに、いや！

アメリカ人論理学者で哲学者のチャールズ・サンダース・パース（一八三九—一九一四）は、詩の擬音（onomatopoeia）に絵の方で相当するものは何かに非常な興味を抱いていた。その未発表論文中にE・A・ポーの「大鴉《おおがらす》」を写したものがあるが、パースが「アート・キログラフィー（art chirography、書字《しょじ》美術）」と呼んだやり方で書／描《か》かれている。これはそう見えるほどばかげたものではない。使われている語が詩をうみだしている詩藻《アイディア》／思想の視覚的印象を形にしてみせるのである。今日広告レタリング、本のジャケ（ット）、雑誌中の物語や記事の標題、映画・テレビのタイトル等々に濫用される手法と言える。

キャロルが最後の四行に追加変更を申し出ていたという話はR・B・シェイバーマン、デニス・クラッチの本（*Under the Quizzing Glass*）を読むまで知らなかった。『不思議の国のアリス』一八六八年版にキャロルが数えあげている三十七箇所の訂正希望部分のひとつでもある。

ネズミが犬にこう言った。「そんな裁判？　陪審も判事もいないではさぞかし退屈、無味乾燥」「おれが判事でおれが陪審」と言ったのはこずるい老犬フューリー、「事件すべておれが仕切って、なにがなんでもおまえの刑は死。

キャロルの少女友達、イーヴリン・ハルが飼っていたフォックス・テリアの名が「フューリー」といった。モートン・コーエンは『ルイス・キャロル書簡集』（オックスフォード、一九七九）三五八ページの注で、その犬はネズミ尾はなしの中の老犬にちなんでそう名付けられたと思うと言っている。コーエンはキャロルの日記の記載事項に則って（公刊された『日記』からは削除）、このフューリーが水腫病を発症、射殺の余儀なしに到り、その射殺にキャロルも立ち会ったことを述べている。

一九八九年、ニュージャージーはペニントン・スクールの二人の十代の学生、ゲイリー・グレイアム、ジェフリー・メイドンがトンデモ発見をした。キャロルのネズミ詩はいわゆる「尾韻（tail rhyme）」構造——韻を踏む二行対句に韻を踏まない一行が加わる形式——をしているのである。最後の行を長く伸ばすことで、キャロル

「人の話を聞いてない！」アリスに向かってきびしい口調でネズミが言います。「何か考えごとか？」

「ごめんなさい」アリスがひどく恥ずかしそうに言います。「たしか五回折れたところですよね？」

「それ、なんだい？」きつい、とても怒った口調で、ネズミ。

「難題ですって？」いつも役に立ちたい一心のアリスが、まわりに目をこらします、「じゃ、それ解くの手伝わせてくださいな！」[7]

「別にそんなこと、しないよ」言いながらネズミは立ちあがって、歩き去ろうとします。「ばかなことばっかり言って、人を虚仮《こけ》にしてる！」

「そんなつもりじゃ！」とアリス、「ほんとに怒りやすいのね、でしょう！」

ネズミは答える代わりにうなります。

「戻ってきて、お話終わってよ！」うしろからアリスは大声で言います。皆も「そう、そうしようよ！」と声を合わせます。しかしネズミはいらいらと首を横に振ると、歩みをはやめました。

「行っちゃうなんて残念ね！」ネズミの姿が見えなくなるとすぐローリーが言いました。すると年寄りのカニが良い機会とばっかりに娘に言います。「おまえや。おまえすぐ怒らないようにという見本にするのね！」「うるさいわ

はこの尾はなしを左に図示したように伝統的形式で印刷してみるなら、まさしく長い尾を持つネズミそっくりになるようにした！　問題のトンデモ発見の詳細については“Tail in Tail(s) : A Study Worthy of Alice’s Friends,” *New York Times* (May 1, 1991, p.A23)を見られたい。Jeffrey Maiden, Gary Graham, & Nancy Fox, “A Tail in Tail-Rhyme,” *Jabberwocky* (Summer/Autumn 1989) とその参考文献も。

‘Fury said to the mouse,
That he met in the house,
“Let us both go to law: I will prosecute you—
Come, I’ll take no denial:
We must have the trial;
For really this morning I’ve nothing to do.”
Said the mouse to the cur,
“Such a trial, dear sir,
With no jury or judge, would be wasting our breath.”
“I’ll be judge, I’ll be jury,”
said cunning old Fury:

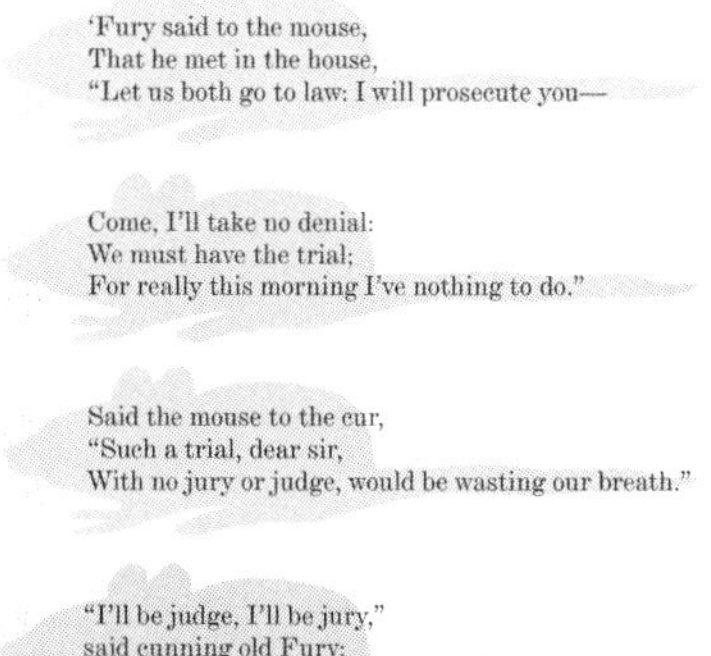
“I’ll try the whole cause, and condemn you to death”.’

長い尾はなしを伝統形式で組むと

よ、ママ！」娘のカニがこなまいきに返します。「そんなじゃ、無口な牡蠣《カキ》だって黙ってないわよ！」

「ダイナがいたらどんなにいいか、と思うわ！」と、別にだれにというのでもなくアリスが口にします。「あんなの、すぐくわえてくるのに！」

「そのダイナってだれなの、お尋ねしていい？」とローリー。

アリスは喜んで答えます。ペットのことになるといつだって話したくて仕方がないのです。「ダイナってのはうちの猫。ネズミとらしたらすごいの、ほんとよ！　そうそう、鳥追いかけるところなんか見せたいくらいよ！　ちいさな鳥だったら見っけたら、もう食べてる！」

この言葉で一同ひどくざわつきました。すぐにいなくなった鳥もいるし、年寄りのカササギはとてもしっかりと羽で身をくるみ始め、「さあ帰らなくては、夜の空気が喉に悪い！」と言いました。カナリアは声をふるわせて子供たちに、「行くのよ、おまえたち！　もう寝る時間！」と言いました。なんだかんだと理由をつけて皆いなくなり、たちまちアリスはひとりぼっちになっていました。

「ダイナのことなんか言わなきゃよかった！」悲しそうにアリスはひとりごとを言いました。「ここじゃだれもダイナを好きじゃないみたいだけど、絶

一九九五年、メリーランド州シルヴァー・スプリングのマクシン・シェーファーは小ぶりなハードカバー本を公刊（*The Tale of the Mouse's Tail.* ジョナサン・ディクソン画）。楽しい本で、世界中の『不思議の国のアリス』本でネズミの物語がさまざまな形に印刷された図を余さず絵にしてみせている。

6　『スナーク狩り』第六障の「弁護士の夢」と比較のこと。スナークが判事と陪審、そして被告弁護人を兼務する。

7　この一行は後にキャロル自身、数学の十の難問題、キャロルのいわゆる「なんだい（knots）」に対する解答群の頭部分に引用する。一八八〇年、『マンスリー・パケット』誌に掲載。一八八五年には『もつれっ話《ばなし》（*A Tangled Tale*）』というタイトルで単行本になった。

対世界一の猫だわよ！　ああ、ダイナちゃん！　ひょっとしたらもう会えないのかなあ！」そしてアリスはまたひとしきり泣き始めます。とても孤独で心折れていたからです。でもちょっとして、遠くにまたあのちいさなぱたぱたという足音がしたものだから、きりっと目をあげます。ネズミの気が変わって、話をし終えるために戻ってきた、と思ったからです。

第４章　うさぎがビル君を投入す

それは白うさぎでした。ゆっくりと戻ってきたのですが、やってきながら、何か落とし物をさがしているという感じにあたりをきょろきょろと見回しています。こんなひとりごとを言っているのをアリスは聞いてしまいました。「公爵夫人！　公爵夫人！　手《て》っ！　毛《け》っ、鬚《ひげ》えなあ！　きっと自分、死刑だな、イタチかたないか！[1]　それにしてもどこに落としたんだ、だよなあ？」扇子と白いキッドの手袋のことだと、アリスはすぐ思い当たったので、親切にまわりをさがし始めたのですが、どこにも見当たりません——涙の池で泳いだあと、何もかもが一変《いっぺん》してしまったみたいです。ガラスのテーブルとちいさな扉のあったあの大きなホールはきれいにかき消えてしまっておりました。

　アリスがさがし物をしながらやってくるのを見ると、うさぎもすぐアリスに気づき、怒ったような口調で呼びかけました。「なんだ、メアリー・アン[2]、おまえ、こんなところで何やってる？　すぐ走って家に行って手袋と扇子を持ってこい！[3]」アリスはすっかり驚いてしまって、うさぎが指さす方向へ走りだしてしまい、うさぎに相手がちがうのだと説明することさえしません。

「家のお手伝いさんと間違えちゃったんだ」アリスは走っていきながら、そ

1　原話『地下の国のアリス』で白うさぎは「侯爵夫人！　侯爵夫人！　手っ！　毛っ、鬚えなあ！　きっと自分、死刑だな、イタチかたないか！」と言っていて、つまり原話には「公爵夫人は出てこないし、あとで白うさぎから「クィーンは侯爵夫人だ、知らなかったのかい」と聞かされる。さらに白うさぎは「ハートのクィーンと侯爵夫人のニセウミガメだ」とも加えている。

「豚と胡椒」の章で白うさぎの恐怖に根拠があることがわかる。公爵夫人がアリスに向かって「斧がときたら、こやつの首をはねよ！」と叫ぶからである。セルウィン・グッデイカーに言わせると、公爵夫人が処刑を命じるのは彼女の性格にそぐわない。グッデイカーは、公爵夫人のこの言葉は物語を原話の白うさぎの言葉と一致させるために入れられたと言おうとしている。

「イタチかたない（as sure as ferrets are ferrets）」の「イタチ（ferret）」は英

国のケナガイタチがうさぎ狩り、ネズミ狩りの目的で半家畜化されたものを指す。普通は黄味がかった白、目はピンク。白うさぎが自分が「処刑」されるという話の中にイタチを引き合いに出していることには然るべき理由がある。次のオリヴァー・ゴールドスミスの『地球と動物の自然の歴史』中の「イタチ」の項を参照。

> それがうさぎ族の天敵たる所以はまさに「天」の決めたことなので、若いイタチの目の前に死んだうさぎを出すと、それまで一度もうさぎを見ていない場合にもたちまちに襲いかかり、貪欲な獣という感じで嚙み続ける。生きたうさぎが相手だともっと活発で、首に嚙みつき、自分から巻きついて、満足がいくまで血を啜《すす》り続ける。

動詞として「狩る」「悩ます」の意味に使う“ferret”［訳注：いたちごっこする」には英語口語用法で強欲高利貸しを指す用法があった。ピーター・ヒースの『哲学者のアリス』（セント・マーティン、一九七四）は、“as sure as ferrets are ferrets”はキャロルの同時代にはよく使われていた句であると述べている。この用法をヒースはアンソニー・トロロープの小説のひとつから引いている。

キャロルが『子供部屋のアリス』で言っているように、テニエルはハートのジャック裁判の十二人（匹）陪審の中にイタチを描いている。

万のイタチがいると言われるニューヨークだが、イタチ飼育は健康条例違反である。『アソシエーティッド・プレス』の記事に（一九八三年九月十八日付け）、ニューヨーク市イタチ友の会が設立され、早速市の条例の撤廃を叫んだというのが出ている。友の会の代表たちによると、イタチは「我々に愛と好意を持ち、我々の名を覚え、いたずらをする」。この前の夏、グループはセントラル・パークで「獺祭《イタチ》」を開催。二百人の人間と約七十五匹のイタチが参加した。

『ニューヨーク・タイムズ』によると（一九九五年六月二十五日付け）、『モダン・フェレット』というひたすらイタチを褒める大衆誌が創刊された（エリック＆メアリー・シェファーマン、ニューヨーク、マサピークァ・パーク）。

2　ロジャー・グリーンによるとメアリー・アン（Mary Ann）というのは当時の英国では「サーヴァント・ガール（下女、女召使い）」の婉曲語だったようだ。ドジソンの友人で大変熱の入ったアマチュア写真家だったジュリア・キャメロン夫人に、実際にメアリー・アンという名の十五歳のハウスメイドがいて、その証拠写真がアン・クラークのキャロル伝に出ている。メアリー・アン・パラゴンというのはデ

うひとりごとを言いました。「私がだれかわかったら、さぞかしびっくりしちゃうだろうな！　でも今はとにかく扇子と手袋、持ってこよ――ま、見つかったらって話だけれど」と言っているまにも、扉に「しろ・うさぎ」と名前を刻んだ真鍮《しんちゅう》の輝く表札のあるちいさな洒落《しゃれ》た家の前に出ました。ノックもしないで中に入り、上の階に上がりましたが、本物のメアリー・アンに出くわして、扇子と手袋を見つける前に家から追いだされては、とびくびくしていました。

「うさぎの使いっ走《ぱし》り4って」とアリスはひとりごとを言います、「変は変よね！　次あたりダイナに使い走りさせられちゃうんじゃないかな！」次に起こりそうなことに思いをはせます。「『これアリス！　すぐここに来て、出掛ける用意をおし！』『一分したら行くからね、乳母や！　でも私、ダイナが戻るまでこのネズミ穴を見張って、ネズミが出てこないようにしなくちゃならないのよ』。でもどうなんだろう」とアリスは続けます。「ダイナがこんなふうに穴を使いだしたら、だれもダイナを家におかないんじゃないかな！」

　この時までにアリスはちいさなきちんとした部屋に行きつきましたが、窓のところにテーブルがあり、その上には（思っていた通り）扇子と二、三組

イヴィッド・カッパーフィールド家の面倒を見る不誠実な下女（ディッケンズの名作の第四十四章を見よ）。この下女の性質は名前の最後の部分によって「皮肉に漏れ示」されていた［訳注：“paragon”は「模範」の意］。

　俗語辞典の類を見ると、「メアリー・アン」にはキャロル同時代によく使われていた意味がいろいろあったことがわかる。洋装店の体型模型がメアリー・アンと呼ばれていたし、後には、とりわけシェフィールドの低賃金な搾取工場（sweatshop）の経営者を攻撃する女性たちを呼ぶのに用いられた。もっと後にはホモセクシャルに用いられることになる。

　フランス革命前には“Mary Anne”は共和主義の地下組織一般の総称だったし、俗語としてはギロチンのことを言った。マリアンヌ（Marianne）は共和主義の徳を示す神話的な女性象徴になったし、現在でもそうだ。イングランドのジョン・ブル、アメリカでのア

ジョージ・ソーパー画、1911.

のちいさな白手袋がのっていました。アリスは扇子と一組の手袋をとり、そして部屋を出掛けたところで、姿見のそばにちいさな瓶がひとつあるのが目に留《と》まりました。今回は「我レヲ飲《イン》セ」と書いたラベルは貼っていませんでしたが、アリスはコルク栓を抜くと、唇のところに持っていきます。「きっと何か面白いことが起こるのよ」とひとりごと。「何か食べるか飲んだりすると必ずだもの。この瓶で何が起きるか見てやろう。また大きくなれるといいなあ。だってこんなにちいさいの、もういいわ！」

本当にそうなりました。こうなると良いと願ったとたん、瓶の中身を半分も飲まないうちに頭が天井につき、首が折れないように身をかがめるしかありません。あわてて瓶を置くとひとりごとです。「もうこれでいいの――これ以上大きくならないで――でないと戸口から出られない――こんなにたくさん飲まなきゃよかったわ！」

いかんせん！です。願っても、もう手遅れ！　ぐんぐん、ぐんぐん大きくなり続け、すぐに床の上に跪《ひざまず》くしかなくなりました。ものの一分もするとそんな隙間《すきま》もなく、アリスは片肘を扉に当て、もう一方の肘を首のうしろで曲げて横たわっている姿になりました。が、さらに大きくなって、挙句《あげく》、アリスは片腕を窓の外に突きだし、片足を煙突の中につっこむしかありません

ンクル・サムにフランス側で比肩すべき象徴である。政治的な戯画や彫刻では、フランス革命で共和主義者が被っていた赤いフリュギア帽、自由帽を被った姿で表現されるのが伝統である。公爵夫人とハートのクィーンが二人ながら抱えた断頭の強迫観念をキャロルの使ったメアリー・アン［訳注：ギロチン］の名前が先取りしてはいまいかという説があるが、多分偶然なのである。

3　白うさぎがここでも、この章の他のところでも怒りながら召使いたちに命令し続けるのは、キャロルが描いた白うさぎの臆病な性格（本書第二章注2）と辻褄が合っている。

4　［訳注：原文の］〝going messages〟はスコットランドでは今なお残る用法（普通には〝running erands〟）。

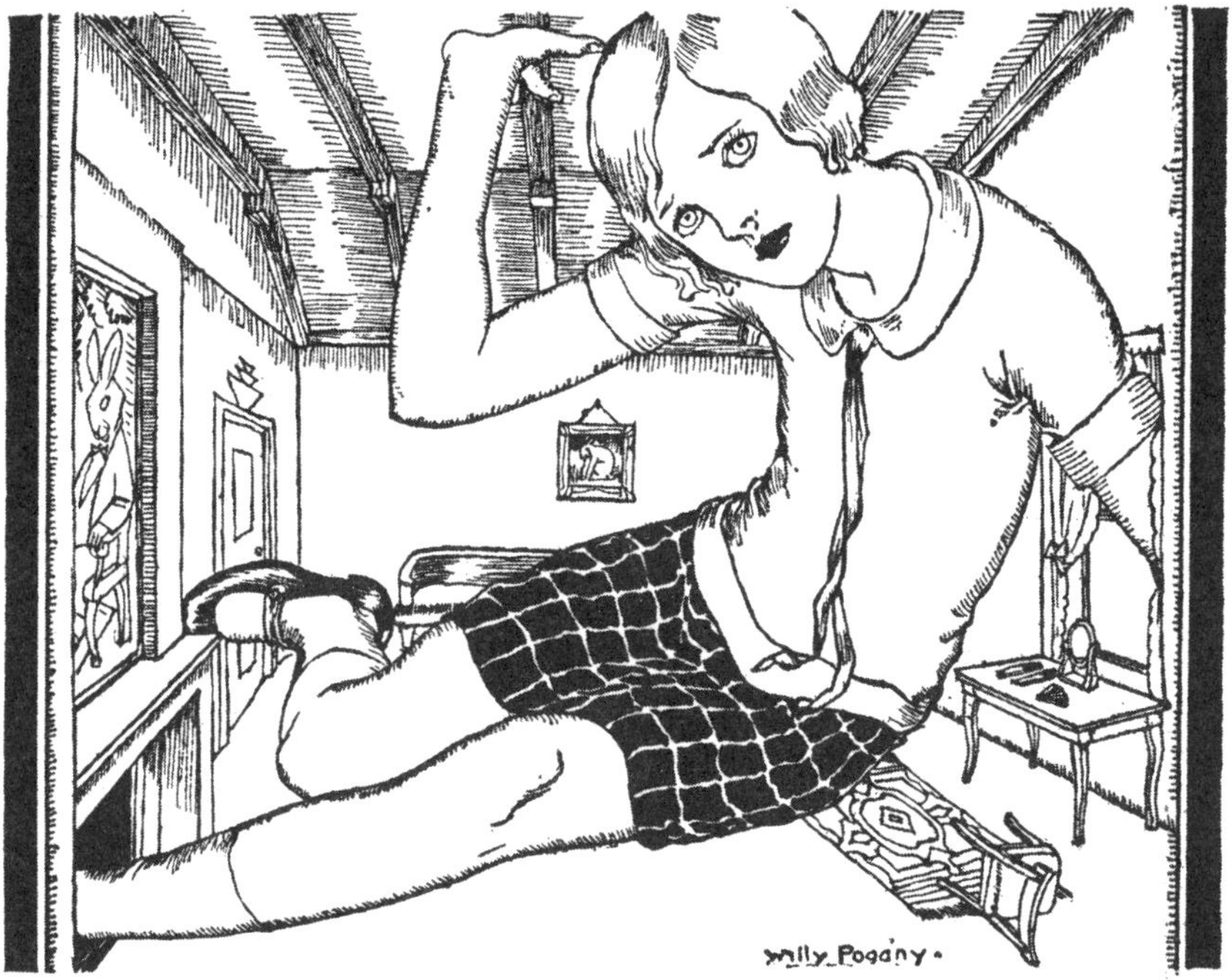

ウィリー・ポガニー画、1929.

でした。そしてまたひとりごと。「もう打つ手ないわ、何がどうなっても。これから私、どうなっちゃうのかなあ」

　アリスには幸運でした。ちいさな魔法の瓶もやっと効力尽きたか、アリスが大きくなるのも止まったからです。しかし非常に窮屈なままですし、とにかくもう一度部屋の外に出られそうにも思えないので、アリスが不幸と感じていてもふしぎはありません。

「家にいる方が全然楽だった」かわいそうなアリスは言いました。「いつだってどんどん大きくなるなんてこと、なかった。それにネズミやうさぎに命令されることもなかったわけだし。あんなうさぎ穴にとびこまなきゃ良かったのよね――そりゃそう――そうなんだけど――でもとっても変で面白い、でしょう？　こんな生き方！　どうして私にこんなことが、ってふしぎよ！　お伽《とぎ》話読んでた頃、そんなこと起こらないわって思っていたけど、ほら今ここ、そのど真ん中！　私のこと書いた本、絶対なくっちゃあ、ほんと絶対に！　大きくなって私が書こう、っと――

あっ今もう大きいんだ――」と言い足す言葉もつらそう。「少なくとももうこれ以上大きくなる余地、ここにはない」

「でもだったらよ」と、アリスは考えました。「今より年とることもないわけね？　ひょっとして、これいいことかも――絶対お婆さんになることがない――でも、それはそれで、いっつもお勉強なのかあ！　ああ、それもやだっ[5]！」

「ふん、アリスのおばかさん！」自問して自答のアリスです。「ここにお勉強なんか、ある？　自分の入る隙間もないし、教科書の入る隙間だってない！」

　こんなぐあいにしゃべり続けます。こうだと言ったら今度はそうじゃないと言う。それで全体立派なひとり会話になっていましたが、数分たつ頃、外で声がしたのでひとりごとをやめて耳をそばだててみたのです。

「メアリー・アン！　メアリー・アン！」とその声は呼ばわりました。「早くわしの手袋を持ってこい[6]！」階段でぱたぱた、ちいさな足音もしました。白うさぎがアリスをさがしているのだとわかって、ぶるっとふるえがくると家もゆれましたが、今ではうさぎの千倍も大きくなっているのです、うさぎなんかこわがる必要などないことを、すっかり忘れていたのです。

5　ペニーロイヤル版『不思議の国のアリス』（カリフォルニア大学出版局、一九八二）でジェイムズ・キンケードはアリスの言葉にこういう注をつけている。

　これは二様にとれる一行、それもキャロルの少女友達が大きくなっていくことに対する彼の感情を思うと、痛切な曖昧さのある一行である。（彼の）手紙はこのテーマをめぐる自己憐愍《れんびん》に満ちたジョークでいっぱいだ。「子供の中には実にいやな仕方で大きくなっていく者がいます。今度会う時までにきみがそんなふうになってないといいな」とか。

「頽廃詳注者の告白」というエッセーの中で（『ジャバウォッキー』一九八二年春号）キンケードは、自分の望むいかなる方向へも自由に展開していってよい詳注者《アノテイター》の権利を擁護している

すぐにうさぎは戸口にやってきて、あけようとしましたが、扉は中に向かって開く扉で、アリスの肘が中からつっかい棒になっているため、開くわけがありませんでした。相手がこうひとりごとを言うのが聞こえました。「そうか、そんならぐるっと回って窓から入ろう」

「そうはさせない！」とアリスは考え、うさぎが窓の真下に来たと思えるところで突然掌《てのひら》をぱっと広げると空中で思いきり宙をつかんだのです。当然何もつかめなかったのですが、きゃっというちいさな叫び声、ものが落ちる音、ガラスの割れる音が聞こえてきましたから、きっと何者かがキュウリの苗床に落ちたとか[7]、何かそういうことが起きたんだと、アリスは結論したのです。

が、その一例として先の注をあげている。「歴史的コンテクストは別段注を必要としないが、この文章は中心人物と大きくなりたいという彼女の欲望につきまとっているかもしれない両面価値《アンビヴァレンツ》を指摘するための恰好の機会を与えてくれる」と。私自身の逸脱（rambling）をも後押ししてくれるキンケードに改めて感謝。

6　白うさぎが手袋はと言って騒ぐのはこれで二度目だが、手袋がうさぎの手に戻ったかどうか我々にはわからない。手袋は白うさぎにとっても大事だったが、キャロルにとっても——現実に、そして"glove"という言葉からしても——重要なものだった。「あの方は着るものについて少々変わった人でした」と言うのは『ルイス・キャロル伝』（J・M・デント、一八九九）のアイザ・ボウマンである。「ひどく寒い時でも決してオーヴァーを着ず、一年中いつということもなく、グレーや黒のコットンの手袋をいつもしている奇妙なところがありました」

キャロルが書いた一番愉快な手紙のひとつが手袋を話題にしている。アイザ・ボウマンの妹のマギーに宛てたもので、マギーがキャロルに「愛（love）を袋にいっぱい、キス（kisses）を籠《かご》にいっぱい」詰めて送ると言っているけれど、本当は「手袋（gloves）を袋にいっぱい、仔猫（Kittens）を籠にいっぱい」と書きたかったのだというようなことを言っている。千もの手袋が、そして二百五十匹の仔猫が来た、と話は続く。こうしてキャロルは猫一匹に四つの手袋をはめることで、彼が仔猫を送る少女学童が猫の爪で引っかかれないようにすることができた、と。

> こうして少女たちは踊りながら家に帰り、翌朝踊りながら学校に戻りました。引っかき傷は全部治っていて皆ぼくに言うのです、「猫はとてもおとなしかったよ」って。それから、どの仔猫でもネズミを一匹つかまえたければ手袋をひとつだけ取っちゃえばいいんだし、二匹つかまえようと思えばふたつ取ればいいし、三匹押さえようと思えば三つ手袋を取ればいい。四匹のネズミをつかまえたければ全部の手袋を脱げば良い。でもネズミをつかまえ終わったとたんに猫たちはまたぱっと手袋をつけるんだが、そのわけは手袋（gloves）なしには人に愛（love）してもらえないことをよく知ってるからさ。だって愛（love）は手袋（*gloves*）の中にあるので、外にはないんだからね。

7 「キュウリの苗床（frame）」とは太陽の熱をためてキュウリ育成に必要な熱とする温床のこと。

キャロル愛好の皆さん既にお気づきのように、この場面のテニエルの絵（右ページ）では、前の絵では白だった白うさぎの胴着《ヴェスト》が上着と同じくチェック柄になっている。第二章にあったが、扉だらけのホールに戻ってきた白うさぎは「きちんと正装して」いた。公爵夫人との約束を守ろうと急いで帰宅したあとそうしたのだろう。しかし、いずれにしろテニエルの絵では白うさぎの衣裳が最初の田舎の土地持ちらしい服装（本書六四ページ）とも、扉だらけホールのもっと華やかな正装（同八五ページ）とも一貫していない点を指摘しているのはステファニー・ラヴェットである。

それから怒った声――うさぎの声です――「パット！　パット！　いないのか？」するとまだ聞いたことのない声が答えます。「へえ、今まいりますで！　リンゴ掘ってるところなんで、旦那さん！」[8]
「なんだあ、リンゴを掘ってるう？」怒ったうさぎの声。「ここだ！　これから助けだしてくれ！」（もっとガラスが割れる音がします）
「おい、パット、窓のありゃあなんだ？」
「うで、ですがな、旦那！」（「うんで」と発音していました）
「腕だと、ばかを言え！　あんなでかい腕があるものか。ほら、窓いっぱいだぞ！」
「そりゃそうだけんど、旦那、でもたしかにうんででがすだ」
「いずれにしろここに腕は用はない。さっさと片づけろい！」
　あとは長い沈黙です。時々ぼそぼそ、ささやき声が聞こえました。「そうですが、わしはだめです、旦那さん。とんでもねえ、とんでもねえだ！」
「言った通りにやれ、この腰抜けっ！」アリスはもう一度掌《たなごころ》を広げると宙をむんずとつかんでみせました。今回はきゃっという声がふたつ、そしてガラスがもっと割れる音も。「キュウリの苗床、たくさんあるのねえ！」とアリスはひとりごとを言いました。「次、どうするのかしらね！　力ずくで窓

8　これまたフランス語がらみのジョークなのか。読者マイケル・バーグマンの手紙で指摘いただいたのは「リンゴ」をフランス語では“pomme”と言い、「ポテト」は“pomme de terre”即ち「大地のリンゴ」と言うのでリンゴを「掘る」という言い方が出てきたというのだが、残念これはアイルランド語の問題である。大体が「パット」が既にアイリッシュな名前だし、強いアイリッシュなまりでしゃべっている。「アイルランドりんご（Irish apples）」と言えば十九世紀のスラングで、アイルランドのポテトを指したとはエヴァレット・ブレイラーから教えてもらった。
　そもそも「リンゴ掘り」のパットはどういう動物なのだろう。キャロルはなんの説明もしていない。デニス・クラッチとR・B・シェイバーマンは*Under the Quizzing Glass*で、ビルが屋根から蹴りだされたあと、ビルを介抱している二匹のモルモットのどちらかだ

から出すっていうのなら、本当、やって頂戴《ちょうだい》よ！　もうここにいる気、私にだってないんだから！」

　しばらく待ってみましたが、なんの物音もしませんでした。やがて荷車のガタガタいう音と、たくさんの声がガヤガヤいうのが聞こえてきました。聞きとれたやりとりと言えば、「もうひとつのはしごはどこだ？――なんだ、ひとつ持ってくりゃあよかったんだ。もうひとつはビルだなあ――ビル！それをここへもってこい！――ほら、はしごをここの隅っこへ――そうじゃない、まずふたつ結わえるんだ――まだ半分の高さにも届いてない――そうそう、それでいい――こまかいことはいい――さあビル、このロープをしっかりつかむんだ――屋根、大丈夫か？――そこのゆるうい板、気ィつけな――あっ落ちてくる――頭下げろ！（くだける音）――おい、だれのせいだ？――ビル、じゃねえか――煙突おりていくのだれだ？――いや、こっちはごめんだ！　おまえこそどうだ！――そんならおいらもいやだ、そんなこと！――ビルがやらにゃあ――さあビル！　旦那さんが煙突おりていくのおまえだ言うとられるぞ！」

「あらそう、ビルが煙突おりてくるってわけね」と、アリスはひとりごとを言います。「何もかもビル君に押しつけるわけね！　私だったらビルの役、

ろうと推測している。ハートのジャック裁判の法廷にこの二匹のモルモットはいて、はしゃいだ挙句、「制圧」されてしまう。

何をもらってもやだな。暖炉せまいけど、少しぐらいは蹴ること、できるは、、、、ず！」

アリスはできる限り足を煙突の中に押しこみ、ちいさな動物が（どういう相手なのかは見当もつきませんが）煙突の中で引っかいたり、はい下りたりする気配が、アリスの足の真上でするのをじっと待ちました。そして「これがビルねっ」と言うがはやいか、一撃鋭い蹴りを入れると、次どうなるかと固唾《かたず》をのんで待っています。

まず耳に入ってきたのは、皆が一斉に「ビルがふっ飛んだ！」という声でしたし、すぐうさぎの「受けとめるんだ、生垣のそばにいるやつ！」という声が続き、やや沈黙があって、またてんでんの叫び声が続きました――「頭押さえてろ――ほらブランデーだ――むせてるじゃねえか――おい大丈夫か、何があったんだ。話してみろよ！」

そして最後にかぼそいキーキー声が聞こえました（「これがビルね」とアリスは思います）。「いやあ、わかんねえんだ――ああ、もういいよ、だいぶん良くなった――びっくらこいてよ、何がなんだか――何かがびっくり箱みてえにばあんときてよ、そしたらわし、もう流星花火だった、ってそれしかわかんねえ！」

「そう、吹きとんだよなあ！」と一同。

「家、焼くしかない！」うさぎの声です。そこでアリスは大声で、「やってごらん、ダイナをけしかけちゃうからね！」と叫びました。

たちまちしいんとなります。「今度はどうするのかな！　頭使うなら、屋根はがしちゃうかな」とアリスはひとりごとを言いました。一分か二分すると動きがありました。アリスはうさぎが「さし当たり荷車一台分で十分だ」と言うのを耳にします。

「何を荷車一台だって？」とアリス。いぶかしんでるいともあらばこそ、すぐに小石が窓にぱらぱら音を立てて雨あられのように当たり、いくつかはアリスの顔に当たりました。アリスは「これ、やめさせる」とひとりごとを言います。そして「もう一度やったら、ひどいわよ」と大声を出しましたら、

またしいんと静かになりました。

小石が床にちらばると片はしからちいさなお菓子に変わっていくのに気がついてアリスは少しびっくりしたのですが、すぐ名案がひらめきました。「ひと粒食べたら」とアリス、「私の体の大きさがなんか変わるはず。もっと大きくできないんなら、ちいさくするしかないはず」

そこでアリスはお菓子のひとつをのみこみます。嬉しいことに、たちまち体が縮み始めるのがわかりました。戸口から出られるくらいにちいさくなるとすぐ家の外に走って出たのですが、ちいさな動物や鳥の大群が待っているのに出くわしました。かわいそうなちいさなとかげのビルが真ん中にいて、二匹のモルモットが抱えて瓶から何かを飲ませているところでした。皆、アリスが姿を現したとたん、わっとばかり走り寄ってきましたから、アリスは全力で走り、すぐこんもりと木の生えた森に逃げこんでいました。

「もう一度私の正しい大きさになる」と、森をあちこち歩き回りながらアリスは言いました。「まずそれが一番。それからあのきれいなお庭に行く道を見つけること。この計画がベストみたいね」

たしかに計画としては文句のない、きちんとしてわかりやすいものでしたが、どうやって始めるか全然アリスにはわからないというのが唯一、難点でした。そうやって木々の間をきょろきょろ見歩いていますと、ちいさな鋭い吼《ほ》え声が頭の上の方でしましたので、すぐに上を見あげました。

一匹の大きな仔犬が大きなまん丸い目で下にいるアリスを見つめており、一方の前足を伸ばしてアリスにさわろうとしているところでした。[9]「かわいいワンちゃん！」とり入るような声でアリスは言います、一生懸命口笛を吹いてみようともします。一方では、仔犬がお腹をすかしていて、そうなると自分がどうとり入ろうとしたところで食べられてしまわないかと、ずっとびくびくしていました。

何をしているのかはっきりしないまま、アリスはちいさな棒を拾うと仔犬の方に突きだします。すると仔犬は嬉しそうにきゃんと鳴くと、たちまち空中にとびあがり、棒にとびかかって、いじめているつもりです。アリスは踏みつけられないように大きなアザミのうしろに隠れました。向こう側に出てみると仔犬はまた棒にとびかかり、はやくつかまえようとしてひっくり返りました。アリスはこれではまるで荷を運ぶ馬と遊んで

9　この仔犬が不思議の国にそぐわないと感じる読者が少なくない。アリスの夢の世界にリアルな犬が入りこんだようだ、と。不思議の国でアリスに向かって何も言うことがない重要キャラは唯一この犬だとはデニス・クラッチの指摘である。アリスを除けば唯一狂っていないキャラだと言っているのはバーナード・パッテンである（Bernard Patten, *The Logic of Alice: Clear Thinking in Wonderland* [Prometheus, 2009]）。テニエルの絵でもそうだが、どうやらノーフォーク・テリア種のようだ。

ノーフォーク・テリア
（フランコ・ラウティエリ撮影、部分）

いるようなものだと思い、いつ踏んづけられるかわからない心配から、またアザミのまわりを回りました。仔犬は棒に繰り返し短い攻撃を加え始め、前に少し出るかと思うと、今度はうしろに退《すざ》り、ずっとかすれ声で吼え続けていましたが、とうとうはあはあいわせながら大分向こうに坐りこんでしまいました。口から舌をたれ、大きな目は半分閉じています。

逃げだす好機《こうき》のように思えたので、アリスはかけだし、息がきれてへとへとになるまで走り続けました。仔犬の吼える声が遠く、かすかになるまで走りました。

「それにしてもかわいいワンちゃんだったなあ！」キンポウゲにもたれながらアリスは言いました。その葉で自分をあおいでいます。「いろんな芸を教えられてたらな――それができる体の大きささえあればだけど！　あっそうか、また大きくならなきゃならないの、忘れるところだった。ううんと――どうすればいい？　何かを食べるか飲むかなんだけど――問題は『何を』かよね」

たしかに「何を」が大問題でした。アリスはまわりをぐるっと見回して花や草を目に留めたのですが、この状況で正しい食べ物、飲み物と言えそうなものは何も見つかりませんでした。そばにアリスと同じくらいの丈《たけ》の大きなキノコがありました。その下をのぞき、左右を見、うしろ側に目をやった今、上には何があるかしらべておいてもいいのではないか、とアリスは考えました。

アリスはつま先立ちになってキノコのへりから上をのぞいたのですが、大きくて青いイモムシと目と目が合いました。相手はてっぺんに腕組みして

154 THE TRAIN.

SOLITUDE.

By Lewis Carroll.

I love the stillness of the wood,
I love the music of the rill,
I love to couch in pensive mood
Upon some silent hill.

Far off, beneath yon arching trees,
The silver-crested ripples pass,
And, like a mimic brook, the breeze
Whispers among the grass.

キャロルは非常に森が好きだった。ペンネーム「ルイス・キャロル」は『トレイン』誌第1号第3巻（1856年3月）掲載のこの詩に使われたのが最初のお目見え。キャロルの日記の1856年2月11日の記事を見ると、同誌編集者のイエーツ氏に、これを含むいくつかのペンネーム案を送っている。まず本名Charles Lutwidge Dodgsonから父方名Dodgsonを消し、残りを左右逆転する（Lutwidge Charles）、次にファーストネームとミドルネームをラテン語にする（Ludovic Carolus）、そしてもう一度英語に訳し戻すと“Lewis Carroll”となる。

坐って、長い水ぎせるを静かに喫《や》っており、アリスや他の何かにはまったく気づいていないようでありました。

第５章　イモムシが忠告する

イモムシ[1]とアリスはしばらく黙っておたがいを見つめ合っていました。やがてイモムシが口から水ぎせるをとると、ものうい眠たげな声でアリスに話しかけました。

「おまえ、だれ？」

会話のきっかけとしてはあんまり元気のでない言葉です。アリスはとても気おくれしながら答えました。「私ですか——自分にもよくわからないんです、今のところ——少なくとも今朝起きた時、私がだれだったかはわかるんですけど、それから何度も変わっちゃったもんだから」

「どういうことなのかい」きつい口調でイモムシが問います。「自分にならはっきりわかっとんじゃないのかい」

「自分にもわかってないんじゃないかな」とアリス。「だって私、自分じゃないんだから。見え易い話でしょう？」

「でしょうって言われても、わし、見えにくいからなあ」とイモムシ。

「はっきりとか言われても、むりです」と、とても丁重にアリスは答えました。「だってまず私が自分でわかってないんですから。一日のうちでこんなにいろいろ大きさが変わるなんて大混乱よ」

「そんなこたあない」とイモムシ。

1　『子供部屋のアリス』でキャロルはテニエルの絵（本書一四〇ページ）でイモムシの鼻と顎に注目、としてそれがたくさんある脚のふたつだと言っている。一九三三年のパラマウント映画でイモムシ役を演じたのはネッド・スパークス、一九五一年のディズニーのアニメ映画でイモムシの声を引き受けたのはリチャード・ハイドン。ディズニー映画中最高に印象的な視覚効果のひとつが、イモムシが吐く天然色の煙の輪が文字や物の形になって、それがイモムシの言葉になるという絶妙の仕掛けだった。

ウリエル・ビルンバウム画、1923.

「それが大混乱なんて今まで思ったことないのね」とアリス。「でもね、いやでもサナギにならないといけない時——いつか必ず来るはず、でしょう？——それから次には蝶々にならないといけない時、きっと少し変わって感じると思うわ」

「少しも」とイモムシ。

「ふうん。多分あなた、私と感じ方がちがうのね」とアリス。「私だったら、とても変わったと感じるわ、それだけはたしかよ」

「私だったら、って！」と、ばかにしたようにイモムシは言いました。「おまえ、だれ？」[2]

これでは会話がそっくり元通りではありませんか。アリスはイモムシの言

2　フレッド・マッデンはスコットランド人作家チャールズ・マッケイ（1814-1889）の古典『民衆の常軌逸せる妄想及び群衆の狂妄（*Extraordinary Popular Delusions and the Madness of Crowds*）』（一八四一）〔訳注：邦訳『狂気とバブル』パンローリング〕中の「大都会に見る衆愚もろもろ」なる一章に目を向けろと言っている（『ジャバウォッキー』一九八八年夏／秋号）。マッケイはロンドン巷路《こうじ》に突然湧いて出た流行語のあれこれについて書いているのだが、そのひとつがこの「おまえ、だれ（Who are *you*）」で、「まさしくキノコのように」突然現れた。「ある日、だれも耳にせず、知られもせず、発明されもしなかったのに、次の日にはロンドン中に流行していた。……飲み屋に新顔が入ってくるたびに、ぶしつけに『おまえ、だれ』とあいさつされたのである」

　キャロルがマッケイの本を所有しており、そしてこの紋切り句がロンドン

葉がどれも非常に短いのにちょっといらいらしていて、体をぴんと伸ばすと非常に勿体《もったい》ぶって言いました。「ならそちらがまず自分はだれか言うべきだと思いますけど」

「どうしてだい」とイモムシ。

これもどうして難問でした。アリスはそれらしい理由をひとつも答えられません。イモムシは不機嫌の極みという感じでしたから、アリスはくびすを返します。

「戻ってくるんだ！」イモムシはアリスの背中に呼ばわりました。「大事な話があるんだ！」

面白くなるかも、という気がしたので、アリスはくるりと回ると、戻ってきました。

「気を鎮《しず》めることだ」とイモムシ。

「それだけ？」とアリス。怒りたい気持ちを一生懸命抑えています。

「いや、いや」とイモムシ。

アリスは待った方がいいかなと思いました。これといって他にすることもなかったし、そのうち聞いておいて良かったと思えることを言ってくれないとも限らないと考えたからです。数分間イモムシは何も言わずに水ぎせるを

で短期間流行していた頃、自分にも投げかけられた経験が多分あったはずだと指摘しているのはジョン・クラークである（John Clark, "Who Are You: A Reply," *Jabberwocky*［Winter/Spring 1990］）。キノコに坐ったイモムシがアリスに向かって「おまえ、だれ」と尋ねる場面で、この流行語現象のことがキャロルの念頭にあったのだろう、と。大いにありえると思う。私がマッケイとのつながりを最初に教えられたのは、ペン・アンド・テラー・コメディ／マジック・チームのテラー（Teller）からの手紙によってである。

喫《や》っていましたが、やっとのこと腕組みをやめ、水ぎせるを口からはなすと、切りだしました。「で、おまえ、変わったんだと、そう思ってるわけだ」

「ええ、それで困ってます」とアリス。「前みたいにものが思い出せないし、第一、十分も同じ大きさでいられないの！」

「たとえば何が思い出せないんだい？」とイモムシ。

「『なんてちいさなハチさん』を復唱してみたの、そしたらまったくくちがっちゃってて！」とても辛そうにアリスは答えました。

「『おいぼれたね、ウィリアムのおやじ』を復唱してみろよ」とイモムシ。

アリスは両手を組むと、[3]始めました。

　「おいぼれたね、ウィリアムのおやじ」若いの
　言った。
　「髪だってもうまっしろけ。
　なのにいつだって頭を下に逆立ちしてら——
　　あんたの年でそれでいいと思ってるのけ？」

　「若い時分にゃな」ウィリアムおやじ、息子に

3　セルウィン・グッデイカーは、ここでアリスが手を組み合わせていること（fold hands）と、第二章でアリスが「なんてちいさなワニさんが……」と復唱する時、（「まるで勉強を復唱するみたいに」）手を十字に重ねること（cross hands）をめぐって興味深いコメントを加えている（『ジャバウォッキー』一九八二年春号）。

私はこうしたことをある退職した小学校校長と話し合ったことがある。……この人物が私におっしゃるには、子供たちが教えられるのは——とは勉強を復唱《リピート》させられるのは、ということ——暗誦《リサイト》という語でないことに注意。こちらは家庭パーティーや家庭での娯《たの》しみの時に使う——まさにこの通りのぐあいで、丸覚えによって勉強内容をそらで言えること、そして坐っていれば両手を十字に重ね、立っていれば両手を組み合わせるよう

言った。
「それで頭《どたま》こわれるかと思ったけんど、
今ではたしかに頭ちょっともないから、
何回もやれるわけだ、何回でも」

「おいぼれたね」と若いの言った、「前にも言った。
それにそんなに珍しい肥満《でぶ》で、
なのに戸口で平気のトンボきった――
全体そんなことをどういうわけで」

「若い時分にゃな」白髪ふりふり賢者のたまう。
「手も足もいつもしなやか
この膏油《こうゆ》のおかげ――ひと箱一シリング[4]――
おまえにふた箱、売ったろか」

「おいぼれたね」と若いのが。「あご弱くて
牛の脂肪よりかたいのだめだ。

に言われるが、いずれも精神を集中させ、そわそわさせないようにというやり方である。

「おいぼれたね、ウィリアムのおやじ」はノンセンス詩の疑問の余地ない傑作のひとつだが、ロバート・サウジー（一七七四－一八四三）の長く忘れられていた教訓詩、「老人のたのしみ、そしてどうやってそれらが得られたか」に対する巧妙なパロディである。サウジー作の元歌の方は、

「おいぼれたね、ウィリアムのお
やじ」若いの言った。
「ちょっと残った髪もみんな白髪《しらが》。
かくしゃくたり、ウィリアムおや
じ、ぴんぴんだ、
教えておくれ、どうしてそうなんだ」

「若い時分にゃな」とウィリアム
おやじ答えた。
「若さは足早に去っていくと思い、

なのに鵞鳥《がちょう》をぺろり、骨だって嘴《くちばし》だって、
なぜに、どうしてそんなことできるんか」

「若い時分にゃな」とこれ、おやじ。「訴訟好きで
何につけても女房と争った。
そいで筋肉きたわれて、そいであごぢからで
一生不自由なんてしないわさ」

「おいぼれたね」と若いの言うた。「だれも信じぬ、
あんたの目に何でも見えてるとは。
なのに鼻の上でウナギ踊らせる—— 5
そんなに器用なんて、なぜなのか」

「みっつも問われて答えたが、もうたくさんだ」
とおやじ言う。「あんまりいい気になるなよ。
おれが一日こんな阿呆を聞いてると思うたか、
とっとと退《う》せろ、うせなきゃ階段、蹴《け》落とすぞ！」

はじめに健康と力のむだ使いしなかった、
最後になって必要にならんように」

「おいぼれたね、ウィリアムのおやじ」と若いの叫んだ。
「若さの喜びは足早に去っていくね、
なのにおやじは去った日をなげかない、
どうしてそうなんだ、教えておくれ」

「若い時分にゃな」とウィリアムおやじが答えた。
「若さなんて長くは続かない。
何をしてようが、しかと将来をみすえたな。
そこで過去をなげかぬように」

「おいぼれたね、ウィリアムのおやじ」と若いの叫んだ。
「人生は急いで去っていくね。
なのにおやじ、たのしげに死ぬこと話す。

レナード・ワイスガード画、1949.

どうしてそうなんだ、教えておくれ」
「おりゃたのしいぜ、若いの」ウィリアムおやじの答え。
「正道から決して目はなすな。
若い時分にゃあ神を忘れず！
神はわしの老いを忘れなかった」

サウジーは散文・韻文を問わず猛烈な文業をなしたが、今日では「インチケープロック」「ブレナムの戦い」といった短い詩、『ゴルディロックスと三匹の熊』という不滅の民話のサウジー・ヴァージョン以外、ほとんど読まれない。

4 原話『地下の国のアリス』の中のこの詩では、この膏油の値段は五シリングになっている。

5 この行にテニエルのつけた絵を見ると、背景に橋のようなものがある。フィリップ・ベナムの言うところでは

「正しく復唱できてないな」とイモムシ。

「あまり正しくないですね」と、おずおずとアリスは言いました。「いくつかの言葉が変わっちゃってる」

「一から十までちがってる」と、はっきりとイモムシが言って、何分か沈黙が続きました。

　口をきったのはイモムシです。

「どんな大きさなら良いのかな」と言いました。

「そうね、大きさはいいの」アリスがすぐに答えます。「こんなにしょっちゅう変わるのがいや、でしょう？」

「でしょう、って。で仕様《しよう》もねえけど」とイモムシ。

　アリスは黙っています。今までこんなにしょうもない揚足《あげあし》とりされたことがないし、堪忍《かんにん》ぶくろの緒《お》が切れそうに感じていました。

「で今、それでいいのかい」とイモムシ。

「そうね、お気にさわらなければもう少し大きいと良いのですけど」とアリス。「三インチなんてやっぱりちんちくりんで」

「どこがちんちくりんなもんか！」怒ったイモムシが精いっぱい体をつっぱ

この「橋」は実はウナギ罠で、川幅いっぱいに仕掛けられ、イグサ、また時にはヤナギで編まれた円錐形の籠《かご》からできている（『ジャバウォッキー』一九七〇年冬号）。

　ロバート・ウェイクマンによると鉄製のウナギ罠がギルドフォード近傍に現存するらしい。「それぞれの籠の底に開いた穴からウナギは別の池に入ることになるが、他の魚は穴を通り抜けることができない」。もっと知りたければ次などを。Michael Hancher, *The Tenniel Illustrations to the "Alice" Books* (Ohio State University Press, 1985)〔訳注：邦訳『アリスとテニエル』東京図書〕

らからして言いました（つっぱった体はちょうど三インチの大きさでした）。

「私、慣れられないわ！」かわいそうなアリス、困ったような声を出します。そして「この連中、もう少し怒らないで話せないの！」と、こちらはひとりごとです。

「じきに慣れるだろうさ」とイモムシ。また水ぎせるを口に当てると喫《や》り始めます。

今度は相手がまたしゃべろうという気になるまで辛抱強く待つアリスでした。一分か二分か、イモムシは水ぎせるを口からはなすと、一、二度あくびをしてからぶるっと体をふるわせました。そしてキノコからおりると叢《くさむら》に入っていったのですが、いきしなにたったひとこと、「片っぽの側で大きくなるし、もう一方の側だとちいさくなれる」とだけ言い残していきました。[6]

「なんの片側、ですって？　もう一方の側ってなんの？」とアリスはひとりごとを言います。まるでそれが耳に入ったとでもいうように[7]、イモムシが「キノコのだよ」と言い、そしてもう姿がなくなっていました。

アリスはそのまま一分、慎重にキノコを眺め、どちらがどちらの側か知ろうとしたのですが、なにしろ完全に丸いので、これは大いに難問でした。それでも最後にはキノコに思いきり両手を回してから両方の手で片側ずつ少し

6　『地下の国のアリス』ではイモムシはアリスにキノコのかさを食べると大きくなり、茎を食すとちいさくなると言っている。
多くの読者がキャロルが読んだ可能性のある、一定種のマッシュルームの幻覚誘発的特性を描写する古い本のことを教えてくれた。テングタケ属の“Amanita muscaria”（fly agaric、ベニテングタケ）の引用が一番多い。それを食べると時空が歪む幻覚症状が起こる。しかし、ロバート・ホーンバックが愉快なエッセーで明らかにしているように、これはテニエルが描いているマッシュルームではありえない（Robert Hornback, “Gaden Tour of Wonderland,” *Pacific Horticulture* [Fall,1983]）。
“Amanita muscaria”は鮮やかな赤色のかさを持ち、コテージ・チーズのかけらをふりまいた感じである。これに対してイモムシ氏の陳座ましますのは滑らかなかさを持つ、たとえば“Amanita

ちぎり取りました。

「さあて、どっちがどっち?」とひとりごとを言いながら、右手の一片《ひとかけ》をちょっとかじってどうなるかみます。次の瞬間、あごに強い痛みを感じました。あごが足に当たったのです!

この突然の変化がアリスには本当にこわかった。早くなんとかしなければ、あっというまに縮み続けているのですから。アリスは急いでもう一方のかけらを食べようとしました。が、あごがぴったりと足にくっついているので口があけられませんでした。それでもなんとか口があいたので、左手のかけらをひと口、食べました。

＊　　＊　　＊　　＊　　＊
　＊　　＊　　＊　　＊
＊　　＊　　＊　　＊　　＊

「さあ、これで首も自由よ!」とアリスは嬉しそうに言ったのですが、それ

fulva" のような種類で、毒性はなく、むしろ非常に美味である。いずれにしろテニエルもキャロルも、子供たちがアリスの真似をして有毒キノコを口にするのを喜んだはずはないだろう。

7 イモムシがアリスの精神《マインド》を読む《リードする》。キャロルはスピリチュアリズムを信じていないが、エスパー(ESP)とサイコキネーシス(psychokinesis)を信じていた。一八八二年のさる手紙(モートン・コーエン編『ルイス・キャロル書簡集』第一巻、四七一―七二ページ)で心霊研究協会(Society for Psychical Research, SPR)発行の「思考読みとり(thought reading)」のパンフレットのことを書いているが、このパンフレットで心的現象は真物だという確信を強めたようである。「あらゆるものが、脳が脳に働きかけるための電気と神経力動と結びつく自然力の実在を示しているように思える。これが既知の自然力のひとつと認められ、その法則が公

はたちまち驚きに変わりました。肩がどこにも見当たらないのです。下の方に目をやって見えるのはとてつもなく長く伸びた首ばかりで、はるか下の方に漠《ばく》と広がる樹海からにゅうと茎さながらに伸びて出ているではありませんか。「こんな緑だらけで、どうしろっていうの」とアリス。「第一、私の肩、どこなの？　それからかわいそうに、手がどこにも見えないの、どうして？」言いながら手を動かしてみたのですが、何も起きません。遠くの樹海で何かがちょっとゆれただけです。

手を頭の方へあげようとしてもだめなようなので、頭を手に向かって下げてみようとしましたら、首は思う方に簡単に曲がってくれることがわかって、アリスはほっとしました。まるで蛇のように曲がります。きれいなジグザグに巧く曲げられていたので、さっきまでその下をさまよっていた森のてっぺんだったのだとわかりました。その緑の中へ首をつっこもうとしたそのとたんです、鋭いしゅうという音がしてアリスはあわてて首をすくめました。一羽の大きな鳩が顔めがけてとびかかり、翼でアリスを激しく叩いてきたからです。

「蛇だっ！」鳩は絶叫《ぜっきょう》しました。

「蛇じゃない、い！」アリスは怒って言います。「ほっといてよ！」

式図表化される日が、そして科学寄りの懐疑派までが、いつもなら物質主義の彼方を示すようないかなる証拠にも最後まで目をつむるのに、これを証明済みの自然の事実として受けいれる日がもう間近なのだと思う」

キャロルは生涯、熱心な心霊研究協会創立メンバーであり、書庫には何ダースものオカルト書があった。次を参照。R.B.Shaberman, "Lewis Carroll and the Society for Psychical Research," *Jabberwocky* (Summer 1972).

「やっぱり蛇だ！」鳩は繰り返しましたが、口調はちょっとやわらかです。そしてすすり泣きじみた声で、「やれることはみんなやったのに、ぴったりの手は何もないのね！」と言います。

「なんのお話なんだか、ちっとも」とアリス。

「木の根っこもためした、土手もやってみた、生垣《いけがき》も当たってみた」鳩は続けましたが、もうアリスのことなんか頭にありません。「なのに蛇どもときたら！　満足するってこと知らないのっ！」

アリスはもう何がなんだかでしたが、鳩の気がすむまでは何を言っても役には立つまいと観念しました。

「卵が簡単に孵《かえ》ると思ってるんだ」と鳩。「こっちは昼も夜も蛇対策なのに！　そうだよ、この三週間、わたしゃ一睡《いっすい》もしてない！」

「ほんとに大変だったんですねえ」意味がわかってきてアリスが言いました。

「それで森一番高い木に目をつけて」と鳩は続けるのですが、もう金切《かなきり》り声です。「これでやっと蛇から逃げられたと思ってたところへ、今度はなに、お空からくねくねおりてくるとはね！　こん畜生の蛇め！」

「だっから、私、蛇じゃない、ちゃんと言ってます！　私は――、私は――」

「ほらみろ、おまえ、何？」と鳩。[8]「なんか話つくろうとしてるね！」

8　ここで鳩はイモムシの問いを、「だれ」を「何」に変えて繰り返していることになる。

バイロン・シューエル & ヴィクトリア・シューエル画、1990.

「私は――私は少女よ」自分でも疑わしそうにアリスは言いました。その日、一体何回変わってしまったか思い出して自信がなかったのです。

「言いそうなことだ！」と鳩。軽蔑しきった口ぶりです。「あたしだって昔から少女はいっぱい見てきたわよ、でもそんなに首の長いのなんか絶対いなかった！　ちがう、絶対ちがう！　おまえは蛇よ、ちがうと言っても無益よ！　こんだ卵なんて食べたことがないとか言いだすつもりなんだ！」

「食べたことあるわ、たしかに」うそをつけないアリスは言いました。「でも少女だって蛇と同じくらい卵を食べる、でしょう？」

「信じないね」と鳩。「でも、だとすれば少女だって蛇の一種だってことだね、それだきゃ言えるね」

　これはアリスには初耳な話でしたから、一、二分黙っていました。そこにつけ入った鳩が「卵をさがしてるんだ。それがよくわかった。おまえが少女だろうが、蛇だろうが、そんなこた、どうでもいい」

「私にはどうでもよくありません」と急いでアリスは言いました。「私、卵なんかさがしてはいません。さがしてるとしてもあなたのじゃありません。卵は生《なま》のは好きじゃないの」

「そうかい。じゃとっとと消えな！」鳩は不機嫌そうに言うと、また巣に落ちつきました。アリスは木と木の間に身をかがめるのですが、これがなかなか骨折り。だって首が枝々にからみつくし、時々には止まって、からんだのをほどかなければならなかったからです。少ししてから、手にまだキノコのかけらを持っていることに気づいて、とても慎重にまず一方を、次にもう一方をかじり、すると時には大きくなり、時にはちいさくなりしながらも、やっとなんとかいつもの大きさに戻ることができました。

　ずいぶん長い間正しい大きさでなかったせいで、初めはとても変に感じましたが、やがてすっかり慣れてきて、いつも通りのひとりごとも始まりました。「さてと、これで計画も半分きた！　でもこんなに変わり続けじゃ、わけわかんないなあ！　次にどうなるのか、見当もつかない！　それにしても元の正しい大きさに戻っちゃってるわけね。次の仕事はあのきれいなお庭に入っていくこと――さあてどうやればできる、のかしら」こう言うまにも突然開《ひら》けたところに出ます。そこには四インチほどの高さのちいさなお家がたっていました。「住んでるのがだれにしろ」とアリスは考えます、「この大きさで出会うのはまずいわね。そうよ魂消《たまげ》てしまって大変！」そこでアリスは右手で持ったキノコの一片をまたかじり始め、九インチの身の丈《たけ》になるまではその家に近づこうとはしませんでした。

第６章　豚と胡椒

一分か二分、アリスは立ったままその家を眺め、次にどうするか考えていると突然、森から仕着せを着た従僕がひとり走り出てきたのですが——アリスが見て従僕だと思ったのは仕着せを身につけていたからなので、そうでなくて顔つきだけだったら魚が一匹と思ったにちがいありません——それは手の甲《こう》でどんどんと戸をノックしました。戸をあけたのも仕着せの従僕で、顔が丸く、大きな目はこちらはもうまるでカエルです。二人の従僕とも頭全部にカールした髪に髪粉をまぶしていました。アリスは何ごとか用向きを知りたくてたまらず、森からこっそり出て聞き耳を立てます。

まずサカナ従僕が腕の下からほとんど体と同じくらい大きな手紙を出すと、これを他方に渡し、渡しながらおごそかな声で「公爵夫人へ。クィーンからクローケー試合への御招待」と言いました。カエル従僕が同じおごそかな口調で復唱しましたが、言葉の順序が少し変わっていました。「クィーンから。公爵夫人へクローケー試合への御招待」

それから二人頭を下げてお辞儀したものですから、カールした髪がぐしゃぐしゃにからみついてしまいました。

これを見てアリスは声を立てて笑ってしまい、それを聞きとがめられてはまずいので森に戻る他ありませんでした。次にのぞいてみた時にもうサカナ従僕の姿はなく、残された方は戸口近くの地べたに坐り、ぼんやりと上の空を見あげていました。

アリスはおずおずとドアに近づいて、ノックをします。

「ノックしてなんの役に立つだか」と従僕が言いました。「わけはふたっつ。まず、わし、あんだと同じ側にいるじゃねえか。二つ目のわけは中がこんなにやかましいんじゃ、だれも耳なんて貸してくれやしねえ」。なるほど家の中のうるささは、これはもう尋常でありません——泣きわめく声とくしゃみがひっきりなし、時には皿かやかんかが粉々にでもなったかのようなガチャンという音も加わります。

「それでね、一体」とアリス、「どうすれば中に入れますか?」

「あんだがノックするのに意味があるのは」と、相手の言うことと関係なく従僕は続けます、「我々の間に扉があってのことじゃね。たとえばあんだが中にいてノックする、したらわしがあんだを外に出す、そうじゃろ」

しゃべる間じゅうじっと空を見てばか

ピーター・ニューエル画、1901.

りの従僕、この上の空ぶりは絶対失礼だとアリスは思います。「でも多分しょうがないのね」とひとりごと。「だって目がほとんど頭のてっぺんについているんだもの。それにしても尋ねてることにはちゃんと答えてもらいたいのよね――どうすれば中に入れますか？」声に出して、もう一度尋ねてみます。

「わし、ここに坐っとるだろう」と従僕は言いました、「明日まではな――」

この時、家のドアがあくと、大きな皿が従僕の頭にまともに飛んできて、鼻をきわどくかすめると、うしろの木の一本に当たって粉々になりました。

「――それか、次の日までか、多分な」従僕は何もなかったかのように変わらぬ口調で話し続けます。

「私、どうすれば中に入れますか？」アリスが声を大にしてもう一度尋ねます。

「いいいいそもそもが、入れるか否かだな」と従僕。「まずはそこが問題だ、だろう」

それはそうです。しかしアリスはそういう言われ方が好きではありません。「ほんとにいやだ」と、ひとりごと。「この連中みんな議論好き。もう、頭きちゃうわね！」

従僕はいろいろ言い方を変えながら自分の言い分を繰り返すチャンスと考えたように見えました。「わし、ここに坐っとるだろう」と言いました。「時々な、明けても暮れてもな」

「私どうすればいいの？」とアリス。

「どうなと好きなように」と従僕。口笛を吹き始めました。

「こんな相手としゃべって何か役に立つの」と自棄《やけ》になってアリスは言いました。「どこまで間抜けなんだか」。そして扉をあけ、中に入っていきました。

戸口はまっすぐ厨房《だいどころ》に通じていましたが、そこは右から左まで煙でいっぱいでした。公爵夫人は[1]、中央の三脚の腰掛けに坐って赤子をあやしていました。料理番が火の上に身をかがめて、みたところスープでいっぱいの大鍋をかき回しているところでした。

「あのスープ、胡椒《こしょう》入れすぎ」[2]と、アリスのひとりごとも、くしゃみでままなりません。

空中だって胡椒でいっぱい。公爵夫人でさえ時々くしゃみしました。赤子といえば、ほとんど間《ま》をおかず、わめくかくしゃみかでした。厨房でくしゃみしないのは料理番と、そして炉棚に横になって、口が裂けるほどのにったり笑いの一匹の猫だけでした。

「どうか聞かせてください」と、ちょっと気おくれしながらアリス。自分がまずしゃべるのが礼にかなっているのかどうか、わからないのです。「こち

1　公爵夫人に再会する第九章になるまでアリスが公爵夫人に一定の距離を置こうとしているのは「非常に醜い」からだし、公爵夫人の「ちいさな尖った顎《あご》」がアリスの肩にくいこむからだったりする。顎が尖っていることはここのエピソードでも二度言われている。夫君の公爵がもし生きているとして、どこにいるかも謎のままである。
テニエル描く公爵夫人の顎はそんなにちいさくも、尖ってもいないが、たしかに醜いことは醜い。テニエルが十六世紀フランドルの画家、クェンティン・マサイス（一四六五―一五三〇）の作とされる一枚の肖像画を借用したとの説が有力である。マサイスの絵のモデルは十四世紀ケルンテン、ティロルの公爵夫人マルガレーテ（マルガレーテ・フォン・ティロル）であると一般には考えられている。史上最も醜い女性と言われている（あだ名"Maultasche"は「巾着《きんちゃく》口」「蟇《がま》口」とでも訳せるか）。リオン・フォ

らさんの猫、どうしてにたにた笑いするんです?」

「これ、チェシャー猫なのだ」[3]と公爵夫人。「だからさ。このブタっ!」

　突然の激しい最後のひとことでアリスはとびあがりましたが、すぐに自分でなく赤子に向けられた言葉だとわかって元気を出すと、またしゃべりだしました[4]——

「チェシャー猫がいつもにたにたしてるなんて知りませんでした。ていうか猫がにたにた笑えるなんて知りませんでした。

「猫は皆できる」と公爵夫人。「ほとんどが現に笑っとる」

「笑う猫なんて知らないです」とても丁重にアリス。会話ができそうなのがとても嬉しかったのです。

「もの知らずじゃの」と公爵夫人。「しかし、これは動かぬ事実じゃ」

　この言葉の調子が癇《かん》にさわったアリスは何か別の話題にした方がいいと感じます。ところが何を話すか決まらぬ

イヒトヴァンガーの小説『醜い蟇口公妃』はこの女性の悲劇的生涯に取材したもの。次も。W.A.Baillie-Grohman, "A Portrait of the Ugliest Princess in History," *Burlington Magazine* (April 1921).
　他方、マサイスの絵とほとんど同じような彫版や素描がいくつかあって、レオナルド・ダ・ヴィンチの弟子のフランチェスコ・メルジによる素描画もそのひとつであるが、師の散逸作を模写したものであったとされている。マルガレーテ・フォン・ティロルと多分なんの関係もないこれらの絵の錯綜

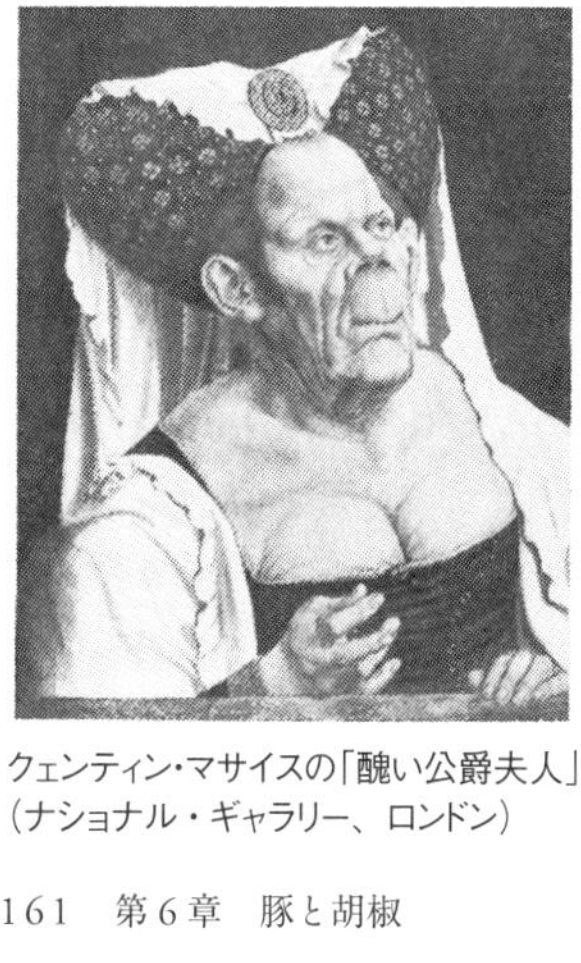
クェンティン・マサイスの「醜い公爵夫人」
(ナショナル・ギャラリー、ロンドン)

した歴史についてはマイケル・ハンチャーの『アリスとテニエル』第四章が面白い。

2　胡椒（pepper）がスープにも入っており、部屋にも充満しているのは公爵夫人の短気（peppery）な性格の表現なのだろう。ヴィクトリア朝英国労働者階級がスープに多量の胡椒を入れたのは少し腐った肉や野菜の味をごまかすためだったのだろうか。

サヴィル・クラークが『アリス』を舞台化した時、キャロルは料理番がスープをかきまぜながら言う台詞を提供した。「あたしゃ言った、胡椒が一番……半分でも足らない。四分の一でも足らぬ」。料理番が暗誦するのは、呪文をかける魔女さながらである。

　煮たてるのやさしい、
　混ぜて油みたいに、
　かき回すと大くしゃみ、
　いちっ！　にい‼　さんっ!!!

「一回は奥さんに、二回は猫さんに、三回は赤さんに」と料理番は続けながら赤子の鼻を叩く。

引用はチャールズ・ラヴェットの次の価値ある本から。Charles Lovett, *Alice on Stage:A History of the Early Theatrical Productions of Alice in Wonderland* (Meckler,1990). これらの行《ライン》は舞台《いた》の上でも用いられたし、出版された台本にも載っている。

3　「チェシャー猫のように（にたにた）笑う」というのはキャロルの同時代、よく使われた表現だった。起源はなお不詳。主要なのは二説。（1）チェシャー・カウンティ（キャロルの生まれた郡）の宿屋の看板絵描きが当該区域の宿屋の看板ににやけたライオンの絵を描いた（*Notes and Queries*, No.130, April 24,1852, p.402参照）。（2）チェシャー・チーズは昔、にたにた笑う猫の形をしていた（*Notes and Queries*, No.55 (Nov.16,1850) p.412参照）。「これにはことさらキャロル的な説得力がある」と言っているのは精神分析学でキャロル伝を著したフィリス・グリンエーカー博士で、「チーズっぽい猫が、チーズを食べるネズミを食べるという幻想につながるから」と言う。チェシャー猫は手書きの原話、『地下の国のアリス』には出てこない。

チャールズ・ラムの一八〇八年の手紙中に次のような箇所があるとデイヴィッド・グリーンが教えてくれた。「さる日、私はひとつ駄洒落を考えついて、それをホルクロフトに教えたら、チェシャー猫みたいににたついた。なぜチェシャー猫は笑うのだろう。なぜならその昔チェシャーはパラティン伯州だったが、それを考えるたび猫たちは笑わざるを得ないからである。と言って何がそんなにおかしくてということは私にもわからないのですがね」

キャロルの消える猫は、満ち欠けで欠けていく月に由来しているのかもしれないと手紙で提案してくれたのはハンス・ヘイヴァマン。そう言えば月は狂気（lunacy、「憑き」）と縁が深い。欠けていって指爪みたいな三日月になり――これがにたにた笑いに似ている――そして最後に消えていく。

T・S・エリオットが詩「朝の窓辺」の最後の二行を書いた時、念頭にチェシャー猫があっただろうか。

目的《あく》ない笑が宙にただよい
そして屋根の陵線に消えてゆく。

にたにた笑いについてもっと、という向きには次を。Ken Oultram, "The Cheshire-Cat and Its Origins," *Jabberwocky* (Winter 1973).

日本で一九八九年に出た『ルイス・キャロルとその世界――チェシャー猫』というパンフレット（笠井勝子編）を見るとサッカレーの小説、『ニューカム家の人々』（一八五三－五五）から次の文章を引いている。「その女はチェシャー猫のようににたりと笑う……」。チェシャーの猫たちのこの特性を発見した博物学者はだれだったか。笠井氏はまたキャプテン・ゴスの『おしゃれ俗語、大学の才知、掏摸《すり》の雄弁辞典』（一八一一）から次の記述を引用してくれている。「『彼はチェシャー猫のようににたっと笑った』――笑う時、歯や歯茎を見せるだれにでも用う」。他の引用文、他の起源説を笠井氏はいろいろ議論している。一九九五年に笠井氏は手紙をくれて、なかなか興味深い推理を働かせている。我々はチェシャー・チーズがにたにた笑う猫のデザインで売られていたことを知っている。このチーズを削る時、猫の尻尾《しっぽ》のところから削り始め、最後ににやついた首のみ皿に残っているという図である。

北米ルイス・キャロル協会の公式機関誌『ナイト・レター』はジョエル・ビレンボームのエッセーを掲載しているが（Joel Birenbaum, "Have We Finally Found the Cheshire Cat?" *Knight Letter* [Summer 1992]）、キャロルの父親が教区牧師をしていたクロフト・オン・ティーズのセント・ピーター教会の探訪記である。教会内陣の東側仕切り壁に猫の頭部を彫った石彫があり、床から二フィートくらいの高さで猫が宙に浮いている感じらしい。仔細に見ようと膝をついて上を見あげると石彫の猫の口が横広がりのにたり笑いに見えるらしい。氏の発見は『シカゴ・トリビューン』紙（一九九二年七月十三日号）の第一面を飾った。NBC放映の退屈で低視聴率なTV番組の『不思議の国のアリス』でチェシャー猫を演じたのはウーピー・ゴールドバーグだった（放映、一九九九年二月二十八日）。

4　十三歳のロイ・リップキス君は公爵夫人とベケット作『ゴドーを待ちながら』のポッツォが似ていると言っている。公爵夫人は赤子に苛酷に当たっ

うちに料理番が大鍋を火からおろし、そして突然手当たりしだいになんでもかんでも公爵夫人と赤子に向かって投げつけ始めたのです——最初は暖炉鉄具、そして次はソースパン、浅皿、深皿がまるで雨あられです。公爵夫人は何かが当たってさえ、気にする様子がありません。赤子はもう存分に泣きわめいていたわけなので、何かが当たって痛いのか何かはまったくわかりません。

「ああお願い、何やってるのか考えて！」

こわくてたまらずあちこち飛び逃げながらアリスが叫びます。「この子のかわいいお鼻がなくなるう！」その鼻のそばをとびきり大きなソースパンがひゅんとかすめていきました。もうほとんど鼻がもっていかれそうでした。

「だれしもが自分が何やっているのか考えたら」と公爵夫人がしわがれ声でうなります、「世界は今よりずっとはやく回る」

「何も良いことないでしょうけど」。知識を少しばかしひけらかしたいアリスがこの機会を逃すはず、ありません。「それで昼と夜がどうなってしまうか、考えてみてもください！　地球は二十四時間でひと回りするのです、おのが軸をめぐって——」

「斧がときたら」と公爵夫人、「こやつの首をはねよ！」

て、「ブタ」呼ばわりし、空中に投げるが、ポッツォは一人では何もできない、子供じみたラッキーを「ブタ」(pig またはhog）呼ばわりすることが多い。

ハリー・ラウントリー画、1916.

アリスはこわごわ料理番を見やります。この命令に従うのではないかと思ったわけですが、料理番はスープをかきまぜるのが忙しくてやりとりを聞いていなかったようです。そこでアリスはまたおしゃべりを始めます。「二十四時間、だと思う。十二時間かな？　私は――」

「ああ、わし、苦手じゃ！」と公爵夫人、「数字にゃがまんがならん！」そしてそう言いながら、また赤子をあやし始めました。あやすのに子守歌みたいなものを歌うのですが、各行のおしまいがくると、赤子をひどくゆすぶるのでした――[5]

「荒い言葉をおさな子に、
　くしゃみしたらばぶっ叩く。
困らせようとするくしゃみ、
　ひとがつらがるの知ってやる」

　　コーラス
（料理番、そして赤子も加わって）
「ワオ！　ワオ！　ワーオ！」

5　このバーレスク詩、本歌どりもじり詞のオリジナルは「やさし言葉を」。忘れられていて良かったかもしれない一篇で、ある権威はジョージ・W・ラングフォード作とし、他の権威者によると、作者はフィラデルフィアのブローカーでデイヴィッド・ベイツという人物であるらしい。『ルイス・キャロルのパロディとオリジナル』は一九六〇年十二月にフロリダ州立大学図書館で催された展覧会の図録と注解だが、その中でジョン・M・ショーが報告していて、ラングフォード作者説はたどり切れなかったとする。大体がラングフォード自身が見つけられなかった、と。ショーは一八四九年にベイツの出した詩集『エオーリアン』の一五ページにこの詩を見つけた。ベイツの息子が父親の『詩集』（一八七〇）の序文で、この汎《ひろ》く引用された詩を実際に父が書いたと主張していることをショーは指摘している。

公爵夫人は歌の二番を歌いながら、赤子を激しく投げあげるのをやめません。かわいそうな赤子が泣きわめくものですからアリスには言葉がほとんど聞きとれません――

「きつい言葉をおさな子に、
　くしゃみしたら叩きましょう。
だってほんとに好きみたい、
　うれしい時に、はい胡椒！」

　　コーラス
「ワオ！　ワオ！　ワーオ！」

「ほうら！　あやしたければ、あやしておやり！」と公爵夫人は言って、赤子をアリスの方に投げてよこしました。「私は行って、クィーンとのクローケーの用意をせねゃならぬのでな」。そして急いで部屋から出ていきました。料理番がそのうしろからフライパンを投げつけたのですが、ほんの

やさし言葉を！　ずっと良い、
支配は恐れより愛をもてなせ。
やさし言葉を！　辛い言葉用い
我等ここにて為す善を貶めること
勿《なか》れ。

やさし言葉を！　愛は声低く、
ささやくは誠の心どもつなぐ誓い。
やさしき友情の声流る
情愛の音《ね》のいかに親しき。

やさし言葉を　ちいさく幼き者らに！
その者の愛得らるるような
言葉で教えよ、やさしく、おだやかに。
幼さは長くは続かぬものならば。

やさし言葉を　若き者に、その者
辛抱する力しかと持てば
最善にすごさしめよ人生を、
それは不安と心痛に満ちておれば。

やさし言葉を　老いたる者に
不安で疲れた心を嘆くまい。
その人生の時刻む砂もわずかに
そこから平安もて去るが良い。

やさし言葉やさしく　貧しき者に、
きつい声根を聞かせる勿れ。
耐える荷は十分に重い、
つらい言葉なしであれ！

やさし言葉を　道誤れる者に。知れ
彼らの労苦《いたずき》　徒《あだ》なると
おそらくは不親切こそその原因《もと》なれ。
ああ彼らをふたたびの正道へと！

やさし言葉を！　その生をささげ
人のかたくななる意志を矯《た》めたる
　者よ、
四大が苛烈な闘争裡にあってさえ、
言いけらく「一に安心、二に立命ぞ」
やさし言葉を！　ささやかなことぞ、
心の深い井戸に落ちるなんど、
それでこそ手に入る善と喜びを
　こそ
永遠《とわ》なるものは語り出るべきかと。

　ラングフォード家の言い伝えでは、ジョージは一八四五年にアイルランドの生まれ故郷を訪れた時にこの詩を書いたそうだ。一九〇〇年以前に英国でこの詩が印刷された時、作者は逸名氏であるか、ラングフォードということになっている。イングランドで知られているこの詩の印刷は一八四八年以前にはない。

　ベイツ作者説は一九八六年、この詩が「D・B」の署名入りで『フィラデルフィア・インクワイラー』紙（一八四五年七月十五日）の第二面に出ていたのが見つかって一挙に信憑性が高まった。イングランド、アイルランドの新聞にこれ以前の印刷が確認されない限り、ラングフォードが書いた説には無理がある。といって中心的謎はなお残ったままなのだが。なぜイングランドではラングフォードの名が執念《しゅうね》くこの詩にまつわりついているのだろう。

　この論争の詳細については拙論がある。Martin Gardner, “Speak Gently,” in Edward Guiliano(ed.), *Lewis Carroll Observed* (Clarkson Potter, 1976. 書き足して拙著『秩序と驚異』に再録もした)。ジョン・ショーは彼が主役を演じるこの論争の顚末《てんまつ》記を書いてもいる。John Shaw, “Who Wrote “Speak Gently,” *Jabberwocky* (Summer 1972)である。「やさし言葉を」を筆頭に五十六篇の詩について書誌を書いたのもショーである。ショーによればキャロルのパロディは「これらのうち特定のどれかをもじったというよりは、これらすべてに谺《こだま》を返しているものと言うべきだ」そうである。キャロルのパロディにはアルフレッド・スコット・ギャッティが音楽をつけた。日付なしのその楽譜が『ジャバウォッキー』に掲載されている（一九七〇年冬号）。

ちょっとのところではずれました。

アリスは赤子を受けとりましたが、これがなかなか厄介な相手でした。恰好《かっこう》も変だし、手足をあらゆる方向に伸ばすので、「まるでヒトデみたい」とアリスは思いました。このちいさな相手は受けとった時は蒸気機関車みたいに気をはき、体を折り曲げたり伸ばしたりをやめないので、最初の数分は抱えているのがアリスには精いっぱいでした。

どう扱えば良いかわかったらすぐ（そう、ひねって結び目みたいにし、それから右耳と左足をつかんで持つと、決してほどけないのです）、アリスは赤子を外につれだしました。「この子ここにおいておいたら」とアリス、「あの人たち、一日か二日で必ず死なせてしまう。おいておくの人殺しになる[6]」。最後の言葉は大きな声でしたが、赤子はぶうぶう鳴いて答えます（もうくしゃみはしなくなっていました）。「ぶうぶう言わない」とアリス。「そんなじゃ、何してほしいんだか、ちっともわかんないでしょ」

赤子はまたぶうっと言います。何がいやなんだろうと思って、アリスは不安げに相手の顔をのぞきこみました。もう間違いない、鼻はすっかり上を向いて、鼻というより豚の鼻づらという感じだし、目も本当にちいさくなってもう赤んぼの目ではありません。アリスには相手の姿かたちが気に入りませ

6　弁護士ジョー・ブラバントは著書、『それ殺人事件じゃないの』（チェシャー猫プレス、一九九九）の中でこの問題を論じている。

ハリー・ラウントリー画、1916.

ん。「でも多分泣いてるからなのね」と思ってまた目をのぞきこんでみました。涙が出てるか見ようとしたのです。

いえいえ、涙は出ておりません。「豚になるっていうんなら」とアリスは本気で言いました、「もう私、きみとは関係ないからね。その気でいなさい！」ちいさな相手はまたしくしくです（しくしくだかぶうぶうだか、よくわかりません）。しばらく何も言わずに歩き続けました。

「家へつれて帰ったら、この子どうすればいいんだろう」とひとりごとを言ったとたん、相手が激しくぶうぶう鳴いたものだから、アリスはちょっとびっくりして顔をのぞきこみました。今度は絶対間違えようがありません。どこからどう見ても豚です。[7] それ以上抱いて歩くのはばかげているとアリス

7 男の赤子を豚にしたキャロルにはおそらくは悪意ありす（m-alice）。男の童子には好感を持っていない人物だったのである。『シルヴィーとブルーノ・完結篇』には名前からしてアグリーな "Uggug" という不愉快な少年が登場して（「おそろしくでぶな少年で……懸賞豚のような面《おも》持《も》ちをしている」）、最後にヤマアラシ（porcupine）に変えられる。キャロルにしてもたまには少年と折り合い良くやろうと努めているが、その少年の姉妹の方がキャロルの興味の対象という場合に限られていた。彼の押韻隠し（散文のふりをしているが、仔細に読むと韻文）の手紙に、次のような追伸で終わるものがある。直截だ。

きみにはごきげんよう——お母さまには／こころからの敬具を——きみのちっちゃな／おでぶの場ちがいで物しらずの弟には／にくしみを——あいさつはこれだけさ

（手紙二十一、マギー・カニンガム宛て。*A Selection from the Letters of Lewis Carroll to His Child-friends*,ed. Evelyn M.Hatch）

子供友達キャスリーン・エシュヴェーゲ宛ての一八七九年十月二十四日付けの手紙は、よく引用される「私は子供が好きです（が少年はだめ）」を含んでいる。しかるに近時、キャロルの少年嫌い説には異論が出てきた。二〇〇六年にロサンゼルスでおこなわれた「ルイス・キャロルと子供観念」会議でナショナル・ギャラリー・オブ・アート写真部の学芸員補ダイアン・ワゴナーが「ドジソンの少年への応援神話」を発表する。ワゴナーの言い分ではドジソン撮影の子供の写真の四枚に一枚が、グループ写真の中で、あるいは大人の友人の子息ということで男児を撮っている。たとえばその現在有名な姉妹にポーズをつける前にハリー・リドゥルを撮影したり、と。

アリスが豚嬰児《えいじ》を抱えるところをもう一度この子供を人間の姿にして描いたテニエルの絵が、「不思議の国切手帖」を入れた封筒の表側にあしらわれている。ボール紙製の切手帖は文字通り切手をおさめるのだが、これはキャロルが考案し、オックスフォードのさる企業が商品として売った。切手帖を封筒から引き出すと、切手帖の表側には同じ絵が、ただし赤子が、テニエル原画と同様に豚に変わった姿になって描かれている。封筒の裏側と切手帖の間にも同様の変化《へんげ》が生じていて、テニエル描くにたにた笑う猫の絵が、猫の姿がほぼ全身消えてしまっている絵に変わる。切手帖には『手紙書式についての八語、九語』というブックレットがはさまっているが、この愉快なエッセーの出だしはこんなふうである。

アメリカ人ライターが「この地域の蛇はただ一種に分類されるだろう――毒蛇と」と書いたことがある。同じ原理がここでも有効だ。郵便切手帖はただ一種に分類される――『不思議の国』と。模倣品が必ず出てくるだろうが、ふたつの「見てびっくり」は入らないはず、版権がないからである。

なぜ「びっくり」などと呼ぶのかぴんとこないだろう。切手帖を左手に持って、じっと見てくれたまえ。アリスが公爵夫人の赤んぼをあやしているだろう（まったく新しい組み合わせだ。本では起きていない）。さて右手の親指と人差指を使ってちいさな本をつまみ、一、二、三で引き抜いてみる。赤子が豚に変わっちゃった！　これがびっくりでないとしたら、きみって人は義理のお母さんが突然ジャイロスコープに変わってもびっくりしない人なんだろうな！

フランク・モリスは、この赤子が豚に変わるという話はバッキンガム伯爵

は思いました。

　ちいさな相手を下におろすと、とことこと森に入っていくのでアリスはほっとしました。「人間だったら」とアリスはひとりごとを言います、「さぞかしひどく醜い子供になっただろうけど、ちゃんとした豚だものね」。そして豚としてならちゃんとやれそうな知っている他の子供たちのことを考え、「変える正しいやり方だけちゃんとわかっていれば――」とまで言ったところでアリスはびくっとしました。二ヤード離れた木の枝に坐るチェシャー猫の姿が目に入ったからです。[8]

　猫はアリスを見てもにたにたしているだけでした。人が、いや猫が好《よ》さそうね、とアリスは思いました。それでもとても長い爪はあり、歯もいっぱいある相手、しっかり敬意を見せておかないと、と。

「チェチャー猫さん」とアリスは始めます。おずおずですが、その呼び方が相手の気に入るのかどうかまったくわからなかったからです。にたにた笑いが広がっただけでした。「そう。今のところは御満悦ね」とアリスは思いましたので、こう続けました。「教えてください、ここからどっちへ行くべきでしょう？」

「そりゃ大体はそっちがどこへ行きたいと思うかによるにゃ」と猫。


夫人がジェイムズ一世に仕掛けた有名ないたずらに由来するのではないかという面白い思いつきをした（『ジャバウォッキー』一九八五年秋号）。伯爵夫人は王が腕に抱かれている嬰児の洗礼を目にするように仕組んだが、その嬰児、実は一匹の「豚」児だったという話。豚はジェイムズ一世が一番嫌いな動物だった。

　豚を抱えたアリスをテニエルが描いた絵は、アリスの真正面を見ているフルフェースの数少ない絵の一枚である。

8 『子供部屋のアリス』でキャロルは、この場面にテニエルのつけた素描（本書一七四ページ）の背景に見えるフォックス・グラヴ（Fox Glove、キツネノテブクロ）に注意を促している（ひとつ前の挿絵にも確認できる）。別にキツネが手袋をつけはしないと、キャロルは若い読者に説明している。「正しくは『フォークス・グラヴ（Folk's Glove）』というのである。

「どこかは別に――」とアリス。

「なら、どっちへ行こうとかまわにゃい」と猫。[9]

「――どこかへ行ける限りはね」アリスは説明をつけ加えます。

「にゃら必ずそうにゃる」と猫。「ただちょっとばかし歩く気あればにゃ」

それはその通りと思いましたので、アリスは別のことを尋ねてみます。「このあたり、どういう人たちが住んでいるのでしょう?」

「あちらには」右手、というか右の前足でその方向を指しながら猫が言いました、「帽子屋《ハッター》が住んでる。それからあちらには」もう一方の足でそちらを指しながら、「三月うさぎ《マーチ・ヘア》が住んでるよ。好きな方へ行ってみるさ。両方とも狂ってるが[10]」

「でも、狂った人たちの中へ入るのごめんだな」とアリス。

「ふうん。それ仕方にゃいやさ」と猫。「うちらここじゃみんな狂ってるからにゃ。こっちも狂ってる。そちらさんも狂ってる[11]」

「私が狂ってるってどう

妖精たちが『良き人々《フォーク》』と呼ばれていたことをひょっとして御存知ではないだろうか」、と。なかなかチャーミングな語源説だが、残念、文字通りのフォーク・エティモロジー(folk etymology)、こじつけ縁起説でしかない。この花はずっと「フォックス・グラヴ」で通してきている。

バイロン・シューエル画、1975. オーストラリアのアボリジニー・ヴァージョン。豚がバンディクート(フクロアナグマ)になっている。

9 ここのやりとりは『アリス』物語中最もよく引用される箇所のひとつで

ある。ジャック・ケルアックの小説、『路上』（一九五七）にもその谺《こだま》がひとつ聞かれる。

「……行かなくちゃあ、そこへつくまで行くのやめちゃだめだ」

「我々どこへ行くんだ?」

「わからないが、行かなくちゃあ」

ジョン・ケメニーはアリスの問いと、猫の有名な答を著書『哲学者、科学を考える』（一九五九）の科学と価値を論じた章の冒頭に置いている。実際、同書は各章の冒頭に『アリス』からとったぴったりの引用文を配している。猫の答は科学と倫理の永遠の乖離《かいり》を正確に言い当てている。ケメニーが明らかにしているように、科学はどこに行くべきかを教えてはくれないが、別の領域で一旦この決定が下された時はそこに行く最良の道を教えることができる。

この会話の一部をパラフレーズした感ある言い回しに「どこへ行くかわかってなくとも、どの道かが運んでくれるもの」というのがあるが、出所起源はよくわからないし、一九四二年以前に使われた例はない。この「どの道かが」を引用したのがザ・ビートルズのジョージ・ハリソンの名曲「エニイ・ロード」（二〇〇二）である。

10 「帽子屋のように狂った（mad as a hatter）」と「三月うさぎのように狂った（mad as a March hare）」という言い方が、キャロルが書いていた頃のヴィクトリア朝では普通に見られたし、もちろんキャロル創作の二人のキャラはそこから出てきた。「帽子屋のように狂った」は先行の“mad as an adder”（クサリヘビのように狂った）が転訛《てんか》したものかもしれないが、最近まで帽子製造業に本当に「狂気」が多かったという事実に由来するという考え方がもっと説得力がある。フェルト地の加工処理に水銀を用いることが（現在はほとんどの州で、またヨーロッパの一部で法で禁止）、水銀中毒の原因として知られていたからである。中毒者にはふるえが生じ（帽子屋のふるえ〔hatter's shakes〕と呼ばれた）、目と手足をやられ、言語障害を発症する。病状が悪化すると幻覚症状その他の精神疾患の兆候が現れる。

H・A・ウォルドロン博士は気ちがい帽子屋はその種の病人ではないという議論をしているし（H.A.Waldron, “Did the Mad Hatter Have Mercury Poisoning?” *The British Medical Journal* (December 24-31,1983)、セルウィン・グッデイカー他二名の医師が同誌一九八四年一月二十八日号でこの問題を論じている。

アンソニー・ホリー、ポール・グリーンウッドという二人の英国人科学者が、三月の交尾期にオスの野生うさぎが「マッド」になるとする民間伝承を疑わせる広汎な観察結果をレポートしている（『ネイチャー』一九八四年六月七日号）。全部で八ヶ月にわたる繁殖期におけるオスの行為といえば、オスがメスを追いかけ、メスとのボクシング・マッチに突入ということなのだが、三月が他の月に比べて特別ということはないのである。「沼（marsh）のうさぎのように狂った」と書いたのはエラスムスだったが、後世これ（marsh、沼）が「三月（March）」に転訛《てんか》したのだろう、と二人の科学者は言っている。

テニエルが三月うさぎを描いた時、頭部から藁《わらしべ》が出ている姿で描いた（本書一八七ページ）。キャロルはこの点について何も触れていないが、当時はこれは絵でも芝居でも狂気の象徴とされていた。『子供部屋のアリス』でキャロルは「この三月うさぎには長い耳があり、藁が髪とごっちゃになっています」と書いている。「藁はうさぎの気がふれていることを示していた――のですが、なぜなのか私は知りません」。この問題で藁にもすがりつきたいあなたはマイケル・ハンチャーの名著、『アリスとテニエル』が狂気の印としての藁を論じた章にすがることを勧めておこう。キャロルの『シルヴィーとブルーノ』正・続篇でハリー・ファーニスが「気がふれ庭師」を描く時、同様な藁の使い方をして庭師の髪と衣服を描いた。

帽子屋と三月うさぎ、ハッターとマーチ・ヘアはジョイスの『フィネガンズ・ウェイク』に（少なくとも）二回登場するが、“Hatters hares”（ヴァイキング社改訂版、八三ページ一行目）と “hitters hairs”（同八四ページ二十八行目）である。

11 チェシャー猫の言い分をキャロルの日記の一八五六年二月九日の次の記載と比べると面白い。

問――自分が夢をみており、しかもそのことの意識もかすかにありながらめざめようとしている時、覚醒時でなら狂気としか呼ばれないようなことを言ったり、やったりはしていまいか？ とすれば我々は時として狂気をどちらがめざめた生、どちらが夢みてる生とはっきり区別し得ないものなのだと言えるのではあるまいか？ 我々は夢の非現実性をいささかなりとも疑うことないまま夢みていることが多い。「夢には夢の世界がある」のであり、うつつと同じくらい生き生きしてることも多いのである。

プラトンの『テアイテトス』で、ソクラテスとテアイテトスがまさにこの問題で次のように議論する場面がある。

テアイテトス――私は狂人とか夢みる人間がただ想像界裡のことを真実の如くに考えていることについて議論しようとは思いません。

ソクラテス――そうした現象、た

とえば夢と覚醒をめぐって生じ得る別の問題についてはどうなのか？

テアイテトス――どういう問題ですか？

ソクラテス――だれしもがよく口にする問いと思っている問題だがね。今この瞬間、我々が夢をみていて、我々が考えることすべて夢なのか、それとも我々は覚醒している、おたがいめざめていればこそこうして話のやりとりもできるのであるか、一体どうすればいずれとわかるのか？

テアイテトス――本当に、ソクラテスさん、一が他より正しいと言えるのかどうか私には自信がありません、ふたつの場合において事実が正確に対応しているからですし、この議論の間じゅう、我々は夢の中で話し合っていたのだと考えるのは難しくはありませんね。それから夢の中で我々が夢のことを話しているように思われる時、ふたつの状態が似通っていること、まことに驚くばかりなわけです。

ソクラテス――さてそうなると、感覚というものがリアルかどうかという問いが生じるね、我々が覚醒しているのか夢の中なのかという疑いさえありうる。で、我々の時間が眠りと覚醒にきれいに二分されているので、この生のどちらの領域にあっても、魂はその時我々の前にある思念が真物だと言い、我々の生の半分の間、我々は一の真なることを主張し、残りの半分の間、他の真なることを主張する。そしてその双方に等しく信を置いている。

テアイテトス――仰せの通りで。

ソクラテス――そして同じことが狂気その他の障害についても言えまいか。ちがうところは時間が等分でないという点だけで。

（本書の『不思議の国のアリス』第一二章注9と『鏡の国のアリス』第四章注11も参照のこと）。

して言えるの?」とアリス。

「に違いにゃいわさ」と猫。「じゃなきゃ、ここへ来るわけにゃい」

それじゃ何もわからないとアリスは思いましたが、でも続けます。「あなたが狂ってるってどうしてわかるの」

「まずはだな」と猫。「犬って狂ってないよにゃ。それ、そう思うよにゃ」

「そう思うわ」とアリス。

「次に」と猫は続けます。「犬は怒るとうなるし、嬉しいと尾をふる。ところがこっちは嬉しいとうなるし、怒ってると尾をふるんだ。ゆえにこっちは狂ってる」

「うなるっていうより喉をごろごろいわせるのよね」とアリス。

「どちらにゃりと」と猫。「あんた、今日クィーンとクローケーやるのかい?」

「大好きなんだ」とアリス。「でもまだ招待されていないから」

「そこでまた会えるよ」、そう言うと猫の姿は消えていました。

アリスはこのことにさして驚きませんでした。変なことが起こるのにもう慣れきっていましたからね。それでも猫がいたあたりを眺めていましたら、突然猫の姿が現れました。

「ところであの赤子はどうにゃった?」と猫。「聞くの忘れるところだった」

12 セルウィン・グッデイカーの言う

「豚になっちゃった」アリスはとても落ちついて答えましたが、猫がごく普通に出てきたような感じでした。

「そうだと思ってた」と猫は言って、また消えました。

アリスは猫がもう一度出てくるのをちょっと期待しながら少し待っていたのですが、猫は現れません。アリスは何分かすると、三月うさぎがいると聞いていた方向に歩きだしました。

「帽子屋さんには覚えがある」とアリスは思います。「三月うさぎの方がずっと面白そうだし、今五月だからたいして狂ってなさそう。少なくとも三月よりはおとなしいだろうし」こう言いながら上を見あげると、また猫です、木の枝に坐っていました。[12]

「『ぶた』って言った？『つた』って言った？」と猫。
「『ぶた』ですよ」とアリスが答えます。「それにしてもそんなに突然、出てきたり消えたりしないでよ。くらくらしちゃいます！」
「わかったにゃ」と猫は言うと、今回はとても

ところでは、アリスが「歩きだした」とあるのに、再び現れたチェシャー猫は前と同じ木の中に前と同じように坐っている。却って、これを活かしてキャロルは『子供部屋のアリス』ではちょっとした折り紙趣向の奇手を考えついた。

テニエルの二枚の絵をそれぞれ左ページに、（キャロルの言い方を借りるなら）「このページの隅を折るとアリスが『にたにた笑い』を見ているのだが、『猫』を眺めていた時のように気味悪がっているようには見えない」ように配するというのである。

フェルナンド・ソトは、アリスが真っ直ぐな道を離れ、近道を行こうと円環する道に入ったが、当然元の直線路に戻って来ることになったのだと言っている（『キャロリアン』一九九八年春号）。まあとにかく一番簡単な説明は、テニエルがアリスは「歩きだした」という記述を失念していた、それだけのことなのだが。

ゆっくりと、まず尻尾の先から始め、にたにた笑いで終わるように消えていき、にたにた笑いのみしばらく残してあとは何もありませんでした。

「行っちゃった！　にたにた笑いのない猫はいくらも見たけど」とアリス。「猫のないにたにた笑いなんて！　今まで見たもので、これ一番変だと思うっ[13]！」

それほど行かぬうちに三月うさぎの家が目に入ってきました。まさしくこの家だとアリスは思いました、だって煙突が耳の形をし、屋根を毛で葺《ふ》いていたんですから。大きな家だったので、キノコの左側の一片《ひとかけ》をかじらずに近づく気にはなりません。こうして二フィートくらいの大きさになりました。それでも近づきながらやはり気おくれしていました。「やっぱり狂ったうさぎなんだもの！　帽子屋の家の方が先だったかな！」アリスはひとりごとを言いました。

13　「猫のいないにたにた笑い」とは純粋数学そのものの謂《いい》ではないだろうか。数学の公理定理は外世界の構造に当てはめて被益《ひえき》するところ大なるものでありながら、定理そのものは、バートランド・ラッセルが忘れ難い文章で言っているように「人間の情念と」かけはなれた別世界に属する抽象物なのである。「自然の有情《うじょう》なる事実からさえかけはなれ……秩序化された一宇宙で。そこには純粋思惟が自然の家郷に住むように住みつくことができ、我々の高貴な衝迫の少なくともひとつが事物世界の惨たる流離の身から逃れることができる」のだ。

数理物理学は本当にキャロル的な命名法が好きだ。それを通過する一切のカイラリティー（chirality、左右性）を逆転するように見える向き付け不可能なワームホールはアリス・ハンドル（Alice handle）と呼ばれ、それを含む（仮説上の）宇宙はアリス・ユニヴァース（Alice universe）と呼ばれ

逸名画家（オランダ）画、1887年。本書87ページのキャプションも見よ。

る。大きさを持つ荷量《チャージ》なのに、常に同定できるような極性を持たないものをチェシャー・チャージ（Cheshire charge）と呼ぶ。アリス・ストリング（Alice string）はヴェクトル・ボース＝アインシュタイン凝縮体の中の半量子渦を、そう呼ぶ。フランスのグルノーブルのラウエ＝ランジュヴァン研究所の科学者たちは、最近になって初めて素粒子からその物理的特性のひとつを分離し、彼ら言うところの量子チェシャー猫（quantum Cheshire Cat）を創りだした。この場合は中性子のビームを捉えてそこから磁気モーメントを分離したのである。超流動体物理学で「ブージャム（boojum）」と言えば、超流動ヘリウム3の相のひとつの表面に現れる幾何学的パターンを指す。理論物理学で「キャロル粒子（Carroll particle）」と言えば、その極限で光速がゼロになる相対性理論的粒子モデルのこと。そういう粒子は動くことができないので、赤のクィーンの「さあ、ここでは、わかるね、同じ場所にいようと思えばそち全力疾走せねばならん」という言葉にちなんで、この名をつけられたわけだ。

第７章　無茶な苦茶会

家の前の木の下にテーブルがすえられ、そこで三月うさぎと帽子屋[1]がお茶をしようとしていましたし、その間にヤマネ[2]が坐ってぐっすりと眠っていました。肘をヤマネの上にのっけてクッション代わりに、その頭ごしに何かしゃべっております。「ヤマネ、とてもいやだろうな」とアリス。「でもぐっすりだもの、気にかからないいんだ」

大きなテーブルですが、この三人《みたり》はその片すみに寄り集まって坐っています。「場所ない！　場所ない！」三人はアリスがやってくるのを見ると大声をあげました。「場所だらけじゃない！」アリスは怒って言うと、テーブルのはしっこの大きなアームチェアに坐りました。

「ワイン、どうだい？」三月うさぎがすすめて言います。

アリスはまわりを見回してみましたが、テーブルの上にあるのはお茶だけでした[3]。「ワイン、ないですけど」アリスは言いました。

「ワインがないいん、ってかい」と三月うさぎ。

「ないのすすめるなんて、あんまりよくないことよ」怒ってアリス。

「招待されてもいないのに来て坐るんだってあんまりよくないことよ」と三月うさぎ。

「あなた方のテーブルって知らなかったんです」とアリス。「でも大きいか

1　オックスフォードの近くの家具商人であったテオフィラス・カーターという人物に似せて帽子屋を描けというキャロルの提案をテニエルが受けいれた、そう信ずべき根拠がある（帽子屋がグラッドストーン首相のパロディだとする当時広くおこなわれていた説には然るべき根拠が何もない）。カーターは界隈では「気ちがい帽子屋」で通っていた。いつも山高帽だったし、いろいろ奇抜なアイディアの持主だったからである。カーター発明の「目覚ましベッド」は寝ている人間を床の上に放りだして起こした（一八五一年ロンドン万国博覧会に展示）。キャロルの帽子屋が時間〔訳注：「マ」氏〕にいつも関心を持ち、眠るヤマネを起こす役割であるのはこの辺のことか。このエピソードには家具が――テーブルが、アームチェアが、書きもの机が――たくさん出てくるのも、たしかにその辺が理由なのだろう。

帽子屋、三月うさぎ、ヤマネは『地

ら四人以上いてもかまわなさそうですけど」

「そちらさん、髪切った方いいよ」[4]と帽子屋です。それまで好奇心いっぱいにアリスをじろじろ見ていたのですが、これが最初に言ったことでした。

「印象でもの言わないでほしいわね」*ちょっときびしくアリス。「失礼しちゃ

ハリー・ファーニス画、1908.

下の国のアリス』には出てこない。ひとつの章丸ごとが原話にあとから加えられた。三月うさぎ（マーチ・ヘア）と帽子屋（ハッター）は後日『鏡の国のアリス』第七章に王の使者、ヘアとハッタとして再登場してくる。一九三三年のパラマウント映画ではエドワード・エヴァレット・ホートンが帽子屋を、チャールズ・ラグルズが三月うさぎを演じた。一九五一年のウォルト・ディズニーのアニメ映画で帽子屋の声を担当したのはエド・ウィン、三月うさぎの声はジェリー・コロンナである。

「哲学者バートランド・ラッセルの姿を描こうとすれば」と書くのはノーバート・ウィーナーの自伝、『神童から俗人へ』の第十四章であり、「彼が気ちがい帽子屋にそっくりだったと書かないでは、ついに不可能である。……テニエルのカリカチュアが画家がこれを先取りしていたことを証している」としている。ウィーナーはさらに、哲学者J・M・E・マクタガート

とG・E・ムーアというケンブリッジ大学におけるラッセルの同僚研究員二人がそれぞれヤマネと三月うさぎであるとも書いている。この三人は大学界隈ではもっぱらトリニティ・カレッジの無茶苦茶会の名で通っていた。

エリス・ヒルマンは別の候補を挙げている（Ellis Hillman, "Who Was the Mad Hatter," *Jabberwocky*[Winter 1973]）。「気ちがいサム」ことサミュエル・オグデンというマンチェスターの帽子屋で、一八一四年、ロシア皇帝がロンドンを歴訪した時、皇帝に特製の帽子を献上したのが彼である。

ヒルマンはまた、"Mad *Hatter*" からHをとったら "Mad Adder"（狂った計算人）に似た音になるが、これはキャロル当人をも含め、数学者のことを考えさせるとする。たとえばケンブリッジ大学の数学者チャールズ・バベッジ（一七九二―一八七一）とか。この人は複雑な機械学的計算機を案出しようと努力するあまりちょっと狂っている人として周囲からは認識されていた。

ヒュー・ローソンは『縁起狂想（*Devious Derivations*）』（一九九四）で、サッカレーが『ペンデニス』（一八四九）で「帽子屋みたいに狂って」という句を用いたとしている。ノヴァスコシアの判事トマス・チャンドラー・ハリバートンは『時計製造人』（一八三七）の中で「シスター・サルは帽子屋のように狂って……部屋からとび出ていった」と書いている。

2　英国産ヤマネ（dormouse）は木に棲む齧歯《げっし》類で、ネズミというよりは小型のリスに近い。名はラテン語の「眠る（*dormire*）」に由来し、この動物の習性としての冬眠から。リスとちがってヤマネは夜行性だから五月においてすら（アリスが冒険を重ねる月）日中ずっと不活性状態のままである。『ウィリアム・マイケル・ロセッティ回想録』（一九〇六）によると、このヤマネはダンテ・ゲイブリエル・ロセッティの飼っていたウォンバットがいつもテーブルの上で寝ていた姿をモデルにしているようだ。キャロルはロセッティ一家と昵懇《じっこん》で、時折家を訪ねる仲であった。

セルウィン・グッデイカー博士によれば、ヤマネはこの苦茶会の時には雌雄不明だが、第十一章でオスだと知れる。

英国にいて手紙をくれるJ・リットルが左の如き切手を送ってくれた。英国産ヤマネが絶滅危惧種と書かれている。切手発行は一九九八年一月。

英国産ヤマネの切手

う」

　これを聞くと帽子屋は目を大きく見開きましたが、口から出たのは「カラスはなぜ書きもの机みたいか」という言葉だけでした。

「はいはい、やっとちょっと面白くなってきた！」とアリスは思いました。「なぞなぞが始まるのね、面白いわ――当てられそう」と口に出して言いました。

「答えられるって心から思う、ってかい？」と三月うさぎ。

「そうですよ」とアリス。

「じゃ、心から思うことを口に出すことだ」三月うさぎが続けます。

「そうしてます」アリスは急いで答えました。「少なくともよ――少なくとも私、口にしてるのは心で思ってることだわ――同じことです、でしょう？」

「全然同じじゃあない」と帽子屋。「じゃ何かい、『私は食べるものを見る』と『私は見るものを食べる』が同じだってことか

3　ミルク壺もテーブル上にあることをキャロルもテニエルも忘れている。茶会のあとの方で三月うさぎがそれをひっくり返すので、このことに思い当たる。

4　R・B・シェイバーマンとデニス・クラッチによれば（*Under the Quizzing Glass*）、ヴィクトリア朝の少女に向かって髪が長すぎるとはだれも言わなかったのであって、この言葉はキャロルにむしろ当てはまるという。アイザ・ボウマンの『ルイス・キャロル伝』（J・M・デント、一八九九）で、かつてキャロルの少女友達だったことのある女優は「ルイス・キャロルは中肉中背であった。私と知り合いだった頃の彼は銀髪で、流行からすればかなりの長髪で、目は深いブルーだった」と回想している。

＊［一八五ページ訳注：原文は“make personal remarks”（個人攻撃をする）］

5　気ちがい帽子屋の有名な答なき謎々［訳注：原文は“Why is a raven like a writing-desk?”］はキャロル同時代のお茶の間《ま》で人気の高い話題だった。キャロルその人の出した正解（案）は、一八九六年版に彼が書いた新しい序文の中で示されたものだが、次のようである。

帽子屋の謎々に何か答があるかという問い合わせがあまりに頻繁に来るものだから、無茶と承知でお茶をにごした答でしかなさそうなものをここに記しておきたく思うのである。即ち「両者とも二、三の“notes”（書きもの／鳴き声）を出すが、それらはとても“flat”だ（平たい／平板だ）。それは決して（nevar）前後を間違えない！」といってこれすべて後知恵であって、最初に謎々がつくられた時には答はまったくなかったのである。［訳注：neverの綴り間違いのnevarを逆から読むとravenとなる］

答は他にもいろいろ出されてきたが、中でも有名なのがアメリカのパズル王サム・ロイドの死後出版の『パズル百科』（一九一四）の一一四ページ掲載のもの。キャロルの頭韻趣味をそっくり借りたサム・ロイド最高の答は“the notes for which they are noted, are not noted for being musical notes”［訳注：それらを有名にしている“notes”は、楽譜だから／きれいな鳴き声だから有名なのではない］。他にもロイドはいろいろな答を。“Poe wrote on both”［訳注：E・A・ポーがその上で／それについて書いた（ポーの名詩『大鴉《おおがらす》』に言及）］とか、“bills”（勘定書き／くちばし）と“tales”/[tails]（物語／尻尾）が共通点だとか、両者とも脚で立つ、“steels”/[steals]（スチール／盗みの品）を隠している、“shut up”する（しまいこむ／静かにさせる）必要がある、とかとか。

一九八九年、イングランドのルイス・キャロル協会が新しい答を競うコンテストの広告を出した。最終的には協会のニューズレター、『バンダースナッチ』に発表された。

オルダス・ハクスリーがノンセンスな答を出している（Aldous Huxley, “Ravens and Writing Desks,” *Vanity Fair* [September, 1928]）。両方（both）に「りょ（b）」があり、どちらにも（neither）に「どち（n）」があるというのである。似た答を寄せたのはジェイムズ・ミッキーで、おのおの（each）が「おの（e）」で始まる、これが答だとする。ハクスレーは、神は存在するか、我々は自由意志を持つか、なぜ苦悩があるかというような形而上学的問いは帽子屋の問いと同じくらい無意味なのだ――「ノンセンシカルな謎々、リアリティではなくコトバをめぐる問い」なのだとする考え方を擁護している。

読者デイヴィッド・B・ジョドレー・ジュニアの答は“Both have quills dipped

"in ink."〔訳注：「書きもの机」に即して言えば「インクをしませた羽根ペンがある」、「カラス」に即せば「黒一色の羽がある」となる〕。シリル・ピアソンの刊記なしの『二十世紀標準パズル集』をのぞくと、"Because it slopes with a flap" という答〔訳注：手前に向かって傾斜している書きもの机に折りたためる翼板《フラップ》がついているのだし、カラスで言えば「フラップ」とははばたきのことになる〕。

『ジャバウォッキー』誌（一九七六年冬号）でデニス・クラッチが驚く他ない大発見をしたことを報告している。一八九七年版序文でキャロルは"raven"を逆向きにして印刷することを思いついたのは確実というのである。だが、綴り"nevar"は後続のあらゆる印刷の機会に、印刷工の誤植発見と思った編集者によって"never"へと校正されてしまった。この「校正」が自分の答の妙味を台無しにしてしまった直後にキャロルは他界してしまい、大元の綴りは決して（never）蘇ることはなかった。自分の巧妙な答がこうして無に帰した惨状をキャロルが知っていたかどうかは不詳である。

一九九一年、『スペクテイター』紙が全イングランドを相手に帽子屋の謎解きの答を競争第一六八三号として公募した。七月六日号に掲載された勝者のリストは以下の通り。

Because without them both Brave New World could not have been written.(Roy Davenport)
（ふたつともなければ、ハクスレーの『すばらしき新世界』は書かれ得なかった）〔訳注：机については説明不用。「カラス（raven）」がいなければBrave New……が綴れないので〕

Because one has flapping fits and the other fitting flips. (Peter Veale)
（一はぱたぱたやりたい気分あり、他はぴったりの翼板あり）〔訳注："fit"に発作・気分／適する、の両義あり〕

Because one is good for writing books and the other better for biting rooks.(George Simmers)
（一は本を書くのに向き、他は小ガラスに咬みつくに向く）〔訳注：なめらかな音の遊びでのみ成り立つ名答。次の答も同種〕

Because a writing-desk is a rest for pens and a raven is a pest for wrens. (Tony Weston)
（書きもの机はペンたちの安らぎの場、大ガラスはミソサザイたちの呪いの鳥）

Because "raven" contains five letters, which you might equally well expect to find in a writing-desk. (Roger Baresel)
（「おおガラス」には五つの文字《レター》があるが、書きもの机にだって手紙《レター》の五つくらいはあるだろう）

い！」

「じゃ何かい」と、これは三月うさぎです。「『私は手に入れるものを好む』と『私は好むものを手に入れる』が同じ、ってかい！」

「じゃ何かい」とヤマネも加わりますが、寝言《ねごと》みたいでした。「『私は眠りながら息をする』と『私は息をしながら眠る』が同じだってかい！」

「現におまえにとっては同じだわな」と帽子屋。そこで会話はとぎれ、皆一分ほど黙るばかりでしたが、その間アリスはカラスと書きもの机といって思い出せることは何でも思い出そうとしていました。が、たいしたことを思い出せませんでした。

沈黙を破ったのは帽子屋でした。「今日って何日だっけ？」と、アリスに向かって言います。ポケットから時計を取り出すと不安げに見つめながら、時折、振ってみては耳に当てたりします。

アリスはちょっと考えてから、「四日よ」と言いました[6]。

「二日ずれた！」と帽子屋。「だからバターは時計にゃ向かんと言ったんだ！」と、三月うさぎをにらみつけて言いました。

「一番いいバターだったんだ」おずおずと三月うさぎが答えます。

「ちがいない。が、パンくずも一緒に入ったんだろうな」帽子屋がぶつぶつ

Because they are both used to carri-on decomposition. (Noel Petty)
（腐肉喰《ぐ》いになれている／頑張りすぎの過労ぶりになれている）
Because they both tend to present unkind bills. (M. R. Macintyre)
（不親切な請求書／不親切なくちばし）
Because they both have a flap in oak. (J.Tebbutt)
（カシの木でバタバタ／カシの木製の翼板）
次のふたつの答はこの問題を扱う究極の奇書、『カラスと書きもの机』（一九七六）のフランシス・ハクスレーのもの。
Because it bodes ill for owed bills.
（持っている請求書／くちばし故に大凶）

言いました。「パン切りナイフで塗っちゃだめだったんだ」

三月うさぎは時計を手にして、悲しそうに見つめてから、ティーカップにひたし、またじっと眺めましたが、口をついて出てきたのはもう一度、「一番いいいバターだったんだ」ということでした。「だろ?」

アリスはずっと三月うさぎの肩越しに好奇心いっぱい眺めていました。「なんて変な時計![7]」とアリスは言いました。「何日かはわかるのに、何時かは言ってくれないなんて!」

ハリー・ファーニス画、1908.

Because they each contain a river
——Neva and Esk.
（それぞれに川がある——ネヴァとエスク）〔訳注：ネヴァはロシアの川、エスクは英国の川。"raven"と"desk"はそれぞれの川の綴りに含まれるアルファベットを持つ（D-Esk でもある。巧い）〕

6 今日が四日だと言うアリスの言葉を、今が五月とわかる前章での確認と併せるとアリスの地底冒険が五月四日だったという結論が出る。一八五二年五月四日はアリス・リドゥルの誕生日である。従ってキャロルがこの物語を初めて口にし、初めて本にした一八六二年にアリスは十歳だったが、作中ではほぼ確実に七歳ということになっている（『鏡の国のアリス』第一章の注2参照）。手書き本『地下の国のアリス』をアリスに贈呈したキャロルだが、一八五九年、七歳のアリスを撮った写真をその最後のページに貼った。

「どこが悪いんだい？」と帽子屋、もぐもぐつぶやきます。「そちらさんのい、い、い、時計、何年か教えてくれるのかい？」

「ありえません」とアリスは即答です。「ながあい間ずっと同じ年だからよ」

「こ、い、い、っちの時計だってそうなんだよ」と帽子屋。アリスにはまったくわけがわかりません。帽子屋の言葉はたしかにふつうの言葉なのに、意味らしいものが何もないようにアリスには思えました。「よくわかりませんけど」と、できるだけ下手《したて》に出て、アリスは言いました。

「ヤマネのやつ、また寝ちまいやがった」と帽子屋は言いながら、ヤマネの鼻に熱いお茶をちょっとたらしました。

ヤマネはがまんできないというように首をふると、目もあけないまま、「そうだ、そうだとも。こっちもそう言おうとしてたんだ」と言いました。

「なぞなぞ、まだ答出ないのかい？」と、またアリスの方を向くと帽子屋が言いました。

「ええ。だめだわ」とアリスが答えます。

「答、なんなんですか？」

「まるでわからんね」と帽子屋。

「こっちもだ」と三月うさぎ。

A・L・テイラーが『白の騎士』で言うところによると、一八六二年五月四日は本当に太陽暦と太陰暦で二日のちがいがあった。テイラーは気ちがい帽子屋の時計は太陰暦仕様ではなかったか、だとすると「二日ずれている」という彼の言葉は正しい、と言う。不思議の国が地球の中心に近いとすると、計時に太陽の位置は問題にならないはず、とテイラーは指摘する。一方、月の相ははっきりしている、と。この推測は「月（lunar）」が「憑き（lunacy、狂気）」に通ずという点からも面白いわけだが、キャロルの頭の中にこんなこと全部があったとも考えにくい。

7 もっとずっと変態な時計が『シルヴィーとブルーノ』第二十三章でドイツ人教授が持つ「人外境時計（Outlandish Watch）」である。針を以前の時間に設定すると事象自体が針の示す時間に向けて逆行する。H・G・ウェルズの『タイム・マシーン』の先

アリスはうんざりしてため息をつきました。「この間合《まあ》いだけど」とアリスは言います。「答のないなぞなぞするよりまともなその使い方、何かないのかしらね」

「この間合いってかい。こっちと同じくらいマに合ったことがあるとすれば」と帽子屋、「第一、その使い方なんて言うまいよ。彼の使い方、だろ、当然」

「なんの話してるの、わからないわ！」とアリス。

「わかるわけない！」ばかにしたように頭をそらして帽子屋は言います。「多分マのやつと口きいたこともないんだろ！」

「多分」アリスは慎重に答えました。「でも音楽をやる時、間《ま》を拍《と》らなくちゃいけないことは知ってるわ」

「ははあ、それでわかったぞ」と帽子屋。「やつ、盗《と》られるのいやなんだ。だけど仲良くやれば、時計にやってほしいことなら何だってマに合わせてくれるぜ。そうだなあ、今、朝の九時だとする。お勉強の開始だ。そこでマに向かってこうしてお願いってひとことささやくとしてみな、あっというマに時計ひと回り！　一時半でございい、お弁当タイムっ！」

（「夢みたいだ」三月うさぎが自分にささやきます）

「たしかにありがたそうだけど」と、アリスはちょっと考えてから言いまし

取りで、興味深い。もっとおかしいのはこの時計の「逆転ポッチ」を押すと事象が前後逆転する。時間の直線的次元が鏡の国の逆転原理に従わせられるのだ。

　止まっている時計が一日に一分遅れていく時計より正確としたキャロル若年の発見のことも思い併せられる。止まっている時計は二十四時間ごとに二度正しいのだが、遅れ時計が正しいのは二年に一度だけである。「こういう質問だってありうる」とキャロルは言い足す。「『八時が現に来たことがどうすればわかるのだろう。時計は教えてくれない』、と。我慢我慢、八時が来た時きみの時計は正しい、それはわかっている。ではきみのやるべきことはきみの目を時計にじっと釘づけにしていること、それが正しいその瞬間、八時なのだ」

た、「お腹ちっともすいてないんじゃない、でしょ?」
「最初のうちは多分な」と帽子屋。「だけど、望みのままいつまでも一時半なんだぜ」
「あなた、そんなふうにしてるの?」アリスが尋ねます。
帽子屋は悲しそうに頭《こうべ》をふりました。「それがだめなんだ!」という答です。「この三月——いいか、こいつが狂いだす直前のことだが(と言いながらティースプーンで三月うさぎを指します)、もめちまってなあ。ハートのクィーンの開いたコンサートで、わし歌わにゃならなんだ。[8]

こうもりさん　ちゃらり!
そんなところで　すること何!

この歌、知ってるよなあ」
「似たようなのなら聞いたことあるわ」とアリス。
「先はな」と帽子屋、「こんなようだ——

世の中のはるか上とぶ

8　帽子屋の歌はジェイン・テイラーの人口に膾炙《かいしゃ》した詩「きらきら星」(一八〇六)のパロディになっている。テイラーの元歌は、

おほしさま　きらり
そんなとこで　君は何!
世の中の上はるかに高く
お空のダイアモンドみたく。

ぎらぎら太陽　すがたなし、
お天道《てんと》　なにも照らすなし。
そのときこそ君のちいさな光、
きらきらきらりと夜通し。

すると暗やみの旅人が
君のちいさな光に感謝。
旅人　行く道わからない、
君が光らねば　きらきらり。

青空を守る君、暗闇のなか
ぼくのカーテンごしに君の目が。
だって君、絶対目を閉じぬ、

お空のお茶のお盆のよう。
　　ちゃらちゃら、ちゃらり――」

　ここでヤマネがぶるっと体をふるわせると、寝たまま歌い始めました。「ちゃらちゃら、ちゃらちゃらちゃらちゃらり――」いつまでも続くので、つねってやめさせるしかありませんでした。

「でね、歌の一番も終わらない間《ま》にクィーンが叫んだわけさ、『こやつめ、間《ま》を殺そうとしておる[9]！　首、はねよ！』」

「なんて乱暴な！」アリスが叫びます。

「それからというもの」と、悲しそうに帽子屋が続けました。「やつ、頼むことちっともやってくれなくなった！　いつだって六時のまんま」

やんがて太陽空に出る。
君のあかるい　ちいさな光
暗闇の旅人にふる光、
君なにものか知らねども
きらきらきらり、ちいさな星よ。

キャロルのパロディ歌はお笑い芸人たちがインサイド・ジョーク、内輪ネタと呼ぶものを含んでいるかも。オックスフォードの有名な数学教授でキャロルとも仲の良かったバーソロミュー・プライスが学生たちの間で「こうもり先生」のあだ名で通っていた。きっとプライス教授の講義は聴講学生の頭上はるか上の空にたゆたったものかと察せられる！

キャロルのパロディ歌はまた、ヘルムート・ガーンシャイムが『写真家ルイス・キャロル』（チャンティクリア、一九四九）で語っていることに何がしかを負っているかもしれ

ハリー・ラウントリー画、1916.

ない。こういう話だ。

クライスト・チャーチで、いつもは堅物の特別研究生も、彼のゆったりした部屋を訪ねてきた少女たちと一緒で、くつろげたようだ。人形やおもちゃが揃っていたし、歪み鏡だの、ぜんまい仕掛けの熊だの、キャロルお手製の空飛ぶこうもり等があった。この最後のものはなかなかの厄介者だった。ある暑い夏の午後、部屋の中を何回も旋回していたとみるや、こいつが突然窓から外にとび出て、用務員がトム・クォッドを横切って運んでいこうとしていたティー・トレイの上に着地した。この見たこともない妖異の相手に度胆をぬかれて用務員はガラガラガッチャーン、トレイをとり落としてしまったとか。

9　「間《ま》を殺して（Murdering the

アリスはぱっと思いつきます。「それでここ、お茶の道具ばっかりなのね？」と聞きました。

「そう、その通り」と帽子屋はため息まじりに言います。「いつもティータイムだ。[10]間に道具洗う間《ま》もない」

「それで、ぐるぐる回ってるってわけね」とアリス。

「その通りさ」と帽子屋。「道具を使い切るたんびに」

「でも最初に戻るとどうなっちゃうの？」アリスは思いきって聞いてみます。

「話、変えようや」あくびしながら三月うさぎが言葉をはさみました。「あきあきだよ。このお嬢ちゃんが何か話してくれないかなあ」

「話、知りません」急に水を向けられてびっくりしたアリスが言います。

「じゃ、ヤマネがやるんだ！」と二人が叫びました。「おい起きろよ、ヤマネ！」そして二人、両側から同時にヤマネをつねりました。

ヤマネはゆっくりと目をあけます。「ぼく別に眠ってなんかいなかった」ヤマネはかぼそいかすれ声で言いました。「きみらが言ったこと全部聞いてたよ」

「なんか話をしろよ！」と三月うさぎ。

「そう、どうかお願い！」とアリス。

time)」。詩の韻律を台無しにして。

10 社会習慣として午後五時の茶会がイングランドに広がっていったのは一八四〇年代のことと、手紙で教えてくれたのはステファニー・ラヴェットである。しかし帽子屋、三月うさぎ、ヤマネがやっているように見えるのは「子供の茶会（nursery tea）」である。ちょっとした食事が六時に子供たちに供された。あるいはヴィクトリア朝家政の達人イザベラ・ビートン推奨の「家庭の小茶会」でもあったのか（Jane Pettigrew, *A Social History of Tea*, The National Trust, 2001, p.141 参照）。

アーサー・スタンレー・エディントンや、相対性理論関連書を出したそれほどは有名でない書き手たちが、いつも六時というこの無茶な苦茶会を、時間が永久に動かないウィレム・デ・シッテル（一八七二―一九三四）のいわゆる「デ・シッテル宇宙（De Sitter cosmos）」と比べている（エディント

「急いで始めろ！」と言い足したのは帽子屋です。「話終わらんうちにまたおねむになっちまうだろ」

「昔むかし、ちいさな三姉妹がおりました」あわててヤマネは始めました。「名前をエルシー、レイシー、そしてティリーと言いました。[11] 三人は井戸の底で暮らしていました、とさ――」

「何食べてたのかなあ」いつも話が食べる飲むになると興味しんしんのアリスが言います。

「蜜《みつ》だよ」[12] 少し考えてから、ヤマネ。

「そんなことありえない、でしょ？」静かにアリスが言います。「病気になっちゃうわよ」

「井戸で病気になってたよ」とヤマネ。「いい、いと病んで」

そんな妙な毎日ってどんなだろうと、アリスはちょっと思いめぐらせますが、まるでよくわからない。そこでこう続けました。「どうして井戸の底なんです？」

「お茶、もっとどうだい？」三月うさぎがとても親切にアリスに言います。

「まだ全然飲めてないのに」と、ぷんと怒ったアリスが言います。「もっとたくさんって、それこそ無茶よ」


ン『宇宙、時間、引力』第十章）。

11　この三姉妹とはむろんリドゥル三姉妹がモデルである。エルシー（Elsie）即ちL・Cはロリーナ・シャーロット（Lorina Charlotte）のイニシャルだし、ティリー（Tillie）はイーディスが家でそう呼ばれたマティルダ（Matilda）名から。レイシー（Lacie）はアリス（Alice）のアナグラム、綴り替え。
　キャロルが「リドゥル（Liddell）」の名で言葉遊びするのはこれで二度目だ。一回目は「リドゥル」が音の上で「リトゥル（little）」と通じる点を利用したもので、作品全体の序詩の第一聯《れん》で三度使われた「リトゥル」が次の聯の「残酷な三人《みたり》」と重ねられていた。"Liddell"が「リドゥル」と発音されることは、キャロルの同時代人のオックスフォードの学生たちがつくった詩の二行連句にこうあるところから自明。

「もっとわずかに、って言うんならたしかに無茶になるけど」と帽子屋。

「もっとたくさんだったら無茶じゃないはずだけどな」

「あなたの茶々、もういいわよ」

「人称でもの言ってる*の、どっちかなあ？」弱味につけこんで、帽子屋が攻勢に出ます。

　これにどう答えるべきか思いつかないアリスはお茶とバターつきパンを自分でとると、ヤマネに向かって先の問いを繰り返しました。「住んでるの、どうして井戸の底なんです？」

　ヤマネはまた一、二分考えていましたが、こう答えました。「蜜の井戸だったんだ」

「そんなもの、ないっ！」アリスは本気でいらいらしながら言いましたが、帽子屋も三月うさぎも「しいっ、しいっ！」と言い、ヤマネは不機嫌そうに「おとなしくできないんなら、自分で話にかたをつけたらどうなんだい」と言いました。

「無茶よ無茶。先をお願い！」アリスはとても下手に頼みます。「二度と口はさみません。多分、そういうのひとつくらいあるわよね」

「ひとつくらい、だと！」ヤマネが怒って言いました。それでも話は続ける

わたしは学寮長で、これ家内のリドゥル、家内が第一フィドゥル弾けば、わたしは第二フィドゥル。

「フィドゥル（fiddle）」とはむろんヴァイオリンのこと。

　どういうわけかテニエルはこの井戸の三姉妹を絵にしていない。いと深きにある三姉妹を描いたピーター・ニューエルの絵は拙著『新注アリス』の九〇ページに載せてある［訳注：本書には未収録］。

12　ここで「蜜（treacle）」と言われているのはモラス（molasses、糖蜜）、即ち製糖に際し原糖から出る褐色のシロップのこと。（小説家グレアム・グリーンの夫人で）オックスフォード在住だったヴィヴィアン・グリーンがまず教えてくれた同じ情報を、後にマサチューセッツの故ヘンリー・A・モース・ジュニア夫人が改めて御教示く

だったのだが、「トリークル・ウエル」、癒やしの井戸と呼ばれるものがキャロル存命の頃、オックスフォード近傍のビンジー（Binsey）村にあったらしいのである。トリークル（treacle）は元々は蛇の咬み傷、毒物その他の病気に対して用いられた薬物成分のことだから、治癒力ある水が出ると信じられた井戸が時として「トリークル・ウエル」の名で呼ばれることがあったようだ。そうなると何行かあとのヤマネの言葉、三姉妹が「いと病んで」いたという言葉にちゃんと意味がある、という面白い話にもなる（well/ill の駄洒落である以上に）。

ビンジーの癒やしの井戸をめぐる八世紀の伝承を語るものに *Alice's Adventures in Oxford*（A Pitkin Pictorial Guide, 1980）があり、そこでメイビス・ベイティが書いているところによると、結婚したいとしてフリデスウィデ姫を追いかけるアルガー王を神が罰し、王は盲目になる。姫が王への慈悲を聖マーガレット（マルガリタ）に祈ると、祈りは聞き届けられてビンジーに奇跡の水の湧く井戸が現れ、王の盲目は癒える。聖フリデウスウィデはオックスフォードに戻り、現在クライスト・チャーチ学寮のある場所に女子修道院を建てたとされる。この癒やしの井戸は中世を通じ癒やしの場所として人気が高かった。

聖フリデスウィデはオックスフォードとその大学の守護聖人である。この聖女が舟でテムズ川を川上りしていく姿がオックスフォードの聖フリデスウィデ教会のそこここの扉の上に、ジョン・ラスキンの弟子の才能あるアーティストの手で刻まれているが、この非常に若い女性の同じテムズ川上りの旅をアリス・リドゥルがここで永遠のものにしている感じである。

聖フリデスウィデ教会の扉上の彫刻
レックス・ハリス撮影

「トリークル」のさらに古い意味を持つ面白い例が一五六八年に刊行されたある有名な「変わり聖書（Curious Bible）」のひとつに出てくる（変わり聖書というのは、目立った印刷工のミスとか編集者による語の選択が変といった聖書一般のことである）。それをもって『トリークル・バイブル』として知られるようになった聖書のことだ。欽定《きんてい》訳聖書でエレミア書第八章第二十二節は「ギリアデの地に没薬《もつやく》なきか（Is there no balm in Gilead）」だが、この『トリークル・バイブル』では「ギリアデの地に糖蜜（treacle）なきか」となっている。

クライスト・チャーチ聖堂ラテン礼拝堂をのぞくと、病者の群れがビン

気です。「それでこの三姉妹――習ってかきだすようになっていた、わかるね――」

「掻《か》き出すって、何を？」茶々を入れないという先《せん》の約束を忘れて、アリス。

「蜜だよ」今度は何も考えることもなく、ヤマネは答えました。

「きれいなコップがほしい」帽子屋が口をはさみます。「ひと椅子、移ろうぜ」言いながら席を移りますと、ヤマネも右にならえです。三月うさぎはヤマネの席に移り、そしてアリスはとてもいやでしたが、三月うさぎのいたところへ。こうやって移って何か得したのは帽子屋だけで、アリスは前よりずっとひどい席です。三月うさぎがちょうど皿の中にミルク壺をぶちまけた直後だったからです。

アリスはまたヤマネを怒らせないようにと思っていましたから、とても慎重に言葉を選んで続けます。「でも、私わかりません。三人はどこから蜜を掻き出したんです？」

「水を掻き出すのは水の井戸からだよな。であるなら蜜は蜜の井戸から掻き出す――だろ？　おばかちゃん」と帽子屋。

「でも、たしか井戸の中なのよね、三人」相手のこの最後の言葉は聞かぬふりして、アリスはヤマネの方を向くと言いました。


ジーの「癒やしの井戸」に赴く図をあしらったステンドグラスがある（ベイティ夫人のブックレットにカラー図版として入っている）。

＊［一九九ページ訳注：原文は“making personal remarks”（ここは前行の「あなたの」と対応して「人称」）］

「そうだよ」とヤマネ。「いと深く、さ」

　この答で頭がこんぐらかったアリス、もう口をはさまずヤマネに話させました。

「三人は習って描《か》きだしたんだ」ヤマネは目をこすり、あくびをしながら続けます。とても眠くなっていたのです。「あらゆるものを描きだした――マ行のものなら何でも――」

「なぜマ行なの？」とアリス。

「またマのやつだ。いけないいかい？[13]」と三月うさぎ。

　アリスは何も言いません。

　ヤマネはこの時もう両の目を閉じて、うたた寝に入っていましたが、帽子屋につねられてちいさくきいっと言ってめざめると、こう続けました。「マ行のものすべて――枡落《ますお》とし、満月、もの覚え、もちつもたれつ――そう、世の中『もちつもたれつ』とか言うだろ[14]――もたれつなんて絵に描くとどうなっちゃったんだろう、見たことあるかい！」

「今度は私に聞くの？」びっくりしてアリス、「思ってもみなかった――」

「じゃ、言ってもみるなよ」と帽子屋。

　アリスは無礼もここまでくるともうがまんできません。すごく腹を立てて

13　キャロルの『スナーク狩り』に挿絵を入れたヘンリー・ホリデイが、キャロルに乗組員皆がBの頭文字を持つのはどうして、と手紙で尋ねたら、「いけないいかい（Why not?）」という返事が来たと回想記に書いている。
　アリスの問いに答えているのがヤマネでなく三月うさぎ、マーチ・ヘア（*March Hare*）である点にも注意。セルウィン・グッデイカーの指摘でなるほどと思ったが、「彼の名前もM（マ行）で始まるのであり、つまりは彼自身、物語の一部に加わりたいのだ」

　グッデイカー氏はそういえば「蜜（*molasses*）」もマ行だねと指摘してくれた。だからこそ少女たちは井戸の／から蜜（の物語）を掻き出す、描きだす、書きだすという洒落も効くわけだ、と。

14　「もちつもたれつ（*Much of a muchness*）」は今でも口語英語で使う言い回しで、複数のものが互いに非常

チャールズ・ロビンソン画、1907.

立ちあがると、アリスは歩き去ります。たちまちヤマネはぐっすり眠ってしまい、あとの者もアリスがはなれていくのを目にとめてもいません。アリスの方はうしろから呼び戻されないかと半ば望みつつ、一度か二度ふり返ります。最後にちらり見した時、彼らはヤマネをティーポットに押しこもうとしているところでした[15]。

「何がどうしようと、もうあそこには戻らない！」森の中を苦労して歩いていきながら、アリスは言いました。「今まで一番ばかげた無茶な苦茶会だったわね[16]！」

こう言いながら見ると、木のひとつにまっすぐ中に入っていくドアがつい

に似通っている、同じ値打ちであることを言う。あるいはある状況の中で全体に似通うところが何かある場合、それを指して言う。

15 ヴィクトリア朝の子供たちが現実にヤマネをペットにし、しかも古いティーポットに草や乾草を詰め、その中で飼っていたというロジャー・グリーンからの情報には本当にびっくりした。

16 この無茶な苦茶会からとったものが「VR（仮想現実）」と呼ばれる進展著しい新しいテクノロジーのためにつくられた最も早い時期のシーンのひとつにあった。ヘルメットをつけると、ゴーグルがそれぞれの目にコンピュータ・プログラムに接続されたヴィデオ画面を提供する。体験者はヘッドフォンと共に、特殊なスーツと、身体と手がどう動いているか、そうした動きが目に見えるシーンをどう

ていたではないですか。[17]「とっても変！」と思います。「でも今日は何もかも変。すぐ中に入ってみよう」そこでアリスは中に入ります。

またしても気づけばあの長いホールです。あのちいさなガラスのテーブルもそばにあります。「いい、今度こそうまくやるわよ」と、ひとりごと。そしてちいさな金色の鍵をとると、例の庭に続く扉をあけます。それからキノコを（その一《ひと》片《かけ》をまだポケットに持っていたのです）かじり始めますと、やがて背が一フィートくらいになりました。そしてちいさな通路を進んでいくと、、、、とうとう——あの美しい庭の、明るい花壇と冷たい泉の真ん中に出ていたのです。

変えるかをコンピュータに伝えるファイバーオプティックスのセンサーのついた手袋を身につける。こうすることで三次元の人工「空間」の中で見たり動いたりすることができる。だれもがアリスの役になれるし、無茶な苦茶会のどの他のキャラクターになることもできるし、テクノロジーが進化すればキャラクター同士のやりとりさえ可能になるだろう。次を参照されたい。Karen Wright, "On the Road to the Global Village," *Scientific American*, March 1990). そして Peter Zachary, "Artificial Reality," *Wall Street Journal* (January 23, 1990), p.1.

17　『地下の国のアリス』にキャロルがつけたオリジナル挿絵（次ページ）を見ると、アリスがこの扉をじっと見ている。実によく調べられた次の記事によると、キャロルはイフリー教会のイチイの木（the Iffley Yew）をモデルにしたとのことであ

レオノール・ソランス・グラシア画、2011.

る。 Alison Gopnik and Alvy Ray Smith, "The Curious Door:Charles Dodgson and the Iffley Yew," *Knight Letter* 87(Winter 2011).

イフリー教会のイチイの木、ジョゼフ・スケルトン『尚古オックスフォードシャー』(1823)より

ルイス・キャロル自画、1864.

第８章　クィーンのクローケー場

庭の入口近くに大きな赤いバラの木がありました。ついているのは白いバラの花なのですが三人《みたり》の園丁《えんてい》がかかりっきりで赤く塗っているのです。とても妙に思ったアリスはもっと近くで見ようと近づいていったのですが、もうかたわらにつくというところで、一人がこんなことを言うのが聞こえました。「ちゃんとしろよ、ファイヴ！　そんなふうにこっちにペンキとばすなよ！」

「しようがねえだろ」とファイヴが不機嫌そうに言いました。「セヴンのやつが肘《ひじ》を押すんだよ」

　セヴンが顔をあげて、言います。「そうだよなあ、ファイヴ！　そうやって万事他人《ひと》のせいにする！」

「でけえ口たたかない方がいいぜ」とファイヴ。「ほんの昨日のことさ、おまえの首を斬れとクィーンが言ってたの、おれ聞いたぜ」

「どういう罪だ？」最初の口を開いたツーが言いました。

「てめえの知ったことかい、ツー！」とセヴンが言います。

「そうだ、やつの知ったことだよ」とファイヴ。「やつの罪ちゅうのは――料理番に、タマネギ届けるところをチューリップの球根を届けちまったことさ[1]」

1　ここでキャロルの念頭にあったのは、チャールズ・マッケイが一八四一年に出した『とてつもない民衆の妄想と狂気』「訳注：邦訳『狂気とバブル』」の「チューリップ狂（tulipomania）の章に取りあげられた一事件であろうと、手紙に書いてよこしてくれたのはブルース・ベヴァンである。オランダ旅行中の英国人がチューリップの珍種がいかに高価なものか知らずにチューリップの球根をタマネギと思って皮を剝いてしまったのだそうだ。なんとその球根は四千フロリンした。あわれ逮捕され投獄された男はチューリップ球根の持主にこの高額を支払う手だてを見つけて、やっと解放されたらしい。

セヴンはブラシを手から落とし、「だってよ、何がひどいっていってさ――」と口を開いたところで、立って眺めていたアリスに目が向いて、口ごもりました。他の者たちもまわりを見回し、三人ともこくりとお辞儀をしました。

「わけが知りたいんです」と、少しおずおずとアリスは言いました。「どうしてバラにペンキなんか？」

ファイヴとセヴンは黙っています。ただツーを見るばかり。そこで低い声でツーが始めました。「そうだね、お嬢ちゃん、ここには赤いバラと決まってたのに間違えて白バラを植えちまったもんだから[2]、もしクィーンの目にとまったらおれらみんな首をはねられるのよ。そいでね、ご覧の通りさ、

2　シェイクスピアの『ヘンリー六世・第一部』第二幕第四場には沢山の領主が仲間の領主からリチャード・プランタジネットの側につくかサマセット公爵の側につくかを、赤いバラをとるか白いバラをとるかして示せと言われる騒ぎを描いている。ランカスター家（赤いバラがその家紋）とヨーク家（紋章は白バラ）が相争った文字通りの「薔薇戦争」を予告する場面だ。ある時、サマセットがこう警告している。「それを摘む時に指を刺されぬよう。流れる血で白バラを赤に染めぬようにせよ」

クィーンが来ないうちにって必死こいて、こんなぐあいに――」この時、不安そうに庭の向こう側を眺めていたファイヴが「クィーンだ！　クィーンが来るぞ！」と大声をあげたものですから、三人の園丁たちはたちまち顔を地べたに押しつけて平伏《へいふく》しました。大《おお》人数の足音がしてきたものですから、アリスはクィーンはどこ、と思ってあたりを見回したのでした。

まずクラブというか棒を持った十人の兵士でしたが、三人の園丁同様、長くて平べったい体の四つの隅から手足が出た恰好《かっこう》をしていました。次は十人の廷臣で全身をダイアで飾り、二人ずつ来るのは兵士と同じでした。そのうしろは王家の子供たち十人で、御子たちは二人ずつ手に手をとって楽しそうにとびはねながらやってきましたが、皆ハートの模様で飾られていました。[3] 次にやってきたのが、キングやクィーンたち、そして客分どころでしたが、その中にアリスは白うさぎの姿をみとめました。こまかく気をつかった早口で、何を言われてもにこにこしながら、アリスにも気づかずに通りすぎていきます。次に現れたのはハートのジャックで、深紅のビロードのクッションに王冠をのせたものを運んでいました。そしてこの大きな行列の最後に**ハートのキングとクィーン**がやってきました。[4]

アリスは自分も三人の園丁たちのように顔を下げて平伏しないでいて良い

3　トランプの数《スポット》カード［訳注：1から10のこと］ではスペード（鋤《すき》）が園丁、クラブ（棍棒）が兵士、ダイアモンドが廷臣、そしてハートが十人の王家の子供たちということになっている。絵《コート》カード［訳注：11から13のこと］はむろん宮廷《コート》の成員である。この章を通して、生命を持ったトランプ・カードの振る舞いと現実のカードが見せる振る舞いをキャロルがいかに巧みに重ね合わせているかに注目したい。顔を地面につけてぺたりと平伏している点、背中から見ても何者か判別し難い点、簡単にひっくり返せる点、すぐ体を曲げてアーチ状にできる点、等々。

拙著『新注アリス』をお読みいただいて、園丁たちをスペードでなくハートに描いたピーター・ニューエルの誤りに気づいたのはデイヴ・アレグザンダー夫人である。

4　この庭のシーンを描くテニエルの挿絵（本書二一二ページ）については

のか、よくわからなかったのですが、行列を前にしてそういうことが規則だという話を耳にしたこともありませんでした。「それによ、行列やってなんの役に立つのかしら」と思います、「皆顔を伏せて行列が見られないんだとすると」と。そこでそのまま立って、行列がやって来るのを待っていました。

アーサー・ラッカム画、1907.

マイケル・ハンチャーの『アリスとテニエル』の分析がすばらしい。鼻が一寸翳《ちょっとかげ》になったジャック（本書第十二章注7参照）がささげ持っているのは公式なイングランド王家の聖エドワード冠。ハートのキングとハートのジャック（トランプ関係者の間で片目のジャックの名で知られる二枚のうちの一）の顔はもちろんトランプ・カードが基になっている。ハートのキングから左へ、スペードのキング、クラブのキング、そしてダイアモンドの片目のキングの顔が並ぶ。最後の者は、普通西を向くが、ここでは東を向いている。

　ハートのクィーンはスペードのクィーンのドレスによく似た模様の衣裳である。伝統的に死と結びつけられるカードをハートのクィーンに重ねたものだろうか、とハンチャーは問うている。一番遠くの温室のガラスのドームも記憶に残る。

問：この絵の中で白うさぎはどこ？

行列がアリスの正面に来ると全員が立ち止まって、アリスを見つめました。クィーンがきつい口調で「この者はだれじゃ？」と言いました。ハートのジャックに向かって言ったのですが、ジャックは答の代わりにうなずいて、笑っているばかり。

「間抜けめ！」いらだたしそうに頭をつんとそらすとクィーンは言って、アリスに目をやりながら続けました。

「子供、そちゃ名はなんという？」

「わたくし、アリスと申します、陛下《へいか》」とても丁重にアリスは答えたのですが、内心では「ふん、なんだかんだ、ただのトランプじゃないの。なんにもこわくなんかない」と思っていました。

「で、こやつらは？」と、バラの木のまわりに平伏している三人の園丁を指でさしながらクィーンが言います。だってホラ、顔を地べたにこすりつけているわけだしね、背中の模様だって他のトランプと同じだから、園丁なんだか、兵隊なんだか、廷臣なんだか、はたまた自分の御子たちの三人なんだか、

クィーンにわかりようがなかったからでした。

「どうして私に？」とアリスは言いましたが、自分の勇気に自分でもびっくりしています。「私、関係ない」

クィーンは怒りで真っ赤な顔になり、[5]一瞬けだもののような目をしてアリスをにらみつけましたが、「こやつめの首をはねよ！　こやつめの――」と叫び始めました。

「ばっかばかしい！」とても大きな声ではっきりとアリスが言ったものですから、クィーンも黙ってしまいました。

キングがクィーンの腕に手を置くと、おずおずと言ったものです。「まあまあ、おまえ、ほんの子供じゃないか」

クィーンは怒ったままキングから顔をそむけるとジャックに命じます。

「こやつらをひっくり返せ！」

ジャックは片足でとても慎重にひっくり返します。

「表《おもて》あげや！」鋭い大声でクィーンが言うや三人の園丁はたちまちとびあがり、キングとクィーン、王家の子供たち、その他の一同にぺこぺこお辞儀し始めました。

「もうよい！」クィーンが叫びます。「頭がくらくらするぞ」。それからバ

5　「私としてはハートのクィーンの姿を思い浮かべた時」と、キャロルは（何度か注の中で取りあげた）「舞台の上の『アリス』」という記事に書いている、「禦《ぎょ》しきれない激情の存在として――盲目で無目的な憤怒女神《フューリー》として考えた」と。クィーンがのべつ首斬れと命令する存在であることは、児童文学はあらゆる暴力から、とりわけフロイト精神分析学的意味をはらむ暴力とは無縁たるべしとする現代の児童文学論者たちからすれば衝撃的である。グリムやアンデルセンに見つかる暴力に不思議なくらい無縁なL・フランク・ボームの『オズの魔法使い』にさえ首斬りの話がいっぱい出てくる。私の知る限り、子供がこうしたシーンにどう反応し、子供の心的環境《サイキー》にどういう害を与えるのかを論じた実証的研究はない。私など考えるに普通の子供はとても面白がり、全然害を蒙《こうむ》らないのだが、精神分析治療を受けている成人の間に『不思議の国のアリス』とか『オ

ラの木に目をうつして「おまえども今までここで何をしておった？」と言いました。

「それは、陛下」とてもおずおずと答えたのはツーです。言いながら片膝をついています。「私ら一生懸命に――」

「ふん、見えたわい！」バラをしばらく見ていたクィーンが言いました。「こやつらの首はねよ！」そして行列は先へ行き、あとに不幸な園丁たちを処刑する兵士が三人残っています。園丁たちは助けを求めてアリスのところに走り寄ってきました。

「絶対首なんかはねさせないから！」とアリスは言いながら、そばにあった大きな植木鉢の中に三人を押しこみました。三人の兵士は少しの間、園丁たちをさがして歩き回っていましたが、やがて一人ずつ静かに姿を消しました。

「きゃつらの首、はねたか」と、大声でクィーンが叫びました。

「たしかに、どこかへはねて行きました、陛下！」兵士たちも大声で答えます。

「たいぎっ！」とクィーン。「クローケー、やるか？」

　兵士たちは黙ってアリスを見ます。質問がアリスに向けられていたのはたしかでした。


ズの魔法使い』をそのまま出回るようにさせるのはいかがなものであろう。

　このシーンに『子供部屋のアリス』でテニエルがつけた挿絵を見ると、クィーンの顔は真っ赤である。クレア・インホルツが書いているが、「キャロルは『子供部屋のアリス』でいかにハートのクィーンが怒っているか強調はしているが、しかし最初の一万部はクィーンの顔が赤すぎると言って拒否した。一八八九年六月二十三日付けマクミラン社宛ての手紙には「クリスマスまで『子供部屋のアリス』刊行を延期とは残念至極ですが、しかし絶対そうすべきです。絵があまりに派手だし、けばけばしく、一切が俗っぽくなっている。イングランドでは一冊も刊行されず、をお願いしておきます。万一そんなことになれば読者に最高のものを提供する書き手ということで今まで私が得て参った評判が台無しになります。エヴァンズ氏はやり直しです。前にテニエルの彩色した絵を置い

「やります！」アリスは大声で答えました。

「なれば、いざっ！」とクィーンが大声を出します。アリスは行列に加わりましたが、次に何が起こるのだろうとどきどきしていました。

「なんて――なんて良いお日よりだ！」そばでおずおずとした声があがります。白うさぎがそばを歩いていたのです。白うさぎは心配そうにアリスの顔をのぞきこんでいました。

「本当に、そうね」とアリス。「公爵夫人はどこ？」

「しっ！　しーっ！」低い声であわてて白うさぎ。肩越しに見えるうさぎの顔は心配そうでした。つま先立ちすると口をアリスの耳もとに近づけ、小声で「死刑宣告でとらわれの身です」と言います。

「なんで、そう？」とアリス。

「『なんてかわいそう』って言ったかい」と、うさぎ。

「言ってない」とアリス。「かわいそうなんて全然思わない。『なんで、そう？』と言っただけ」

「クィーンの耳をぶっ叩いたんだが――」と白うさぎが言いました。アリスは思わずちいさな笑い声を立てます。「しっ、しーっ！」白うさぎがびくびく声でささやきました。「クィーンの耳に入っちまう！　公爵夫人が大分遅刻

て、一万部刷ってください。そして今回は小生も校正刷りすべてに目を通し、人々の前に喜んで出せる本にいたしたく存じます。……四四ページの［訳注：クィーンがアリスを指さしている絵］たったの一枚で、本の全部が台無しです！」とある。

『子供部屋のアリス』（1890）より

してなあ、それでクィーンが言うには――」

「位置につきや！」かみなりのような声でクィーンが叫ぶと、皆四方八方にかけだし、おたがいぶつかり合い始めたのですが、すぐに落ちつき、競技が始まりました。

　こんな変なクローケー場、今まで見たことないとアリスは思いました。山だらけ谷だらけだし、ボールは生きたハリネズミ、打棒は生きたフラミンゴなのです。[6] 兵士たちが体を折り曲げて手足を地面につけると、これがアーチなのでした。

　一番むつかしいとまずアリスが思ったのがフラミンゴの扱いでした。鳥の体をうまいぐあいに腕の中に抱えて脚をだらりとたらさせている間は良いのですが、鳥の首をまっすぐに伸ばさせて、その頭でハリネズミを打とうとすると、よく首をねじ曲げてはアリスの顔を見あげるのですが、その困った顔つきときたら思わず吹きださないわけにいきません。鳥に頭をさげさせ、もう一度やろうとすると、今度はハリネズミの方が丸まっているのをやめてころころと走り去ろうとする始末です。それに加え、ハリネズミをころばせようとするとそこいらじゅう山あり、谷ありだし、体を折り曲げている兵士たちは兵士たちで、のべつ立ちあがっては他の場所に歩いていってしまいます

6　キャロルによる『アリス』の原話手稿とそのための自作挿絵のスケッチ画を見ると、クローケーの打棒はフラミンゴでなくダチョウである。
　キャロルは風変わりな面白いゲームを創りだすのにめいっぱい時間を使った。私家版として出した二百からのパンフレットのうち二十ほどが彼オリジナルのゲームを扱っている。キャロルがリドゥル姉妹とよく楽しんだややこしいゲーム、「キャッスル・クローケー」が、他のゲームのパンフレットともども拙著に再録されている。次である。Martin Gardner, *Universe in a Handkerchief: Lewis Carroll's Mathematical*

ので、どうやらこれは相当にむつかしい競技だということがアリスにもすぐにわかってきました。

アリスはとても不安に感じ始めていました。なるほどこれまでのところクィーンともめごとになっていませんでしたが、さていつそうならないとも限らない。「そしてそうなったら」とアリスは思いました、「一体私、どうなっちゃうのかしら。ここでは人の首をはねるの、大好きみたいだし、だれかれが生き残って歩いてるのがふしぎよね！」

どこかに逃げだせる口がないかまわりを見回し、みとがめられずに逃げられるかどうか考えていると、空中に奇妙なものが見えだしているのに気がついたのです。初め何か全然わからなかったのですが、少し見つめていると、にたにた笑いでしたから、アリスは「チェシャー猫なんだ。ちょうど話し相

Recreations, Games, Puzzles, and Word Play (1996).［訳注：類書にジョン・フィッシャー『キャロル大魔法館』（河出書房新社、一九七三）あり。「キャッスル・クローケー」の詳しい紹介も含まれる］

手、ほしいところだった」と、ひとりごとを言いました。

「そっち、どんなぐあいだい？」しゃべることができるくらい口が現れると、猫はすぐに口をききました。

アリスは猫の両目が現れるのを待ってから、こっくりとうなずきます。「話してても仕方ない」とひとりごとを言いました。「片方でもいい、耳が出てこないと」と思ったからです。すぐに頭が全部現れましたので、アリスはフラミンゴを置いて競技の話を始めました。話を聞いてくれる相手が見つかって嬉しくてたまりません。猫はこれで十分現れたと思ったものらしく、それ以上の部分は出てきませんでした。

「まるでまともな競技じゃないの」と、アリスは不満そうに言い始めました。「どっこも言い合いばかりで、声も聞こえない――第一、これって言えるルールもなさそうだし、あったとしてもだれも守らない――なにもかもが生きものっていうのもほんとに厄介――次に間を抜けなきゃいけないアーチがね、競技場の向こうをぶらぶら歩いてるとか――今だってクィーンのハリネズミを打たなくちゃいけなかったのに、こっちのハリネズミが迫るのを見て逃げだしちゃった！」

「クィーンはいいかい？」声をひそめて猫。

「全然！」とアリス。「もうむちゃくちゃ――」と言ったところで、クィーンが真うしろに来て、聞き耳を立てているのに気づきます。こう続けました、「もうむちゃくちゃ強くていらっしゃるので、最後までやることもないくらい」

クィーンは笑うと行ってしまいました。

「一体だれに話しかけとるのかい」と、アリスの方にやってきたキングが言いました。猫の頭をとても面白そうに見ています。

「お友だちの――チェシャー猫、さんです」とアリス。「御紹介申しあげます」

「まったくもっていやな風体《ふうてい》だの」とキング。「じゃが、望むならこの手にキスしても良いぞ」

「御遠慮させてもらいましょう」と猫が答えます。

「なまいきな」とキング。「そんなふうに予《よ》をじろじろ見るでない！」言いながらキングはアリスのうしろに回りました。

「猫、王を見る、悪《あ》しからずよ」とアリスは言いました。「なんかの本にもありました、なんの本かよく覚えてませんけど」[7]

「いずれにしろ、なくなってもらう」と、キングがきっぱり言います。そして、たまたま通りがかったクィーンに向かって「奥や、おまえならこやつを

7　アリスが読んでいたかもしれないのはアーチボルド・ウェルドン卿《けい》が英国王たちに向かって放った辛辣な批判、『猫、王を見る、悪しからず（*A Cat May Look Upon a King*）』（ロンドン、一六五二）ではないかと言っているのはフランキー・モリスである（*Jabberwocky* [Autumn 1985]）。「猫、王を見る、悪しからず」は格下の者も格上の前でも一定の権利はあるということを言う諺《ことわざ》として広く使われている。

追っ払えようの！」

クィーンが厄介ばらいする手段は何にしろただひとつです。まわりを見回しすらせず、「こやつの首をはねい！」と言いました。

「わしが首斬り役人をつれてくる」と言って、キングは姿を消しました。

アリスは戻って競技の進みぐあいを見た方が良いと思いました。だって遠くで怒ってどなるクィーンの声がするのです。クィーンはすでに三人の競技者に順番を間違えたといって死刑を宣告していました。アリスはことの成り行きが本当に気に入りませんでした。競技はもうむちゃくちゃで、自分の番だかどうかもまったくわかりません。そこでとにかく自分のハリネズミをさがしに行きました。

ハリネズミは別のハリネズミともめていましたから、一匹でもう一匹を打ちとばす絶好のチャンスとアリスには思えたのですが、やっぱりむつかしい、なぜってフラミンゴが庭の向こうに行ってしまっていて、アリスが見ていると、木にとび上がろうとじたばたしていたからです。

フラミンゴを捕らえて戻ってきてみると、ハリネズミはけんかをやめて、二匹ともどこかに行ってしまっていました。「ま、どっちでもいいけど」とアリスは思いました。「アーチがひとつ残らずこちら側に残ってないもの」。

そこでアリスはフラミンゴをもう逃げないようにしっかり抱えると、お友だちともう少ししゃべろうと元の場所に戻っていきました。

アリスがチェシャー猫のいる場所に戻ってみると、まわりに大勢の人たちが集まっているのでびっくりしました。首斬り役人、キング、クィーンの間で議論がもちあがっていました。三人がいっぺんにしゃべるかたわらで他の人たちは何も言わず、まったくお手上げという顔をしていました。[8]

アリスの姿を目に止めるといきなり、三人は問題の解決をアリスに訴え始めました。それぞれの考えをアリスに繰り返すのですが、三人一度にしゃべるものですから、何を言い合っているのかほとんど理解できません。

首斬り役人の言い分は、そこから首が切りはなされる体がそもそもない以上、切りはなすことが不可能というものでした。今までそんなことをせねばならなかった経験もないし、自分の代にやる気もないと言うのでした。

キングは、ともかくも首はある

8　このシーンを描くテニエルの絵（上図）を見ると首斬り役人は、想像通り、クラブのジャックである。

ケイト・フレイリグラス＝クローカーの『アリス他、子供のための妖精劇』（ニューヨーク：スクリブナー・アンド・ウェルフォード社、ロンドン：スワン・ゾンネンシャイン・アンド・アレン社、1880）のためにメアリー・シブリーが描いたこの扉絵はテニエル以外で、『不思議の国』の登場人物を物語展開の中で描いて公刊された最初の絵となった。

のだから首斬りもありえるはず、愚かなことを言うものではないと言い張りました。

クィーンは、この件について一刻でもむだにする者あらば、そこにいるだれだって処刑せずにおくかと言いました（だれだってという言葉で一同、こわそうな不安げな顔つきになりました）。

アリスが思いついたのは、「公爵夫人の猫でしょう、公爵夫人の言い分を聞くべきよ」という言葉だけでした。

「あの者なら牢の中におる」と、クィーンが首斬り役人に言いました。「ここに引ったてて参れ」。役人は放たれた矢の勢いで姿を消しました。

役人が去ると同時に猫の首は消え始めましたが、役人が公爵夫人と一緒に戻ってくる頃には完全に消えてなくなっていました。キングと首斬り役人は猫をさがしてそこいらじゅうをかけ回り、他の人たちは再び競技に戻りました。

第９章　ニセウミガメ、身上を語る

「そなたにまた会えて、どんなに嬉しいか、わかるまいの」と言いながら公爵夫人は親しげに腕をアリスの腕の中に押しこんでくると、二人一緒に歩きだしていました。

アリスは公爵夫人がこんなに上機嫌なのを見てとても嬉しいと思いました。公爵夫人と厨房で会った時、あんなに怒ってばかりだったのはひとえに胡椒《こしょう》のせいだったのにちがいないと、アリスは思いました。

「私が今、公爵夫人だったら」とアリスが（あんまりそうなりたくないという口調で）ひとりごとを言います、「厨房《だいどころ》に胡椒なんか絶対置かない。なくったってスープはおいしい――いつだって胡椒があるからだれでも性格が胡椒っぽくなるんだ」と続けながら、思わず新しい決まりが見つかったみたいで嬉しそうです。「酢があるからすっぱい人間になる――カミルレ[1]があるから人間にがくなるんだし、大麦飴《あめ》[2]とかあるから子供たち、人に甘くなるんだ。これ、みんなに知っててもらいたいな、砂糖でけちけちしなさんな、ってこと――」

この時アリスは公爵夫人がいることをすっかり忘れていましたから、耳もとで声がしたのでちょっとびくっとしました。「嬢ちゃん、なにか考えごとしてたゆえ、しゃべるの忘れてたのじゃね。そのことの教えは今すぐ思いつ

1　カミルレ（Camomile;chamomilla）はヴィクトリア朝英国で広く用いられた特ににがい薬である。同じ名の薬草から抽出された。

2　大麦糖（barley sugar、あるいはbarley candy）は透明な琥珀《こはく》色のキャンディーで普通はねじった形をしている。今日でも英国では売られている。昔はオオムギの煎じ汁で甘蔗《かんしょ》を煮つめてつくった。

かぬが、すぐにも思い出すじゃろう」

「別に教えなんてないですよ」アリスはつい口に出します。

「チッ、チッ、子供じゃのう!」と公爵夫人。「見つけようとさえ思えば、どんなものにも教えはあるわい」[3]言いながらアリスの体にぐいぐいと体を押しつけてきます。


アリスはこんなにも公爵夫人が近いのが気持ちよくありませんでした。第一、公爵夫人があまりに醜くかったからでしたし、それからちょうどそういう背丈なので相手のあごがアリスの肩にのっかってしまっていたからです。とがったあごなので痛い。でも無礼になってはいけないので、アリスはぎりぎり辛抱をしていました。

3　私の注意をチャールズ・ディッケンズの小説、『ドンビー父子』第二章の次の行句に向けてくれたのはM・J・C・ホジャートである。「もし我々が従う気になりさえすれば、どんなものにも教えがある」。バリー・モーザー挿絵のペニーロイヤル社版『鏡の国のアリス』(一九八三)にジェイムズ・キンケードがつけた注のひとつがキャロルの単行論文、『オックスフォード大クライスト・チャーチ学寮の新鐘《しょう》楼《ろう》』からの一文を引いていて、それは「さがす気になれば万事に教えがある。ワーズワースにあってはすべての詩の過半は教えにささげられている。バイロンではこの比率はもう少しちいさい。(M・F・)タッパーでは全部」という文章である。

A・E・ジャクソン画、1914.

「競技は大分順調になってきました」会話が少しははずむようにアリスは言いました。

「そのようだの」と公爵夫人。「そしてそのことの教えは――『ああ愛、愛こそが世界を回す!』じゃ[4]」

「だれかも言ってた[5]」とアリスはつぶやきました。「だれもが他人のことに口出さなければそうなる、って!」

「おほっ、その通りじゃ! ほぼ同じ意味じゃな」と公爵夫人。とがりあごをさらにぐいぐいアリスの肩にくいこませながら言い足すには、「で、その教え――『意味に注意を払えば音は自分の面倒をみる[6]』、じゃよ」

「教え好きおばさんっ!」とアリスは思います。

「わしがなぜおまえのお腰に手を回さないかと思っておるようだな」と、ひと呼吸おいてから公爵夫人が言いました。「おまえの鳥がどういう気分でおるか、わからんからだよ。ひとつやってみて良いかの?」

「きっとピリッときますよ」やってみてほしくないアリス、慎重にそう答えます。

「まったくそうじゃ」と公爵夫人。「フラミンゴもからしもピリッとくる。で、その教えは――『同鳥相つどう』かの」

4　同じ頃のフランスのはやり歌の文句に「世界を回す/それは愛、愛、それは愛」というのがあるが、ロジャー・グリーンによるとここで公爵夫人が引いているのは同じように古い英国歌謡、「愛の夜明け」の第一行目だそうである。グリーン氏はダンテ『神曲』の「天国篇」幕切れの同じ表現も引き合いに出している。「世界を回すのは愛だぜ、ベイビー」と書いているのはディッケンズだし(『互いの友』第四巻第四章)、英文学ひとつ見ても似た行文は他にもいっぱいある。

5　この「だれか」とは第六章の公爵夫人自身である。

6　アメリカ人読者でこのことがちゃんと頭に入っている人間は間違いなく少ない。英国の諺《ことわざ》、「一ペンスに注意を払えばポンドは自分の面倒を見る［訳注：銭厘《せんりん》を大事に思わば大金おのず

「でも、からしは鳥じゃないわ」とアリスは答えました。

「またしてもその通りじゃ」と公爵夫人。「おまえ、本当にはっきりものを分けるのう！」

「それって鉱物、でしょ」とアリス。

「本当にそうじゃなあ」と公爵夫人。アリスの言うことになら何でも同意という感じです。「この辺にもからしを掘る鉱山があるぞ。で、このことの教えは――『こなたのが大きくなるほどにそなたのは小さくなる』[7]だ」

「あっ、わかった！」アリスが大声をあげます。相手の言葉の最後のところは無視。「それ、植物です[8]。そんなふうには見えないけど、植物です」

「その通り」と公爵夫人。「で、このことの教えは――『どうなりたいと思っているように見えるものになれ』だ――というかもっと簡単に言い切るとすれば――『自分が、他人から見て今までの自分がそうだったとかそうであったかもしれないものが、さらにそれまでの自分が他人から見てそうでないと見えたにちがいない以外に見えたかもしれない以外のものであると思ってはならぬ、ということじゃ[9]』」

「少しはわかるんじゃないかな」と、とても丁重にアリスは言います、「もし字で書いてもらえたら。そうやってお口で言われても、とてもわかりませ

からたまる」」の絶妙なひねりだからである。公爵夫人の言い分は時に散文を（詩をさえ）書く時の良きルールということで引かれるが、むろん「音」なげない（un*sound*な）ルールである！

7 この諺（The more there is of mine, the less there is of yours）はキャロルの発明と思われる。現代ゲーム理論で言う二人間《かん》ゼロ・サム・ゲーム――勝った方の得が負けた側の損と等しいゲーム――のことを言っている。ポーカーは多人数間ゼロ・サム・ゲームだ。勝った金の全額が負けた金の総額に等しいからである［訳注："mine"（鉱山／私の）をかけた洒落になっている］。

8 アリスが動物か、鉱物か、そして植物かという順に質問している点に注意。ヴィクトリア朝の客間ゲーム、「動物、植物、鉱物」のことを思い出せと手紙に書いて教えてくれたのは読者ジェイン・パーカーである。だれかが

ん」

「その気になったらもっと言えそうじゃ。それに比べたら、こんなの何でもないぞ」すっかりその気になった公爵夫人が言います。

「もっと長くなんて御厄介は、とてもかけられません」とアリス。

「ああ、厄介なんて言うまいぞ！」と公爵夫人です。「今まで言ったこと全部、おまえへのプレゼントじゃによって」

「ずいぶんお金かけないプレゼント！」とアリスは思いました。こんな誕生日プレゼントなんて、こない方がありがたいわ！」もちろんアリス、これを口に出したわけではありません。

「また考えごとか？」またちいさなとがりあごをくいっとねじこみながら公爵夫人が尋ねました。

「考える権利だってあるわ」と、きつい口調でアリスが答えました。少々いらいらし始めていたのでしょう。

「豚が空を飛ぶのと同じくらい、正しい。[10]で、そのことのおし――」

しかしアリスが驚いたことに、ここで公爵夫人の言葉が大好きな「教え」という言葉の途中で消えてしまい、アリスの腕とくっついていた腕がぶるぶるとふるえだしたのです。アリスは目をあげます。すると二人の前にクィー

何を念頭においているかを皆で当てるのである。最初の質問は型通りだ。それは動物ですか？　植物ですか？　鉱物ですか？　答は「はい」か「ちがいます」かだけで、二十数回質問して当てられれば良い。このゲームがもっとはっきり出てくるところが『鏡の国のアリス』第七章にある。

9　むろん公爵夫人は「簡単に言い切」ってなんかいない。もって回った文章だが、真意は簡単――ただ「自分らしくあれ」と言いたいだけ。

10　空飛ぶ豚のことは『鏡の国のアリス』のトゥイードルディーの歌の中に出てくる。せいうちが豚に翼があるかと考えるくだりだ。スコットランドの諺にも「豚は飛ぶかもしれないが」とあるが、「そんなことは起こらない」と続く。『スナーク狩り』でビーヴァーが説教するところにヘンリー・ホリデイが空中を飛ぶ豚の絵を入れている。

ンが腕組みをして立っていたのです。かみなりが落ちるようなけわしい顔をしていました。

「御機嫌うるわしう、陛下」と、公爵夫人は低いかぼそい声で言いました。

「よいか、警告しておく」とクィーンが大声で言います。どんどんと地団駄《じだんだ》を踏みながらこう言います。「そちが消えるか、そちの首が消えるかじゃ、それも即刻に。どちらにするか!」

どちらか、公爵夫人は決めます。即刻、その場から消えていきました。

「競技続行ぞ」とクィーンはアリスに言いました。アリスはおそろしくて一《いち》語《ご》も口に出せません。クィーンのあとから、ゆっくり競技場に戻っていきました。

他の客たちはクィーンがいないのを良いことに木蔭《こかげ》でのんびりしておりましたが、クィーンの姿を見るや急いで競技に戻ります。クィーンは一刻でも遅れたら命でつぐなわせると言わんばかりでした。

競技の間じゅう、クィーンは他の競技者たちとの言い争いをやめず、「こやつの首をはねよ!」「この女の首を斬れ!」と叫び続けていました。刑を宣告された者は兵士に拘束され、従って兵士はこの任務のためにアーチ役をやめるしかないので半時ほどもすると一本のアーチもなく、キングとクィーンとアリス以外、拘束され、死刑宣告を受けていない競技者は一人も残っておりませんでした。

やがてクィーンも離脱。息切れしたのです。そしてアリスに言いました。

「そち、ニセウミガメ、見たことあるかえ?」

「ありません」とアリス。「ニセウミガメって何か、知りもしません」

「ニセウミガメ・スープの材料じゃよ[11]」と、クィーン。

「私、見たことも聞いたこともありません」とアリスは答えました。

「ならば、いざっ」とクィーン。「こやつの口ずから身上話を聞けばよい」

そこで二人歩きだしたところ、キングが低い声でそこいらじゅうに「皆、放免《ほうめん》ぞ」と言っているのが聞こえてきました。「そうよ、そうこなくっちゃ!」とアリスはひとりごとを言いました。クィーンが下す死刑宣告があまりに多いので心配になっていたからです。

二人はたちまち、日を浴びてぐっすり眠るグリュフォンを見つけました[12](きみ、グリュフォンが何か知らないなら挿絵を見てね)。「起きや、この怠け龍!」とクィーンは言いました。「この娘をニセウミガメのところへつれていって、やつの身上話を聞かせてやるのじゃ。わしは戻って、命じた首斬りの首尾を見にゃならぬ」。そう言ってクィーンがいなくなるとアリスとグ

11 ニセウミガメスープ(Mock turtle soup)はアオウミガメスープ(Green turtle soup)を、仔牛の肉を使って真似たもの。テニエルがニセウミガメの姿を描くのに仔牛の頭部、後足のひづめ、そして仔牛の尻尾を描いているのはそのためである。

12 グリュフォン(gryphon、またはgriffin)は鷲の頭部と翼に獅子の下半身のついた幻獣である。ダンテ『神曲』の「煉獄篇」(地の穴を通ってのそれほど知られていない不思議の国めぐりツアー)第二十九歌章に教会の戦車を守護するグリュフォンが出てくる。十六世紀の叙事詩、『怒れるオルランド』に白い鎧甲冑《よろいかっちゅう》姿のグリュフォンという名の騎士が出てきて(歌章三十七)、少し遠回りながら『不思議の国のアリス』のグリュフォンのキャラを先取りしているという指摘をゲイリー・バックランドから受けた。この幻獣は神と人間のキリストにお

リュフォンだけが残されました。アリスはこの相手の姿があんまり好きではなかったのですが、それを危険というなら怒り易いクィーンと一緒に行くのだって同じくらい危険であるにちがいないので、アリスはそこで待つことにしたのです。

グリュフォンは身を起こすと目をこすります。そしてクィーンの姿が消えるまでじっと見ていましたが、くっくっくと笑い声をあげます。「変なやつだな!」とグリュフォンは半ばアリスに、半ばひとりごとのように言いました。

「変って何が?」とアリス。

「何がってクィーンさ」とグリュフォン。「みんなあの女の妄想《もうそう》なんだ。だれも首なんか斬られない、ってわけさ。[13] いざっ!」

「ここではみんな『いざっ』って言うのね」ゆっくりついて行きながらアリスは思います。「今までこんなに次々命令されたこと、ない。本当に!」

たいして歩かないうちに遠くに、岩が台のようになったところにひとり悲

ける統一を示そうとする中世に一般的なシンボルだった。ここではグリュフォンおよびニセウミガメともに、オックスフォード勢がいつも異常に大きな部分を独占してきた感傷的な大学同窓会を嗤《わら》う諷刺と見て間違いない。

　グリュフォンがオックスフォード大学トリニティ・カレッジの校章だということはヴィヴィアン・グリーンからご教示いただいた。トリニティの正門を飾っているが、キャロルもリドゥル姉妹もそのことを間違いなく知っていた。

　眠れるグリュフォンに諷刺的意図がこめられている点は読者ジェイムズ・ベチューンにも指摘された。グリュフォンは古代スキタイの金山を強力に守護した存在と考えられ、結果、強力な警戒心を寓意する紋章の動物とされていくことになった。次も参照。Anne Clark, "Griffin and Gryphon," *Jabberwocky* (Winter 1977).

しげに坐っているニセウミガメの姿が見えてきました。近づいていくと傷心《しょうしん》の極みのようなため息をついているのが聞いてとれました。アリスは心から同情します。グリュフォンはほとんど前と同じ言葉を口に出しました。「みんなあいつの妄想なんだ。悲しいことなんぞ何もありゃせん、ってわけさ。さっ、いざっ！」

そこでニセウミガメに近づいていくと、大きな目に涙をいっぱいためていますが、何も言いません。

「ここな嬢ちゃんがな」とグリュフォン、「おまえの身上話を聞きたいんだと」「話してみよう」と、ニセウミガメが深い、うつろな声で言いました。「御両所、坐ってくれよ。こっちが終わるまで話しかけないでくれ」

そこで二人坐り、何分間も黙っていました。「終わるまでと言ったって、始まらないんじゃあね」とアリスは思いました。それでもじっと待ちました。「かつては」と、やっとニセウミガメが言って、深いため息をつきました、「ニセじゃない本物のカメだった」

あとが続かず長い沈黙。時たま沈黙を破ったのはグリュフォンの「ヒェクルー！」という声とニセウミガメのつらそうに続くすすり泣き。アリスはもうほとんど立ちあがって「あのう、面白いお話ありがとう」と言いそうでし

13　［訳注：原文は "they never executes nobody."］グリュフォンが実在の人間のように扱う「ノーボディ」にこだわって「ノーボディ（という人間）」の首を斬る、斬らないという別の解釈につくなら、『鏡の国のアリス』第七章のアリスが「だれも見ない／ノーボディを見る」というエピソードにつながるかもしれない。本書『鏡の国のアリス』第一章、「空《くう》集合」に関わる注6のくだりも参照のこと。

マーガレット・タラント画、1916.

たが、先があるはずと考える他なかったし、黙ってじっと坐っていました。

「ちっちゃい頃には」と、やっとニセウミガメは相変わらず時々すすり泣きしながらも、もっと穏やかに言いだしました。「海の学校に行ってた。先生は年寄りのタートル――もっとも私ら、トータス先生と普通に呼んでたがね――」

「トータスでないのになぜトータスと言ってたの?[14]」とアリスが聞きます。

「トート・アス、私らに教えた。だからトータス[15]」ニセウミガメがいらだたしげに言いました。「そちら、本物のばかだなあ!」

「そんなばかなこと聞くなんて恥ずかしいと思わないか」とグリュフォン。そして二匹して坐ったまま、かわいそうなアリスをじっと見るので、アリスは穴があったら入りたい思いでいました。やっとグリュフォンがニセウミガメに言います。「先やってくれよ! 一日だらだらやってんじゃない!」そこでニセウミガメはこんなふうに続けました――

「そうさ、海の学校に行ってた。信じないのは勝手だけど――」

「信じないなんてこと、私言ってません」アリスがすぐ言葉をはさみます。

「今言ったよ」とニセウミガメ[16]。

「勝手に口きくな!」アリスがまた何か言おうとするのをグリュフォンがさ

14 アリスの同時代、トータス(tortoise)という語は大体陸生のカメのことを指し、ウミガメを指すタートル(turtle)と区別したようだ。

15 キャロルはこの駄洒落《パン》を次の記事でも改めて使っている。Lewis Carroll, "What the Tortoise said to Achilles," *Mind* (April 1895). 厄介なパラドックスをアキレスに説明したあと、カメが言う。「どうか友情の証ということで、我々のこのやりとりが十九世紀の論理学者たちにどれだけ多くのことを教えるものかお考えいただき――その時わがいとこたるニセウミガメがとばすことになっている駄洒落をば採用いただだいて、どうかトータス(Taught-Us)を名乗ってはいただけないでしょうか?」

アキレスは頭を手で覆っていたが、やがて自棄《やけ》になった口調で、こちらも駄洒落で応酬《おうしゅう》したものだ。「合点承知! そちらもそちらの側でニセウミガメが決してとばさなかった駄洒落を

えぎります。ニセウミガメは続けます。

「最高の教育受けたなあ——ほんとに毎日行ったもの——」

「私だって毎日通学よ」とアリス。「そんなことでいばることないわ」

「課外はあったかい？」ちょっと困った顔をしてニセウミガメ。

「あったわよ」とアリス。「フランス語と音楽ね」

「せんたく科目は？」ニセウミガメが聞きました。

「あるわけない！」アリスがいらいらして答えました。

「ああ、じゃあ本当にいい学校とは言えない」と、ほっとしてニセウミガメが言います。「うちらじゃ、授業料のおしまいに『フランス語、音楽、そして洗濯——課外[17]』とあったな」

「そう必要とも思えないけど」とアリス。「だって海の底のくらしよね」

「受ける余裕なかったんだ」と、ため息まじりにニセウミガメ。「正課とるのが精いっぱいでね」

「それ、どんなのです？」アリスが聞きます。

採用して『ア・キル・イーズ（A Kill-Ease）』〔訳注：水差し野郎アキレス〕を名乗るならの話！」

16 ピーター・ヒースは『哲学者たちのアリス』で、この“I never said I didn't!”というアリスの言葉に返答したニセウミガメの“You did”という言葉は、ただ単に今“I didn't”と言ったじゃないかという意味であると指摘した。『鏡の国のアリス』ではハンプティ・ダンプティが、アリスが言っていない何かを問題にすることで似たような言葉の罠《わな》にアリスを引っかけるはずである。

17 「フランス語、音楽、そして洗濯——課外《エクストラ》」というのはよく寄宿学校の学費一覧に現れた文句。もちろん、本来はフランス語と音楽、学校がやってくれる洗濯には追加料金《エクストラ》をいただきますという意味である。

18 ニセウミガメが列挙する学科名は

「まず定番で、酔《よ》みと搔《か》き」とニセウミガメは答えました。[18]「それからいろいろなお算用——大志算、気ひき算、美かけ算、仲わり算だね」

「『美かけ算』って聞いたことない」とアリス。「それ、どういうのです?」

グリュフォンがびっくりしたらしく両方の前足を突きだします。「美かけを聞いたことないだって!」と叫びました。「美って、わかるよな、ひょっとして」

「まあね」とアリスの自信なさそうな返事です。「それ——って——何かが——きれいなことです」

「だよな」とグリュフォン。「それでいて美欠けがわからんとしたら、おまえよほどのぱあだぜ」

アリスはもうそれ以上に何か聞く気もありません。そこでニセウミガメの方を向くと、「他に勉強したの、何?」と言いました。

「そうだな、まず瀝史《れきし》」前足で科目を数え始めながらニセウミガメが答えます——瀝史は古代史と現代史、それから池理江民、それからお絵搔き——絵搔き教師は年寄りのアナゴでね、週イチでやってきた。先生が先生だろ、線搔き、速搔き、そんで輪《わ》ぶら絵とか教えてもらった[19]」

「それ、どういうのです?」とアリス。

ひとつ残らず駄洒落である(読み・書き・足し算・引き算、かけ算・わり算、歴史・地理公民・絵描き、速描き、油絵、ラテン語・ギリシア語のもじり)。実際この章と次の章をこれほど言葉遊びで一杯にしたの、誰じゃれ! 子供は駄洒落好き。しかし子供の趣味に詳しい現代の権威者たちは、駄洒落は児童文学の文学としての質を下落させると言ってはばからない。

19 「線搔き(drawling)」「速搔き(stretching)」「輪ぶら絵(fainting in coils)」を教えに週一回やってきた「絵搔き教師(drawling-master)」が指しているのがジョン・ラスキン以外のだれかであるはずがない。ラスキンは週一回リドゥル家を訪れ、素描画(drawing)、速筆画(sketching)、油絵(painting in oils)をリドゥル家の子供たちに教えている。なかなかの教え方だった。アリス・リドゥルが描き、弟のヘンリーが描いた多量の水彩画、

「ううん、やってはみせられんなあ」とニセウミガメ。「からだ堅くなっちまってるもの。グリュフォンだって習ってないしな」

「時間なかったのさ」とグリュフォン。「でも古典語の先生のとこには通ったさ。年寄りのカニの先生だったな、たしか」

「こっちは行けてない」と、ため息まじりにニセウミガメ。「笑ってん語と不義理者語を教えるという話だったなあ」

「教えてた、教えてた」と、今度は自分だと、ため息をつきながらグリュフォンが言いました。二匹とも前足に顔をうずめます。

「それで一日何時間のお稽古だったの？」急いで話題を変えようとしてアリスが聞きます。

「一日目は十時間」とニセウミガメ。「二日目九時間、というぐあいだ」

「ふしぎなやり方ですね！」アリスが大声で言います。

「だからお軽古《けいこ》って呼ばれるんじゃないかな」とグリュフォンが言います。「日に日に軽くなっていくんだ」

アリスにとってこれは新しい考え方でしたから、ちょっと考える時間がありましたが、やがてこう言いました。「じゃ、十一日目はお休みということになりますね」


妹ヴァイオレットがアリスを描いた油絵を見るだけで、姉弟が父親から継いだ芸術の才はわかる。リドゥル家の人たちがうみだした絵画作品を復刻したものを見たければ（多くはカラー）、Colin Gordon, *Beyond the Looking Glass* (Harcourt Brace Jovanovich, 1982) が良い。

当時のラスキンを撮った写真や、マックス・ビアボームが描いた戯画を見ると長身瘦軀《そうく》であって、どう見てもアナゴだ。ルイス・キャロル同様、少女たちに魅了されていたのは少女たちが性的に純粋だったからである。十歳下のユーフェミア（「エフィー」）・グレイとの六年間の不幸な結婚生活の後、「癒やし難い不能感」もろもろを理由に離婚。エフィーはただちに、そのラファエル前派ふうの画風をラスキンが高く評価していた若きジョン・エヴァレット・ミレーと再婚、八子をもうけた。そのうちの一人はミレーの有名な作品、『私の初めての説教』に

「もちろんお休み」とニセウミガメ。

「じゃ、十二日目はどうするんですか？」面白がってアリスが尋ねました[20]。

「勉強の話はもうこれで終わり」とてもはっきり、グリュフォンが言葉をさえぎりました。

「なんか遊びのこと、話してやれよ」


描かれた少女である（『鏡の国のアリス』第三章の注4も見よ）。

四年後、ラスキンはあるアイルランド人銀行家の娘、ローズ・ラ・トゥッシュを激しく恋する。銀行家の妻君がラスキンの本のファンだった。当時娘は十歳、ラスキンは四十七歳。彼女が十八になった時に求婚したが、断られた。生涯の打撃であった。ラスキンは自身と同様「ヴァージン」である少女たちに恋をし続け、七十歳で結婚の申し込みをしさえする。一九〇〇年、強度の躁鬱との十年にわたる闘病生活の挙句に死去。自伝を見るとアリス・リドゥルを礼讃しているが、ルイス・キャロルのことは何も出てこない。

20 アリスのすばらしい質問がグリュフォンを悩ませるのは当然だ。実はよくわからない負数（negative number）の可能性（というか初期の数学者たちも思い悩んだ観念）を持ちこむからで、一見したところは「変な」教育構想の中での授業時間に関わる、というふうには思えない。十二日目以降、今度は生徒が先生に教えたのだろうか?!

第 10 章　エビのカドリール

ニセウミガメは深いため息をつくと、前ひれの甲で目をぬぐいました。アリスを見て何かを言おうとするのですが、一分ほどすすり泣きで声になりませんでした。「喉に骨が刺さってるみたいなもんだな」と言うと、グリュフォンは相手をゆすり始め、背中をとんとん叩きだします。それでやっとニセウミガメは声をとりもどし、涙で頬をぬらしながら、また言い始めたのでした。

「海の中でそうそう暮らしてたわけでもあるまいし――」(「ありません」とアリス)「――それに多分、エビと仲良しになったことだってなかろうしね――」(「一度ならたべ――」と言いそうになったアリス、そのまま口ごもると、「いいえ、ない、ないです」と言いました)「だからエビのカドリールがどんなに楽しいか、わかるはず、ないよなあ[1]!」

「そうよ、まるで」とアリス。「どんな踊りなんです?」

「そうさなあ」とグリュフォン。「まず波打ちぎわに沿って一列になるんだ――」

「二列だよ!」ニセウミガメが叫びます。「アザラシ、カメ、サケやなんやかんや。それからクラゲを全部とっぱらってから――」

「いいか、それが大体、時間をとる」とグリュフォン。

「――二度前へ――」

1　カドリール(quadrille)は五部(figures)でできたスクエアダンスの一種。キャロルがこの物語を書いていた頃に流行していた社交ダンスの中では一番むつかしいもののひとつだった。リドゥル家の子供たちは個人授業でカドリールを身につけていた。

ある少女に出した手紙で、キャロルは自らのダンスの才をこういうふうに記している。

ダンスについて書くと、ぼく自身の妙な踊り方でかまわないというのでなければ決して踊ったことはありません。仔細を書く意味がありません。見ない限り信じてもらえないよ。踊ってみようと思った最後の家は床が抜けてしまいました。しかしなんとも弱い床だったんだけどね――梁《はり》なんか厚さわずか六インチ、とても梁なんて呼べない代物だったのです。ぼく自身の妙なやり方で踊れというのなら

「一回ごとにエビがパートナー！」とグリュフォン。

「そうとも」とニセウミガメ。「二度進む、パートナーと向かい合って[2]――」

「エビを取り換え、そして同じ順で戻ってくる」とグリュフォンが続けます。

「それから、知っての通りさ」とニセウミガメ、「投げるんだよ――」

「エビをさ！」空中にとびはねながら、グリュフォン。

「――できるだけ遠くへ――」

「そのあと追って泳ぐ！」グリュフォンが叫びます。

「海中でとんぼ切る！」そこいらをはねまわりながら、ニセウミガエが叫びます。

「またエビの取っ換え！」グリュフォンが絶叫します。

「また陸に戻って、それから――ていうかこれが踊りの第一部だ」と、突然声を低めてニセウミガメが言いました。ずっと狂ったようにとびはねていた二匹の相棒はまた悲しそうに、静かに坐りこんで、アリスを見ています。

「とてもきれいなダンスみたいね」おずおずとアリスは言いました。

「ちょっと見てみたかないかい？」とニセウミガメが言いました。

「見たい、見たい」とアリス。

「なら、第一部、やってみよう！」とニセウミガメがグリュフォンに言いま

是非石のアーチにしとかなきゃね。きみ、サイとかカバが動物園でミニュエットを一緒に踊っているところを見たことあるかい。涙ぐましい景色ですよ、なかなか。

「エビのカドリール（Lobster Quadrille）」はキャロルが『アリス』物語を書いていた時分、イングランドのボールルームで大流行していた、八組から十六組のペア向きの歩くスクエアダンスである「ランサーズ・カドリール（Lancers Quadrille、槍投げカドリール）」を意図的にパロディしている。カドリールの異形として、それぞれ別の拍子を持つ五部で構成。『グローヴ音楽・音楽家事典』などによれば「ランサーズ」（踊りも音楽もその名で呼ばれていた）はダブリンの舞踏教師が発明し、パリに紹介されたあと、一八五〇年代に汎欧的に流行を見た。ニセウミガメの歌の最終聯《れん》などから、フランスでランサーズが流行して

す。「エビいなくたってできるよ、だろ。どっちが歌う?」

「ああ、歌はおまえ」とグリュフォン。「おれ歌詞忘れた」

そうやって二匹はおごそかにアリスをめぐって踊り始めたのですが、近づきすぎてアリスの足を踏んづけます。前足をふって拍子をとります。ニセウミガメの歌はとてもゆっくり、悲しげで、こんなふうでした[3]——

「もそっと早く歩めんか?」とカタツムリにニシンが[4]。
「そりゃイルカがうしろにいて、しっぽ踏んでるからさ。
エビもカメもみんななんて前に出ることか!
みんな丸砂利の上で待っている[5]——ダンスに入らんか?
入る、入らん、入る、入らん、ダンスに入らんか?
入る、入らん、入る、入らん、ダンスに入らんか?」

「どんなに楽しいか、本当にわからんか、
われらつかまえ、エビと一緒に沖に投げるのが!」
カタツムリ「遠すぎ、遠すぎ!」答えて横目でじろり——
ニシンにしっかり感謝、けれど入らない、ダンスにゃ。

いたことなどがにおわされているかもしれないし、大体エビ(lobsters)を投げるという趣向が槍試合で槍(lances)を投げたことに引っかけたなかなか投げやりとは思えぬ着眼なのだろう。そうした投げわざがこのダンスの中でどういう役割を果たしていたものかは未詳である。

2 手紙に"R. Reader"と署名した英国の一女性読者は「パートナーと向かい合う(set to partners)」とは、一方の足でとびあがり、次にもう一方の足でとびあがりながら、パートナーと向かい合うことだと教えてくれた。

3 ニセウミガメの歌はメアリー・ハウィットの歌(それ自体、さらに古い時代の歌のもじりだが)、「クモとハエ」の一行目へのパロディ、そして韻律法の借用である。ハウィット夫人の作の第一聯《れん》目はこうである。

「ぼくの部屋に来ないか?」とハエにクモが。
「きみがみたこともないような最高の部屋に。
ぼくの部屋に行くにはらせんの階段上り、
きみ来てくれたら珍しいもの一杯みせたい」
「だめだめ」とちいさなハエ、「むだなお誘い。
だってらせん階段上った者、一匹だっておりてこない」

次を参照。Chloe Nichols, "The Contribution of Mary Howitt's 'The Spider and the Fly' to *Alice's Adventures in Wonderland*," *The Carrollians* (Spring 2004). 七聯から成るハウィットの作品の全体がこの号の付録として採録されている。

キャロルの原話手稿ではニセウミガメの歌がちがっている。

海のみなぞこに
エビどもいっぱいに——
きみとぼくとも踊ろうと
ぼくの、ぼくのやさしいサケ君!

コーラス
サケ君、上っておいで、サケ君おりてこい!
サケ君、自分のしっぽぐるり巡らせて。
海にいろくずあまたなれど
サケが一番すばらしい。

ここでキャロルはあるニグロ・ミンストレルの歌をパロディしている。その歌のコーラス部分は次のように始まっている。

サリー、上っておいで! サリー、おりておいで!
サリー、自分のかかと、ぐるり回して!

キャロルの日記の一八六二年七月三日（とはつまり有名なテムズ川の川上りの日の前日ということだが）、リドゥル姉妹が（学寮長邸で雨だからといって集まった折に）このミンストレル歌を「とても元気よく」歌うのを聞いたという記載がある。この記述にロジャー・グリーンは注として歌の二番とコーラス部分を取りあげている。

先《せん》の月曜は踊りの会に、
ニガーどもみな招待。
太いのやせたの、低いの高いの、
が、だれ一人、サリーんちにこなかった。

コーラス
サリー、上っておいで! サリー、おりておいで!
サリー、自分のかかと、ぐるり回して、
おいぼれは町行った——
さあサリー、間へ来るんだ!

何番かは「サリーみたいな娘《こ》はいない！」で終わる。『アリス』物語を舞台にあげようとしていたヘンリー・サヴィル・クラーク宛ての手紙（一八八六）で、キャロルは古い童謡をパロディにしたものは新しい楽曲をつけず、あくまで古来の節回しにのせてやることにしてくれと頼んでいる。特にここのこの歌を例にとって、「『ぼくの部屋に来ないか、とハエにクモが』のような古い名曲よりも良い曲をつくれる非常によくできる作曲家はそうおいそれとはいないと思います」と書いている。

　テニエルが『パンチ』誌に描いた「しくじりの国のアリス」というキャプションの政治諷刺画が同じアリス、グリュフォン、ニセウミガメの三人組をフィーチャーしている。アリスが保守派政治家アーサー・ジェイムズ・バルフォアを、グリュフォンがロンドンを、そしてめそめそしてばかりのニセウミガメがウェストミンスター市を表している。アリス、グリュフォン、そして（普通の）ウミガメの三人組がもっと古い「失策の国のアリス」というテニエルの戯画に登場する（『パンチ』一八八〇年十月三十日号）。アリスが『パンチ』誌上に出てくる例としては一八六八年二月一日号のテニエル画がある（アリスがアメリカ合衆国を表象している）。第四十六巻分をまとめた書冊版についたテニエル画のフロンティスピースも有名だ。

　ふたつの『アリス』物語中の多くの歌についた伝統的な楽曲については、後世の作曲家たちのつくった新曲のことも併せ、次の雑誌記事を。Armelle Futterman, "'Yes,' said Alice, 'We Learned French and Music,'" *Knight Letter* 73 (Spring 2004).

4　［訳注：原文は "whiting"、訳せば「タラ」で、この部分の原注は「タラ科の食用魚」となっている］

5　「丸砂利（Shingle）」。合衆国よりはイングランドで普通。その海岸には浜が大きな丸い石や砂利で覆われているところが見られる。

チャールズ・フォルカード画、1929.

入らんか、入れんか、入らんか、入れんか、ダンスに入らんか。
入らんか、入れんか、入らんか、入れんか、ダンスに入れんか。

「どれだけ遠いってそれが何?」と鱗《いろくず》の友の答良し、
「いいか向こうにゃ向こうでもひとつ別の汀《みぎわ》あり、イギリスはなれりゃ、
そのぶんフランス近し——
びくびくするなカタツムリ、入れよダンスに。
入る、入らん、入る、入らん、入れよダンスに。
入る、入らん、入る、入らん、入れよダンスに」

「どうもありがとう、見てるととっても面白いダンスね」とアリス、やっと終わったのがとても嬉しかったのです。「ニシンが出てくる歌も変だけどとってもすてき！」

「ああ、ニシンと言えば」とニセウミガメ。「あいつら――もちろん、あいつら見たことあるよね？」

「あります」とアリス。「よく目にするのは夕ごは――」と言って、アリスはあわてて口をつぐむのでした。

「ゆうごはって何かわからんが」とニセウミガメ、「よく目にしたというんなら、どういうふうかもちろんわかるよな？」

「わかります」アリスはちょっと考えてから答えます。「しっぽを口にくわえてるし[6]――パン粉だらけよね」

「パン粉っていうのはちがうな」とニセウミガメ。「海の中じゃパン粉、みんな落ちちゃうだろ。たしかにしっぽをくわえてる。そのわけは――」と言ってニセウミガメは欠伸《あくび》をし、目を閉じました。「そのわけやら何やら、話してやってくれよ」とグリュフォンに言います。

「わけはさ」とグリュフォン、「エビと一緒にダンスに行くだろ。と、沖に投げられる。と、遠くに落ちる。だからしっぽをしっかりくわえてるんだ。

6　「そう書いた当時、私はタラ［訳注：訳では（ミガキ）ニシン］が本当に口で尾をくわえているもんなりと信じていたのだが、後日聞いたところでは魚屋は尾を口にくわえさせるのでは全然なく、目に通すようにするのだという」とキャロルが言っているところが（甥のスチュアート・コリングウッドの『ルイス・キャロルの生涯と書簡』の四〇二ページに）引用されている。「アリス」なる署名のみの読者から、クレイグ・クライボーンの手紙が雑誌に掲載されたものの切り抜き（*The New Yorker* [February 15 1993]）が送られてきた。「メルラン・アンコレール（*merlan en colere*）」の名で知られるフレンチのメニューがあって「怒りのタラ」という意味。「魚をねじって輪にし、口に尾をくわえる形にしっかり結わえる」のだそうである。「しかるのち、たっぷりのラードで揚げてから（煮るのではない）、パセリ、レモン、タルタル・ソースを添える。熱く揚げ

二度と伸ばせない。わかったかい」

「ありがとう」とアリス。「とってもお勉強しちゃった。今までそんなにニシンのこと知らなかった」

「気に入りならもっと教えてやれるぞ」とグリュフォン。「大体、なぜミガキニシンとか呼ばれるんだい？」

「考えたことないです」とアリス。「なぜなんですか？」

「それでブーツや靴をやるからさ」と、とても真面目くさってグリュフォンが答えます。

　アリスは何がなんだかでした。「ブーツや靴をやるって！」わけがわからないまま、相手の言葉を繰り返していました。

「そうだよ、おまえさんの靴は何でやるんだい？」とグリュフォン。「つまりさ、何を使ってぴかぴかにするんだい？」

　アリスは目を落として二匹を見て、ちょっと考えてから答えます。「クツズミですね」

「海の底のブーツや靴はな」深い声でグリュフォンが言います、「ミガキニシンでみがく。わかり易い話だ」

「海の靴とか何でできてるの？」話が面白くなってきてアリスが尋ねます。


るとまるで怒り狂っているように見える」とか。

　アーモンド・オイル和えタラの調理法を文章と写真でジャック・ペパンが傑作『裏ワザ料理術（*La Technique*）』（一九七六）に紹介していると教えてくれたのはステファニー・ラヴェットである。切身にした魚全体を平たくし、尾を体の下を通して口から出すので、尾を文字通り口の中に持つ魚という図そのものになるらしい。

「もちろんヒラメ底とウナギかかとだよ」* いらいらした様子でグリュフォンが答えます。「こんなことガキエビだって知ってらい」

「もし私がニシンだったら」まだ歌のことからはなれられないアリスが言いました。「イルカに向かって『どいてよ、お願いだから』って言ったと思う。一緒にいないで、あなたなんかって！」

「みんなイルカが一緒にいてくれて安心なんじゃなかったのかな」とニセウミガメ。「イルカ抜きでどっか行く魚なんてばかだと思う」

「本当？」びっくり仰天してアリスは聞き直しました。

「むろん本当だ。何かの魚がわしんとこへ来て、旅に出ようと思っていると言ったら、わし、『それ本当にいるか』って念押すよ」とニセウミガメ。

「本当に『必要か』って聞いてるわけね？」** とアリス。

「答えるまでもないや」と、怒ったような声でニセウミガメが言います。そこへグリュフォンがたたみかけるように「さあ、今度はそちらの冒険話が聞きたいもんだ」と言いました。

「私の、って――今朝からので良かったら話せますけど」と、少しおどおどとアリスが言います。「昨日まで入れろと言われるとむり、だって昨日の私、今の私とちがうんです」

＊［訳注：原文は“soles and (h)eels”］

＊＊［訳注：原文は“porpoise”（イルカ）と“purpose”（目的）をかけた洒落］

「説明ほしいね」とニセウミガメ。

「だめだめ。冒険話が先」と、いらいらした口調でグリュフォンが言いました。「説明っていうやつは時間ばっかりかかる」

そこでアリスはまず白うさぎに出くわした時のことから冒険話を始めます。アリスは特に出だしのところで少しどきどきしていました、というのは聞き手の二匹が両側からものすごく近づいてきて、目と口とを大きく開いていたからですが、話が進むにつれて元気が出てきました。話を聞く側はアリスがイモムシに向かって「おいぼれたね、ウィリアムのおやじ」を復唱するところで言葉が片はしからちがってしまった話にさしかかるまでは、ひとことも口をききませんでした。ニセウミガメは長いため息をもらすと、「本当に変だっ！」と言いました。

「変っていうか、こんな変なの、ちょっとないぜ」とグリュフォン。

「まるでちがってる！」ニセウミガメも少し考えてから、同じことを言いました。「さあ、もっと何か復唱してみてほしいよ。やれって言ってみてよ」ニセウミガメは、グリュフォンに言われたらアリスは従うと思っているみたいです。

「立って『怠け者の声がする』を復唱してみろよ」とグリュフォンが言いま

した。

「みんな命令して、復唱させるのね!」とアリスは思います。「まるで学校とおんなじね」。それでも立ちあがって復唱し始めました。が、頭の中はエビのカドリールのことでいっぱいでしたから、自分が何を言っているのやら、ほとんどわかりませんでした。当然、とても奇妙な言葉が口をつきます[7]

―――

エビの声がする、こういうのが聞こえる。
「おまえ、おれをこんがり焼きすぎ、髪にゃ砂糖まぶす」
アヒルがまぶたでやるみたいに奴は鼻で
ベルトとボタンを直し、足指は外へ広げて。
砂がみな乾いてると、奴はヒバリみたいに陽気、
バカにした口ぶりでサメのはなし。
でも潮が満ちるとそこらじゅうサメ、
するとやつはおずおずぶるぶる、ふるえ声。

「子供の頃、おれがやってたのとはちがうなあ」とグリフォン。

7 この詩の第一行は旧約聖書『(ソロモンの)雅歌《がか》』第二章第十二節の「亀の声がする」を思い出させるが、実際にはアイザック・ウォッツ(本書第二章の注5)の鬱陶《うっとう》しい詩、「怠け者」に対するパロディである。当時キャロル読者にはよく知られていたが「怠け者」で、こうだ。

怠け者の声がする、何やらぶつくさ言ってた。
「早く起こすもんだから、おいらは二度寝だ」
戸がちょうつがいで回るみたいに、寝床の上の
寝返りうち、肩も重い頭もごろごろと。

「もちょっと寝かせろ、も少しう
　たた寝だ」
こうして過ぎる、半日が、どんど
ん時が。
たまに起きてもただ腕くんですわる。
歩いてもぶらぶら、ぼおっと立っ
　ている。

奴の庭を通った時、そこは野生の
　いばらだらけ、
さんざしやあざみ、所も選ばず生
　えて、
体からぶらさがった服もうぼろぼ
　ろに、
むだづかい止まらず今もう飢えて
　乞食《かったい》に。

奴を訪ねてみたのも、心くだいて、
気折れもせず気配りしてるのを期
待して。
奴の夢きかされた、食うことと飲
　むことばかり、
聖書を読みもしない、考えること
　さえしない。
それ見て私は自分に「これこそ教
　訓」と、
私がそうなっていたかもしれぬ
　姿、と。
友だちに感謝、私の成長に手かし
　てくれた、
時に応じ仕事と本読み大事と忠告
　くれた。

ウォッツの三文詩に対するキャロルのもじり詩はいろいろ大変わりである。一八八六年より以前の『アリス』の全版本では、もじり詩は第一聯《れん》の四行をとり、第二聯の二行目で中断していた。キャロルはウィリアム・ボイドの『不思議の国のアリスの歌』（一八七〇）のために、この幻の二行を提供した。この聯全体はこういう形になっていた。

奴の庭を通った時、片目で見たも
　のは、
フクロウと牡蠣《かき》がパイを分け合う
　ところだ。
アヒルとドードー、とかげと猫が
帽子のへり巡ってミルクの中で泳
　いでた。

一八八六年、キャロルは『アリス』のミュージカル劇のためにこの詩の十六行改訂増補版を提供し、これが最終ヴァージョンとなり、一八八六年以後の各版本にはこの形で載る。ちょっと信じ難いことながら、エセックスのさる牧師が『セント・ジェイムズ・ガゼット』紙に投稿して、キャロルのパロディ詩の第一行目の聖書つながりを口実にキャロル不敬として非を鳴らしている。

「そう、ぼくも今まで聞いたことないな」とニセウミガメ。「めったにないくらいバカバカ詩《しい》」

アリスは口をききませんでした。顔を手で覆ってじっと坐っていましたが、普通のことが普通に起こることなんかもう決してないんじゃないかという気分でした。

「説明がないとなあ」とニセウミガメ。「この嬢ちゃんにゃできんよ」と、グリュフォンがすぐ間に入ります。「二番やってくれよ」

「それにしても足指ってのがなあ！」とニセウミガメはこだわります。「鼻で外へ広げるって、それなんだい？」

「ダンスの時の第一ポジションよ」8 とアリス。とにかく何もかにもわけがわからないので、なんとか話題を変えたいと思っていました。

8　セルウィン・グッデイカーは娘さんが、テニエルはエビがバレエの第一ポジションに従った足の位置をしているように描いて、ちゃんと言葉に合わせていると言っていると教えてくれた。デイヴィッド・ロックウッドのエッセーも同趣旨で（David Lockwood, "Pictorial Puzzles in Alice," *The Carrollians*, [Autumn 2004]）、『不思議の国のアリス』の挿絵中にバレエの五ポジション全部が描きこまれているとする（第一、テニエルの父親はダンス教師なのである）。エビが第一ポジション（上図）、クラブのジャックが第二ポジション（本書二二〇ページ）、サカナ従僕（同一五七ページ）が第三ポジション、同じ絵のカエル従僕は第五ポジション、そして同一〇八ページのアリスが第四ポジションで立っている。

偶然ではなさそうだ。ロックウッドの言い分では、『鏡の国のアリス』の方のテニエルの挿絵からはこれらどの

「二番いけよ」と、もう一度グリュフォンが繰り返します。「『奴の庭を通って』で始まるんだ」

いやだとも言えませんでしたが、言葉が全部ちがって出てくるのは間違いなさそうと思っていましたので、声はふるえてしまいます――

奴の庭を通った時、片目で見たものは、
フクロウとヒョウがパイを分け合うところだ。
ヒョウはパイの皮に肉汁、そして肉をとり、
フクロウにはお皿、ごちそうのおこぼれに。
パイすべて片づいて、
フクロウ友だちだから、スプーンやるよと親
切に言われたが、
ヒョウはうなりながらナイフとフォーク持つと
食事会の幕切れは[9]――

「こんなのばっかり復唱してなんの役に立つん

ジョージ・ソーパー画、1911.

バレエのポジションも、また見事に欠けているからである。第一ポジションがトゥイードル兄弟に見られるくらい。ロックウッドのエッセーは「首をはねよ！」という命令の起源をめぐって面白い議論をして終わっている。

9 〔訳注：この後につづくはずの〕なかなか酷い最後の句、「フクロウ食ったと」は、サヴィル・クラーク脚色のオペレッタが一八八六年に活字になった時に現れた。最後の二行対句のもうひとつ別の、多分もう少し早い時期のヴァージョンがスチュアート・コリングウッドのキャロル伝に出ている。

だがヒョウがフォークとナイフ手
にした。
そしてヒョウ機嫌損じ、フクロウ
命損じた。

キャロル好きたちは「フクロウ食ったと」の代わりになる句を考えて娯《たの》

だ？」とニセウミガメが言葉をはさみました。「やると同時に説明もしてもらえないんじゃ。今まで耳にした何よりわけ、わからん！」

「そうだな、もうその辺にして良いだろう」とグリュフォン。アリスもやめられて、本当にほっとしました。

「エビのカドリールの別の型やるか？」とグリュフォンが続けて言いました。「それともニセウミガメに別の歌を歌ってもらいたいかい？」

「あっ歌がいい、ニセウミガメさんさえかまわないなら」とアリス。あんまり勢いこんだ答だったものですから、グリュフォンもさすがに声をあらげて、「へえっだ！　たで食うなんとやらだなあ！　おい、『ウミガメ・スープ』を歌ってやったらどうだい？」

　ニセウミガメは大きなため息をつくと、すすり泣きでとぎれとぎれの声で、こう歌いだしました[10]――

おいしいスープ、こくのあるみどり色が
待っているのはあっつい壺のなかだ。
こんなごちそう、のぞきこまぬだれがいる、
ゆうべのスープ、おいしいスープ！

しんでいる。ルイス・キャロル協会のニューズレター、『バンダースナッチ』には時々その報告が出てくる。次などが代替案。「うろついたと」「あごなでたと」「ひと声ほえたと」「鏝《こて》とったと」「鳥にキスしたと」「渋い顔したと」、そして「僧服を着たと」。

10　一八六二年八月一日の日記にキャロルは彼のためにリドゥル姉妹が人気高い歌、「ゆうべの星」を歌ってくれたと書いている。ジェイムズ・M・セイルズの作詞作曲で、こうだ。

きれいなお星、お空に光る、
ゆっくり銀の光を投げている、
遠くの地から動くにつれて
ゆうべの星、きれいなお星が出て。
　コーラス
きれいなお星、
きれいなお星、
ゆうべの星、きれいなお星。

おいっーーしいスーープ！
おいっーーーしいスーーープ！
スープはゆーゆーゆうべにね、
おいしい、おいしいスープ！

おいしいスープだ、どうでもいいや魚なんか、
ゲームなんか、他の料理あれこれなんか。
たったの二ペンスのおいしいスープのためだ、
だれがいる、あとの何だって捨てないような。
たったの一ペンスのおいしいスープ、
おいっーーーしいスーーープ！
おいっーーーしいスーーープ！
スープはゆーゆーゆうべにね、
おいしい、おいっーーー**しいスープ**！

「もう一回コーラス！」とグリュフォンが叫び、ニセウミガメがそうしようとした時、「裁判が始まる！」という声が遠くから聞こえてきました。

夢のなか、おまえの言うよう、
ついておいで、大地はなれよう。
おまえの心のつばさで上へ
空のあなたの愛のくにへ。

輝けよ、いつくしき愛の星、
われらの愛のたましい、
遠くへ行くおまえと一緒に。
たそがれの星、きれいなお星。

キャロルの歌の二番はe《マ》・e《マ》・カミングズ流の分節法、句読法――「二ペンス（two pennyworth）」を「二ペ／ンス（two p/ennyworth）」と区切るような――字面《じずら》もろとも、原話手稿にはない。「おいっーーーしい」「ゆーゆーゆうべ」「スーーープ」などは元の歌の歌われ方を思わせる。ケアリー・グラントは一九三三年のあまり出来の良くなかったパラマウント映画の『アリス』でニセウミガメを演じたが、歌の間じゅう、すすり泣きを続けた。

何人もの読者に教えてもらったわけ

「いざっ！」と大声をあげると、グリュフォンはアリスの手をつかみ、歌の終わるのを待たずにかけだしていました。

「なんの裁判なんでしょう？」急に走り出したので息切れしているアリスが聞きます。グリュフォンはただ「いざっ！」と答えるばかりで、もっと足をはやめました。二人を追ってくる風にのって、しだいに弱くなるこんな悲しげな言葉が伝わってきたのでした。

スープはゆーゆーゆうべにね、
おいしい、おいしいスープ！

だが、ウミガメはよく大量の涙を流すように見える。とりわけ夜間、産卵のため海岸に上がって来るメスがそうである。読者の一人、ヘンリー・スミスの説明では、爬虫類の腎臓は水から塩をとり除くようにはつくられていない。ウミガメはそれぞれの目の外縁部の管を通して塩水を濾過《ろか》する特別な腺をそなえている。水中では分泌作業が機能するが、カメが陸上にある時、この分泌作業は目から涙を流しているかのように見える。動物学に強い関心を持つキャロルがこの現象を知らなかったとは考えにくいのではないだろうか。

チャールズ・フォルカード画、1929.

第 11 章　だれがパイを盗んだか

ハートのキングとクィーンは到着した時、玉座に坐られて、そのまわりは大変な混雑ぶりでありました——ありとあらゆる種類の鳥や獣、そしてトランプ・カードのひとそろいで、その前には鎖にいましめられ両側に警護の兵がついてハートのジャックが立っていました。キングの近くに白うさぎが、片手にトランペット、もう一方の手に羊皮紙の巻物を持って控えていました。法廷の中心のところにはテーブルがあって、その上にはパイがやま盛りの大皿がのっています。とにかくおいしそうなので、アリスも見ているだけでお腹が鳴りました——「裁判なんか早く終わって」とアリスは思います、「あのおいしそうなの配ってくれないかなあ!」と。そんなことになりそうになかったので、アリスはまわりのなんにでも目をやって暇をつぶそうとし始めました。

アリスは裁判所に行ったことはありませんでしたが、[1]いろいろな本で裁判のことは読み知っていましたから、そこにあるものの名はほとんど全部わかるのでとても嬉しかったのです。「あれ判事ね」とひとりごとを言います。「だって、かつら大きい」

ところで判事はキングで、そのかつらの上に王冠がのっているものですから(どういうぐあいかわかりたければ絵を御覧ください)、なんかやりにく

1 キャロルが裁判の制度に関心を持ち、『スナーク狩り』第六障、「弁護士の夢」のような物語展開にその関心を活かしたということはエドワード・ウェイクリングが指摘してくれた。キャロルが裁判や巡回裁判によく顔を出していたことは日記を見てもよくわかる。次も参照。Ganville L. Williams, "A Lawyer's Alice," *The Cambridge Law Journal* (England), Vol. 9, No.2 (1946), pp.171-84.

ハリー・ファーニス画、1908.

そうに見えますし、第一、似合っているとも言いにくい有様でした。

「それから、あれ陪審席ね」とアリスは思いました。「それでこの十二匹の生きものが」（たしかに「生きもの」としか言いようがない、動物もいれば、鳥がまじってもいたからです）「思うに陪審員なわけね」。バイシンインと二度、三度と口に出してみてアリスは誇らしい感じになりました。だって同い年の女の子でこの言葉の意味がわかる子なんてほとんどいないだろうと思ったからです。たしかにそれはそうにちがいないでしょう。もっとも「サイバンイン」でも同じことだったんでしょうけどね。

十二匹の陪審員は何やら忙しそうにスレートの上に書きつけていました。「あれ何してるの？」アリスは小声でグリュフォンに尋ねます。「まだ裁判始まってないのに、何書く必要あるのかしらね」

「自分の名前とかじゃないか」グリュフォンも小声で答えました。「書いてでもいないと、裁判が終わる頃、皆自分の名前、忘れてしまってると思ってるんだ」

「よっぽどのばかね！」アリスは腹を立てて大声をあげそうになりましたが、すぐにやめます。白うさぎが「法廷内静粛に！」と叫んだからです。キングも眼鏡をかけて、だれがしゃべっているかと、さぐるようにあたりを見

2 ウィリアムとセシルのベアリング゠グールド夫妻が編著『詳注マザー・グース』（クラークソン・ポッター、一九六二、一四九ページ）で指摘しているように、白うさぎが読みあげているのは最初『ヨーロピアン・マガジン』誌（一七八二年四月号）に掲載されたある四聯《れん》詩の出だしの何行かのみであ

回します。

アリスは肩越しによく見えるというふうに、陪審員たちがスレートの上に「よっぽどのばかね！」と書くところを見ましたが、うちの一匹が「ばか」と書けずに、隣の者に聞いているのさえわかります。「裁判終わる頃にはスレートの上、しっちゃかめっちゃかね！」とアリスは思いました。

陪審員の一人がキーキーいやな音を立てる鉛筆を持っていました。アリスはがまんできず、法廷内をぐるっと回ってその者のうしろに行ってみますと、すぐ鉛筆をとりあげるのに良い機会がやってきました。アリスはあっというまにそうしましたから、かわいそうな陪審員は（とかげのビルだったのですが）、鉛筆に何が起きたのか全然わかりません。そこいらじゅうさがしていましたが、結局一日の残りの間はずっと一本の指で書くしかありません。で、これってなんの役にも立たないよね、だってスレートの上になんのしるしも残さないわけだから。

「布告官、訴状を読みあげよ！」とキング。

言われて白うさぎがトランペットを三度吹き、羊皮紙の巻物をほどくと、こう読みあげました[2]――


る。第一聯は「マザー・グース」童謡集に入り、現在有名なのは、ベアリング＝グールド夫妻も言うように、キャロルに利用されたせいであろう。四聯全体を紹介しておく。

ハートのクィーンが
パイを焼いたは
夏のとある日。
ハートのジャックが
パイを盗んでは
持ち去った遠くに。
ハートのキングが
パイを戻せと言った、
ジャックをなぐりまくり。
ハートのジャックは
そのパイ戻した、
もう盗まない、その先。

スペードのキングが
女たちにキスした。
がクィーンは心にきず。
スペードのクィーンは

ハートのクィーン、パイを焼いたは
　夏のとある日のこと、
ハートのジャック、パイを盗んでは
　遠く持ち去ったること！

「答申はいかなるか」キングが陪審に言いました。

「まだです、まだです！」白うさぎがあわてて口をはさみます。「その前にいろいろとやらなければなりませぬ！」

「第一証人を呼べ」とキング。そこで白うさぎはラッパを三度吹くと呼ばわります。「第一の証人！」

第一証人は帽子屋でした。片手にティーカップ、もう一方の手にバター一つ

女ら叩きに叩いた、
　そして外に追放。
スペードのジャック、
　尻軽どもに同情、
女たちに代わって言い訳だ。
　クィーン心やさしくて
おおいに悔いに悔いて
　もう叩くことをやめた。

クラブのキング
　なぐる相手はいっつも
かわいい奥方のクィーンひとり。
　クラブのクィーンが
やり返す相手は冷たい旦那、
　大ごとだよ、あとはもめまくり。
クラブのジャック出て
　ウィンクして、さすって、
クィーンのお味方との誓い。
　我らの王たちが
かくなる所業すれば
　いずれの日にか痛い目に。
ダイアモンドのキング、

きパンを持って入廷してきました。「こういうものを持っての出廷」と切りだします、「陛下にあらせられましてはどうか御寛恕《ごかんじょ》のほどを。呼び出された時、わたくしめ、ティーをまだ終えておりませんでしたもので」

「終えておくべきだったのう」とキング。「始めたのはいつか？」

帽子屋は三月うさぎを見ました。三月うさぎは帽子屋について入廷してきていました。ヤマネと一緒にやってきていたのです。帽子屋が「三月の十四日のこと、かと」と言いました。

「十五日だよ」と三月うさぎ。

「十六日」とヤマネ。

「書き記せ」キングが陪審員に言いましたので、陪審員たちは熱心に三つの日付をスレートに書き記した上で三つを足し、答を何シリング、何ペンスと記しました。

「そちの帽子をとれ」帽子屋にキングが言いました。「私の帽子ではありません」と帽子屋。

「盗ったのだ！」キングが陪審員に向かって大声で言いましたので、陪審員たちはすぐにこの事実を書きつけました。

「売るために持っているのでして」帽子屋が説明を加えます。「私のものと

私はよろこんで歌う。
きれいなクィーンにも。
それにしてもジャック、
思い上がった奴隷野郎、
必ずあいだに入るのも。
善きダイアモンドのキング
麻のひもついに使う
それで思い上がったジャック滅《めっ》そう。
あなたのクィーン
心の底から安心、
王との褥《しとね》たのしめよう。

笛吹く白うさぎを描いたテニエルの元のドローイングはいくつもの点で、本になった時の絵柄とちがっている。

テニエルの元のドローイング

いうわけでは。私、帽子屋なんです」

　ここでクィーンが眼鏡をかけて帽子屋をじいっと見つめ始めたものですから、帽子屋は血の気失《う》せ、そわそわしだします。

「証言をいたせ」とキング。「左様にもじもじするのやめよ。ただちに処刑するぞ」

　こう言われては元気の出る目撃者がいるはずありません。帽子屋はたえず体を左右にゆすり、不安げにクィーンを見ていましたが、泡を食うついでに、バターつきパンではなくティーカップを大きく一《ひと》片《かけ》かじりとってしまっていました。[3]

　この時のこと、アリスはとても変な気分になってきて妙だなと思っていたのが、なぜかわかりました。また大きくなり始めていたのです。まず思った

3　帽子屋の蝶ネクタイ（bow tie）だが、この場面のテニエルの絵（上図）を見ると、ニューエルの挿絵［訳注：本書には未収録］と同じで、帽子屋から見て右側が尖っている。先の二点（本書一八七ページ、一九五ページ）のテニエルの絵では帽子屋の左側に尖りがくる。マイケル・ハンチャーの『アリスとテニエル』はこれを、テニエル画技のいくつかある一貫性のなさの一例として論じている。

のは立ちあがって法廷を出ていくことでしたが、考え直して隙間がある限り、もう少しいることにしました。

「そんなにぎゅうぎゅう押すなって」と、すぐ隣に坐っているヤマネが言います。「息もできないじゃないか」

「仕方ないわよ」と、申しわけなさそうにアリス。「成長するってこういうことよ」

「ここで成長する権利ない」とヤマネ。

「ばか言わないで」と、今度は強気のアリス。「あんただって今、成長してるの、知らないの」

「そりゃそうだけど、ちゃんとしたペースだ」とヤマネ。「そんなとんでもないスピードじゃない」。そうして不機嫌そうに立ちあがると、法廷の向こう側に行ってしまいました。

　この間じゅうクィーンは帽子屋をじっと見つめたままでしたが、ヤマネが法廷を横切っていった刹那《せつな》に廷吏《ていり》の一人に向かって、「この前の音楽会で歌った者の名のリストを持ってきやれ！」と言いました。これを耳にした帽子屋にいかにふるえがきたかと言うと、そのあまり靴が両足とも脱げてしまったほどでした。[4]

4　クィーンは第七章で話題になった、帽子屋が「こうもりさん、ちゃらり！」と歌って「間《マ》を殺した」やりとりのことを思い出そうとしている。

「証言をいたせ」キングが怒ってもう一度繰り返し言いました。「さもなくば、気おくれしてようがしてなかろうが、処刑するぞ」

「わたしめ、貧しい者でございます、陛下」と、ふるえ声で帽子屋は言いました。「そしてわたしめの茶も始まってなかった――一週間やそこらより前のことではございませんが――それからバターつきパンもひどくうすいものですし――それにちゃらちゃらちゃらした茶の[5]――」

「何がちゃらちゃら、だと？」とキング。

「それは茶で始まったのです」と帽子屋は答えました。

「ちゃらちゃらはいつだって『ちゃ』で始まる。知れたことよ！」と、キングがきつい口調で言いました。「朕《ちん》を甘くみるでない。話を続けよ！」

「わたくしめ、貧しい者にございます」帽子屋は続けます。「そのあとは何もかもがちゃらちゃらいたしまして――ただこの三月うさぎが申しますには――」

「言うてないぞ！」三月うさぎが大あわてにあわてて言いました。

「言ったよ！」と帽子屋。

「否定します！」と三月うさぎ。

「この者、否定しておる」とキング。「この部分、抹消《まっしょう》するように」

5　帽子屋が話の腰をおられる、というか茶々を入れられなかったら、茶の「盆」と言ったはずである。無茶な苦茶会で歌った、空とびながら茶盆のようにちゃらけて光っていたこうもりの歌のことを思い出しているのである。

「そうだ、ともかくもヤマネが申しますには――」帽子屋は言いながら、ヤマネも否定するのではないかと不安げにあたりを見回しました。ヤマネは何も否定しません。そりゃそうだ、ぐっすりこん、白河夜舟《しらかわよふね》でしたからね。

「それからあと」と、帽子屋は言いました。「バターつきパンをもう少し――」

「ヤマネは何と言ったんです?」陪審員の一人が尋ねます。

「思い出せません」と帽子屋。

「思い出さねばならぬ」とキング。「でないと処刑ぞ」

あわれな帽子屋、ティーカップもバターつきパンもとり落とし、片膝をつきまして、「わたしめ、貧しい者にございます、陛下」と言いました。

「まず語彙が貧しい」とキング。

これにはモルモットの一匹が大はしゃぎになり、たちまち廷吏たちに制圧されてしまいました（結構むつかしい言葉だから、どんなふうなものかだけは説明しておきましょう。カンバス地の大きな袋があって口を紐《ひも》で結《ゆわ》えるようになっているのですが、これにモルモットを頭から放りこみ、それからこの袋の上に坐るのです）。

「セイアツがこの目で見られたの嬉しい」とアリスは思いました。「いっつも新聞では見かけてたけど、裁判の終わりに『拍手喝采《かっさい》しようとすると、た

だちに廷吏によって制圧された』とかいって。でも
どういうものか今わかった」
「知っていること、それだけなら」とキング、「さ
がって良い」
「さがるって、これ以上は」と帽子屋。「すでに床
におりますので」
「腰をおろしてよい」キングが答えます。
別のモルモットがきいきいいって、これまた制圧されました。
「さあ、これでモルモットはいない！」とアリスは思いました。「ちょっと
はまじめにやれるわ」
「茶を終わりたいので」と帽子屋。その目は心配そうにクィーンを見つめて
いるのですが、そのクィーンと言えば歌を歌った者のリストにずっと目を通
しています。
「出ていって良いぞ」とキングが言います。帽子屋はころがるように法廷か
ら出ていったのですが、靴さえ履《は》いておりませんでした。
「それでじゃが、表へ出たら首をはねよ」とクィーンが役人の一人に言い足
します。しかし役人が戸口についた時には帽子屋の姿はもうどこにもありま

せんでした。

「次の証人を呼べ！」キングが言いました。

次の証人は公爵夫人の料理番でした。料理番は手に胡椒《こしょう》壺を持っていました。料理番の姿が法廷に現れないうちから戸口近くのだれもが一斉《いっせい》にくしゃみするものだから、アリスには証人がだれか、すぐわかりました。

「証言をいたせ」とキング。

「やなこった」とは料理番です。

キングは困った顔を白うさぎに向けましたので、白うさぎは低い声で「陛下がこの証人を反対尋問されなければならないのです」と言いました。

「そうか、ならぬとなれば、ならぬのじゃ」とキングは鬱陶《うっとう》しそうに言いました。そして腕を組み、目がほとんどあるのかどうかわからなくなるくらいにまで、料理番に眉をしかめてみせてから、深い声で「パイは何でできるのか」と言いました。

「ほとんど胡椒ですがね」と料理番。

「糖蜜だよ」料理番のうしろから眠そうな声が言いました。

「ヤマネを逮捕っ！」とクィーンが絶叫します。「ヤマネを斬首っ！　ヤマネを外に放りだせ！　制圧じゃ！　つねりあげろ！　ひげをむしり殺せっ！」

ベッシー・ピーズ画、1907.

しばらく法廷はヤマネを追いだすのに混乱します。皆がもう一度席につく頃には料理番の姿はもうどこにもありませんでした。

「これで良い！」とてもほっとしたというように、キングが言いました。そしてクィーンに向かい声を低めて、「本当に、奥や、次の証人はそちがやってくれねばならぬ。わしゃ頭痛がきそうじゃから！」

アリスは白うさぎがリストをいじくり回すのを見ながら、次の証人が何をどうするのか興味しんしんでした。「――だってまだろくな証言ないんだもの」とひとりごとを言います。だから、白うさぎがちいさな金切り声でめいっぱい読みあげるのを聞いて、いや驚いたのなんの。呼びあげられたその名はなんと、

「ア、リ、ス！」

第12章　証人アリス

「はあいっ」と大声で言ってしまったアリス、あわただしい時間だったもので、この二、三分の間に自分がどんなに大きくなっていたかすっかり忘れていたのです。あわててとびあがったものですからスカートのへりに陪審員席を引っかけてひっくり返してしまい、陪審員全部を下の群集の上にぶちまけることになりました。そこで皆はいずり回ったのですが、先週しくじって丸い金魚鉢をひっくり返した時にそっくりとアリスは思いました。[1]

「ほんとにごめんなさい」と、当惑しきった声でアリスが叫びました。そしてできるだけ手早く皆を拾いあげだしたのですが、金魚鉢をひっくり返した時のことがずっと頭にあったのかもしれません。すぐに集めて陪審席に戻さないと、皆死んでしまうという考えがなんとなくあったのでしょう。

「審理が進行できるのは」と、とても重々しくキングは言いました。「陪審の者たちが全員元の場所に戻ってからじゃ——全員じゃぞ」。大いに強調して繰り返しましたが、言いながらアリスから目をはなしませんでした。

アリスは陪審席を見て、急いでいたせいでとかげを頭からつっこんでしまっていたことに気づきましたが、あわれなちいさな生きものは遣《や》る瀬《せ》なさそうにしっぽをぱたんぱたんと振るばかり、動きがとれないのです。アリスはとかげをひっぱりだすと、ちゃんと坐らせてあげましたが、「だけど、どっ

1　『子供部屋のアリス』の中でキャロルは、この陪審員の十二匹が、ここのテニエルの挿絵に全部描かれていると言っている。リストに名の挙がっているのはカエル、ヤマネ、ネズミ、イタチ、ハリネズミ、とかげ、ちゃぼ、モグラ、アヒル、リス、コウノトリっ子、ネズミっ子。最後のふたつについてキャロルは書いている。「テニエル氏は、叫んでいる鳥はコウノトリっ子（Storkling）だ（コウノトリ知ってたらわかるよね）、ちいさな白い頭はネズミっ子（Mousling）だと言っている。人っこ（Darling）は一人もいない」、と。

ちだっていいのよ」とひとりごとを言いました。「頭が上だろうと下だろうと裁判の役に立たなさそうなの、同じと思う」

陪審員たちがひっくり返されたショックから少し立ち直り、スレートや鉛筆が手もとに戻ってくると、この騒ぎのてんまつをとても熱心に書き記したのですが、とかげだけはだめらしく、動顚《どうてん》して何もできず、口をぽかんとあけたまま、法廷の天井をじいっと見つめるばかりでした。

「このことについて何か知っておるか？」とキングはアリスに尋ねました。

「いえ、何も」とアリス。

「全然何もか？」と、キングは念を押します。

「全然何も」とアリス。

「これは非常に重要である」キングは言いながら陪審席に目をやりました。陪審員たちがこれをスレートに書き記そうとすると白うさぎが割って入ります。「陛下は重要でないと仰せになりたいのだ、むろん」と、とても重々しく言いましたが、言いながらキングに渋面《じゅうめん》をつくっています。

「重要でないと思う、むろん」キングはあわてて言い、声を落としてひとりごとのように「重要である――重要でない――重要でない――重要である――」と、まるでどちらが響きがよいかためしているというふうです。

何匹かの陪審員は「重要である」と記しましたが、「重要でない」と書いた者もいました。その様子は陪審員の肩越しにスレートが眺められたアリスには丸見えです。「どっちでもいいわけよ」とアリスは思いました。

この時、ちょっと何かを帳面に書いていたキングが「謹聴《きんちょう》！」と叫びました。そして帳面を読みあげて「第四十二条。[2] 身長一マイルヲ越ユル者ハ全テ法廷ヲ去ルベシ」と言いました。

だれもが一斉にアリスを見ました。

「絶対私、一マイルなんて高くない」とアリス。

「高い」とキング。

「二マイルはあるぞ」とクィーン。

2　四十二という数はキャロルにとっては特に意味深い数である。『不思議の国のアリス』掲載の挿絵の数が四十二。重要な海事法規則四十二条は『スナーク狩り』序文にキャロルが引いているし、登場人物の一人のベイカーは注意深く梱包した四十二個の荷物とともに乗船している。キャロルは詩「ファンタスマゴリア」の第一歌の第十六聯《れん》で自分の年齢を四十二と言っている（その時、キャロルの実年齢は五年若い）。『鏡の国のアリス』で白のキングがハンプティ・ダンプティを助けようとして派遣する人馬の数は四千二百七で、さらに七は四十二の約数。『鏡の国のアリス』のアリスの年齢は七歳と六ヶ月で、当然7×6で四十二。（フィリップ・ベナムが指摘しているが）偶然とも見えるが『アリス』物語は各十二章だからトータル二十四章。これは桁を逆に入れ換えると、四十二！

　キャロルの生涯、聖書、シャーロッ

ク・ホームズ連作の正典《カノン》その他における四十二の数秘術（numerology）がもっと知りたければ、英国のルイス・キャロル協会発行のニューズレター、『バンダースナッチ』の第四十二号を見るとよい（この号は一九四二プラス四十二年の一月発行）。あとはEdward Wakeling, "What I Tell You Forty-two Times Is True!" *Jabberwocky* (Autumn 1977) および同氏の "Further Findings About the Number Forty-two," *Jabberwocky* [Winter/Spring 1988]）。『スナーク狩り』関係なら私の『詳注スナーク狩り』の注32（ウィリアム・カウフマン社、一九八一）。ダグラス・アダムズの人気SF小説、『銀河ヒッチハイク・ガイド』で四十二は「万有に関する究極問題」の解であるとされている。別の四十二については本書第一章注5も見られよ。アダムズ自身はコンピュータ、「ディープ・ソート」が「究極問題」を解く場面でキャロルのことは念頭になかったと言っている。ジョーク以上のものではなかった。適当な数がぽんと頭に浮かんだと（『ナイト・レター』第七十五号〔二〇〇五年夏号〕参照）。

　四十二についてさらに考えたければ『ジャバウォッキー』の次の号など。チャールズ・ラルフス、アラン・ホランド、アラン・フッカー、エドワード・ウェイクリング（以上一九八九年冬／春号）、エリス・ヒルマン、ブライアン・パトリッジ、ジョージ・スペンス（こちらは一九九三年春号）。Jo Elwyn Jones & J. Francis Gladstone, *The Alice Companion* (New York University Press 1998), pp. 93-4も。

　日本人読者でキャロル数秘術に詳しい木場田由利子からは、自ら発見した次のようなことを指摘する手紙をもらっている。ドジソン（DODGSON）の各文字をアルファベット順に対応する数に置き換えると（A＝1、B＝2……の要領）、この十一個の数字は四十二という数になる、等々〔訳注：たとえばDを対応する数字に置き換えると4。Oは15となるが、各桁の数字を独立して扱えば O=1+5=6 となる。従ってDODGSONは、4+1+5+4+7+1+9+1+5+1+4=42。『ユリイカ』誌増ページ臨時増刊号『百五十年目の「不思議の国のアリス」』青土社（二〇一五年三月号）に木場田氏のユニークなエッセーが掲載されている〕。

　アラン・タネンボームとしゃべっていて、四十二が「バイナリー回文」になっていることを教えられた（即ち0101010だ）。

　二〇〇九年からこっち、メジャー・リーグでは四月十五日のジャッキー・ロビンソン記念日を祝うのに関係職員全員（選手、マネージャー、コーチ、アンパイア）が非常にキャロル的／パラドキシカルな工夫をすることになっている。全員が同じ背番号をユニフォームにつけて、特定の番号に力があるということがないようにしているのである。言うまでもないが、その背番号は四十二だ。

「ふん。いずれにしろ、出てはいかない」とアリス。「それに決まった規則じゃない、今あなたがつくったのとちがうの？」

「この中では一番古い規則だ」とキング。

「じゃなぜ第一条じゃないのよ」とアリス。

キングは顔色が悪くなって帳面をあわてて閉じました。「答申を出せ」と、低いふるえ声で陪審員たちに言います。

「その前にまだ証言があります、陛下」と、あわてて白うさぎが言いながら、とび上がりました。「この紙が今しも見つかりましたので」

「なんて書いてあるのじゃ？」とクィーン。

「わたくしもまだあけておりません」と白うさぎ。「手紙のようです。捕らわれ人が書いた――きっとだれかに」

「だれにも出されてないのである限り*」とキング、「そりゃそのようだ。だれにも宛てなんて、普通ないじゃろうし」

「だれ宛てのものなんです？」と陪審員の一人が言いました。

「宛先はありません」と白うさぎ。「本当に外には何も書かれておりません」言いながら折りたたまれた紙をあけますと、「手紙ではありません。あるのは詩ばかりで」とつけ加えました。

ミリセント・サワビー画、1907.

「捕らわれ人の筆跡ですか?」と、別の陪審員が尋ねます。
「いや、ちがいます」と白うさぎ。「それが一番妙なところです」（陪審員全員が当惑顔をしました）
「だれか他人の筆跡を真似たのに相違ない」とキング（陪審員全員の顔がぱっと明るくなったようでした）
「陛下に申しあげます」とジャック。「私は書いておりません。私が書いたとだれにも証明できてもいません。最後に署名だってないじゃないですか」[3]
「そちが署名していないとなると」とキング。「なおさら不利になるぞ。きっと何かたくらんでおったのだな。でなければ素直に名前を書けてたのとちがうか」
　これにはそこいらに拍手がわきました。この日、キングの最初の冴《さ》えた言葉だったからです。
「これで有罪と証明された、もちろん」とクィーン。「早速、首を――」
「そんなこと証明されてなんかいません！」とアリス。「何が書いてあるか知りもしないくせに！」
「読みあげよ」とキングが命じます。
　白うさぎは眼鏡をかけました。「どこから始めましょうか、陛下?」と聞

＊［訳注：原文は "unless it was written to nobody"］

3　もしジャックが書いてないのだとすると、署名がないことをなぜ知っているのかと反問しているのはセルウィン・グッデイカーである。

きます。

「初めから始める」と、キングがおごそかに言いました。「そうやって終わりが来たら終わるのじゃ」

法廷内寂《せき》として声なし、その中を白うさぎがくだんの詩を読む声が響きわたります[4]――

　彼ら私に言うには彼女の所に行ったきみが
　　私のことを彼に言った、と。
　彼女は私はいい奴だと言ってくれたが、
　　ついでに私が泳げない奴だとも。

　彼は彼らに私が行ってないと言った
　（我々はそれがその通りだと知っている）
　彼女がことを進めようとするなら
　　きみははたしてどうなる？

　私は彼女にひとつ、彼らは彼にふたつやった。

4　白うさぎが読みあげる証拠の詩は、代名詞が錯綜する間に意味がほとんどなくなる六聯《れん》の韻文でできている。これは最初、ロンドンの『コミック・タイムズ』紙に載ったキャロルの「彼女は私の空想が彼に描いたものだ」という八聯からなるノンセンス詩から、かなりいろいろ改訂を加えられてとられたもの。元歌の最初の一行は当時人気のウィリアム・ミーの感傷的な歌、「アリス・グレイ」の最初の一行の拝借。詩のあとの部分は韻律を除けば歌とはどこも似ていない。
　キャロルの前のヴァージョンはキャロルによる注記もあって、こんなふうに続く。

　彼女は私の空想が描いた彼だ
　（つまらん自慢などしてはいない）
　もし彼かきみが足なくしていたら
　いかばかりひどく痛んだろうに。

　彼言うにはきみが彼の所に行って、

前にここで私を見た、と。
しかし、性格は変わっていたとして
彼女は同じ彼女、やっぱり昔の。

我らに話しかける者なし人っ子一人、
街にあれほど人が集まっていても。
それで彼女は悲しくバスに乗り、
足で歩いた、ぱたぱたと。

彼らは彼に私が行ってないと言った
（我々はそれがその通りだと知っ
　ている）
彼女がことを進めようとするなら
きみははたしてどうなる？

彼らは彼女にひとつ、私にふたつ
　くれた。
彼らは三つとかそれ以上、我々に
　くれた。
それらみな、彼の所からきみの所
　へ戻った。
もっともそれら前は私のものだった。

もし私か彼女がひょっとして
巻きこまれてしまったなら、この
　件に。
彼は彼女に頼む、彼らを自由にし
　てやれ、
かつて我々がそうであったように。

私にはそう見えるが、きみは過去
（彼女が人に当たる前のこと）
障害だったはず、彼と
我々自身と、それの間の。

彼女が彼らを好きだと彼に知らすな、
なぜならこれこそずっと
秘密、あとの連中みなに隠された、
きみ自身と私との間の。

　キャロルがこの詩を物語の中に取りこんだのは、背後に秘められた歌がアリスという名を持つ少女への一人の男の報われぬ愛をテーマにした歌だったからなのだろうか。ジョン・M・ショーのブックレット（本書第六章注5に言及）から、この歌の冒頭部分を引いておく。

彼女は私の空想が描いた彼女、
彼女は美《は》しくも、け聖《ぎよ》い。
しかし彼女の心は他人《ひと》のもの、
私のものでなどあり得ない。

が、私がだれよりも愛した彼女。
朽ちることなき愛で。
ああ、破れていく心、私の心。
アリス・グレイへの愛のため。

きみは三つとかそれ以上、我々にくれた。
それらみな、彼の所からきみの所へ戻った。
もっともそれら前は私のものだった。

もし私か彼女かがひょっとして
　巻きこまれてしまったなら、この件に。
彼は彼女に頼む、彼らを自由にしてやれ、
　かつて我々がそうであったように。

むかしきみは、私の考えだと
（彼女が人に当たる前のこと）
障害だったはず、彼と
　我々自身と、それの間の。

彼女が彼らを好きだと彼に知らすな、
　なぜならこれこそずっと、
秘密、あとの連中みなに隠された、

きみ自身と私との間の。

「今までの中では一番重要な証拠だな」と、もみ手をしながらキング。「では陪審員諸君には――」

「そのうちのだれかにこれが説明できるっていうんなら」とアリスが言います（この二、三分でまたぐんと大きくなっていたので、キングの言葉に割って入ったってちっともこわくなかったのです）、「六ペンスあげてもいいわ。[5] なんか意味があるとは私にはとても思えない」

陪審員たちは皆、スレートに「彼女にはなんか意味があるとはとても思えない」と記しはしましたが、問題の紙のことを説明しようとする者は一匹もいませんでした。

「意味がないとすれば」とキング、「大いに省力で良いではないか。であろう？ 意味見つけないですむのじゃからな。しかしわからんな」と、膝の上に詩を広げ、片目で

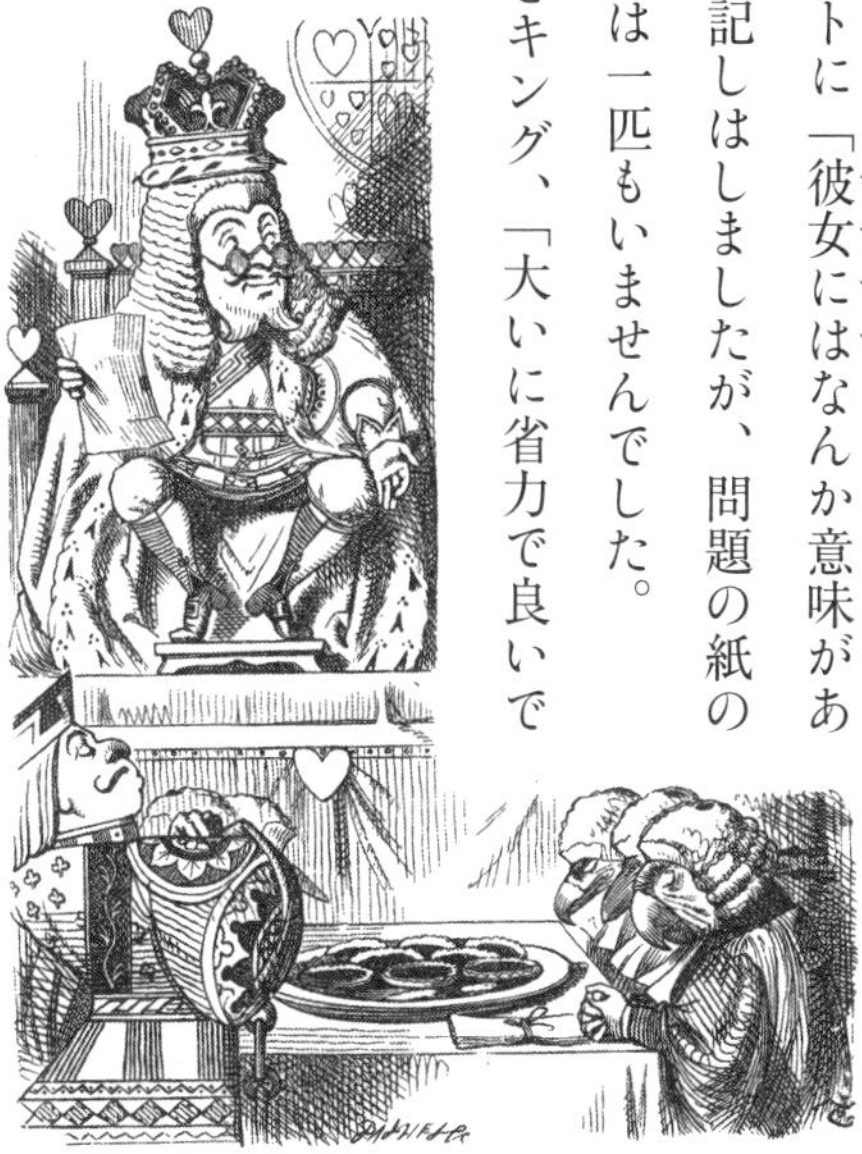

5 「アリスにどんどん自信がよみがえっていることの証《あかし》でもある台詞」とセルウィン・グッデイカーは見ている（『ジャバウォッキー』一九八二年春号）。「彼女のポケットの中にびた一文ないことを我々は知っているからだ――アリスはドードー鳥にポケットには指貫きしかないと言っていた」

上図では、扉絵でもそうだが、ジャックはハートのジャックではなくクラブのジャックである。どういうことなのか？ ジャックのチュニックにあしらわれたちいさな紋章がクラブに見えるが、どんな現代のトランプ・カードのハートのジャックを見ても、これと同じ紋章がついている。クラブではなく三つ葉のクローヴァー――アイルランド産のシャムロック（Shamrock、マメ科本草）――なのである。これはアイルランドのキリスト教徒からは聖三位一体の象徴と汎《ひろ》く信じられている。

眺めながら言ったものです。「わしには何やら意味ありげに思えるのじゃが。『――私が泳げない奴だとも――』とあるな。そち、泳げまい、どうじゃ？」とジャックの方を向いて尋ねます。

　ジャックは悲しそうに首を横にふりました。「私が泳ぎ好きに見えますか？」と言います（好きなはず、ないでしょうね、ボール紙でできているんですから）。

「ここまでは良い」とキングは言って、詩のあちこちをもごもご口に出し続けでした。「『我々はそれがその通りだと知っている』――むろん、陪審員のことだろう――『彼女がことを進めようとするなら』――奥のことにちがいない――『きみははたしてどうなる？』――どうなるって、知れたことよ！――『私は彼女にひとつ、彼らは彼にふたつやった』――パイのことに相違ない、のでないか――」

「でもね、『それらみな、彼の所からきみの所へ戻った』とあるわ」とアリス。

「ほうれ、それがまさにそれ」と、テーブルの上のパイを指さして勝ち誇ったように、キングが言いました。「これ以上、はっきりしていることはない。その先だが――『彼女が人に当たる前のこと』とあるが――そち、人に当たるというようなこと、なかったと思うが」とクィーンに向かって言いました。

「当たり前よ！」と言いながら、クィーンが怒って投げつけたインク壺がとかげに当たりました（かわいそうなビル、指一本でスレートに字を書こうとして何も書くことがないでいたところ、顔にインクがたれてくる間、そのインクを使って書くことができたのです）。[6]

「では、これらの言葉はそちには当たらん」[*]とキング。にっこり笑うと法廷をぐるりと見わたしました。法廷内、しーんと静かです。[7]

「これは洒落《しゃれ》ぞっ！」キングが怒って言い足しました。それで皆、どっと笑いました。「陪審は答申をいたせ」とキングが言ったのはこの日二十回目でしたか。

「だめ、だめ！」とクィーン。「まず死刑宣告――答申なんかそのあと」

「ばかもいい加減になさい！」アリスが叫びました。「まず宣告だなんて、それ何っ！」

「黙らっしゃい！」クィーンが顔を真っ赤にして言います。

「黙るわけ、ないっ！」とアリス。

「そっくび、はねよ！」クィーンがものすごい高い声で絶叫しました。動く者はありません。

「だれがあんたの言うこと聞きますか？」とアリス（この時には元の大きさ

6 だれかにインクを投げつける話は二度出てくるが、その一回目。『鏡の国のアリス』第一章で、気絶した白のキングの息を吹き返させるためにアリスがキングの顔にインクをかけようとするのがもう一回。

F・Y・コーリー画、1902.

* ［訳注：原文は"have fits/don't fit you." 名詞の方は怒りなどの発作。八つ当たり。動詞の方は「適する」「当てはまる」］

7 駄洒落《パン》への似たような鈍感さはキャロルの『スナーク狩り』の第二障にあるようにスナークの五大特徴のひとつでもある。

になっていました）、「ただのトランプのカードのくせして！」

　この言葉に全部のトランプがとびあがり、アリスにふりかかってきました[8]。アリスは半ばこわいのと半ばは怒っていたのとで、あれえと叫んでトランプを叩き落とし始めたところで、気づくと土手の上で、姉《ねえ》さまのお膝を枕に寝ていたのです。姉さまは、アリスの顔にふり落ちてくる枯葉をやさしく払いのけてくれていました。

「起きなさい、アリスちゃん！」姉さまは言われました。「ほんとにずいぶん長く眠ってたこと！」

「ねえ、ほんとに妙な夢だったの！」とアリス。そしてアリスは記憶のたしかな限り、夢で見た珍しい冒険の旅のすべてを、とはつまり今までできみが読んできてくれた話のすべてを、姉さまに話してあげたのでした。物語が終わると、姉さまはアリスにやさしくキスして、「本当に変な夢だったのね。でも早くお茶に行くのよ、遅れちゃうわ」と言いました。それでアリスは起き

三番目は駄洒落への無理解。
　きみがひとつ洒落とばしても、
奴はひどく困惑して深いため息、
　いつだって駄洒落には知らん顔。

　テニエルが、キングが微笑を浮かべてあたりを見回すところを描いたのは（本書二八七ページ）、この本の扉絵で描かれたシーンの直後のキングの姿を見せる意図からである。ジャックの反抗的な姿は変わらないが、キングの方は（セルウィン・グッデイカーが指摘する通り）王冠を取り換え、眼鏡をかけ、宝珠も笏杖《しゃくじょう》も持たない姿になっているし、三匹の廷吏は既にぐっすり眠っている。両方の絵で、テニエルがジャックの鼻に翳《シェイド》を入れていることについて。これでジャックが飲んだくれということがわかるのである。ヴィクトリア朝人は犯罪者は大酒飲みと決めているところがあり、鼻にシェイドをというのは、今日でもそうだが当時の漫画家の間では人物が飲んだくれであ

ることを示すお約束であった。テニエルは公爵夫人の鼻にも、ハートのクィーンの鼻にもシェイドを入れているが、お二人ともが飲んだくれと言いたいのである。『子供部屋のアリス』の挿絵はテニエルの手彩だが、ジャックの鼻はバラ色。扉絵でもそうだし、第八章でジャックがキングの王冠をささげ持つところを描いた絵でもそうである。

この扉絵と『人間に置き換えられたイソップ寓話他』(一八五七)の扉絵がいろいろと通じ合うところが多いとジェフリー・スターンが論じている(『ジャバウォッキー』一九七八年春号)。『パンチ』誌の挿絵仲間のアーティスト、チャールズ・ヘンリー・ベネットの挿絵である。廷吏(フクロウ)はキングの困惑顔をしているし、ライオンはクィーンそっくりのしかめつらだ(クィーンは同じ方向を見てさえいまいか)。陪審員とか、かつら被った鳥/弁護人たちの幾たりかのポーズだって共通しているし、抗弁中の犬の姿勢はもうこれはジャックのそれそのものだ。これらすべてどうと言うこともないのかもしれないが、ベネットの本が一八五七年の刊行という点は引っかかる――『不思議の国のアリス』刊の八年前なのだ。ちなみにこの絵の入れられた寓話のタイトルは「馬虐待の廉《かど》でライオンの法廷にて裁かれる人間」という。

チャールズ・ヘンリー・ベネット画、『人間に置き換えられたイソップ寓話他』扉絵、1857.

8 このシーンにテニエルのつけた絵ではカードは本当にただのトランプ・カードと化している。鼻の跡を残したものが三「枚」ほどある。ピーター・ニューエルの絵では頭や手足のついたものが何「枚」もあった〔訳注:本書には未収録〕。

『不思議の国のアリス』の多くの版本でスペードの6に隠れたカードの左端に"B. ROLLITZ"の字が刻まれている。B・ロリッツは一九三二年の限定クラブ本のために新たに彫版した人物だが、多くの出版社が元のダルジール彫板の木版画よりこちらの方をコピーした。

夢が現実にというところを強調したいというのか、テニエルは白うさぎの着物を脱がしている。これはリチャード・グィリアーノ編の*Lewis Carroll: A Celebration* 収中の寄稿文の中でリチャード・ケリーの指摘しているところである。

最初にアリスを襲ったカードがクラブのエース、つまり死刑執行人だという点も前からよく指摘されている。

チャールズ・ピアーズ画、1908.

上がると走って行きました。そして、走っているのでできる限りということでしたが、なんてふしぎな夢だったんだろうと考えていたのでありました。

ところで姉さまの方ですが、妹が走り去った時のまんまに、あごに手を当てて落ちていく日を眺め、ちいさなアリスとふしぎな冒険話のすべてに思いを馳《は》せながらじっと坐っている間にも、姉さまは姉さまなりに、こっくりこっくりと夢を見始めたのでした。こんな夢を見たのです――

まずはちいさなアリスその人が出てきました。もう一度、ちいさな手が膝の上で組まれていましたし、明るい熱心な目がじっとこちらを見あげていました――妹の声音《こわね》そのままが聞こえました、目に入ってしまいそうな乱れた髪が落ちてこないように、つんと頭をちいさくおしゃまにそらす身振りも目に見えました――そして耳を澄ましている、というか耳を澄ましているような気でいる間にも、まわり全体がちいさな妹の夢に出てきた奇妙な生きものたちでいっぱいになってくるのでした。[9]

白うさぎの全力疾走につれ足もとで丈高い草がそよぎます――そばの水たまりで、おびえたネズミがぱしゃぱしゃ泳いでいます――三月うさぎと仲間の終わりのない食事の間じゅう、お茶の道具がちゃらちゃらという音を立てます――クィーンが金切り声をあげて不幸な客に死刑を宣告するのが聞こえ

9　この夢の中の夢（dream-within-a-dream）のモティーフ（アリスの姉がアリスの夢を見る）はもっと複雑な形をとって『鏡の国のアリス』にも現れる。そちらの第四章の注11を見られたい。

ます――豚赤んぼは公爵夫人の膝の上でまたひとつくしゃみです、横では大皿小皿の割れまくる音――グリュフォンの金切り声も一度、とかげの鉛筆のきしり音も、制圧されたモルモットのあわて声もが宙を満たし、それらに混じってかわいそうなニセウミガメが遠くですするすすり泣きが耳に入ってきたのです。[10]

　そうやって姉さまは目を閉じ、自分もふしぎの国にいる気分で坐っていましたが、再び目をあけてしまえばすべてがまったりした現実に戻ってしまうこともわかっていました――草はただ吹く風にそよいでいるだけ、さざ波立つ水たまりは葦《あし》のそよぎに、ちゃらちゃらいうティーカップは草をはむ羊の首輪のベルに、そしてクィーンのかん高い声は羊番の少年の呼び声に変わってしまうのです――赤んぼのくしゃみ、グリュフォンの叫び、その他あの音この音が忙しい農家のあれこれ入り混じった音に変わってしまう他ない（このことが姉さまにはわかっていました）――遠くで草はむ牛がきっとニセウミガメの牛あたまにとって代わるのです。

　おしまいに姉さまはかわいい妹が大人《おとな》の女の人になっている未来の姿を思い浮かべました。いかに妹が年闌《た》けても少女時代の単純で素朴な心を失わないでいるか、いかにまわりにちいさな子らを集め、たくさんの奇妙な話で、

10　『不思議の国のアリス』の唯一残っている訂正済み校正ゲラが興味深い［訳注：本書には未収録だが、物語末尾のシーンにも大きな訂正が入っている］。訂正部分について詳細に論じているのは二部構成の次のエッセーである。Matt Demakos, "From Under Ground to Wonderland," *Knight Letter* 88(Spring 2012) & 89 (Winter 2012).

11　キャロルの手稿原話『地下の国のアリス』はアリス・リドゥルにプレゼントされたが、その最後のページにキャロルは、一八五九年、アリス・リドゥル七歳、物語中のアリスと同じ年齢であった時《みぎり》に撮ったアリスの顔の楕円形写真を貼った。この写真の裏にア

そしておそらくは昔夢で見たふしぎの国の話をさえして、子らの目を熱心にきらきらと輝かせているか、いかに子らの悲しみに共感し、子らの単純な楽しみを自らの喜びとしながら、自らの子供時代、あの浄福の夏の日々のことを思い出すのだろうか、と考えてみるのでありました。[11]

リス・リドゥルを描いた素描画が隠されていることをモートン・コーエンが発見するのは一九七七年。ドジソンが「リアル・アリス」を描いた唯一知られるスケッチである。

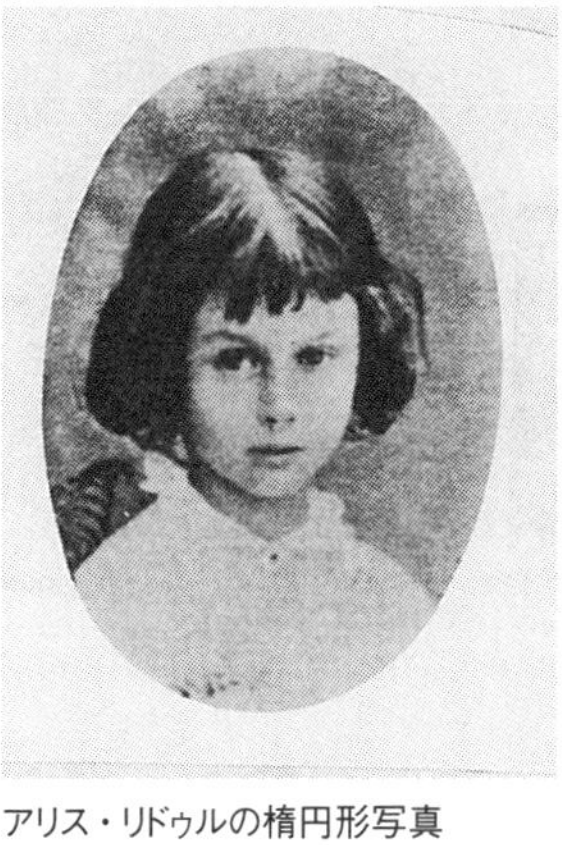
アリス・リドゥルの楕円形写真

キャロル自画、アリスの素描画

鏡の国のアリス

Through the Looking-Glass, and What Alice Found There

白のポーン（アリス）が 11 手でチェックメイトにいたる

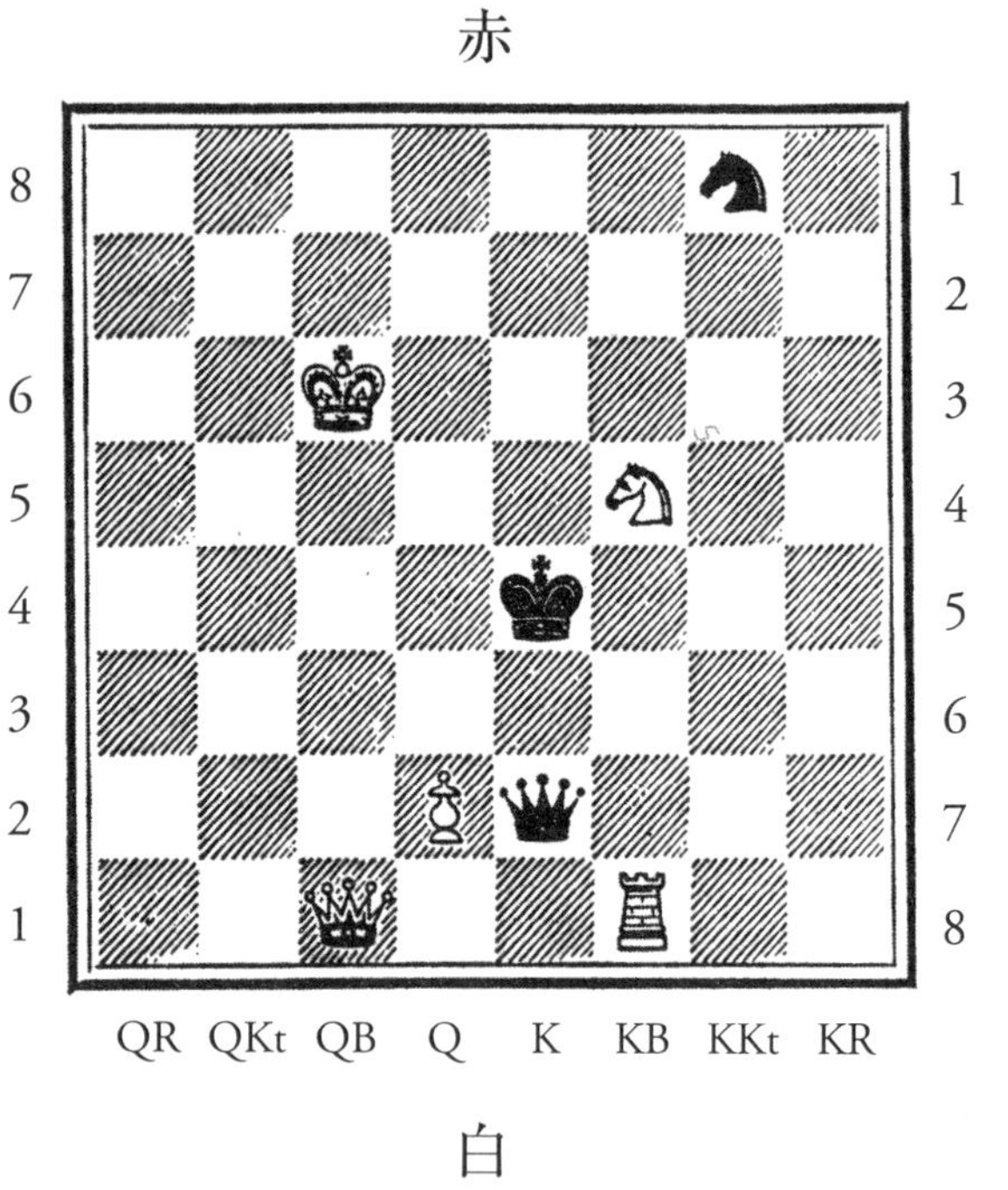

1 アリスが赤のクィーンと会う

2 アリスが Q3 へ（汽車で）、さらに Q4 へ（トゥイードルダムとトゥイードルディー）

3 アリスが白のクィーンに会う（ショールの白のクィーン）

4 アリスは Q5 へ（店、川、店）

5 アリスは Q6 へ（ハンプティ・ダンプティ）

6 アリスは Q7 へ（森）

7 白のナイトが赤のナイトを取る

8 アリスは Q8 へ（戴冠）

9 アリスはクィーンになる

10 アリスはキャッスリング（祝宴）

11 アリスは赤のクィーンを取り、詰み

1 赤のクィーンが KR4 へ

2 白のクィーンが QB4 へ（ショールを追う）

3 白のクィーンが QB5 へ（羊になる）

4 白のクィーンが KB8 へ（卵を棚に）

5 白のクィーンが QB8 へ（赤のナイトから逃げる）

6 赤のナイトは K2 へ（チェック）

7 白のナイトは KB5 へ

8 赤のクィーンは K1 へ（試験）

9 赤と白のクィーンはキャッスリング

10 白のクィーンは QR6 へ（スープ）

※盤の左側は白から見たマス目の数字。右側は赤から見たマス目の数字

目次

一八九七年版への序

　前のページに掲載のチェス・プロブレムがいろいろと読者を悩ませたようだが、指し手に関する限りはこの通りで正確だと、この場を借りて申しあげておきたい。赤と白の指し手の交代ということについては多分厳密には守られていないし、三人のクィーンたちの「キャッスリング」*というのは文字通りクィーンたちが宴の宮殿《キャッスル》に入ったことを示すだけ。[1] しかし指し手6で白のキングに「チェック」がかかること、指し手7の赤のナイトの捕獲、赤のキングに対する最後の「チェックメイト」は、指示通りチェス駒を置いて動かそうという方にならどなたにもいずれ明確になるはずだが、完全にゲームの規則にかなっている。[2]

　詩「ジャバウォッキー」の新造語については発音のことで意見がまちまちというところがあるので、その点についても指示しておいた方が良いと思う。「ぬめぬら」はあくまで「ぬめ」「ぬら」と二語であるかのように発音し、「ぐるまる」「ぎりばる」はガ行で発音する。「らあすす」は風呂の「ばあ

1　クィーンたちが「キャッスル（入城）」するチェスの指し手はない。キャロルの説明によると、三人のクィーン（赤のクィーン、白のクィーン、アリス）が「入城」したとは八マス目に達したということ。そこでポーン（歩《ふ》）はクィーンになるわけである。

＊　［訳注：ゲーム中に特定の条件下で一度だけ使える、キングとルークを同時に動かす特殊な手のこと］

2　物語の展開を底で支えるこのチェス・プロブレムの動きについてキャロルが言っていることは正確である。シドニー・ウィリアムズ、ファルコナー・マダンの『C・L・ドジソン師文学便覧』四八ページの「ノーマルなチェックメイト」にしようという「一切の試み」がなされていないという指摘にはやっぱり首をひねらざるをえない。最後のチェックは完全にキャロル自身が断っている

ように、赤と白が指す順番は間違いのところがあるし、キャロルが指し手一覧としている「動き」を、盤上のチェス駒たちが実現していない場合だってある（たとえばアリスの第一、第三、第九、第十の「動き」とか、クィーンたちの「キャッスリング」）。

チェスの最も甚《はなは》だしいルール違犯は展開の最終近くの局面に出てくる。白のキングが赤のクィーンのチェックを受けているのに、双方それでどうしようかという気配がない。「チェスの観点からすれば指し手にまともな意味があるようには見えない」とマダン氏は言っている。たしかに双方ともひどく注意力欠如のゲームをしている。しかし鏡の向こうの狂った連中に「まともな」なんて要求する方がそもそもおかしくはないか。二箇所で白のクィーンはチェックメイトのチャンスを見逃しているし、赤のナイトから逃げているが、本当は相手をとれているのにという場面もある。それはそうだが、クィーンのこれらの見落としは、クィーンのいつも上の空の性格にうまく見合ったものであろう。

面白いノンセンス幻想物語の中にチェスの展開をそっくり嵌《は》めこむのがいかに難行苦行かを考えると、キャロルの仕事は卓抜そのものだ。たとえばアリスが何かのチェス駒と口をきく時、その駒は必ずアリスのいるマスの横のマスにいる。クィーンたちは何かするたびに派手に立ち回るが夫たちは比較的動きは少なく、ぼんくらだが、これはチェス盤上と同じ役割分担であろう。白の騎士の奇行はチェスの白のナイトの駒の動きと見事に一致している。騎士たちがあっちやこっちに落馬するのもナイトの駒の動きと一致していさえする。ナイトの駒はある方向に二マス進み、次に右か左か斜めに一マス進むのである。読者がチェス駒の動きと物語との並行ぶりを押さえるのを手助けしてみようと、ひとつひとつの手がテクストのどこに当たるのか、生じている正確な場面で指摘していこうかと考えている。

巨大チェス盤は小川を横分割線として区切られている。生垣が縦の分割線である。アリスはずっとクィーンの縦列《ファイル》［訳注：Q列のこと］にとどまるが、（クィーンになって）眠りこけている赤のキングをチェックメイトするために赤のクィーンを捕える最後の一手に関してはそうではない。面白いことに、アリスに我が縦列に沿って八マス目に進めと説くのは赤のクィーンである。クィーンはこの忠告によって我と我が身を守る。というのは白は初手からいきなり簡単に（エレガントではないが）三手でチェックメイトできるからである。白のナイトがまずKKt.3でチェックをかける。赤のキングがQ6かQ5に動くと、白のクィーンはQB3で詰めることができる。逃げるには赤のキングが［訳注：初手で］K4に動くしかない。白のクィーンがQB5でチェックをかけ、赤のキングはK3に動くしかない。クィーンがQ6で詰める。このやり方はもちろん読みの鋭さが必要だが、キングにもクィーンにもそういうところがない。

物語ともっとうまく合致しつつチェスのルールのすべてを満たす、さらに上出来の棋譜がさまざまに試みられてきた。この種の試みで私の目にふれた最も野心的なものが*British Chess Magazine*, Vol.30（May 1910）p.181に載っている。ドナルド・M・リドゥルが、バード・オープニング（Bird Opening）［訳注：H・B・バードがよく使用したチェスの手のこと］で始まり、アリスが六十六手目で八マスに入って詰めになって終わるチェス・ゲーム丸々ひとつを考えだしてみせた。オープニングの選択も的確である。英国人H・B・バード以上にわくわくする奇手をひねりだすチェスの熟練棋手を私は他に知らない。ちなみにドナルド・リドゥル氏がリドゥル家と何か関係ある人物なのかどうかは、なお未詳である。

中世やルネサンスでは巨大なチェス盤の上で生身の人々を駒として動かす趣向が時々見られる（ラブレー作『ガルガンチュアとパンタグリュエル』第五の書、第二十四、二十五章など見よ）。しかし命あるチェス駒に物語丸々ひとつをまかせる奇想はキャロル以前に見ることができない。以後はいくらも、主にSF作家の作品だが、試みられている。比較的最近の例ではポール・アンダースンのすばらしい短篇、「不滅のゲーム」（Paul Anderson, "The Immortal Game," *Fantasy and Science Fiction*, February 1954）がある。

この『アリス』物語後篇にチェス駒が奇妙なくらいぴったりくる理由は一杯ある。それは前篇のトランプ・カードを補ってあまりある。キングたち、クィーンたちがまた使える。ジャックたちはいないが、その分ナイトたちが活躍する。前篇でアリスを困惑させた身長の変化は、同じくらいわけのわからない盤上のチェス駒の動きが引き起こす場所の変化に取って代わられるだろう。これ以上ない偶然かもしれないが、チェスはまた鏡映（mirror-reflection）の大主題と絶妙に相性《あいしょう》が良い。ルーク、ビショップ、ナイトがペアで登場するだけでなく、スタート時の片方の駒の配列の左右非相称のありようは（キングとクィーンの位置ゆえの非相称）、敵方の駒の配列の正確な鏡像になっている。最後に、チェス・

DRAMATIS PERSONAE

(As arranged before commencement of game.)

WHITE		RED	
PIECES	PAWNS	PAWNS	PIECES
Tweedledee	Daisy	Daisy	Humpty Dumpty
Unicorn	Haigha	Messenger	Carpenter
Sheep	Oyster	Oyster	Walrus
W. Queen	"Lily"	Tiger-Lily	R. Queen
W. King	Fawn	Rose	R. King
Aged man	Oyster	Oyster	Crow
W. Knight	Hatta	Frog	R. Knight
Tweedledum	Daisy	Daisy	Lion

登場人物一覧表

ゲームの狂ったありようは鏡の国の狂ったロジックと絶妙に合致している。

　右の登場人物一覧表は、キャロルが一八九七年版序文に取り替えるまで初期の版本に掲載されていたもの。チェスがさらに混乱するだけなので取り払って賢明だ。一例をあげておく。もしトゥイードル兄弟が白のルーク二つだとすると、とこの物語のチェスについて講義したデニス・クラッチは問うている（『ジャバウォッキー』一九七二年夏号）、キャロルの図の第一列にいる白のルークは一体だれなのか、と。

　チェス・ゲームの開始時の態勢を語の配列で見てみると、どのポーンがだれで、ポーン以外の駒のどれがだれか簡単にわかる。物語の中に登場しないビショップたちが、ここでは羊（Sheep）、老いに老いたる人（Aged man）、せいうち（Walrus）、カラス（Crow）と結びつけられるとわかる。どうしてそうかの理由ははっきりしない。

　マット・デマコスが書いているが、「十二世紀の有名なルイスのチェス駒は一八三一年四月、ルイス島の浜辺で発掘されたが『見張り番（warder）』といって、刀と盾を持って角のマスにいる駒を持っていた。キャロルの角マス役たるトゥイードルダムとトゥイードルディーは刀もどき、盾まがいを持《じ》してもいるし、『見張り番』と見てよいかもしれない。ルイスのチェス駒の多くはモース・アイヴォリー、すなわちせいうちの牙製であった」

　キャロルのチェスの奇手が正しい指し手であることを示そうという試みもいろいろある。次など。Rev. J. Lloyd Davies, "Looking-Glass Chess,". *Anglo-Welsh Review*, Vol. 19, No. 43（Autumn 1970）. あるいはIvor Davies, "Looking-Glass Chess," *Jabberwocky*（Autumn 1971）. 最も精細な分析はA・S・M・ディッキンズの講義であろう（A. S. M. Dickins, "Alice in Fairy-land," *Jabberwocky* [Winter 1976]）。「フェアリー・チェス（fairy chess）」とは正統からはずれる駒やルールによって進むチェスの異型を普通にそう呼ぶが、フェアリーランドとは要するにフェアリー・チェスなのである。この記事は第三章注1、第九章注1に繰り返し引かれる。ついでながら「バード・オープニング」は先に引き合いに出したが、ポーンがKB4に動くのである。

す」と韻を踏むものと心得られたい。

　こうして六万一千部に達したところで木版原版（それで印刷したことはないので、一八七一年に初めて彫った時のままの良い保存状態である）からとった新しい電気版で、本全部を新しい活字で紙面刷新した。この再構成本がどこか元の本が持っていた芸術的クォリティに欠けているところがあるとしても、それは作者、出版人、印刷者の骨折りが足らなかったせいではない。

　良い機会であるから言っておきたいことがひとつ。今まで四シリングで売られている『子供部屋のアリス』が今や普通の絵本と同じ条件で売らないといけなくなっている――私として確信をもって言えるのは、あらゆるクォリティから見て（テクストそのもののことは、著者としては何とも言えまい）そこいらの絵本よりは段然すぐれているということである。四シリングというのは頂戴する額としては完全に妥当だった。私が負った当初の経費の大きさからしてもそうだった。しかし読者の方々が「絵本に、仮に芸術品と考えてみても一シリング以上は払えないと考えているのであれば、私としては出版経費は丸損と考え、それでもそのためにこの本が書かれた当のお子さんたちが買うことができないというのよりは良いとも考え、自分にとっては捨てる、のとどこもちがわない価格で売っている現状である。

一八九六年クリスマス

序詩[1]

くもりなき真澄《ますみ》のひたい、
　夢みる驚異の目せる子よ！
時は去りゆき、我と汝《いまし》、
　半生《はんしょう》ほども年齢《とし》へだたれど、
いましが微笑《えまい》力をくれん、たしかに
　おとぎの話の愛の贈りものに。

もはやいましが陽光《ひ》の容貌《かんばせ》見ず、もはや
　いましが銀の笑い聞くこともなし、
我への思いなど、これからのいましが
　いのちに占める場所さらになかるべし[2]――
必ず耳かたぶけて、我がおとぎの話に
　いまし聞きいってくれれば他に望みもなし。

1　この序詩の校正ゲラがキャロルの手で変更が入って残っている。初版のために施された変更はシドニー・ウィリアムズ、ファルコナー・マダン共著の『ルイス・キャロル便覧』（オックスフォード、一九三一）の六〇ページにリスト化されている。第四聯《れん》四行目は「倦《う》みたる片意地乙女をば」が「ころ楽しまぬ乙女をば」に変わった。第五聯第一行の「外は旋転しやまぬ風と雪」が「外は霜、目も利かぬ雪」に変わり、次の行、「みずから荒れて狂おしくす」が「嵐、陰々と狂おしくす」に変わった。

2　キャロルの少女友達の多くは思春期が終わる頃には彼から（あるいは彼が）遠ざかっているから、これらの行が示す悲しい予感は根拠がないものとわかる。キャロルにささげられた最高の讃辞のひとつが、後年アリスが書いたキャロル回想の文章であるのは間違いない。

物語は過ぎし他日にはじまる、
　夏の陽光《ひ》みごとに燦々《さんさん》たり——
素朴なる鐘、我らが舟漕《こ》ぐ
　調子をたしかに刻みたり——
その遠き木響《こだま》記憶に残るなお、
　嫉《ねた》む歳月の「忘れよ」とは言えど。

いざ傾けてよ、いましが耳、
　報せも苦き恐怖の声が
望まぬ床《とこ》へ誘わぬ間《ま》に、3
　こころ楽しまぬ乙女をば！
我もただ年闌《とした》けたる子供、
　お眠《ね》むのときと知りてむずかるがごと。

外は霜、目も利《き》かぬ雪、
　嵐、陰々と狂おしくす——

3　「望まぬ床」は「こころ楽しまぬ乙女」の死がにおわされるし、それがただ眠りの時間のうたた寝に過ぎまいというキリスト教的感覚もあるのか、あるいはフロイト派批評家一統が飽きもせず言い続けるように、結婚の褥《しとね》を指しもするのか。

内は暖炉の火の輝き、温《ぬく》さ、
　おさなき日の喜びの巣。
魔法の言葉、いまし捉えてはなさず、
　吼《ほ》えたける業風《かぜ》もしばし忘らる。

ため息の影ゆらゆらり
　話の合間にふるえるとも、
「あの浄福の夏の日々」[4]去り、
　夏の栄え消えるがゆえの——
その悲惆《かなしび》の気[5]、このお伽《とぎ》のたのしみに
　我から触《フ》レザンスと言いたげなさま、ゆかし。[6]

4　「あの浄福の夏の日々」に引用符がつくのは、これが『不思議の国のアリス』最後の句だからである。

5　“breath of bale”（悲惆の気）とは“breath of sorrow”（悲しびの息）のこと。

6　校正ゲラでは“pleasure”（喜び）だった語をキャロルが古語の“pleasance”（ゆかし）に変えたのは絶妙だ。少女アリス・プレザンス・リドゥルのミドルネームがこの大事な場面にひそかに召喚されたからである。

第１章　鏡の家[1]

これだけはたしかでしたが、それに白い仔猫《こねこ》は関係ないのでした——何もかも黒い仔猫が悪い子だったのです。だってその四半時《しはんとき》、白い仔猫は親猫にずっと顔をなめてもらっていたのです（それもずいぶんがまん強く）。だからいたずらに手なんか貸せるわけがなかったのでした、でしょう。

　ダイナが子供たちの顔を手入れするのはこんなぐあいでした。手でかわいい相手の耳を押さえるともう片方の手で鼻から逆さに顔全部をなであげるのです。で、その時だって、さっき言ったようにダイナは白い仔猫を相手に面倒をみていて、仔猫は仔猫でじっとし、喉をならそうとしていたのです——自分のための世話焼きだとわかっているみたいでした。

　一方、黒い仔猫の世話は午後もっと早い時間に終わっていたものですから、アリスが大きなアームチェアの一隅に、半ばひとりごとを言い半ばうとうとしながら身を丸めて坐っているかたわらで、黒い仔猫は今さっきアリスが巻きとろうと精出していた毛糸玉にじゃれ狂い、あっちへころころこっちへころころやるものだから玉はまたすっかりほどけてしまい、炉前の敷物の上にあちこち瘤《こぶ》や縺《もつ》れだらけになって広がってしまっていて、その真ん中で仔猫が自分のしっぽを追ってぐるぐるぐるぐる回っておりました。

「ああなんて悪い子なの！」とアリスは言いながら仔猫をつかまえると、ど

1　［訳注：章タイトルの注］『鏡の国のアリス』の早い時期の目次ページの校正ゲラがある。ハーヴァード大学ホートン図書館蔵。それを見ると、この章は元は「ガラスのカーテン」というタイトルだったことがわかる。第五章は元は「うしろ向きに生きる」と「香り良き燈心草《とうしんそう》」の二章に分かれていて、「クィーンを見ましたら」で始まるパラグラフが分かれ目だった可能性が強い（本書四三九ページ）。第八章の章題は「チェック！」。第十二章は「それはだれの夢？」ということで書かれている。次を参照。Matt Demakos, "The Annotated Wasp," *Knight Letter* 72 (Winter 2003).

　デマコスは『不思議の国のアリス』は場所が標題になっていて、第一章のタイトルがその入口（「うさぎ穴に落ちる」）になっていたが、『鏡の国のアリス』では役割交替があって、本のタイトルが入口［訳注：原題は『鏡を通り抜けて（*Through the Looking-Glass*）』］

んなにいけないことをしているかわからせるのに、ちいさくひとつキスをしました。「ほんとに、ダイナはもっとちゃんとお行儀教えてくれてなきゃ！　絶対よ、ダイナ、教えておかないと！」と、親猫をこごとを言いたげに見ると、少しは怒っているような口調で言い――仔猫と毛糸玉を手にもう一度アームチェアにのぼっていくと、玉をまた巻き直し始めました。でもなかなかはかどりませんが、四六時中、時には仔猫に、また時には自分自身にしゃべりかけているからでした。キティはアリスの膝の上でとてもおとなしく坐って毛糸玉づくりの進みぐあいを見ているふうでしたが、時々手を出して毛糸玉にさわる様子がまるでお手伝いが嬉しくてたまらないという感じでした。

「キティちゃん、明日何か、わかる？」とアリスがしゃべり始めます。「私と一緒に窓のところにいたらわかったと思うんだけど――ダイナにきれいきれいしてもらってたから、だめだったんだよね。男の子たちが火をたくのに木ぎれを集めてるのが見えてた[2]――すごく木ぎれがいるんだから！　でも寒いし、雪もひどいし、男の子たち

になっていて、第一章タイトルが場所になっている（「鏡の家」）と指摘してもいる。

2　コントラストの際立ちが好きなキャロルが『鏡の国のアリス』を真冬の、しかも室内から語り始めるとは、またはっきりと見事に特徴的な戦略である（『不思議の国のアリス』は暖かい五月のさる日の午後、野外の景を出発点に選んでいる）。冬の気象は老いの冬象徴とも合致し、序詞と跋詞《ばっし》が歌う差し迫り来る死とも合致している。火祭り《ボンファイア》の準備、そしてアリスの「キティちゃん、明日何か、わかる？」という言葉から、この日が十一月四日、あのガイ・フォークス・デーの前日とわかる（この休日はクライスト・チャーチ学寮では年ごとにペックウォーター・クォドラングルでの大きな焚火《たきび》で祝賀されていた）。アリスが白のクィーンに自分は正確に七歳と六ヶ月と言うくだり（第五章）からも

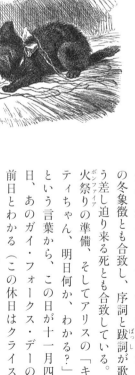

引きあげてったの。でもいいわ、キティちゃん、火祭り、明日見られるもんね」。ここでアリスは毛糸を二回り、三回り仔猫の首に巻きつけたものだから縺れ合いになり、毛糸玉は床にころがると、また何ヤードもほどけてしまいました。

「キティちゃん、いいこと、私怒ってんだから」また居心地良くおさまったとたんにアリスが口を開きました。「あんたのいたずら何もかも見て、窓あけて雪の中へ放りだしちゃおうかと思ったわよ！　そうされても文句言えないわよね、いたずら猫ちゃん！　どういう言いわけするのかしらね。口はさまないのよ」と一本指を立てながら、アリス。「あんたのいたずら、全部並べたげるからね。その一。今朝ダイナに顔きれいにしてもらいながら二度もきいきい騒いだこと。ちがうって言えないわよね。私、聞いてましたからね！　そのこと、なんて言うの？」（まるでキティがしゃべりでもしそうな口ぶりです）「ダイナの指が目に入ったとか。ううん、目をあけっぱなしだったの、あんたが悪い――ちゃんと目つむってたら、そういうことにはならなかったはずよ。それ以上言いわけはな

これは裏付けられる、というのはアリス・リドゥルの誕生日が五月四日だからだし、『不思議の国のアリス』のトリップが五月四日で、その時アリスは正確に七歳ということだからだ（『不思議の国のアリス』第七章注6を参照）。ロバート・ミッチェルが手紙で書きよこしたのは、五月四日と十一月四日、ぴったり半年ちがい。別々の日だが、つながっていることは面白い事実。

　これで次は、その年が一八五九年か（実際にアリスが七歳）、一八六〇年か、一八六一年か、キャロルがアリスの最初の冒険の物語を話し、かつ書いた一八六二年かという問題になる。一八五九年十一月四日は金曜日。一八六〇年は日曜日だし、一八六一年には月曜日、一八六二年には火曜日である。この最後の日付が、（次のパラグラフで）アリスが仔猫にそのおいたへの罰を一週後の水曜日までためておくと言っている言葉に照らしてみて一番あ

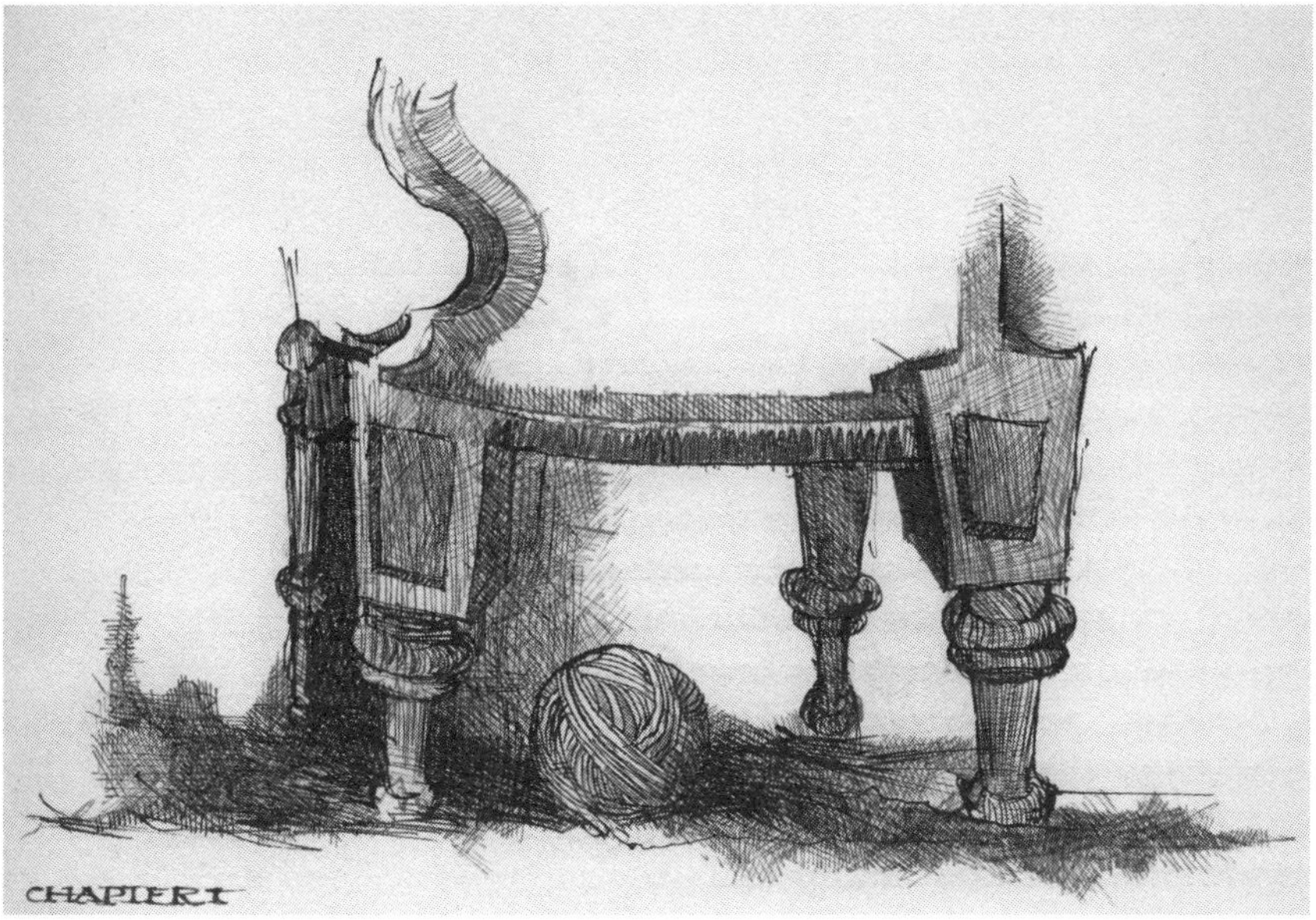

ローレンス・メルニック画、1956.

りえるのかと考えられる。

あるブックレットでベイティ夫人は、その日が一八六三年三月十日、プリンス・オヴ・ウェールズの結婚式の日ではなかったかと論じている(Mavis Baitey, *Alice's Adventures in Oxford* [A Pitkin Pictorial Guide, 1980])。その日、オックスフォードでも焚火や花火の祝賀式があり、キャロルはアリスをつれて夕方のオックスフォード歩きと洒落こんでいて、日記にも記載がある。「すべてをアリスが本当に心から楽しんでいるのを見て嬉しかった」と。キャロルの日記の三月九日、十日のところを見ても、アリスが言っている雪のことは出てこない。しかし、ベイティ夫人の説は、イングランドで十一月初旬の雪は非常に稀であり、逆に三月にはよく降雪があるということからも有望そうだ。

し、よく聞きなさい！　おいたその二よ。スノウドロップ[3]の前にミルクのお皿置いたら、あんたったら、あの子のしっぽ引っぱったわね！　え、喉《のど》が乾いてたって？　あの子も喉かわいてたんだとか、わかんなかったわけ？　おいたその三。私が見てないの良いことに毛糸玉、全部ほどいてくれちゃったわね！　三つもおいたよ、キティ、そしてそのどれも罰受けてない。いい、来週の水曜まで全部罰ためてあるんだからね[4]——あの人たちが私の罰をためてるんだとしたら、どうなんだろう？」仔猫にというよりほとんどひとりごとのようにアリスは続けます。「一年の終わりに一体何をしようとしてくるんだろう？　その日が来たら牢屋へ、とか。ひょっとしたら——そうねえ——罰一回が一回夕食抜きだったりしたら、そのいやな日が来るといっぺんに五十回夕食抜き！　でもそれほどいやじゃないかも！　抜く方がいっぺんに五十食食べるのよりはよほど助かる！」

「窓ガラスに雪が当たるの、聞こえるかい、キティ？　なんてやわらかい音かしら！　だれかが窓の外側全部にキスしてるみたいじゃない？　雪が木や野原に恋をしてるから、こんなやさしいキスなんじゃないのかな。それから木や野原を白い羽根で気持ちよくくるんで、多分『おまえたちゆっくりお休み、また夏が来るまで』って言ってやるんだわ。でねキティ、夏にめざめる

3　スノウドロップはキャロルの初期の子供友達の一人、メアリー・マクドナルドが飼っていた仔猫の名である。メアリーはキャロルの親友だったスコットランドの詩人・小説家で、『お姫さまとゴブリンの物語』や『北風のうしろの国』といった有名な幻想的児童文学の作家でもあったジョージ・マクドナルド（一八二四—一九〇五）の娘である。マクドナルド家の子供たちがいなければキャロルが『不思議の国のアリス』出版を決心したかどうか微妙だ。物語が一般に受けいれられるか知ろうとして、キャロルはマクドナルド夫人に、この原稿をお子さんたちに読みきかせてみてもらいたいと頼んだ。反応は熱狂的だった。当時六歳だったグレヴィル・マクドナルド（後に『ジョージ・マクドナルド夫妻伝』でこの時のことを回想している）は六千部出版を主張した。

　黒い仔猫キティと白い仔猫スノウドロップはチェス盤上の黒と白のマス目

と緑の服になって踊るの——いつ風が吹いてもね——なんて素敵！」と大声を出したはいいのですが、手を叩こうとしたので毛糸玉を落としてしまいます。「ほんとならどんなにいいか！　森って、葉っぱが茶色になる秋、ほんとに眠そうに見えるんだもの」

「キティ、おまえ、チェスできるの？　ほら、そうやって笑ってごまかす。私、まじめに聞いてるのよ。私たちがチェスやってる時、わかってるような顔して見てたじゃない？　そして私が『詰め！』《チェック》と言ったら、喉ごろごろいわしたじゃない？　あれほんとにすごい詰めだったのよ、キティ、もし駒の間をくねくねやってくるあの気持ち悪いナイトさえいなければ[5]私勝ってたのよ。そうだ、なりきりごっこやろうよ——」。で私としてはアリスがお得意の「なりきりごっこやろう」という言葉で、何をどう言いだしたのか半分でも教えてあげられたら良いのですけどね。ほんの昨日だって姉さまと長いやりとりになったのですが——それだって「二人でキングたち、クィーンたちになりきってみたら」とアリスが言い、万事正確好きな姉さまが、二人しかいないのにそんなたくさんになれないと言いだして、アリスはとうとう「じゃあ姉さまがそのうちの一人になればいい、残り全員、私がやる」と言うしかなくなったのでした。一度など古い乳母《うば》さんを、突然耳もとで「ねっ

を反映しているし、物語上の赤と白のチェス駒にも対応している。

4 ［訳注：原文の］“Wednesday week”とは次の水曜日のあとの一週のことを言う。

5 「くねくねやってくる（wriggling）」。チェス盤上でのナイトの動き方はこう表現するしかあるまい［訳注：将棋の桂馬に相当］。

あなた！　私、お腹すかせたハイエナになる、あなたは骨になって！」と言って本当にこわがらせたこともありましたっけね。

話がアリスが仔猫に何を言ったかから離れてしまいました。「キティちゃん、おまえ、赤のクィーンにおなり！　いいこと、おまえ、腕組みして立ったら、ほんとに赤のクィーンそっくりよ。ねえ、やってみよ！」そしてアリスはテーブルの上から赤のクィーンをつまみあげると、仔猫が真似やすいようにと仔猫の真ん前に置いてやりました。でも、そううまくはいきません。アリスが言うには、仔猫が腕組みなんか、ちゃんとするわけなかったからです。それで罰ということで、仔猫を鏡の前に出して、どんなにすねて見えるかわからせてやろうとします。「すぐにもちゃんとしないと」と言い足して、「あっちの鏡の家に放りこんじゃうわよ。それお気に召すかな？」

「もし話を聞いて、自分勝手なおしゃべりしないなら、鏡の家がどんなだか話してあげる。まず、鏡越しにお部屋が見えるわ[6]――こちらの客間とおんなじなんだけど、ただ何もかにも、さかさまなの。椅子の上に立ってみると、そっくり全部見えるんだけれど――暖炉のうしろ側だけちょっと見えないの。ああ、ほんとにそこのちょっとが見たい！　冬に暖炉に火が入るのかどうか知りたいもんだわ。こっちのに煙が出て、あっちのにも煙が立たない限

6　鏡のテーマはあとから物語につけ加えられたように思われる。アリス・リドゥルの証言では、この作品の大部分はチェスの遊び方を熱をこめて学んでいた時にキャロルがリドゥル姉妹にして聞かせた話が基になっていたらしい。また鏡モティーフを思いつかせたのはもう一人のアリス、アリス・リドゥルの遠いいとこに当たるアリス・レイクスであるという説が長い間おこなわれてきている。アリス・レイクスがロンドンの『タイムズ』一九三二年一月二十二日号に語った話というのは、こうである。

子供時代、私たちはオンズロー・スクエアに住んでいて、家々の裏側の庭でよく遊んだものです。チャールズ・ドジソン氏はそこのお年齢《とし》めした叔父様のところによく見えていて、手をうしろに組んで芝生の上をあちこち歩く姿を見たものです。ある日、私の名前を

り、それわからないわよね――まあ、ただのなりきりごっこなんだ、向こうにも火があるんだって思えばいいだけ。そうそう、向こうにもこちらとおんなじ本があって、ただ言葉はみんな逆向き。そうにちがいない。だって私たちの本を一冊鏡の前に出したら向こうでも一冊そうやって出してくるからよ」

「キティちゃん、鏡のお家に住んでみたらどう？　向こうでちゃんとミルク、もらえるかな。多分、鏡の国のミルク、飲んでおいしいものじゃなさそうね[7]――でもね、キティ、ほら廊下のとこへ出たわ。こっちの客間のドアあけっぱなしにしとくと、鏡のお家の廊下をちょっとはのぞけるようね。見える限りじゃこっちの廊下そっくりだけど、その向こうはちがってるのかもしれない。ああ、キティ、これを抜けて鏡のお家へ行けるんだったらどんなにかすてきなこと！　きっと中はきれいな物でいっぱい、と思う！　なりきりごっこよ、向こうへ行くやり方があるとする。なりきっちゃおう、ガラスがやわらかいガーゼみたいで向こうへくぐり抜けられるんだ、と。あらま、言ってる間に何、もやみたいになってきた！　簡単に通り抜けられちゃいそうよ――」アリスはこう言いながら炉棚の上にいたのですが[8]、どうしてそこにあがったのかよく覚えていませんでした。たしかにガラスは融《と》けて、銀色に輝くもやさながら、消えてなくなっていったのです。

聞くと氏は私を呼んで「そうか、きみもアリスっていうんだ。私はアリスって子、皆大好きだよ。とても不思議なもの見せるから、一緒に来ないかい？」と言うので、私たちの家同様、庭に面したお宅に伺って、家具でいっぱいのお部屋に通されたのですが、一隅に背の高い一面の姿見がありました。「さあ」と氏は、私にオレンジをひとつ渡して言いました、「今どっちの手に持ってるかい？」「右手よ」と私が言います。「そうか」と氏、「それじゃ鏡の前に行って、そこに見える女の子はどっちの手に持ってるか言って御覧」。困りながらも少し考えてから私は「左手よ」と言いました。「そうだね」と氏、「それ、どう説明するんだい？」説明できませんでしたが、何かの答は望まれているのだと思って言ってみました。「もし私が鏡の向こう側にいたとしたら、オレンジはまだ右手にあるでしょうか？」氏が声を立てて笑ったのを覚えています。「いいねえ、アリス君」と氏は言いました。「今まで最高の答だ」
それから交渉はないのですが、後年、このことで『鏡の国のアリス』の最初の着想を得たというようなことをおっしゃっていると伺いました。その御本は他の御本のいちいちと一緒に都度御恵贈いただいております。

魅力的なエピソードだが、キャロルの日記によると彼がレイクス嬢と初めて出会ったのは一八七一年六月二十日となっていて、これはキャロルが『鏡の国のアリス』原稿を印刷に渡した相当あとのことになる。どうやらアリス・レイクスの夢混じりの回想としておいた方が良さそうだ。メアリー・ヒルトン・バドコックとのやりとりと同じことらしい（『不思議の国のアリス』第一章の注1参照）。

鏡の中では非相称《アシンメトリー》の事物（鏡像と重ね合わせることができない事物）は「さかさま」になる。『鏡の国のアリス』は左右の逆転（reversals）を盛った話だらけだ。トゥイードルディーとトゥイードルダムが鏡像同士の二人であることは、またあとで見たい。白のナイトは右足を左足の靴につっこもうとする歌を歌う。コルク栓抜きの話が何度も出てくるが偶然ではないのにちがいない。螺旋《らせん》（helix）は、はっきり右型、左型を持つ非相称な構造である。テニエルの名のモノグラムさえ鏡の絵の中では左右逆転させられている。鏡映（mirror-reflection）の主題を広げて、すべての非相称関係の反転ということまで考えに入れるなら、物語全体を支配する通奏低音にふれたことになるだろう。ここでそのすべての事例を挙げるスペースはないが、次のような例を並べてみるだけで話は通るだろう。赤のクィーンに近づこうとしてアリスはうしろ向きに歩く。汽車の車掌はアリスが逆向きの汽車に乗っていると言う。キングは「一人は来るやつ、一人は行くやつ」二人の伝令役を抱えている。白のクィーンは時間に逆行して生きるといろいろ得になると言う。鏡の国ケーキはまず配られ、次に切り分けられる。「左」と「右」に、組み合わせ数学の方で同値となる奇数と偶数の話もいくつかの場所でストーリーに組み入れられている（たとえば白のクィーンの一日おきのジャムの話とか）。ある意味、ノンセンスそのものが正気／狂気の逆転である。普通の世界が上下逆転（turn upside down）され、前後逆転される（turn backward）。事物が当然と思われている以外のあらゆる振る舞いに出る世界が姿を現す。

反転（inversion）のテーマはもちろん、キャロルのノンセンスの書きものの全体に起きている。『不思議の国のアリス』でなら、猫がこうもりを食べるのか、こうもりが猫を食べるのかという問いがあるし、本気のことを口に出すのと口に出すのが本気のことというのは同じことではない、という問題もある。アリスがキノコの左側をかじると大きくなり、右側を食べると逆効果だ。『不思議の国のアリス』には、のべつまくなしに出てくる身長の変化はそれ自体が逆転である（つまり大きい少女とちいさな仔犬の代わりに大きい仔犬とちいさな少女、とか）。『シルヴィーとブルーノ』では「秤《はかり》いらず(imponderal)」という、小包便に詰めるとゼロ以下の重量にできる反重力の毛糸が出てくるし、時間を逆回転させる時計、黒い光、外を内にし、内を外にする射影平面たるフォルトゥナトゥスの財布［訳注：メビウスの輪・クラインの壺］が出てくる。"E-V-I-L"（悪）を逆から綴ると"L-I-V-E"（生きる）だということも教えられる。

　実生活でもキャロルは、逆転観念を子供友達を楽しませるために大いに大事にした。その手紙の一通を覗くと、人形の左手がとれてしまったので右手が"left"になった（残ってしまった）というなかなかの駄洒落がある。別の手紙を見ると、時々、起きるとたちまち寝てしまうあまり、起きる前に布団の中に戻っている始末という話がある。手紙を鏡字（mirror writing）で書くこともあって、読むには横に鏡を立てないといけない。最後の語から始めて、逆さに読み上げるという手紙も書いている。キャロルはオルゴールのコレクターだったが、オルゴールの逆回転という趣味もあった。妙な絵も描いていて、上下逆さにすると別の絵に変わってしまうのである。

　まじめな時にさえキャロルの頭は白のナイトの頭と同じで、事物を上下逆に考える時、一番よく働く感じがする。キャロルは新しい掛け算の方法を案出した。掛ける方の数を左右逆転して、掛けられる方の数の上にのせるのである。『スナーク狩り』は実際に尻からできていったと、キャロル自身明かしている。「だからそのスナークはブージャムだったのだ」という一句が突然のインスピレーションとしてキャロルにおりてきた。その一行に合うように一聯《れん》をこしらえ、この最後の一聯に合うように作全体をこしらえていったのだと言う。

　キャロルの逆転のユーモアにごく近いのが論理的矛盾のユーモアである。赤のクィーンはとても大きな山を知っていて、それに比べればこの山なんか谷だと言う。乾いたビスケットを喉の渇きを癒すために食べる。伝令役が大声でささやく。アリスがある場所にじっとしているためには全力疾走しなければならない。キャロルがアイルランド小咄《こばなし》（Irish Bull）が大好きだったと知っても我々は驚かない。論理的矛盾いのちの相手だ。ある時キャロルは姉に、「次の話の展開を論理的に分析してみてください。少女『アスパラガス嫌いでほんとに良かった』。友人『どうして?』少女『もし好きなら、食べなきゃならないでしょ——そんなのとてもがまんならない!』」キャロルの知人の一人はキャロルが、足があまりにでかいのでズボンを頭からはかなきゃいけなかった仲間の話をしているのを聞いた、と回想している。

「空《くう》集合（null class、要素を持たない集合）」をまるで実在するもののように扱うのもキャロルの論理的ノンセンスの骨法である。三月うさぎはアリスに存在しないワインを勧める。ろうそくが消えると炎はどこへ行くのかアリスは考えている。『スナーク狩り』の海図は「完全にして絶対に真っ白《ブランク》」である。ハートのキングはノーボディ（なんてやつ）に手紙を書く〔訳注：だれにも手紙を書かない〕など普通でないと思うし、白のキングも視力が良くて、はるか道の彼方のノーボディ（なんてやつ）まで見えるのかと言って、アリスを羨ましがったりする。

キャロルのユーモアがこうした論理のひねりと深くからまり合っていたのはなぜなのか。キャロルが論理学や数学に関心を持っていたというので十分な説明と言えるのか。よく知られた世界をこうもいつもいつも曲げ、伸ばし、圧縮し、逆転し反転させ、歪めることがキャロルにとって必要不可欠になるような無意識界裡の強迫といったものが何かあったものか。ここではこれ以上深入りはしない。ただ、フローレンス・ベッカー・レノンが、その点なくばすばらしいキャロル伝、『鏡の国のヴィクトリア』で出してみせた説はやはり首肯し難い。彼女はキャロルが生まれついての左利きで、右手への矯正を強いられたので、「自分自身を少し反転させることで彼なりの復讐の挙に出た」というのだが、まずいことにキャロルの生得左利き説にはどうしようもない、説得力を欠く証拠しかない。仮にそうなのだとして、キャロル的ノンセンスの起源ということでは悲しいほど脆弱な議論だと思う。

ジョージ・マクドナルドのキャロルへの影響について書いたR・B・シェイバーマンのエッセーがマクドナルドの一八五八年の小説、『ファンタステス』第十三章の次の文章を引き合いに出している（『ジャバウォッキー』一九七六年夏号）。

> 鏡とはなんとまあ玄妙なるものであろう！
>
> それと人間の想像力が似通っていること、これまた玄妙の極みではないか！　鏡の中に見るこの私の部屋は同じでありながら、同じではない。私がいる部屋の単なる表象ではない。それをまるでひとつの物語の中で読んでいるような印象だ。どんな日常性も消えてしまっている。鏡はそれを事実の領域からアートの領域へと引きあげているのだ。……その中へ入ることができさえすれば、私はその部屋に住みたい。

7　アリスが鏡の国のミルクについて考えていることは、キャロルが考えていたよりはるかに大きな意味を持っている。『鏡の国のアリス』刊行後、何年もしないうちに、有機物質の原子配列が不斉《アシンメトリー》であることの証拠を立体化学（stereochemistry）が握った。まったく同じ原子からできていながら、それらの原子が位相幾何的にまったくちがった構造の中に結合されているような物質を異性体（isomer）と呼ぶ。立体異性体は位相幾何学的構造ですら同じなのに、この構造の不斉のせいで鏡像的ペアとなる異性体である。生きた有機体に生じるほとんどの物質は立体異性体的である。ありきたりの例が糖である。右旋形のものは右旋糖（dextrose、ブドウ糖）、左旋形のものは左旋糖（levulose、果糖）という。食物の摂取は不斉食物と不斉物質の身体中での複雑な化学反応を含んでいるため、同じ有機物質の左旋と右旋の形式のはっきりしたちがいが味、匂い、消化性になって現れる。実験室も牛もまだ反転ミルクをうみだせていないが、普通のミルクの不斉構造が鏡映されるとしても、この鏡の国のミルクが飲んでおいしくないとはほぼ言い切れるのではなかろうか。

　こういうふうに鏡の国のミルクを考える場合、ミルクの原子の相互に結合する構造の反転だけが考えられている。ミルクの本当の鏡映はもちろん、素粒子自体の構造を反転することも意味する。一九五七年、二人の中国系アメリカ人物理学者、李政道《りせいどう》と楊振寧《ようしんねい》が、ある種の素粒子は非対称性《アシンメトリー》を持つという（ロバート・オッペンハイマーのうまい言い方なら）「陽気かつ驚愕の発見」につながっていく理論的業績でノーベル物理学賞を受賞した。今やどうも粒子と反粒子（つまり逆の荷量《チャージ》を持つ同じ分子）は異性体同様、同じ構造の鏡像形式に他ならない。これが本当なら鏡の国ミルクは反物質（anti-matter）でできていることになり、アリスの口に合うかどうかという問題ではない。ミルクとアリスは接触した瞬間、大爆発である。もちろん一人の反アリスが鏡の裏側で飲む分には反ミルクはなにげにおいしかろうし、滋養にもなるだろう。

　右利き、左利きの問題の哲学的、科学的意味合いについてもっと勉強したい方には、小ぶりだが読んで楽しいヘルマン・ヴァイルの『シンメトリー』（一九五二）と、フィリップ・モリソンの「パリティ対称性の破れ」という記事がお勧め（『サイエンティフィック・アメリカン』一九五七年四月号）。もっと軽い読みものなら私の『サイエンティフィック・アメリカンの数学パズル、数学娯楽ブック』（一九五九）の最終章の左右トピックと、拙文「左か右か」が良いかも（『エスクァイア』一九五一年二月号）。左右逆転のSF作品の古典はH・G・ウェルズの『プラットナー物語』（一八九六）。

見落としてならないのは『ニューヨーカー』拡大版（一九五六年十二月十五日号）、一六四ページにエドワード・テラー博士が、前に出た『ニューヨーカー』の詩（一九五六年十一月十日号、五二ページ）にキャロル的ウィットをもってコメントを加えているのだが、この詩はテラー博士がエドワード「反《アンチ》」テラー博士と握手した刹那の大爆発のことを歌っている。

　空間と時間の相称と非相称に専門的でなくふれた最近の読みものとして、Bryan Bunch, *Reality's Mirror: Exploring the Mathematics of Symmetry* (Wiley, 1989)とMartin Gardner, *New Ambidextrous Universe* (W. H. Freeman, 1990)とRoger Hagstrum & Dilip Kondepudi, "The Handedness of the Universe," *Scientific American* (January 1990).

　原子物理学者たちの間では反物質を実験室でつくれるかの議論がさかんで、それを磁力で空中に捉え、次にそれを物質と結合させることで核物質の質量を（質量の一部のみ変換する核分裂とも核融合とも対照的に）一挙にエネルギーに変換しようというのである。こうしてみると、究極的な核パワーへの道は鏡の向こう側に広がっているらしいのである。

8　アメリカ人読者にとって炉棚(chimneypiece)と言えばマンテル(mantel)のことである〔訳注：マンテルピースのこと。炉棚のまわりの装飾、ないしは装飾のある炉棚を指す〕。多くのSF作家が、我々の世界とパラレル・ワールドをつなぐ装置として鏡を使ってきた。ヘンリー・S・ホワイトヘッド『罠』、ドナルド・ワンドレイ『塗りつぶされた鏡』、フリッツ・ライバー『鏡の世界の午後0時』と、そうした作品を三つばかり挙げておく。

次の瞬間、アリスはガラスを通り抜け、[9] 鏡の部屋に飛びおりていました。アリスがまずやったことはそこの暖炉に火が燃えているか見ることだったのですが、本物の火が、今あとにしてきた部屋のそれと同じように赤々と燃えているのがわかって、アリスはとても嬉しく思ったことです。「これで向こうの部屋と同じくらいあったかくいられる」とアリスは思いました。「実際、向こうよりもあったかいかも、だって火の前にばかりいないようにって叱る人間いないんだし。私がガラスを通り抜けてここにいるのに私をつかまえられないなんて、なんて愉快！」

　それからアリスはあたりをぐるりと見回して、向こうの部屋から見えていたものはどれもとても当たり前で、つまらなかったのに、それ以外のものはどれもまったくちがっているのがわかりました。たとえば暖炉に近い壁の絵はすべて生きているようでしたし、炉棚の上の時計なんて（鏡の中だとその裏側しか見られなかった、そうでしたよね）、ちいさな老人の顔をしていて、アリスに向かってにたりっと笑い顔をしてみせていました。

「向こうみたいにきちんとしてない部屋なんだ」と思いましたが、チェスの駒が炉の中に灰まみれになってころがっているのに気づいたからでした。ところが一瞬にしてちいさい声で「ええっ！」という驚きの声をあげると、ア

9　アリスが鏡を通り抜けているところを描いたテニエルの絵（次ページ）は議論に値する。一番目の絵を見ると、時計の背、花瓶の下の部分ににたにた笑う顔をつけ加えている。時計や造花をガラス製のベル・ジャーの中におさめることはヴィクトリア朝の流行だった。それほど目立たないが、暖炉の一番上のところには舌を突きだしたガーゴイル彫刻がついている。

　これらの絵はアリスが鏡の向こうに行っても反転していないことを示している。アリスは相変わらず右手を上げ、右足で跪《ひざまず》いている。

　二枚の絵のみならず、ふたつの『アリス』物語のテニエルの絵のほとんどの下部に入った「ダルジール」という名にも目を向けておこう。よくブラザーズ・ダルジールと呼ばれるが、実際には男四人・女一人の木版彫板師で、テニエルの絵はみんな彫った。ジョージ（一八一五－一九〇二）、エドワード（一八一七－一九〇五）、マー

ガレット（一八一九―九四）、ジョン（一八二二―六九）、そしてトマス（一八二三―一九〇六）の五人である。第二の絵ではテニエルが自分のモノグラムを左右逆にしているところもおさおさ手抜かりない。

　あとで聞かされることだが、炉近くの絵は生きているように見える。ピーター・ニューエルは、アリスが鏡から出てくる絵でそのあたりもうまく絵にしている〔訳注：本書には未収録〕。一九三三年のパラマウント映画では壁の絵が命を得てアリスに口をきくことになっている。

　スタンダードな版本では二枚の絵は一枚の紙の表裏に分けて描かれていて、まるで紙葉自体が、アリスが抜け出てくる一面の鏡という「ぺぱぷんたす」的見立てで、面白い。パフィン本（一九四八）になると、二枚の絵を表紙カヴァーの表と裏とに描いたので、こちらでは鏡としての本というぺぱぷんたす綺想《きそう》の傑作仕立てになる。

タチアナ・イアノフスカヤ画、2007.

リスは四つんばいになってチェスの駒たちに見入っていたのです。駒たちは二人一組になって歩き回っておりました！

「これが赤のキングと赤のクィーンね」とアリス（小声なのは驚かせてはいけないからです）、「そしてシャベルのへりに坐ってるこっちが白のキングと白のクィーン——あらルーク二人、腕をとり合って歩いてる[10]——私の言うこと聞こえないのね」と頭をもっと下げながらアリスは続けます。「それに多分、私が見えてもいない。なんだか自分が透明人間になってくみたい——」

　この時、アリスの背中の方のテーブルの上で何かがきいきい言い始めましたからそちらに目をやりますと、白の歩《ポーン》のひとつがひっくり返って足をばたつかせているのが目に入ってきました。次何が起きるのだろうとアリスは興味しんしんでした。

「うちの子の声だわ！」と白のクィーンが叫びました。叫びながらキングの横をかけ抜けましたから、キングは灰の中に突きとばされてしまいます。「あ

10　テニエルがここのシーンの絵でチェスの駒を片はしからペアにして描くことで鏡映主題を前景化した着想はすばらしい。キャロルは一度としてビショップに（宗教的に聖職者ネタを避けたかったから？）ふれないが、テニエルの絵にはちゃんと描きこまれている。アイザック・アシモフの『黒後家蜘蛛の会』中のミステリー、「奇妙な省略」はキャロルがチェスのビショップを奇妙にも省略していたことに取材。
　理由は今のところ奇妙にもよくわからないが、この絵（上図）、そして次の絵（本書三二九ページ）、そして第七章（同四八八ページ、四九二ページ）で、テニエルはキングたちにクィーンたちがかぶっているのと同じ王冠をかぶせた！　単なる画家の間違いなのか。もしそうなら、チェスのキングの頭に十字架ということを知っていたはずのキャロルが異論を唱えなかったのはなぜなのか？　キャロルがキリスト教のまじめな問題は、第

あ、リリー姫や！　大事な御子《おこ》！」クィーンは炉格子《ろごうし》のへりをぐいぐい上り始めています。

「ふん、烏滸《おこ》がましい！」＊と、キングが倒されて痛い鼻をこすりこすり言いました。クィーンにちょっとは腹を立てても良かったのです、全身灰まみれにされたわけですから。

アリスはとにかく役に立ちたくてたまりません。それでかわいそうなちっちゃなリリーが引きつけたような金切り声をあげるので、急いでクィーンをつまみあげると、テーブルの上の騒がしいちいさな娘のそばに置いてあげました。

クィーンはあえぎながら坐りつくしています。空中をあっというまにふっ飛んだためにすっかり息があがり、少しの間、黙ってちいさなリリーを抱きしめる以外何もできないようでした。少し呼吸がととのってくると、灰の中にぶすっと立っているばかりの白のキングに「火山に気をつけて！」と大声で言いました。

「どこに火山だと？」火の中をこわそうに見あげながらキングが言いました。火の山だからきっと火の中、とか思ったんでしょう。

「吹き――飛ばされたの――私」クィーンはあえぎあえぎ言いました。まだ

二章注2で見るように、軽々しいコンテクストで扱ってはいけないとでも考えていたのか。August A. Imholtz, Jr., "King's Cross Loss," *Jabberwocky* (Winter 1991/92) 参照。

＊［訳注：原文は "My imperial kitten!" と "Imperial fiddlestick!"］

息があがっています。「昇ってくるの気をつけて――普通に昇っていらして――吹き飛ばされないで！」

アリスは白のキングが炉格子の横棒をひとつずつ[11]苦労して昇ってくるのが目に入りましたから、ついに「あらら、そんなんじゃテーブルに何時間かかってもつきゃしない。お助けしますけど、いい？」と言いました。この問いにキングは気がつきません。キングからはアリスが見えないし、聞こえないのははっきりわかりました。

そこでアリスはとてもやさしくキングをつまみあげると、クィーンを持ちあげた時よりゆっくり空中を運び、相手が息ぎれすることがないようにしました。しかし、テーブルの上に置く前に少しほこりを払った方が良いかと考えました、それくらい灰だらけだったのです。

アリスが後日に言ったことですが、見えない手によって空中を運ばれ、ほこりを払ってもらった時のキングのような顔は今まで見たことがありませんでした。あんまりびっくりしたものですから叫びもできず、目と口ばかりどんどん丸々大きくなっていくので、笑いで手がふるえて、キングを床の上に落とすのではないかと思うほどでした。

「ねえ、どうかそんな顔しないで、王様！」と、キングには聞こえてないこ

11　白のキングが炉格子の横棒をひとつずつ越えて昇っていくスローモーな骨折りは、チェスのキングがクィーン同様どの方向にも進めるが、しかしひとつのマス目から次へひとつずつしか進めないあり方と対応している。クィーンはいっぺんに七つのマス目をかけ抜けられるわけだが、これがあとでクィーンたちが空中をふっ飛んでいく迅速ぶりと対応する。しかしキングは七つのマス目を七回の指し手で一歩一歩こつこつ進んでいく他はない。

ともすっかり忘れてアリスは大声を出します。「笑いすぎて、王様をもう持っていられません！　口だってそんなに大きくあけたまんまじゃあ！　灰がみんなお口に入っちゃう――さあこれできれいきれい！」キングの髪をなでつけてからテーブルの上のクィーンのそばに置いてあげながら、そうアリスは言いました。

　キングはたちまち仰向《あおむ》けにひっくり返ると、[12] 少しも動かなくなりました。アリスも自分のしでかしたことが少しいけないことにも思えてきたので、キングにかける水のようなものがないかと部屋をひとめぐりしました。残念、インク壺しか見当たりませんでしたが、でも戻ってきてみるとキングは元通りになっていて、こわごわの小声でクィーンと何か語り合っていました――

さ

12　チェスでは負けたことを示すのにキングを仰向けに倒すということをする。すぐにわかるが、キングにとっては恐怖の刹那なので、一騎打ちで殺される者のように、冷たくなっても無理はない。クィーンが起きたことのメモをとれと勧めるのは、チェスのプレイヤーがゲームを忘れないように指し手を記録していく慣習のことにふれているのである。

So Alice picked him up very gently.

Peter Blake, 1970.

ピーター・ブレイク画、1970.

本当に小声なのでアリスにはほとんど聞きとれませんでした。

「本当じゃぞ、おまえ、ひげ先まで真っ白になったぞ！」とキングが言っております。

それにクィーンが答えました。「おひげなんてないくせに[13]」

「あの時のこわさ言うたら」とキング、「決して、絶対に忘れんわい！」

「決して忘れます」とクィーン。「メモとっておかないと」

キングがポケットから大きなメモの帳面を出すと何か書きつけるのを、アリスはとても面白そうに眺めていました。突然アリスにひらめくものがあってキングの肩越しに出た鉛筆のはしをつかまえると、代わりに字を書きました[14]。

かわいそうなキングは当惑し、不幸そうでした。しばらくは何も言わず、鉛筆と格闘したのですが、そりゃあアリスが強いに決まっています。キングがとうとう音《ね》をあげて、「奥や！　もっと細い鉛筆はないか。こいつまるでどうにもならん。わしの思わぬことばっかり書きおって——」とあえぎながら言いました。

「思わぬことばかりですか？」帳面を覗いてクィーンが言いました（帳面にアリスが書いていたのは「白のナイトが火掻《か》き棒をすべりおりる。バランス

13　［訳注：原文は“You haven't got any whiskers.”］アメリカ人読者はクィーンの言葉に首をかしげてきた。テニエルの絵を見ると、ここでも第七章でも白のキングは口ひげ、顎《あご》ひげをつけている。デニス・クラッチの言い分では、クィーンはキングに頬ひげ（sideburns）がないと言っているのである。クラッチはキャロルの『シルヴィーとブルーノ』の第十八章中の、男の顔が「北方では髪のへりで、東方と西方とでは頬ひげ（whiskers）のふちで、南方では口ひげで輪郭づけられている」というくだりを引き合いに出している。イングランドでは“whiskers”（おひげ）と言えば普通頬ひげを指した。

14　俗に自動書記（automatic writing）と呼ばれるものは十九世紀スピリチュアリズム流行の花形であった。肉体を離れた魂が霊媒の手を捉え——コナン・ドイルの妻は熟達した自動書記者

最低」ということでした)[15]。「たしかにあなたの感じたことのメモじゃないわね！」

テーブルのアリスに近いところに本が一冊あり、アリスは坐って白のキングの方を眺めながら（というのもなおキングのことが心配で、気絶しそうだと思えばいつでもインクをかける気でいました）、読めそうなところがあるかなと思ってそのページをめくりました。「私の知らない言葉で書いてある」と、アリスはひとりごとを言います。

それはこんなふうでした。

だった――彼岸からのメッセージを綴らせる。キャロルのオカルト趣味に対する私のコメントは『不思議の国のアリス』第五章の注7を。

15 火掻き棒上の白のナイトのバランスの悪さは、後の第八章でアリスと会った時の彼のバランスの悪さを予表している。

16 キャロルは元々は「ジャバウォッキー」詩全体を鏡字で出そうとしたようだが、後に第一聯《れん》だけにすることに決めた。この印刷物が反転文字に見えるということで、アリス自身、鏡を通過後も反転していないことがわかる。先にも述べたが、反転していないアリスが鏡の国の世界で一秒の何分の一だって存在し得ないことには科学的根拠がある（第五章の注10も参照せよ）。

アリスが反射された鏡像ではないと考えられる理由は他にもある。『不思議の国のアリス』についたテニエルの

もうむたるらあすらひせぶる。
げにみむじきはぼろごうぶ、
はるかまにぐるまる、ぎりばる。
そはゆうまだき、ぬめぬらたるとうぶ、
じゃばうぉっき

これを見てしばらくぼおっとしていたアリスでしたが、そのうち名案がひらめきました。「そうよ、これ鏡の国の本なのよね！　鏡にうつせばまたちゃんと元通りに読めるのかも[16]」
するとアリスが読んでいる詩はこうでした。

じゃばうぉっき[17]

そはゆうまだき、ぬめぬらたる[18]とうぶ[19]、
はるかまにぐるまる[20]、ぎりばる[21]。
げにみむじき[22]はぼろごうぶ[23]、
もうむたる[24]らあすら[25]ひせぶる[26]。

絵の多くを見るとアリスは右利きであり、『鏡の国のアリス』の絵でもこの右利きは続いている。ピーター・ニューエルはこの点曖昧だが、第九章では彼のアリスは、テニエル流とはちがって、笏《しゃく》を左手で持っている［訳注：『新注アリス』の第九章のこと。本書には未収録］。

アリスは長く逸失されていた「かつらをかぶった雀蜂」エピソードで、雀蜂の新聞をなんの苦労もなく読んでいるから、「ジャバウォッキー」とはちがってこれは反転していないようだ。同じように反転していないのが、トゥイードル兄弟の襟カラーの「ダム」と「ディー」の字、気ちがい帽子屋のトップハットについた正価表、そして第九章のドア上方の「クィーン・アリス」の字である。ブライアン・カーショーはこの作品の左、右という側面を克明に分析してみせたが、すべてが行きつくその結論はだれ、あるいは何が鏡の向こうで鏡映されているかということ

蛇馬魚狗《じゃばうぉっく》に気つけよ、[27] わが子！
　あぎとは噛み、つかむぞ爪は、
邪舞《じゃぶ》蛇武《じゃぶ》の鳥にも[28]気をつけ、避けよ
　もうもうたる[29]蛮駝支那蜘《ばんだすなっち》は[30]！

言葉を言《こと》の刃《は》にしても[31]ち、
　ひさしくもまんとうがましき[32]敵さがして──
たむたむの木[33]のそばにやすらい
　しばしが間《ま》もの思いにふけりて。

あふぃっしゅたる[34]思いにすくと立つ時
　ほのおの目したる蛇馬魚狗、
たるじき森にふっひほっひ[35]
　ばあぶりつも[36]立ち現る！

えいや！　えいや！　つけやつけ
言刃《ことば》たる言の葉つるぎたつなり[37]！

についてテニエルもキャロルも一貫しているわけではないということだった。

17「ジャバウォッキー」の開幕第一行は、若きキャロルが弟妹の楽しみのために書き、絵を入れ、手稿を入れてつくったちいさな「雑誌」シリーズの棹尾《ちょうび》を飾った『ミッシュマッシュ』に初めて姿を現した。一八五五年の刊記を持つ号（その時キャロル、二十三歳）に「アングロサクソン詩の一聯」の題がついて下のような「奇妙なる断片」が現れたのである。

　それから含まれる語のキャロル語釈がつく。

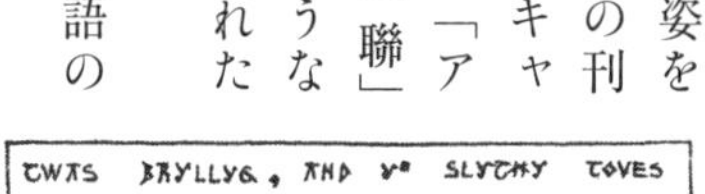
TWAS BRYLLYG, AND Yᵉ SLYTHY TOVES
DID GYRE AND GYMBLE IN Yᵉ WABE:
ALL MIMSY WERE Yᵉ BOROGOVES;
AND Yᵉ MOME RATHS OUTGRABE.

BRYLLYG（動詞BRYL、あるいはBROILから）「夕ごはんを焚く頃合、即ち午後遅き刻限」

SLYTHY（SLIMYとLITHE の合

あとにはかばねぞ、その首級《くび》もて
　彼たからぶらしく[38]帰りきたり。
「おお汝、蛇馬魚狗ほふりたるなり[39]、
　我がかいなにこよ、我がきらりっ子[40]！
なんたるふらぶる日か、軽う[41]！　華麗！」
　彼喜びにあふるる、ぶうぶと[42]。

そはゆうまだき、ぬめぬらたると
うぶ、
　はるかまにぐるまる、ぎりばる。
げにみむじきはぼろごうぶ、
　もうむたるらあすらひせぶる。

「面白そうな詩ね」読み終わってアリスは言いました。「でもなんだかとても難しいみたい！」（おわかりでしょう、ひとりごとでも、全然わからないと認めるの、いやだったんだね）「なんだかいろんな考えで頭いっぱいにな

成）「滑らかにして活着的なる」

TOVE、アナグマの一種。滑らかな白い毛、長い後足、鹿の如き短き角を持ち、チーズを主食とする。

GYRE（GYAOUR、あるいはGIAOUR「犬」から）犬の如くに引っかく。

GYMBLE（ここからGIMBLETが）「何にでも錐《きり》のように螺旋《らせん》の穴を穿《うが》つ」

WABE（動詞SWAB、あるいはSOAKから）「丘の中腹」（雨に「ずぶぬれ」になるから）。

MIMSY（これからMIMSERABLEとMISERABLEが）「不幸なる」

BOROGOVE、絶滅種のオウム。翼なく、嘴《くちばし》はめくれ、巣は日時計の下に。仔牛が常食。

MOME（これからSOLEMOME, SOLEMONE, SOLEMNが）「荘重なる」

RATH、陸亀の一種。頭をおっ立て、口はサメに似、前足は外に曲

るようなのに――どういう考えなのかはっきりしないのよ！　ま、だれかが何かを殺したというのはともかくたしかね[43]――」
「あっ、そうだ！」とアリス。突然とびあがりました。「急がないと、家の他のところがどんなだか見ないうちに、鏡を通って戻らないといけなくなるのよね！　まずお庭ぐらい見とこう！」あっというまにアリスは部屋から飛び出して、階段をかけおりていました――というか、かけてないからかけおりたんじゃないな、それは階段を楽に、早くおりる新発明、とアリスもひとりごちたやり方でした。指先を手すりに当て、足を階段につけずにふうわりと宙に浮くのです。そうやってふうわりとホールを飛び抜けました。ドアの側柱をつかまなかったら、戸口も同じように飛び抜けてしまったかもしれません。長い間空中に浮いていたものですから、ちょっと目が回りましたけれど、ちゃんと普通に歩けたので、アリスはとてもほっとしました。

がっているため膝で歩く。滑らかな緑の肉体。ツバメと牡蠣《かき》を常食。OUTGRAVE、動詞OUTGRIBEの過去形（古動詞GRIKE、あるいはSHRIKEと関係し、ここより“shriek”や“creak”が）「きいきい言う」

　こうしてこの文章を逐語訳してみると、「夕刻のこと、滑らかで元気なアナグマたちが丘の中腹を引っ掻き、錐《きり》のように穴を穿《うが》っていたし、オウムは皆不幸、荘重なる亀がきいきい騒いでいた」

　おそらく丘の頂上には日時計があり、「ぼろごうぶ」は巣が掘り起こされると怖れている。丘は「らあす」の巣だらけ。「らあす」は「とうぶ」が外で引っ掻く音を耳にし、恐怖のあまりきいきい言って、走り回るのである。これはよくわからないなりに深い情感に富む古代の詩の遺物である。

エレナー・アボット画、1916.

これらの説明を第六章でハンプティ・ダンプティが試みる説明と比べてみると面白い。

［訳注：参考までに、「ジャバウォッキーの原詩も以下に上げておこう。

Jabberwocky

'Twas brillig, and the slithy toves
Did gyre and gimble in the wabe:
All mimsy were the borogoves,
And the mome raths outgrabe.

"Beware the Jabberwock, my son!
The jaws that bite, the claws that catch!
Beware the Jubjub bird, and shun
The frumious Bandersnatch!"

He took his vorpal sword in hand:
Long time the manxome foe he sought—
So rested he by the Tumtum tree.

And stood awhile in thought.

And, as in uffish thought he stood,
The Jabberwock, with eyes of flame,
Came whiffling through the tulgey wood,
And burbled as it came!

One, two! One, two! And through and through
The vorpal blade went snicker-snack!
He left it dead, and with its head
He went galumphing back.

"And hast thou slain the Jabberwock?
Come to my arms, my beamish boy!
O frabjous day! Callooh! Callay!"
He chortled in his joy.

'Twas brillig, and the slithy toves
Did gyre and gimble in the wabe:
All mimsy were the borogoves,
And the mome raths outgrabe.]

「ジャバウォッキー」が英語ノンセンス詩の最高傑作であることに異論のある人はいまい。十九世紀末英国の学童にはよく知られていて、ラドヤード・キップリングの『ストーキーと仲間たち』（一八九九）の学生たちの会話にもここのノンセンスの単語が五つまでさりげなく出てくる。アリス自身、詩に続くパラグラフで、この詩の魅力の勘どころを押さえている。「……なんだかいろんな考えで頭いっぱいになるようなのに——どういう考えなのかはっきりしない」と。奇妙な言葉たちは正確な意味を持つ代わりに微妙な意味合いとうまく折り合っていく。

　この種のノンセンス詩と抽象絵画に似通うところがあることはたしかである。写実派のアーティストは自然の模倣を第一義とし、快を与える形式、色彩は可能な限りで模倣品に押しつける。一方、抽象芸術のアーティストは絵具と思うがまま戯れることができる。同様にノンセンス詩人はパターンと意味を結びつけるうまいやり方などさがす必要がなく、『不思議の国のアリス』で公爵夫人が口にした忠告（第九章の注6）の真反対を行くことだけを心掛ければ良い——音にだけ気を配れば意味の方は自分でなんとかするのである。ノンセンス詩人の使う語の意味は、ピカソの抽象画のように、これは目かな、あれは足だというふうに曖昧だし、全然意味がないこともある——面白い音の遊びというだけのことで、画布の上の非具象絵画の色の戯れと同じなのだ。

　キャロルはユーモア詩にダブル・トーク（double-talk）の技法を持ちこんだ最初の人間ではもちろんない。エドワード・リア（一八一二－一八八八）という先行者がいる。何よりも奇態なのは、英国ノンセンス文学の間違いないリーダーだったこの二人がお互いの名を引き合いに出していないし、会った痕跡がないことである。リアとキャロルの時代以降、この種の詩のもう少しまじめな作品をつくりだそうという動きがいろいろあった――ダダ（イズム）の詩、イタリア未来派、ガートルード・スタイン等々――が、この技法はまじめに追求されると、結果はちょっと退屈になる。私はガートルード・スタインの詩業のひとつなり暗誦できる人に、残念、まだ会ったことがないが、「ジャバウォッキー」を別に覚えようとかまえず、ひとりでに暗誦できるようになった人物ならキャロリアンにはいっぱいいる。オグデン・ナッシュ（一九〇二―七一）も作品『ゲドンディーロ』でなかなかのノンセンス作をものしているが（「しゃろっと今、夜々をくあすとらんで歩きすごし／どるりむ、ぐろすとを優柔にしのび歩いて……」）、ここですら効果を狙って肩に力が入っている雰囲気はいかんともし難い。逆に「ジャバウォッキー」は力の抜けた軽みと完璧さをもって唯一無二の作たるのである。

「ジャバウォッキー」は英国人天文学者、アーサー・スタンレー・エディントン（一八八二―一九四四）の愛唱詩で、氏の書きものに何度も出てくる。『科学の新しい道』（一九三五）ではこの詩の抽象的な統辞構造を群論の名で知られる現代数学の一部門に通じるとしている。『物理世界とは何か』（一九二八）では物理学者の素粒子表現はまるで一種のジャバウォッキーであって、「我々には不明なことをしている」、「何か未知のもの」に言葉が割り振られる。その表現に数が含まれるから科学は一定の秩序を現象に押し当てることができるし、それらについて当たる予言を発することができるのだ、と。

「ある原子の中の循環する八個の電子を考え、別の原子内の七個の循環電子を考えることによって」とエディントンは書いている。

> 我々は酸素と窒素のちがいを理解し始める。はるかまなる酸素の中にぐるまりぎりばる八つのぬめぬらたるとうぶ、窒素の方は七つ。二、三の数を認めるなら「ジャバウォッキー」さえも科学になる。今やそのとうぶのひとつが逃げてしまえば、酸素は本来は窒素のものたる衣裳をまとって仮装行列を演じるはずと予言できる。星や星雲には、そうでなければ我々をびっくりさせるはずの、こうした羊の皮をかぶった狼が見つかる。物理学の基本的実体が本質的に未知なものたり得ることを思い出させるのに、それを「ジャバウォッキー」に訳してみるのは悪いことではない。あらゆる数――あらゆる韻律的属性――が不変である限り、それがゆらぐことなど決してない。

「ジャバウォッキー」の洪水のような外国語翻訳は作品発表の直後から始

まった。「ジャバウォッキー」の外国語訳を厖大な訳例をあげて縷々《るる》論じ、特にラテン語、ギリシア語に力《りき》を入れた記事が、『ナイト・レター』第七十号（二〇〇二年冬号）に掲載されている。オーガスト・A・イムホルツ二世が書いたこの記事は最初、*The Rocky Mountain Review of Language and Literature*, Vol.41, No.4（1997）に出た。議論される六篇のラテン語訳のうち二篇は歴史的なもので、よく知られている。オーガスタス・A・ヴァンシタートというケンブリッジ大学トリティ・カレッジの人物だが、そのラテン語訳は、一八八一年にオックスフォード大学出版局からパンフレットの形で出版され、スチュアート・コリングウッドのキャロル伝の一四四ページに再録されている。キャロルの叔父のハサード・H・ドジソンによるもうひとつの訳は『ルイス・キャロルの絵本』三六四ページで見られる（ガバーボーカス出版から出ているが、遊び心のあるこのロンドンの出版社の名はハサード叔父がジャバウォックに当てたラテン語である）。

　フランク・L・ウォリンによる次のフランス語訳は最初『ニューヨーカー』（一九三一年一月十日号）に出た（私の引用はこれを再録したレノン夫人のキャロル伝からである）。

Le Jaseroque

Il brilgue: les tôves lubricilleux
Se gyrent en vrillant dans le guave,
Enmîmés sont les gougebosqueux,
Et le mômerade horsgrave.

Garde-toi du Jaseroque, mon fils!
La gueule qui mord; la griffe qui
prend!
Garde-toi de l'oiseau Jube, évite
Le frumieux Band-à-prend.

Son glaive vorpal en main il va-
T-à la recherche du fauve manscant;
Puis arrivé à l'arbre Té-Té,
Il y reste, réfléchissant.

Pendant qu'il pense, tout uffusé
Le Jaseroque, à l'oeil flambant,
Vient siblant par le bois tullegeais,
Et burbule en venant.

Un deux, un deux, par le milieu,
Le glaive vorpal fait pat-à-pan!
La bête défaite, avec sa tête,
Il rentre gallomphant.

As-tu tué le Jaseroque?
Viens à mon coeur, fils rayonnais!
O jour frabbejeais! Calleau! Callai!
Il cortule dans sa joie.

Il brilgue: les tôves lubricilleux
Se gyrent en vrillant dans le guave,
Enmîmés sont les gougebosqueux,
Et le mômerade horsgrave.

ピーター・ニューエル画、1901.

すばらしいドイツ語訳は卓越したギリシア語学者で、学寮長のリドゥル（アリスの父）がギリシア語辞典をつくった時の共著者ロバート・スコットによるものである。まずはRobert Scott, "The Jabberwock Traced to Its True Source," *Macmillan's Magazine* (February 1872)として発表。トマス・チャタートンというスキャンダラスな筆名を使って、スコットはヘルマン・フォン・シュヴィンデルなる人物を招霊する降霊会に参加したら、この相手がキャロルの詩は次の古いドイツ語の物語詩の英語訳にすぎないと告げたのだという。

Der Jammerwoch

Es brillig war. Die schlichte Toven
Wirrten und wimmelten in Waben;
Und aller-mümsige Burggoven
Die mohmen Räth' ausgraben.

Bewahre doch vor Jammerwoch!
Die Zähne knirschen, Krallen kratzen!
Bewahr' vor Jubjub—Vogel, vor
Frumiösen Banderschnätzchen!

Er griff sein vorpals Schwertchen zu,
Er suchte lang das manchsam' Ding;
Dann, stehend unten Tumtum Baum,
Er an-zu-denken-fing.

Als stand er tief in Andacht auf,
Des Jammerwochen's Augen-feuer
Durch tulgen Wald mit wiffek kam
Ein burbelnd ungeheuer!

Eins, Zwei! Eins, Zwei!
Und durch und durch
Sein vorpals Schwert zerschnifer-schnück,
Da blieb es todt! Er, Kopf in Hand,
Geläumfig zog zurück.

Und schlugst Du ja den Jammerwoch?
Umarme mich, mien Böhm' sches Kind!
O Freuden-Tag! O Halloo-Schlag!
Er chortelt froh-gesinnt.

Es brillig war, &c.

『アリス』物語は翻訳が出続けている。たとえば、*Alice in a World of Wonderlands: The Translations of Lewis Carroll's Masterpiece* (Oak Knoll, 2015)は『鏡の国のアリス』の六十五言語、約千五百版本にわたる三百五十のユニークな翻訳を挙げている（『不思議の国のアリス』は百七十四の言語、方言に訳されていて、二冊の『アリス』でトータル、八千四百点の版本が刊行）。「ジャバウォッキー」へのパロディも飽くことなく試みられてきた。最高傑作クラスの三作が次のアンソロジーの三六、三七ページに出ている。Carolyn Well, *Such Nonsense* (1918).

「ヨーロッパのどっか、ウォッキー」「蹴球ウォッキー」、そして「本屋のジャバウォッキー」（「そはハーパーズだき、リトル・ブラウンズ／はるかまにホートン・ミフリン……」）。私としては、（序でふれられているキャロル記事に伺える）チェスタトンの批判的見方に近い。それらすべて何かユーモラスなものをユーモラスに真似しているだけのことではないかというのである。

『げにみむじきはぼろこうぶ』〔訳注：邦訳『ボロゴーヴはミムジイ』ハヤカワ文庫〕はルイス・パジェットによる一番よく知られたSF小説のひとつだが（ルイス・パジェットは故ヘンリー・カットナーと妻キャサリーン・L・ムーアの共働作業に使われたペンネームである）、「ジャバウォッキー」中の数語がある未来言語から来た象徴であることにされている。正しく理解されるなら、四次元の時空連続体に入る技術を説明してくれる。同様なコンセプトを展開しているのはフレドリック・ブラウンのとんでもなく変なミステリー小説、『蛇馬魚狗の夜』で〔邦訳『不思議の国の殺人』創元推理文庫〕、語り手は熱狂的キャロリアン。彼は、「るろうに言の刃剣友会」という名のキャロル狂いの人々の協会のメンバーらしいイエフディ・スミスから、キャロルの小説はフィクションなんかでなく、存在の異次元のリアルな報告書なのだと教えられる。ファンタジーの手掛かりはキャロルの数学論文、とりわけ『数学綺想集（Curiosa Mathematica）』に、そしてアクロスティックでない詩作品（実はもっと手のこんだアクロスティックになっている）に巧妙に隠されているらしいのだ。キャロル・ファンが『蛇馬魚狗の夜』を読んでないことは許されない。『アリス』物語と深い因縁で結ばれた超絶フィクションである。

18 『オックスフォード英語辞典（OED）』は〝slithy〟（ぬらぬらたる）を〝sleathy〟（のろのろとした）という古い語の異形としているが、第六章でハンプティ・ダンプティは〝slithy〟に別の語釈をつけている。

19 この〝toves〟（とうぶ）は〝groves〟と韻を踏むように発音することと、キャロルは『スナーク狩り』序文で言っている。本書四六九ページの絵ではテニエルは「とうぶ」は長い螺旋、コルク栓抜きそっくりの鼻を持つように描いている。この作品の鏡、相称のモティーフに合わせるように、螺旋はそれぞれがもうひとつを鏡映するふたつの形状をとる。第二章注1、そして「かつらをかぶった雀蜂」注13も見よ。

20 『OED』は〝gyre〟（ぐるまる）を、ぐるぐる回すという意味の語として一四二〇年まで遡っている。これはハンプティ・ダンプティの解釈とも合う。現代人読者ならこの珍しい語に

（但しそちらでは名詞）、たった一回きり出会う。W・B・イェイツの詩、「再臨」である。

21 『OED』によると〝gimble〟（ぎりばる）は〝gimbal〟の異綴りである。〝gimbal〟は軸を持つ輪で、船の羅針盤を、船が揺れても水平に保つといったいろいろな目的のために使う。ハンプティ・ダンプティは動詞〝gimble〟はここでは別の意味で使われていると指摘するだろう。

22 〝mimsy〟（みむじい）は「ジャバウォッキー」に使われ、『スナーク狩り』にもう一度使われる「ジャバウォッキー」ノンセンス語八つのうちのひとつ。『スナーク狩り』では第七障第九聯に「みむじいきわまる音調で歌われる」として出てくる。『OED』によると、キャロル同時代に〝mimsey〟（〝e〟が加わっている）は「上品ぶっている、とりすました、軽蔑さるべき」を意味したようだ。キャロルの頭にもこのことは入っている感じだ。

23 『スナーク狩り』序文にキャロルは書いている。「〝borogove〟（ぼろごうぶ）の最初の〝o〟は〝borrow〟の〝o〟と同様に発音する。人が〝worry〟の〝o〟の音を当てようとしているのを耳にしたことがある。人間の頑迷、仕様がない」。この語はキャロル初学者に限って誤って〝borogrove〟と発音されるし、この綴りミスはこの物語のアメリカ版本のいくつかにも現れ、セントラル・パークのデラコルテのアリス像にさえ現れる。

24 〝mome〟（もうむ）は母親、間抜け、口うるさい批評家、道化といった廃《すた》れた意味をいっぱい持っているが、ハンプティ・ダンプティ流の理解では、どの意味もキャロルの念頭になかったようだ。

25 ハンプティ・ダンプティによれば〝rath〟（らあす）は緑色の豚のようだが、キャロル同時代では、「閉ざされた場」を示すアイルランド語としてよく知られていた。円形に囲む土壁を指し、要塞や族長の住居に使われることが多かった。

26 「まったく度を失い、絶望してひせぶる（outgrabe）」（『スナーク狩り』第五障第十聯）

27 〝Jabberwock〟（蛇馬魚狗）は『スナーク狩り』には出てこないが、チャタウェイ夫人宛ての手紙で（子供友達の一人、ガートルード・チャタウェイの母親である）、キャロルは『スナーク狩り』の舞台は邪舞蛇武と蛮駝支那蜘がよく現れる島です。まさしく蛇馬魚狗が殺されたその島なのです」と説明している。

ボストンの女子ラテン語学校のあるクラスが自分たちのクラス雑誌に

「ジャバウォック」の名をお借りしたいがと、キャロルに伺いをたてたことがあるが、それに対するキャロルの返事（一八八八年二月六日）。

ルイス・キャロル氏はお申し出あった雑誌の編集者氏にお望みの題名をつける許可を喜んで与えるものです。アングロサクソン語の“wocer”または“wocor”は「子孫」とか「果実」を意味していました。“jabber”は元義においては「淀みない昂揚した議論」を意味したので、そうなると「昂揚した議論のたまもの」という意味になります。お申し出の雑誌にこれがぴったりか否かは、未来のアメリカ文学史家が決めてくれることでしょう。出てくる雑誌の成功をキャロル氏は心からお祈りいたしております。

アングロサクソン語の“wocer”説は正しいのだが、ここでキャロルが古い時代の語源学で一寸《ちょっと》遊んでみせているのは間違いない。

28 “Jubjub”（邪舞蛇武）は『スナーク狩り』では第四障第十八聯、そして第五障の第八、九、二十一、二十九聯と都合五回登場する。

29 「……このもうもうたる（frumious）顎《あぎと》」（『スナーク狩り』第七障第五聯）。『スナーク狩り』序文でキャロルはこんなことを言っている。

たとえば煙気たちこめて「濛《もう》たる（fuming）」と、怒り狂って「猛《もう》たる（furious）」の二語があるとする。両方を口にせねばならないが、どちらが先か決めないでいるとする。そこでいきなり口を開いて言葉を口に出さないといけなくなるとする。もしきみの頭の方が「濛たる」に少しでも傾いているとするなら「濛‐猛たる」と発話することになり、また髪一本ほどでも「猛たる」に傾いているなら「猛‐濛たる」と口に出すことになる。しかるにきみが大変珍しい才覚、即ち完全にバランスのとれた精神の持主であるなら、どちらが先ともつかぬ「もうもうたる（fruminous）」という発話をするのではないかと思われる。たとえば『ヘンリー四世』でピストルが吐く有名な台詞、

「ベゾニア人よ、一体どの王の下にか？／言え、さなくば死ぞ！」

シャロウ判事はそれがウィリアム（William）かリチャード（Richard）だということはわかっているが、どちらか決められないでいるため、どちらの名をまず口にすべきかわからない。そうなれば絶対死ぬよりましだ、いっそ「リルチャム（Rilchiam）」と発話するのにふしぎがあろうか。

ここでは（『ヘンリー四世・第二部』）、現実の王はヘンリー四世かヘンリー五世かであるから、いくら靴語《ポートマントー》を考えても面白くもなんともない。

30 "Bandersnatch"（蛮駝支那蜘）も『スナーク狩り』第七障第三、四、六聯に出てくる。

31 アレグザンダー・L・テイラーのキャロル論、『白の騎士』を見ると「言の刃（vorpal）」という語は「言の葉（verbal）」と「ことだま（gospel）」から綴りを順番にとり合ってつくったという説がおこなわれているが、キャロルが新語を造語するのにそういう手のこんだ技術を使ったという証拠はない。実際、キャロルは子供友達の一人にこう書いた。「御免ね、『言の刃』って武器が何なのか、よくわからないや——『たるじき森』もだめです」

32 "Manx"はマン島を指すケルト語であった。従ってこの言葉はイングランドではこの島に関わる何にでも使われるようになった。その言語は"Manx"、住民は"Manxmen"、等々。キャロルが"manxome"（まんとうがましい）を造語した時、こういうことが念頭にあったかはさだかでない。

33 "Tum-tum"（たむたむ）、キャロル同時代、弦楽器の、特に単調な奏音を指してよく使われた口語。

34 「ベルマンはあふぃっしゅ（uffish）な顔をして眉根にしわを寄せた」（『スナーク狩り』第四障第一聯）。子供友達のモード・スタンデンに一八七七年に出した手紙の中でキャロルは"uffish"が「自分には、声が"gruffish"、態度が"roughish"、気分が"huffish"な時の精神状態」を指すように思われると書いている。

35 "whiffling"（ふっひほっひ）はキャロル語というわけではない。キャロル同時代、いろいろな意味を持っていたが、短い周期で不規則にぷっぷっと吹くという感じを普通に表す。そこから変化多く、なかなか捉えられない状態をいう俗語にもなった。もっと前の世紀だと、喫煙と飲酒を指した。

36 「もしも三つの動詞"*b*leat" "*mur*mur"そして"war*ble*"をとって」と先に引用した手紙の中でキャロルは書いていた、「私がイタリックスにしている部分を拾えば、たしかに"burble"（ばあぶる）になりますが、そうやってつくったかどうかははっきり記憶にはありません」。この語は（どう見ても"burst"と"bubble"の組み合わせだが）、その後イングランドでは"bubble"の異形としてずっと使われてきていたし（例「ばあぶる小川」）、「困らせる、混乱させる、引っかき回す」を意味する語としても使われた（「彼の人生は怖ろしくばあぶりってしまっていた」と一八八三年にカーライル夫人が手紙に書いた文章を『OED』は用例として拾っている）。現代航空力学では"burbling"は空気が物体のまわりを滑らかに流れないでできる渦流のことを指す。気流剝離。

37 "snickersnee"（つるぎたつ）は大型ナイフを言った古語。「ナイフで決着をつける」という意味もあった。『OED』はギルバート&サリヴァンのオペラ『ミカド』第二幕から「切歯の無念の時、私は鞘を放ってつるぎたつぞ」を用例として引いている。

38 「ビーヴァーはたからぶらしく(galumphing) 歩き回った」（『スナーク狩り』第四障第十七聯）。このキャロル語は『OED』にも採られ、キャロル語として認定された上、"gallop"と"triumphant"の合成ということで「不揃いなとびはねを伴い、勝ち誇ったように行進する」と定義されている。

39 この聯を絵にしたテニエルの見事な挿絵は元々は本全体の扉絵に配されるはずのものだったが、ちょっとこわい絵なので、開巻一番ということでもっと穏やかな絵を扉にもってくる方が良いというのがキャロルの判断だった。そこで一八七一年、三十人ほどの母親たちに次のようなアンケート書簡を送って投票してもらうという挙に出た。

　この手紙とともに『鏡の国のアリス』のフロンティスピースにどうかと思っている絵を同封しました。怪物があまりにもおそろしくて、想像力豊かな繊細なお子さんをこわがらせてしまうのではないかという声もあり、いずれにしてももう少し楽しい絵を一番初めにもってきた方が良さそうなのです。そこで多くの友人の方々にお尋ねします。フロンティスピースを印刷したものもそういう目的のためです。

　選択肢は次の三つかと思われます。

　（1）これをそのままフロンティスピースに置く。

　（2）これは本の中の適当な場所（これが絵にしてみせる物語詩の出てくるところ）に移し、フロンティスピースは別の絵に。

　（3）これは完全にお蔵入りに。

　最後の選択肢をとるとこの絵にかけられた時間と骨折りが完全に無駄になりますし、よほど不必要というのでない限り、この選択肢はつらいものがあります。

　どの選択肢が最善であるか御意見を（皆さまが適当と思われるお子さん方にこの絵を見せた後に）たまわれると幸甚です。

母親たちの大方が選択肢（2）を選

んだのはたしかだ。こうして白の騎士の騎乗の姿がフロンティスピースを飾ることになった。

いつも手紙をいただくヘンリー・モース・ジュニア夫人から、テニエル描く蛇馬魚狗と、ロンドンのナショナル・ギャラリーにあるパオロ・ウッチェルロの描いた聖ジョージ［訳注：ゲオルギウス］の龍退治の絵のドラゴンとがびっくりするほど似通っている、という御指摘をいただいた。テニエルに影響したかもしれない他の怪物絵画についてはマイケル・ハンチャーの『アリスとテニエル』第八章が秀逸。

パオロ・ウッチェルロ画、聖ジョージの龍退治

40 「しかし、きらり（beamish）の甥《おい》よ、その日には気をつけよ」（『スナーク狩り』第三障第十聯）。別段キャロル発明の語ではない。『OED』はこれを一五三〇年まで遡って“beaming”の異形としている（「明るく輝く、華《け》光《こう》放つ」の意、と）。

41 北スコットランドで越冬する北限の鵟鳥が夕方の「カルー！ カルー！」という鳴き声から「カルー（Callooh）」と呼ばれる。

もう少し色気ある見方としてはアルバート・L・ブラックウェルとカールトン・S・ハイマン夫人という読者御両人の指摘だが、キャロルが善美を意味するギリシア語“kalos”のふたつの形を念頭に置いていたはずというもの。キャロルの綴り通りに発音する。この行の意味ともうまく符合する。

42 “chortled”（ぶうぶ）はキャロルの造語で、これまた『OED』に採用され、“chuckle”と“snort”の混合と説明されている。

43 「ジャバウォッキー」が何らかの意味でパロディであるか、今なおはっきりしない。Roger Green, *London Times Literary Supplement* (March 1, 1957) の記事とか、もっと最近では『ルイス・キャロル便覧』（一九六二）を見ると、キャロルはドイツの長大な物語詩「巨人山の牧夫」を念頭に置いていたのかもしれない。羊飼い青年が怪物グリュフォンを倒す話である。このドイツ詩はキャロルのいとこ、マネラ・ビュート・スメドレーが英訳したものが、*Sharpe's London Magazine* (March 7 & 21, 1846) に載っている。「どこがどう似通っているか指摘するのは難しい」と、グリーンは書いている。「気分や雰囲気はかなり似ているが、パロディとしてのスタイルや見方は曖昧である」『役に立ち為になる詩』とはキャロル十三歳の時の書きもの（で、彼の最初の本）だが、そこにシェイクスピア作『ヘンリー四世・第二部』の文章へのパロディがある。プリンス・オブ・ウェールズが“biggen”という語を使うのだが、キャロルのヴァージョンでは、困っている王にこの言葉は「一種の木でできたナイトキャップ」だとプリンスは説明している。後に彼は“rigol”という言葉を持ちだす。

その「リゴル」とはどういう意味
であるか」と王。「陛下、私は存
じません」とプリンスは答えま
す、「ただ韻律のぐあいはこれ以
上のもの、ありません」
「なるほど、それはそうじゃの」
と王も同意します。「それにして
もなんの意味もない言葉など用い
て如何する？」

プリンスの答えは「ジャバウォッキー」のノンセンス語のことを予言していたものともとれる。「陛下、言葉は発せられました、私の唇を通って出ていきました。この地に持つそのあらゆる力は、言わなかったことにはできません」

「ジャバウォッキー」について、キャロルの同時代人たちがどういう反応をしたかについて、文学や法律に対しどういう影響を及ぼしたかについてもっと知りたければ、Joseph Brabant, *Some Observations on Jabberwocky*（Cheshire Cat Press, 1997）が良い。

「ジャバウォッキー」に対する二百以上のパスティーシュやもの真似を集めてみせてくれているのがDayna McCauslandと故Hilda Bohem共編になる*Jabberland : A Whiffle Through the Tulgey Wood of Jabberwocky Imitations*（2002）である。著作権法のことがあって市販はないが、限定版が合衆国とカナダのルイス・キャロル協会のメンバーにはただで配られている。

「ジャバウォッキー」のノンセンス・パロディをつくるのは実はやさしい。新しいノンセンス語をキャロルのそれと入れ換えれば良いだけの話。但し取っ換えた言葉が筋の通ったリリカルな詩になっているか、ということで果然難しいことに。

たとえばハーヴァード大学教授ハリー・レヴィンがすばらしいエッセー「不思議の国再訪」（『ジャバウォッキー』一九七〇年秋号）の中でやってみせたのがこれ。次のようなきれいな四行句が生まれた。

そは四月、重たい雨がふる、
道にざんざん、しととと。
げに見通しにくきは窓ガラス、
下水溝に雨水あふれると。

第２章　人みたいな花の苑

「私、お庭をもっとよく見なくちゃ」とアリスはひとりごとを言いました、「あの丘のてっぺんに上《のぼ》ったら、できるはず――まっすぐ丘に行くのこの道ね――あら、少なくとも今はまっすぐでもないか――（とその道を二、三ヤード行っていくつか急な曲がりで曲がったのでしたが）最後はちゃんと着くわ、きっと。それにしてもおかしいくらい次々、曲がりばっかり！　道じゃなくてまるでコルク栓抜きね！[1]　さあ、今度の曲がりで丘よ――あら、ちがった！――まっすぐお家に逆戻り！　わかった、今度は別の道よ」で、そうしてみます。上ったり下りたり、曲がり曲がって。でもどう望んでみようといつもお家の前に戻ってしまいます。実際に一度など、いつもよりよほど速く角を曲がって、家に激突しそうになったところで、やっと止まったのです。

「四の五の言ったって何にもならない」と、家を見あげ、まるで家と議論しているふうでした。「もう一回中になんか入らないわよ。そうしたらまた鏡を通り抜けて――以前のお部屋に戻るだけで――私の冒険、何もかもおしまい！」

　そこで決心して家に背を向けると、もう一度道を歩み始め、丘に着くまではとにかくまっすぐ行こうと決めていました。二、三分の間、うまくいった

1　コルク栓抜き（corkscrew）は『鏡の国のアリス』では幾度となく言及される。もちろんキャロルはコルク栓抜きが螺旋《らせん》だということを知悉《ちしつ》している。鏡の中で「逆に行く」螺旋たる三次元非相称曲線だ。ハンプティ・ダンプティはアリスに「ジャバウォッキー」詩の「とうぶ」がどこかコルク栓抜きみたいに見えると言う。ハンプティ・ダンプティは彼がコルク栓抜きで魚を起こして回る歌を復唱するし、第九章ではハンプティ・ダンプティがコルク栓抜きを手に戸口にやって来て、カバをさがしていると言ったという話を白のクィーンがしている。

のですが、「今度こそ本当にうまくいきそう——」と言ったとたん、道が急に曲がって（アリスが後日した言い方では）ぶるんと身ぶるいをし、そしたら次の瞬間、アリスは家の戸口を歩いていたのです。信じられません。「ああ、ほんとに許せない！」と大声が出ます。「こんなお邪魔ハウス、見たことない！　絶対！」

でも、丘が目の前にすっくと立っているのが目に入ったら、また出発する他ないじゃないですか、これは。今度は大きな花壇に出会いました。デイジーにふちどられていて、真ん中に柳の木が一本立っていました。

「ねえオニユリさん！」[2]アリスは優雅に風にそよいでいたオニユリに話しかけてみました。「お話できると嬉しいんですけれど！」

「お話はできるよ」とオニユリ。「話すに値する相手がいればね」

アリスはびっくり仰天で、一分ほど口がきけません。魂消《たまげ》るというやつだね。やっと、オニユリがまたそよそよし始めると、アリスはおずおずしゃべりだしました——ほとんどささやき声です。「お

2　キャロルは元々はここにパッション・フラワー（時計草）を使うつもりだったが、これが人間の激怒・激情にふれる名でなく、十字架磔刑《たっけい》のキリストの受難にふれた名であることを知り、オニユリに変えたのだそうだ。エピソード全体がテニソンの名詩『モード（*Maud*）』（一八五五）第二十二節の口きく花たちのパロディになっている。

花さんたち、みんなしゃべれるの？」

「ああ、あんたぐらいにはね」とオニユリ。「ずっとうるさくね」

「私らからしゃべるのって礼儀に反する、だろ」とバラ。「だからあんたがいつ話しかけてくるんだろうとじっと待ってた！『賢い顔じゃないけど、顔にどっかちゃんとしたところはあるわ！』と思っていたよ。それに色つや悪くない。大事なことだ」

「色なんていいよ」とオニユリ。「はなびらがもうちょっとめくれてた方がいいかなあ」

アリスはいろいろ言われるの、いやでしたから、尋ね始めます。「こういうところに植えられて、面倒見てくれる相手もいないんじゃあ、時々こわくなることとなんかないんですか？」

「真ん中に木が立ってるだろ」とバラ。「それこそがやつのつとめなのさ」

「でも危険が迫った時、何ができるの？」アリスが尋ねます。

「犬みたいに吼《ほ》えるよ」とバラ。

「大きな声だ」とデイジー。「だからやつ、手足までが大きな小枝＊！」

「そんなことも知らなかったの？」と、別のデイジー。ここで花たちが一斉《いっせい》に叫び始めたので、あたりはちいさな金切り声でいっぱいになりました。「み

＊［訳注：原文は "It says 'bough-wough!'"（大きな声だ）と "Its branches are called bough"（大きな小枝）］

レナード・ワイスガード画、1949.

んな、うるさあい！」体を左右に大きくゆすり、興奮してぶるぶるふるえながら、オニユリが叫びました。「やつら、こちらにつかまえられんことがわかってるんだ！」オニユリはぷるぷるふるえている頭をアリスの方にかしげながら、あえぎました。「でなきゃこんなふうなこと、できるわけがない！」

「気にしない！」アリスはなだめる口調で言ってから、またしゃべりだしたデイジーたちの方にかがむと、小声で言いました。「静かにできないなら根こぎにしちゃうよ！」

次の瞬間、すべて沈黙し、ピンク色のデイジーの中には真っ青になったものもいました。[3]

「それでいい！」とオニユリ。「デイジーどもが一番悪い。だれかしゃべると皆一斉《いっせい》に始める。あいつらのおしゃべりを聞いて枯れてこないやつなんていない！」

「そちら、どうしてそんなに上手にしゃべることができるんです？」アリスは褒められた相手の機嫌が直ると良いと思って、そう尋ねます。「ずいぶんいろんなお庭見てきましたが、花が口をきくなんて初めて」

「手を伸ばして地べたさわって御覧よ」とオニユリ。「それで答、わかるさ」

アリスはやってみました。「とっても固い」と言います。「でもなんの関係

3　デイジー（daisies）はデイジーのイングランド野生種のこと（English daisy、ひなぎく）だと言っているのはロバート・ホーンバックだ（『不思議の国のアリス』第五章注6に引いた記事参照）。「繖《さん》形というか放射状に出る花弁を持つ。花弁は上側は白、下は赤味が入る。朝に開花するとピンクから白に変わるように見える」とか。

があるんです？」

「ほとんどの庭だと」とオニユリ、「床《とこ》をつくるの、やわらかすぎるんだ――だから花たちいつもぐっすりなんだ」

実にわかりやすい話なので、アリスもわかって良い気分でした。「そんなこと考えたこともなかったわ！」とアリスは言いました。

「何も考えてない、というのがこちらの意見だけど」結構トゲのある口調でバラ。

「これ以上ばかに見える相手、見たことない」とヴァイオレット[4]。あまりに出しぬけな発言にアリスはとびあがります。相手はそれまでひとことも口をきいていなかったからです。

「おまえら口を開くな！」とオニユリ。「まるでだれかを見たことがあるって口ぶりだな！　いつも頭を葉っぱの蔭《かげ》に押しこんで、ぐうぐうやってるから、世間知らずはつぼみの頃と変わらない！」

「この庭に私の他にも人がいるんですか」さっきバラが言った最後の言葉は聞かないふりして、アリスが言いました。

「この庭にあんたみたいに動き回れる花は他にはいない」とバラ。「ふしぎだけど、どうしたらそんなに――」（「あんたはいっつもふしぎがってばか

4　キャロルが愛した三姉妹の他のリドゥル家の娘たち、年下のローダ（Rhoda）とヴァイオレット（Violet）。この章ではバラ（Rose）とヴァイオレットとして――『アリス』物語にこの二人が顔を出すのはここだけだ。

り」とオニユリ）「でも彼女の方があんたよりもじゃもじゃした毛で」

「その女の人、私に似てるの？」アリスは思わず熱が入ります。だって「この庭のどこかにもう一人少女がいる」という思いが頭をよぎったからです。

「そうね、同じように不様だわね」とバラ。「でも向こうのが方が赤い――し、向こうのはなびらの方が短い感じ」

「ダリアみたいにみっちりついてるかな」とオニユリ。「あんたみたいにばらばらじゃない」

「でもそれ、あんたが悪いんじゃない」と、バラが気をつかって言葉をはさみます。「あんた、枯れ始めてるのね、でしょ――だからはなびらがちょっとあっちゃこっちゃになるの、仕方ないのよ」

アリスはこういう捉え方が気に入らなかったので、「その彼女、ここに現れるんですか？」と話題を変えてみます。

「多分すぐに会えるよ」とバラ。「彼女は出っぱりが九つある種類[5]、そうなんだ」

「それ体のどこがそうなんです？」ちょっと好奇心がわいて、アリスが聞きます。

「そうね、もちろん頭のまわりにぐるりとよ」とバラ。「ふしぎだけど、な

5 『鏡の国のアリス』初版は、「彼女は出っぱりが九つある種類」という文章が「彼女はトゲある種類」であった。「出っぱり（spikes）」とは赤のクィーンの冠の突起部分を指す。テニエル描くクィーンたち全員が九つのスパイク持つ冠を被っているし、アリスがクィーンに成り上った時、アリスの黄金の女王冠も九つのギザギザをしている。

ぜあんたにはないのか、と。それが決まりだと思ってたから」

「お出ましだ！」ヒエンソウが叫びました。「砂利道にどん、どーん、彼女の足音が聞こえる！[6]」

　アリスは熱心に目を走らせました。それは赤のクィーンでした。「まあ大きくなっちゃったわね！」というのがアリスの口から出た最初の言葉でした。本当に大きくなっていました。クィーンを初めて灰かぐらの中に見た時はただ三インチくらいでしたが——今こうして見てみますとアリスよりも頭ひとつ背が高い！

「空気が新鮮だからね」とバラ。「このあたり、ふしぎなくらい空気がおいしいの」

「お会いしてこよう」とアリス。花たちだって面白かったのですが、赤のクィーンとおしゃべりできる方が段然楽しそう。

「でもそれ、多分だめだろうね」とバラ。「私なら逆に行って御覧と言いたいね」

　ばかな忠告のようにアリスには思えたので、何も言わずにすぐ赤のクィーンの方に歩きだしました。すぐにびっくりしたのですが、クィーンの姿はどこにもなく、そしてアリスはまたまた正面戸口のところを歩いていたのです。

6　テニソンの『モード』の次の聯《れん》と比べられたい。

こぼるゝは、けぎよき泪《なみだ》、
門のパッション・フラワーの目より。
彼女が来る、我が鳩、いとしき者が、
彼女が来る、我が命、我が運命。
紅薔薇の叫ぶ、「彼女近し、彼女近づく」
白薔薇の泣く、「彼女、遅し」
飛燕草《ひえんそう》耳かたぶけ「我聞く、我聞く」
そして百合のつゝめく、「我は待つなり」

ちょっと頭にきて元に戻り、あちこちにクィーンの姿をさがしましたが(最後にはえらく遠くに見えました)、よおし今度は逆方向に歩いていくつもりになったのです。

これがすばらしく成功でした。[7] 一分も歩かぬ間に赤のクィーンと顔をつき合わせるところにやってきており、しかもあんなにもずっと目標にし続けていた丘がどかんと真ん前にあるではないですか。

「そち、いずこより来たのかえ」と赤のクィーン。「して、いずこへ行こうと? 目をあげて、しっかりお話し、そうやってずっと指をもじもじしてるんじゃない[8]」

アリスはこういう指図にすべて従い、できる限り、私の道がよくわからなくなったと説明しました。

「私の道とはどういうことかの」とクィーン。「このあたりの道は全部わしのものじゃから――それにしてもそち、どうしてここに来たのかい」と少しやさしい口調でクィーンは言い足します。「膝折り礼をしながら、言うべきことを考える。それで時間の節約になる」

アリスにはちょっとわからないのですが、畏れ多くもクィーンの御言葉、ちがっているとか絶対思ってはいけません。「家、帰ったらやってみよう」

7 前そしてうしろは鏡で反転されるという天下周知の事実を前に出してきた。鏡に向かって歩くと、鏡像は逆方向に動く。

8 以前にも引用の「舞台の上の『アリス』」という記事で、キャロルはこう書いている。

赤のクィーンを憤怒女神《フューリー》であると書きましたが、一寸《ちょっと》特別なタイプであります。彼女の激情は冷たく静かです。彼女は形式的かつ厳酷でなければならないが、不親切というのでもない。百パーセント衒《げん》学《がく》的で、あらゆる女家庭教師《ガヴァネス》のぎゅっと詰まったエッセンスとでも言いますか!

と、アリスは思いました。「ディナーにちょっと遅れそうな次の機会に」

「さあ、そちの答える時ぞ」自分の時計を見ながらクィーン。「しゃべる時は口をも少し大きくあける。それからいつも『陛下』と言うのじゃ」

「どんな庭なのか見てみたいだけなんです、陛下──」

「その調子」とクィーン。言いながらアリスの頭をぽんぽんと軽く叩くのですが、これがアリス、気に入りません。「ところで、そち、今『庭』と言うたの──わし、いろいろ庭を見てきたが、それらに比べるなら、ここなんぞただの荒れ野ぞ」

　アリスはこのことで議論になるの面倒と思いながら、続けました。「──私、あの丘に行く私の道を見つけたいと思ってるんですが──」

　赤のクィーンにはモデルがいて、リドゥル家の子供たちの女家庭教師だったミス・プリケット（Miss Prickett）がその人という説がある（リドゥル家の子供たちは彼女のことを「プリックス（Pricks）」と呼んでいた）。口さがないオックスフォードの大学雀たちはキャロルとミス・プリケットをロマンティックに結びつけ、それこそキャロルがリドゥル家によく出入りした理由とか噂したが、すぐにキャロルの関心が女家庭教師にではなく子供たちの方にあることがはっきりした。『アリス』のパラマウント映画では赤のクィーンを演《や》ったのはエドナ・メイ・オリヴァーである。

「今そち『丘』と言うたか」とクィーンが言葉をはさみました。「わし、そちに丘ならいくらも見せてやれるが、それらに比べるなら、あれなんぞただの谷じゃ[9]」

「見せていりません」とアリス。びっくりしたあまり、とうとう口ごたえが出ました。「丘は丘、谷でありえない。でしょ。意味がなくなっちゃうわ——」

赤のクィーンは頭をふります。「『意味なし』と言うたか」とクィーンは言います。「わし、意味なしを耳にしたことがあるが、それに比べるなら、これなどただの辞書みたいに意味ありぞ![10]」

アリスはまた膝折りのお辞儀をしました。クィーンの口調がちょっといらいらしていると感じたからです。二人黙って歩き続けるうちにちいさな丘のてっぺんに着きました。

何分もの間アリスは黙って立っていました。あらゆる向きにあたりを眺めていたのですが——こんな変なところって! ちいさな川が左右にわたってたくさん流れていて、間にある土地は小川から小川へと伸びるちいさな緑の生垣によってきっちり真四角に分けられていたのです。

「まるで大きなチェス盤みたいな仕切りね!」とアリスは言いました。「だれかがどこかで動いているはずなんだけど——あっやっぱり、いたいた!」

9　数学者ソロモン・ゴロムが赤のクィーンの言葉について手紙を書いてコメントをくれた。「赤のクィーンが言います、『今そち、「丘」と言うたが、わしいろいろな丘を見せてやれる。それらに比べればこれなどただの谷じゃ』と。するとアリスが反対して言います。『丘は谷じゃありえません、でしょ。意味なしにしてはだめ』と。私としてはドジソンがハンス・クリスチャン・アンデルセンの『妖精の丘』(とても有名な話でバレエにもなっています)の中の何かに反応しているのだと思います。トロールの王(山の王、後に書かれるイプセンの『ペール・ギュント』のドブレ王)がノルウェーからデンマークの妖精王を歴訪するが、トロール王の不品行な息子が標題の『妖精の丘』について、『これを丘と呼ばれるか。ノルウェーでなら穴としか呼びませんが!』と言うのです(デンマークはとても平たい国、ノルウェーは非常に山だらけの国です

嬉しいって口調です。言いながらアリスの胸は興奮してどきどきいっていました。「巨大なチェス進行中——舞台は世界[11]——これ、世界だとしてだけどね。面白い！　私も入れるといいなあ！　入れるんなら、歩《ポーン》でもいいや——もちろんクィーンなら最高だけど」

　そして横の本物のクィーンを気まずそうにちらり見したのですが、相手は楽しそうにほほえんだだけで、こんなことを言いました。「そりゃ簡単じゃ。いやでなけりゃ白のクィーンのポーンにおなり。リリー[12]がちいさすぎるので、そちちょうど良い。二番目のマスから始める、そして八番目のマスに着いたらクィーンになるのじゃ——」とこの時、どうしたわけか二人だし抜けに走り始めたのです。

　どうして走り始めたのか、後日いくら考えてもアリスにはよくわからなかったのです。手に手をとって走り、クィーンがあまりに速いのでついていくのがやっとだったことだけ覚えているくらいです。それでもクィーンは「速く！　もっと速く！」と叫ぶばかりで、

ね）。アリスはデコではボコではありえないというドジソンの数学者感覚を代弁しているのです（まあ、『妖精の丘』の英訳がオックスフォードに届いたのがいつか、ドジソンがそれに目を通したことはありえたかを調べてからの議論です）」

10　アーサー・エディントン卿《けい》は『自然界の本質』（一九二八）の最終章に、卿呼ぶところの物理学者の「ノンセンス問題」という微妙な議論と関連して、この赤のクィーンの言葉を引用している。簡単に言ってみれば、物理学者が物理学の法則を超えたところにある種のリアリティを有りとするのはノンセンスではあるが、そういうリアリティはないと考えるノンセンスのかたわらに置くと、まるで辞書のようにセンシブル（意味・深い）ではないか、という話である。

11　人生そのものが巨大なチェスであ

るとする記憶に値する名文が一杯あって、それらから一冊大型アンソロジーを編んでみたいという気にさせる。時にはプレイヤーは人間同士で、チェスの駒を操る感じで他人を扱おうとしている。次の文章はジョージ・エリオットの『急進主義者フィーリクス・ホルト』（一八六六）から。

> もしチェスの駒たちに、どの道せこくてこずるい情熱や知性があるとしたら、あなたがあなたの敵側の駒のことだけでなく、あなた自身の駒についても一寸よくわからないんだとしたら、もしあなたのナイトが自分の意志でこそこそと新しいマス目にねじこんできたら、もしあなたのビショップがあなたのキャッスリング嫌さにあなたのポーンたちをたらしこんで他所にやってしまったり、いやいやそのポーンたちだって自分がポーンであるという理由であなたを憎み、自分の持ち場を捨てるので突然あなたはチェックメイトをくらうとかすると、チェスって一体どうなるんでしょうか。ひょっとして演繹論理の天才かもしれないあなたが、あなた自身のポーンたちにしてやられるのかも。傲慢不遜にも自らの数学的想像力に頼りきって、情の通った駒たちをばかにしてると、とりわけきっちり片をつけられそうですね。
>
> そう、この架空のチェスはそのまま、あなたがまわりの人間を道具にして他の人間たちと争う人生チェスじゃないでしょうか……。

またプレイヤーが神 対 悪魔サタンということもある。ウィリアム・ジェイムズはエッセー「運命論のディレンマ」でこのテーマをあれこれ考え、H・G・ウェルズはそれに応えて、教育をめぐるすばらしい小説、『不死の火』の序でこのテーマを追求している。それがモデルにした『ヨブ記』そっくり、ウェルズのこの作品は神と悪魔の会話から始まる。チェスを指しているのである。

それにしてもこのチェスはインド起源の小体《こてい》な精緻な盤上遊戯ではない。まったく別次元の大きさなのだ。宇宙の創造者が盤と駒と規則を創造する。あらゆる指し手を創る、彼が望めばいつでも、望むだけの手を創る。しかるに彼の敵は区々《くく》の指し手に少しだけ説明不能な不正確さを持ちこむことを許されていて、これを是正するのにさらに何手か必要になる。創造者はゲームの目的を決め、かつ隠す。大体が彼の敵手がこの測り難い構想の中で創造者を負かすのか、助けるのか、いずれかとも目的がはっきりしない。一見、敵は勝利し得ないのだが、かといってゲームが回る限り、彼が敗北する

とにやっきになっているのだ。

こともありえない。しかし見るところ、ゲームが何らか筋の通った進行になっていくのを邪魔することにやっきになっているのだ。

また時には神々自身が格がひとつ上の大型ゲームのただの駒ということもある。そしてこの大型チェスのプレイヤーだって、どんどん宇宙大に拡大していく無限のハイアラーキーの中でやはりどんどん駒の立場に変わっていく。「上の方じゃ楽しそうだ」と、このテーマに長広舌をふるったあと、ジェイムズ・ブランチ・キャベルの小説『ジャーゲン（*Jurgen*）』（一九一九）のマザー・セレダは言う、「だけどあまりにも遠い」、と。

12 「リリー」について。白のクィーンの娘にして白のポーンの一員。アリスは前の章で一度出会っている。「リリー」という名を選んだ時、キャロルの念頭に子供友達で、ジョージ・マクドナルド（第一章注3）の長女リリア・スコット・マクドナルドのことがあったかもしれない。リリアは父親から「ぼくのホワイト・リリーちゃん」と呼ばれていた。キャロルの（十五歳をすぎたあとの）リリア宛ての手紙を見ると、彼女が年齢を加えていくことにいつもいやみを言っている。ここでリリーがちいさすぎてチェスができないと言っているのもこのいやみの一回という可能性だってあるのかも。

キャロルが子供友達の一人にプレゼントとした「リリー」という名の白い仔猫の記録がある（コリングウッドによるキャロル伝、四二七ページ）。白のクィーンは前の章で「大事な我が御《お》子《こ》」と我が娘を呼んでいる［訳注：原文は“My imperial kitten”だから、「ねこ」と言おうとして「おこ」と言って、「烏滸《おこ》がましい」と言われてしまうのか］。いずれにせよ、これは『鏡の国のアリス』が書かれた後のできごと。

アリスにはもっと速くなんて力はありませんが、息が切れてそれを口に出すこともできませんでした。

　何より奇妙なのは二人のまわりの木やなんやの場所が全然変わらないことでした。二人がどんなに速く走ろうが、何も通りすぎていく感じがないのです。「何もかも、私たちと一緒に動いてるんじゃないの?」と、当惑しきってアリスは考えます。彼女の考えをクィーンは見抜いていたようで、「もっと速く！　しゃべろうなんてするな！」と叫びました。

　そうしようという考えがアリスにあったわけはありません。もうしゃべることは決してできないという感じだけ、それくらいひどく息がきれていたのです。それでもなおクィーンは「速く！　もっと速く！」と叫んで、アリスを引っぱっていきます。「もう近くなんですね?」アリスはやっと、あえぎながら言いました。

「もう近く！」とクィーンがそっくり繰り返します。「ふん、そんなの、十分も前のことじゃわい！　もっと速く！」それから二人、しばらく黙って走り続けましたが、風がアリスの耳もとでひゅんひゅんいって、頭から髪が吹きちぎられていきそうと、アリスは思いました。

「さあ、さあ！」とクィーンが叫びます。「速く！　もっと速くじゃ！」そ

ミロ・ウィンター画、1916.

れからも速く走り続け、最後には足が地べたにふれることなく宙をふっ飛んでいる感じにまでなったところで突然、二人は止まり、アリスは息ぎれし、めまいがして地べたに坐りこんでいました。

　クィーンはアリスを一本の木にもたせかけると、「さあ少し休めば良い」と親切に言いました。

　アリスはまわりを見やり、びっくりします。「変よ。ずっとこの木の下じゃない！　何もかも、前のまんま！」

「前のまんまじゃよ」とクィーン。「どうなれば良いというのかい？」

「あのね、私たちの国では」まだ少し息ぎれしているアリスが言います。「どっか別のところに行きつくのが普通――こんなにも長い間、速く速く走ったりしたら」

「なんとも遅い国じゃの！」とクィーン。「よいか、ここではな、同じところにいたいと思えばそち持てる全力で走るのじゃ[13]。別のところへ行きたいと思うのなら、その少なくとも倍の速さで走らねばならん！」

「そんなの無理よ！」とアリス。「ここにこうしているだけでいいです――それはそうと、私、暑い、喉もからから！」

「そちが何ほしがっておるか、わかる」クィーンは親切に言いながら、ポ

13　（大体いつも急転回する政治事情に関係付け）全『アリス』物語中、おそらく一番頻繁に引用されてきた句ではあるまいか。

M・L・カーク画、1905.

ケットからちいさな箱を取り出しました。「ビスケットをどうかい？」

アリスはさすがに礼に反するので「いりません」とは言えません。全然好きでなかったんだけど。受けとるとがまんして口に。でもその水気のないことったら。こんなに喉につかえたの、生まれて初めてのことでした。

「そち、元気になってくれたところで」とクィーン、「わしちょっとそこらを測ろう」。そしてクィーンはポケットからリボンを取り出すと、これにインチ刻《きざ》みの目盛りがついており、クィーンはそれで地べたを測っては、あちこちにちいさな杭を立てていきました。

「二ヤード行ったところで」距離がわかる杭を立てながらクィーンが言います、「いろいろ指示をしてあげよう――ビスケット、もう一枚どうかい？」

「いえ、結構です」とアリス。「一枚で本当十分！」

「乾き、おさまって良かったのう」とクィーン。

アリスはなんと答えていいかわかりません。クィーンが答を待つ間もなくしゃべり続けてくれたので助かりました。「三ヤード行ったら同じことを繰り返す、念押しじゃな。四ヤード行ったら、お別れ言おう。五ヤードで、わしは行く！」

クィーンはこの時までに杭のすべてを地べたに立てていました。アリスはクィーンが木のところに帰ってき、そして縦の列に沿ってゆっくり歩き始めるのを本当に面白そうに見ていました。

二ヤードの杭のところでくるりと振り向くと、クィーンは「ポーンは最初の指し手で二マス行ける。で、第三マスはあっというまに抜ける——汽車だからなあ——気づけば第四マスだ。このマス目はトゥイードルダムとトゥイードルディーのところ——五マス目はほとんど水——六マスにはハンプティ・ダンプティがおる——そち、なんで何も言わぬ？」

「何か言わないといけないなんて知りませんでした——どこかで」アリスがもぐもぐ言いました。

「言わなくちゃならんかった」大分責めるような口調でクィーンが言いました。「『こんなこと全部お教えいただくなんて恐縮です』とかね——ま、言ってもろうたことにしとこう——七マス目は全部森——じゃが、ナイトの一人が道を案内《あない》してくれよう——そして八番目のマスでおたがいクィーンじゃ、祝宴と余興じゃ！」アリスは立ちあがって膝折ってお辞儀してから、再び坐りました。

そして次の杭でクィーンはまたふり返ると、今度は「何かを英語でなんと言うかわからなければフランス語で言うこと——歩きながら足指は外に向け

ローレンス・メルニック画、1956.

14　手紙でクィーンの忠告について実に面白いことを二点まで指摘してくれたのはジェラード・M・ワインバーグ。結局、ポーンとしての振る舞いを言う忠告なので、何かを英語でなんと言うかわからなければフランス語で言えというのはポーンの「アンパッサンで」相手を捕獲することを指す（*en passant* は in passing に当たるフランス語だが、この「通過捕獲」を言う英語はない）。足指を外に広げてというのは、ポーンによる捕獲が左か右かの斜めにひとマス前進することでおこなわれる点を言っているのであろう。

ること[14]——それから、自分がだれか忘れないこと！」と言いました。今度はクィーンはアリスの膝折りの礼を待ちもせず、さっさと次の杭の場所に行くと、一瞬振り向いて「さらばじゃ」と言って、最後の杭に向かってさっさと行ってしまったのでした。

　どのようにそうなったものか、アリスにはわかりませんでしたが、たしかに最後の杭のところへ着くやいなやクィーンは消えていました。[15]空中に融《と》けて消えたか、急いで森にかけ込んでかき消えたか（「なにしろ足、速いものな！」とアリスは思いました）、そこはわかりませんでしたが、とにかくかき消えたのです。そしてアリスは自分は歩《ポーン》になっている、もう少しで動きだすのだなと、歩《ふ》と思い出したことでありました。

15　キャロルが序で示した棋譜図に即してチェスの駒たちの位置について少しみておくと、アリス（白のポーン）と赤のクィーンは隣り合うマス目に並んでいる。クィーンがＫＲ４に移ることでゲームは続いていく（赤のキング〔＝Ｋ〕側のルーク〔＝Ｒ〕縦列の四番目のマス目へ。赤の側から数えて、ということ。この棋譜読みでは、マス目はいつも、動かされる駒の側から数えて何マス目と数えられる）。

序の棋譜図

第3章　鏡の国のむしのいい話

まずしなければならないのは、これから進んで行くところをよく見ることです。「ほんと地理の勉強みたい」少しは遠くまで見えるかとつま先立ちしながらアリスは思います。「主要河川《かせん》――たら、ないわね。主要山岳――私がいる、これだけだし、名前あるようでもないし。主要町村――って、あそこで蜜集めてるあれ、なんの生きもの？――蜂じゃない――一マイル向こうの蜂が見えるわけない、でしょ――」そしてしばらく黙ったまま、生きものの一匹が花の間をぶんぶん飛び、花に鼻をつっこむのをじっと見つめます。「すること、なんか普通の蜂みたいね」と思いました。

普通の蜂どころじゃない――象だったんですよ[1]――すぐにわかったのですが、いきなりアリスは息がつまりそうでした。「じゃ、あの花たち、どんだけ大きいわけ！」とすぐに思いました。「小屋から屋根をとって茎をつけたようなものよね――蜜だって一体どれだけとれるっていうの！　下りて行ってみて――ちがう――下りるの、今はまだよ」と言いましたが、ちょうどまさにそこで下りようとしているのを止め、そしてそんなに急に自分を抑えた理由を何か思いつこうとしている感じでしょうか。「あいつらの真ん中に、追い払うための長いがっちりした枝も持たずに下りて行くなんてだめよ――歩いてみてどうだったたって尋ねられたら面白いわね。私、言うわ、『うん、

1　なぜ"bee"（蜂）が"elephant"（象）なのか。A・S・M・ディッキンズは鏡の国のチェスについての記事（第九章注1を参照）の中で、文字Bが（キャロルが好きな文字という他に）チェスのビショップの象徴であり、六百年ほど前にはチェスの僧正は「象」という名で呼ばれていたと言っている（イスラムではAlfil、インドではHastri、中国では「Kin/Siang（金）」）。ロシアでは今なおSlonだが、まさしく象のことだ。この奇妙なパラグラフで

楽しかったわ――』」（と、お得意の頭をつんとそらす恰好《かっこう》です）『ただね
ちょっとほこりっぽくて暑かったし、象のやつがいたずらしすぎ』って！」
少し考えてアリス、「逆に下りて行こう」と言いました。「象にはまた会えるかもね。それに今はとにかく第三マスに行くこと！」
こんな言いわけを頭に丘を下りると、六つの小川の最初の小川をぽんとと

ピーター・ニューエル画、1901.

は、ルイス・キャロルはビショップをちゃんとストーリーに取り込んでいるという説。但し、しのばせ方に凝った暗号書法をからめてという奇説、である。

少女友達アイザ・ボウマンのために書いた魅力的な半ノンセンス物語、『アイザのオックスフォード探訪』は彼女のキャロル伝（J・M・デント、一八九九）に再録されているが、ウースター学寮の庭をアイザと歩いた話である。二人は「（湖にいて当然の）スワンを、そして（花の間を歩いて忙しい蜂みたいに蜜を集めてはいないのが当然の）カバを」見損ねたのだった。

び越えました。[2]

＊　＊　＊　＊　＊　＊　＊　＊　＊　＊　＊

「切符拝見！」窓から顔を入れてきた車掌《しゃしょう》が言いました。たちまちだれもが切符を取り出します。切符は乗客たちと同じくらいの大きさで、汽車の客室《はこ》はいっぱいになっているように見えます。

「さあどしたい！　切符だよ、子供！」怒ってアリスを見ながら車掌は続けました。その上、いろいろな声が皆一斉《いっせい》に（「歌のコーラスみたい」とアリスは思いました）、「車掌を待たせるな、子供！　そう、車掌の時間は一分一千ポンドの値打ち！」と。

「あのう、私、持ってないの」アリスはこわごわ言います。「私の来たところ、切符売場がなかったんです」。するとまた声がコーラスで続けます。「こ

2　六つの小川とは、アリスをクィーンに成り上るべき第八のマス目から隔てている六本の水平の分割線のこと。アリスがこれを一本越えるたびに、越え行きは本文中では三列のアステリスクで示される。アリスの最初の手P-Q4は一手で二マス行く、ポーンに許される最長の「旅」である。こうして三マス目に入ったのを、汽車が一挙に四マス目に運んでくれる。

3　私の質問を世間に知らしめてくれたのは『ジャバウォッキー』であった（一九七〇年三月号）。私の質問というのは、「おそらく貴誌読者のどなたかが、私にとって『アリス』物語の最大の謎にして未だ未解決のもののひとつを氷解してくれるものと信じます。汽車のシーンで、何々はひとつについて一千なんぼという言い方が何度も繰り返されます。私はキャロルが当時、彼の読者には耳なじみだった（何かの宣伝の文句とかいった）何かを下敷き

の子が来たところ、切符売場ひとつ立つ場所もなかったんだ。そこの地べたは一インチ一千ポンド！」

「言いわけ無用」と車掌。「切符ひとつ、機関士から買えなかったのか」。そしてまた声がコーラスで「汽車動かす人さ。煙だけでぷっ、ひと吹き一千ポンド[3]！」

アリスは心で思います、「そう、声に出して言っても仕方ないわね」。それでこのたびはコーラスはなし、アリスが口に出しては言わなかったからね。ところが連中、皆コーラスで考えたんだ、これにはアリスもびっくり仰天（きみも、コーラスで考えるってどういうことか、わかってくれるといいんだけど——私にはわからない、正直言って）。なんでも「何も口に出さないが良い。言葉は一語一千ポンド！」だってさ。

「今晩一千ポンドの夢見そう、絶対に！」とアリスは思いました。

その間じゅう車掌はずっとアリスを見ていました。初めは望遠鏡で、それから顕微鏡で、最後には双眼鏡で。[4]挙句《あげく》、「行ってる方向が逆なんだ」と言って窓をしめ、行ってしまいました。

「さて、お嬢ちゃん」と向かいに坐った紳士が（白い紙を着ていました）[5]言いました。「自分がどこへ向かって行ってるのかは知っておかなくちゃあ、

にしているように思われるのですが、それが何であるかなお不明なのです」というものだった。

同誌次号に現れた手紙による応答の大体は、この句はビーチャム丸薬の宣伝文句、「ひと箱一ギニー」をもじっているとしていた。シェイバーマンとクラッチは別の考えであった（R.B.Shaberman & Denis Crutch, *Under the Quizzing Glass*）。テニソンがワイト島の新鮮な空気を「一パイント六ペンス」と詠じた有名な句を意識しての一句としたのである。

別の考えを手紙でくれたのはウィルフレッド・シェパードで、一千ポンドを当時巨船で通っていた英国船「ザ・グレート・イースタン」号（一八五八年進水）をめぐる広告活動と結びつけている。この船について『エンサイクロペディア・ブリタニカ』は「かつて造られた蒸気船舶としては最も議論を呼んだ、そして歴史的に言えば最悪の失敗作ではなかろうか」と記してい

自分の名前がわからなくってもさ！」

白い紳士の隣に坐っていたのはヤギでしたが、目をつぶったまま、低い声で言いました。「切符売り場にどう行くかは知っておかなきゃいくめえ、アルファベットが言えなくてもさ！」

ヤギの隣に坐っていたのはびっくり、カブトムシ（なんと妙な客ばかりが客室にいっぱいだったことでしょう）。そして決まりがあって、皆が順番にしゃべるということらしく、このムシ、「この嬢ちゃん、手荷物扱いでここから戻さなきゃな！」と言いました。

カブトムシの向こうが何者かアリスには見えませんでしたが、わななくようなかすれ声が次に「汽車交換《くるまがえ》だ[6]――」とまで言ったところで喉がつまって、止めなければなりませんでした。

「お馬さんの声みたいね」とアリスは思いました。するととても蚊《か》のなくようなちいさな声がアリスの耳もとで言いました。「それ洒落になるよ――ワナナキとイナナキ、でね。ヒヒ[7]」

る。シェパードはジェイムズ・ダガンの『巨大な鋼鉄船』（一九五三）の中の当該記事を引き合いに出しているが、本当に一千ポンド、一千ポンドだらけの記事――進水経費一フィート一千ポンド、一日一千ポンドの資本投資、等々。キャロルが目を通しそうな新聞記事を丁寧に調べたら、「ひと吹き一千ポンド」の関連も何か出てくるかもしれない。
フランキー・モリスの『ジャバウォッキー』投稿記事によると（Frankie Morris, "'Smiles and Soap': Lewis Carroll and the 'Blast of Puffery'," *Jabberwocky* [Spring 1997]）、「ひと吹き（puff）」というのは広告や個人的推薦によって何かの製品を展開することを指したヴィクトリア朝の用法であったらしい。氏が引いているのはE.S.Turner, *The Shocking History of Advertising*（1953）第三章で、さる製薬会社がディケンズに「ひと吹き一千ポンド」で推薦頼みたい旨、書いている。

4　この場面にテニエルがつけた挿絵はジョン・エヴァレット・ミレーの有名な絵、『私の初めての説教』への手のこんだパロディだったのかしれない。少女二人の衣服はこれはもう酷似である。羽根のついたポークパイ・ハット、ストライプのストッキング、一番下に列になったたくしの入ったスカート、とがった黒のシューズ、そしてマフ。手提げがアリスの横にあって、教会座席に坐る少女のかたわらの聖書にとって代わっている。日記に（一八六四年四月七日付け）、キャロルはミレー家に行ったことを記していて、そこで六歳のエフィー、つまりは父親の名画のモデルになるはずの少女と出会った。

　テニエルが描いた車室のアリスの姿がミレー描く教会の少女の姿とよく似ていると最初に指摘したのはスペンサー・D・ブラウンだった。テニエルの絵が『私の初めての説教』と、後の作で同じ少女が教会の席で眠っているところを描いた『私の二度目の説教』を合わせたものだとすれば、パラレルであることはさらに動かし難いだろう。『私の初めての説教』はイングランドでずいぶん出回った。アメリカではカリアー・アンド・アイヴズ社が『ちいちゃなエラ』の名で白黒の（一部手彩の）コピーを売った。ミレー原画のほとんど完璧なコピーだが（キャロルは面白がったかもしれないが、左右逆。少女の顔ももっとお人形みたくなっている）、カリアー・アンド・アイヴズ社の版画は日付も、手を加えたアーティストがだれかも不詳。海賊版なのか、コピーの許可を得ていたものかもよくわからない。

ジョン・エヴァレット・ミレー画、『私の初めての説教』

　テニエルの絵とミレーの二枚の絵が似通っているのは単なる偶然だと私に考えさせた人物がいて、ロジャー・グリーンである。当時の『パンチ』誌には車室の少女で、アリスにまるでそっくりの服を着、手をマフにつっこんでいる少女の絵は他にもいろいろある、と。マイケル・ハーンはウォルター・クレインの一八六九年の本、『アニーとジャックのロンドン見物』から一枚、似たような絵を送ってくれた。

　それはそれで貴重な意見だが、テニエルのアリスとミレーの教会での娘があまりにそっくりだから、テニエルが少なくともちゃんと意識はしていたと考えるべきではないか。テニエルの絵とミレーの絵を並べて（この見開きに並べてみた）、御自分でお決めになれば良い。

5　白い紙を身につけた人間の絵とテニエルが『パンチ』誌のために描いた

それから遠くでとてもやさしい声が言いました。「手荷物の荷札《チッキ》が要るわね、『乙女一個《ひとくち》の口、天地無用』[8]とかね――」

その後、いろいろと他の声（「この客室《はこ》、どんだけ乗ってるの！」とアリスは思います）。「貼り切手《きって》る子なんだ、やっぱり郵送だろうな[9]――」とか「電報で電信しちゃえばいい」とか、「あとの道は列車を引っぱらせればいいだろう」とか。

　白い紙を着た紳士が前かがみになると、アリスの耳もとでささやきました。「いいかね、皆勝手なこと言わせときゃ、いい。でも汽車が止まるたびに帰りの切符は買うんだね」

「そんな、買わないわよ！」アリス、かなり頭にきて言いました。「この汽車に乗ってるのだって、知ったことじゃない――ついさっきまで森にいたんだから――森に帰りたいわよ！」

「それで洒落になるよ」と、ちいさな声が耳もとごく近くで言います。「やる気になりゃモリモリやれるとかね、ヒヒ[10]」

「そんなにからかわないで」とアリス。ちいさな声がどこから来るのかとあたりを見回すのですが、わかりません。「そんなに洒落言わせたいんならよ、どうして自分でつくらないの？」

政界諷刺の漫画を比べてみると、頭に折り紙の兜をのっけたこの人物がベンジャミン・ディズレーリ（一八〇四－八一）であることはほぼ確実だ。テニエルおよび／またはキャロルの頭に、白い紙と言えばまずこうした政治家につきものの「白書《はくしょ》（white papers）」だろうという考えは必ずあったはず。

6　馬の乗客がいかにもの「馬交替」と言わずに「汽車交替」と言うところにユーモアがあることにお気づきだろうか。

7　古くからある“hoarse”（かすれ声の）／“horse”（馬）の同音異綴異義《ホモニム》の駄洒落の現場。ある人曰く、“I'm a little hoarse.”（オレ、声にちょっとヒンがなくてね）、だって“I have a little colt.”（オレ、どうせガキだからな）。“colt”は仔馬・青二才（ガキ）。

8　［訳注：原文は“She must be labeled

ちいさな声は深いため息になりました。[11] それははっきりとても不幸そうでしたから、「もし他の人たちのようなため息だったら！」慰めのためのやさしい言葉を何か投げかけてあげられたのに、とアリスは思いました。それはびっくりするほどちいさなため息でしたから、それほど近い耳もとでのため息でもなかったら、全然聞きとることすらできなかったでしょう。まあこういう感じでしたから、その声はアリスの耳を大いにくすぐり、アリスの気持ちを、このかわいそうなちいさな生きものがいかに不幸かという思いから引き離してくれました。

「きみ、友だちだよね」ちいさな声は続けます。「いい友だちさ、親友だ。ぼくが虫だからといってムシしない」

「どんな虫さんなの？」ちょっと乗り気でアリスが尋ねます。本当に知りたかったのは刺す虫かそうでないかだったのですが、失礼な質問にはちがいありませんでしたものね。

「それで、きみだってきっと――」と、そのちいさな声が言いだした時、汽車の鋭い叫び声に突然かき消されてしまいました。皆、びっくりしてとび上がりました、もちろんアリスもその一人です。

馬がずっと窓の外に突きだしていた頭を静かに引っ込めると、「小川をと

'Lass with care.'」イングランドではガラス類の郵便小包には"Glass, with care"（ガラス、割れ物注意）の注意書きを貼る。lass（少女）とglass（ガラス）の遊びも洒落ている。

9 ［訳注：原文は"She must go by post, as she's got a head on her."］ヴィクトリア朝の俗語として"head"に「切手」の意味があることがわかっていれば、これも洒落として一級品だ。当時の切手は例外なく君主の「頭」というか横顔を絵柄にしていたところから。アリスに「頭／切手」が付いているから郵送しろと、この乗客は言っている。ところで"post"には郵便用語の他に「柱・杭」の意味もあり、そうなると敵の斬首された「首《ヘッド》」を晒《さら》しものにした杭をも連想させる怖い句でもある。

10 キャロルのこの句（you would if you could）は、あるマザー・グース童謡の一行目からということにしたかっ

た、のかも。

やれるんならば、もりもりやるさ
　(I would, if I could)
やれないならば、どうしてやれるか？
やれるを抜きにやれないなら、ど
　うしてやれる？
やれるを抜きにやれるか、やれる
　のか？
やれるのか、やれるのか？
やれるを抜いてやれるのか、やれ
　るのか？

11 「かつらをかぶった雀蜂」のエピソード（本書巻末に収録）では老雀蜂の深いため息が、時の経過がアリスと自分の間にもたらす懸隔を前にしたキャロルその人の哀傷の気分を表しているふしがある。ジョージ・ガルサンはこのユスリカのため息にも同じものを感じると手紙で書いてよこした。走る汽車に象徴される「時」というものがアリスを（キャロルの「仲良しの友、親友」を）「真反対の向きに」――アリスが成人女性となって永遠にキャロルから奪われてしまう流れに――運んでいく。この過ぎ行く時こそ、キャロルが掲げた序詩の最終聯《れん》の「ため息の影」の正体なのかもしれない。

フレッド・マッデンの興味津々《しんしん》説を御紹介（Fred Madden, "Orthographic Transformations in *Through the Looking-Glass*," *Jabberwocky* [Autumn 1985]）。この車室でなぜユスリカ（gnat）がヤギ（goat）の隣にいるのかの説明をしようというのである。キャロルのゲームの中に同じ文字数の単語ふたつを、中間の文字の綴りを一手につき一字変更というやり方を何手か積み重ねてつなぐ「ダブレット（Doublets）」というゲームがあり、それに従えば"*gnat*"は一回の手続きでいきなり"*goat*"に変身！ マッデンはキャロルの『ダブレット――言葉の遊び』というパンフレットに出てくる言葉のはしごを引きながら（マクミラン、三版、一八八〇、三一ページ）、説明している。キャロルは六手でGNATをBITEにしてみよと言っていて、答はたとえばGNAT→GOAT→BOAT→BOLT→BOLE→BILE→BITEだとしている。

12 汽車が空を飛ぶことでアリスのP-Q4の指し手が完了する。キャロルの元原稿ではアリスが隣の老婦人の頭髪を引っぱることになっていたところ、一八七〇年六月一日付けで、テニエルが次のように御注進。

　ドジソン様机下

汽車が空を飛ぶシーンですが、一番手近にあるというのでアリスがつかむものは老婦人の髪の毛ではなくヤギのひげにする方が良いと思います。ぐいっと引っぱられると、抜けちゃいかねませんからね。乱暴なことを言うと思われそうですが、「雀蜂」の章は小生には全然面白くないし、だからどう描い

び越えるだけだ」と言いました。皆、それで納得したのですが、アリスは汽車が宙に浮くというのがやっぱりちょっと不安でした。「ま、そりゃそうだけど、四マスへ行けるんだ、ありがたいわ！」とひとりごと。あっというまに汽車はまっすぐ宙に舞い、アリスはおそろしくて一番手近なものを握りしめていましたが、それはヤギのひげだったのです。[12]

* * *
* * *
* * *
* * *

ひげはアリスがふれたとたんに消えてなくなる感じで、ふと気づくとアリスは静かに木の下に坐って――ヤギならぬ蚊《カ》ギが（アリスがずっとおしゃべりし続けてきた相手はこのカだったのです）ちょうど頭上の小枝にうまくとまって、羽根でアリスをあおいでいるところでした。

ユスリカだから大きいといっても本当に大きい。「ニワトリの子供くらい

て良いかわかりません。

もしこの本を短くするということであれば、ここを削除すべきと愚考します。妄言多謝。

忙中あわただしく一筆啓上。

敬具

J・テニエル拝

このふたつの提案をキャロルは受けいれた。老婦人の髪は危機を免れ、雀蜂をめぐる第十三章はごっそり割愛された。

はある」とアリスも思いました。でもこわくはない、だってあんなにもずっとお話できてたんだもん。

「それで、きみだってきっと虫なら何でも好きってわけじゃないよね」と、まるで何も起こらなかったカのように静かな口調で言いました。

「口きいてくれるならね、むしのいい話だけど」とアリス。「私が来たところではね、なにしろどの虫もおしゃべりしないのよ」

「きみが来たところで楽しい虫は？」と蚊。

「虫は楽しくなんてない、全然」とアリスは説明します。「ひどくこわいのよ――少なくとも大きい虫はね。いくつか名前、言ってみていい？」

「名前呼ばれれば返事するんじゃないの？」と蚊。

「するなんて聞いたことない」

「じゃ、名前なんてあって何になるんだい」と蚊。「呼ばれて返事しないんじゃあ」

「虫には何にもならないわね」とアリス。「名前つける人間たちには役に立つんじゃないかな。じゃなきゃ、物に名があっても仕様がない」

「なんともだなあ」と蚊は返事しました。「ずっと向こうの森だけど、何も名前のないものばっかりなんだ――いや、時間がもったいない、虫の名聞くのが先だ」

「ええっと、まずウマバエかな」アリスは指を折って数えながら名前を言い始めました。

「なある」と蚊。「あのやぶの半分くらいのところにユスリウマバエ、見えるかな。体は全部木で、枝から枝へ体をゆすって動くんだ」

「何食べて暮らしてるの？」むくむくと好奇心がわいてきて、アリスは尋ねました。

「樹液とおがくず」と蚊。「名前並べ、続けなよ」

アリスはユスリウマバエを興味しんしん眺めていましたが、最近塗り直されたのかと思いました、それくらいピカピカでネバネバだったからです。そして話をこう続けました。

「それからトンボがいるわ」

「きみの頭の上の枝を御覧な」と蚊。「そこにいるの、ゴグラクトンボさ。体は干しブドウ・プディングでできていて、羽根はヒイラ

ギの葉、頭はブランデーの中で燃える干しブドウ[13]」

「何食べて暮らしてるんでしょう？」アリスはまた同じことを聞きます。

「フルメンティ[14]とミンス・パイだね」と蚊。「クリスマスのお祝儀《しゅうぎ》袋を巣にしてるしね」

アリスは頭に火のついた虫をじっと眺めて、「虫たちがろうそくの火にあんなにとびこみたがるのって――ゴクラクトンボになりたいからなんだ」とひとりごとを言ったりしていましたが、「それから、チョウチョウね」と口に出して言いました。

「きみの足もとをごそごそ歩いているの」と蚊（アリスはびっくりして足を引っ込めました）、「アサカラゼッコウチョウだよ。バターつきパンの薄いスライスが羽根だ。体はパンの皮、頭は角砂糖」

「それ、何を食べるの？」

「クリームの入った薄いお茶」

アリスの頭に新しい疑問が浮かびます。「そういうの見つけられないと？」

13　ゴクラクトンボ（Snap-dragon-fly）の元になったスナップドラゴン（snapdragon、またはflapdragon）はクリスマス・シーズンにヴィクトリア朝の子供たちを娯《たの》しませたゲーム。浅底のボウルにブランデーを満たして干しブドウを投げこみ、ブランデーを燃やす。プレイヤーはめらめらと燃える青白い炎の中から干しブドウをつまみあげ、まだ燃えている干しブドウを口の中に放りこむ。この燃えている干しブドウを「スナップドラゴン」と呼ぶこともあった。

14　フルメンティ（Frumenty）は小麦プディング。砂糖、香料、干しブドウを入れるのが普通。

と、つい聞きました。

「そりゃ、むろん死ぬしかない」

「いつもそんなんばっかりじゃない？」もの思わしげにアリス。

「そりゃ、いっつもだ」と蚊。

このあと、アリスは一分か二分か、何かを考えているようでした。その間もユスリカは楽しそうにアリスの頭のまわりをぷうんぷうんと飛び回っています。やっと羽を落ちつけると、言いました。「きみ、名前なくなるって、いやかい？」

「いやに決まってるわよ」アリスはちょっと不安そうな顔で言いました。

「でも、よくわからんな」と投げやりな口調で蚊。「名前なしで家に帰れたらどんなに便利か考えてみりゃいい！　たとえばだよ、女家庭教師がきみを勉強に呼びつけようと思って大声で言うんだ、『さあ、お勉強よ――』とそこでやめるしかない、だって呼びつける名前がないんだなあ。で、もちろん、きみは行く必要がな

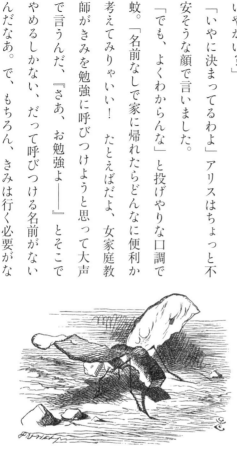

い、だろう」

「絶対うまくいかないわ」とアリス。「女家庭教師ってね、そんなことで勉強しないでいいなんて決して考えない相手よ。私の名前が出てこないと、女中たちがするように、『お嬢さん』って呼ぶわ」

「なるほど。もし先生が『お嬢さん』と言ったぎり、それ以上何も言わないんなら」と蚊、「もちろん、勉強なんて御冗談。はは、洒落、洒落。きみも何かひとつ」

「なぜ私に洒落言わせたがるんだか」とアリス。「ただの駄洒落じゃないの」

ユスリカは大きなため息をつくばかりでした。ふたつ大粒の涙が頬にこぼれます。

「洒落になんない」とアリス。「洒落言って辛くなるなんて」

悲しそうなちいさなため息がもう一回聞こえました。今回はまさにため息とともに去りぬ、かわいそうな虫の姿はカほども枝の上に残っておりません。ずいぶん長い間じっと坐っていたせいでとても寒く感じ始めていたアリスは立ちあがり、歩きだしたのでした。

そしてすぐに開《ひら》けたところに出ました。その片側が森ですが、これは最後の森よりよほど暗い森で、アリスは入って行こうか少し気おくれしてしまったのです。やっと思い直して、進む気になりました。「だってどうしても元に戻るのはいやだもん」[15]とひとりごと。それに第八のマス目に行くのはこの道だけだったからです。

「例の森、これね」と、アリスは考え深そうに言いました。「名前ってものがない森。入っちゃったら私の名前どうなっちゃうのかしら。全然なくすっていうのいやだなあ——皆で別の名前くれるしかないけど、それいやあな名前になるしかなさそうだもん。でも面白そうなこともある。だって昔の自分の名前のついてる生きものいないか、さがして歩くみたいな、ね！　そう、なんか犬がどっか行っちゃった時の広告みたい、よね——『「ダッシュ」と呼べばワンと答えます。[16]真鍮《しんちゅう》の首輪してます』とか——出くわすもの全部を『アリス』って呼んで歩くと、ひとつぐらい返事するわけよね！　でも少しでも頭の回る相手だと、絶対返事しないはずだわよね」

こんなふうにぶらぶら歩いているうちに森に着きました。とても涼しい緑蔭《りょくいん》って感じ。「とにかく助かるわ」と、足を踏み入れながらアリスは言いました。「入れるんだもの、あんな暑かったところから、こんな——こんな——こんな、どこなのよ？」と、言葉が出てこないのでびっくり仰天してアリスは言いました。「下で休めるのがこんな——こんな——ううっ、これの

15　イスラエルから手紙をくれるヨシ・ナランソンに指摘されたが、アリスが自分は元戻りできないと思っているのはアリスがポーンだからである。周知のようにチェスでこの駒は後方には進めない。

16　ヴィクトリア女王の愛犬スパニエルの名が「ダッシュ」だということはイングランドでは有名だったと教えてくれたのはチャールズ・ラヴェットである。女王はダッシュをそばに置いたり膝にのせたりしてよく写真に撮られている。

下だなんて、ね！」手を木の幹にのせて、そう言いました。「自分のこと、これは何て呼ぶのかしらね。名前きっとない――そうよ、ないに決まってる！」

一分くらい、考えにふけって立っていましたが、突然しゃべりだしました。「つまり、本当だったのね！　としたら、私、だれ？　絶対思い出してやる、必ず！　何がなんでもよ！」でも、何がなんでもうまくいきません。アリスがさんざん悩んだ挙句言えたのは、「**リ**だ、そう、たしか**リ**で始まるんだっけ[17]！」ということぐらいでした。

ちょうどその時、一頭の仔鹿が[18]とぼとぼそばにやって来ました。やさしいつぶらな目でアリスをじっと見つめていましたが、全然怖がっていません。「こっちよ！　こっちおいで！」とアリスは言いながら、手を伸ばしてなでようとしました。仔鹿はちょっと後退《あとずさ》りしましたが、またじっとアリスを見つめています。

「自分では何と呼ぶの？」仔鹿は口を開くと聞いてきました。こんなにやさしい、こんなに甘い声って、この世にあるの？

「それ、自分でも知りたいの！」かわいそうなアリスはそう思いました。とても悲しそうに「今は名なしちゃん」*と答えます。

17　［訳注：原文は "L, I know it begins with L!"］アリスは、彼女がその代わりをつとめている白のポーンだったはずのリリー姫（Lily）のことを考えているのか、自分のラスト・ネームたるリドゥル（Liddell）のことを考えているのか。それとも読者ジョセフィーン・ファン・ダイクとカールトン・ハイマン夫人がそれぞれ別個に指摘してくれたように、ファースト・ネームのLで始まる音の部分をL-isのようにして思い出しているのだろうか。この推測をひと押ししてくれるのがエイダ・ブラウンで、キャロルの『シルヴィーとブルーノ・完結篇』中の「ブルーノの遠足」の章から次のようなくだりを引いている。「アップルの木って、しゃべりたいと思ったら何から始めるんだろうね」とシルヴィーが尋ねる。すると語り手が「『アップルの木』なんだろ、『あ』で始まるに決まってる」と答える。

ロバート・サザランドの言うところでは（Robert Sutherland, *Language and*

「よく考えてみて」仔鹿は言いました。「名なし、かなしい」

　アリスはよく考えてみましたが、やっぱりかなしい名なしのまま。「あ、な、た、自分を何と呼んでるの？」と、アリスはおずおずと聞きました。「それで何かわかるかもしれない」

「もう少し行ってみましょう、そうしたら言ってあげられる」と仔鹿。「こ、こ、こじゃ思い出せません」

　それから一緒に森を行きました。アリスは細《こま》い仔鹿の首をいとおしそうに抱きかかえていました。そのうちまた別の開けた場所に出たのですが、すると仔鹿は突然ぽんととびはねると、アリスの腕から身をふりほどいてしまったのです。「ぼく、細い鹿なんだ[19]」本当に嬉しそうに、それは叫びました。

Lewis Carroll [Mouton,1970]）、自分の名前がわからないというテーマはキャロルの書きものの中に繰り返し出てくるらしい。おまえはだれだとイモムシに聞かれたアリスは混乱して答えられない。赤のクィーンはアリスに自分はだれかくらい覚えておけと忠告するし、白い紙を身につけた男には、ちいさい子供は自分の名前が言えなくても自分がどこへ行こうとしているかは知っておくべきだと言われる。白のクィーンは雷にびっくりして名前を忘れてしまうし、『スナーク狩り』のベイカーも自分の名を失念する、『シルヴィーとブルーノ』の教授もそうである。これは多分、自分がオックスフォード大学教授チャールズ・ドジソンなのか幻想物語作家、ノンセンス作家ルイス・キャロルなのか微妙になるキャロルその人の混乱を反映しているのである。

18　フレッド・マッデン（本章注11参照）が指摘していて面白いのは、

「困った！　きみ人間の子供だっ！」そして、美しい褐色《とびいろ》の目に突然の驚きの色が浮かんだ、と思う間《ま》もなく、全力でかけ去って行ってしまったのです。

　仔鹿のうしろ姿をじっと立って眺めながら、アリスはちいさなかわいい道連れをこんな突然になくしてしまったのでがっかりしました。「でも、自分の名前はわかった」とアリス。「ちょっとはほっとできた。アリス——ア・リ・ス——そう、もう二度と忘れないわ。あれっ、道しるべが二本、どっちをとればいいのかしら？」

　むつかしいことではなかったはずなんです。森の中の一本道、二本の道しるべとも、その一本道沿いに立っているのです。「そのうちわかるわ」とアリスはひとりごとを言いました。「道がふたつに分かれるんでしょう。そしたら道しるべも別々の方向を指すわけね」

　しかし、そうはならないみたいでした。ずいぶんと歩いてみました。でも道がふたつに分かれるところではどこでも、必ずふたつの道しるべがひとつの同じ道を指していて、ひとつには「**トゥイードルダムの家、こちら**」とあり、もうひとつには「**こちらがトゥイードルディーの家**」とあるのでした。[20]

「そうか、そうなんだ」アリスは最後に言いました。「二人、おんなじ家に暮らしてるんだ！　今まで考えたこともなかったわ——それにしても長居は

アリスであるポーン駒（pawn）が仔鹿（fawn）に出会うという仕掛けで、もうおわかりのようにキャロルのダブレット遊びで、ポーン（*pawn*）の一文字を換えることでそれはフォーン（*fawn*）、仔鹿になる、というか「細い鹿／駒い鹿」になるのだ。本書三〇二ページに示したキャロルによる登場人物一覧によると、仔鹿は本当にチェスのポーンなのであり、両方とも白たるふたつのポーンが今、現にこうして隣りあわせで立っているわけだ。

＊［三九二ページ訳注：原文は "Nothing, just now."］

19　そこでは事物が名前を持たないこの森とは実は、その一部に——アリスがとてもプラグマティックな知恵を働かせて言い放ったように——「名前をつける人々にとって有益な」命名を施した象徴操作の生きもののあずかり知らぬ宇宙そのものなのである。世界自

無用よ。顔見て、『こんにちは』って言って、森を出る道を聞くだけ。とにかく暗くなる前に第八マスに出なくっちゃ！」アリスはひとりごとを言いながら、とぼとぼ歩き続けるうち、あるところを急に曲がりましたら、二人のちいさなおでぶさんの相手にいきなり出くわしました。あまりにいきなりだったのでアリスは後退りしましたが、すぐに元気になって、まず思ったのが、この二人こそ間違いようのない[21]

体には記号（signs）など存在しないという考えは——言葉と物の間にはなんの本質的関係もない、関係あらしめるのはこの関係が都合良いと考える精神なのだ、という了解は——決してどうでもよい哲学的な見方なんかではない（第六章注13も参照）。仔鹿が名前が思い出せて喜ぶ話は、アダムがトラに、それが虎に似て見えたから「虎」と名付けたという古いジョークを思い出させる。

20 トゥイードル兄弟の「家」への道しるべで、兄弟それぞれの名が順序逆転した構文として現れるが、これはキャロルが兄弟を互いの鏡像に仕立てようとしていることと符節が合って面白い。読者グレッグ・ストーンより御教示を得た。

21 ピリオドがない、句読点がないこの終わり方（"......feeling sure that they must *be*"）は次章の章題（"Tweedledum and Tweedle*dee*"）と二行対句となり押韻もしているようにというキャロルの意図による。

第４章　トゥイードルダムとトゥイードルディー

だということでした。*

二人、腕をお互いの肩に回して木の下に立っていましたが、どちらがどちらかアリスにはすぐわかりました。一人は襟《えり》に「ダム」と、そしていま一人は「ディー」と刺《し》繍《しゅう》していましたからね。「二人とも襟のうしろに『トゥイードル』と書いてあるのね、きっと」とアリスはひとりごとを言いました。

二人、あまりにも凝然《じっ》と動かないものですから、アリスはつい生きてる相手ということも忘れて、二人の襟のうしろ側に「トゥイードル」と書いてあるか見ようとぐるっと回ってみようとして、「ダム」と書いてある方が口を開いたものだから、びっくり仰天してしまいました。

「うちらを蠟《ろう》人形だと思っとるんだったら」と、この者は言いました、「木《き》戸《ど》銭《せん》ほしいな、だろ。蠟人形だってただで眺められるためにいるんじゃない。ぜんぜん！」

「さかさまさかさだ」と、これは「ディー」と書いてある方です。「生きも

＊　〔訳注：前章の文末から章タイトル含めて読むと「この二人こそ間違いようのないトゥイードルダムとトゥイードルディーだということでした」〕

1　一七二〇年代に、ドイツ生まれ、英国帰化の作曲家ジョージ・フレデリック・ヘンデルとイタリア人作曲家ジョヴァンニ・ボノンチーニの間で激しいつばぜり合いがあった。十八世紀の賛美歌作者で速記教授者のジョン・バイロムがこの喧嘩をへぼ詩に歌っている。

ある者曰く、ボノンチーニに比べると、
かのヘンデル先生、ただのねんね。
別の者曰く、こいつヘンデルに比べると、
ろうそく持って歩く値打もないね。
わけわからんな、このあらそい、
トゥイードルダム対トゥイードルディー。

のだと思うなら、話しかけて当然、だろ」

「ほんとにごめんなさい」アリスはそう言うのがやっとでした。なにしろ頭の中で時計のチクタクみたいに、あの古い歌が鳴りひびいていたからです。ついにこんなふうにはっきりと声に出てしまうほど——[1]

トゥイードルダムとトゥイードルディーが
　話きめたのは、けんかを一寸《ちょっと》ばっかり。
トゥイードルダム言うにゃトゥイードルディーが
　かっこいいおニューのがらがら壊したし。

怪物からすあらわれたるも時や良し、
　タール樽《たる》くらいもまっ黒な、
びっくらこいたお役者ふたり、
　けんかもなんもきれいに忘れた。

「何考えてんだか、わかってるぜ」とトゥイードルダム。「でも、そうじゃない。ぜんぜん」


トゥイードル兄弟のことを歌った童謡が大元でこの有名な音楽界の争いごとに起源を持つのか、何かもっと古い歌があってバイロムがへぼ詩の最終行をそこから借りたのか不詳（Iona & Peter Opie [eds.], *Oxford Dictionary of Nursery Rhymes* [1952], p.418参照）。

だいぶ後代の作だが、次なども調子良くて、つい引用したくなる。


神学部生、その名をトゥイードル。

何がなんでもその学位、ことわる。

「トゥイードルでもひどいのに」

と言う、

「トゥイードルＤ・Ｄになっちまう［訳注：Ｄ・ＤはDegree of Divinity「神学部学士」のこと］」


さらに「トゥイードル（Tweedle）」をよく似た「フィドゥル（Fiddle）」に置き換えると［訳注：fiddle-dee-dee、ばかばかしい。「バカ田大学学士」］、もう

『子供たちのための「鏡の国のアリス」他妖精物語』（ロンドン，W・ゾンネンシャイン&アレン、1882）に「ELTO」が描いた扉絵。テニエル以外で、鏡の国キャラクターを筋展開の中で描いてみせた最初の絵である。

「さかさまさかさ」とトゥイードルディー。「そうだったなら、そうだったかもしれない。そうだったなら、そうなるかもだが、そうじゃないんだから、そうじゃないのだ。すじ通ってらい」2

「私が考えてたのは」と、アリスはとても丁重に言いました、「森を出られる一番いい道は、ってことです。暗くなってきましたし。どうか教えてくださいませんか」

目もあてられない。

2 ドナルド・クヌースの「ブール数理論理基礎」（*The Art of Computer Programming*, Vol.4, Pre-fascicle OB, Section 7.1.1）は、まずジョージ・ブール（一八一五－六四）の『論理と確率の数学的理論の基礎となる思考法則の探求』（一八五四）を引いてみせる。「それでは数学記号χ、y、zその他がこだわりなく0か1かの二値を受けいれ、というかそれのみを受けいれるような代数を考えてみよう」。それからクヌースは読者に「トゥイードルディーの言い分」が説明できるかと問い、答えてみせる（C・サルテナの答らしい）。「サルテナによれば、それはx↓yの包含関係であり、『そう（it）』という語はそれぞれy、x、x、y、y、xを表す場合を描写している」のだが、『他の答も可能』とも言っている」、と（定義——A↓Bが

でもでぶっちょ二人組は目配せし合って、にたにた笑うばかりです。
まったく大きな学童そのものという二人でしたから、アリスは思わずトゥイードルダムを指さして「まず、きみっ！」と言ってしまいました。[3]
「ぜえんぜん！」トゥイードルダムがきっぱりと叫びます。そしてぱちんと、また口をつぐみます。
「次の、きみ！」トゥイードルディーに向かってアリス。「さかさまにさかさだ！」と叫び返してくるに決まってたんだけど、実際にそう叫んだのでした。
「きみさ、はじめ方、間違ってるんだ！」と叫んだのはトゥイードルダム。
「人のとこ行ってまずやるの、『こんにちは』って言う、それから握手だろ！」そして、ここで兄弟は互いをハグし、あいた手を差しだしてアリスと握手しようとしました。[4]
アリスは二人のどちらかと先に握手しようとは思いませんでしたが、もう一人の気持ちを考えたからです。それで窮余《きゅうよ》の一策《いっさく》、二人の手といっぺんに握り合ったのです。あっというまに三人、輪になって踊り始めていました。とても自然にそうなった感じ（と後日思い出してみて）、そして音楽が聞こえてきても少しもびっくりしません。それはその下で踊っていた木から聞こ

真になるのは、Aが偽（false）または、Bが真（true）の場合か、Aが偽かつBが真の時に限る）。

3 テニエル描くトゥイードル兄弟は当時言うところの学童用のスケルトン・スーツを着用していて、テニエルが『パンチ』誌に提供したジョン・ブルの絵とうりふたつである。マイケル・ハンチャーの『アリスとテニエル』の第一章を参照。
「まず、きみ（First Boy）」は、エヴァレット・ブレイラーが手紙に書き送ってくれたように当時の英国の学校でクラス最優秀成績の少年を指したか、級長をやる年かさの少年を指した言葉だという。

4 トゥイードルダムとトゥイードルディーは幾何学で言う「鏡像体（enantiomorphs）」、相互に鏡像となる形態である。キャロルにこの意図があることは、トゥイードルディーのお気に入りの言葉がまさに「さかさまさ

えてきました（というようにしかアリスには思えませんでした）。枝と枝が、ちょうど提琴《フィドゥル》の弦と弓のようにこすれ合って出てくる音でした。

「でも、たしかに妙だったわ」（アリスは後日、冒険話すべてを姉さまに話して聞かせた時、そう言ったのですが）「いつのまにか『ぐるっと回ろ、桑の木のまわり』を歌ってたの。いつ歌いだしたのかわからないけど、なんだかずっと、ずっと歌ってた感じ！」

踊るあとの二人はおでぶさんでしたから、あっというまに息があがりました。「一回踊るのに四めぐりが限界だ」あえぎながらトゥイードルダムが言うと、踊りは始まった時と同じくらい突然終わりました。そしてその時、音楽もやんだのです。

そこで二人はアリスの手をはなし、一分くらい立ったままアリスを見つめていました。すごく間《ま》が悪かったのですが、今の今まで踊っていた相手とどうやって会話し始めればいいのかわからないのです。「今さら『こんにちは』と言うのもおかしいし」とひとりごと。「もうそっから先、行ってるもん、なんだか！」と。

「お疲れじゃないですか？」やっと切りだします。

「ぜんぜえん。ごあいさつ、いたみ入るね」とトゥイードルダム。

かさ（contrariwise）」であること、二人が握手しようとして右手を出し、左手を出すことからも窺知《きち》される。テニエルがけんかのためいろいろ装着するふたつの鏡像体（本書四二二ページ）を描くのに、二人同じ恰好をさせるところから、テニエルも同様の感覚で見ていたことが想像される。トゥイードルダムの右手（ひょっとしてトゥイードルディーのか——クッションはディーの首に巻きつけられているのに、シチュー鍋からしてどうもダムのようだ）の指の位置が兄弟の左手の指の位置と正確にマッチしている点にも注意されたい。

トゥイードル兄弟は『フィネガンズ・ウェイク』（ヴァイキング社、一九五九）二五八ページに言及あり。

5　「『せいうちと大工』をつくるに当たって」と、一八七二年にキャロルは叔父の一人に書き送っている、「これという詩が特別に念頭にあったわけ

「感謝感激だ！」と、こちらはトゥイードルディー。「詩って好きかい？」

「はい、大好き――って、詩にもよるけど」まずいかもという感じでアリスが言います。「お願い。森から出る道、知りたいんですけど」

「この子に何を復唱してやる？」とトゥイードルディー。ものすごく気まじめな目でトゥイードルダムを見やりました。アリスのお願いなんか、聞かぬふり。

「『せいうちと大工』が一番長い」トゥイードルダムが相棒をやさしくハグすると、答えました。

と同時にトゥイードルディーが復唱をし始めました。

お日さま光っていた――

アリスが思いきって言葉をはさみます。「あの、とても長いのなら」と、丁寧《ていねい》にも丁寧に言いました。「どうか、まずどの道を行けばよいか――」

トゥイードルディーはにっこり笑うと、また始めます。[5]

お日さま光ってた、海の上、

ではありません。押韻も普通だし、『ユージン・アラム』（トマス・フッド作）が同じ韻律のもので小生が読んだことのある他の作に比べてより影響があったなどということもありません」（モートン・コーエン編『ルイス・キャロル書簡集』第十八巻、一七七ページ）
意図されたシンボリズムとやらを『アリス物語』に読み込みすぎる傾向に気をつけようとすれば、キャロルが『シルヴィーとブルーノ』第十二章のために描かれた絵についてハリー・ファーニスに書き送った手紙のことを思い出しても良い。「『アルバトロス』のことですが、三音節でもっと大兄気に入りの言葉があるなら、お教えください。『コーモラント』でも『ドラゴンフライ』その他、アクセントが第一音節にあれば何でも。テニエル氏が『せいうちと大工』についてありえない組み合わせだと言い、『大工《カーペンター》』を捨てるように言いだした時、小生は同じお願いをしております。『バロネット』

　全力こめて光ってた。
なにしろ力一杯で
　波をなめらかに光らせた。
だけど妙じゃないか、
　だって今は真夜中だ。

お月さま光ってた、ふきげんに。
　お日さま一体何用だ。
日はとっくに暮れたのに——
　お月さま、そう思ったからだ。
「野暮の骨頂《こっちょう》」と怒って言った、
「たのしみこわしにやってきた！」

海は濡れに濡れ、
　砂は乾きに乾く。
見あげても雲は見えない、
　そりゃそう、空に片雲もなく、

は、『バタフライ』はどうか（ひょっとして大兄、お気に召しますか？）と提案したように記憶していますが、結局、氏は『カーペンター』を了承してくれました」

　テニエルが大工の頭にのせた箱のようになった紙の帽子をもはや大工が折ることはなくなった。それでも新聞印刷工は今なお広汎に使用している。真っ白な新聞用紙を折りあげ、髪にインクがつかないようにと頭にかぶる。J・B・プリーストリーが「せいうちと大工」をめぐって面白い記事を書いていて（*New Statesman* [August 10, 1957], p.168）、二人を二種類いる政治家たちの原型というふうに解釈している。

とぶ鳥も頭の上にない。
そりゃそう、空に飛ぶ鳥もなく。[6]

せいうちと大工
間《ま》近《ぢか》く歩いてた。[7]
二人ものすごく泣くのも
砂また砂を見たから、
「これ全部なくなったら
なんぼかきれいな浜！」

「小間使い七人、モップ七本で
半年はきにはいたら
どうなるか」と問うたはせいうち、
「きれいになるかこの浜？」
「どうだかなあ」と大工言い、
流すなみだのほろにがさ。

6 リチャード・ブースは手紙を書き送って、このシーンを描くピーター・ニューエルが詩本体を無視していると指摘している。空に鳥を、そして雲を描いているのだ（拙著『新注アリス』二一九ページ）。ニューエル描くせいうちはヴィクトリア朝の水着を着ている。首からさげた鍵は、背景に描かれた水着着替え車《バッシングマシーン》の鍵である。

7 「きみたちが引用した詩は最初は

せいうちと大工、
手に手をとって歩く、

だったんだが、画家さんの意見を入れて変えたんだ、面白いだろう」と、キャロルはイーディス・A・グッディアー、アリス・S・ウッド宛ての手紙（一八七五年三月二十日付）で書いている。

「やあカキくんら、一緒に歩く気な
いか？」
せいうち言ってみた。
「歩きたのしい、話もたのしい。
砂浜ぞいにどうなんだ、
五匹《ごたり》はむりかもしんないね、
握手する手は四本だ」

彼を見たのは年寄りカキ、
なぜかひとことも口に出さず。
年寄りカキ、ウィンクひとつ、
重たい頭を一度ふる——
自分は行く気さらにない、
住まいはなれる気にやならぬ。

しかるに若ガキ四匹《よたり》来る、
みな楽しみごとが大好き。

ウィリアム・M・ハチソン選・構成作曲の『歌の国。幼児のための歌シリーズ』（ロンドン、ジョージ・ラウトレッジ・アンド・サンズ、1880頃）。逸名画家。『アリス』物語に、テニエル以外で最初に取材した絵入り出版物である

ガートルード・ケイ画、1929.

コートにブラシ、顔も洗って
　くつもぴかぴかおしゃれに。
だけど妙だ、だってだって
　くつはく足ないくせに。

こんどは別のカキ四匹《よたり》、
　それからまた別の四匹。
しまいにゃどんどんどんどん
次から次へ、次から次に——
泡だつ波をとびはねて
　カキあがる波うちぎわに。

せいうちと大工と
　一マイルかそこら歩いた。
それから坐って休んだ岩、
　いい具合に低い岩。
ちいさなカキたち立って

ブランチ・マクマナス画、1889. テニエル以後、英語で出た『アリス』物語の最初の（無認可）画家である。

一列して待っていた。

「さあ、その時だ」とせいうち、
「いろいろしゃべろ、
くつのこと——船——封蠟《ふうろう》のこと——
キャベツ——王たちのこと——8
どうして海が煮えて熱いのか——
豚に翼ありやなしや、と」
「でも一寸《ちょっと》待ってよ」カキたち叫ぶ、
「おしゃべりするその前に、
仲間に息切れの者がいる、
ふとって肉たぷたぷのみんなに！
「別にいそがん！」と大工。
カキみな、それで感謝感激。

「まずはパンひときれ」とせいうち、

8 『キャベツと王様』はO・ヘンリーの処女長篇のタイトルになった（一九〇四）。この聯《れん》の冒頭の四行が、この詩で一番人気あり、最も引用される箇所である。『エラリー・クィーンの冒険』（一九三四）の最終話〔訳注：邦訳「いかれたお茶会の冒険」〕ではこの詩行をネタに殺人者を怖がらせて自白をとる探偵の奇妙なやり方が面白い。
キャロルの詩行がシェイクスピア作『リチャード二世』第三幕第二場のリチャードの台詞の次の部分と谺《こだま》し合っていることの指摘はジェイン・オコナー・クリードからの手紙に。

墓と蛆《うじ》、そして墓碑銘の話を。

「これは絶対欲しい」
こしょうと酢とありゃ
　もう言うことない――

さあ、いつでも来い、カキ諸君、
　いざ食事会のはじまり」

「おれらをか！」とカキ叫ぶ、
　血の色もみな失せて
「おためごかしが、こんな
　ひどい話になるなんて！」
「あたら夜のうまき」とせいうち、
「見はらしもこんなに良くて」

「ありがとうよ、来てくれて！
　きみら本当にすばらしい！」
大工、だまりこくって、ひとこと、

塵《ちり》を己《うぬ》が紙として濡れそぼつ目で
大地のふところに悲哀を綴ろう。
遺言の執行人を選んで、遺言の話
を……
後生だ、地べたに坐らせてくれ、
王たちの死の悲しい話を聞かせて
くれ。

「よこせよ、カキもう一枚、
耳もたぬふりはよせ、
たのまにゃならんか、もう一回!」

「恥ずべきだ」とせいうち、
「カキども、ここまでだまして、
こんな遠くにつれだして、
こんなにいそいそ歩かせて!」
大工、だまりこくって、ひとこと、
「バターもちょっとうすく塗れ!」

「泣けるなあ、きみ」とせいうち、
「いや同情にたえぬ」
すすり泣きなみだ流して選ぶの
たしかに一番でかい奴。
ポケットからハンカチだすと、
なみだあふれる目に当てる。

「ああ　カキくんたち」とは大工、
　「大いに楽しい走りだったねえ！
さあ　かけ足で帰ろうか？」
　したが返事のあるはずねえ——
これは全然妙でない、隣して
　よくカキ食う客だったからねえ。[9]

「せいうちの方がいい」とアリス。「かわいそうなカキたちに少しは同情してるもの」

「だけど、大工よりたくさん食ったんだぜ」とトゥイードルディー。「口にハンカチ当ててただろう、どれくらい食ったか大工が数えられないようにさ。さかさまにさかさだよ」

「なんていやらしい！」かっとしてアリスは言いました。「じゃ大工の方がいいわ。せいうちほど食べてないわけでしょ」

「だけど食える限りは食ったんだ」とトゥイードルダム。

なかなか難問です。[10] ひと呼吸置いて、アリスは言いました。「そうね！

9　サヴィル・クラークのオペレッタ『アリス』のためにキャロルは次の追加分を提供した。

　大工、すすり泣きを止め、
　せいうちも泣きを止めた。
　ふたり、カキどもすべてたいらげ、
　カキどももすっかり眠らせた——
　そして罠と残酷
　すべての罰をこうむった。

せいうちと大工が眠りに落ちてから、二匹のカキが舞台に現れ、歌い踊って、眠っている者の胸の上でどんどん暴れて罰を加える。キャロルも感じ、それはきっと観客も同じだったのだろうが、エピソードの幕引きとしてはこちらの方が効果的だったはずだし、観客の中でカキに同情していた人々はこれで些《わず》かでも溜飲《りゅういん》をさげたのではなかろうか。

　カキの亡霊その一はマズルカを踊り、こう歌う。

二人ともとてもいやな性格してる――」とここで何に驚いたものか、言葉がとぎれます。近くの森で蒸気機関車が蒸気を吐くような大きな音がしてきたからですが、なんだか獣でもうなっているみたいと、アリスは思ってこわくなりました。「ライオンか虎か、このあたりにいるんですか？」と、おずおず聞きます。

「なに赤のキングのいびきだよ」とトゥイードルディー。

「見に行くかい！」と言いながら、兄弟はもうそれぞれにアリスの手をとって、キングが寝ているところにつれて行きます。

「愛嬌《あいきょう》あるだろ」とトゥイードルダム。

お世辞《せじ》にもそうだとアリスには言えません。ふさのたれた丈《たけ》高い赤いナイトキャップをかぶり、なんだかこり固まって汚い塊みたいになって、大きないびきをかいて――トゥイードルダムの言い方だと――「頭だっていびきとばしそう！」でした。

「濡れた草の上だもん、風邪ひいちゃう」アリスはとても気のつく少女ですから、そう言いました。

「今、夢見てるんだ」とトゥイードルディー。「で、なんの夢だと思う？」

「そんなこと、わかんないわよ」とアリス。

大工め寝てやがら、顔じゅうバ
　ターで、
あたりじゅう酢と胡椒だらけ。
カキたちお前の床ゆらせ眠らせる、
それで足らぬか、胸にどおんと坐る！
お前の胸にどん！お前の胸にどん！
一番手軽なやり方、お前の胸にど
　おん！

　カキの霊その二がホーン・パイプを
踊り、歌う。

ああ、悲しみ泣くせいうち、その
　涙みなそら涙！
子供のジャム好きの何倍、お前の
　カキ食い貪欲だ。
食い物にひと味添えるカキで口な
　らして。
ごめんなさいよ、悪《あく》せいうち、胸
　の上でひとあばれ！
お前の胸でどんどん！

「あはは、あんたの夢さ！」してやったりと手を叩きながら、トゥイードルディー。「それでさ、あんたの夢見終わったら、あんた、何になっちゃうと思う？」

「元の私に決まってるわ、もちろん」とアリス。

「あんたに、だって！」ばかにしたようにトゥイードルディーが言います。「あんたなんか、どこにもありはせん。いいか、あんたはキングの夢の中にうごめく何か以上の何でもない！[11]」

「それでね、キングの目がさめたら」とトゥイードルダムが追《お》い討《う》ちです、「あんた、消える――ぱっ！――ろうそくみたいによ！[12]」

「消えない！」アリスは怒って言います。「それによ、もし私が王様の夢の中の何かだっていうんなら、あんたたち何なのよ、知りたいものだわ」

「右に同じ」とトゥイードルダム。

「こっちも右に同じ！」とトゥイードルディー[13]。

お前の胸でどんどん！
ごめんなさいよ、悪せいうち、お
　前の胸でどおんどん！

（これらすべては次に付されたロジャー・グリーンの注からの引用。*The Diaries of Lewis Carroll*, Vol.II, pp.446-7）

マシュー・デマコスの次のエッセーも。Matthew Demakos, "The Fate of the Oysters: A History and Commentary on the Verses Added to Lewis Carroll's 'The Walrus and the Carpenter'," in Mills College's *The Walrus*, 50th Anniversary Issue (2007).

10　人を行為で判断するか、それとも意図で判断するかという古来の倫理的ディレンマにここで直面して、アリスは当惑しているわけである。

11　この大変有名でよく引用もされる赤のキングの夢（キングはアリスが

入ったばかりのマス目の東側直《ちょく》に隣り合わせになったマスでいびきをかいている）の議論で、かわいそうなアリスは険呑《けんのん》な形而上学の「藪《やぶ》の中」に入ってしまう。トゥイードル兄弟は、すべて物質である事物は、我々自身も含め、神の精神の中の「なんだかんだ」以上の何者でもないとするバークレー司教（ジョージ・バークレー、一六八五－一七五三）の立場である。アリスは大きな石を蹴ってやはり痛いというのでバークレーを否定したサミュエル・ジョンソンの常識的見解に即《つ》く。「哲学の観点からして実にためになる議論だが」と、『アリス』をめぐるラジオのパネル・ディスカッションで赤のキングの「一炊《いっすい》の夢」についてコメントしたバートランド・ラッセルは言った、「ユーモラスに持ちだされたから良いが、でなければなかなか手強《てごわ》い相手なんだ」、と。

　このバークレー的難問はすべてのプラトニストを悩ませたようにキャロルをも悩ませた。ふたつの『アリス』物語ともに夢見の話であり、『シルヴィーとブルーノ』で語り手は現実《うつつ》と幻実《ゆめ》の間《あわい》をよくわからない状況であちらへ、こちらへとシャトルのように打ち返され続ける。「そう、私がシルヴィーを夢見ているのだとすれば」と、小説の初めで語り手はひとりごとを言う、「ならばこちらが現《うつつ》だ。しかしもし本当はシルヴィーと一緒にいたのだとすれば、これは夢だ！　生きているってことそのものが夢見ではなかろうか」。『鏡の国のアリス』ではキャロルは、第八章の冒頭部で、本の棹尾《ちょうび》の行句で、そして本全体の跋詩《ばっし》の最終聯で、繰り返しこの問題に帰る。

　古来の無限後退（infinite regress）がアリスと赤のキングのパラレル夢にからまってくる。アリスがキングの夢を見、そのキングはアリスの夢を見、そのアリスはキングの夢を見ていて、まさしく合わせ鏡のように続く。あるいはソール・スタインバーグの迷宮的戯画では肥った女が痩《や》せた女の絵を描くと、痩せた女は肥った女の絵を描いており、肥った女はまたこの痩せた女を描いていて……と、ふたつの画布の間に深淵がぽっかりと口を開けるのである。本書『不思議の国のアリス』第六章注11も。

　ジェイムズ・ブランチ・キャベル（一八七九－一九五八）はその『スマート』『スミス』『スマイアー』三部作の最終作『スマイアー』で、二人の人間が互いが互いを夢に見る同様の円環するパラドックスを扱った。スマイアーとスマイクは第九章で互いに直面し、互いに自分は眠っていて、もう片方の夢を見ていると主張する。三部作の序文でキャベルは、これを「全巻これ夢の物語」で、「ルイス・キャロルの自然主義を拡大しよう」とした試みとしている。

　赤のキングは物語の中で一貫して、第九章終わりでクィーン・アリスが赤のクィーンを捕獲した時にチェック

あんまり大きな声でしたから、アリスは思わず、「しーっ！　王様起こしちゃう、そんな大きな声出しちゃうと」

「あんたが王様起こす、だって何言ってんだか」とトゥイードルダム。「あんた、彼の夢の中のひとかけらでしかないのにさ。まさか自分、リアルなんて思ってないよなあ」

「絶対リアル！」と言いながら、アリスはもう泣き声です。

「泣いたからってちっともリアルにはならんぜ」トゥイードルディーが言います。「別に泣くほどのこたあ、ない」

「もしも私がリアルでないんなら」と、あまりに話がくだらなく思えてきたので泣き笑いのアリスが言います、「泣けるわけない」

「まさかそれ、リアルな涙だ、とか思ってるわけ？」と、ばかにしきった口調でトゥイードルダムが割って入ります。

「馬鹿ばかしい」とアリスはひとりごとを言いました。「そんなことで泣けば、もっとばかよ」。それで涙をぬぐうと、できるだけ明るく言いました。「とにかくこの森を早く出たいんです、本当に真っ暗になってきたし。雨降るってことかしら？」

トゥイードルダムが自分と兄弟の上に大きな傘を広げ、中をのぞきこんで

メイトをくらうまで、ずっと眠りこんでいる。キングたちはほとんどのチェス・ゲームの間眠りこけていて、「入城《キャッスリング》」後は動くことがない。チェスをやる人間なら皆知っていることだ。トーナメント試合では時々、キングをゲームの間じゅう、最初のマス目に置き続けたままでやることもある。

12　トゥイードルダムのこの言葉は『不思議の国のアリス』第一章でアリスによっていきなり先取りされていた。アリスは自分の身体が縮み続けた挙句《あげく》、「ろうそくみたいに消えてなくなる」のではないかと怖れていた。

13　トゥイードルディーの「右に同じ、右に同じ（Ditto, Ditto）」は、双子の二重化《ダブリング》と、事物とその鏡像の同じ形態というテーマを強調しているとは、モリー・マーティンが手紙に書き送ってくれた指摘である。

ウリエル・ビルンバウム画、1925.

いました。「いいや、降るとは思わない」と言います――「少なくともこの中はね。ぜんぜえん」

「でも外は降るかも」

「かもな――雨の勝手さ」とトゥイードルディー。「別に反対しない。さかさまさ傘、さ」

「勝手なのは、おまえたち！」とアリスは心の中で思いました。で、「さようなら」と言って立ち去ろうとしたその時です、トゥイードルダムが傘の中からとびだしてきて、アリスの手首をつかみました。

「あれ見ろよ」怒りで喉をつまらせながら言います。目もあっというまに大きくなり色も黄色じみます。ふるえる指先で木の下にころがったちいさな白いものを指していました。

そのちいさな白いものをじっと眺めてから、アリスが「ただのがらがらのようだけど」と言いました。「って、がらがら蛇じゃなくってよ」とあわてて言い足したのは、やぶへびで相手がこわがると思ったからです。「ただの古いがらがら――とても古い、そしてこわれてる」

「とうに知ってらい！」とトゥイードルダム。地団駄ふみ、髪をかきむしっていきます。「こわされたのさ、むろん！」そしてトゥイードルディーを見ましたので、相手はすぐに地べたにつき坐り、傘の中に隠れようとしました。

　アリスはトゥイードルダムの腕に手をのせると、なだめる口調で「古いがらがらじゃないの、なにもそんなに怒らなくても」と言いました。

「古くなんかないやい！」トゥイードルダムが叫びます。もっと怒らせちゃったみたい。「いいかい、おニューなんだ——昨日買ったばかりの——ぼくのかっこいい**おニューのがらがらちゃん**[14]**！**」声はもう完全に金切り声でした。

　この間じゅうトゥイードルディーの方は自分が中に入ったまま傘をたたもうと骨折っていましたが、なんとも面白い様子なので、アリスの目は怒っている方の兄弟からそちらに向けられていました。傘たたみはあまりうまくいかず、彼が転がって、頭を出しただけで体全部が傘に巻きとられてしまい、そうやって口と大きな目をぱちくり開けたり、閉じたり——「もうまるで魚みたい」とアリスは思いました。

14　テニエル描くこのシーンで地べたにころがるこわれたがらがら（rattle）が見られる。ヘンリー・サヴィル・クラーク宛て書簡で（一八八六年十一月二十九日付け）キャロルは、テニエルが勝手に番人の使うがらがらを描いたことに不満を漏らしている。「テニエル氏はトゥイードルダムとトゥイードルのけんかを描く絵の中にひとつ『誤った解釈』を持ちこんでいます。『ぼくのおニューのがらがらちゃん』というのは古い童謡の中では子供のがらがらのことを言っているので、氏が描いたような番人用のがらがらではありません」
　当時、番人のがらがらというのは一枚の薄い木片で、振ると刻みの入った輪の刃と噛《か》み合ってふるえ、かたかたと警告になるような大きな音を出す道具だった。現在でもうるさい音を出すパーティ用品として売られている。弱くて本当にすぐ壊れると、読者H・P・ヤングが手紙で教えてくれた。第八章

「けんかをちょっとばっかり、話そう決まってんだよなあ？」ちょっと落ちついた様子のトゥイードルダムが言いました。

「そう決まってるさ」もう一方がむっつりと答えながら、傘からもがき出てきます。「ただし、この子が着付けを助けてくれれば、だろ？」

そこで兄弟、手に手をとって森に消え、一分もすると腕いっぱいがらくたを抱えて戻ってきました。見ると、クッション、毛布、炉敷布、卓布、皿カヴァー、石炭バケツです。「あんた、留《と》めたり、ゆわえたり、上手かい？」とトゥイードルダム。「こいつらを、何がなんでも着なけりゃならんのよ」

後日アリスが言ったことですが、それまでこんな大騒ぎしたことなかったらしいね――この二人のうるさいこと――二人が身につけたものの仰山《ぎょうさん》さ――紐をゆわえ、ボタンを留める手間の超厄介――「恰好《かっこう》つく頃には二人ともひとり古着屋みたくなってるわ！」と、トゥイードルディーの首にクッションを当てながら、アリスはひとりごとを言いました。クッションは、トゥイードルディーの言いぐさでは「首を切り飛ばされないため必須」とのことでした。[15]

「だってさ」トゥイードルディーはとてもまじめな顔をして言い足したものです。「戦闘中、もっとも起きてならんことのひとつじゃないか――そっ首、

の白のナイトの馬にくっつけられたがらくた類を鋭く分析したジャニス・ラルから、馬の正面についているのが大型の番人用ががらがらであるという指摘が来た。三枚の絵（本書五〇八ページ、五一六ページ、五二〇ページ）とフロンティスピースの馬の絵で確認してみよう。テニエルは同類のがらがらを『パンチ』誌の漫画にも既に描いていた（左図）。

テニエルによる『パンチ』誌の漫画

15 テニエルが描いたこのシーンの絵を見ると、アリスがトゥイードルディーの首にクッションをつけてやっ

飛んでいっちゃうっていうの」

アリスは声を立てて笑いましたが、なんとかせきをしてるようにみせました。だって相手を傷つけかねないものね。

「ぼく、顔色悪いかな？」と、やって来て兜《かぶと》をかぶせてもらいながら、トゥイードルダムが聞きました（トゥイードルダムは「兜」って言うんですが、どうみてもシチュー鍋でした）。

「えっ――ああ――ちょっとね」気をつかったアリスの答。

「いつもなら大胆不敵なんだが」と、相手は声を低めました。「今日はなんだか頭が痛い」

このやりとりを聞いていたトゥイードルディーが「そういやあ、こっちも歯痛だ！」と言いました。「そっちより何倍も痛い！」

「じゃ、今日のけんか、やめにすりゃいいのよ」とアリス。けんかやめる良い口実と思ったのです。

「いや、ちょっとはやらねば。まあ長くはやらん」とトゥイードルダム。

ているようだが、本当は双子の片割れたるトゥイードルダム。絵を仔細に見るとアリスは両手に紐を持っている。左側の双子の片割れはトゥイードルダムで、アリスはその頭に鍋をくくりつけようとしている。テニエルの絵を論じた『アリスとテニエル』の中でマイケル・ハンチャーは、テニエルがこの絵では木剣をトゥイードルディーに持たせるミスをおかしてしまっていると指摘している。

「今、何時だい？」

トゥイードルディーが時計を見て、「四時半だ」と言いました。

「じゃ六時までやろう。それでめし」とトゥイードルダム。

「じゃそれで」もう一方がとても悲しそうに答えます。「立会人はこの子だ——あんまり近寄らない方が身のためだ」とつけ加えました。「いつもなら、目に入るものなら皆ぶっ叩く——ほんとにかっかしてるとな」

「こっちだって近場のものは何でもぶちのめす、目に入ろうが入るまいが、だ！」

アリスは声を立てて笑いました。「じゃきっと木ばっかり叩いてるわけね、どちらかと言うと」と言います。

トゥイードルディーはまわりをぐるっと見回して、嬉しそうな微笑《えみ》を浮かべます。「そうさな、一戦終わる頃にはずっとこのまわりの木で、残って立ってるのなんか一本もない！」

「たかがからのことで！」とアリス。こんなつまらないことでけんかなんて、少しはおとなげないと感じなさいと思っていました。

「こっちだってこだわらんかったと思うよ」とトゥイードルダム、「あれがおニューでさえなかったらな」

「怪物からす来ないかな！」心の中でアリスは念じます。

「剣は一本しかないなあ」とトゥイードルダムが相方に言います。「しかし、そっちにゃ傘がある――とんがってるのは同じくらいだ。さあ手早く始めようぜ。どんどん暗くなっちまう」

「ほんとにどんどんだ」とトゥイードルディー。

あっというまに暗くなっていくので、アリスは嵐が来るのだと思いました。「なんてまっ黒な雲！」とアリスが言います。「しかも来るの、むちゃくちゃ速い！　翼あるみたい、絶対！」[16]

「からすだ！」トゥイードルダムがびっくりして大きな金切り声をあげました。兄弟は浮き足だつと、もうあっというまにいなくなっていました。

アリスは少しばかり森の中に走りこむと、一本の大樹の下に身を隠しました。「こ、こ、こ、ここならあいつにつかまらない」と思います。「あいつ大きすぎて、木と木の間に入ってはこれない。あんまり翼ばたつかせないでくれるといいけど――森に大嵐が吹くから――あら、だれかのショールが吹きとばされてく！」

16　童謡中のこの怪物からすとは日蝕を表現したものと、J・B・S・ハルデインの『可能世界（*Possible Worlds*）』の第二章にあって、こういうふうに書いている。
たとえばだれしもトゥイードルダムとトゥイードルディーのことは御存知であろう。この二人のいさかいはタールの樽《たる》ほどの大きさの怪物からすの出現によって中断する。

これらのヒーローたちの背後には「歴史秘話ヒストリア」がある。リュディアのメルムナダイ朝の王アリュアッテスは有名なクロイソスの父王であるが、メディア王キュアクサレスと五年も戦い続けていた。その六年目に当たる前五八五年五月二十八日（と今日確定できている）、戦いは皆既日蝕によって中断された。王たちは戦いをやめ、仲介に応じた。二人の

M・L・カーク画、1905.

仲介者の一人がだれあろうバビロニア王ネブカドネザル二世。その前年にエルサレムを劫掠《ごうりゃく》して人々を幽囚した「バビロン捕囚」の王である。

第５章　羊毛と水

そう言いながらアリスはショールをつかまえ、持主はだれかとあたりを見回します。するとたちまち白のクィーンがまるで空を飛んでいるみたいに両手を大きく広げ、ものすごい勢いで森から走り出てきました。アリスはショールを手に、とても丁重にクィーンを迎えます。[1]

「こちらの方に私がいて、本当にようございました」アリスはクィーンが再びショールをつけるのを手伝いながら言いました。

白のクィーンはどうにもならないくらい動顚《どうてん》して、アリスを眺めているのがやっとの体《てい》で、何ごとか小声でぶつぶつ言い続けているのですが、どうやら「ブレドンバター、ブレドンバター」と言っているようでした。[2]会話するにしても、これでは自分が口火を切るしかないだろうとアリスは思いましたので、少しばかり丁寧すぎる言葉をかけてみました。「白のクィーン様でお召しであられましょうか?*」

「さようはさようじゃが、お召しでとか言うのかの」とクィーン。「わしならそんな言い方はせぬが、絶対に」

会話が始まっていきなり議論というのもいやなので、アリスは微笑しながら、「お着物の召し方をお尋ねしたかったので、**私、仰せの通りにいたしますけれど」

1　激走してQB4に来た白のクィーンはアリスのいるマス目の直西に接するマスに到着した。クィーンたちが物語を通じて無茶苦茶走り回るのはチェスのクィーンたちの運動力と盤上を全方向に動ける自在無碍《むげ》の比喩である。白のクィーンはいかにもという無頓着さで、今もK3に移ることで赤のキングを「詰め」られたのに好機を逸したばかりである。「舞台の上の『アリス』」という記事で、キャロルは白のクィーンについてこんなことを書いている。

最後に、白のクィーンは私の空想夢の中では、やさしく、間抜け、でぶで青白い、子供のように無力な存在である。のろのろ、だらだらして呆気《ほうけ》た感じから白痴かと思わせながら、そうだというわけではない。もしそうなら、そうでなく彼女がうみだすかもしれないコミックな効果は台無しになるだろ

「それがまったくうまく着れんのじゃ！」かわいそうなクィーンがうなるように言います。「この二時《ふたとき》ばかりも自分で召そうとしているのじゃが」

「着物のお召しにだれかを雇えば」とアリスは思いました、「ずっとうまく着られるのに」、と。それほどクィーンの着物はだらしなかったのです。「何もかもが曲がってる」とアリスは思います。「体じゅうピンだらけじゃないの！――ショールをまっすぐにして差しあげましょうか？」と、これは声に出して言いました。

「何が悪いのか、わからん！」憂鬱そうにクィーンは言います。「機嫌がとれぬ。ここを留《と》め、そこを留めするのじゃが、うんと言うてくれん！」

「まっすぐになりたくてもなれないんです、でしょ、こんなに片側ばかり留めてちゃあ」とアリスは言いながら、丁寧にピンを留め直します。「あら、お髪《ぐし》もずいぶんなこと！」

「ブラシがずっとからまったままでの！」クィーンがため息まじりに言います。「櫛も昨日なくした」

アリスはブラシを丁寧にはずすと、クィーンの髪を精一杯ちゃんとしてあげました。「こちらまたずいぶんベターになりましたよ！」ほとんどのピンを留め直すと、アリスは言いました。「でも、お召し物のお手伝いをおつけ

う。ウィルキー・コリンズの小説、『ノー・ネーム』（一八六二）に奇妙なほど似た人物が登場して、ふたつの全然別の道筋を辿って我々は同じ理想に到達する。ラッグ夫人と白のクィーンは双子姉妹だったのかも。

パラマウントの映画で白のクィーンを演じたのはルイーズ・ファゼンダである。

2　マサチューセッツ育ちのエドウィン・マースデンの手紙で知ったが、少年時代、雀蜂、蜜蜂といった虫に囲まれた時には必ず「ブレドンバター、ブレドンバター」と唱えると良いと教えられていたそうである。刺されないですむ呪文だったようだ。この習慣がヴィクトリア朝英国にあったとしたら、白のクィーンは追いかけてくる怪物からす退散のまじないにこの句を使ったのかもしれない。

になるべきですよ！」

「そちが一番と思う！」とクィーン。「週二ペンス、一日置きにジャムをつける」

「それ、私は結構です――ジャムも好きでないので」と言いながら、アリスは笑いをこらえきれません。

「いいですか、どっちにしても、今日は結構です」

「もしそう望まれても無理じゃよ」とクィーン。「明日のジャム、昨日のジャムはあるが――今日のジャムは絶対ない[3]」

「でもいずれ必ず今日のジャムになりますよ」アリスは異《い》を唱えました。

「それが、そうはいかぬ」とクィーン。「ジャムは一日置き。今日という一

両手を広げ「まるで飛んでるみたい」なクィーンは、自分が第三章でアリスの垣間見たアサカラゼッコーチョウ（bread-and-butter flies）の一匹だと思っていたという考え方もできる。とにかく白のクィーンの念頭にはいつだって「ブレドンバター（Bread and Butter）」があるようだ。第九章でクィーンはアリスに「パン割るナイフは――この答は？」と問う。この割り算問題にアリスが答えようとするのを邪魔して赤のクィーンが「むろんバターつきパン（ブレドンバター）だ」と答えるが、パンがナイフで「割り切れたら」今度はバターを塗ることになる。

アメリカでは「ブレドンバター」のもっと流布した使われ方があって、一緒に歩いている二人がやむなく「割れ」て、木、柱といった障害物を前に別々の道に分かれていく時に使う。

有名なエリック・パトリッジの『俗語・非慣用英語辞典』によると、ヴィクトリア朝英国には「ブレドンバ

日は置かれぬ日なのでな、じゃろ?」

「何をおっしゃってるんだか」とアリス。「まるでわかりません!」

「うしろ向きに生きてるとわかる」と、クィーンがやさしく言いました、「最初はいつだって少々頭がくらくらするが——」

「うしろ向きに生きるですって!」びっくりしたアリス、同じことを口走ります。「そんなの、聞いたことない!」[4]

「が、大利点がひとつあっての、記憶が両方に向いて働く」

「私のは片方だけですけど」とアリス。「何だって、起こる前に記憶してるなんて、そんなことできないです」

「うしろ向き片道だけの記憶なんて貧乏くさいの」とクィーン。

「あなたが一番よく覚えてるっていうの、どういうことをです?」アリスは思いきって尋ねます。

「そうさな、さ来週あたり起こったこととか」クィーンは特にどうということもなく答えます。「たとえばの話」と、クィーンは言いながら指に大きな絆創膏《ばんそうこう》を貼ろうとしています。「キングの御使者の者がおる。[5]今は罰をこうむって牢屋だ。審理が開かれるのが来週の水曜、そして犯行が一番最後に起こるのじゃ」


ター」のいくつかの口語用法があった。そのひとつが「女生徒っぽい」という意味で、女生徒のように振る舞う少女が「バターつきパン嬢ちゃん(a bread-and-butter miss)」と呼ばれた。ひょっとしたら白のクィーンはこの意味をアリスに使ったのかもしれない。

＊ [四二八ページ訳注:原文は“Am I addressing the White Queen?”で、“address”は「話しかける」]

＊＊ [四二八ページ訳注:原文は“a-dressing”「着物を着る」]

3 『詳注アリス』で私はラテン語で「今」を意味する“iam”(この古典ラテン語の子音の〃i〃は後世〃j〃に変わるので即ち“jam”)の言葉遊びを完全に見逃してしまった。語“iam”は同じ「今」という意味でも過去時制と未来時制にしか使わず、「今」を現在時制で言う時は“nunc”というまったく別の語を用いるのである。どの見落としに対するより多くの指摘の手紙を、大方はラテン語の先生方より頂戴した。先生方はクィーンの言葉を、この語の正しい用法を教える時に引き合いに出すことが多いとのことである。

4 キャロル晩年作の『シルヴィーとブルーノ・完結篇』には、ドイツ人教授の「異刻時計」の「反転ポッチ」を回すと時間が反転するというびっくりするようなエピソードが出てくる。

キャロルは鏡の反転と同じくらい時間の逆転に魅了されていた。アイザ・ボウマンの言うところでは、キャロルはオルゴールを逆回転させて、彼言うところの「逆立ち音楽（music standing on its head）」を楽しんだ。キャロルの『アイザのオックスフォード探訪』の第五章にはオルギュイネット（orguinette）を反転させる話が出てくる。このアメリカ製の装置は、いわゆるプレイヤー・ピアノと同様、穴のあいた紙のロールをハンドルを回して回転させる。

彼らは紙のロールを逆さに入れ、音楽を逆にしたから、おとといにいたのだ。それ以上はやめた。アイザが幼くなり過ぎて喋べれなくなるのを惧《おそ》れたのだ。「老いに老いたる人」は、一日中ただぎゃあぎゃあ言うばかりで顔を真っ赤にしているような客は嫌いなのだ。

子供友達のイーディス・ブレイクモアに宛てた手紙で（一八七九年十一月三十日付け）キャロルはあまりに多忙で疲れているので起きるやいなや寝たい、「時には起きる一分前にまた寝てたい」と書いている。

キャロルが使って以来、「逆生き (backward living)」テーマは多くのファンタジー、SFの出発点となってきた。一番有名なのはF・スコット・フィッツジェラルドの『ベンジャミン・バトンの奇妙な事件』あたりだろうか。

5 キングの御使者は、テニエルの絵を見るまでもなく、そして第七章ではっきりするように、だれあろう、『不思議の国のアリス』の気ちがい帽子屋《マッド・ハッター》である。

テニエルが気ちがい帽子屋を描く時、バートランド・ラッセルの顔を見越して描いたというとんでも説と通じなくもないが、ピーター・ヒースは牢獄の中の帽子屋（左ページ上図）が一九一八年頃、英国の第一次大戦参戦に反対して獄中にありながら『数理哲学序説』を書いていたラッセルそのものだと言っている。キャロルがテニエルに描き直しの注文をしたことはこの絵の別のヴァージョンがあることからはっきりしている。その別ヴァージョンも掲げておくが（左ページ下図）、次から採った。Michael Hearn, "Alice's Other Parent: Sir John Tenniel as Lewis Carroll's Illustrator," *American Book Collector* (May/June 1983).

「もしその人が犯行を犯さなかったらどうなるの？」とアリス。

「なおベターでないか、じゃろ？」クィーンは言いながら、リボンの端で絆創膏を指まわりにくくりつけています。

さすがにそれはその通り、とアリスは思いましたから、「なるほど、ずっとベターですね」と言いました。「でも、その人、罰されてるんだからベターどころじゃないですね」

「そこがそちの間違い」とクィーン。「そち、以前に罰を受けたことはあるのかい？」

「悪いことした時だけですけど」とアリス。

「じゃあ、罰受けてベターじゃないの！」と、クィーンが勝ち誇ったように

テニエル挿絵（未使用）

気ちがい帽子屋の罪とは何なのだろう。まだ犯してもいない罪の故のようだが、鏡の向こうでは時間が前にも、うしろにも進むのである。おそらくは「マを殺した」罪の刑執行猶予中なのである。『不思議の国のアリス』の第七章でハートのクィーンが主催したコンサートで調子っぱずれの歌を歌ったという罪。覚えておられるだろう――クィーンは彼の死刑を宣告したのだった。

ちなみに、クィーンの「さ来週」発言は第九章で嘴《くちばし》の長い生きものが戸を閉める間際、さ来週まで入場不可と言う台詞に反復される。

言います。

「そりゃそうですけど、私がやったことについてあとから罰されてるわけで」とアリス。「話は全然ちがうわ」

「もしやってなかったとしたら」とクィーン、「その方がベターだったはずじゃ。絶対にベター、ベター、ベター！」「ベター」と言うたびに高い声になっていって、ついにはまったくの金切り声にまでなりました。

アリスが「どっか間違——」とまで言いだしたところでクィーンの叫び声が始まり、あまりに大きな声だったので、アリスの言葉はとぎれたまま終わりました。「お、お、おおっ！」と叫ぶクィーンは、まるで手を振りちぎらんばかりに振っていました。「指から出血じゃ！　あっ、あっ、あっ、あれえ！」

クィーンの叫び声はまるで蒸気機関車の警笛のようでしたから、アリスは両手で耳をふさがねばならないほどでした。

「どうなさったんですか？」声が届きそうな間合いを見て「指に何か刺さったんですか？」とアリス。

「刺されるの、まだじゃ」とクィーン。「もうたちまちのうちじゃ——あっ、あっ、あれえ！」

ようです。

「いつそうなるんです？」とアリス、笑いがこみあげてきてこらえられない

「もう一度ショールを留める時じゃ」かわいそうなクィーンは呻《うめ》き声をあげます。「ブローチがじきはずれる。あっあっ！」言いも終わらぬうちにブローチが開いてはじけます。クィーンが乱暴につかみかかって、握ろうとします。

「危ないっ！」アリスは大声を出しました。「曲がったままつかんでしまう！」アリスはブローチを押さえましたが、一瞬遅し。ピンははじけていて、クィーンは指を刺されたあとでした。

「これで傷のこと、説明ついたであろう」微笑しながらクィーンはアリスに言いました。「ここでは万事どう進むか少しはわかったはずじゃ」

「どうして今、痛がらないんですか？」もう一度手で耳をふさぐ恰好をしながら、アリスは尋ねました。

「叫ぶのなら、もうすでに叫び尽くしておる」とクィーン、「もういっぺん叫んで何の役に立つのかい？」

この頃までには大分明るくなっていました。「からす行っちゃったのかな」とアリス。「行っちゃってると嬉しいな。だって夜が来た、と思ったんですもの」

「嬉しいなんてわしもなってみたい！」とクィーン。「しかしそのやり方、思いだせんなあ。そち、この森に暮らして、望むがままに嬉しくいられる。なんぼか幸せなんじゃろうのう！」

「ただね、ここではとってもひとりぼっちなんです」アリスは暗い声で言いました。自分のひとりぼっちなことを思うと大きな涙が二粒までも頬をころがり落ちていきました。

「おお、そんなじゃいけない！」かわいそうなクィーンは絶望してもみ手しています。「自分が大きな子なんだって思いなさい。今日は遠くまで歩いてきたって思いなさい。今何時かって思いなさい。思うのよ、何でもいい。泣くのだけはおよし！」

　これじゃ泣き笑いですが、これにはアリスも声を立てるしかありません。

「あなたは、何か考えると泣かないですむんですか？」とアリス。

「そういうこと」クィーンがはっきり言い切りました。「だれも同時にふたつのことはできぬ、だろう[6]。手はじめに年齢を考える――そち、いくつになった？」

「七歳と六ヶ月です、ただしくは」

「『まさただしくは[*]』など言うには及ばぬ」とクィーン。「そんなこと言わ

6　キャロル自身、この白のクィーンの忠告に従って生きた。『枕頭問題集(*Pillow Problems*)』の序文で、夜、眠りがこない時間に健全ならざる思念に悩まされぬためには、頭の中で一種の精神的仕事療法として数学問題を解き続けることだと言っている。「疑いに誘う思念が堅固な志操《しそう》を根こぎにするような時には、という話だ。抑制効《き》かず信心深い魂に入りこむ瀆神《とくしん》の思惟、憎々しげに純粋たらんとする思いを責めさいなむ聖ならざる念慮。こうしたもの全てに対して、しっかり手掛かりある精神的仕事が一番強力な味方なのである」

＊［訳注：原文はアリスの“exactly”という言葉に対して“exactually”で、exactlyとactuallyがごっちゃになったもの。］

いでも、信じられるわいの。そち、これ信じられるかい。わし、百一歳と五ヶ月と一日じゃ」

「そんなの信じられませんよ！」とアリス。

「信じられん、てかい？」あわれむような声でクィーン。「もういっぺんやってみい。深呼吸して、目を閉じて」

　アリスは声を立てて笑いました。「もういっぺんやってもおんなじ」とアリス。「ありえないことは信じられない」

「多分、練習量が足りんのじゃ」とクィーンです。「わしがそちの時分にゃ、いつも一日半時間はやったもんじゃ。そう、時にゃ不可能事六つまで朝飯前に信じたが[7]な。ああっ、またまたショールのやつが！」

　そう言ってるまにブローチがはずれ、突風一陣、クィーンのショールが小川をひと

ジョン・ヴァーノン・ロード画、2011.

7　「不条理ナルガ故」と、ある種のキリスト教理のパラドックス的性格を擁護するよく引かれる箴言《しんげん》でテルトゥリアヌスは言った、「我レ信ズ」と（Certum est, quia impossibile）。子供友達のメアリー・マクドナルドに一八六四年、キャロルはこういう警告の文面を送っている。

　この次は慌《あわ》てて信じないこと——理由はこうさ——何もかも信じようとすると、きみの心の筋肉がへとへとになってきて、一番単純な真理をさえ簡単に信じられなくなるのさ。ほんの先週のことだけど、「ジャックと豆の木」の話を信じようとした。一生懸命だったんだけどそれで疲れきっちゃったね、外は雨だよと言ってやったのに（本当に雨だったんだ）、信じる力がのこってないから、帽子も傘もないまま外に跳び出していってね、結果髪ぐしょぐしょになっ

つ越えて飛んでいってしまったのです。クィーンはまた両手をいっぱいに広げると、飛ぶようにショールを追いかけていきました。[8] そして今回は自分一人でショールをとらえました。「どうだ、とらまえてやった！」と勝ち誇ったように叫びました。「どうかの、一人で召してみせたが、お気に召しましたかの！」

「お指もずっとベターで？」アリスはこう丁重に尋ねながら、クィーンを追ってちいさな川を越えていきます。[9]

＊　＊　＊　＊　＊　＊　＊

「ああ、よほどベターじゃ！」とクィーンは叫びましたが、叫ぶほどに金切り声になっていったのです。「まっことベターじゃ！　ベーター！　ベーエーエーター！　ベーエーエー！」最後の言葉は長いベーベーいう音で、も

て、カールが元の形に戻るのに二日ほどかかっちゃったのさ。

8 白のクィーン、ひとマス前進してQB5へ。

9 アリスもひとマス前進。その結果Q5に行って再びクィーン（今は羊）の横に。

うまるで羊そっくりなのでアリスはびっくりしてしまいました。

　クィーンを見ましたら、突然全身が羊毛におおわれてしまったように思われます。アリスはごしごし目をこすって、もう一度よく見ました。何が起きたのか、まるでわかりません。私、どこかのお店にいるの？　それから、これ――帳場の向こう側に坐っているこれ、本当に羊さん？　いくら目をこすってみても、何もわかりません。たしかにちいさな暗い店にいて[10]、カウンターに肘《ひじ》をついています。向かい側には一匹の年とった羊が、アームチェアに坐って編み物に余念なく、時々目をあげて大きな眼鏡越しにアリスを見るのでした。

「で、買いたいのは何だい？」とうとう羊が編み物から一瞬、目をあげて言

10　テニエルが描いたこの店の二枚の絵が、オックスフォードのセント・オールドゲイト八十三番地に実在したちいさな雑貨店の窓と戸口を忠実に描いたものだということはWilliam & Madan, *Handbook of the Literature of the Rev. C.L.Dodgson* が指摘している（し、証拠写真まで掲載している）から周知のことと思う。しかしそこはさすがにテニエルで、戸口と窓の位置、それからお茶は二シリングという看板は反転させている。これらの逆転は、アリスが反アリス（anti-Alice）でないという見方の証拠にもなってくれている。
　このちいさな店（次ページの下図参照）は現在は「不思議の国のアリス・ショップ」と呼ばれていて、アリス関連のあらゆる本やアイテムを並べて売っている。

　デイヴィッド・ピギンズとC・J・フィリップスのエッセー（David Piggins & C.J.C.Phillips, "Sheep Vision in *Through the Looking-Glass,*" *Jabberwocky*

ジョン・R・ニール画、1916.

[Spring, 1994]）は、羊の眼鏡が近接視を目的としたものであることが、それを編み物をする時にだけ掛けていることからわかると言っている。アリスと一緒にボートに乗っている時には掛けていないからだ、と（[訳注：本書には未収録だが］ピーター・ニューエルの絵では、このシーンでも眼鏡を掛けている）。この二人はさらに、羊の目は適応力（焦点を結ぶ力）に欠けていることが研究者によって明らかにされていて、結論としてこの羊の眼鏡は、光学的には何の意味もないとしていて、面白い。

アリス・ショップ現在の姿。

いました。

「まだよくわからないんですけれど」アリスは丁重に答えました。「まわりを全部ぐるっと見てからかな、できれば」

「前を見ることはできる、見ようと思えば左右も見られるが」と羊、「まわりを全部は無理じゃろ――頭のうしろにでも目がついてるのかい？」

たしかにそうなので、うしろに目などない、ですから自分で体をぐるっと回し、近づいて棚を見ました。

お店は奇妙な物でいっぱいみたいでした――がなんといっても一番奇妙なのは、正確には何が載っているのだろうと思ってどの棚にじっと目を凝らしても、まわりの棚はぎっしり物が詰まっているのにその棚だけいつも必ずまったくからっぽだったことです。[11]

「何もかもここではこんなふうに流れていくんだ[12]」と、一分かそこら、時には人形に見え、かと思えば時に工具箱にも見え、いつもじっと見つめる棚の上隣の棚にある大きな光る物を追っては逃げられ追っては逃げられを繰り返した挙句《あげく》、とうとう悲しげにアリスは言ったものです。「特にこいつが頭にくる――目にもの見せてやる――」と言い足したのは突然名案がひらめいたからです。「一番上の棚まで追いつめてやる。天井を抜けられるもんなら抜

11　この店の商品をアリスが直視できない現象を、量子物理学の解説者たちは、原子核周辺を廻る電子の位置を正確に知ろうとしても絶対に不可能ということにたとえることが多かった。時々視野の中心から少しはずれたところにちいさな点として現れながら、目と一緒に動くので直接《じか》に見ることができない点《スペック》を思い浮かべる人もいよう。

12　キャロルはパスカル（一六二三―六二）の『パンセ』の大ファンだった。羊の店で事物が流動していく状況を考える時、キャロルの念頭にあったと考えてもおかしくない文章として次のエッセーが引いている『パンセ』のひとくだりを（Jeffrey Stern, "Lewis Carroll and Blaise Pascal," *Jabberwocky* [Spring 1983]）。

（我々には）確実な知も絶対の無知も不可能だ。我々は茫《ぼう》たる広がりを持つ媒体の中を流れ続け、い

けて御覧なさい！」

ところがこの名案でさえ通じません。この「物」は、いつもなれっこといった感じに、まことこともなげに天井を抜けていってしまったのです。

「あんた、子供かい、コマかい？[13]」また別の編み棒を手にとりながら、羊が言いました。「そんなにぐるぐる回られると、こっちはじきに目が回るよ」羊は今では十四組の編み棒をいっぺんに使っていましたから、アリスはただただびっくりして見ている他ありませんでした。

「どうやればそんなたくさんの編み棒で編むことができるんだろう」と思わずのひとりごと。「どんどんヤマアラシに似てきたわ！」

「あんた、漕《こ》げるかい？」羊はそう聞きながら、ひと組の編み棒をアリスに手渡しました。

「ええ、少しはね——でもここ陸上でしょう——それに編み棒で、って——」そうアリスが言いだしたとたん、編み棒が手の中でオールに変わり、気がついてみるとちいさなボートの中にいて、土手と土手の間をすうっとすべっていたものですから、もう力いっぱいやるしかありませんでした。

「はねっ！[14]」と羊が別の編み棒をとりあげながら大声で言いました。

何か答えないといけない言葉でもなさそうだから、アリスは何も言わず、

つも不確実のまま漂い、前にうしろに吹き散らされるだけ。どこか一定点があって我々はそれにしっかりと繋がれていると思い込んでいるが、それは絶えず動いて、我々をあとに置き去りにしていく。我々がつかんだと思っても、それは我々の手をすり抜け、逃げだし、我々の前で永劫に転変していく。我々から見て、じっと動かぬものなど、何もない。これが我々生来の状態なのだが、この状況は我々の傾向といったものとは正反対なのである。我々は不動の足場を得たい。無限に向けて立ち上がる塔をその上に築くべき究極にして永続する礎《いしずえ》を熱望するが、我々の定礎したもの全体が瓦解《がかい》する。

13　ここで言われるティートータム（teetotum）という手回しの小型のコマは今日の英米だと“put-and-take top”と呼ばれるものである。ヴィク

漕ぎ続けました。それにしても非常に奇妙な水、とアリスは思いました、時々オールを水に深く入れると、そこからなかなか出せないのです。

「はねっ！　はねっ！」また羊が、さらに編み棒を手にとりながら大声で言います。「じきにカニをつかんでしまいますよ」[15]

「ちいさなかわいいカニなら！」とアリス。「この手でつかんでみたい」

「『はね』って言ってるのが聞こえないの？」羊がすごい本数の編み棒を持ちながら言う声は怒っています。

「ちゃんと聞いてます――何度もおっしゃいました――大きな声で。どこにカニ、いるのでしょう？」

「水の中に決まってるよ！」手がいっぱいなので編み棒を髪にさしながら羊

トリア朝英国では子供たちのゲームに愛用された四角ゴマ。コマの平たい側面には文字か数字が書いてあり、コマが止まった時、一番上に出ている目で次に遊び手がやることが決まる。コマの祖型は四角くて、文字を書いたものだった。ひとつの側面にはTの文字が書かれていて、ラテン語の「全て《トートゥム》（*totum*）」の頭文字。遊び手が「全てをとる」という意味。ソロモン・ゴロムがこんなことを書いている。「あなたの読者の多くが知って驚くかもしれないことですが、これはまさしく『ドレイデル（dreidel）』と呼ばれる四角ゴマの同類です。ハヌカー祭（chanukah）にユダヤ人の子供たちが遊びに使うコマなのですが、四つの側面にנ, ג, ה, ש という四つのヘブライ文字が書いてあり、それぞれ遊び手に（a）何もとらない（b）全てをとる（c）半分とる（d）賭け金をふやすことを迫るのです」

が言いました。「はね、って言ってるの！」

「『はね』『はね』って何度も何なんですか？」頭にきて、とうとうアリスは聞きました。「私、別に鳥じゃないです！」

「いいや」と羊。「立派に阿呆鳥だね」

アリスは少し腹を立てましたから、会話は一、二分それ以上進みませんでした。その間にもボートはゆっくりと、時には雑草が群生する間を（オールがさらにいっそう水の中にしっかりはまってしまうの、これが原因でした）、時には木立の下を、そしていつも気むずかしそうに下を見下ろす同じ丈《たけ》高い土手の間を、すうっすうっとすべっていきました。

「あらすごおい！　におい燈心草《とうしんそう》！」アリスは突然嬉しくてたまらなくなると大声をあげました。「本当にあるんだ――すごいきれい！」

「その花のことで私に向かって『すごい』など言う必要はない」編み物から目をあげることもなく、羊が言います。「私が植えたわけじゃない。どっかへ持っていこうとも思ってないよ」

「私の言いたかったのそうじゃなくて――お願いですから、花つむ間、待ってもらってていいですかということなんです」とアリス。「よかったらボートを一分の間、止めさせてください」

14　『不思議の国のアリス』の序詩でキャロルは、リドゥル姉妹が「ちいさな力」で、あまり技倆《ぎりょう》もないままボートを漕いだと書いている。おそらくキャロルの舟遊びのひとつに付き合ったアリス・リドゥルも、この場面のアリス同様、漕艇《そうてい》用語の「フェザリング(feather、跳《は》ね)」に首をひねったのではなかろうか。羊はアリスに、オールを次の「ストローク（catch）」のために水から上げる時、水かき部分を水に対して水平に返し、水かき下部が水の中に入らぬようにしろと言っているのである。

15　「カニをつかむ（catching a crab）」もボート用語の俗語。高速で進んでいる時、オールを水中に突っこみ過ぎると、ボートの動きがオールの柄にもろに伝わって漕ぎ手の胸に強く当たって席から吹っ飛ばしてしまう。現にこのあとアリス自身、カニをつかんでしまう。「この句は元は多分、漕ぎ手がカ

「どうやったら私に止められるって?」と羊。「あんたが漕がなければ、止まるしかないよ」

そこでボートは流れのままにまかされることとなって、燈心草がそよぐ間をゆっくりとすべっていきました。そしてちいさな袖《そで》がまくりあげられ、ちいさな腕が肘《ひじ》まで水につけられると、ずっと向こうの方まで燈心草がつかまえられ、そして手折《たお》られていきました――その間ずっと羊のことも編み物のことも全部アリスの頭から消えていました。ボートのへりから身をのりだして、くしゃくしゃの髪の先は水にひたし――目をきらきらさせながらアリスはいとしいにおい燈心草をひと束《たば》、またひと束と手折っていきました。

「ボートがあんまり傾《かし》がないといいのに!」とアリスはひとりごとを言います。「あっ、すごくきれいなのが! どうしてうまく届かないのよ」。本当にちょっといらいらさせるのですが(「わざとやってるみたい」とアリスが思うくらいに)、ボートがすべっていく時どんどん花がつめるのに、もっときれいな花だけにはいつも手が届かないのでした。

「一番きれいなのはいつも遠くなのね!」いつも遠くにということをやめない燈心草にため息をつきながら、とうとうひとことそう言うと、頬を紅潮させ髪と手先とからしずくをこぼしています。そしてアリスは元の場所に戻

ニをつかんだと、彼のオールが水に突っこみ過ぎたことを滑稽に言った表現である」と『オックスフォード英語辞典(OED)』にはある。この句は時に(誤用だが)、漕ぎ手を吹っ飛ばしかねない他の漕ぎそこねにも使われる。

り、手に入ったばかりの宝物の整理を始めたのです。

その時のアリスは、つみとられた刹那《とき》から燈心草たちがいきなり枯れ始め、いきなり美しさと香りを失い始めても、別に気にも留めないようでした。[16] だって普通のにおい燈心草だって短い命ですよね――ましてや夢の燈心草です、アリスの足もとに横たえられた時、すでに淡雪《あわゆき》さながら融《と》け果てていく運命《さだめ》でした――がアリスがそれに気づく気配はありません。それくらい、いろんな奇妙なことがあって頭がいっぱいだったのです。

あまり進みもしないうちにオールの片方がすっかり水にはまってしまって、出てきたくなさそうでした（後日このことを説明した時の言いぐさです）。その結果、そのオールの柄《え》がアリスのあごを打ち、かわいそうなアリス、「あああっ」とちいさな金切り声をあげたまま、坐っていたところからはじき飛ばされ、燈心草を積んだ中に落ちました。

でも少しの傷もなくて、すぐに坐り直せました。その間羊はずっと、何ごともなかったように編み物を続けていました。「かわいいカニをつかまえたこと！」と言います。席に坐り直したアリスはまだボートの中にいることがわかって、とてもほっとしました。

「カニですか？　私、見てない」言いながらアリスは、気をつけてボートの

16　キャロルがこれら夢の燈心草（dream-rushes）を彼の子供たち一統のシンボルということで使っている可能性がある。最も美しいものがいつも一番遠くの、際どく手の届かぬところにあり、つみとるやたちまち枯れ始め、香りと美を喪いだす。もちろん、ありとあらゆる美の短命で流れ行き、保つことが難しい性質一般を意識し、意図したシンボルだということは間違いない。

ヘりから暗い水の中をのぞきこみます。「どっか行かなきゃいいのに、ちっちゃなかわいいカニ、お家に連れて帰りたい！」羊はただただばかにして笑って、そのまま編み物を続けました。

「ここにカニは？」とアリス。

「カニだけじゃない、なんでも品揃えあるよ」と羊。「選び放題。あんたが選ぶ。で、買いたいのはなんだい？」

「買いたい、って！」アリスがびっくり半分、怯《お》じけ半分の口調で、同じことを口にします――なぜかと言うに、オールも、ボートも、川もみな一瞬に消えてなくなっていて、アリスはまたあのちいさい暗いお店の中に佇《たたず》んでいたからです。

「じゃ、卵をひとつください」アリスがおずおずと言います。「で、おいくら？」

「一個五ペンス一ファージング――二個だと二ペンス」羊が答えます。

「二個の方が安いんですか？」お財布を出しながら、アリス。びっくりしています。

「でも二個買ったら、両方とも食べないとならない」と羊。

「じゃあ一個、お願い」お金をカウンターに置きながら、アリス。「そんなんじゃ、どうせおいしくないのに決まってるわ、よね」と、これは心の中で[17]。

羊は代金をとって箱にしまうと、こう言いました。「物を客にじかには渡さない――それ、良くないよ――自分でお取り」。そうして店の向こう側に歩いていくと[18]、棚の上に一個の卵をまっすぐに立てました[19]。

「良くないって、どうして?」店は奥へ行くほどにどんどん暗がりになるので、テーブルやら椅子やらの間を手さぐりで進みながら、そうアリスは考えます。「卵だって、私が近づくと、遠のいてくみたいだし。何これ、椅子? でも何、いっぱい枝が出てる! 大体がよ、ここに木がはえてるって、それが変! えぇっ、こんなとこに小川、って! 何、なに! こんな変なお店、見たことないよ[20]!」

＊　＊
＊
＊　＊
＊
＊　＊
＊
＊　＊

17 クライスト・チャーチ学寮の学部生はキャロルの時代、朝食にゆで卵を一個注文すると二個もらうのが普通だった、うまいの一個と、まずいの一個(『ルイス・キャロルの日記』第一巻、一七六ページ)。

18 羊が店の向こうに行ったのはチェス盤上では白のクィーンがKB8に移ったことに対応。

19 羊が卵を棚の上にまっすぐに立てたというが、卵をテーブルの上でコンコンと打って端を少しへこませてから、というコロンブスのやり方をとらない限り難事である。

20 アステリスクはアリスがQ6に移ることで小川を跳び越えたことを表す。アリスは今、白のキングの右側のマス目にいる。もっとも彼女が白のキングと顔を合わせるのは次章、ハンプティ・ダンプティの話のあとになる。

そうやって歩いていったのですが、一歩進むごとにどんどん、どんどんふしぎ。だってアリスが近づいていくと、何もかもが木に変わってしまうのです。だからアリスは卵もきっとそうなると思っていました。

第６章　ハンプティ・ダンプティ[1]

しかるに卵はどんどん大きくなり、どんどん人間っぽくなっていくばかりでした。二、三ヤードのところにまで来てみてアリスは、それに目があり、鼻が、口があることに気づきました。近づいてみるとなんとはっきりあの**ハンプティ・ダンプティ**その人、いやその卵でありました。「他のだれだっていうの！」アリスはそうひとりごちたのです。「間違いない。その名前を顔じゅうに書いてるみたいなものよっ！」って。

　とても大きな顔なのでその名を百回書いても余りそうです。ハンプティ・ダンプティが両脚をトルコ人みたいに組んで[2]そのてっぺんに坐っている壁の高さといったら――おまけにてっぺんの狭さといったら、その上でどうやってバランスがとれるものか、アリスがいぶかしんだほどでした[3]――さらに、目が反対の方にしっかり見据《みす》えられていましたし、またアリスのいることに気づいてもいなさそうでしたから、アリスはてっきり着ぐるみかなんかと思ったほどです。

「それにしてもなんて卵にそっくりなんだろう、この人！」いつでも手で受け止めようとする恰好《かっこう》をして、アリスは言いましたが、いつなんどき落っこちるか知れやしないと思っていたのです。

「すっごく腹立つ」長い沈黙のあと、ハンプティ・ダンプティが口を開き

1　［訳注：章タイトルの注］童謡の中のハンプティ・ダンプティがだれか、あるいは何かについては議論百出である。一九五六年に話題になった説によると、大元の「ハンプティ・ダンプティ」は英国内戦［訳注：ピューリタン革命］の一六四二―五一年にコルチェスターで使われた強力な大砲の名なのだとか。この大砲は塔の上に据え置きされていたが、砲撃を受けて瓦解、それがそっくり童謡に化けたのだ、と。『オックスフォード童謡事典』を見ると、後世には神酒《みき》の名や子供たちのゲームの名になっている。人間に使われたのは一七八五年が最初。ところでハンプティを「卵人間（anthropomorphic egg）」として描いた絵は一八四三年のじゃばら式フリーズ装飾画までない。画家は「アリクィス・フェキット」（ラテン語で「何者カ是レヲ製ス」）というのだが、クライスト・チャーチ学寮のサミュエル・エドワード・メイバーリー

ミッシェル・“ミクスト”・ヴィラールが仏訳版『鏡の国のアリス』（1994）に入れたこの絵は、ハンプティの会話のパラドキシカルなありように、ヴィジュアルな駄洒落と不可能事をもって答える。

（S.E.Maberly）の筆名である。おそらくその絵がキャロルの頭にぴんときて、キャロルの卵人間ハンプティ・ダンプティの今日ほとんど当たり前のイメージは生まれたことになる［訳注：本書には未収録だが、ニューヨーク公共図書館のデジタルライブラリー（https://digitalcollections.nypl.org）で見ることができる］。

2　エヴァレット・ブレイラーが手紙で書き送ってくれたところによると、テニエルもニューエルも、危ない状態のハンプティ・ダンプティをもっと危なくしかねない足を組む状態では描いていない。

3　テニエル芸術論を書いたマイケル・ハンチャーの『アリスとテニエル』は、ハンプティが壁の上でいかに危ういか示すのにテニエルが絶妙な工夫をしている点を指摘している。絵の右端部分にこの壁の断面が描かれてい

ました。言いながらもアリスからは目を逸《そ》らしています。「卵呼ばわりとは——腹立つぞ、すっごく！」

「そっくりって言っただけですよ、サー」と、アリスは丁重に説明します。「卵にだってとても美しい卵さんもある、でしょ」アリスは言ってることが褒《ほ》め言葉になってほしいという感じでしょうかね。

相変わらず目を逸《そ》らしながら、「人間にだって頭、赤んぼ以下って人間もいるぞ！」とハンプティ・ダンプティは言いました。

これにはなんと答えていいか、アリスにはわかりません。第一、会話になってないと思いました、相手が彼女に向かってはしゃべってなかったからです。実際、最後の言葉など、はっきり一本の木に向かっての言葉でしたから——そこで頭の中でこんなふうに復唱しながら、アリスは立っていたのです[4]——

ハンプティ・ダンプティ、壁のうえだ、
ハンプティ・ダンプティ、落っこった。
王のすべての馬、王のすべての兵、
ハンプティ・ダンプティを再び元には戻せない。

る（本書四五九ページ）のだが、てっぺんがとんがった笠石であることがわかるのだ。

4　ハンプティ・ダンプティのエピソードは、ハートのジャック、トゥイードルの双子兄弟、ライオンとユニコーンのエピソード同様、古来のナーサリー・ライム、童謡を展開したものである。同様な、しかしまったく異なった展開を試みたのがL・フランク・ボームの子供向け最初の作、『散文マザー・グース』（一八九七）である。最近、ダンプティ・ダンプティ氏が子供向け雑誌『ハンプティ・ダンプティ雑誌』を編集している（ペアレンツ・インスティテュート発行）。私は彼のもとで幸運にも仕事をすることができたが、彼の息子、ハンプティ・ダンプティ・ジュニアの冒険の年代記記者の役どころだった。パラマウントの『アリス』映画のハイライトはW・C・フィールズ演じるハンプティであった。

「最後の一行、この詩には断然長過ぎるわね」[5]とアリスは言い足したのですが、ほとんど声に出てしまいました。ハンプティ・ダンプティの耳に入ると思ってなかったのです。

「つっ立ってそんなふうにごにょごにょ言ってるんじゃない」はじめてアリスの方に目を向けると、ハンプティ・ダンプティが言いました。「で、おまえ、名前は？　用向きはなんだい？」

「名前はアリスっていうのですが——」

「なんて間《ま》の抜けた名だ！」我慢しきれずハンプティ・ダンプティが口をはさみます。「どういう意味なんだい？」

「名前に意味がないといけないの？」変なこと言うなという感じで、アリスが聞きます。

「もちろん、そうでないといけない」ハンプティ・ダンプティはちょっと笑って、そう言いました。「わしの名はわしがどういう恰好してるか意味してる——えらく良い恰好《かっこう》をな。おまえの名前じゃ、どんな恰好でも良いことになりかねんよ」[6]

「どうしてそんなところにひとりぼっちお坐りなんですか？」議論が始まら

5　［訳注：最後の一行の原文は“Coudn't put Humpty Dumpty in his place again”.］この童謡のアリス版は最後の一行が間違っているが、実際には一八四三年ロンドン刊の『ピクトリアル・ハンプティ・ダンプティ』に出ている。次を。Brian Riddle, “Musings on Humpty Dumpty,” *Jabberwocky* (Summer/Autumn, 1989). このジングルの最後の一行は普通は「ハンプティを元のようにくっつけられない」（“Couldn't put Humpty together again”）である。

6　ピーター・アレグザンダーの秀《すぐ》れた論文（Peter Alexander, “Logic and the Humor of Lewis Carroll,” *Proceedings of the Leeds Philosophic Society*, Vol.6 [May, 1951], pp.551-66）が、どうもスルーされ易いキャロル流逆転をちゃんと論じてくれている。普段の生活の中で固有名詞（proper names）は個別な物を指す以上に意味を持つわけではない。それ以外の語は個別的でない普遍的な

ないようにアリスは話を変えます。

「ふたりぼっちじゃないからさ！」ハンプティ・ダンプティが大声で答えます。「そんなんにも答えられんと思ったのかい。ほい、もっと別のやつ」

「地べたの上がもっと安全とか思わないんですか？」アリスは続けましたが、もう一問なぞなぞを出すなんて気はなく、この変な生きものの身を素直に案じての言葉でした。「だってとても狭いじゃないですか！」

「なんと他愛《たわい》もないなぞなぞばっかり出すんだ！」と、ハンプティ・ダンプティがうなるように言いました。「もちろん、わしはそうは思わん！　大体が万が一にもわしが落ちるようなことになったら――万が一にもじゃぞ――もしもわしが――」と、ここで口をすぼめ、それがあまりに真面目くさって尊大に見えましたので、アリスは笑い声を立てるしかありませんでした。「もしもわしが本当に落ちたら」とハンプティ・ダンプティは続けます、「キングがわしに御約束下さった――ほら、青くなるんなら、なっていいぞ！　こんなこと、わしの口から出ようとは思ってなかっただろうが、ええ？　キングがわしに御約束下さった――御口ずからな――何をか――何をか、と言うと――」

「王のすべての馬、王のすべての兵を送るというんでしょう」とアリスが言

意味を持つ。ところがハンプティ・ダンプティの界隈ではこれが逆になる。普通の言葉はハンプティ・ダンプティが意味させたいと思うものを意味し、逆に「アリス」とか「ハンプティ・ダンプティ」とかいう固有名詞が一般名詞としての機能あるものとされる。まったく異論ないところだが、アレグザンダー氏の議論は、キャロルのユーモアはこの人物の形式論理（formal logic）に対する関心に濃く彩られている、とする。

葉をはさんだのですが、これは軽はずみでした。

「これは許し難い！」ハンプティ・ダンプティは叫びましたが、割れるような声で[7]突然怒りを爆発させました。「戸口で聞いてたな――木陰で――煙突にしのびこんで――でもなければ、それ、知っとるわけがない！」

「知りませんから、実際！」アリスはとても穏やかに言いました。「本に出てますよ」

「なるほど、やつらこういうこと本に書きかねんものな」と、こちらも穏やかになって、ハンプティ・ダンプティは言いました。「いわゆる英国史とかいうやつだろ、そういうの。しかして、ようくわしを見よ！ キングと話をできるんじゃ、このわしは。そういうの、もう一人見つけるの大変だぞ。わし、それでちっともお高くとまってない証拠に、なんならわしと握手することもできるぞ！[8]」そう言うと、耳から耳へ口が裂けるほどにたりと笑い、ぐっと前かがみになって（ほとんど壁から落ちるほどでした）アリスに手をさしのべました。少し心配になって様子を見ながら、その手をアリスは握ります。「もしもっと笑って、口の両はしが頭のうしろでくっついちゃったら」とアリスは思います、「頭どうなっちゃうのかしら！ ぽこっと、とれちゃわないかなあ！」

7　［訳注：原文は〝breaking into a sudden passion〟］モーリー・マーティンは手紙で、この〝breaking〟がハンプティが「割れて」とげる墜死を予示しているのではと書いてきた。

8　ハンプティのこうしたもの言いは（アリスとの会話の残り部分で彼がしきりと使う「プラウド（proud）」、お高くとまる、という言葉にも注目）彼の墜落／堕落《フォール》の前兆となる「傲慢」を示している。「プライド」はキリスト教の語法では悪魔サタンの墜落の因となった大罪のことを指す。

「いかにも、すべての馬とすべての兵じゃ」とハンプティ・ダンプティ。「みんなでただちにわしを引っぱり上げてくれる、みんなでなあ！　それにしてもこの会話、少々進み方、速いようだ。最後からふたつ目の言葉まで戻らないか」

「どれのことか私にははっきり思い出せませんが」と、とても丁重にアリスは言いました。

「その場合はまったく新たに始める」とハンプティ・ダンプティ。「そして話題を選ぶの、わしの番だ（「なんだかゲームみたいに言うのね！」アリスは思いました）。「おまえに問いだ。何歳だと言ってた？」

アリスはさっと計算しまして、「七歳と六ヶ月です」と言いました。

「ちがう！」ハンプティ・ダンプティは勝ち誇ったように叫びました。「そんなこと、そもそもおまえ、言うとらんかったぜ！」

「本当は『いま幾つか』って聞きたかったんですよね？」アリスが説明します。

「それが本当なら、そう言ったと思うが」とハンプティ・ダンプティ。

また議論だと思ったので、アリスは黙っていました。

「七歳と六ヶ月なあ！」何か考えているふうにハンプティ・ダンプティは繰

り返します。「なんだか半端《はんぱ》な具合だな。もしわしの忠告をという話だったなら『七歳でやめとけ』と言ってやったと思うが——今となっては遅い」

「大きくなるのって、忠告をどうのって話じゃありません」アリスは怒って言いました。

「お高くとまってるわけだ」もう一人が言います。お高くとまってると言われてアリスはもっとかっときました。「言いたかったのはね」とアリス、「ひとりでに大きくなるの、どうしようもないでしょうということよ」

「ひとりでに、なら多分な」とハンプティ・ダンプティ。「ふたりでになら、いける。ちゃんと助けてもらえるから七歳でやめられたと思うが[9]」

「なんてきれいなベルトなんでしょう！」アリスがだしぬけに言いました（年齢の話はもうたくさん、とアリスは思っていましたし、順番こで話を選べるというのが本当なら、今度はアリスの番でしたからね）。「少なくとも」と、考え直して自

9　他にも気づいている人はたくさんいるのだが、これは『アリス』物語で最もひりひりする微妙な点、最も見落とされること多い辛辣《しんらつ》警句である。アリスは早速その意味を飲みこみ、話題を変える。

分の誤りを正すと「きれいなネクタイでしょうか——いや、やっぱりベルトかな——御免なさい！」困ってしまって御免なさいを言いました。ハンプティ・ダンプティは完全に怒ったように見えました。アリスは話題の振り方に失敗したと思いました。「ただ単に」とひとりごと、「どこが首か、どこがお腹かがはっきりしていてくれるといいのに、という話なのに！」

一、二分何も言いませんでしたが、ハンプティ・ダンプティが怒っているのはたしかなことでした。口を開いた時、それは深いうなり声でした。

「実に——なんともかとも——腹立たしい」とついにひとこと。「ベルトとネクタイの区別もつかぬ輩《やから》がおるとは！」

「もの知らずで御免なさい」とアリスがえらく下手に出たものですから、さすがのハンプティ・ダンプティも少し退《ひ》けたようです。

「ネクタイだよ、ねんね君、そっちの言う通りきれいなネクタイ。白のキングとクィーンからの贈り物だ。さあ、まいったか！」

「そうなんですね」とアリス。なんだかんだ、結局良い話題だったんだと本当にほっとしました。

「御二人からわしへの贈り物だ」もの思いをしながら、ハンプティ・ダンプティは続けてしゃべりますが、膝をもう一方の膝と交叉させ、それを両手で抱えると「御二人からわしへの――誕生しない日プレゼントじゃった」

「御免なさい？[*]」わけがわからないという感じのアリス、つい言います。

「何も怒っちゃいないぞ」とハンプティ・ダンプティ。

「そのお、誕生しない日プレゼントって何、とお聞きしたんです」

「生まれていない日にもらうプレゼントに決まっとろうが」

アリスはちょっと考えます。そして、「絶対、誕生日プレゼントの方ですよね」と、最後にそう言いました。

「言っとること、わかってない！」ハンプティ・ダンプティが叫びます。「一年て何日だい？」

「三百六十五日ですけど」とアリス。

「誕生日って何日ある？」

「一日ですよ」

「三百六十五引くの一、残りは？」

「三百六十四です、もちろん」

ハンプティ・ダンプティは疑っています。「紙の上でやってみてくれまいか」と言います。[10]

アリスは微苦笑しながら、メモ帳をとりだすと、相手のためにその引き算

＊ 〔訳注：原文は"I beg your pardon?"〕

10 ハンプティ・ダンプティは言語現象にだけはやたらとうるさい言語学者、哲学者のたぐいである。ここでは今も昔もオックスフォード界隈にとりわけ多いこのタイプに数学にも長《た》けた人間がめったにいないことを、キャロルは嗤《わら》っているのであろう。

を書きつけます。

$$
\begin{array}{r}
365 \\
1 \\
\hline
364 \\
\hline
\end{array}
$$

ハンプティ・ダンプティは帳面を渡されると、じっと見ていて、「正しいようだな――」と言い始めました。

「上下が逆です！」とアリスが言葉をはさみます。

「本当だ。さかさまだった！」なんとも呑気な話ですが、アリスが上下引っくり返してあげます。「なんかちょっと変、とは思っとった。先にも言ったが、当たっとるように見える――もっとも今、十分に検討する時間がないが――それによれば、誕生しない日プレゼントは三百六十四日もらえるということになり――」

「その通りよ」とアリス。

「誕生日プレゼントはたったの一日、だよなあ。どうだ、これぞ『光栄』だ！」

「『光栄』の意味がわからないんですけど」とアリス。

＊〔四六三ページ訳注：原文は"Impenetrability!"〕

ハンプティ・ダンプティはばかにしたようなかすかな笑いを浮かべます。「言うてやらなきゃ、当然わかるまいな。『これぞ喋り倒し』という意味だ[11]」

「でも『光栄』は『喋り倒し』という意味にはなりません」とアリスは反論します。

「わしが言葉を使う時には」と、心から軽蔑しているという口ぶりでハンプティ・ダンプティは言いました、「わしがそれに意味させようと思ったことをのみ意味する――それ以上でも以下でもない」

「問題は」とアリス、「言葉にそんなにたくさんのことを意味させることが可能かどうかってことよ[12]」

「問題は」とハンプティ・ダンプティ、「どちらが主人になるかということだ――一切それに尽きる[13]」

アリスの頭はすっかりこんぐらがって、何も言えません。それで一分ほどして、ハンプティ・ダンプティが言い出しました。「やつら気分にむらがある、皆じゃないが――特に動詞だ、たかびいの極みで――形容詞はどうにでもできるが、こいつらはどうしようもない――が、わしには皆思い通りさ！ええい、不貫入*だ！ わし流に言えば、そういうこと！」

「あのお、すいませんけど」とアリス、「どういう意味なんですか、それっ

11 ウィルバー・ガフニーは、ハンプティがした「光栄」の定義にエゴティスティカルな英国きってのエッグい秀才（egghead）、トマス・ホッブズの本のある文章が影響を及ぼしていたのかもしれないとしている（Wilbur Gaffney, "Humpty Dumpty and Heresy: Or, the Case of Curate's Egg," *Western Humanities Review* [Spring 1968]）。

「突然の光栄（sudden glory）」とは笑いと呼ばれる渋面を生む。その原因は自分自身にとって快たる彼自身の突然の行為〔訳注：わかり易いところで言えば相手を喋り・倒した時の快味〕によることもあれば他人に何か歪みを発見し、それに比べれば自分は偉いと突然感じる感覚によることもある。一番あり得るのは珍しい才能が自分にはあると考えている場合で、他人には不完全さばかり認めて自己肯定感に自閉してしまう他なくなる。

ジョン・ラル（John Lull in *Lewis Carroll: A Celebration*）は白のナイトが第八章で赤のナイトとの殴り合い（喋り「倒し」を地で行く）を「光栄ある勝利」と言っていることも思い出せと言っている。

キャロルは『もつれっ話』の縺《もつ》れ第六悶《もん》の終わりのところで「光栄《コウエー》（glory）」から一文字とるだけで「怖《こ》えー（gory）」になると言っている。「血みどろ」とはまた、がんがんやっつけ合う喋り倒しの結末としてぴったりではあるまいか。

12　「舞台と敬神」という記事の中でキャロルはこんなことを言っている。「それと不可分にくっついた意味を持たぬ語などない。語は話し手がそれによって意図するところを、そして聞き手がそれによって理解するところを伝えるもの、それ以上でも以下でもない。こう考えるなら、下層階級の言語が、話す人間と聞く人間に関する限りしばしばただ無意味な音がより集まったものに過ぎないことへの困惑も減ぜられるのではないでしょうか」

13　ルイス・キャロルはハンプティ・ダンプティが気楽そうにしゃべっている意味論（semantics）に関する言葉の深遠をいやというほど知っている族《うから》である。ハンプティは中世では唯名主義（nominalism）の名で知られた論の立場である。普遍的な言葉は何か客観的実在を指示できているわけではない、ただ単なる「声ナル風（*flatus vocis*）」に過ぎないという感覚である。この立場は昔ならオッカムのウィリアムによって、現在ならほとんどすべての現代論理学実証派によって巧みに擁護されている。

語が他の主題より普通ずっと正確なはずの論理学や数学においてさえ、語が意味せよとされたことを意味するだけ、「それ以上でも以下でもない」ことが理解されていないことが原因で大混乱がよく起きる。キャロル同時代にはアリストテレスの基礎的四命題の実在的意味に関わる形式論理、の熱い議論があった。普遍的陳述“All A is B”（「すべてのAはBである」）や“No A is B”（「どんなAもBでない」）はAが実際に元（要素）を持つ集合であることを意味しているが、ではそれは“Some A is B”（「あるAはBである」）や“Some A is not B”（「あるAはBでない」）という個別的陳述において意味されているだろうか。

キャロルは『記号論理学』一六五ページでこうした問題に少し答えてみようとしている。ハンプティ・ダンプティの大口から直《じか》に出てきているものと思って是非見てもらいたい。

世間標準の論理学の教則本の著者にしろ、編集者にしろ――以後私は（別に喧嘩ごしにではなく）「論理家たち」と呼ぼう――この問題に関してはどうも必要以上に謙虚に過ぎるのではないかと思うのである。命題の繋辞のことを語るにして「息をひそめて」である。まるでそれが生きた、意識持つ実体で、それが自ら意味させると決めたものを自らのために表しているかの如くに扱い、我々哀れな生きものは、この相手の至高の意志と快楽であった何かをひたすら追認するだけという口調で論じる。

私の立場はこの見解とは正反対で、本のどんな著者だろうと、彼の望むどんな意味を彼の使うどんな語や句に充ててもよい完全な権利を有していると考える。ある著者が彼の著作の冒頭で「私が『黒』と言えばいつもそれは『白』を意味し、私が『白』と言えばいつもそれは『黒』のことを言っているのだと知っておいて欲しい」と言っているとすれば、どんな不条理と感じようと、私はおとなしく彼の言い分を受けいれるだろう。従って、ある命題がその主語の実体を前提としていると受けとられるべきか否かという問題に関しては、私はいかなる著者も彼自身のルールを受けいれて良い（但しもちろんそれがそれ自身と、そして論理学の通則と齟齬《そご》しない限りにおいて、ということではあるが）と思うのである。

こうしてこれから論理的に採用されて良い見解をいくつか検討し、そうすることでそのうちどの見解が採用されて便利かを決め、その後、私がどの見解を採用したかを何の束縛も蒙らず述べてみようと考えている。

キャロル採用の見解（“all”「すべては」と“some”「あるものは」は実体を意味するが、“no”「何も……ない」は問題を宙吊りにするとする）は最終的に巧くいかなかった。現代論理学では「あるものは」命題のみ、ある集合が空《くう》集合でないことを意味するとされている。こう言ったからと言って、キャロルと彼の卵人間の唯名論的対応がだめだと言っているわけではもちろんない。現代的見解が良しとされたのも、ただ単に論理家たちから見てそれが一番役に立つと信じられたからというだけのことだ。

論理家たちがアリストテレスの集合論理学から命題計算ないし真理値演算に関心を移した時にも、ここでもまた「物質的意味内包（material implication）」の意味をめぐって（面白いことに大体は論理家でない人たちの間に）激烈だが滑稽な甲論乙駁《ばく》が生じた。混乱の大方は「AはBを意味内包（implies）する」と言う場合の「意味内包」というのがこの演算固有の限られた意味を持つものであるので、AとBの間のなんらかの因果関係には触れないものであることが、よく理解されていなかったことに起因していた。同じ混乱が多価値論理学に関してて？」

「やっとまともに子供らしい口をきいたな」とても嬉しそうに、ハンプティ・ダンプティは言いました。「『不貫入だ』とはな、もうこの話はこれくらいでいいや、それからおまえ、次にどうしたいか言ってみろやい、という意味だ。だってこれからずっとここにいたいようでもなさそうだし」

「ひとつの言葉にどんだけ意味させるんです？」アリスが考え深げに尋ねます。

「こんなふうにいっぱい残業してもらう分にはな」とハンプティ・ダンプティ、「いつも然るべく残業手当は出すよ」

「ええっ！」とアリス。何のことかわからないので、ええって言う他に何も言うことができません。

「土曜の夜、連中がわしのとこへ来るの、見りゃいいさ」ハンプティ・ダンプティはえらそうに頭を左右にふりながら続けます。「給料を受けとりに来るのさ、わかるか」

（「給料」って何で払うのと、この時アリスは聞きそびれちゃったので、でね、私もきみに教えられないわけ、残念）

「言葉の説明、とってもお上手みたいですね、先生」とアリス。「『ジャバ

も、なお生じている。そこでは“and”（「と」）、“no”（「ではない」）とか“imply”（「意味内包する」）とかいう用語には常識や直観と関わるところはなく、こうした「繋ぐ」用語をうみだすマトリックス表によって正確に決められる意味以外、一切の意味を持たないのである。一旦このことがちゃんと理解されると、論理学のこうした奇妙な謎は大方解決されるはずなのである。

　数学でも、“imaginary number”（複素数の一種）、“transfinite number”（超限数）等といった句の「意味」をめぐる仕方のないような議論に、同じように無駄なエネルギーが費やされてきた。無駄なというのは、こうした語はそれらが意味するように定義付けられたところをのみ正確に意味するのであって、「それ以上でも以下でもない」からなのである。

　一方、我々が正確なコミュニケーションを望むなら、我々は世間で通用している語に私的かつ恣意的な意味を

ウォッキー』って詩の意味、教えていただけるとありがたいんですけど」
「聞かせて御覧」とハンプティ・ダンプティ。「今まで書かれた詩ならことごとく説明できる――おまけに、今まだ書かれてない詩だって、あらかた説明つくがね」

これはまたとても有望そうです。それでアリス、早速第一聯《れん》を復唱してみせます――

そはゆうまだき、ぬめぬらたるとうぶ、
はるかまにぐるまる、ぎりばる。
げにみむじきはぼろごうぶ、
もうむたるらあすらひせぶる。

「そんなところで、始めるには十分かな」と、ハンプティ・ダンプティが割って入ります。「なかなか厄介な言葉がいっぱいだ。『ゆうまだき』は午後四時くらいのこと――夕御飯を炊《た》き始める頃合いだな」
「朝まだきの逆だしね」とアリス。「じゃ『ぬめぬら』って？」
「ふむ。『ぬめる、かつぬらり』かな。『ぬめる』とは『粘り強くやる』。ま

与えるハンプティ的態度を否とする道徳的義務を負うのである。「我々は語に、我々が意味させようと思うどんな意味でも担わせる（ことを）許されるのか」と、ロジャー・ホームズもある記事で問うている（Roger W. Holmes, "The Philosopher's Alice in Wonderland," *Antioch Review* [Summer 1959]）。「ソヴィエトの代表団が国連で『民主主義』を口にする場合を考えてみれば良い。我々は『残業手当』を支給すべきなのか、それともこれはプロパガンダをつくりだすためのただの材料なのか。我々には過去の用語法に義務を負うているのだろうか？　ある意味、言葉が我々の主人である。さもなくばそもそもコミュニケーションは不可能であろう。またある意味、我々が主人であるのであって、さもなくばそもそも詩は不可能であるだろう」

あポートマントー、鞄《かばん》みたいなもんよ――ふたつの意味をひとつの中に詰めこむ[14]」

「そうなんだ」アリスが考え深げに応じます。「次の『とうぶ』って、何?」

「そうさなあ、『とうぶ』はアナグマに似てる――とかげに似てる――それからコルク栓抜きにも似てる」

「変な恰好した生きものなんですね」

「そうなんだ」とハンプティ・ダンプティ。「それに日時計の下に巣をつくるし――常食はチーズだ」

「『ぐるまる』って、『ぎりばる』って?」

「『ぐるまる』はジャイロスコープみたいにぐるぐる回る、『ぎりばる』は手錐《てぎり》みたいに穴をあけること」

「『はるかまに』はきっと、日時計の周りの草生《くさぶ》のことね」と言って、アリスは自分が冴《さ》えているのに自分でもびっくりです。

「もちろんそう。よくわかってるらしいが、はるか前に、そしてはるか真うしろに――」

「それからはるか真横に、よね[15]」アリスが言い足します。

「その通りだ。で、『みむじき』じゃが、『みえすく』と『みじめな』がくっ

14 「鞄語(portmanteau word)」は各種現代辞典の見出し語になっている。スーツケースみたいに、ふたつ以上の意味が詰めこまれた語を指す言葉。英文学で言えば、鞄語の大巨匠はもちろん、ジェイムズ・ジョイスである。彼の『フィネガンズ・ウェイク』(一九三九。『アリス』物語同様、夢の話である)には万の単位で鞄語が繰り出される。最高傑作は、アイルランドの煉瓦箱運び職ティム・フィネガンが梯子《はしご》から落ちる大転落をシンボライズする百文字から成る十回の雷鳴である。ハンプティ・ダンプティその人(卵)も第七回目の雷鳴の中に巧みに鞄詰めされていて、原文で示すから、よく見られると良い。雷の音だ。

Bothallchoractorschumminaroundgansumuminarumdrumstrumtruminahumptadumpwaultopoofoolooderamaunsturnup!

ついた（またしても鞄語だな）。『ぼろごうぶ』は羽根を体じゅうにくっつけ回したこぎたない痩《や》せ鳥で――生ける箒《ほうき》というところかな、どちらかって言うと」

「次、『もうむたるらあすら』は？　お手数ばっかりとらせますけど、すみません」

「そう、『らあす』はミドリ豚の一種かな。『もうむたる』は、ようわからんな。『フロム・ホーム』、『家から』の省略形みたいだから、家はなれて道に迷ったらあすども、ってくらいかな[16]」

「『ひせぶる』はどういう意味でしょう？」

「そう、『ひせぶる』ねえ。うおううおうと、ひゅうひゅうの間か。その間

世界卵たるハンプティ・ダンプティへの言及が、世界の初めと終わりを書く『フィネガンズ・ウェイク』に、第一ページから最終ページまで満載というのも、けだし当然であろう。

15　読者の方々の中にはアリスほど敏捷にハンプティの言葉遊びについていけない人もいるだろう。「はるかま（*wabe*）」は「はるかまえ（*way before*）」「はるかまうしろ（*way behind*）」の頭の部分をとりました、という次第。だからアリスはこれらに「はるかまよこ（*well beyond*）」を即、加えた。

16　"mome"（もうむたる）これは"from home"からh音を消すと"mome"音ができてくるところから。

ジョン・ヴァーノン・ロード画、2011.

にはくしゃみたいな音も入る。多分、聞こえるさ――あっちの森にいるとな――一度聞いたらなるほどこれかってわかるさ。それにしても、こんな厄介なもの、おまえさんに復唱して聞かせたって、一体何者なんだい?」

「本で見かけたんです」とアリス。「でも、これよりずっとやさしい詩もいくつか復唱してもらっていて、ええっと、トゥイードルディーさんとかに、ね」

「詩っていうんならだな」とハンプティ・ダンプティ、大きな手の片っぽを伸ばしながら、言います。「わしだって他のやつくらいには復唱できる、そうしろって言うんならな――」

「おお、そうしろって言いません！」アリスはすぐ言いました。始めてもらいたくなかったんです。

「わしが復唱する詩は」と相手はアリスの言葉なんか聞いてなくて、言いました、「全部おまえを楽しませようという詩なんだよ」

先にそう言われては、これは聞かないわけにいかないじゃないですか。アリスは腰をおろすと、「ありがとう」と、とてもがっかりして言いました。

　冬、野原どこまでも白く、
　このうた、きみを悦ばせんと歌う[17]――

「わしは歌わんが」と、相手は説明を加えました。

「見るところ、そうみたいね」とアリス。

「わしが歌うか否か見えるとは、人並みはずれた目しとるんだろな」と、ハンプティ・ダンプティはきつい口調で言いました。アリスは黙っています。

17 ［訳注：この歌は以降に「夏、日はいつも長い」という行を含むわけだが」ニール・フェルプスはこのハンプティの歌に霊感源があるという指摘をしてくれた。今日忘れられたヴィクトリア朝詩人、ウェイセン・マーク・ウィルクス・コール（一八一七－七〇）の「夏の日」という詩である。多くのヴィクトリア朝詩華撰のたぐいで逸名詩人の作の扱いを受けている。次のヴァージョンはJ・R・ワトソン編『エヴリマン・ヴィクトリア朝詩の本』（一九八二）から。

夏、日はいつも長い。
私たち二人友だち、野や森を歩く仲、
私たち心も軽く、歩みは強い、
命が周り中にあり、善にして美
　だった。
夏、日はいつも長い。

私たちは朝から夕べが来るまでいた、
花を摘み集めては冠に織り、
私たちは炎みたいに赤いケシの間

春、木々すなわち緑めくころ、
きみに伝えんとす、わがこころ。

「どうもありがとう」とアリス。

夏、日は長い、いつも
おそらくきみ、こころ知るこの歌の。

秋、木の葉みな鳶《とび》色めくころ、
筆と墨もて、そを認《したた》めよ。

「長く忘れないでいられたら必ず」とアリス。
「そんなこと言わんでも良い」とハンプティ・ダンプティ。「意味ないし、
いらいらする」

魚どもに言伝《ことづ》て送った、
「こなたの望みはこれだ」

を歩いた。
黄色い綿毛の上に坐りもし、
命がいつまでも同じようにと祈った。

夏、日はいつも長い。
私たちは生垣を越え、小川を渡る。
いつも彼女の声が流れ出るその歌に、
あるいは何かみやびの本を読む。
夏、日はいつも長い。

それから私たちは木の下に坐り
影たちは正午《まひる》には無だ。
日の光《ひめ》と微風《そよかぜ》をたのしむ私たち、
六月の映《は》えある日々だ、
ひばりが歌う、草原の上に。

夏、日はいつも長い。
私たちは熟れて赤い苺《いちご》を摘む、
いただきますの歌で宴《うたげ》を張り、
出るのは黄金《きん》の神酒《みき》、パンは雪白。
夏、日はいつも長い。

私たちの愛、でも愛だと知らなんだ。

海の小ざかなども、
送ってきた、答を。

小ざかなの答こざかしや、
「それは無理、そのわけは――」
「なんのことなんだかわかりません」とアリス。
「先へ行けばわかる」とハンプティ・ダンプティは答えます。

こなたは言うた、もう一度、
「おとなしく従うが、ためぞ」

魚ども答える時のにたり顔、
「これはまた随分とお怒りを!」

こなた一度言った、二度までも

呼吸みたいなものとしての愛。
いずこにも天国を見つけた、
あらゆる善き人に天使を見、
森にも洞窟にも神々を見つけた。

夏、日はいつも長い。
私はひとりさ迷い、ひとりもの思う、
私は彼女を見ない、あの古い歌のみ、
その上をかぐわしい風が吹く。
夏、日はいつも長い。

私はひとり森をさ迷い、
美しい妖精は聞く、私のため息を。
私は緋の頭巾を見る気がし、
かがやく髪も、穏やかで嬉しげな
目も。
私は魅された、いのちの夏の気に。

夏、日はいつも長い。
むかし愛したように、私は彼女を
愛する、
私の心は軽く、歩みは強い、
愛が黄金の時を引き戻してくれる。

きゃつら聞くまい忠告を。

手にしたでっかい新品やかん、
こなたのやることにぴったりこん。

こころはぶん、こころはずん、
おもわず水を満たしたそのやかん。

来る者来り、言うことにゃ
「小ざかなども、おねむのなか」

そやつに言った、はっきり言った、
「じゃ行って、起こせよやつら」

大きな声ではっきり言った、
行って奴の耳に怒鳴《どな》ってやった。

夏、日はいつも長い。

ハンプティ・ダンプティはこの詩を誦《そら》んじながら声がどんどん大きくなり、最後は金切り声でしたから、アリスはびっくりして「何をもらっても、この伝言を伝える役だけはごめんだわ！」と思いました。

しかしこの堅物《かたぶつ》、何とたかびいな、

「そんなに大声でなくってもさあ[18]！」

そしてたかびい堅物のほざいたこと、

「行って起こすから、よかったら――」だと。

こちとらコルクの栓抜き、棚から

18 マイケル・ハンチャーの『アリスとテニエル』はこの詩行に付けたテニエルの絵が、テニエルが一八七一年七月十五日の『パンチ』誌に寄せた巨大なグーズベリー（スグリ）の絵に似通っていると指摘している。

THE GIGANTIC GOOSEBERRY
G. G. "HERE'S A PRECIOUS GO, FROGGY! I THOUGHT BIG GOOSEBERRIES AND SHOWERS O' FROGS UD HAVE A HOLIDAY THIS 'SILLY SEASON,' ANYHOW. BUT THE PRECIOUS TICHBORNE CASE HAVE BEEN ADJOURNED, AND WE'LL HAVE TO BE ON DUTY AGAIN."

Tenniel. "The Gigantic Gooseberry." From Punch. *15 July 1871*

『パンチ』誌の絵

とって自《われ》から起こしに行ったのさ。
なんと扉に錠かかってた、
引いた、押した、蹴《け》った、殴《なぐ》った。
なんと扉はしまったままよ、
把手《とって》つかんだが、なんと[19]——

それから長い休みが入りました。

「それで全部?」おずおずとアリスは尋ねました。

「おしまい」とハンプティ・ダンプティ。「あばよ、だ」

本当に唐突《とうとつ》、とアリスは思いましたが、そこまでこれでおしまいと出られて、さらに残っているというのもどうかとも思われました。なので立ち上がり、片手をさしだします。「さようなら、また会いましょう!」と、最後にできるだけ元気にアリスは言いました。

「もし会えたとしても、おまえさんだとわからないさ」。ぶすっとしてハンプティ・ダンプティが、指一本だけ握《あく》「指《し》」のためにアリスの方に突き出し

19 「これはどうも『アリス』物語中最悪の詩になる他はないと書いているのは『ルイス・キャロル研究』(トウェイン、一九七七)のリチャード・ケリーである。「言葉は平板かつ散文的だし、話は興味索然《さくぜん》として展開がよくわからない、二行対句はインスピレーションに欠け、びっくりも楽しくもさせてくれないし、語り手の表に出てこない望みと作に結論がないという以外に真のノンセンスと言えそうな要素がまるでない」
　エドワード・グィリアーノ、ジェイムズ・キンケード共編の『ドードー鳥と飛び上がる』に寄稿したビヴァリー・ライオン・クラークは、この詩の唐突な終句がハンプティの突然の「あばよ」に追復され、さらに章全体の終句、アリスの未成立な評言、「いろいろ傍若ぶじんな人って——」に繰り返されると指摘している。

『バンダースナッチ』誌一九九五年十月九日号は第一八九七回コンペ(ティ

ション）として、二行対句を八聯《れん》、ハンプティの歌に追加せよという出題分の入選作二篇を掲載している。

把手《とって》の奴が手をかんだ！
「いいか、お前」と俺は言った。
「俺は中に入りたいんだ、
あけるんだ！　うんざりさせる
　な！」
把手の奴（とっても傲慢、堅物《かたぶつ》で）
人をばかにしきった笑い浮かべ
言うことにゃ「二時まで待てよ、
そしたら俺だってやること、やるよ」
「二時だと」俺は叫んだ、「何時間
　先だ！」
把手は言った、「みんな一日待つ
　んだ。
俺は一年待たしたこともあり、
そ奴はお前の立ってるところであ
　の世行き。
だから二時までお待ちねがう。
そして時来ても蹴るな押すな、た
　だノック」
「もちろん約束などできるものか
……
そのあいだ俺に歌でも歌ってくれ
　るか」

――アンドリュー・ギボンズ

一時間半もたった時、
それに塗られたのはペンキ。
その時俺のうしろでカチカチ
音がしたので振りかえり
したらそこにクィーンのおいとこ
　立つ、
ヌガティーンの盆を二十も持つ。
「これが中に入るだろうか？」
まじめに聞くので、答えてやった。
「そうだとは言いにくい。
今日は中に魚いない」
奴はしっかりこれを記すと
「でもやはりひとめ見ないと。
クィーンのいとこだけれど
見たものそっくり忘れないと。
奴ら煮たらいいのか、揚げるのか」
聞くと笑って中へ入った。

――リチャード・ルーシー

て[20]、「おまえ、だれとも区別つかんからな」と言いました。

「普通は顔で区別つきますけど」考えてアリスが答えます。

「だからそこが気に入らんのだ」とハンプティ・ダンプティ。「おまえ、みんなと同じ顔だろう――目がふたあつ、それから――」(空中に親指で顔を描いていきながら)「鼻が真ん中で、その下が口。いつもおんなじだ。たとえば目がふたつとも鼻の同じ側にあるとか――てっぺんに口があるとか――してくれると少しは助かるのになあ」

「見て気持ち良いものじゃありません」とアリスが反論します。でも、ハンプティ・ダンプティは目を閉じたまま、こう言っただけでした。「ま、やってみるさ」

アリスは相手が再び口を開くのを一分ほども待ちましたが、目は開かず、アリスがいることも忘れているようなので、もう一度「さようなら」と言ってみました。そしてこれにも返事がないので静かに立ち去りました。立ち去りながらこうひとりごとを言ったんですが、無理ないですよね。「いろいろと傍《ぼう》若《じゃく》ぶじんな人って――」(これはもう一度、今度は声に出して言いましたが、こういう難しい単語を口にするの、アリス好きでしたよね)「こういうぼうじゃく無人な卵なんて――」言葉を言い終わることはありませんでし

20 エセックスはミル・レインのジョン・Q・ラザフォードは、ヴィクトリア朝の貴族階級の人間の中には指二本を突き出してランク下の人間と握手する不愉快な習慣の者がいたことを教えてくれた。傲慢不遜のハンプティはこの悪習にとことん染まっているのである。
サマセット・モームの『お菓子とビール』(一九三〇)の第十九章の終わりで、ある登場人物が語り手に「握手のためだらしなく二本の指を突き出す」くだりがある。

21 『フィネガンズ・ウェイク』の研究者に、ハンプティ・ダンプティがこの大作の基本的シンボルのひとつですよねなど言うも愚かしいことだろう。大いなる宇宙卵(cosmic egg)としてその墜落は、酔漢フィネガンの墜落同様、悪魔ルシファー〔訳注:ルシフェル〕の墜落《フォール》と人類の堕落《フォール》を示す。「真っ逆かさまの人」という題の十四

た。まさにその時、大きなぐしゃっという音が、森をはしからはしまでゆるがしたからです。[21]

聯詩を書いて、ハンプティのもの凄い墜落を予表していたのが十三歳の時のキャロルだった。この詩はキャロルの処女作で、幼い弟妹たちのために書かれた『役に立ち為になる詩』に入っている。この本は一九五四年に死後出版された。詩はこう始まる。

一人のひとが高みにいる、
　そびえる壁のうえだ。
通るひと皆、残らず
　「落ちるなよ」と叫んだ。

強風にあおられてこの人物は壁から落ちる。次の日、木に登るが枝がぽっきりで、彼は再び落ちる。『鏡の国のアリス』のペニロイヤル版でバリー・モーザーはハンプティの体にリチャード・ニクソンの顔を付けた！

第７章　ライオンとユニコーン

あっというまに兵士たちが森から二人ずつ、三人ずつと、やがて十人、二十人いっしょくたに走り出てきて、とうとう大群集となって森いっぱいにあふれかえっておりました。アリスは踏みつけられそうに思って木のうしろに隠れ、兵士たちが通りすぎるのを見ていました。

　アリスは今までこんなに足もとの悪い兵隊たちを見たことがありません。たえずあれやこれやに蹴つまずき、そして一人が倒れると必ずその上に何人もが重なってこけるので、地べたという地べたはたちまち人の山になるのです。

　それから馬でした。なにしろ四つ足ですから歩兵よりは転ばないとはいっても、馬ですら時々こけ、おまけに馬がつまずくと必ず乗り手は即落ちるというのがなんだかきまりのようでした。混乱は刻一刻ひどくなるので、アリスは森を出て、開けた場所に出られてとても良かったと思いました。その場所では、白のキングが地べたに坐りこんでメモ帳に忙しく何かを書きつけているところでした。

「皆送り込みしは朕《ちん》ぞ！」キングはアリスを目にすると嬉しそうにそう申されました。「そち、森から来たが、なにか兵士に出おうたか」

「はい、見ました」とアリス。「何千人か、と思います」

「四千二百と七人が正確」帳面を見ながらキングが言いました。「馬を皆とは申せぬ。二頭はゲーム中じゃった。[1] 使者も、二人とも出しておったし。町に行っておる。どちらかが道づたいに見えまいかの」

「無人です、道は」とアリス。

「朕も、そのような目、欲しいのう」じれったそうにキングが申されました。「ムジンなんてまでが見えるとはな！* しかも、あんな遠くの！ ううむ、この明るさでも朕にはムジンはおろかフジンも見えぬのに！[2]」

片手を目にかざして道の方をじっと見続けているアリスの耳には入りません。「あっ、見えた」とやっと大声をあげます。「でもすごく遅いです――それに、することが変です！」（やって来る御使者は上下にスキップしたり、体をうなぎみたいにくねくねさせ、両側に大きな手を扇子《せんす》みたいに広げていました）

1　チェスのゲームに馬が二頭必要なのは二人の白のナイトの軍馬になるからである。

*　［訳注：原文は“I see nobody on the road/To be able to see Nobody!”］

2　数学者、論理学者、あるいは一部の形而上学者はゼロ、空《くう》集合、あるいは“Nothing”を、あたかも“Something”であるかのように扱ってみたがるが、キャロルも例外ではない。『不思議の国のアリス』では、グリュフォンがアリスに“they never exeutes nobody”（「だれも首なんか斬られない／ノーボディの首を斬る」）と言っていた。ここでは意表を突いてノーボディ氏、「ムジン」氏が道をやってくることになっているし、後の所ではこの「ムジン」氏が王の御使者より速いか遅いかという厄介な議論になる［訳注：「ムジン」は無人、「フジン」はもちろん「夫人」。「フジン」がキングに

「ちっとも変ではない」とキング。「あれはアングロサクソンの使者なんじゃ――してアングロサクソン的態度をとっとるだけ[3]。ただし、やるのはハッピーな時だけ。名はヘア」（キングは市長《まちおさ》を言う「メア」とそっくりの発音をしました[4]）。

「私はハ行《ぎょう》で彼が好き[5]」と、アリスはどうしても始めてしまいました。「だって彼ハッピーだから。私、ハ行で彼きらい、だって彼ひどいんだもの。彼に食べさせてあげるのは――のは――ハムサンドとほし草と。彼の名前ヘア、住んでいるのは――」

「住んでおるのはひら地」と、あっさりキング。御自分がゲームに加わったとは全然知らぬふうです。アリスがハ行で始まる街の名をずっと考え続けていたというのに、です。「いま一人の使者の名はハッタ。二人要《い》るんじゃよ――来る方、行く方。一人は来る、一人は行く」

「なんですか？」とアリス。

「スカ、とは失敬な」とキング。

「わからないので、もう一度と申しましたので」とアリス。「なぜ来るの一人、行くのが一人なんです？」

「申したであろうが」いらいらした様子でキングはもう一度同じことを申さ

見えないわけ、わかりますよね」。「『ムジン』さんが部屋に来たら」とキャロルが子供友達の一人に書き送っている、「私からだといってぜひキスをしてあげてください。キャロルの『ユークリッドと現代のライヴァルたち』で我々はドイツ人教授ヘル・ニーマント(Niemand) と会うが、これはドイツ語では即ち「ノーボディ」氏という意味である。「無茶な苦茶会」で、『不思議の国のアリス』では初めて我々はノーボディに出会う。"Nobody asked your opinion" とアリスが気ちがい帽子屋に言う［訳注：んだけど、意味わかりますか］。ノーボディは『不思議の国のアリス』最終章で白うさぎ氏が、彼の見るところハートのジャックが"somebody"（だれか）に宛てて出した手紙を審理の証拠として読み上げる所にも登場する。キングがそれを受けて"nobody"に宛てたのでない限り"somebody"に宛てられたものである他あるまいと言うくだりである。「どこにもいない」氏宛てなど、まあ普通ではない、とキングは言っていた。

批評家たちはユリシーズ［訳注：オデッセウス］が一つ目の巨人ポリュフェーモスを、自分は「誰でもない《ウーティス》」という名だと言ってだましてから、相手の目をつぶして危地を脱する話を思い出している。だれにやられたのかと仲間の巨人に尋ねられたポリュフェーモスが「俺をやったのはウーティスだ」と言う。だれにもやられてないという意味になるので、だれかが実際にポリュフェーモスを攻撃したのだとは巨人たちは考えないわけである［訳注：このウーティス＝ノーボディ現象に関しては柳澤厚生『〈無人《ウーティス》〉の誕生』、高橋康也『ノンセンス大全』という二画期書を読めるし、ロザリー・L・コリー『パラドクシア・エピデミカ』を訳書で読める日本人読者は幸いなるかな。僭越ながら訳者として是非にも一言］。

3　アングロサクソン的態度（身振り）のことを言う時、キャロルは当時のアングロサクソン学界を嘲笑している。ハリー・モーガン・エアズはその『キャロルのアリス』（コロンビア大学出版局、一九三六）の中で、（オックスフォードのボドレー図書館蔵の）ユニウス写本中のキャドモン手稿からアングロサクソン人たちの衣服や身振りを示した絵を何点か採って、キャロル、テニエル双方が依拠した材料はこれらかもしれないと言っている。アンガス・ウィルソンの小説、『アングロサクソン的態度』（一九五六）はキャロルのここの文章をタイトル・ページに引いている。

「アングロサクソン的態度」、キャドモン手稿より、1000年頃

4　ハッタ（Hatta）は牢獄から出てきたばかりのマッド・ハッター（気ちがい帽子屋）であり、ヘア（Haigha）はメア（mayor、市長）と韻を踏むとある以上ヘア（Hare、兎）と同音であり、もちろんマーチ・ヘア、三月うさぎである。ハリー・モーガン・エアズは『ルイス・キャロルのアリス』の中で、ひょっとしたらキャロルの念頭に、十九世紀の高名なサクソンのルーン文字の専門家で、サクソン族についての学術書を二冊刊行したダニエル・ヘンリー・ヘイ（Haigh）のことがあったかもしれないと言っている。

ジェイムズ・ターティウス・ドケー、ソロモン・ゴロムはそれぞれに手紙をよこして、ヘアとハッタは五世紀にいた半伝説のヘンゲスト（Hengist）とホーサ（Horsa）兄弟の名にヒントを得たのかも知れないとしている。初期サクソン族の血脈はこの二人のジュート族戦士にまで遡る。

アリスがこの古なじみの知り合い二

名を認知できていないのが、考えるほどに不可解である。

　それにしてもキャロルが何故、帽子屋とうさぎをアングロサクソン人の使者に変装させたか（そしてテニエルが二人にアングロサクソン人の衣裳を着せ、アングロサクソン的態度をとらせることでキャロルの思いつきをさらに竿頭《かんとう》一歩進めたか）は依然よくわからない。ロバート・サザーランドは『言語とルイス・キャロル』（ムートン、一九七〇）で「アリスの夢のコンテクストの中に、二人は幽霊のように出現して、楽しんでいた学者たちを困惑させるのである」と言っている。

アリスの夢の中にチェスの駒、童謡からのキャラクター、喋る動物、もっと沢山の偏倚《へんい》な生き物が出てきても、簡単に説明はつく。アリスの覚醒世界に対応物があるか、あるいは少々の夢みがちな精神がうむ幻想の生き物であるか。

ところがこのアングロサクソンの御使者たちときた日には！　この夢のさまざまな面がアリスの居間に片はしから予示されていく第一章にも彼らの姿は垣間見られない。アリスの側に学校で習ったアングロサクソン史の勉強の何かを想定することができるのか。あるいはアングロサクソンの御使者の存在はキャロルの付け足りで、でもなければ本全体に見事に一貫する考え抜かれた流れの小さな穴なのか。あるいは二人が存在することが同時代のアングロサクソン学界を標的にした内輪ネタ・ジョークの侵入なのか、キャロル自身の英国古史への尚古《しょうこ》趣味が反映されているのでもあろうか。アングロサクソンふう使者をドジソンのいかなる意図がうみだしたものか、さらなる証拠でも出てこぬ限りは謎のままである難問だ。

　ロジャー・グリーンは次のように推測している（『ジャバウォッキー』一九七一年秋号）。キャロルの日記（一八六三年十二月五日）を見ると、クライスト・チャーチの舞台で『アルフレッド大王』というバーレスク小劇を見たことが判る。この小劇がアングロサクソンの情景や衣裳を見せ、これがキャロルがハッタとヘアをアングロサクソンふう使者に仕立てるヒントになったかもしれないという話である。

5　「私はAの字であの人が好き（I love my love with an A）」はヴィクトリア朝の客間ゲームとして人気があった。第一の参加者がこういうことを言う。

　　私はAの字であの人が好き、なぜなら彼は——

——私は彼がきらい、なぜなら彼は

——私を彼が連れて行く店の看板は

れました。「二人要るんじゃよ——持って来る、持って行く。一人は持って来る、して一人は持って行く」

　この時、御使者が到着しました。ひどく息があがっていて、ひとこともしゃべれません。手をふり回すばかり。そしてとてもこわい顔をして、かわいそうなキングを見ています。

「この娘御がの、おまえにハ行でほの字じゃと」とキングはアリスを紹介したのですが、御使者の目を自分からそらせたかったのです——が無益なこと——アングロサクソン的態度はどんどんひどくなるばかり、大きな目はぐるぐる右へ左へ回るばかり。

「本当、おまえにはびっくりする！」とキング。「めまいがしてきた——ハムサンドをよこせ！」

　アリスにはとても面白かったのですが、言われて御使者は首から垂らした袋をあけると、サンドイッチをキングに渡し、キングはそれをがつがつ食べたのでした。

「サンドイッチ、もう一枚！」とキング。

「残っているのは、干し草だけでありますが」と、袋の中をのぞいて御使者が言いました。

そして御馳走してくれるのは——
彼の名は——
住んでる所は——

　この空白部分にこの参加者はAで始まる単語を入れるのである。第二の参加者は同じ話の流れを、但し今度はBで始まる単語で埋めながら、やる。以下、この同じ形でアルファベットをひと通り終えるまで続ける。適切な語を入れ損った参加者は脱落していく。唱える項目はいろいろヴァリエーションがある。右に引いた一例は、キャロル同時代に人気のあったジェイムズ・オーチャッド・ハリウェルの『イングランドの童謡』からのもの。アリスがゲームをAからでなくHから［訳注：つまり「ハ行」で］始めたのは実に賢明である。つまり、アングロサクソン人の御使者が彼らのH音を落とすのは間違いないからだ！

「じゃ、干し草」キングがかぼそいささやき声で申されました。

それで王がみるみる元気をとり戻すのを、アリスは嬉しそうに見ていました。

「ぶっ倒れそうな時には干し草を食《しょく》すに若《し》くはない」* もぐもぐしている口で、キングはアリスに言いました。

「冷たい水をかけるのが気絶にはもっと効《き》きませんか」とアリス。「あるいは何かにおい塩とか6」

「効くか効かないかなど言うてない」とキング。「これに似るものはないと言うただけぞ」。それはまあその通りだけど、アリスは思いました。7

「道でだれかを抜かしたかの?」もっと干し草欲しさに手を出しながら、キングが御使者に聞きました。

「だれも抜かさないです」と御使者。

「だろうの」とキング。「この娘御もそやつを見ておる。だからして、このムジン奴《め》、おまえより遅れとるわけだ」

* 〔訳注:原文は "There's nothing like eating hay." 最上を意味するセット・フレーズ。熟語としてでなく、直解すると「?」となる〕

6 「におい塩」は "sal-volatile"

7 直解主義(literalism)というか、世間で理解されている意味ではなく文字通り字面のまま受けとる解釈が、鏡の向こう側の住人たちに通有の特徴と言え、これはキャロル的ユーモアの大方の基本でもある。もっと分かり易い例は第九章で赤のクィーンがアリスに一生懸命に、"with both hands" で(両《もろ》手《て》をあげて)やっても否定できないと

「私め最善を尽くしとります」ちょっとムッとして御使者は言いました。「私めより速いなんてムジンです！」

「そちより遅い奴《め》にそんなこと、できるわけがない」とキング。「できてたら、そやつの方が先に来とるよなあ。さあところで、呼吸も戻ってきたようだから聞くが、街の様子、どうなっとるかい？」

「こっそりと申しあげます」と、口をトランペットのようにして王の耳もとに体を傾《かし》げる御使者。

　アリスも話を聞きたかったので、とても残念です。ところが、こっそりどころか、これ以上ない大声で叫ぶではないですか。「やつら、再開です！」

「それでこっそりと言うか」と、かわいそうなキング。跳びあがって、体をふるわせています。「もう一回やってみろ、バター塗り刑に処してやる！頭のこっちからあっちゃまで、ちいさな地震みたいに走り抜けたぞ！」

「とってもちいちゃな地震だこと！」とアリスのひとりごと。「再開って、何がなんですか？」と、これは思いきって聞いてみました。

「ライオンとユニコーンにきまっとろうが」とキング。

「王冠めざしてのけんか？」

「そうじゃよ、たしかに」とキング。「一番笑っちゃうのは、それがずっと

言うところ。アリスは直解して文字通り二本の「手」でと解釈する。

　キャロル流の最も面白い語り／騙り《かたり》(hoax)が、彼がいかにノンセンスのこの局面を好んでいたかを示す証拠になるかもしれない。一八七三年、子供友達の一人、エラ・モニア＝ウィリアムズが旅の日記をキャロルに貸して、返してもらう時にもらったキャロルの手紙の文面である。

　親愛なるエラさま、
日記をお返しする御礼です。こんなに長いあいだお借りしてしまったわけが知りたいだろうと思います。お話を聞いていた限りでは、御自身でその一部なりと発表しようという気がないのだと思われましたし、それで僕がその一部の短い三章分を送って『ザ・マンスリー・パケット』という雑誌に発表してもらおうとしたとわかって、きみが困惑してもなあと望ん

だということがあったからです。どの名前もはっきり出したわけではないし、題名もただ「エラの日記、あるいはオックスフォード大学教授の娘の一ヶ月の海外旅行体験」というそれ以外の題はつけません。
この件で、『ザ・マンスリー・パケット』誌の編集のヤング女史から代金が何か送ってきたら全額お渡しします。

要件のみにて
友人C・L・ドジソン

エラはキャロルの冗談だと思ったのだが、第二信を受けとって、ちょっと本気になる。こんなことを書いた文面だった。

改めて申しあげなければなりませんが、僕が手紙に書いたことは一字一句みな本当のことなのです。もうひとつ加えておきます——ヤング女史は原稿を断らなかったのです。ですが一章につき一ギニー以上は送ってこられないようです。それで十分ですか？

三信があって、うそを告白している。

親愛なるエラさま、
ちょっと頭、混乱させちゃったみたいだね。でも全部本当だったんだ。「きみが困惑してもなあと望んだ」のは、まさに僕が何もやっちゃいなかったからなんだ。「エラの日記」というそれ以外の題名をつけないというのも、「それ」がないんだから「以外」もへったくれもありません。ヤング女史は断りませんでした、だってそもそも見てないんだから。女史が三ギニー送ってこないわけは、もう説明する必要ないですよね。
仮に三百ギニーもらったとしても誰かに見せることなどあり得なかったでしょう——だって見せないってきみにしっかり約束してたじゃない？
じゃ、またね

親愛なるC・L・D・

［訳注：阿呆（a hoax）くさ、と言えばそれまで。それにしても、じゃ、またね、って！］

この朕の王冠ときてる！　ひとっ走り、見に行くか」。そこでかけだしたのですが、アリスは走りながら、古い歌の歌詞をひとりそっと復唱していました[8]——

　　ライオンとユニコーン、王冠めざしてけんか、
　　ライコンが町じゅうでユニコーン打った。
　　ふたりに白パンやる者、黒パンやる者と、
　　プラム・ケーキやり、ドラム叩いてふたり追い出す者。

「そっちの——ほうが——勝った方が——王冠とるんですよね？」とアリス。やっとの言葉ですが、走って息があがっていたからね[9]。

「なんていうことを、あり得ん！」とキング。「なんでそんなことに[10]！」

「お願い——聞いて——」アリスはちょっと走り過ぎて、あえぎ声です。「一分止まって——それで——息がつげます」

「わし、願いはきく」とキング。「でもわし、体はきかんなあ。一分なんてあっというまに走り去るぞ、蛮《ばん》駝《だ》支《す》那蜘《なっち》をつかまえるようなものだ！」

アリスにはしゃべれるほどの息も残っていません。それで二人、何も言わ

8　『オックスフォード童謡事典』によると、ライオンとユニコーンの競合関係は何千年もまで遡るものらしい。この童謡は十七世紀、スコットランドとイングランドが統一されて新連合王国の紋章が必要になったので、スコットランドのユニコーンとイングランドのライオンが並んで、王家の紋章を支える今日の形になった時が出発点と一般に考えられている。次を参照。Jeffrey Stern, "Carroll, the Lion and the Unicorn," *The Carrollian* (Spring 2000).

9　何が理由かはわからないが、ライオンとユニコーンの一騎打ちを見るのに走りだす白のキングは当然、キングのコマはひとマスずつゆっくり進むというチェスのルールを破っていることになる。

10　キャロルがもしライオンがグラッドストン、ユニコーンがディズレー

ずに走るうちにも大群集が見えてきました。真ん中でライオンとユニコーンが争っていました。ほこりが雲みたいにもやって、最初アリスにはどっちがどっちかもわからないほどでしたが、すぐに角《つの》でユニコーンの区別がついてきました。

アリスたちはもう一人の御使者のハッタが、立ってけんかを眺めているそばまで行きます。ハッタは片手にティーカップ、もう一方の手にバターつきパンを持っていました。

「やつ、牢屋から出てきたばかりでね、放り込まれた時にティーの最中だったものだから」と、ヘアが小声でアリスに言いました。「牢ではカキがらしか出ないんでね――お察しの通り、すごく飢《かつ》えてるし、喉もからからなんだ。やあ、どうだい、御同輩」と言いながら親しそうに腕をハッタの肩に回しました。

ハッタはまわりを見回して、こくりとうなずいてから、バターつきパンを

りを表わすというように考えていたのだとすると（後出注13も参照）、この部分のやりとりの意味ははっきりしている。キャロルは政治的には保守派で、グラッドストン嫌いだったが、この宰相のフルネームを使って傑作アナグラムをつくっている。フルネームはWilliam Ewart Gladstoneで、これを綴り換えると“Wilt tear down all images!”（あらゆるイメージ、ぶちこわし）とか“Wild agitator! Means well”（野蛮な煽動家。人は好いのだが）とかになる（『ルイス・キャロルの日記』第二巻二七七ページを見よ）。

かじり続けます。

「牢屋じゃ大丈夫だったかい」とヘア。

ハッタはもう一度まわりを見回しましたが、今度は涙が一筋二筋、頬をつたいました。でも言葉はひとつも出てはきません。

「なんとか言えよ」じりじりしてヘアが言います。でもハッタは口をもぐもぐするばかり。ティーカップからお茶を飲みもしました。

「かんとか申せ！」と、これはキング。「やつらのけんか、どういう具合か？」

ハッタは、必死でがんばって、でかいパンをほおばりながら、「なかなかのもんです」と喉をつまらせつまらせ言いました。「双方とも八十と七回、引っくり返ってます」

「じゃそろそろ白パンと黒パンなんですね」アリスは思いきって言ってみました。

「今、待っているところです」とハッタ。「私が食べているこれなども実はそれなんです」

その時です、けんかに一休止入りまして、ライオンもユニコーンもはあはあ言いながら坐りこんでしまいました。キングが「気力回復の十分間！」と大声で呼ばわりますと、ヘアもハッタもすぐ仕事にかかり、白パンと黒パンの盆を持って走り回ります。アリスも一片《ひとかけ》とって口にしましたが、とにもかくにも水気《みずけ》なし！

「本日はけんか、これ以上むりそうじゃによって」と、王がハッタに言いました。「行って、ドラムに始めるように言え」。さすが名にし負うハッタ、ばったばったと跳びはねていきました。
　一、二分ほど、アリスはハッタを眺めながら、黙って立っていました。突然、アリスの顔がぱっと明るくなります。「見て、見て！」何かを激しく指さしながら叫んでいます。「白のクィーンが原っぱ横切って走っておられる[11]！　向こうの森から飛び出て見えた——それにしてもクィーンたち、なんて皆、足速いの！」
「何かの敵に追われておるのじゃろう」まわりを見やりもせずにキング。「あの森、そんなのでいっぱいじゃからな」と申されます。

「でも走っていかれてお助けにはならないのですか」アリスはキングが何ごともなさげなのにとても驚いて、思わず言いました。

「無益、無益！」とキング。「我がフジンの速いことというたら。もう蛮鮀支那蜘をとらまえようとするみたいなものよ！　しかしそんなに言うてくれるなら、あれのことメモしておこう——このフジン、まこと愛《う》い生物《いきもの》である、

11　白のクィーンは赤のナイトの真西に接したマスからＱＢ８に移動。本当は逃げる必要などない——クィーンはナイトを捕えられるが、ナイトはクィーンを捕えられないからだ。が、クィーンはナイトを捕えない——これはまあクィーンの間《ま》抜け具合にぴったりなのだろう。

と」、キングはメモ帳をあけながら、とてもいとしげに、そうひとりごとを言います。「『生き物』って間に「き」が入るんだっけか？」*

この時、そばをポケットに手をつっこんだユニコーンがぶらぶらと通りました。「今回は俺のもんだろ？」通りながらチラッとキングの王冠を見て、言いました。

「少しはな――少しだけはな」びくびくしてキングが答えます。「しかしじゃ、角《つの》で突きまくるのはいかがなものかの」

「けがはさせてないさ」と、ユニコーンが投げやりに言いました。行こうとしてふと目がアリスの上に留《と》まりますと、ユニコーンはくるりと振り向いて、とてもいやなものを見たという感じにしばらく立って、アリスをまじまじと見たのです。

「これ――全体――何なんだい？」と尋ねます。

「ヒトの子供であります！」紹介しようとアリスの正面に回ってきてヘアが熱心に言いながら、両手をアングロサクソン的態度でアリスの方に広げてみせます。「我々もほんの今日発見したものであります。実物大、二倍の天然物であります[12]」

「ふうん。いつもお伽《とぎ》話の怪物と思っていたが」とユニコーン、「生きてる

* ［訳注：原文は"Do you spell 'creature' with a double 'e'?" クリエイチャーでなく"creeture"であるかのように「クリーチャー」と発音］

12 これの元になった"as large as life and quite as natural"という言い回しはキャロル同時代、よく使われたフレーズである（『オックスフォード英語辞典（OED）』は一八五三年の用例を引いている）。この"quite"を"twice"に変えたのはキャロルが最初らしい。これは今では英米双方で普通の表現となっている。

とはなあ！」

「口もききますです」ヘアが真面目くさって言いました。

ユニコーンは夢でも見ているかという感じにアリスを見、そして言いました。「しゃべってみろよ、子供」と。

アリスの唇が動いて微笑になる他ありません。アリスは「こっちもね、ユニコーンなんて子供のお話の怪物だといつも思っていたんです。生きてたのね、今日初めて知りました！」

「そうか、互いに互いを目で見てしまったわけだ」とユニコーン。「俺がたしかに存在すると思ってくれるんなら、俺もあんたがたしかに存在すると思うことにする。それで五分《ごぶ》と五分だよな？」

「そう、それで良ければおあいこです」とアリス。

「なあ、プラム・ケーキはどうしたんだ、御老人！」とユニコーンのおしゃべりは続きますが、相手はアリスではなく、キングでした。「俺、黒パンは勘弁《かんべん》だぜ！」

「わかっとる――わかっとるよ！」キングはごもごも言うと、ヘアを呼びます。「袋をあけろ！」と小声で言います。「早く！――そっちじゃない――それは干し草いっぱいの方だ！」

ヘアは袋から大きなケーキを出すと、それをアリスに持たせ、自分は皿とナイフをとり出します。どうすればそんなに次々出てくるのか、アリスにはわかりません。なんだか手品《てじな》見てるみたい、とアリスは思いました。

こういう事態進行にライオンも加わってきていました。とても疲れて眠そうで、両目ともほとんど閉じています。「これ、何なんだい！」だるそうに目をぱちくり、アリスを見ると、ライオンは言いました。深くてうつろな声で大きな鐘のごおんごおんという音みたいでした[13]。

「あはっ、これは何でしょう？」ユニコーンが面白そうに叫びます。「おまえにわかるわけない！　俺もだめだったんだ」

ライオンは大儀《たいぎ》そうにアリスを見ます。「あなたは動物ですか——植物ですか——それとも鉱物ですか？」一語おきに欠伸《あくび》しながら聞きました[14]。

「お伽《とぎ》の怪物でえす！」アリスが何か答える前にユニコーンが大声で言いました。

「じゃあ怪物よ、プラム・ケーキを皆に配りな」横になり、あごを前足にのせると、ライオンは言いました。「で、おふた方もお坐りよ」（キングとユニコーンに）「ケーキについてはフェアプレイだぜ、そうだろ！」

キングは大きな怪物二頭にはさまれて坐るのはいかにも窮屈そうでした

13　テニエルは、よく口論したグラッドストンとディズレーリに意図してこの二頭の獣を擬したのだろうか。テニエルのアートを論じた『アリスとテニエル』のマイケル・ハンチャーは、キャロル、テニエル二人の念頭にはこの類似はなかったとしている。ハンチャーはテニエルが『パンチ』誌に載せた漫画の一点を採録しているが、スコットランドのユニコーンとイングランドのライオンが（『アリス』に登場してくる姿にそっくりだ）相対峙している。

14　『不思議の国のアリス』第九章の注8も参照されたい。

が、他に場所がありません。

「こうしてみりゃあ、この王冠ごときに大変なけんかだったなあ」とユニコーン。ずるそうに目をあげて見る王冠を、かわいそうなキングは、ぶるぶるふるえて、ほとんど頭からふるえ落としそうでした。

「簡単に勝てるさ」とライオン。

「そいつはどうかな」とユニコーン。

「なんだあ、町じゅうでぶっとばしてやったろうが、このチキン野郎！」ライオンが怒って答えます。言いながら半分身を起こしました。

キングが間に入って、けんかを中止させようとするのですが、ものすごくびくびくしていて、声もふるえ声です。「町じゅうでか？」と言います。「それはずいぶんあっただろう。旧橋は通ったかい、市場はどうだ？　旧橋からの眺め、最高だからなあ」

「知らんな」また横になりながら、ライオンがうなり声をあげます。「ほこりがすごくて何も見なんだなあ。おい、怪物、そのケーキ切るのにどんだけかかってんだ！」

アリスはちいさな小川の堤に坐っていました。膝には大皿がのっていて、アリスはナイフを使って必死で切り続けているのでした。「ほんとにいらい

M・L・カーク画、1905.

らする！」と、ライオンに向かって言います（もう「怪物」と呼ばれるのにはすっかりなれていました）。いくつもスライスし続けているのに、いっつも元通りにくっついてしまうのよ」

「鏡の国のケーキの扱いを知らんからだ」とユニコーン。「まず皆にわける、その後に切る」

ばかばかしいとは思いましたが、アリスはこの言葉に従い、立ちあがって皿を持って歩くうちにもケーキはおのずから三つに分かれていくのでした。アリスが空《から》の皿を持って元に戻ると、「さあ切るんだ」とライオンが言いました。

「だからさ、フェアに行こうぜ！」アリスがナイフを手に、どうやって始めようかとても困惑しているとユニコーンが叫びます。「怪物め、ライオンに俺の倍、切りやがった[15]！」

「なんにしろ、怪物は自分のは切ってとってない」とライオン。「プラム・ケーキ、好きじゃないのか、怪物？」

ところがアリスが答える前に、ドラムが始まりました。

15　いわゆる「獅子の分け前（a lion's share）」である。このフレーズはイソップ寓話の、動物たちが狩りの収穫を分け合う物語に起源する。ライオンは自分はランクが上と称して四分の一を要求する。勇気で優ると言ってもう四分の一を、妻子のためと称してさらに四分の一をとる。残る四分の一はとれるものならとってみろ、とライオンは牙をむいて言い放つのである。

どこからその音がくるのか、アリスにはわかりません。空気はその音でいっぱいになり、頭の中でも響《ひび》きわたるものですから、耳がやられるんじゃないかとアリスは思いました。アリスは立ちあがると、恐怖を胸に小川を跳び越えましたが、[16]

16　アリスはＱ７に前進した。

＊　＊　＊　＊　＊
＊　＊　＊　＊

ライオンとユニコーンが立ちあがり、食事のじゃまをされて怒った顔になるのが見えました。アリスは膝をつき、両手を耳に当て、恐ろしい咆《ほう》哮《こう》を聞くまいとしましたが、だめでした。

「こ、これが『ドラム叩いてふたり追い出す』でないなら」とアリスはひとりごとを言いました、「何をやっても追い出せっこなんかないわ」と。

第８章　そりゃみどもが発明

ややあって、さすがの物音もしだいに薄れていって、最後にはまったくの静けさがやってきました。アリスはびっくりして顔をあげました。ひとっこ一人いませんし、アリスはまず自分はきっと、ライオンとユニコーン、そして妙ちきりんなアングロサクソンふう御使者たちの夢を見ていたのだと思いました。が、足もとには、プラム・ケーキを切ろうと悪戦苦闘したはずのあの大皿がころがっております。「だから夢を見てたんじゃない」とアリスはひとりごとを言います、「ひょっとして――ひょっとして私たちが皆、同じ夢の中の存在でない限りは。それ私の夢だと良いのに、赤のキングの夢であって欲しくない！　他人《ひと》の夢の中の一部だなんて絶対にいや」。アリスは本当にいやそうに言いました。「なにがなんでも行って起こして、何がどうなるか見てやるわ！」

その時、アリスのもの思いは「やあ！　やあ！　チェックぞ！」という大きな呼ばわり声に邪魔され、深紅《しんく》の鎧《よろい》を着た騎馬のナイトが一人、アリスの方に早がけでやって来ました。手には大きな棍棒《こんぼう》を持っています。馬は着くなり[1]急に止まりましたので、「汝は我が虜《とりこ》なり！」と叫ぶが早いか、ナイトはずってんどうと鞍《くら》からころげ落ちました。

アリスはびっくりしましたが、自分のことより相手のことが心配で、ナイ

1　赤のナイトがK2に移動。型通りのチェス棋譜でなら強力な指し手である。白のキングに対しては「チェック」だし、白のクィーンを攻撃もできる。赤のナイトを取り去らない限り、クィーンはとられてしまうしかない。

エレナー・アボット画、1916.

トがもう一度鞍に上るところを不安げに眺めています。ナイトは再び馬上の人となるとすぐ、また「汝は我が――」と言いかけたのですが、言いも終わらぬまに別の「やあ！　やあ！　チェックなり！」という声がしたので、アリスは新手《あらて》の敵かとちょっと驚いて、あたりを見回しました。

　今度のは白のナイトでした。[2] ナイトはアリスのそばまで来ると赤のナイト同様、落馬しました。そして再び馬に乗ると、二人のナイトはしばらくものも言わず互いをじっと見ていました。アリスはなす術《すべ》もなく、二人をかわるがわる眺めました。

「これはみどもの虜ぞ！」と赤のナイト。

「左様。さればこそ拙者参上。この女子《おみなご》を救わんが為！」白のナイトの返答です。

「それでは一戦止むを得ず」と赤のナイトは言いながら兜《かぶと》を手にし（鞍に吊ってあった馬の首形のものです）、頭にかぶりました。

「御身、戦闘規則、もちろん遵守《じゅんしゅ》であろうな？」白のナイトも兜をつけながら言います。

「むろんのことよ」と赤のナイト。そして二人はお互い殴り合いましたが、その勢いがすさまじいのでアリスは打たれないように木のうしろに隠れまし

2　白のナイトは赤のナイトのいたマス（アリスのマスの東面に隣接したマス）に入って、うわの空っぽく「チェック！」を叫ぶが、実際には自分たちのキングをチェックしているに過ぎない。赤のナイトの敗北はチェスではKt.×Kt.〔訳注：ナイトがナイトを取ること〕という指し手を示す。

　キャロル研究者のあらかたが、白のナイトはキャロルが意図して自分自身を戯画化して託した自己パロディだとしているが、他の説もないではない。有名なのはドン・キホーテのパロディ説で、両者の類似はJohn Hinz, "Alice Meets the Don," *South Atlantic Quarterly*, Vol.52（1953）, pp.253-66）で、見事に論じられている。あまりに見事なのでRobert Phillipsが名論叢*Aspects of Alice*（Vanguard, 1971）を編む時に再録された。

　セルバンテスのこの大傑作中の一文（第二部の第四章）のことを手紙で教えてくれたのはチャールズ・エド

ワーズで、それはドン・キホーテがさる詩人に各行の頭の文字を拾うと、ドンが懸想中の女性の名 "Dulcinea del Toboso" になる一篇の制作を頼むというくだりである。詩人はすぐに十七文字を折り句（acrostic poem）であしらうのは、普通の聯《れん》数に分解できないので厄介と知る。つまり十七は素数でいくつかに均等には割り切れないからである。ドンはいろいろ工夫してみろと詩人に迫るが、「どんな女性にしろ、この詩は自分のために書かれた、自分の名が巧妙に隠されているなどとは思わないからだ」と言う。では "Alice Pleasance Liddell" はどうかと思って数えてみると二十一文字、一聯三行で七聯書くとぴったり。それがキャロルがこの作品の跋詩《ばっし》（本書五八〇ページ）に秘めた計略である。御賞味あれ！

白のナイトのモデル候補は他にも、キャロルの友人で化学者、発明家であった人で、キャロルの日記にも名の出てくるオーガスタス・ヴァーノン・ハーコート説がある。これについてはM. Christine King, "The Chemist in Allegory: Augustus Vernon Harcourt and the White Knight," *Journal of Chemical Education* (March 1983) を見ていただきたい。他のモデル候補についてはマイケル・ハンチャーの名著、『アリスとテニエル』の第七章が面白い。晩年のテニエルがカイゼルひげをたくわえていたこと（及び白のナイトと鼻がそっくりということ）もあって、テニエル自身がナイトを自己戯画化された自画像にしたのではないかという説も行われてきた。しかし白のナイトを描いていた当時、残念御大にまだカイゼルひげはないので、この説、根拠をひとつ失ってしまう他ないだろう。

テニエルが白のナイトをフロンティスピースに描いた絵はどう見ても、アルブレヒト・デューラー（一四七一―一五二八）が死と悪魔を前にした騎士を描いた銅版画によく似ている。そういう意図があったのか。私はマイケル・ハンチャーに意見を求めたところ、テニエルが『パンチ』誌に掲載した「騎士とお仲間（ヒントはデューラーによる名画）」があると教えてくれた。騎士は鉄血宰相ビスマルク、お仲間は「社会主義」。「どうやらテニ

テニエルが『パンチ』に掲載した絵

デューラーのナイト

た。
「それにしても戦闘規則ってなんだろう」隠れ場からおずおずと戦いをのぞき見しながら、アリスはひとりごとを言いました。ナイト1がナイト2を打つ時、必ず馬から落とさねばならぬ、というのが規則その一のようね。打ち損《そこ》ねたら自分が落馬する、とか。棍棒はパンチ・アンド・ジュディみたいに[3]腕で抱える——これ、規則二かな——それにしても落ちる音、すごいなあ！　炉道具一式がいっぺんに炉格子に落ちたみたいな音ね！　馬はおとなしい！　自分はテーブルみたいで、乗る人間が乗ったり降りたりするのに任せてるのね！
アリスにはわからなかった規則その三が、落ちる時は必ず頭からというも

エルはこの絵を描く時、前にデューラーの絵を置いていたのは間違いないようです」とハンチャーは書き送ってきた。「僕の推測では、『鏡の国のアリス』のフロンティスピースを描きながらそうしていたというよりは、彼の厖《ぼう》大な容量のヴィジュアル記憶庫から呼びだしたという方が正確でしょう」と。「白のナイトに」と、キャロルは書いている、「頬ひげはやめてください。老齢に見えないようにしてください」、と。キャロルはテクスト中のどこにもナイトに口ひげがあると書いていないし、ナイトの年齢についても何も言っていない。テニエルの描いたカイゼルひげもニューエルのもじゃもじゃな口ひげ［訳注：本書には未収録］も画家たちが勝手につけたものである。思うにテニエルは、白のナイトとは即ちキャロルだとして、アリスとの年齢差をはっきり出すのに頭が抜けあがった老いの風貌を狙ったのであろう。

ジェフリー・スターンの記事に

のらしく、戦いは二人がそのようにして頭を並べて落ちた時に終わりました。二人は起き上がって握手を交わし、赤のナイトは馬に乗ると早がけで去っていきました。

「光栄の勝利であったな、だろう？」息をきらせながら近づいてきた白のナイトが言いました。[4]

「わかりません」わからないので、アリスはその通り言いました。「私、だれかの虜になんかなりたくない。クィーンになるのです」

「次の小川を越えると、なれるだろう」と白のナイト。「みども、つつがなく、おことを森の端まで護衛つかまつる——そしてそこより戻り申す。みどもの打つ手、それで全部じゃ」

「ありがとうございます」とアリス。「兜ぬぐのお手伝いしましょうか？」一人では大変というのははっきりしていました。アリスはなんとか、最後には兜をぬがせるのに成功しました。

「お蔭《かげ》で楽に息ができる」両手でもじゃもじゃ髪をうしろになでつけ、やさしそうな顔と大きな温和な目をアリスの方に向けると、白のナイトは言いました。アリスはこんな妙な恰好《かっこう》の兵士を見るの、初めて、と思います。[5]

錫《すず》の鎧姿なのですが全然体に合っているようには見えませんし、変な形の

(Jeffrey Stern, "Carroll Identified Himself at Last," *Jabberwocky* [Summer/Autumn 1990])、最近発見されたキャロル手描きの盤上ゲームの絵のことが書いてある。どういうゲームかは不明なのだが、ボール紙の裏面に「『オリヴァー・バトラーへ。白のナイトより。一八九二年十一月二十一日』と書いてある」そうで、「してみると結局」と、スターンは結論づける、「キャロルが実際に自分自身を白のナイトとして考えていたのは確実だ」と。

3　ここでキャロルは、ナイトたちにしてもパンチ・アンド・ジュディのパペット人形同様、目に見えないゲーム遊戯者の手に操られているという点をはっきりさせている。テニエルもまた、テクストに忠実たらんとする点で現代のキャロル挿絵画家たちとはちがって、ナイトたちが棍棒を伝統的なパンチ・アンド・ジュディ人形そっくりのやり方で手にしているように描い

ている。

4 マット・デマコスが書いてくれたのは「ハンプティ・ダンプティが『光栄』を『喋り倒し（a nice knock-down argument）』のことと言っていたのを思い出すと、ここの「光栄」は文字通り「倒」した（ノック・ダウン）のだからぴったりではないか」ということである。

5 キャロル研究者の多くが考えているように、キャロルは白のナイトを自分の戯画にするつもりでいた。いろいろな理由があるからそう見当をつけるのも当然である。キャロルも白のナイト同様、もじゃもじゃの髪、やさしいブルーの目、親切で温和な顔をしていた。白のナイト同様、その精神は物事をさかしまに見る時、一番生彩がある。そしてナイト同様、珍妙なガジェット好きだし、「いろいろ発明するのに長《た》けて」いる。また、いつも、あれやこれや考えるのに」ちょっと別のやり方をする。キャロルの発明はナイトの吸い取り紙プディング同様、アイディアは良いのだが、つくられることは絶対なさそうな発明ばかりだ（何十年かして別人によって再発明された暁にはそう無益そうでもないことがわかる、そういうものがあるにはある）。

キャロルの発明品には旅行者用のチェス盤があり、ボードにあいた穴にペグ状のチェス駒をさしこみ、安定させる。彼がニクトグラフ（Nyctograph）と呼んだ真っ暗闇でも字が書けるようにする厚紙製のグリルとか、両面に「びっくり絵」を描いた切手帳とか（『不思議の国のアリス』第六章注7を見よ）、いろいろある。キャロルの日記をのぞくと、「文字をチェス盤上に動かして単語をつくるというゲームのアイディアが浮かんだ」とか（一八八〇年十二月十九日）、「今まで工夫してたやつの中では最高の『比例代表選挙』の新しい方法を思いつく……十七とか十九とかで割り切れるかどうか試すルールも発明。なんたる発明日和《びより》！」（一八八四年六月三日）とか、「封筒を閉じたり……小物を本に貼ったり等々の用途のゴム糊の代用品――即ち両面に糊を塗った紙テープ」とか（一八九六年六月十八日）、いろいろ出てくる。「為替《かわせ》を簡単化する方式だが、送金者に二枚書類を書かせ、一枚を郵便局に渡し――それには暗号数字が決められていて、受領者はそれを記入すると送金を受けとることができるというのが便利。これと、日曜日配送の料金倍化案を当局に提案するつもり」というのもある（一八八〇年十一月十六日）。

キャロルの部屋は子供友達を楽しませるための玩具類で一杯だった。オルゴール、人形、ぜんまい巻き動物（歩行態、部屋じゅう飛び回る「こうもりボブ」）、ゲーム、それからパンチ穴のあいた紙帯を入れて回すと音楽が鳴

樅《もみ》の箱[6]が肩から下っているのですが上下逆さまで、しかも蓋があいたままです。アリスは面白そうに見ていました。

「みどもが小箱を気に入ったようだな」と白のナイトは親しそうに言いました。「そりゃみどもが発明ぞ——着るものとサンドイッチを入れる。上下逆さまなのはそうすれば雨が入らぬからだ」

「でも物は出ちゃう」アリスは親切に言います。「蓋あいちゃってるの、御存知でした？」

「知らんかったなあ」とナイト、いらだちの色が顔に浮かびます。「さらば中のあれやこれや、落ちて出たのかもな！　そうなれば中身なき箱なんぞ無《む》用《よう》の長物《ちょうぶつ》じゃ」言いながら箱を体からほどいて木立の中へ投げこもうとして、突然何かひらめいたらしく、それを丁寧に木に吊したのです。「なぜこのようにしたか、わかるか？」とアリスに尋ねました。

頭《かぶり》を振るアリス。

「これを巣にする蜂がおらんとも限らん——そうなりゃ蜜が獲《と》れる」

「だけど蜂の巣箱——なのかしら——もう鞍から下ってるじゃないですか」とアリス。

「そう、非常に良い巣箱じゃ」と、どこか浮かぬ顔でナイトは言いました、

る「アメリカン・オルギュイネット」等々。ステュアート・コリングウッドのキャロル伝によると、キャロルが旅行に出る時には、「物品はいちいちそれだけのための紙に注意深く包装されるのが普通で、ためにトランクは、役に立つ物品と同じくらいの量の包装紙で一杯だった」
　また忘れてならないのは、アリスがふたつの夢の冒険話で出会うすべての相手の中で、白のナイトのみが本当にアリスを好きで、特別な厚意を示していることである。アリスに敬意と礼をもって話しかけているのもほとんど白のナイト一人だし、アリスは鏡の向こうで出会った他のだれよりもナイトのことをよく覚えている。ナイトとの別離はおそらく、成長し（クィーンになり）自分を置きざりにしていくアリスに対するキャロルの別れの挨拶なのだろう。とにかくキャロルが序詩に物語の中でふるえていると謳《うた》った「ため息の影」が一番はっきり耳朶《じだ》に響いてく

「最高級品なんじゃよ。されど一匹の蜂もまだ寄ってこないのじゃ。これはネズミとり。ネズミが蜂を近寄らせぬのかと思うてな。いや、蜂がネズミを近寄らせないのか、いずれかはわからん」

「ネズミとりを何のためにと思っておりました」とアリス。「だって馬の背中にネズミ出るとも思えませんし」

「多分、出ないじゃろう」とナイト。「しかし万一出たら、その辺走り回られるのいやじゃし」

「そうであろうが」ひと呼吸置いてナイトは続けます。「万事に備えるが良い、と。この馬にしてからが足に足輪がいっぱいついているが、まさにそういうことじゃよ」

「で、何への備えなの？」アリスが面白そうに尋ねます。

「サメにかじられぬようにな」[7]とナイト。「これもみどもが発明じゃ。さ、馬に乗るの助けておくれ。そなたを森の端まで護送する——その皿、なんなのかな？」

「プラム・ケーキの皿です」とアリス。

「持って行くが知恵かの」とナイト。「もしプラム・ケーキに出くわしたら便利じゃろ。袋に入れるの手伝うてくれんか」


るのがこの落日別離のシーンであるのは間違いない。

　パラマウント社一九三三年製作の『不思議の国のアリス』で白のナイトを演じたのはゲイリー・クーパーである。

6　“deal box”、樅材や松材でつくった箱。

7　「私は白のナイトの馬の足輪が“shark”（サメ）に咬まれないようにするためのもの、とナイトが言うところで、初校の植字工が見誤ってhをnに代えてしまった結果……キャロルが“snark”に咬まれるとは何なのかと首をひねり、これが『スナーク狩り』執筆の時まで尾を引き、かくてそういうものが書きこまれることになったのだろう、と言いたい」
　——A・A・ミルン「行く年も来る年も」（一九五二）

これは時間がかかりました。アリスが頭を使って袋の口を大きくして持っているのに、ナイトの不器用さが尋常でなく、なかなか皿が中に入らないのです。最初の二、三度などはナイトが袋の中にはまってしまったりして。「ふむう、ぎちぎちじゃなあ」やっと袋におさまった時、ナイトは言いました。「袋の中、ろうそくでいっぱいじゃし」。そして袋を吊す鞍は鞍で、人参《にんじん》やら炉の鉄具やら、その他もろもろをぶら下げていました。[8]

「そちの髪、しっかと結《ゆわ》えていてはどうかの？」二人出発する時、ナイトが言いました。

「いつもこうですけど」微笑して、アリス。

「うむ、十分とはいえんな」気をつかっている様子で、ナイトが言います。

「ここいら風がひゅうひゅう吹く。ふうふうスープ吹くが如くにじゃ」

「髪が風でばらばらにならない方法を、みどもさん、何か発明されているんですか？」アリスが尋ねます。

「いや、まだだ」とナイト。「しかし、抜け落ちぬための方策はある」

「聞きたい、聞きたい」

「まず棒をまっすぐに立てる」とナイト。「それにそちの髪をはわせる、果樹みたいにな。髪が抜け落ちるという以上、落ちるのは下へということじゃ

8　キャロルもテニエルも一緒になって、『アリス』物語のどこか他のところで言及されたり、絵にされたりしたものとコトとに深く関係した事物でこの馬の周辺をびっしり埋めている、とするジョン・ラルの指摘が面白い（John Lull, *Lewis Carroll: A Celebration*）。木の剣と雨傘はトゥイードル兄弟の持っているものとよく似ているし、番人のがらがらはこの兄弟の諍《いさか》いの原因たるがらがらに対応している。蜜蜂の巣箱は第三章の象の蜜箱を思い出させるし、ネズミとりは『不思議の国のアリス』のネズミを思い出させるし、ま行のものを絵に描く話の「マス落とし」とも繋がる。ろうそくは第九章終わりで花火となって天井に届くろうそくを予表していたり、バネのベルは第九章の戸口のふたつのベルを予示していたり、炉道具と鞴《ふいご》はアリスの居間の鏡の下にあるものたちを想起させもする。サメ除《よ》け足輪は『不思議の国のアリス』第十章でアリスが復唱する歌の中に出て

パット・アンドレア画、2006.

くるサメと繋がり、二本のブラシは第五章でアリスが白のクィーンの蓬髪《ほうはつ》を櫛《くし》けずる時のブラシを思い出させる。プラム・ケーキの皿がヘアがちいさな袋から魔法のように出してみせた、あのライオンとユニコーンの闘いの時の大皿そのものであることも想起されたい。人参はここではもちろん、ヘアこと三月うさぎの好餌であるものだし、葡萄酒の瓶は無茶な苦茶会で、存在もしないのに飲めとアリスが勧められ当惑するあの非在のワインとも、第九章の狂宴で供されるワインとも繋がっている。

「白のナイトは一種小道具担当《プロパティ・マスター》の役どころで」とラルはまとめている、「その家具調度のたぐいは前に出てきたものを復習し、これから来るものを予表する」と。この馬を索引《さくいん》馬と呼ぼう！

このナイトの交戦場面（五〇八ページ）を描いた絵ではオウムの姿を先端につけた雨傘が見られる。

テニエルの予備ドローイング画を見

からして、上へ落ちるということはあり得ぬよのう、そうじゃな。みどもが発明の核心よ。面白い思うたら、試してみることじゃ」

　気持ち良いやり方とはアリスには思えませんでした。しばしそのことを考えつつ黙って歩いていましたが、時々、あまり馬に乗るのがうまくないらしいかわいそうなナイトを助けるのに、歩みを止めなくてはなりませんでした。

　馬が止まるたび（しょっちゅうです）に乗り手は前に向かって落ちていきましたし、馬が（大体、突然に）歩き始めるたび、今度はあおむけに落ちていきました。でなければまあまあ乗っていたのですが、それも時々横側に落ちていく癖《くせ》がなくてのこと。これを大体はアリスの歩いている側に向けてやるものですから、アリスはあまり馬に近づき過ぎないようにして歩きました。

「あんまり馬のお稽古されなかったんですね」五回目落ちてきたナイトを助けながら、アリスはとうとう口に出してしまいました。

　ナイトはこの言葉にとてもびっくりし、ちょっと怒っているようでもありました。鞍に上るのに片手でアリスの髪をつかんで向こう側に落ちないようにしながら、ナイトは「なぜ左様《さよう》なことを？」と言いました。

「お稽古してたら普通こんなにもいつも落ちないものでしょう」

「練習はたっぷりした」とても生《き》真面目に、ナイトは言いました。「稽古は

るとナイトが雨傘を持つ姿が前面化されていて、これはフランキー・モリスの『不思議の国のアーティスト』第十章で見られる。モリスの注記がなかなか愉快で、「一八三九年のエグリントン・パークでの大武芸競技トーナメント大会が、最後大雨でみじめに尻すぼみに終わった椿事《ちんじ》を忘れないでいる人々にとって、鎧甲冑《よろいかっちゅう》の騎士が雨傘携行という図は笑いを誘わずにはいなかったはずだ。二十年にわたり諷刺画家たちは騎士たちに傘を持たせ続けたのである」とか。

　キャロルの白のナイトの発明のこと、もっと知りたければ拙著*Visitors from Oz* 第九章を見られたい。

たっぷりとな！」

「本当に？」としか言いようがなかったのですが、アリスはできるだけやさしく言いました。その後、黙々と歩みは続きました。ナイトは両目をつむって何かもぐもぐとひとりごとを言い、アリスは次の落馬や如何《いかに》と、心配げに見ていました。

「騎乗術の真諦《しんたい》は」と、突然ナイトは大声をあげ、右腕を振りながら言いました、「とにかくちゃんと――」とそこまで言って、始まった時と同様、突然言葉はとぎれました。アリスが歩いていた方に向かって頭のてっぺんからどさんっとナイトが落ちたからです。今度ばかりはアリスも怖くなり、相手を起こしながら不安そうに「お骨折れてないと良いですが？」と話しかけま

す。

「言うほどのことはない」まるで骨の二、三本折れてなんだという口調でナイトは答えます。「騎乗の術の真諦と言いかけておったな――とにかくちゃんと平衡をとることだ。ほれ、このように――」

そこでナイトは手綱《たづな》をはなし、両手を広げて、言ってることをアリスに実演して見せようとしたのですが、今度は、まさしく馬の足もとめがけ、あおむけにまともに落ちていきました。

「稽古はたっぷりとした！」立たせようと懸命のアリスをよそにナイトはまた同じことを言い続けました。「稽古はたっぷりとな！」

「稽古の稽は滑稽の稽！」さすがに堪忍袋《かんにんぶくろ》の緒《お》がきれたか、このたびはアリスもきついことを言いました。「車のついた木の馬を持ったら？　そう、絶対持つべきだわ」と。

「その馬はさっさと走るのか？」大いに興味を持った様子でナイトは尋ねます。言いつつ腕を馬の首に回しましたが、それでまた落ちないですんだようでした。

「生きた馬なんかよりは余程《よほど》」とアリス。なんとかこらえようとした笑いで、たまらず口もとがゆるみます。

「一頭手に入れよう」と、ナイトは考えながら言いました。「一頭か二頭――いや、もっと多くても良いが」

少しの沈黙がありましたが、ナイトがまたしゃべりだします。「発明には自信がある。多分気づいておると思うが、最後に起こしてくれた時、みども、深くもの思いの風情《ふぜい》であったろう？」

「たしかにちょっとものが重い感じでした」とアリス。

「うむ、あの時みども、門を越える新たな方法を思いついたのよ――聞きたいか？」

「ええ、とっても」と、アリスは丁重に言いました。

「どういうふうに考えついたのか、話して進《しん》ぜよう」とナイト。「いいか、こんなふうに思ったのよ、『一番の問題は足だ。頭はすでに十分に高い』と。さあ、そこで頭を門のてっぺんにのっける――頭は十分に高い――逆立ちする――足も十分に高くなったわけだ、じゃろう――越えたと言うて良い」

「うまくいけば、越えたことになるのかも」と、アリスも考えながら言います。「でも、とても難しくありませんか？」

「まだ試みてはおらん」重たくナイトは言いました。「だからたしかなことは言えん――が、たしかにちょっと難しいかもな」

ナイトはかなり困惑しているようでしたから、アリスは急いで話題を変えます。「面白い兜ですね！」と楽しそうに言ってみました、「それもみどもさんの発明なの？」

ナイトは誇らしげに目を落として、鞍から下げた兜を見ました。「そうじゃよ」と言いました。「しかしもっと良いのも発明したなあ――円錐糖《とんがり》みたいな形のな。[9] よくかぶったものじゃが、馬から落ちても、まず直《じか》に地べたにつくのはそいつなんじゃ。だからみどもが落ちるのはとても僅かな距離となるだろう？――しかし、たしかに中に落ちるという危険が現に生じた。一度それが起こった――最悪の事態でな、みどもが脱出せぬ間に別の白のナイトが来て、かぶりおった。自分の兜と思ったらしいのじゃな」

ナイトの口ぶりが真面目くさっているので、アリスは声を立てて笑ってしまいました。「その人を怪我《けが》させたのじゃないですか？」ふるえ声でアリスは言いました。「だってその人の頭のてっぺんにのっちゃったわけでしょう」

「むろん蹴りまくってやる他なかった」と、ナイトは一層真面目に言ったものです。「でそやつ、やっと兜をぬいだのだが、みどもを出すのにいかに手間暇かかったか。みどもがしっかと引かれること――稲光《いなびかり》の如しじゃったからなあ」

9　キャロルの時代、精製糖は「とんがり糖（sugar loaves）」と呼ばれて円錐形の塊にされた。シュガー・ローフという表現は普通に円錐形の帽子の名にも山の名にも（すりばち山）応用されている。

「そっちは光れるの方でしょう」とアリスが茶々を入れます。

ナイトは頭《かぶり》を振ります。「ひかれることでは皆同じよ！」と言うのです。ナイトはなんだか興奮し、言いながら両手をあげたりしていましたが、あっというまに鞍《くら》からころげ落ち、深い溝の中へ真っ逆さまでした。[10]

アリスはナイトをさがしに溝のそばに走っていきました。しばらくはうまく乗っていたので、この落馬には本当にびっくりしましたし、さすがに今度ばかりは怪我がなくてはすむまいと、びくびくしていました。しかし、目に入るものと言えば人の足のかかとぐらいでしたが、ナイトがいつもと同じ口調でしゃべっているのが耳に入ってきましたので本当に安堵《ほっ》としました。「ひかれることでは皆同じよ」と同じことを言っています。「他人《ひと》の兜をかぶるとは不注意なやつじゃ——しかも中に人が入っているというのに！」

「頭が下なのになんでそんなになにげなくしゃべれるの？」アリスはナイト

10　フランキー・モリスの推測が実に面白い（Frankie Morris, *Jabberwocky* [Autumn 1985]）。白のナイトの騎乗べたは王ジェイムズ一世の悪評とどろく騎乗べたを反映していたのかもしれない、とする。ウォルター・スコット卿《けい》は小説『ナイジェルの幸運』の中で、王を落馬から守る特製の安定鞍があったと書き、ディケンズは『子供英国史』でジェイムズ一世のことを「空前絶後の乗馬べた」と書いた。一六九二年、王の馬が王を凍結した川に落としたことがあって、ただブーツが見えていただけだとか。アリスが白のナイトを溝から救い出すシーンを描いたテニエルの絵はこの一件にインスパイアされたのかも。

の足を引っぱって引き上げて、堤の盛り上がったところに寝かせながら、聞きました。

ナイトはこの質問にびっくりしたようです。「みどもの体がどうであろうが、どうしたというのか？」と、ナイトは言いました。「みどもが精神は何変わりなく働き続ける。実際、頭が下にあるほどに、みども新発明し続けられるのじゃ」

「最高のやつは」と、一息入れてからナイトは言いました、「肉コースの間に新しいプディングを発明したあれかなあ」

「次のコースのためにやったんですか？」とアリス。「それは迅速、驚きですね！」

「ううむ、次のコースのためではない」考えながらゆっくりとナイトは続けました。「ちがうな、次のコースというのではない」

「じゃ、次の日ですか。一度のディナーにプディング・コースふたつなんてないですからね」

「そうだな。次の日ではない」ナイトは前のように繰り返します。「実際、次の日というわけでもない」と続ける間にも首うなだれ、声もどんどんちいさくなります。「あのプディング、今までつくられたとも思えん！　実際、これからつくられるとも思えん！　それでも発明する分にはいとかしこきプディングだったのよ[11]」

「どんな食材を使うつもりだったんです？」ナイトを元気づけようと、アリスは尋ねましたが、ナイトの落ち込みようがひどかったからです。

「まずは吸い取り紙」ナイトが呻《うめ》くように答えます。

「あんまりおいしそうじゃないわね――」

「それだけではたいしてね」ナイトが元気を出して言葉をはさみます。「しかし、これが他のものと混ぜると、どんなに大化けするか、わかるまいな――火薬とか、封蝋《ふうろう》とか。さあ、お別れの時だな」。二人、森の端に到着しておりました。

アリスはひたすら当惑です。なにしろプディングのこと、考え続けていたのです。

「悲しそうだの」ナイトは気づかいして言ってくれます。「歌を歌って元気にしてやろう」

「とっても長い？」アリスは聞きます。だってその日、なんだか詩ばっかりだったような気がするものですから。

「ああ、長いが」とナイト、「長いがとても、とっても綺麗だ。みどもが歌

11　ひょっとしてキャロルは、"The proof of the pudding is in the eating"（論より証拠）という諺《ことわざ》にふれようとしているのだろうか？

うのを聞くだれしもが――目に涙を浮かべるか、それとも――」

「それとも、何？」ナイトが急に黙ったので、アリスが尋ねます。

「それとも涙を浮かべないか、さ。[12] この歌の名は『鱈《たら》の目』と呼ばれる」

「ああ、それがその歌の名前なのね」面白がろうと思って、アリスは言います。

「ううむ。どうもよくわかっておらんな」ちょっといらっとしたナイトが言います。「その名前がそう呼ばれるというだけのこと。名前は本当は『老いに老いたる人』なのだ」。

「じゃ、『この歌がそう呼ばれる』と言えば良かったんですね？」アリスは言い直します。

「良かったとかじゃない。まったく別の話だ！ 歌は『方法と手段』と呼ばれる。[13] が、ただそう呼ばれるというだけのことだ、いいね！」

「じゃ、その歌は何なの」とアリス。ここにいたって完全にお手上げのようです。

「それを言いたかったのだ」とナイト。「その歌、つまりは『門にすわって』というのだよ、[14] そして節《ふし》はみどもが発明」

言いながらナイトは馬を止め、手綱をその首に落としました。そして手で

12 二値論理（two-valued logic）でいう排中律（excluded middle）の典型である。陳述は真か偽で第三の選択肢はない。古いノンセンス詩の多くの基礎にこれがある。「丘に住んでた老婆が一人／よそ行ってなきゃ、いるはずそこに」の如し。

13 キャロルの日記（一八六二年八月五日）の記載事項。「ディナーのあと、ハーコートと自分とで学寮長舎に行って翌日の川遊びの件で打ち合わせ。ちょっと残って子供たちと『手段と方法』ゲームをやった」。キャロル自筆になるそのゲームのルール集をキャロルの縁者が持っているという話だが、キャロル発明のゲームか否かはだれも知らないようだ。

14 論理学（logic）と意味論（semantics）に通じた人にとって、これはまったく当然のことなのである。この歌は「門にすわって」である。それは「手段と

方法」と呼ばれている。この歌の名前は「老いに老いたる人」だ。この名前は「鱈の目」と呼ばれている。ここでキャロルは事物と、事物の名前と、事物の名前の名前を区別しようとしている。名前の名前たる「鱈の目」は現在論理学で言うところの「メタ言語（metalanguage）」である。メタ言語の審級《ハイアラーキー》（hierarchy）という約束事を受けいれることによって論理学者は、ギリシア古来の悩みの種であったパラドックス群を回避することができている。アーネスト・ナーゲルが白のナイトの言い分を記号的記法（symbolic notation）に面白く翻訳してくれたものを見たければ氏の次の論文を。Ernest Nagel, "Symbolic Notation, Haddock's Eyes and the Dog-Walking Ordinance," in James R.Newman(ed.), *The World of Mathematics*(1956), Vol.3.

　もう少し専門色を抜いて、しかも同じくらいしっかりし、かつ面白いこの文章の分析が読みたければ、次など。Roger W. Holmes, "The Philosopher's *Alice in Wonderland*," *Antioch Review* (Summer, 1959). ホームズ教授（マウント・ホリオーク・カレッジ哲学部長）は、キャロルが白のナイトにこの歌は「門にすわって」であると言わせたために、我々は足を引っぱられてしまう、と言っている。これがこの歌そのものではあり得ず、これも別の名前であるしかないのははっきりしているのだ。「筋を通すのなら」とホームズはまとめる、「白のナイトはこの歌は……であると言おうとして言わずに、歌そのものを歌ってみせるしかないはずなのだ。まあ、筋が通ろうが通るまいが、白のナイトは論理学者一統にキャロルが恵んだ愛嬌ある贈り物であることに変わりあるまい」

　白のナイトの歌は、あるものの鏡映の鏡映《リフレクション・オブ・リフレクション》というような一種の審級《ハイアラーキー》を示している。キャロルのうんだ奇人《エキセントリック》で、アリスがその人を忘れられない白のナイトもまた、その人もその特徴からしてキャロルの戯画化された自画像でしかないもう一人の奇人の存在を忘れられない。この「老いに老いたる人」は多分、孤独で人に愛されない老人というキャロルの自己イメージなのである。

間《ま》をとり、かすかな微笑でやさしくも間抜けた顔を明るませると、自分の歌の音楽を楽しんでいるようでした。ナイトは始めます。

　これは、アリスが鏡の国の旅で見た奇妙なものの中でも、彼女がいつもとびきりはっきり思い出せるものになります。何年たとうと、ほんの昨日のことのように光景全体を思い出すことができました――白のナイトのブルーの温和なまなざしと、[15]やさしい微笑――ナイトの髪を通して輝き、アリスをめくらませる光の束となって鎧に映《は》えた落日――手綱を首から垂らし、アリスの足もとの草を食《は》んでいた、静かな動きの馬――そしてうしろの森の黒い影――アリスはこれら全部を一幅《いっぷく》の絵かと思って眺めていました。片方の手を小手にかざして一本の木にもたれて、奇妙な人馬を見やり、半ば夢心地に歌の哀感ある音楽に聴き入ったのです。[16]

「でも、この節、別にみどもさんの発明じゃない」と、アリスはひとりごと。「『汝に全て与え、私にはもはやない』の節よね」。アリスは立って耳を傾けましたが、目に涙は浮かべませんでした。

　　俺にできる話、なんなと話そ。
　　　話せることは少ないが。

15　キャロルの目は温和なブルーの目だったのか？　彼の目の色にふれた記録は言うことがまちまちなのだ！　ブルーだとするものあり、グレーだと言うものもあり。おそらくはグレーで、ちょっとブルーの気味があり、だから時にグレーに見えたり、光が変わるとブルーに見えたということらしい。次を。Matt Demakos, "To Seek It with Thimbles, Part II," *Knight Letter* 81(Winter 2008).

16　白のナイトの歌はキャロル自身がつくった初期の詩で一八五六年に『ザ・トレイン』という雑誌に載った作品の改訂増補版ということになる。その元の詩は

　　　寂しい荒地で

　俺は老いに老いたる人に会った、
　　寂しい荒地で。
　俺は歴たる紳士だったが、

奴はただのいなか出。
で、奴を止め、ぶしつけに尋《と》うた、
「おい、何やって食《く》ってる?」
が、その言葉は耳からこぼれた、
もうまるで我が耳がザル。

奴曰くにゃ、「石鹸の泡さがし、
小麦の中にまざってる、
マトン・パイにしたそれを
町で売って歩く。
わしがそれを売りつけるのは
嵐の海を行く奴ら、
そうやってパンを得るのさ、俺は
つまらんと言うは別に勝手さ」

が、俺の考えてたのは
十倍かせぐやり方だ、
が、返ってくる答はいつも
問いがまんま戻ってきた。
奴の言ったひとことも聞かず、
この大人しい老人を蹴り、
こう言った。「毎日何して食って
いる?」

腕《かいな》をつねりにつねるばかりなり。
話するのは訛りもやわらか、
奴曰くにゃ「我が道を行き、
山の小川を見つけては
それに火をはなち
それでつくった奴らのいわゆる
ローランドのマカッサル油《あぶら》。
が、四ペンス半以上はいかぬ
それが俺の骨折り料だ」

が、俺の考えてたのは
ゲートルを塗ること、緑に。
それ、あまりに草の色なので
靴が目には入らない。
俺いきなり奴をぶんなぐり、
も一度奴に聞いてみた。
白髪の偉そうな髪をひっつかみ、
ちょっと痛い目みさせてやった。
奴は言った、「鱈の目狩りに
明るい荒野へ行った。
そしてだまって夜なべをし、

それを胴着のボタンにした。
それはおよそ金貨にならぬ、
銀に光るコインにも、だ。
ただ半ペニーの銅貨になる、
しかもそれは九個売れたらば」

「時にバターロールを掘り、
カニとる鳥もち仕掛けたり、
時に草生す塚歩き、
ハンサム馬車の車輪をさがし、
このやり方で」(と奴、ウィンクし)
「ここではおまんまにありつく。
そこで喜んで一杯、
旦那の健康ビールで祝す」

奴の話を聞いたとき
俺の計画できたばかり。
メナイの橋の錆止めに
橋をワインで煮てかせぎ。
ちゃんとあいさつ、行く前に、
ありがとう、妙な話いろいろと、
しかし何より奴のこころ根に、
人の健康祝ってビールなどと。

今もしも全く偶然に
　指をにかわに入れるとか、
右足を狂ったように
　左の靴に押しこむとか、
よく知りもせぬことを
　そうだなんて言ったりすると、
よく思い出す、あの妙なさすらい
　人を
　　寂しい荒地の。

「寂しい荒地で」はテニソンの息子のライオネルのために書かれた。なぜ書かれたかのキャロル自身による説明が一八六二年のキャロルの日記にある。日記の逸失部分に当たるのだが、ステュアート・コリングウッドがキャロル伝の中にそっくり引用してくれている。

　昼食後テニソン家を訪問し、ハラムとライオネルに写真帖にサインをもらう。それからライオネルが詩のいくつかの原稿をくれる代わり、こちらからはこちらの詩を送るという約束をした。難しい取り引きだった。こちらは最初ほとんどやる気なくした、相手が条件を一杯つけてきたからだ。まずチェスを一ゲームやろう、但し両者各十二手まででというのだったが、こちらが六手目で詰め勝ってしまって問題なしであった。次にクローケーの打棒《マレット》で頭を殴ってもいいかという話になった（ライオネルは最後は諦めたが）。他にもいろいろと条件があったが、忘れてしまった。それでも結局、ライオネルは詩をくれたし、こちらからは彼に「人気《ひとけ》なき荒地」を書いて送った。

「『門にすわって』はパロディです」と、キャロルはある手紙に書いている（モートン・コーエン編『ルイス・キャロル書簡集』第一巻一七七ページ）。

「スタイルとか韻律とかではありません——筋をワーズワースの『決断と独立』からとったのです。ずっといつも僕を面白がらせてきた詩です（滑稽詩では全然ないんですよ）。妙な話ですよね。詩人が年寄りの貧しいヒル採り人にどんどん質問をし、職歴を次々に話させるくせに、全然話を聞いていない。ワーズワースはこう締めくくっています——『この先例に私は結局ならわなかった』と」

　ワーズワースの詩は一聯残さず、『詳注アリス』初版（一九六〇）に印刷してあるが本書ではスペースの関係上割愛した。

　キャロルが歌中の「老いに老いたる人」に自己同化しているのは間違いない。アリスとの年齢差は白のナイトの場合よりさらに大きい。『アイザのオックスフォード探訪』でキャロルは自分のことを「老いに老いたる人（the Aged Aged Man）」と呼んでいるし、『日記』を通してこの略称たる「the

A.A.M.」を用いている。その時キャロル、五十八歳。子供友達への手紙でもよく自分のことを老いに老いたる人と呼んでいる。

ワーズワースのこの詩は概して良いできばえであるが、その一部がD・B・ウィンダム・ルイス、チャールズ・リー共編の下手糞詩の楽しいアンソロジー『張り子のフクロウ』に収録されていることを知った上での私なりの判断である。

白のナイトの歌の冒頭の何行かは、ワーズワースの「私の知るなんなと話そう」と「私にできる助けのすべてを汝に」を「茨」という詩人のあまりうまくない詩のひとつのオリジナル・ヴァージョンからとってバーレスクにしてある。この行はまた、白のナイトがその調べで老いに老いたる人の歌を歌った「汝に全てを与え、私にはもはやない」という詩の題名も反映している。この詩はトマス・ムアの抒情詩「我が心と琴」で英国の作曲家、ヘンリー・ロウレイ・ビショップ卿の音楽がついていた。キャロルの歌はムアの詩の韻律パターンと押韻スキームに従っている。

「白のナイトの性格は」と、ある手紙でキャロルは言っている、「この詩の語り手に合うものとしてつくられた」と。語り手がキャロル自身であることは、前のヴァージョンの第三聯にある「十倍かせぐやり方」を考えているところからもはっきりしている。キャロルがムアの抒情詩を、白のナイトとして彼がアリスに歌って聞かせたいと願った詩だと思っていた可能性がある。ムアの詩全体は次のようである。

汝に全てを与え――私にはもはやない――
よし貧しき贈り物であるにしろ。
我が心と琴こそたくわえの一切、
我が汝に与えうる全てのもの。
琴はそのやさしき音《ね》により
愛のたましいよくも表す。
そして心は深くも感ず、さらに、
琴に表せるより遥かに多く。

あわれ、愛にも歌にもかなわぬこ
とあり！
生を掩《おお》う暗雲《くも》、雲散させること。
しかれど時には雲の散るを迅《すみ》やかにし、
時には輝く雲と見せる、残る雲をも。
そして時また時の心労《いたづき》が
幸せな生の調《しら》べに不調和もたらすに、
愛がひとたびやさしく琴線にふれなば
すべては再びも甘やかなるべし！

俺は見た、老いに老いたる人を。
　門の上にすわってた。
「あんたはだれ、御老人よ」と言ってみた、
「どんなくらしでやってるのか」と。
その答え、俺の心にしみて落ちた、
　水がふるいからしみて落ちるごと。

奴曰《いわ》くにゃ「蝶ちょうどもを
　寝てる小麦の中にさがす。
マトン・パイにしたそれを
　町で売って歩く。
わしがそれを売りつけるのは
　嵐の海を行く奴ら、
そうやってパンを得るのさ、俺は
　つまらんと言うは別に勝手さ」

だけど俺が考えていたのは

頬ひげ緑に染めたうえ
いつも大きな扇子をぱたぱた
そのひげが見えなくする手だて。[17]
で、老人の言ったことには
返す言葉もさらにない。
俺は叫んだ、「おい、どういう暮らしだ！」
そして頭にがんと一発おみまい。

話するのは訛《なま》りもやわらか、
奴曰《いわ》くにゃ「我が道を行き、
山の小川を見つけては
それに火をはなち
それでつくった奴らのいわゆる
ローランドのマカッサル油《あぶら》[18]——
だけど二ペンス半以上はいかぬ
それが俺の骨折り料だ」

17 バートランド・ラッセルの『相対性入門』〔訳注：邦訳『相対性理論の哲学』白揚社〕第三章でこの四行が「フィッツジェラルド‐ローレンツ短縮」仮説の説明に使われている。この仮説は地球の運動が光の速度に与える影響を測定しようとしたマイケルソン＝モーリーの実験の失敗を説明しようとしたもの。それによると、物体は運動の方向に向け短縮するが、測定の物差しの方も同様に短縮するから、白のナイトの扇同様、事物の大きさに生じる変化を我々に気づかせることがない。この同じ四行はアーサー・スタンリー・エディントンの『自然界の本質』の第二章にも引かれているが、こちらはもっと比喩的な意味合いを込めてである。自然がその基本の構造的なでき方を、永久に我々には見せなくしているというありようをどう思うか、と。
　キャロル最初期の詩「寂しい荒地で」（注16にすべて採録）の、緑に塗られた「ゲートル」が草地の中でどう

だけど俺が考えていたのって
　バターで腹満たすこと。
くる日もくる日も続けて
　そうやって肥えること。
俺は奴を振り回した。
　顔をまっさおにさせた挙句《あげく》、
叫んだ、「おい、どういう暮らしだ、
　何をどうしてる！」

奴は言った、「鱈《たら》の目狩りに
　明るい荒野へ行った。
そしてだまって夜なべをし、
　それを胴着のボタンにした。
それはおよそ金貨にならぬ、
　銀に光るコインにも、だ。
ただ半ペニーの銅貨になる、
　しかもそれは九個売れたらば」

見えるかの問題でもある。

18 『オックスフォード英語辞典（OED）』はこのオイルのことを「調髪油。十九世紀前半に大々的に喧伝され、メーカー（ローランド父子会社）の言い分ではマカッサル〔訳注：インドネシアのスラウェシ島の港市〕から輸入」とある。『ドン・ジュアン』第一歌章第十七聯にバイロン卿はこう書いた。

　諸徳に於て地上のもので彼女を上
　　回るものなし、
　ひとつ例外はかの「比類なき
　　油」、マカッサルのみ！

　椅子やソファーの背に掛け、それらの繊維が頭髪の油で汚れないようにする布（antimacassar）の起源はこの油の巷間高かった人気に由来しているわけだ。
　レズリー・クリンガーは彼の『詳注シャーロック・ホームズ』（ノートン

「時にバターロールを掘り、
　カニとる鳥もち仕掛けたり、[19]
時に草生《む》す塚歩き、
　ハンサム馬車[20]の車輪をさがし、
このやり方で」（と奴、ウィンクし）
「わっしの富をこさえたし——
だから喜んで一杯、
　旦那の健康に乾盃」

奴の話を聞いたとき
　俺の計画できたばかり。
メナイの橋[21]の錆《さび》止めに
　橋をワインで煮てかせぎ。
奴に感謝だ、どうやって
　富をこさえたかの話に、
そして俺の健康祝して

社、二〇〇四）にローランド社のマカッサル油の広告を復刻している（本書四二八ページ）。クリンガーが注記しているのは、この油がアジア熱帯のイランイランノキ（ylang-ylang）から抽出した香油から抽出したものだということ。加えて「マカッサル」という名が現在のインドネシアの港市ウジュンパンダン（Ujung Pandang）の旧名であるとも言っている［訳注：一九九九年に再びマッカサルに改名された］。

19　"limed twig"、小枝に鳥もち（birdlime）その他なんでもべたっとくっ付くものを塗って鳥を捕らえる用途にする。

20　"Hansom-cabs"、幌つき二輪馬車。御者席は後部にあり、高い。ヴィクトリア朝英国の辻馬車。

21　北ウェールズのメナイ海峡に掛かるメナイ・ブリッジ（Menai Bridge）

一献乾盃してくれたことに。

今もしも全く偶然に
　指をにかわに入れるとか、
右足を狂ったように
　左の靴に押しこむとか[22]
もしも足指の上に
　すごいおもりを落とすとか。
そしたら俺は泣くだろうが、知り合った
　かの老人を必ず思い出すからだ――
その顔おだやか、喋りはゆるやか、
　髪は雪よりもさらに白亜、
からすより黒いその顔は、
　目は燠火《おきび》のようにかっと真っ赤。[23]
悲しびに落ちつきなくしたか、
　前に、後ろに体ゆらゆら、
もぐもぐいうばかり低い声は、

は、巨大な鋳鉄の筒二本でできていて、筒の中を汽車が走る。少年時代、長い休暇旅行で家族と一緒にキャロルはこの橋を渡った。現在の鋼鉄の吊り橋は一九三八年–四六年の架橋である。Ivor Wynne Jones, "Menai Bridge," *Bandersnatch*, 127 (April 2005).

22 キャロルは何か古い迷信のようなものに言及しているのだろうか。レジナルド・スコットは『魔術の発見』(一五八四)に書いている。「何かの不運に見舞われた者はシャツを表裏逆に着たのではないかとか、左の靴を右足に履かせたのではないかと考える」と。シーザーことアウグストゥス・カエサルは、靴を間違って履くとか履く順序を間違えるとかいうことにえらく迷信深いところがあった。どちらかはプリニウス父の『博物誌』(七七–七九)とスエトニウスのカエサル伝(一二一)中の "praepostere"(顚倒シテ)の意味をどうとるか次第である。この

まるで口じゅう団子なのか。
バッファローのように鳴らす鼻——
　むかしのあの夏の夕方、
門の上にすわってた。

白のナイトは物語詩《バラッド》の最後の言葉を歌いきると手綱をたぐり寄せ、やって来た道の方に馬の頭を向けました。「もう二、三ヤードも行けば良い」とナイトは言いました。「丘を下り、あのちいさな小川を越えれば、おことクィーンぞ——だが、まずここにいて、みどもを見送ってくれまいか？」と、アリスが示された方角を熱心に見ている横で、ナイトが言い足します。「長くはかからん。道のあの曲がり角にさしかかるまで、待っていてハンカチを振ってくれまいか。みども、それで元気が出る」
「もちろん待っています」とアリス。「それからこんなにずっと来て下さってありがとう——お歌も——とっても気に入りました」
「それは良かった」と、疑わしそうにナイトは言いました。「それにしてもみどもの予想に反して、おことあまり泣かなんだのう」
そして二人は握手を交わし、ナイトはゆっくりと森の中に戻っていきま

ことはまたサミュエル・バトラーの『ヒューディブラス』（一六六三－六八）にも取りあげられていて、こうある。

　アウグストゥスはまこと不覚のきわみ、
　右足より先に左足に靴を履き、
　危うくもその日に殺される定めに
　……

これについて詳論しているのはAugust A. Imholtz, Jr., "'A Left-Hand shoe': A German Pun in *Through the Looking-Glass*," *Mischmasch*, No.5 (2001) である。これは日本ルイス・キャロル協会の機関誌である。そこで言う「駄洒落《パン》」というのは"left-*hand shoe*"の、あり得る両義性によるし［訳注：「左側の靴」ともとれるし、「左手の靴」ともとれる］、ドイツ語の手袋という語の面白みにも関わる［訳注："Handschuh" 即ち「手の袋」でなく「手の靴」と言うのである］。

す。「見送るの、時間かからないわ」立って見送りながら、アリスはひとりごとを言いました。「あっ、落ちた！　相変わらず真っ逆さま！　でも楽に乗るわね――いろいろと馬にぶら下げているのがいいのね――」馬が道をのんびり歩いていき、ナイトが一方に、それからもう一方に落ちるのを眺めながら、アリスはずっとひとりごとを言っていました。四回目か五回目の落馬のあとナイトは約束の曲がり角に到達し、アリスはナイトにハンカチを振り、ナイトの姿が見えなくなるまで、そこにいました。[24]

丘を下ろうと向き直る時、「みどもさん、これで元気出たかな」とアリスは言いました。「さあ最後の小川よ、そして私はクィーン！　良い響き！」ほんの二、三歩で小川のへりに出ます。[25]「第八マスよ、とうとう！」大声を出しながら、跳び越えると、

＊　＊
＊
＊　＊
＊
＊　＊
＊
＊　＊

23　物理学者のデイヴィッド・フリッシュが次の二行――ワーズワースの（後の印刷のために手を入れる前の）詩の第十二聯の結尾の二行――に注意を促してくれた。

　奴の答は喜びと驚きに満ち、
　そして話す間《ま》にも目のあたりに漂う火。

24　白のナイトはKB5に戻っている。赤のナイトを捕獲する前にいたマス目である。

　ナイトがL字状に動くから、白のナイトの動きは「道の曲がり角」という言い方になる。そう少し前のパラグラフでナイトが言っていたはずである。

　キャロルが、アリスが大きくなってさよならを言ったあとにどんなふうに感じてもらいたいかを希望的に述べたものと言って間違いないこのシーンこそは、英文学中の胸を突く偉大なエピソードのひとつである。そのことをだ

芝に身を投げだしていました。苔《こけ》のようにやわらかな芝で、あちこちに花の塊が点在していました。「どんなにここに来たかったか！　あれ、この頭にのっかってるものなあに？」当惑の口調で言いながら伸ばした両手がふれた何かとても重いそのものは、頭をぐるりとり巻いて、ぴったりとはまっています。

「それにしても、ここにこうやってのっかってるのに気がつかないなんて、ある？」そうひとりごとを言いながら、そのものをおろし、膝の上にのせてみるに、あるべくしてそこにあるものでした。

黄金《きん》の冠でありました。[26]

れよりも雄弁に説き来り、説き去ったドナルド・ラッキンの次のエッセーを改めて顕彰。Donald Rackin, "Love and Death in Carroll's *Alices*" in Edward Guiliano & James Kimkaid (eds.), *Soaring with the Dodo*.「このシーンを小声でかすめていく愛は、それ故、複雑かつパラドックス含みである。全能かつ自由、無碍《むげ》、成長の子供と、完全な無能、自閉、静態、衰退の大人の男の間の愛だからである」

25

ここが、キャロルが本来、かつらをかぶった雀蜂のエピソードを入れようとしていた場所である。テニエルが、エピソード全体をカットすべしと提言した手紙の中でそれを「章」と呼んでいたが、あらゆる証拠から見て、さなきだに全巻最長のものである一章中の長大な一部にならざるをえないものだった。このエピソード全体は序と詳注を私が書いて、本書に再録することができた。

26　アリスはかくて最後の小川ひとつを跳び越えてQ8に達した。クィーンの列《ファイル》の行き止まりのマスである。チェスを知らない読者に老婆心でひとこと贅言《ぜいげん》。歩《ポーン》がチェス盤上の最終列に到達すると、プレイヤーの望む駒に「成り上がる」ことができる。普通は当然最強駒のクィーンに成り上がる。

第９章　クィーン・アリス

「なんか、こ、れ、っ、て、すごおい！」とアリスは言いました。「こんなに早くクィーンに成り上がるなんて、思いもしなかった――ですからね、陛下」と、急にきつい口調になって（アリスはいつも自分で自分を叱るの大好きな子だったよね）「そんなふうに芝の上でだらだらしてってはいけない！　クィーンってもっと偉そうでなくてはね、わかるわね！」と言いました。

そこでアリスは起き上がり、歩き回ったのですが――少なくとも初めのうちは冠が落ちてはいけないと思ってひどくがちがちでした。それがだれも見てやしないではないか、と思った途端、ぐっと気が楽に。「もし本当にクィーンなのなら」と、また腰をおろしながらアリスは言いました、「すぐに見事にやってみせるわよ」と。

とにかく万事が奇妙な具合でしたから、赤のクィーンと白のクィーンがア

ピーター・ブレイク画、1970.

リスの両側にぴたっとくっついて坐っていると知れても、アリスは今さら全然びっくりしませんでした。[1] どうやってそこに姿を現したのかとか尋ねても良かったのでしょうが、失礼かもしれないという気持ちが勝ちました。でも、とアリスは考えます、クローケー試合は終わったのかどうかくらい尋ねても別に構《かま》わないだろう、と。「あのう、教えていただけますと、とても——」と、赤のクィーンをおずおずと見ながら切りだします。

「話しかけられてから話しや！」クィーンがきつい口調で、話をさえぎりました。

「でもね、もしみんながその決まりに従ったら」いつだってちょっとした議論が嫌いではないアリスが言います、「話しかけられてから話をするとして、他の人がいつもこちらからきっかけをつくるのをじっと待っているんだとしたら、結局だれも何にも言わないわけだから、そうなると、見るところ——」

「へ理屈っ！」とクィーンが大声を出します。「子供に何が見える——」眉

1　赤のクィーンがキングのマス（K1）に移動したばかりのところで結果、アリスは両側をクィーンにはさまれることになった。この指し手で白のキングはチェックの状況になるのに、両側ともそのことに気づいてなさそうなのが不思議だ。

　赤のクィーンがキングのマスに移ることで白のキングにチェックがかかるのにだれも気づかないことの説明がIvor Davies, "Looking-Glass Chess," *The Anglo-Welsh Review*（Autumn 1970）にある。キャロルの蔵書中のチェス関連書の一冊にジョージ・ウォーカーの『チェス勝負のアート』（一八四六）があり、その規則第二十に「チェックの場合、相手に対して声を出して『チェック』と告げなければならない。この声がない場合、相手は気づく必要なく、チェックがないかのように指し続けてかまわない」とある。

「赤のクィーンは『チェック』と言っていない」とデイヴィーズは言う。

根にしわを刻んで言葉を切り、一分ほど何かを考えていたようですが、突然話題を変えました。「『もし本当にクィーンなのなら？』とはどういうつもりじゃ？　自分をそう呼ぶどんな権利があるのかい？　ちゃんと試験に受かってだな、わかるかい、それで初めてクィーンになるのじゃ。よし、それも早くやるに越したことはない」

「私、『もし』と言っただけと思いますけど！」かわいそうにアリス、泣きそうな声です。

二人のクィーンは目配せし合い、赤のクィーンがちょっとわなわなして、「『もし――』とだけ言ったと言っとるが」と言いました。

「いや、それ以上にいっぱい言うてたぞ」白のクィーンが揉《も》み手をしながらうなります。「絶対それよりははるかにたくさんに！」

「たしかにいっぱい言うた、そうじゃろ？」赤のクィーンがアリスに言います。「いつも正しいことを言う――よく考えてから言う――そしてあとで書き留《と》めておく」

「私、そういう意味じゃなくて――」アリスが言いだした途端《とたん》、いらついた口調で赤のクィーンが言葉をはさみます。

「まさしくそういうところが気に入らん！　意味あるべきだったのよ！　何

「クィーンが何も言わないのは道理である。クィーンはキングのマスに入るところでアリスに……『話しかけられてから話しや！』と言っているだろう。まだだれもクィーンに話しかけていないのだから、ここで『チェック』と言えば自分のルールを自分で破ってしまうことになるのである」。なかなかしゃれた説明だ。

この物語のチェス仕掛けについてもう一点、目からうろこのエッセーがA.S.M. Dickins, “Alice in Fairyland,” *Jabberwocky* (Winter 1976) である。

いわゆる「フェアリー・チェス」の世界的権威たるディッキンズが分析するところ、キャロルのゲームはいろいろなフェアリー・チェスのルールの混成体《メランジュ》である由である。ウォーカーの規則第十四というのがあって、一回の指し手で連続何手打っても良いというのだ。相手が反対しなければというのだが、なにこれっ！

の意味もない子供など何になると思うてか？　冗談にすら何か意味がなければならん――子供は冗談より大事じゃろうが。このこと、そちが両手《もろて》をあげて反対しようと思おうが、たしかなことじゃ」

「私、反対するのに手は使いません」とアリス。

「使うたとは言うてない」と赤のクィーン。「そうしようと思おうと、そうはいかぬと言うたはずじゃ」

「この子の気持ちとしてはな」と白のクィーン。「何かに反対したいんじゃ――何に反対すべきかわかってない、それだけのこと！」

「ねじくれたいやな気持ちじゃこと」と赤のクィーン。そして一分か二分、気づまりな沈黙がありました。

　沈黙を破ったのは赤のクィーンで、白のクィーンに向かって「今宵、アリスのディナー・パーティに招待いたしますぞ」と言いました。

　白のクィーンがかすかに微笑して、「こちらもあなた様を」と言いました。

「パーティをしなくちゃいけないなんて全然知らなかった」とアリス。「でも、やるとすれば、私お客を呼ばないといけませんね」

「そうする機会は与えてある」と赤のクィーン。「が多分、そち礼儀作法をあまり勉強してないな？」

「お作法は勉強するものとはちがいます」とアリス。「勉強すると言ったら足し算引き算とかそういうことでしょう」

「足し算やってみるかい？」と白のクィーン。「一足す一足す一足す一足す一足す一足す一足す一足す一足す一は？」[2]

「わかりません」とアリス、「何回足したんだか」

「この子、足し算できぬの」と赤のクィーンが割って入ります。「引き算はどうじゃ？　八引く九はどうかの」

「八からは九引けない、でしょ」アリス即答。「でも――」

「引き算もだめか」と白のクィーン。「ならば割り算じゃが、パン割るナイフ――この答は？」

「ええっと――」アリスが答えようとすると、赤のクィーンが代わりに答えてしまいました。「むろんバターつきパン。引き算をもう一問。犬から骨をとる、何が残る？」

アリスは考えます。「私がとっちゃうんだから骨は残らない――とった私を咬《か》みに来るはずだから犬も残らない――私も逃げるから残らない！」

「何も残らんと言うのじゃな」と赤のクィーン。

「答はゼロです」

2　クィーンによる応答質疑《カテキズム》は「ア・レイディ」（筆名。本名ファニー・アンフェルビー、一七八八－一八五二）の超人気作、『二六二の問いと答え、または子供たちを知識に導く』のパロディかもしれないと教えてくれたのはヴァン・バーレッタである。一八二八年に刊行されるや六十以上の版本になって流布した本だそう。

「これまた不正解」と赤のクィーン、「答は犬の頭」

「犬はいないのに――」

「よっく考えて御覧！」赤のクィーンが大声を出します。「犬、あたま来るじゃろ、ちがうか？」

「ええ多分」アリスは慎重に答えます。

「犬は行くが、頭来る！」クィーンは勝ち誇って大声で言いました。

アリスは無理して大真面目に言います、「別々の方向に行っちゃうだけかも」。でも心の中では「なんてばかなおしゃべりばっか！」と思っていました。

「計算はまるでだめだの！」クィーンたちは「まるで」というところに力をこめて、言いました。

「じゃ、あなた、計算できるの？」アリスがいきなり白のクィーンに向かって聞きました。他人からこれほど粗《あら》さがしされるのにうんざりしていたからです。

クィーンはごくっとつばを飲み、目をつむると、「足し算はな」と言いました、「時間さえもらえれば――が、何をどうしても引き算はだめじゃ！」

「もちろんアルファベットはできるよのう？」と赤のクィーン。

「それは大丈夫です」とアリス。

「わしもできるぞ」と白のクィーンが小声で言います。「仲良く二人でやろうなあ。そう、秘密を教えよう——わし、一文字の単語、読めるんじゃ！　それってすごくないか？　がっかりすることあ、ない。そちだってそのうち、できる」

ここで赤のクィーンがまた始め、「次、実用問題」と言います。「パンはいかにしてつくるか？」

「それわかります！」アリスは息ごんで答えます。

「端《はな》からするのは粉を——」

「そのはな*、どこでどう摘《つ》む？」と白のクィーン。「庭かい、生垣《いけがき》かい？」

「摘まないの」とアリス。「碾《ひ》く——」

「低って、折角広い土地なのにか**？」と白のクィーン。「なんか話、とちってばかりじゃのう」

「頭をあおいでおやり！」赤のクィーンが気をつかって言葉をはさみます。「頭使い過ぎて熱が出たのじゃ」。そこで二人は木の葉を束にしてアリスをあおぎ始めたのですが、アリスはやめてほしいと頼まないと髪がばらばらになってしまうと思ったほどでした。

「良くなったようじゃ」と赤のクィーン。「語学はどうかの？　フィドゥル・

＊　［訳注：“flour（小麦粉）/flower（花）”］

＊＊　［訳注：“ground（grind、「碾く」の過去分詞）と「土地」を合わせた洒落］

ディー・ディーをフランス語で言うと何かの？」*

「フィドゥル・ディー・ディーは英語じゃないです」アリスがちょっと偉ぶって反論します。

「だれがそうじゃと言うた？」と赤のクィーン。

今回はアリスは難問突破の手掛かりをつかんだわけです。「『フィドゥル・ディー・ディー』が何語か言ってもらえたら、それフランス語でなんと言うか答えます」と勝ち誇って言い放ちます。

赤のクィーンはきちんと襟《えり》を正してから「クィーンたる者、取り引きはせぬ」と、きっぱり。

「クィーンたる者、出題もせんでほしいわね」と、アリスはひとり心の中で思いました。

「言い合いはよそう」と、白のクィーンが不安げに言いました。「稲光《いなびかり》の原因は何じゃ？」

「稲光の原因は」完全に自信があったアリスは本当にはっきりと言いました、「雷よ――あら、ちがった、ちがった！」あわてて言い直します。「その逆を言いたかったの」

「訂正は間に合わぬ」と赤のクィーン。「口に出したら、それで決まり、し

＊［訳注：fiddle-de-dee または fiddle-dee-dee「ばかなこと」「ばかばかしい」。第四章注2も。語源的にはTweedle-deeと連関］

かしてその責任はちゃんととらねばならぬ[3]」

「それで思い出したが——」うつむいて、掌《てのひら》を閉じたり開いたりしながら、白のクィーンが言いました。「あのひどい雷雨はこの前の火曜のことだったかなあ——この前の火曜組みのひとつのことじゃが[4]」

火曜の組みって何、アリスにはわかりません。「私たちの国では」と言います、「一日って一回に一度だけですけど」

赤のクィーンが言います。「なんてせせこましいしみったれたやりようじゃ。ここでは昼だろうと夜だろうと一度に二、三まとめてとるし、冬など時にいっぺんに五夜まとめてとる——むろん暖《だん》をとるのにのう」

「五晩だからひと晩より暖かい、ってわけ?」アリスは敢《あ》えて聞いてみました。

「むろん暖も五倍」

「でも同じ理屈で五倍寒くもあるわけで——」

「その通り!」と赤のクィーン。「五倍暖く、かつ五倍寒い——わしがそちの五倍金持ちで、かつ五倍賢いのと同じ![5]」

アリスはため息をつきます。お手上げです。「答のないなぞなぞみたいね!」と、アリスは思いました。[6]

「ハンプティ・ダンプティも見てたぞ」と、ひとりごとみたく低い声で白の

3　赤のクィーンは、チェスでは指し手のやり直しはきかないということにふれて、こう言っているのではないかとセルウィン・グッデイカー他、何人もの読者諸賢が手紙で書き送ってくれた。指したら、「結果に責任を」とりなさいということなのだ。現代のチェス・ルールはもっと厳しい。駒にちょっとでもさわったら、それで一手。必ず動かさなければならない。

4　キャロルの火曜日好きも不思議だ。「ロンドンで一日過ごす」と、一八七七年四月十日の日記にある。「(自分の長い人生で多くの火曜日がそうだったように)とても楽しい一日だった」。ちなみにこの時の「楽しみ」の因は「今まで見たことがないような光栄なる美少女な(顔も姿も)」大人しい子供と出会えたこと。「写真、百枚くらい撮りたくなるような」子供だったらしい。

クィーンが言いました。「手にコルク栓抜きを握って戸口に来てな――」

「何しに来たのじゃ?」と赤のクィーン。

「中に入りたいとか言うてたのう」と白のクィーン。「なんでもカバをさがしとるとかで。まあ、残念、そんなもの、いなかった、あの朝は」

「いつもはいるんですか?」びっくりしてアリスは聞きました。

「木曜に限ってはな」とクィーン。

「何で来たか、私知ってる」とアリス。「魚に罰を加えたかった、なぜかと言うと――[7]」

　ここでまた白のクィーンが話の穂《ほ》を継ぎます。「どんなにひどい雷じゃったか、そちわかるまい!」(処置なしさ、と赤のクィーンです)「屋根の一部が吹っとばされての、すごい雷がころがり込んで――大きな火の玉になって部屋中ころがり回ったのよ[8]――テーブルやらなにやら滅茶苦茶にして――わし怖《こわ》くて怖くて、自分の名前がどうしても思い出せなんだ!」

「私なら大事件の最中に自分の名前なんか思い出そうなんて気にもならないわ!　そんなことしてなんになるの?」アリスは心の中で思いました。でも口には出しません、かわいそうなクィーンの気持ちを傷つけたくなかったからです。

5　「金持ち」であることと「賢い」ことが「暑い」と「寒い」ほど相いれないものという赤のクィーンの論点は、案外なんでもなく見落とされがちだ。

6　「答のないなぞなぞ」、気違い帽子屋が掛けたカラスと書きもの机のなぞなぞのことが思い出される。

7　アリスはハンプティの歌(第六章にあった)を思い出している。ハンプティがコルク栓抜きをもって、魚たちを起こし、命令に従わなかったと言って罰しようとしたという内容の歌だった。
　ダッシが入っているからと言って、ここでのアリスの言葉がとぎれたというのではなく、アリスの念頭に浮かんだ第六章のハンプティの詩そのものが、そういうぶつぎれで終わっていたのを、そのままそっくり引用しただけという面白い形なのかもしれない。

「陛下におかれては、この方のこと大目に見てあげなくては」と、赤のクィーンは白のクィーンの片手をとって優しくなでながら、アリスに言います。「心根は良い人なのじゃが、大体ばかなことを言わいではすまぬのでな」

白のクィーンはおずおずとアリスを見ます。アリスは何か優しい言葉をかけたいのですが、その時は何も思いつきませんでした。

「育ちは良くない」赤のクィーンは続けます。「じゃが気立ての良さは驚くばかり！　頭を軽くぽんぽんしておやり、喜ぶよ！」と言って、そんな勇気、アリスにあるわけ、ないですよね。

「ちょっと優しくしてやる――髪をペイパーで巻いてやる[9]――それがこの人には抜群に効《き》くのよ――」

白のクィーンは大きなため息をつくと、アリスの肩に頭をのせてきました。「ほんに眠たい！」とか、うなるように言って。

「疲れておる、かわいそうに！」と赤のクィーン。「髪をなでておやり――そちのナイトキャップを貸しておやり――優しく子守り歌を歌っておやりなさい」

「ナイトキャップなんか持っていません」まず最初の指示に従おうとして、アリスはすぐ言いました。「それから優しい子守り歌って言われても、知ら

小ざかなの答えこざかしや、
「それは無理、そのわけは――」

8　手紙でモリー・マーティンが面白いことを指摘してくれた。屋根がなくなり、部屋中を雷がころげ回ったという白のクィーンの思い出話は、チェスの駒をいれた箱の蓋がとられ、プレイヤーが駒をとり出して盤上に並べようとする時の箱の中の駒たちの立てるがらがらという音を思い浮かばせるというのである。なるほど。

9　「紙《ペイパー》」というのは、そのまわりに髪を巻きつけてカールさせるための紙である。

ないし」

「なら、わしがやってやらねばなるまいの」と言うや、赤のクィーンは歌い始めました[10]――

お眠りレイディ、アリスの膝でねんねん、
食事の用意できるまではおねむの時間。
食事終われば、踊りに行こか、
赤の女王、白の女王、とアリスとみんな。

「言葉わかったであろう」言い足すが早いか、頭をアリスのもう一方の肩にのせると、「わしのために歌うておくれ。わしも眠うなった」。あっというまに二人のクィーンはぐっすりと高いびきでした。

「私、どうすればいいの？」本当に困りきってアリスはあたりを見回します。まず片方の丸っこい頭が、それから残るひとつもアリスの肩からずり落ちて、膝の上で大きな塊となって横になっていました。「こんなこと以前に絶対なかったわよね、いっぺんに二人眠ったクィーンの面倒みるなんてこと！　イングランド史上になかった――だって、そうでしょ、どんな時代に

10　周知の子守唄"Hush-a-by *baby*, on the tree top..."がパロディされて"Hush-a-by lady, in Alice's lap"になった。

だってクィーンはひとりと決まってたわけだもの。起きてください、重すぎっ！」と、いらいらして言い続けてはいますが、気持ち良さげないびきの他、何の答もありませんでした。

いびきの音は徐々にはっきりとしてきて、歌のような感じになり、ついには言葉が聴きとれさえするようになりました。アリスはあまりにも熱心に聴き入っていたものですから、突然二つの大きな頭が膝から消えてなくなっても気に掛けることもありませんでした。

アリスはアーチになった戸口に立っていました。戸の上の方には大きな文字で「**クィーン・アリス**」とあり、アーチの両側には呼びだしベルがあり、一方には「来客者用」、もう一方には「召使い用」と記してありました。

「歌が終わるの待とう」とアリスは思いました、「それからベルを鳴らそう――って、どちらを鳴らせばいいの？」――ベルの名前に首をひねりながら言いました。「私、来客じゃないし、召使いでもない。『クィーン用』っ

てあるべきよね――」

ちょうどその時ドアが少しあいて、嘴《くち》の長い生き物が一瞬顔をつきだし、「さ来週まで立ち入り御遠慮！」と言うと、ばたんとまた戸を閉めてしまいました。

アリスは長い間、甲斐《かい》なくノックし、ベルを鳴らしました。とうとう、木の下にうずくまっていたすごく年寄りのカエルが起き上がって、のろのろとアリスに近づいて来ました。派手な黄色の服を着、大きなブーツを履《は》いています。11

「何の用だかあ？」カエルは深いしわがれたささやき声で言いました。

アリスは振り向きましたが、だれでもいいから文句を言うつもりでした。「ドアに答える役の召使いさん、一体どこなのかしら？」怒った口調でアリス。

「どのドアにだと？」とカエル。

アリスはカエルがあまりにのろのろとしゃべるのにいらだって、ほとんど地団駄《じだんだ》をふみそうです。「これよ、このドアに決まってるでしょう！」

カエルは大きなどんよりした目で一分ほどドアを眺めていました。もっと近寄ると親指でドアをこすってみるのですが、まるでペイントがはげるかどうか調べているようにも見えました。それからやおらアリスの方に向き直り

11　既にいくつかの注にさんざん引用させてもらった名著『アリスとテニエル』でマイケル・ハンチャーが指摘していることだが、このシーンのためにテニエルが描いたロマネスク様式の扉（左ページ）は、『パンチ』誌一八五三年七－十二月合本のタイトル・ページのために彼が描いている扉と同じものである。ハンチャーはまた、アリスをクリノリン（crinoline）のスカートをはいた姿に描いたテニエルの元々の絵も復刻してみせてくれている。チェス駒のクィーンたちのスカートによく似ているのは今や頭にのっかった女王冠との調和を考えてのことだからである。アリスの女王冠もチェスの駒たちの冠と同じものになっている。
「クリノリン・ファッションは嫌い」と言った記録を残しているキャロルは当然、クィーンになったあとのアリスをクリノリン姿に描いたテニエルの挿絵五枚にダメを出した。テニエルもこれを諒解《りょうかい》し、五点すべてを描き直し

ます。

「ドアに答えるだと?」とカエルは言いました。「こいつが何か尋ねただか?」声までがひっくりカエルので、アリスはほとんど聴きとれません。[12]

「言ってること、わからないわよ」とアリス。

「わし、ちゃんとしゃべってるだよ、ちがうけ?」カエルは続けます。「それともあんだ、耳遠いのけ? これがあんだに何、尋ねただか?」

「何にも!」アリスはじりじりしてきました。「これ、ノックし続けよ、私!」

「叩いちゃいげね——ノックしちゃ、いげねえよ——」カエルはぶつくさ言います。「えれええがらせちゃうよ、きっと」[13]。それからカエルは近くに行くと、大きな足の片方でドアに蹴りを一発。「こいつ、ほっとぐだあよ」と

た。この五点の元々の絵柄のスケッチ画を復刻で見たければ Justin Schiller & Selwyn Goodacre, *Alice's Adventures in Wonderland : An 1865 Printing Redescribed* (Privately printed for The Javverwork, 1990) を。
　一九八五年秋、『アリス』物語挿画をダルジール一家が木楊《つげ》の木に彫った九十二点のオリジナルの版木がセレンディピィティそのものの経緯で——ほぼ完全な状態で——ウェストミンスター国立銀行コヴェント・ガーデン支店の暗いドームの中で発見された。一九八八年にマクミラン社がデラックス

テニエルの元の絵

あえぎながら言うと、元の木のところに帰って行きます。「ほいだら、こいつもあんだをほっといてくれるさあ」
その時です、ドアがばあんと開くと、鋭い歌声が聞こえてきたのです[14]——

アリスは言うた、鏡のお国に
「我が手に笏《しゃく》、頭《こうべ》にかんむり、
鏡の国に生きとし生けるものども、
来て食べや、赤女王、白女王とわらわもろとも！」

すると何百という声がコーラスに加わって——

早くも疾《と》くもグラスを満たせ、
テーブルにボタンまけ、ふすまを散らせ。
猫をコーヒーに、ネズミをティーに——
クィーン・アリスに三十を三たび万歳[15]！

それからごちゃごちゃ混ざったやんやの喝采が続き、アリスは「三十を三

箱入り版として出したものにリプリントされているのがこれらの絵で、本書の絵も実はこれからのものである。問題の五点に見られる唯一の欠点は、彫版されたものに、アリスの衣服変更ということで「栓《プラグ》」として新しい木が嵌《は》めこまれていることで、年月を経るうちに木からプラグが分離して、やっつけ仕事がはっきりしてきてしまった。
　実に特徴的なジグザグ模様の施された同じノルマン様式の扉を、テニエルは初めての本装画の注文仕事、『英国譚詩集《バラッド》』第二シリーズのためにも描いているという指摘をしてくれたのはチャールズ・ラヴェットである。「エストミア王」という譚詩に描かれたシーンの背景にそのアーチは描きこまれている。
　メイヴィス・ベイティはブックレット、『アリスのオックスフォード探検』（一九八〇）の中で、この扉が「アリス（・リドゥル）の父親のチャプターハウスの戸口であることは間違いな

い」としている。クライスト・チャーチ学寮のカテドラル運営をする建物であった。

12　“The Frog has a frog in his throat.” [訳注：しわがれ声でというフレーズだが笑える。カエルが言うとなると、ね]

13　ヴィクトリア朝のコックニーたち[訳注：江戸っ子ならぬロンドンっ子]は語の頭のWをVに、VをWとして発音する気取りがあった。だからディケンズの『ピックウィック・ペイパーズ』でもピックウィック氏の召使い、サム・ウェラーが“vexes”（怒らせる）を“wexes”（えがらせる）と発音している。

14　ウォルター・スコットの戯曲『デヴァゴイルの運命』（一八三〇）中に歌われる「麗し《ボニー》のダンディ」のパロディである[訳注：ボニー・ダンディとは、名誉革命時に王党派《ジャコバイト》に与《くみ》して反乱を起こした初代ダンディ子爵ジョン・グラハム・オブ・クレーヴァーハウスの綽名《あだな》]。

ボニー・ダンディ

議会派諸公にクレイヴァース語りしは
「王の冠が落ちる前に壊さねばならぬ冠あまた。
名誉と我を良しとする騎士のおのおの方の
来たり従うべきはボニー・ダンディのふちなし帽子ぞ」

「来りて我が盃を満たせ、我が缶を。
汝らの馬に鞍《くら》乗せ、配下を集めよ。
西門をあけさせ、我を行かせかし、
場所あけろ、ボニー・ダンディのふちなし帽子に」（＊）

ダンディ、馬上ゆたかに、馬を町に向け、
しりえには鐘の音、彼ら太鼓をならして。
しかるに温和なる市長の曰く「彼の意のままに。
あのダンディの悪魔はいらぬ、この善き町に」

「来りて我が盃を満たせ……」
（＊リフレイン）

彼、ボウの曲がりに馬を入れたるとき、
老婆大いに喚《わめ》き、頭《こうべ》を振るに、
雅《みや》びな若い草生《くさぶ》はみな嬉しげに、思うは
「汝が帽子にさきわいあれ、ダンディさま」

「来りて我が盃を満たせ……」
（＊リフレイン）

渋い顔せるホイッグどもでグラスマーケットは一杯、
あたかも西部蝟集《いしゅう》して、吊される決意せるかの騒ぎ。

おのおのの顔に悪意、おのおのの
目に恐怖のありありと、
さがし求めるはボニー・ダンディ
の帽子ぞ。
「来りて我が盃を満たせ……」
（＊リフレイン）
キルマノックの坊主どもも鍬《くわ》に長槍《ちょうそう》、
柄《え》も長き匕首《ひしゅ》もて騎士を殺さんとす。
が狭頭派にはふるえあがり、畷道《なわて》
は通行自由に、
放りあげられるボニー・ダンディ
の帽子に。
「来りて我が盃を満たせ……」
（＊リフレイン）
彼、誇り高き岩城のふもとに馳せ、
みやびに喋る、陽気なゴードンが
相手。
「モンス・メグと取り巻きに一、二、
口きかせよ、
味方だと、ボニー・ダンディの帽
子の」
「来りて我が盃を満たせ……」
（＊リフレイン）
いずこへか向こうや、ゴードン、
彼に尋ねると、
「かのモントローズ、我らを導く
いずくへなりと。
閣下もやんがて我がうわさ聞かる
べし、
さなくば炎がボニー・ダンディの
帽子に」
「来りて我が盃を満たせ……」
（＊リフレイン）
「ペントランドの向こうは山、
フォースの向こうに地、
南に君侯あり、北に領袖あり、
血気盛んな紳士ら、三千回を三倍
して
万歳叫ぶ！　ボニー・ダンディの
帽子のため」
「来りて我が盃を満たせ……」
（＊リフレイン）
「はいだ牛皮の円盾《たて》に真鍮《しんちゅう》、
横に吊した短刀には鉄、
真鍮はぴかぴか、鉄はぎらぎらと、
ボニー・ダンディの帽子、放りあ
げられると」
「来りて我が盃を満たせ……」
（＊リフレイン）
「山へ、洞穴《ほら》へ、岩へと――
簒奪者捕らえるまで、共に寝るは
きつねと。
いつわりのホイッグども、お前ら
の浮かれ声の只中でふるえる。
お前らには我が帽子と我の最期は
見せぬ！」

たびって九十じゃない。だれがちゃんと数えるのよ?」と思いました。一分もすると再び静かになり、同じ鋭い声が歌をもうひとふし——

「鏡の国のもろびとよ」とアリス、「もっと近う!
我を目にするは誉《ほま》れ、我を聞くは徳、
ディナー食べティーをするは何たる栄え、
ところは赤女王、白女王とわらわのかたえ!」

すると、またコーラスが——

糖蜜とインクでグラスを満たそ、
口ざわり良けりゃ何だって入れよ、
砂のリンゴ酒割り、羊毛のワイン割り——
クィーン・アリスに九十を九たび万歳!

「九十を九たび!」絶望気分のアリス。「なんてこと、できるわけないじゃない。すぐ中に入りましょう——」そこで中に入りました。アリスの姿が現

「来りて我が盃を満たせ……」
(*リフレイン)

彼、誇り高き手を振り、喇叭《らっぱ》なり
ひびく、
ケトルドラムの乱打され、騎兵ど
も丘進む。
ロヴェルストンの崖《きりぎし》で、クラミス
トンの風下で、
ボニー・ダンディの鬨《とき》の声《こえ》の消え
果つるまで。

「来りて我が盃を満たせ、我が缶を。
馬に鞍乗せ、配下を集めよ。
西門をあけさせ、我を行かせかし、
いざ立たん、ボニー・ダンディの
ふちなし帽子」

15 乾盃《トースト》を3×3の9回の発声《チアー》(cheers)で終わるというのが、昔も今もよく行われるやり方で、テニソンの『イン・メモリアム』(一八五〇)の最後のところにも、こうある。

れた途端《とたん》、あたりはしいんと静まりかえりました。

アリスは大きなホールを奥に進みながら、テーブル沿いにびくびくと視線を走らせ、そこにおおよそ五十ほどの、あらゆる種類の客がいるのを見ました。動物もいるし、そのあるものは鳥です。少ないですが花さえ来ております。「来いと言われるのを待たないで、こうやって来てくれるなんて助かったわ」と、アリスは思いました。「だれを呼べばいいかなんて全然わかんなかったんだもの！」

テーブル上座《かみざ》に椅子が三つあり、赤のクィーン、白のクィーンがうち二つに坐っていましたが、真ん中のひとつは空席でした。アリスはそこに坐ったのですが、だれも何も言わないのが気づまりで、だれか口をきかないかなと思っていました。

やっと赤のクィーンが口を開くと、「そなたスープと魚を逸《いっ》しましたぞ」と言いました。「骨付き肉を！」給仕係がアリスの前にマトンの脚肉を持ってきます。アリスはとても不安げですが、無理もありません、今まで骨付き肉にナイフを入れたことなどなかったからです。

「そなたちょっとシャイじゃの、マトン脚肉氏にはわしから紹介しよう」と赤のクィーン。「アリス――こちらマトンさん、マトン――こちらはアリス」

もう一度宴を、スピーチを、喝采を、
最後の乾盃を、三回を三たびがほど。

マトン脚肉氏は皿の中で立ち上がり、アリスにぺこりとお辞儀《じぎ》をします。アリスもお辞儀を返したものの、怯《お》じて良いのか面白がって良いのかもわからないままです。

「スライスして差し上げましょうか？」アリスはナイフとフォークを手に、クィーン方の顔色をうかがいます。

「いらぬ」と赤のクィーンがはっきり言います。「今紹介されたばかりの相手をカットするなど作法に反するわい。[16] 骨付き肉を下げや！」給仕係が肉をさっと下げ、次に大きなプラム・プディングが出てきます。

「プディングさんには紹介してもらわなくていいです」アリスは即言いました。「これじゃディナーにありつけない。少しいかがですか？」

しかし赤のクィーンはむっとして、うなるように「プディングさん――こ

16 ヴィクトリア朝読者がここの駄洒落《パン》を見逃したとは絶対思えない。「カット（cut）する」はそのまま、知ってるだれかを無視する、「しか（っ）とする」という意味で使われた。『ブルーワー成句・物語事典』は、こういう（し）かっと四類型をあげている。直球型（知り合いと目が合ったのに知らぬ存ぜぬ）、曲球型（見てない振り）、崇高型（ビルの天辺を見上げて感嘆する素振りで、相手が通り過ぎるのを待つ）、そしてなにげ型（靴ひもを直す振り）。

ピーター・ニューエル画、1901.

ちらアリス。アリス――こちらプディングさん。プディングを下げや！」そして給仕があっというまに持ち去ったので、アリスはプディングに答礼する暇《いとま》もありませんでした。

それにしてもアリスには、なぜ赤のクィーンばかりが命令するのかがわかりません。だから試しに「給仕！　プディングをここへ！」と言ってみました。すると、それはあっというまに、手品か何かのように戻ってきました。それがあまりに大きいものですからアリスが気おくれを感じたのはマトンの時と同じでした。アリスは勇を鼓《こ》してひと切れ切りとると、赤のクィーンに差し出しました。

「おまえさ、空気読めよ！」とプディング。「もしおまえスライスされたら、どう思うんだい、この唐変木《とうへんぼく》！」17

ふとい脂《あぶら》ばった声でした。アリスはなんと答えていいかわかりません。じっと坐りつくし、相手を見つめたまま、あえいでいます。

「ほら、何か仰有《おっしゃ》い」と赤のクィーンです。「おしゃべりを全部プディングまかせとは何ごとです？」

「ええと今日、たくさんの詩の復唱を聞きましたけれど」とアリス。口を開いた途端、水を打ったような静けさがやってき、すべての目が自分の上に注

17　アリスのプディングとの会話は『パンチ』誌（一八六一年一月十九日）の漫画にヒントを得たものと言っているのはロジャー・グリーンで、見ると皿の上に立ったプディングは食客に「どうも私、そちらのこと、口に合いませんな」と言っている。マイケル・ハンチャーはテニエル論の中に『パンチ』の絵を採録した上、本章最後のテニエルの挿絵（本書五六九ページ）中の左下隈に、頭からひっくり返った姿でプディングが再び現れていることに注意と言っている。ソロモン・ゴロムは、「プディング」は英国での方が合衆国より大分意味が広いことを手紙に書き送ってくれた。「どんなスウィートにもデザートにも使うようですし、ヨークシャー・プディングのように、まったくちがう料理にさえ使われます」。白のナイト、みどもが発明のプディングが「肉コース」のためのものだったことも思い出される。

がれたのを見てちょっと怖くなりました。「でも妙なんです――どれもこれも魚のこと歌っていて。ここいらあたりでは皆、どうしてそうまで魚好きなのか知りたいのですが？」

アリスは赤のクィーンに話していたのですが、クィーンの答はちょっと的はずれでした。「魚と言えばの」と、クィーンはアリスの耳元でとてもゆっくり悠々《ゆうゆう》と言いました、「白の陛下が素敵ななぞなぞを御存知なのじゃ――全部詩でな――全部魚尽くしのな。この人に復唱してもらいましょうかの？」

「さすが赤の陛下、抜かりなくそのことを言うていただきました」白のクィーンがアリスのもう一方の耳元でささやく声はなんだか鳩がくうくういっている感じでした。「なかなかの傑作よ！　やりましょうかの？」

「お願い致します」アリスがとても丁重に誘います。

白のクィーンは嬉しそうに笑い、アリスの頬をなでると、始めました。

「まずはこの魚とらえにゃならぬ」
それは簡単、赤子《やや》にもできる。
「次にこの魚、買わねばならぬ」
それも簡単、一ペニーでことたる。

「さあこの魚、料理しろ！」

それは簡単、一分とかかるめえ、

「さあそいつを皿にのせろ！」

もっと簡単、そいつはなから皿の上。


「さあ持ってこい！　ひと口賞味！」

それは簡単、その皿のせるだけテーブルに。

「とっぱずせ！　皿めくくおおい」

さあ、そこが難儀、おれにゃできない。

にかわみたくくっついた
ふたと皿と。この魚ひそむはそのあいだ。
さあどちらが一番簡単か、
この魚の皿めくくおおいとるか、この謎さらさらとくか？[18]

「一分考えて、答出しや」と赤のクィーン。「その間、我ら、そなたの健康

18　［訳注：原文は "Un-dish-cover the fish, or discover the riddle?"］答はオイスター、牡蠣《かき》である。『ルイス・キャロル便覧』（一九六二）を見ると（九五ページ）、白のクィーンの謎々に対する四聯からなる答が、問題と同じ韻律構成で英国の『ファン』誌に出ていたことが知られる（一八七八年十月三十日号、一七五ページ）。答はルイス・キャロルのところに回されていて、キャロルはこの逸名作者に代わって韻律に手を入れた。『便覧』に引かれている答の最終聯はこうである。

鋭い牡蠣殻ナイフを
おおいと皿の間にかきこむならば、
するとあっというまのこと、
皿おおいがとれてそこに**牡蠣**——
ほんに身も蓋もない謎々だ！
［訳注：原文は "Un-dish-cover the OYSTERS—dish-cover the riddle!"］

に乾盃じゃ――クィーン・アリスに乾ぱあい！」クィーンはこれ以上はない高い金切声で叫びます。客たちもすぐ乾盃したのですが、その飲み方の奇天《きて》烈《れつ》さときたら。あるものはグラスを頭にのせてろうそく消しそっくり[19]、顔に垂れ落ちるものをなめ――あるものは酒瓶をひっくり返してテーブルのへりから流れ落ちるワインをすすり――また三人《みたり》ばかり（カンガルーそっくりなやつらです）はマトン焼肉の皿に入って肉汁を夢中でなめています。「餌桶の中に豚がいるみたい」と、アリスは思いました。

「お礼のスピーチ、ちゃんとしおおせること」と、渋い顔をアリスに向けながら赤のクィーンが言いました。

「我らで支えるによって、のう」、アリスがとても素直に、でもちょっとびくびくして、始めようと立ち上がった時に白のクィーンが声を低めて言いました。

「ありがとうございます」アリスはちいさい声で答えます。「でもひとりでもなんとかやれます」

「そんなこと、あってはなりませせぬ」と、とてもはっきり、赤のクィーン。

アリスはとても素直に言うことをききます。

（「ほんとに押しまくるんだから！」と、後日この祝宴のことを姉さまに話

19　ろうそく消し（candle extinguisher）は中がうつろなちいさい円錐容器で、かぶせて火を消し、煙が部屋に広がるのを防ぐ。

した時、アリスは言ったことです。「私をぺっちゃんこにするつもりかと思ったわ！」）

実際、スピーチする間、地に足をつけてしっかりということはほとんどできませんでした。二人のクィーンがそれぞれの側からぎゅうぎゅうと体を押しつけてくるものですから、アリスはほとんど宙吊りのようになりました。「浮き浮きとして御礼の言葉を――」と始めたのですが、話し進むにつれ何インチも本当に浮き浮きしてしまいました。かろうじてテーブルのへりをつかみ、なんとか地に足をつけたのです。

「用心するのよ！」両手でアリスの髪を引っぱって白のクィーンが絶叫しました。「異変が起きる！」

その時（と、後日のアリスの言い方では）あらゆることが一瞬にして起こりました。ろうそくどもは一斉《いっせい》に天井に向けて伸び上がって、天辺に花火が炸裂《さくれつ》する燈心草《とうしんそう》さながらでした。瓶《びん》のたぐいは翼代わりににわかに付けた皿をぱたぱたいわせ、フォークを脚にしてそこいらじゅう飛び回っていました。「本当の鳥みたい」と、始まったばかりの大混乱の中なのに、アリスは妙に落ちついて、そんなふうに感じたのです。

この時、アリスの横でしわがれた笑い声が聞こえたので、白のクィーンに何ごとかと目を向けると、なんとクィーンの代わりにマトン脚肉が椅子に坐っています。「わらわはここぞ！」という声がスープ壺から聞こえてきましたので、アリスが振り返りますと、クィーンのお人好しそうな大きな顔が一瞬壺のへりからアリスに向かってにたりと笑いかけ、たちまちスープの中に消えていくところでした[20]。

もはや一刻の猶予もありません。いくたりかの客はもう皿の中でひっくり返っており、スープのおたまがテーブルの上をアリスの椅子の方に向かってきて、出て行けという手ぶりをいらいらしながらしました。

「こんなのもう我慢できない！」叫ぶやアリスは飛び上がり、両手でテーブルクロスをつかみました。強くひと払いしますと、浅い皿、深い皿、お客もろうそくも全部ががらがらがっしゃあん、床の上のがらくたと化しておりました。

「それで、あなたのことだけど」と、この騒ぎの元とアリスが見ている赤のクィーンをきっと見すえると、アリスは続けて言いました——が、クィーンはもうアリスの横に姿はなく——突然、ちいさな人形の大きさになって、テーブルの上で、うしろに引きずったショールをぐるぐる回って追っかけておりました。

20　白のクィーンがアリスのもとを去ってQR6へ。オーソドックスなルールからすると掟破りの指し手。白のキングにはチェックがかかったままだからである。

他の時ならアリスはびっくりしたにちがいありません。でも今は興奮の極で、何かに驚くということはありません。「あなたのことだけど」と、もう一度言いながら、ちいさなお相手が今テーブルにおりてきたばかりの瓶を跳び越えようとするところをつかまえました。「ゆすぶって仔猫にしてしまうからね、絶対！」[21]

21　アリスが赤のクィーンを捕獲。その結果、全然動くこともなくチェスのゲーム中寝たままの赤のキングにルール上のチェックメイトをかける結果になる。アリスの勝利は物語にモラルめいたものをもたらす。白の駒は優しい善人のキャラクターたちで、赤の駒たちの激しく執念深い悪の気質と対照的だからである。さて、このチェックメイトは夢そのものに終わりをもたらすが、アリスの見た夢なのか、赤のキングの夢なのかはっきりできないままではある。

ウリエル・ビルンバウム画、1925.

第10章[1]　ゆすぶって

言いながら相手をテーブルから取り上げ、力を入れて前後にゆすぶりました。

赤のクィーンは一切、抵抗しません。ただ顔がとてもちいさくなり、目ばかり大きく、緑色になり、アリスがゆすぶる間《ま》にも、さらにちいさくなり続け――さらに肥り――さらに柔かく――さらに丸っこくなっていき――そして――

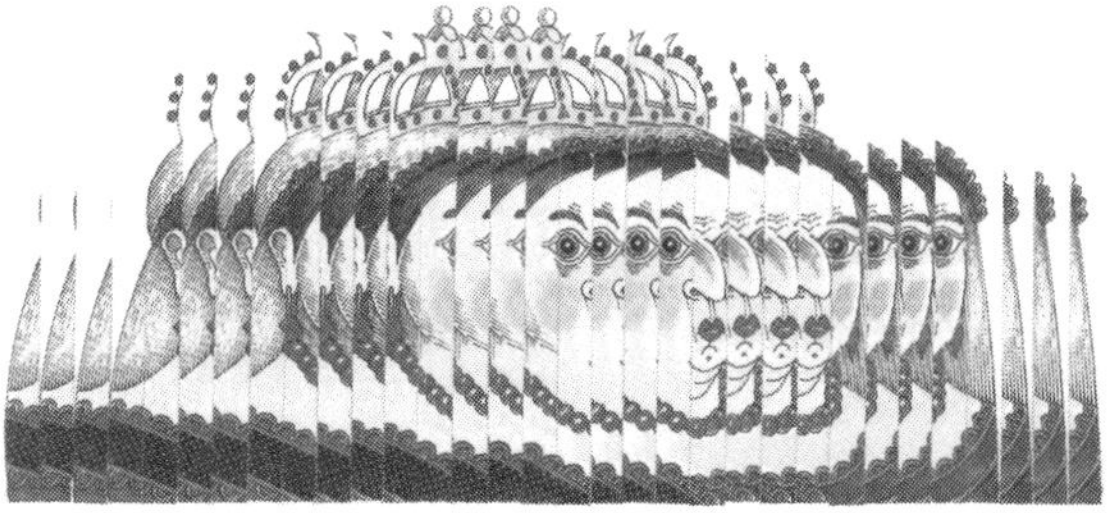

ジョン・ヴァーノン・ロード画、2011.

1 〔訳注：章タイトルの注〕アメリカの作家で批評家のエヴァレット・ブレイラーは「十二宮のアリス」という話題性ある記事でなかなか不思議な想像をめぐらせている（"Alice Through the Zodiac," *Book World* [August 3, 1997]）。キャロルが本章と次の章が極端に短いのに、ともかく十二章構成にしたのは、黄道十二宮のことが念頭にあったのだという主張だ。トゥイードル兄弟は双子《そうし》宮、ライオンは獅子宮、羊は白羊宮、山羊は磨羯《まかつ》宮、白のナイトは人馬宮、ハンプティは天秤宮にそれぞれ対応しているが、どんなものか、と。面白い関連付けではあるが、キャロリアンの方々でブレイラー説を真面目に受けとる人がどれくらいいるだろう。キャロルがいわゆる占星術に何の興味も持っていなかったという反論は当然あるだろうし、『アリス』物語の先発巻の十二章というのに揃えたかったというのが第一の理由という反論も当然あるだろう。

第 11 章　めざめて

——それは本当に仔猫だったんだね、結局。[1]

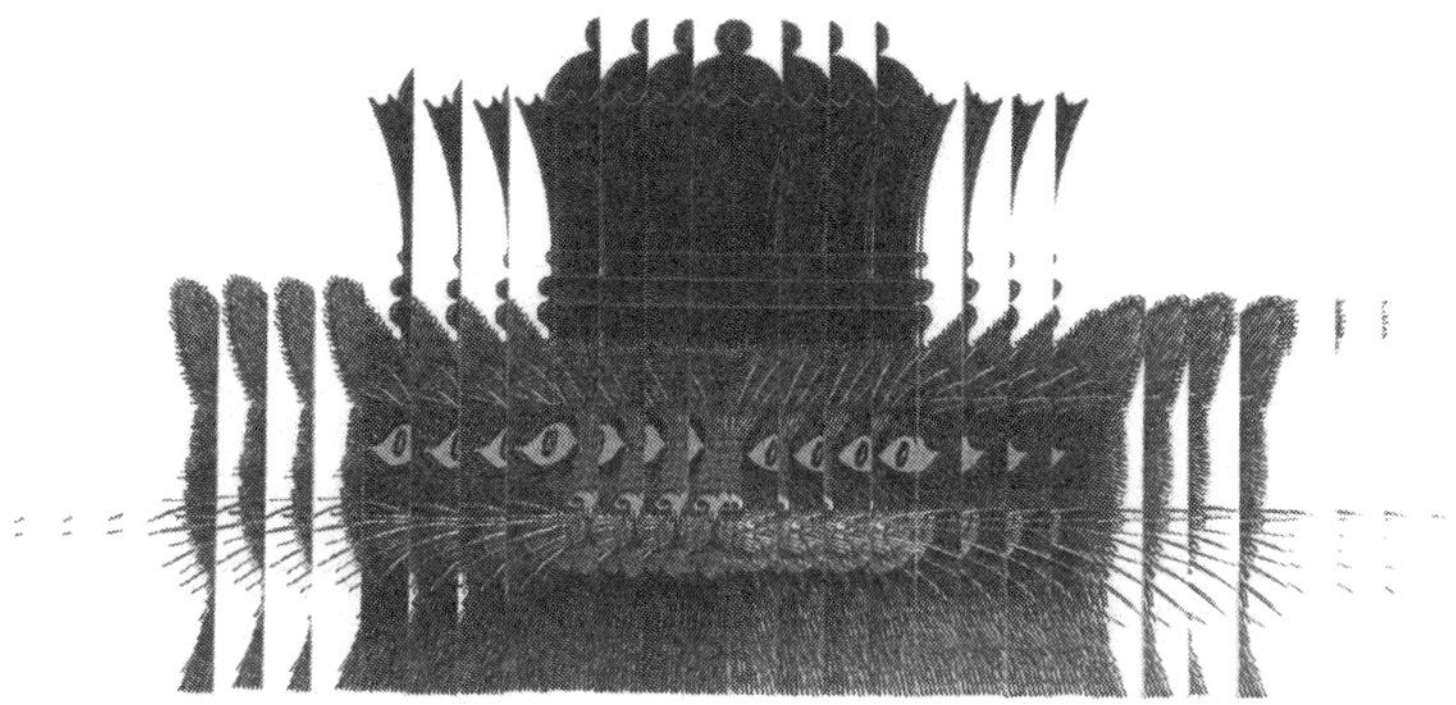

ジョン・ヴァーノン・ロード画、2011.

1　キャロルの子供友達の一人だったローズ・フランクリンが回想記の中で、キャロルが彼女に「赤のクィーンを何に変えるかが決められないんだが」と言ったと書いている。ローズ答えて「クィーンは怒りっぽく見えるから、変えるの、黒い仔猫がいい」「それ、名案だ」とキャロルは言ったみたいだ。「じゃ、白のクィーンは白の仔猫ちゃんだね」とも。
　第一章で、眠りに落ちる前、黒い仔猫に「おまえ、赤のクィーンになり！」と言っていたことも思い出そう。

第12章　夢を見たのは、どっち？

「赤の陛下にあらせられましては、そんなにお喉《のど》をごろごろいわせてはなりません」とアリス。目をこすりながら、仔猫に向かって丁重な、でもきびしい口調で話しかけます。「おまえ、よくもあんな面白い夢から目をさましてくれちゃったわね！　おまえ、ずっと一緒だったんだよ、キティ――鏡の国でずっとね。わかってるのかい、おまえ？」

　仔猫というもののとても困ったところですが（とアリスが一度言ったことがあります）、何を言ってもいつも喉のごろごろでしか答えてくれません。「『そうだよ』という時はごろごろ、『ちがう』という時はにゃあにゃあとか、何かそういうルールがあってくれさえすれば」とアリスも言っていました、「なんとか会話になるのにな。いつも同じひとつことしか言わない相手とはおしゃべりなんかできないわよね」[1]と。

　この時だって仔猫はごろごろだけでしたから、「そうだよ」なのか「ちがう」なのか一向《いっこう》にはっきりしません。

　そこでアリスはテーブルの上のチェス駒の中から赤のクィーンをさがしだし、炉敷物に膝をつくと、仔猫とクィーンが互いを見つめることができるように並べてみました。「さあ、キティ！」と、やったやったとばかり手を打って、アリスは大声で言いました。「自分はこれになってたんだよと、白状な

1　ここでアリスの言っていることは情報理論の根本であるとジェラルド・ワインバーグが手紙で書き送ってくれた。一値論理なんて存在しない――少なくともイエスかノーか、真か偽かの二項対立の区別を持たないでは情報の記録も伝達もあり得ない、と。コンピュータではこの区別は回路のスウィッチのオン／オフで処理される。

さい！」

（「でも相手を見ようとしないのよ」と、事件を事後、姉さまに説明する時、アリスは言いました。「目をそむけて、見てない振りなの。でも自分でも、ち、ち、ちょっと恥ずかしそうだったから、間違いない、赤のクィーンだったんだって思ったのよ」）

「もっとちゃんと坐りなさい！」朗《ほが》らかに笑ってアリスが大声で言います。「それから何を言うか――何をごろごろするか――考える間に膝折り礼なさい。時間の節約よ、おぼえておきなさい！」そして仔猫を取り上げるとちいさなキスをしてやります。「赤のクィーンだったことを記念して」のキスでした。

「スノウドロップや！」と、まだ辛抱強く毛繕《けづくろ》い中の白い仔猫を肩越しに見て、アリスは言いました。「ダイナが陛下のお世話するの、一体いつなのかしらね？　おまえが夢でとてもだらしなかったのも、きっとそのせいなんだ――ダイナ！　あんた、白のクィーン様をきれいきれいして差しあげてるの、わかってるのかい？　ほんと、敬意足りないわよ！」

「それでダ、イ、ナは何になってたのかしらね？」アリスは敷物に片肘《かたひじ》をつき、手に顎《あご》をのせ、すっかりくつろいで猫たちを眺めやりながら、言いました。

「白状なさい、ダイナ、あんた、ハンプティ・ダンプティだったのかい？[2] 私そう思ってんだけど、そのことお友達にまだ言っちゃだめ。私も自信ないんだ」

「でもね、キティ、もしおまえずっと夢で私と一緒だったらひとつたのしいことあったよね——いっぱい復唱してもらった歌、全部魚の歌だったもの！[3] あしたの朝は本当の魚、食べよ。おまえが食べてる横で『せいうちと大工』を復唱してあげるから、おまえそのカキさんの役、するのよ！」

「さあ、キティや、この夢全部見てたのだれなのか決めよ。大事な問題なんだから、いつまでもそうやって手なめてばかりいちゃだめ——まるでダイナに今朝まだきれいきれいしてもらってないみたいじゃない！　いい、キ

2　ハンプティがダイナだと、どうしてアリスは考えたのだろう？　エリス・ヒルマンが水際《みずぎわ》だった答を出している（Ellis Hillman, "Dinah, the Cheshire Cat, and Humpty Dumpty," *Jabberwocky*［Winter 1977］）。自分は王様に話しかけたことのある人間だと、ハンプティは威張っていたが、アリスが『不思議の国のアリス』第八章に引いた古い諺《ことわざ》に、猫だって王様を見てかまわないというのがあったはずだ。

第三章の注11と注18に引用させてもらった記事でフレッド・マッデンが指摘しているが、ハンプティ・ダンプティのイニシャルを左右逆転するとD・Hだが、これはダイナ（*Dinah*）の最初と最後の文字であるだろう！

3　変わり者を言うのにキャロル同時代はよく "queer fish"（変わり魚）という表現を使った。この物語で魚が強調されるが、そこに含まれる "odd fish"（変わり者）全てのことをキャロ

ティ、それ、私か、赤のキングか、どちらかにちがいないのよ。キングは私の夢の一部なのよ、もちろん——でも私はキングの夢の一部でもあるの！　キティ、それ赤のキングだったのかなあ？　おまえ奥さんだったんだから知ってるはずよね——キティ、どっちか決めるの、助けてよ！　手なめるのいつでもできるよ！」猫の手も借りたいのに、もう一方の手までなめだして、アリスの問いを聞いてないふりの猫ちゃん、癪《しゃく》にさわるよね。
　でね、きみはだれの夢だったって思うかな？

ルが念頭に置いていたからか。あるいは彼のノンセンスに“fishy”な［訳注：烏賊《いか》がわしい／いやっ鱈《たら》しい］ところがあるとでも言いたいのか。偶然なんだろうが、合衆国の俗語では“fish”にチェスの下手な人間という意味がある。

跋詩

＊あかるく陽《ひ》かがやく天《あま》が下《した》を
理《り》こえてただよい行く舟よ、
すでにそれは夕辺、七月《ふみづき》の。

ぷつと笑《えま》う三人《みたり》の子のふれあう肩、
麗《れい》なる目は、そばだてる耳は、
雑然の話聞くたのしみのまんま

んと　陽《ひ》かがやく空《そら》も褪《あ》せて久しき、
すっかり谺《こだま》もなく、記憶も死せり、
理なき秋霜《あきじも》、すでに七月葬れり。

どの霊《すだま》の執念《しうね》く我に憑《つ》くや、
瑠瑠《るり》の天《あま》が下《した》　いのちの**亜利主**《ありす》は
覚醒する目どものついに得見《えみ》ぬすがた。

＊　［訳注　脚韻を押韻するだけでなく、この詩はアクロスティック（acrostic、折り句）。各行先頭の字を横拾いすると「ありすぷれざんすりどる書く／欠くはるいすきやろる」になる］

1　キャロルの最高の詩のひとつと言ってよいこの跋詩で、キャロルはリドゥル家三人姉妹に初めて『不思議の国のアリス』の物語を話してきかせた七月四日のテムズ川船遊びのことを回想する。『鏡の国のアリス』の序詩に一貫して流れていた水と死のテーマに跋詩として谺返《こだまがえ》ししている。これは白のナイトの歌でもある。アリスがきらきらした、涙を浮かべていない目をして丘を下り最後の小川越えをして一人前の女性になるべく彼から踵《くびす》を返していくその前のアリスの姿を回想している白のナイトの歌だ。アクロスティックになっていて、各行の最初の文字を

苦も知らで子らながら聞きたき譚《はなし》、
はれやかなる目、そばだてる耳、
類は類といとおしく肩もふれあい。

いま不思議の国に子ら横たわり、
すぎもゆく日々、夢みるまに、
きっと逝《ゆ》く夏、夢みるまに。

やまず行く川の流れに漂う――
朗《ろう》と黄金《きん》の輝きにやまずたゆたう――
累日《るいじつ》の生、そは一漕《いっそう》の夢にしかず。[1]

拾うとアリス・リドゥルのフルネームが綴り／炙《あぶ》りだされる。

　イングランドから手紙をくれて、このアクロスティック詩でキャロルは当時イングランドでよく知られていた逸名氏曲・詞の正典《カノン》に意識的に谺返ししたのであろうと指摘したのはマシュー・ホジャートである。共鳴の相手はこうだ。

Row, row, row your boat
　Gently down the stream;
Merrily, merrily, merrily, merrily,
　Life is but a dream.

（こげよ、こげ、きみのボート
ゆっくりと流れをくだる
たのしく、たのしく、たのしく、
たのしく
生きてただ夢む）

　手紙で同じことを書いてよこしたラルフ・ラッツはこの有名作の「たのし

く（merrily）」と『不思議の国のアリス』序詩の「たのしき乗組ども（merry crew）」が響き合っているのも偶然ではないと言っている。

現実世界と夢見の「幻実（eerie《イーリー》な）」世界の交錯がキャロルの『シルヴィーとブルーノ』正・続両篇を一貫している。「私がシルヴィーを夢に見てきたのか」と、正篇第二章で語り手は自分に尋《と》う、「ならばこちらが現《うつつ》だ。しかしもし私がシルヴィーと一緒にいたのだとすれば、こちらが夢になる！　生きてるってただの夢なんだろうか？」と。

『シルヴィーとブルーノ』の序詩も、こちらはアイザ・ボウマンの名で折り句しながら、同じ感慨を述べていた。

ああ、我らが生、夢なれやただの
いま　黄金《きん》の輝きにほのかにも見
　られし　横
ざまに　時の暗く抗《あらが》いもならぬ
流れを
呆《ぼう》として悲しびに頭《こうべ》うなだれるか
うって代わり覗《のぞ》き機関《からくり》に声立てて
　笑うか
前に後ろにふらふら　我ら懶《ものう》くも　ま
んぜんと短き日を忙《いそが》わしく過ごし
さもたのしき真昼より目を転じ
まこと　言《もの》もなき終わりを見やり
　もせじ

詩全体二十一行の真ん中（十一行目）に「亜利主」の名をもってきたキャロルの意図を忖度《そんたく》して手紙に書き送ってくれたのはモリス・グレイザーで、そうすることによってアリスがキャロルの人生の中心であったように、人生を謳《うた》うこの詩でもアリスが中心に位置する絶妙な仕掛けだ、と。

第一聯《れん》の最初の二行でキャロルは“sky”と“dreamily”で押韻したことにしている［訳注：字面はyで終わって揃っているわけだ］。Ｒ・Ｊ・カーターは彼のファンタジー『アリスの月の彼方への旅』（テロス、二〇〇四）の中の自注で、リドゥル学寮長が“university”を“sky”と韻を踏むように発音したとしている。「ユニヴァーシタイ」というわけだ。似たような「押韻」が、カーターの引用する次のジングルにも現れている。キャロルがいた頃のオックスフォード大学で人口に膾炙《かいしゃ》したへぼ詩である由《よし》。

吾輩《わがはい》クライスト・チャーチの長《ちょう》つ
　とめ、
これが我が家内、とくと御覧あれ。
家内は広い、吾輩高い、［訳注：英国国教会中の広教会派と高教会派］
二人揃ってユニヴァーシタイ

かつらをかぶった雀蜂

『鏡の国のアリス』の「割愛」されたエピソード

序文

ロンドンのオークション会社サザビー・パーク・バーネット・アンド・カンパニーが一九七四年六月三日付けカタログに目立たないように次の品目をリストした。

ドジソン（C・L・）「ルイス・キャロル」氏の『鏡の国のアリス』から割愛された部分の校正ゲラ、スリップ六四－六七、ポーション六三と六八。黒インクによる作者校正部分を含み、作者自身がパープルのインクで、大量の文章を省略すべしとする注記あり。

この品目にはアリスが不機嫌な雀蜂と出会う経緯が含まれ、「若かりし頃、我が頭の巻毛、ウェーブし」で始まる五聯《れん》構成の詩一篇が入れられている。初版一八三ページの「ほんの二、三歩で小川のへりに出ます」（本書五三五ページ十行目）に続く部分であったと考えられている。本校正ゲラは一八九八年オックスフォードに於て作者家具、私物、そして蔵書が売りに出された時に購入者があり、どうやら記録にもないし、公刊されてもいないようである。

最後の「どうやら……ようである」は随分控え目な評価である。割愛部は公表されていなかったが、そもそもキャロル研究者にしてからが活字になっていないことはおろか、そもそもそういうものが現存していることさえ知らなかったのだ。それが現存しているという発見はキャロリアンにとって――というか英文学の全研究者にとって――事件だった。『鏡の国のアリス』が初めて活字になって百年以上たって、この長く逸失状態にあったエピソードが正式に公表されるのは今回が最初である。

一九七四年までこの逸失部分については、ルイス・キャロルの甥《おい》たるステュアート・ドジソン・コリングウッドが一八九八年に公刊した『ルイス・キャロルの生涯と書簡』が伝えていたこと以上のものは何もなかったのである。コリングウッドはこう書いている。

物語は最初書き上げられた時は十三章であったが、公刊されてみると十二章になっていた。割愛された一章は雀蜂が判事か弁護士かの役どころで登場してくるものだったと思われていたが、それと言うのもテニエル氏が「かつらをかぶった雀蜂はまったく絵に描きようがない」と手紙に書いていたからである。絵に描きにくいというようなこともあっただろうが、「雀蜂」の章が物語の自余《じよ》の部分の水準に達していないと感じられたらしいのだ。おそらくこれが割愛の主たる理由なのであった。

この発言の後に、テニエルがキャロルに宛てた一八七〇年六月一日付けの手紙のファクシミリが続いていた（本書ではこの手紙を五八七ページに複写）。列車の中のシーンのためにテニエルが描いたスケッチでは、アリスの正面にヤギと白い紙の人物が描かれ、車掌がオペラ・グラスでアリスを見ている。ドローイングの最終段階でテニエルは白紙の男にベンジャミン・ディズレーリの相貌《かお》を与えた。テニエルが『パンチ』誌でしょっちゅうネタにしていた当時の英国の宰相である。

テニエルが提案したふたつの案件をキャロルは受け入れた。元の展開では第三章にちょこっと出てくるキャラクターだったはずの「老婦人」はその章から消え、そして「雀蜂」は作品そのものの中から、そしてテニエルの挿絵からも消えたのである。私の『詳注アリス』のここの所の注も「残念だが、行方不明の章については何も残っていない」と締め括っている。コリングウッドも物語を直接見知っていたわけではない。なぜわかるかと言うと、彼は、誤りと今は知られているわけだが、雀蜂がかつら《ウイッグ》をかぶっているから「判事か弁護士」にちがいないなどと言っているからだ。

キャロル自身、この挿話と、そこに含まれる詩を最終的にどう思っていたかは記録がないのでわからない。しかしともかく校正ゲラを大事にとってあるところを見ると、いずれなんとかしたいという思いはあったようなのだ。『不思議の国のアリス』の元のヴァージョン、即ちアリス・リドゥル個人のために文も絵も自ら製した手書き稿を出版しようと決意したのはキャロル自身だということはよく覚えておこう。なんだかよくわからない定期刊行物に載ったり、あるいはまったく公刊さえされなかったキャロル初期の詩の多くも最後は本に納まった。キャロルに雀蜂エピソード、その中の詩を使うはっきりした目論見がなかったとしても、それが最終的に活字になることになって嬉しくなかったはずはなかろうではないか。

一八九八年のキャロル没後、校正ゲラは逸名氏が購入したが——少なくとも目下のところは——サザビーズがオークションに出すまでの間、だれが所有していたのかほとんどわからない。キャロルの私物が売りに出された一八九八年のカタログにも、よくわからない品々の雑多な集塊の扱いで、掲載がない。サザビーズもそのカタログに付けたラベルでは「さる紳士の私物」という扱いである。サザビーズは売り手の氏名を本人が望まない限り公にはしないのだが、この校正ゲラについては、売り手はその古い眷族《けんぞく》からもらった品であると言っていたということを教えてくれた。

さてこの校正ゲラを落札したのはマンハッタンの稀覯《きこう》本商ジョン・フレミングで、同じニューヨーク・シティのノーマン・アーマー・ジュニアのために競《せ》り落とした[訳注：二〇〇五年、ニューヨーク・シティのクリスティーズのオークション。落札価格は五万ドル]。この校正ゲラの内容を本書に入れるに当たってはアーマー氏の理解ある御許可をいただけた。そもそもそれで本書は形になった。これ以上の謝辞は述べられるものであろうか?

Interior of Railway carriage.
(1st Class). Alice on seat
by herself. Man in white
paper. reading, & Goat.
very shadowy & indistinct
sitting opposite. Guard (with opera-glass)
looking in at window.

My dear Dodgson.
I think that where
the jump occurs in the
Railway scene you might
very well make Alice lay
hold of the Goat's beard
as being the object nearest
to her hand - instead of
the old lady's hair. The
jerk would naturally
throw them together.
Don't think me brutal, but
I am bound to say that
the 'wasp' chapter doesn't
interest me in the least, &
~~that~~ I can't see my way
to a picture. If you
want to shorten the book,
I can't help thinking —
with all submission —
that there is your oppor-
tunity.
In an agony of haste
Yours sincerely
J Tenniel.

Portsdown Road.
June 1. 1870

テニエルのドジソン宛て書簡。ファクシミリ。
普通の活字に転写しておく［訳注：次ページに翻訳して掲載］

ドジソン様机下

汽車が空を飛ぶシーンですが、一番手近にあるというのでアリスがつかむものは老婦人の髪の毛ではなくヤギのひげにする方が良いと思います。ぐいっと引っぱられると、抜けちゃいかねませんからね。

乱暴なことを言うと思われそうですが、「雀蜂」の章は小生には全然面白くないし、だからどう描いて良いかわかりません。

もしこの本を短くするということであれば、ここ、ここを削除すべきと愚考します。妄言多謝。

忙中あわただしく一筆啓上。

敬具

J・テニエル拝

於ポーツダウン・ロード

一八七〇年六月一日

概説

「雀蜂」エピソードが明るみに出る以前、ほとんどのキャロル研究家がこのエピソードは例の列車客室内のシーンに隣接する、少なくともその遠くにはないものと考えていた。テニエル卿《けい》がキャロルに宛てた不満書簡がこのふたつを繋げたのかと思われる。第三章でアリスが最初の小川を跳び越え、列車が第二の小川を跳び越えるところでアリスは象の大きさをした蜜蜂をはじめ実にいろいろな虫と出会う。チェス盤のそのあたりで雀蜂に会うのは少しも不自然なことではないだろう。

キャロルにアリスがチェス・ゲームのそんな早い段階で雀蜂に出会うようにする意図などなかったのは校正ゲラのノンブルからも、雀蜂が昔巻毛にウェーヴがかかっていたと言う時にアリスが考えることからも明らかである。「アリスの頭に妙案が。即ちアリスと出会ったほぼ全員が詩を復唱してくれたわけなので、雀蜂もそうしてくれればと思いついたのです」とアリスは考えたわけである。アリスに最初に詩を復唱してくれたのはトゥイードルディ、二番目がハンプティ・ダンプティである。してみると、失われたエピソードは第六章より以前に起こったのでなくてはならない。

校正ゲラの一行目が未完成というところから、サザビーズのカタログが、キャロル自身どこに雀蜂エピソードを入れようと思っていたかをはっきり示している（その場所は『鏡の国のアリス』初版の一八三ページの複写中の矢印が示している。本書五九八ページを見よ）。アリスが白のナイトに最後の別れを告げて、丘を下って最後の小川を跳び越え、クィーンになろうとするところだ。「二、三歩で小川のへりに出ます」。ピリオドの代わりにコンマ。文章は最初の校正ゲラの冒頭（「そしてアリスが跳び越えようとしたまさにその時、大きなため息が。うしろの森の中からのようでした」）と同様、続いている。

テニエルもコリングウッドもこのエピソードを「章」扱いしているが、そう見るのはいろいろと難しい。校正ゲラを見ても第八章の一部分以上の何かとして見られる手掛かりにはならないし、第一、先行する『不思議の国のアリス』を十二章で刊行しているのにその続刊をわざわざ十三章で出すとは考えにくい。モートン・コーエンは、「忙中あわただしく」仕事していたテニエルがエピソードと書くべきところ、つい「章」と書いてしまったのだろうと考えている。一方、コリングウッドの言い分は要するに、テニエルの手紙類を解釈して整理したものという説明で済む（コリングウッドが利用できたテニエルの手紙は少なくとももう一通他にあったはずである。彼がかつらをかぶった雀蜂は「絵に描きようがない」とテニエルが言ったとして引用している言葉は、ファクシミリで再現してみせた手紙の中にはないのである）。

雀蜂エピソードが白のナイトの章の一部分ということなら、この章は尋常でなく長かったことになり、テニエルも「この章を短くする」ためにこのエピソードを削除すべしと書いたはずなので、「本を短くするということであれば」とは書かなかったのではないかという議論もあり得る。その一方で、この章が長すぎること自体が、キャロルがこのエピソードを削ろうとしたいまひとつの理由であったのかもしれない。いずれにしろ本全体の他の校正ゲラが現存しない現状では、どの見解が正しいのかの議論は間接証拠に頼らざるを得ない。

エドワード・グィリアーノは、テニエルがちゃんと「エピソード」を念頭に置いていたという考え方をしている。氏は既にあげたもろもろの議論を良しとした上で、このエピソードに出てくる事件が白のナイトの章に主題的《テマティック》な統一を与えていたのかもしれないと感じている。まだ精力ある上流階級のジェントルマンたる白のナイトに会ったら、アリスは今度は頽齢《たいれい》の労働者階級の相手と会うという展開になっている。* アリスが白のナイトとのお別れに振るのはハンカチだが、雀蜂が顔をくくっているのもハンカチである。白のナイトは蜜と蜜蜂の話題を持ちだすが、雀蜂はアリスそのものを蜜蜂だと思い、蜂蜜を持っているかと尋ねている。グィリアーノの見るところ、“comb”［訳注：櫛《くし》で髪をすく／巣くう］の駄洒落《パン》も元々のこの章の構想から見てもそれなりに生きている。雀蜂エピソードのこうした事象の、白のナイトの章との密接ぶりからして、このエピソードのみ孤立した部分ではなかったのではないか。なかなかの卓説である。

雀蜂エピソードは残す価値があったのだろうか。いくつか歴史的理由があって、もちろん残すべきだったが、私はそれとはちがった観点から価値ありと論じてみたいのだ。内的な取り柄《え》ありや、という議論である。このエピソードをテニエルは全然面白いとは思えないと書いた。最近このエピソードを読んだ人たちの多くが、（コリングウッドの言い方を借りると）「物語の自余《じよ》の部分の水準」に達していないと言う。ピーター・ヒースは、このエピソードが本の他の部分のような生彩を欠くのは、別の場所に出てくる主題を次から次へと繰り返すところに一因があると言っている。アリスは既に第三章で不幸な虫たるユスリカと会話している。逆に雀蜂エピソードのあとでは、これも老いた男性労働者階級のカエルと会話している。雀蜂がアリスの顔を「印象」批評するくだりはハンプティ・ダンプティによる悪口を間違いなく思い出させる。アリスが雀蜂のだらしない恰好《かっこう》を直してやるくだりは、第五章で白のクィーンの着付け身《み》繕《づくろ》いに精出すアリスそっくりだ。ヒース教授が、おなじみ主題の展開と指摘するところは他にもいろいろとある。「キャロルの創造の意力がちょっと萎《な》えつつあり」とヒース氏は手紙に書き送ってくれた、「物語の動勢が一時的に欠けていた」とする。

これらすべてその通りなのだが、このエピソードを注意深く読み、後の機会を得て三読四読してみるうち、その良いところが徐々にはっきりしてくるはずだと、個人的には確信している。まず、全体の語勢、滑稽、言葉遊び、ノンセンスぶりは間違いなくキャロル流である。雀蜂の「その話、終わり！」という言い方だとか、アリスの目が（蜂に比べれば当然）左右くっつきすぎていてふ

＊白のナイトはキャロルのテクスト本文だけ読む限り、二十代の青年という感じがする。テニエルはキャロルの同意を得てナイトを老ジェントルマンに、ナイトの歌の「老いに老いたる人」ほどではないが高齢にはちがいない像に描いた。

たつあってもひとつと変わらないという雀蜂の観察だとかは見事にキャロリアンだ。言葉遊び（wordplay）はキャロル最良作には比ぶべくもないが、忘れてならないのはキャロルという人はまず活字にし、大分たってから本気で訂正修正にかかるタイプの作家であった点だ。もし雀蜂エピソードがキャロルが校正ゲラに本格的に取り組み始める以前に本から削除されていたとすると、書きぶりが時に他の部分より杜撰《ずさん》だったとしても致し方ないことなのである。

このエピソードで特に私の興味をひいたところがふたつある。たった二、三ページの対話なのに一人の雀蜂当《ばちあ》たり（waspish）な、しかしどこか憎めぬ老人の性格を巧く出し、一方彼に対するアリスの変わらぬ善意を描き出す、やはり普通ではないキャロルの技術である。

アリスはふたつの冒険劇で出会う奇妙な生き物に対して、相手がいかに不快な相手でも大体、敬意をもって親切に接するが、必ずしもいつもというわけでもない。涙が池では二度ネズミを怒らせてしまうが、自分の飼う猫がいかにネズミをとるか、近所の犬がいかにネズミ殺しに長《た》けているかを口にするからである。すぐあとのコーカス競争でも、また自制心を失って、飼い猫が鳥を食べる話をして、集まった鳥たちにいやな思いをさせている。とかげのビルを文字通り煙突から蹴り飛ばした鋭い蹴りも思い出してみよう（「ビルがぶっ飛んだ！」）『鏡の国のアリス』では（もう六ヶ月年長になっている）アリスはもちろんこれほど無思慮ではないが、それにしても不愉快な相手をアリスがこれほど忍耐強く扱うエピソードは他に見つからない。ふたつの物語のどのエピソードをとってもアリスの性格がこんなにもはっきりと知的、懇切で思慮深い少女ということで描かれている例はない。ものすごく若い人間がものすごく頽齢の相手と出会うエピソードである。雀蜂は一貫してアリスに批判的なのに、アリスの方は一度として雀蜂への共感をなくすことがない。

細かく説明する必要があるだろうか？　アリスがどんなにか白の一ポーンとして早くクィーンに成り上がりたがっているか、我々はずっと聞かされるし、最後の小川を跳び越えればチェス盤の最終列に到達するのがいかに簡単かも知っている。なのにアリスは背後のため息を耳にすると、その最終の動き／指し手《ムーヴ》に出ない。雀蜂がアリスの親切な言葉に不機嫌な対応をしても、痛いところを抱えているからの不機嫌なのだと解して許している。彼女が雀蜂を助けて木を巡り暖かい側につれて行ってやった時も、相手の反応は「放っておいてくれんか？」である。だが別段怒りもしないでアリスは雀蜂の足もとにあった雀蜂新聞を読んであげようと申し出ている。

　雀蜂は悪口《あっこう》を一向《いっこう》にやめないのに、アリスは別れぎわにも「引き返して気の毒な年寄りの生き物の御機嫌をとって良かったと、とてもいい気分でした」。どうやらキャロルは間違いなく、アリスが戴冠式を控えて、それにふさわしい慈悲の最終的な行動をしているのだというふうに見せたいのだ。敬虔《けいけん》なクリスチャンでかつ愛国の英国国民であるキャロルが義《ぎ》の冠として扱う徳行をこの少女は十全に積善しているのだ、と。アリスは讃嘆さるべき魅力的な少女として現れるために、グィリアーノ教授はこのエピソードで作品全体に対する評価を一変させられて驚いたと言っていたわけである。

　雀蜂当《ばちあ》たりな気質と痛む骨を抱えた老人はまた、もちろん、一匹の昆虫でもある。メスの雀蜂（女王および働きバチ）は他の、イモムシだ、クモだ、蝿だのを、まず針で刺して捕食する。強い大顎で犠牲者の頭、脚、翼を食いちぎり、五体は嚙《か》み砕いてパルプ状にして幼虫に餌として与える。キャロルの虫が強力苛烈な女王が支配する社会的構造に属しているのは多分偶然ではない。チェスのクィーンたち、そして過去の英国の多くのクィーンたちそのものではないか。

　対照的なのはオスの雀蜂（drone）で、刺さない。種《しゅ》によっては、オスを手中に捕らえると刺す振りをいろいろとしてびっくりした相手が思わず逃がしてしまうように仕向ける（ジョン・バロウズはこの見せかけ《ブラフ》を、戦場で兵士が空砲を撃って敵を驚駭《ぎょうがい》させようとするやり方と比べている）。オスの雀蜂はキャロルの雀蜂老人同様、侮り難い存在と見えて、チェスのキングたちに似ている。お人好し。ハチ合わせしても怖くない。

　僅かに越冬する女王蜂を除いて雀蜂は夏の昆虫で、冬は越せない。暑い季節にバチバチがんばって子孫のために奔走する。秋、冷たい風が吹く頃、動けなくなって死んでいく。忘れられた名著、『地球と生き物の歴史』の中でオリヴァー・ゴールドスミスがこんなふうに書いている。

夏の炎熱が続く間、彼らは大胆で貪欲かつ意力に満ちているのだが、日が翳《かげ》ると気力も活力もてきめんに失せる。寒冷になるにつれ大人しくなって、めったに巣を離れず、家からほんの短い小冒険しかしなくなり、真昼の炎暑の中で飛び回るが、戻ってくると寒がりで弱虫だ。……寒さが増すと巣では十分の暖がとれず、巣にも居づらくなって家の片隅とか、人工の暖のある場所に熱を求めて移る。しかし冬はさらに耐え難く寒くなりまさり、新年が来る前に彼らは萎《な》え、そして死ぬ。

老耄《ろうもう》の人々の多くと同じで、雀蜂老人も、髪房にウェーヴがかかっていた子供の頃の楽しかりし思い出を持っている。五聯《れん》のへぼ詩で、老人はアリスに、仲間に言われるままに毛を剃《そ》ってかつらをかぶるようになった恐ろしい誤ちを懺悔《ざんげ》する。後日の老人の不幸はすべてこの軽々しい愚行のせいである。現在の我が身が滑稽な姿だと身に沁みている。第一、かつらは似合わない。ヅラの手入れも良くない。雀蜂老人はオリヴァー・ウェンデル・ホームズのいわゆる「最後の一葉」だ。「見捨てられた枝」にしがみつくとして世間の嘲りの対象になってしまったのだ。

雀蜂老人はアリスがなんとか手助けしてくれようとするのに迷惑顔をするが、その実、アリスがやってきてくれたお陰で気力も湧き、悲しい身上話をする気にもなるのである。実際、アリスと別れる頃には元気をもらったか、十分お喋りになっている。アリスがお別れの挨拶をすると、「ありがとさん」という返事が返ってくる。考えてみると、アリスが鏡の向こうの世界で会った中で唯一、ありがとうと言ってくれた相手である。

かつら（wig）をかぶるファッションは十七世紀、十八世紀のフランスとイングランドで熱狂と言うべき高潮期を迎えた。クィーン・アンの治世下（一七〇二-一四）

ではイングランドの上流階級男女ほとんど全部がかつら着用で、互いの職業はかつらで見分けられた。男性用かつらの中には肩の下まで垂れて背中や胸を覆うものまであった。こうした大流行はヴィクトリア朝では冷めだしていたし、キャロル同時代にはほぼ廃《すた》れていた。判事や弁護士の正装、役者の小道具として残り、禿《はげ》頭隠しの用途もあった。雀蜂老人のかつらは、若い頃かぶり始めたそうだが、高齢者の印たることははっきりしている。

なぜ黄色のかつらか。雀蜂老人の巻毛が黄色だったなら、黄色のかつらで代用とはごく自然な成り行きだろう。しかしキャロルがこの色を特に強調するには他の理由もありそうだ。キャロルはそれを「明るい黄色」と呼んでいる。そしてアリスが雀蜂老人に最初に会った時、彼のかつらは顔と頭にゆわえた黄色いハンカチに包まれているのである。

ふたつの『アリス』物語には、アリスのモデルとなったリアル・アリスたるアリス・リドゥルが見知っていた人々をネタにした、内輪《インサイド》ジョークがいろいろ入っていることが知られている。私見ではこの雀蜂老人あたり、だれか界隈《かいわい》の老商人で、海の藻みたいな手入れの悪いかつらを売っていたとか何とか、あるのかもしれない。

別の理論もあって、イングランドの雀蜂各種の黄色い色と関係付けるものである。アメリカで昔（今も）ホーネット（hornets）と呼ばれる社会性昆虫の大きな種の通称「イエロー・ジャケット（yellow-jackets）」がキャロルの念頭にあったかもしれない。この語はイングランドにも広がっていた。英国産雀蜂の多くの種が明るい黄色のストライプで黒い体を輪切りにしている。雀蜂の触角《アンテナ》は、ちいさな関節でできているが、これは「巻毛（ringlets）」と呼ばれることもある。若い雀蜂の触角はたしかにウェーヴし、カールし、ちりぢりで、詩に言われている通りだ。切られてしまうと、多分再びはえてこない。

オックスフォードにいて、キャロルやアリス・リドゥルがよく知っていた雀蜂は黒い頭部を黄色のストライプが囲んでいて、まさしく昆虫の顔を黄色のハンカチが囲んでいるように見えたものらしい。黄色のストライプを別としてさえ、雀蜂の顔はハンカチで囲んだ人間の顔に似ていて、結び目が突き出た様子が二本の触角に見えなくもない。* ヒース教授はイングランドでの幼年時代、まさにそういう感じで見ていたと回想しておられる。

第三の理論は、黄色いかつらの上に黄色いハンカチを巻いた雀蜂が、クィーンに成り上ったあとのアリスを予表する——亜麻《あま》色の髪の上に黄金《きん》の女王冠——というものである。

第四の理論は（といって、これらの理論は重なり合っても一向に問題はない）、キャロルが黄色を選んだのはこの色が文学や日常会話の中で秋、そして老いと結びつけられる長い伝統に棹《さお》さしただけのこととする。黄色は老人、とりわけ黄疸《おうだん》病み老人の皮膚の色だ。枯葉、収獲時のトウモロコシ、そして「黄ばんだ」紙の色。「悲哀と念慮、そして大きな慨嘆が」とチョーサーは詠じた（『薔薇物語』）、「彼女をまっこと黄色となした」と。

シェイクスピアは黄色を老年の象徴として使うことが多かった。コーエン教授は、キャロルが少なくとも二度、手紙の中に『マクベス』から次の行句を引いていると指摘している。「我が人生は萎《しな》びになり、黄の朽葉《わくらば》と化した」。シェイクスピアのソネット第七十三番はとりわけ説得力があるかもしれない。

一年のその頃をあなたは私に見ているのかも、
黄色の葉が付き、或いは一枚も付かぬ、或いは二枚
三枚だけ付くその枝々が寒気にふるえるその頃を。

『鏡の国のアリス』は冬と死を歌う詩で開幕し、そして閉幕する。夢そのものが、アリスが赤々と燃える暖炉の前にくつろぎ、雪が窓ガラスに「キスする」十一月に夢みられる。秋の霜が七月《ふみづき》を葬り去ったと、跋詩は嘆き、陽光燦然《さんぜん》たる七月四日の、そこでキャロルが初めてアリス・リドゥルに不思議の国への旅の物語を話して聞かせた、アイシス川での舟遊びのことを回想する。

キャロルが二番目の『アリス』物語を書いた時、まだ四十に手は届いていないのだが、彼がだれよりも崇めた子供友達のアリス・リドゥルよりは二十歳年長だった。本全体の序詩は彼とアリスが「半生」も隔たっていると詠《うた》う。アリスに「苦い報せ」が「望まぬ床《とこ》」に彼女を誘

う時までに猶予はないと告げ、自分を永遠にめざめのない就寝の時が迫るのをむずかる白髪の赤ん坊にたとえている。

キャロル研究家たちは、キャロルが白のナイトをもって――温和なブルーの目をしてやさしく微笑する発明狂だが不器用な、鏡の国の住人としては例外的な好意でアリスを遇するジェントルマンをもって――自分自身のパロディに仕立てる意図があったというふうに考えている。では四十年の後に、この雀蜂老人をもって自分のパロディとしたという捉え方は成り立つのだろうか？

コーエン教授は説得力豊かに、これは成り立つまいということを書いてくれた。キャロルは自分がヴィクトリア朝のジェントルマンたることに大いなる自負を持っている、どういう状況を考えようと労働者階級のオスの働きバチに自分を同化するなどとは考えにくいという所説のようだ。しかしながら私としてはやはり、この雀蜂エピソードを書きながらキャロルが、アリスと雀蜂の年齢差が、アリス・リドゥルと中年の物語作者を隔てる年齢差とほぼ同じという冷厳の事実をひりひりと感じていなかったはずがないというふうに感じるのだ。

私の考えではキャロルは多分かなり無意識裡に、腹話術師が人形を通して試みるように雀蜂を通して自らの感懐の吐露に及んだのである。雀蜂にこう叫ばせて――対話の前後からは奇妙に場ちがいなこういう言葉で――

「うるさいな、このでしゃばりが！　昔こんながき、いなかったぞ！」

＊ルイス・キャロル他界時、その蔵書中にジョン・G・ウッド著『ささやかな驚界の世界、あるいは郷国昆虫譜』があった。雀蜂の章をのぞくと、この社会性昆虫のよくある種を描写して、第一関節が「正面黄色」の触覚ありと記述されている。

"IT'S MY OWN INVENTION."　183

comes of having so many things hung round the horse——" So she went on talking to herself, as she watched the horse walking leisurely along the road, and the Knight tumbling off, first on one side and then on the other. After the fourth or fifth tumble he reached the turn, and then she waved her handkerchief to him, and waited till he was out of sight.

"I hope it encouraged him," she said, as she turned to run down the hill: "and now for the last brook, and to be a Queen! How grand it sounds!" A very few steps brought her to the edge of the brook. "The Eighth Square at last!" she cried as she bounded across,

* * * * * *

* * * * *

* * * * * *

and threw herself down to rest on a lawn as soft as moss, with little flower-beds dotted about it here and there. "Oh, how glad I am to get here! And what *is* this on my head?" she

雀蜂エピソードの挿入個所

かつらをかぶった雀蜂　本文

……そしてアリスが跳び越えようとしたまさにその時、大きなため息が。うしろの森の中からのようでした。

「あそこでだれかとっても不幸せなんだ」何があるのかと、アリスは不安そうにあたりを見回しながら思います。大変な年寄りのような何かが（ただ顔はちょっと雀蜂《すずめばち》にも似ていました）地べたに坐り、木に凭《もた》れ、かたまりみたいになって、とても寒いのかぶるぶるふるえていました。

「役に立てそうにないと思う」小川を跳び越えようとした時の印象は最初そうでした――「でも、どこか悪いのぐらい聞いてみよう」とも思って、小川のふちぎりぎりのところで立ち止まりました。「私向こうに越えてしまったら、何もかも変わっちゃって、あの人のこと助けられなくなる[1]」

それで雀蜂氏のところに戻ります――あまり気はすすまなかったのですがね。それほど早くクィーンになりたかったわけで。

「ううむ、このぼろ骨め、へたれ骨め！」アリスが近づいていくと、相手はこうぶつくさぼやいていました。

「リューマチじゃないかな」とアリスは思い、相手の上に身をかがめ、とても丁重に言いました。「すごく痛むんですか？」

「いまいましいやつだ！[2]」いらいらした口調で雀蜂は言いました。「うるさ

1　アリスが小川を越えると必ず起こる唐突な場面転換は、何か指し手が打たれた時のチェス盤上での変化にも似ているし、夢の中で生じる突然の変化にも似ている。

いな、このでしゃばりが！　昔こんながき、いなかったぞ！」

　この答にアリスはすごく腹を立てまして、そのままほっておいて先へ行こうとしかけました。でも、「痛いから不機嫌になるんだ」と思い直して、もう一度話しかけます。

「向こう側へ回るのお手伝いしますよ。冷たい風に当たらないですみますから」

　雀蜂はアリスの腕をとり、木の向こうに回るのに力を借ります。しかしもう一度落ち着くと、また「うるさい、でしゃばりめ！　放っておいてくれんか？」と言っただけでした。

「これ読んであげましょうか？」相手の足もとにあった新聞を拾い上げると、アリスは言いました[3]。

「読みたきゃ読むがいいや」雀蜂はとても不機嫌に言いました。「だれも邪魔しないさ」

　そこでアリスは横に腰をおろすと、膝の上に新聞を広げて読み始めました。「最新ニュース。探険隊は食料貯蔵室に再び探険を試みて、五個の新しい白砂糖を発見した。大型かつ状態は良好。帰路にて――」

「赤砂糖のことは？」雀蜂が言葉をはさみます。

2　雀蜂が口走る「いまいましい（worrit）」はキャロル存命の頃、心配・心労を意味した俗語名詞。『オックスフォード英語辞典（ＯＥＤ）』は、ディケンズの『オリヴァー・ツイスト』でバンブル氏の言う、「地方暮らしってね、いまいましさ（worrit）といらいらと、厄介ごとの明け暮れですよ、奥様」を引いている。“worrity”も英国下層階級で普通に使われた名詞の異形。要するに“worry”。

3　昆虫が新聞を読むとなれば社会性の強い昆虫たる雀蜂だろう。紙づくりの名手なのである。大体が木にあいたうろにつくられた薄い紙の巣は、雀蜂が木の葉や木の繊維を噛んでこしらえたパルプでできている。

アリスは急いで新聞に目を走らせますが、「ないなあ。赤のことは書いてないです」

「赤はなし！」[4] 雀蜂がうなり声をあげます。「探険隊の名が泣くわ！」

「帰路にて糖蜜の湖を発見。湖の堤は白に青、陶器のようであった。糖蜜味見中、悲しい事故出来《しゅったい》。隊員二名がふち呑まれ――」と、アリス。

「何呑まれだって？」とてもいらいらした感じの雀蜂が聞きました。

「ふち――に――のまれたのですって」言葉を音節に区切って、アリスは答えます。[5]

「そんな言葉はない！」と雀蜂。

「でも新聞にあるんですもの」ちょっと困って、アリス。

「その話、終わり！」いらいらして顔をそむけると雀蜂が言いました。

アリスは新聞を置きました。「具合お悪いのかと思って」宥《なだ》めるように、アリス。「私に何かできること、ありませんか？」

「みんな、かつらのせいなんじゃ」[6] ずっとやわらいだ口調になって、雀蜂。

「かつらのせい、ですか？」アリスがそっくり繰り返します。相手の御機嫌が直ったようで本当に嬉しかったようです。

「あんたもわしのようなかつらかぶったら、不機嫌になるさ」と雀蜂は続け

4 「赤砂糖（brown sugar）」、雀蜂は人工の甘味全般、とりわけ砂糖が好きである。モートン・コーエンが言うには「赤砂糖」好きはヴィクトリア朝下層階級の特徴。精製糖より安かったからである。

5 “engulph”、十六、十七世紀に“engulf”（呑み込む、巻き込む）は普通にこう綴られていた。キャロルの時代にも時々見かけられたが、キャロルが個人的にこの綴りが嫌いだったことを雀蜂が代弁している。雀蜂が変だと言っているのは（二音節でなく三音節で）en-gulph-edとアリスが発音した点である。当時の大学での俗語表現をキャロルが使って遊んでいるのだと指摘してくれたのはドナルド・L・ホットソンである。『俗語辞典』（チャトー&ウィンダス、一九七四）をのぞくと“gulfed”（“gulphed”の時も）は「元々ケンブリッジ大学の用語で、数学の試験で失敗したため古典語の試験を受け

ます。「やつら皆、こいつをばかにする。いまいましがる。[7] そいで俺はいらいらする。寒くなる。で、木の下にいる。黄色いハンカチを持つ。[8] それで顔を結ぶ――ちょうど今がそうだ」

　アリスは気の毒そうに相手を見ました。「顔をゆわえるの、歯痛《はいた》にはとってもいいんだけど」とアリス。[9]

「凝《こ》り固まり*にもとても効《き》くんだ」と雀蜂。

　この言葉がアリスにはよくわかりません。「歯痛の一種ですか」と、アリスは尋ねました。

　雀蜂は少し考えます。「ううむ、そうではないな」と言いました。「頭はしっかり固まっているのに――そう――首が回らん」

「肩凝りのことね」とアリス。[10]

　雀蜂は言います。「この頃はそう呼ぶのか。昔は凝り固まりと言ったもんだが」

「凝り固まるの別に病気じゃないです」とアリス。

「いやいや、立派に病気だ」と雀蜂。「なってみりゃわかるさ。そしてなっちまったら、幸せな黄色いハンカチで顔をくるくることだ。あっというまに直る！」

られない学生の状態を言ったとのことで……今ではオックスフォードでも普通に使われ、『優』を狙ったのに『可』しかもらえなかった学生のことを言う。［訳注：深く呑まれる、というか「不可」く呑まれる、のである］

6　「みんな〜のせい（all along of）」、原因を表す、これも当時の下層階級の語法。

7　“worrits”、この語は俗語では動詞にも使った。「かわいそうなお母さんをいまいましがらせないで」と、ディケンズの『ピックウィック・ペイパーズ』でソーンダース夫人が言っている。雀蜂の英語から、雀蜂社会の中で彼が雄バチ（drone）であることがはっきりする。

　キャロルはこの意地悪な老人を、どこへ行っても嫌われ恐れられる昆虫にしたばかりか、下層階級の存在にもした。アリスの上流の背景との対照は疑

雀蜂はハンカチをほどきながら、言いました。アリスは相手のかつらを見てびっくり仰天します。ハンカチと同じ明るい黄色で、[11]藻《も》のかたまりさながらもしゃもしゃのぐしゃぐしゃでした。「もっとずっとちゃんとできるのに」とアリス、「すく工夫すれば」

「巣くうって、なんだ、おまえ蜜蜂なのか」と雀蜂。少しは興味を持ったらしくじっとアリスを見つめています。「すく櫛[12]ねえ。その巣には蜜いっぱいか？」

「巣くうじゃないの」と、あわててアリスが説明します。「髪をすくの、櫛って道具で――このかつら、そうやってすくしはきれいにしないと」

「どうして、これをかぶるようになったか話してやろう」と雀蜂。「若かりし頃、我が頭の巻毛、ウェーヴし――」

ここでアリスの頭に妙案が。即ち、アリスと出会ったほぼ全員が詩を復唱してくれたわけなので、雀蜂もそうしてくれればと思いついたのです。「韻をふんでやってもらえますか？」とても丁重にアリスは頼みました。

「そういうの慣れてはおらんが」と雀蜂、「やってみよう。ちょっとだけ時間をもらう」雀蜂はしばし黙ってから、もう一度口を開きました。

若かりし頃、我が頭の巻毛[13]、

いようがないし――逆にこの昆虫に対するアリスの好意が一層目立つのである。

8 黄色いシルクのハンカチは口語で〝yellowman〟と呼ばれて、ヴィクトリア朝英国で流行した。

9 中に湿布《パップ》を入れたハンカチで顔をゆわえるのはキャロルの頃、歯痛対策として有効と広く信じられていた。自分を美男美女と信じる人間たちがよくこの恰好を人に見られたものだが、この恰好ではさすがにお高くとまっているわけにもいかなかった。

＊ ［六〇三ページ訳注：〝conceit〟（凝り固まり）は、ひとりよがり、わがまま、強情、傲慢という古い語義］

10 〝stiff neck〟、肩凝りだから文字通り体の症状であるが、傲慢不遜な人間の挙措についても言う。雀蜂はアリス

ウェーヴし、カールし、ちりちりしてた。
それで奴らの曰く、きれいにそって
　代わりにかぶれよ黄色いかつら。

早速すすめに従ったら
　奴ら出来あがり眺めて、
思ってたのと雲泥の差、
　おまえ本当にみっともないって。

奴ら曰くにゃ、合ってないんだ、
　ために本当にぶおとこに。
だからって今さらどうするか、
　巻毛はもとには戻らない。

かくて今は老いての白髪
　残る髪の毛も哀れやまばら、
奴らかつらを奪うと「困ったな、

に、傲慢なクィーンに、象牙製のチェスのクィーンのような肩の凝る堅物《かたぶつ》になるなと警告しているのである。現にアリスは頭上に黄金の冠があるのを感じたとたん、冠が落ちないように「ひどくがちがちで」歩きだす。最終章では黒い仔猫に、アリスが想像するに夢の中でこの仔猫がその人だった赤のクィーンそっくりに「もっとちゃんと坐りなさい」と言ったりしている。それからハンプティ・ダンプティの詩の中の「たかびい堅物の」使者とも比べると良い。

　雀蜂が“stiff-neck”を新流行語だと言うのは歴史の前後を逆にしていると言っているのはコーエン教授で、むしろ“conceit”より遥かに古い言葉なのである。「汝等、頑迷の民（a stiff-necked people）よ」と、イスラエルの民に告げるよう神はモーゼに命じられた（『出エジプト記』第三十三章第五節）。

11 "bright yellow"、このフレーズは第九章でも使われていて、そこでは高齢と重ねられている。「すごく年寄りのカエル」が着ているのが「明るい黄色」である。

12 "comb"、勿論これも駄洒落《パン》。「櫛《くし》」の他に「ハチの巣（honeycomb）」の意も。もしアリスが蜜蜂なら、今まさに女王蜂になろうとしているわけだ［訳注：「巣くう」は雀蜂が蜜蜂の巣を好餌としていることをふまえた危ないギャグでもある］。

13 この詩は『アリス』物語中の他の多くの詩同様何かのパロディなのだろうか？ 当時の詩や歌で「若かりし頃……」で始まるものは多いが、この詩の本歌《もとうた》と思われるものはまだ見つけられていない。「巻毛、ウェーヴし」というフレーズがジョン・ミルトンが裸のイヴを美しく描写した詩行にあったことを、キャロルは知っていたかもしれない（『失楽園』第四巻）。

　薄布は細き腰にまで下り、
　飾らぬ黄金の髪房は
　大いに乱れ、豊かにも巻毛は波うち、
　さながらに葡萄蔓《ぶどうづる》がこめかみに巻くがごと……

また、このフレーズはアレグザンダー・ポープの「サッポー」にもある。

　巻毛が巻いたる髪房、最早なし

もっとも巻毛はいつもカールし、ウェーヴしているから巻毛なのであって、あそこにもある、ここにもあると指摘してもキリがない。

　もっと指摘しがいのあることと言えば「巻毛《リングレット》」が普通短いカールを指さず、葡萄の蔓《つる》そっくりだとミルトンが歌ったように、螺旋《らせん》を描く長い髪房を指す点だろう。数学者のキャロルは螺旋が左右非対称の構造をしている（アリスふうに言えば鏡の中で「逆向きになる」）ことを知っていた。

　前にも述べたが、『鏡の国のアリス』は鏡の反転現象や非対称の事物であふれかえっている。螺旋そのものへの言及だって一杯だ。ハンプティ・ダンプティは「とうぶ」をコルク栓抜きにたとえ、それをテニエルは螺旋状の尾と豚鼻をつけて描いた（本書四六九ページ）。ハンプティはコルク栓抜きで魚を起こしたと詩で述べ、第九章ではそのハンプティが手にコルク栓抜きを持ってカバをさがし回っていると白のクィーンが回想していた。テニエルの絵と言えば、ユニコーンも羊も螺旋形の角《つの》を持っている。また、第三章で丘に通じる道はコルク栓抜きのように捩《ね》じれている。ひょっとしてキャロルは、若い（そして多分それ故に思い上がっていた）雀蜂がうぬぼれ鏡をのぞいて巻毛が「逆向きに」なっているのを見たことがあるのでは、と思っていたのだろう。

どうしてこんなクズかぶるのか？」
　それでもなお、俺の姿見ると必ず
　奴らは笑って、俺を呼ぶのに「ブタ[14]！」
　そう、奴らの笑いにゃわけがある、
　それは俺がかぶった黄色いかつら。

「ほんとお気の毒な話よねぇ」アリスは同情して言いました。「かつらもう少し合ってたら、そうまでひどく言われないでしょうに」

「おまえのかつら、本当にぴったりだなあ」雀蜂は感嘆しきりという感じで、もごもご言います。「おまえの頭の恰好《かっこう》そのままだもんなあ。それなのにあごの形はいくない——それじゃばりばりとは咬《か》めまいが？」

　アリスはつい笑いが大きくこみあげてきましたが、巧く咳《せき》に見せました[15]。なんとか真面目に「別に、食べたいもの、なんでも噛《か》み砕けてよ[16]」と言います。

「そんなちっぽけな口じゃたいしたことない」。この雀蜂、なかなかしつこいやつです。「もし今けんかしたら相手の首ねっこのうしろを押さえられるか？」


まあどう読むにしろ、この奇異な詩は子供向きの本に出てくる詩ではあるまい。第六章のハンプティ復唱の謎めいた詩ほどではないにしろ、である。髪を切るのは斬首や抜歯同様、フロイト派分析家にはおなじみの去勢（castration）の象徴である。精神分析に通じた評家がこの詩を面白く解釈するのを見たい。

14　『不思議の国のアリス』の「豚と胡椒」の章で、アリスは最初、公爵夫人が「ブタ！」と叫んだのが自分に向けられたものと思う。実はこの言葉は公爵夫人があやしていた赤子に向けられたものだったし、やがて赤子は本物の豚になってしまう。ばかにする相手を「ブタ」と呼ぶのは『ＯＥＤ』によると、ヴィクトリア朝英国ではごく普通のことだった。当時のこととしてさえ驚かされるのは、警官もよくその名で呼ばれていることだ。一八七四年のある俗語辞典を見ると、「この語は

「できません」とアリス。

「あごが短すぎるんだ」雀蜂が続けます。「しかしおまえの頭、丸っこくていいなあ」そう言いながらかつらをとり、一本の前足をアリスの方に、アリスのかつらも同じようにしたいというふうにぐっと伸ばしてきました。[17] アリスは離れて、知らんぷりをします。雀蜂の悪口はさらに続きました。

「それから目だな——前に凝り固まりすぎてないか。ふたつなくてもひとつで十分じゃないか、ふたつそんなにくっついてるんじゃ[18]——」

こんなに印象でばかりものを言われるのも*愉快ではない、そして雀蜂が元気になって次々おしゃべりするようになったのですし、そろそろ行って大丈夫かなとアリスは思いました。「私、そろそろおいとまします」、そして「さようなら」と言いました。

「あばよ、ありがとさん」と雀蜂。アリスはまた丘を下りにかかったのですが、引き返して気の毒な年寄りの生き物の御機嫌をとって良かったと、とてもいい気分でした。[19]

ロンドンの泥棒たちの間ではもっぱら『私服刑事』のことを指して使われた」とある。滑稽詩専門の英国詩人J・A・リンドが指摘していることだが、雀蜂のつるつる頭（公爵夫人の赤子のそれと比較せよ）がこの言葉を引き出すのだろう。そしてリンドン氏は“piggywiggy”という言葉の中で“pig”“wig”が一緒になっていると指摘している。『OED』は“piggywiggy”が小豚と赤ん坊の両方に使われるとしている。エドワード・リアは「フクロウと猫」に書いている。

そして森には豚っ子、
鼻っ先に輪ぶらさげて。

15 アリスは雀蜂に対して「こみあげてきた笑い」をぶつ切れの咳に変えた。少し前には白のナイトにも「なんとかこらえようとした笑い」を漏らしそうになるのを抑えようとして、この時はうまくいかなかったとある。

種の共通例が元々のテクストにあったのか、些《いささ》か疑問である。雀蜂エピソード割愛のあと、残り部分の校正ゲラに手を入れる時、割愛された句やイメージのあれこれを再利用しようと借りた可能性が、なきにしもあらずだ。

16　アリスはかつて乳母に、耳元で「ねっあなた！　私、お腹すかせたハイエナになる、あなたは骨になって！」と言って怖がらせたことがあった（『鏡の国のアリス』第一章』）。

17　この少なからず怖いシーンで、大型の雀蜂が「前足」を伸ばしてアリスの髪をつかもうとするが、『鏡の国のアリス』の他の三つのエピソードを思い出させる。まず、白のナイトが馬に乗ろうとしてバランスをとるのにアリスの髪をつかむ話。第九章では白のクィーンが両手でアリスの髪をつかんだ話。そして長幼立場を逆にして、汽車が二番目の小川を跳び越える時、今度はアリスが隣の老婦人の髪をつかむ筋立てにキャロルはしようとした（が、テニエルに手紙で反対された）話。

18　アリスとはちがって雀蜂たちは頭の両側に球根のような複眼を具《そな》え、大きな強力な顎《あご》を持っている。アリスと似ているのは「丸っこくていい」頭。他の鏡の国住人たち（バラ、オニユリ、ユニコーン）も、同様にそれぞれの身体特徴に照らしてアリスを値踏みする。

テニエルは二十歳の時、父親とフェンシングをしている最中、片目を失明した。フルーレ剣の留め金が落ちて、刃の切っ先がテニエルの右目を横ざまにかすめたのだ。この突然の痛みが雀蜂の一撃によく似ていたはずである。雀蜂の言葉になぜテニエルが腹を立てたか、わかるような気がする。このエピソードに対してテニエルの抱いた嫌悪感がわかるような気がするのである。

＊〔訳注：原文は"personal remarks" 個人攻撃。『不思議の国のアリス』の無茶な苦茶会で「パーソナル」に人称の意味もかかっていて、これを人称／印象批評と訳したくだりを想起されよ〕

19　一九七八年、英国ルイス・キャロル協会のスポンサーシップの下、開催されたシンポジウムで、「かつらをかぶった雀蜂」エピソードの校正ゲラが本物か、あるいはよくできた偽物かという問題が丁寧に議論された。詳細は『ジャバウォッキー』（一九七八年夏号）に。甲論乙駁《ばく》が続いたが大勢は本物説に傾いた。しかるに、このエピソードはアリスの別の面を明るみに出しこそすれ、書法はベストのキャロルとは言い難く、テニエルが割愛を主張したのは正解だったという点についても全員の見解が一致した。もうひとつの論点はこれが章であったのか、白のナイトをめぐる章の一部であったのかという点であった。しかし、キャロル

タチアナ・イアノフフカヤ画、2007.

がこのエピソードをどこに置きたかったのかという点では意見の一致は見られなかった。

こうした問題に関連ある新発見の記録類の採録分をも含め、このシンポジウムを総括した記事としてはMatthew Demakos, "The Authentic Wasp," *Knight Letter* 72（Winter 2003）を御覧になっていただきたい。

ルイス・キャロル関連協会現況

北米ルイス・キャロル協会（The Lewis Carroll Society of North America、略称 LCSNA）は、チャールズ・ラトウィッジ・ドジソンの生涯と事績、時代と影響力の研究を促進しようとする非営利組織である。一九七四年にマーティン・ガードナー、モートン・コーエン以下一ダースほどの人々によって創立され、以後メンバーは何ダースかにふえ、北米、そして海外からの数百人の参加者にまで発展してきた。現行メンバーはキャロル研究の中核的権威者、コレクター、研究者、一般ファン、そして図書館などさまざまである。同協会はキャロル関係の活動と研究の中枢になるべく、協同作業に開かれた専門的努力を孜々《しし》として続けている。

本協会は年に二度、大体は秋と冬に、合衆国およびカナダの各都市で総会を開いている。会は著名講演者を呼び、興味深いプレゼンテーションやパフォーマンス、目を引く展示で構成される。

同協会は、著名人の委員会が差配する精力的な出版プログラムを売り物にしている。会員は年に二度ぶ厚い機関誌『ナイト・レター』を受けとり、しばしば自由会員のプレミアム本、たとえば『ルイス・キャロルの「ブラジア案内」』エリザベス・シューエルの『フランスからの声』『庭師《ガーデナー》への花束——マーティン・ガードナー追悼』を受けとる。同協会はまた六巻本シリーズ『ルイス・キャロルのパンフレッツ』をヴァージニア大学出版局の御協力を得て刊行中である。『ナイト・レター』のバックナンバーはインターネット・アーカイヴのオンラインで見ることができる（archive.org/details/knightletters）。

同協会は非常に行動的なウェブサイトとブログ（www.lewiscarroll.org.）を持つ。オンラインで連絡されるか、Secretary, LCSNA, P.O.Box 197, Annandale, VA 22003に郵送されたい。

イングランドの古株ルイス・キャロル協会は一九六九年の創立。学術雑誌『ザ・キャロリアン』（旧称『ジャバウォッキー』）を定期刊行。また『バンダースナッチ』というニューズレターと『ルイス・キャロル・レヴュー』（書評誌）も刊行している。詳細はオンラインで（lewiscarrollsociety.org.uk）。手紙はSecretary, The Lewis Carroll Society, Flat 11 Eastfields, 24-30 Victoria Road North, Southsea PO5 1PU, UK宛てに。

日本ルイス・キャロル協会（一九九四年創立）はニューズレター"The Looking Glass Letter"発行、年刊機関誌は『ミッシュマッシュ』。双方ともほぼ日本語ながら、時々英語論文も掲載される。同協会の会合は年六度。詳細はオンラインで。手紙は日本ルイス・キャロル協会宛て。住所は郵便番号192-0395東京都八王子市大塚三五九。帝京大学外国語学部外国語学科三村明研究室気付け。*

一番若い協会はブラジル・ルイス・キャロル協会で、二〇〇九年、アドリアーナ・ペリアーノが創立。大変活動的なウェブサイトとブログ（ポルトガル語・英語）（lewiscarrollbrasil.com.br）を持つ。手紙はAdriana Peliano宛て。住所はRua Saint Hilaire, 118, ap. 81, Jardim Paulista, São Paulo/SP 01423-040, Brazilである。

* ［訳注：原著では連絡先は聖徳大学・安井泉氏（日本ルイス・キャロル協会会長）気付けとあるが、現在は窓口が変更されているので最新の窓口を掲載した］

謝辞

深甚の謝意を次の方々に。

まずは御父上の尊い御仕事を私が引き継いではどうかとＷ・Ｗ・ノートン社に御進言下さった御子息ジム・マーティンに。敢為《かんい》、というか何とも畏れ多い御仕事だった。

ノートン社の編集者諸兄――フィル・マリノ、ジェフ・シュレーヴ、ドン・リフキン――はいつも力になってくれた。同僚コピー・エディターのメアリー・バブコックの仕事は最高だった。本の装幀はエイドリアン・キッツィンガーの独壇場。形にしてくれたのは植字のジョー・ロップス。

キャロル好き仲間が幾多のアイディアをくれ、注釈仕事を手伝ってくれたが、とりわけてもＬＣＳＮＡ（北米ルイス・キャロル協会）長の私のすばらしい後継者たるステファニー・ラヴェットと、それからマット・デマコス。キャロル仲間としてはセルウィン・グッデイカー博士、オーガスト・Ａ・イムホルツ・ジュニア、クレア・イムホルツ、フランキー・モリス、アドリアーナ・ペリアーノ、レイ・スマリヤン、アラン・タネンボーム・エドワード、そしてエドワード・ウェイクリング。ＮＹＰＬ（ニューヨーク市民図書館）の彼の「そのＡＢＣ」ショーのハンプティ・ダンプティのイメージを入れさせてくれたレナード・Ｓ・マーカスにも感謝。デイヴィッド・シェーファーにはその記事をめぐって心よく御力添えいただいた。『ナイト・レター』編集のマヘンドラ・シングにはいろいろ注をつける御手伝いをいただいた。

まず何と言っても『ナイト・レター』編集に辣腕をふるったアンドリュー・オーガスだが、本書に入れる絵を選び、どこに配するのが良いか熱を込めて知恵を貸してくれたし、ゲラをチェックし、デザインについてよいアイディアを一杯恵んでくれた。

作品を自由に使って良いと寛大に御許可下さったアー

チストの皆様方にも感謝＊。パット・アンドレア、ピーター・ブレイク卿、ジョナサン・ディクソン、イアセン・ギュセレフ、レオノール・ソランス・グラシア、タチアナ・イアノフスカヤ、フランコ・ラウティエリ、ジョン・ヴァーノン・ロード、イアン・マッケイグ、ウォルト・ケリー代理のスコット・デイリーとOGPIアドリアーナ・ペリアーノ、バイロンとヴィクトリアのシューエル夫妻、フランシスカ・テメルソン代理のヤシャ・ライヒャルト、ミッシェル・〝ミクスト〟・ヴィラール、そしてアビー、イーサン、クリシーのレナード・ワイスガードの御子さんたちといった方々である。

図像関係の許可で便宜をはかっていただいた各方面。アラン・バグリア（ARS）、ボドレー図書館のブルース・バーカー＝ベンフィールド、ヘザー・コール、アリソン・ゴプニック、アグネス・ギュモ、メアリー・ヘガート、チャールズ・ホール、デニス・ホール、キャロライン・ルーク及びC・L・ドジソン旧邸管理会、ジャネット・マクマリン、メリッサ・ミンティ、クリスティナ・ネアグ、オーレリー・ラジンボー、ハンナ・ラーディガン（ARS）、アルヴィ・レイ・スミス、サディ・ウィリアムズ、そしてダグラス・ウィルソンといった皆さんである。

サンフランシスコのサム・ホフマンとライト・ソースの御二人はデジタルの画像検索と私の大事な書物の管理に大変な御協力を願った。

それから家族。まずは父サンダー。LCSNA元会長で大変なコレクター。そもそも私の子供時代から変らぬインスピレーション源。妻リーサ、子供のマーティン（勿論、あやかった名である）とソーニャらの変らぬ気遣いと支えに改めて感謝。

最後にして最大の感謝の相手は無論、マーティン・ガードナー御大その人である。この方の私に対する――そして世界の文化に対する――良き影響力たるや、はかりしれぬものがある。

マーク・バースタイン　識

＊［訳注：ライセンスの都合で本邦訳版には一部図版は未収録］

訳者あとがき

Gardner, Martin(ed.), *The Annotated Alice: 150th Anniversary Deluxe Edition* (W. W. Norton, 2015) の邦訳完訳本をお届けできるのは高山翻訳事業の中でもとび抜けて喜ばしいものがある。なにしろ刻苦と奇跡の一冊だ。

本とか本作りには単純に世間で本と言われているもののイメージと形式的には全然はぐれないでいて、一冊一冊に特異な内容で勝負というところがあるが、ある時点から編集上の、というか本の形式とか物質的なあり方をいじる上での工夫やら遊びやらに興が移るようになる。対談集、書評集、とかとか。各種アンソロジーもそのたぐいである。

翻訳もそうだし、詳注本もそうなので、この本がそうだが、詳注本の翻訳ということになると話は実は俄然《がぜん》面白いし、作業としてはまことに面倒な作業になる。原文の訳文をつくる。その原文に他人が付けた注釈ないし詳注の訳文をつくる。「注」なのだからこの注の訳と原文の訳はスムーズに併せ読めるものでなくてはならない。

この能力を問う珍しいばかりの典型例が『鏡の国のアリス』を有名にしているナ（ノ）ンセンス詩「ジャバウォッキー」である。文字通りナンセンス詩だからどう訳して良いかわからない、あるいはどうにでも訳せる。ところがストーリーの中に、こう訳せと主張する卵人間が登場してくる。物語の要求なので、それに従って辻褄《つじつま》の合う訳にしないといけない。ところが、それで済まぬ話なのだ。マーティン・ガードナーという人物（と、氏が呼びだす沢山の解釈者）が、ああも訳せる、こう訳さないといけないと勝手なことを言いまくる詳注部分も全部訳さねばならず、これらでできた苦心サンタンの訳が、もう一度言うがスムーズにひとつらなりの読みものとして成立していないといけない。作者御本人の解釈まで注に盛りこまれていて、全部訳さないといけない詳注本翻訳者は、そういう幾つかの異物を一本の糸で縫い合わせていく終わりないノイローゼすれすれの仕事に放りこまれる。おまけに難所の過半は『アリス』物語に関わる限りは多様な言葉遊びなので、爆笑にしろニヤリ笑いにしろ、読んで成程巧いねと言ってもらえない訳ではお金はとれない。

好きで好きでという人間以外、絶対に手を出してはいけない翻訳の地獄だと言っておこう。

そのガードナーの「詳注」アリス本を、機縁とは言え、改訂増補版が出るたびに全部翻訳した僕って何者なんだろう。結局、僕は『不思議の国のアリス』を四回、やる人を捜すのが大変な『鏡の国のアリス』をなんと五回訳したことになる。翻訳史に残る奇観、もしくは愚挙奇行に間違いない。『不思議の国のアリス』四回のうち二回がガードナーによる詳注本、『鏡の国のアリス』五回のうちなんと三回がガードナーの詳注本というのだから、もうこれは機縁などというなま易しいものではない。気付かぬ間《マ》に運命の書なのである（そう、この「間」という日本語の意味の広さにびっくりしたのもこの訳業の成果のひとつだ。そういう得も言われぬ日本語の機微にも大分通じた。得がたい勉強ができて感謝している）。

何回も訳しているのを見て、以前使った訳を流用などと見当をつけてひとこと皮肉を言ってやろうと思っていた諸君、御免。一回毎ゼロからの新訳。やるたびに前に苦しんだ個所を気楽げにクリアーできていく感じがふしぎだし、愉快だった。百学連環とか読者参加とか、今の僕が理想としている紙の本のモデルというかひとつの極致でもある一著を、そうとは識《し》らず相手にできていた平成最後の夏は生涯忘れられぬ「黄金」「浄福」の「夏」でありました。その夏、急性心不全で倒れ、死線を越えた覚悟の集中で秋半ばに脱稿。正味三ヶ月の仕事でした。人間、やれるもんだなあ。

最後まで苦しんだ幾つかの注に御知恵を借りることができた日頃尊敬の文理自在な山本貴光氏には、ガードナーもかくやという博識と懇切に驚くばかりでした。お手紙で、何箇所かの原文解釈について有益なご指摘をくださった日本ルイス・キャロル協会理事の佐藤正明氏にも感謝を。

図版の権利関係など、痛快なまでに野放図なやりたい放題の原本にギリギリの贅肉削《そ》ぎ（?!）をやっていただいた亜紀書房編集部の小原央明氏には驚くと同時に、深い感謝しかありません。二つの『アリス』を僕が訳したものに佐々木マキ氏が痛快挿絵をプレゼントしてくださった本の担当者でもあり、自由気ままに訳せたものよりギリギリ「緊縛」されたきつい訳の方にタカヤマらしさがとか、唯一のたまわれるのがこの御方であります。

令和元年九月三日

學魔　識

主要参考文献

Selected References

ルイス・キャロル著作

Alice's Adventures in Wonderland. 1865. キャロルは初版2,000部を、その3年前、アリス物語を初めてひねり出した伝説のボート遊びの日付、7月4日に出して記念しようと考えていた。印刷が気に入らなかったキャロル、そしてテニエルの意向でこの版は回収の憂目《うきめ》をみた。本に綴じられることのなかった紙束が、ニューヨークのアプルトン社に売却され、同社はオックスフォードで印刷した新しい表紙をつけて2,000部を1866年に発行。これが初版の第2刷ということになった。売れ残りの952部にアメリカで印刷した新しい表紙をつけて売りに出したものが初版第3刷ということになる。キャロルはアメリカ版の印刷の質にとやかく言わなかった。日記の中で8歳のニューヨークから来た少女に会って行儀悪いことにいらついたキャロルが「まともな子供がアメリカには育たないという噂はどうやら本当だ」と書いている(1880年9月3日付け)。

An Elementary Treatise on Determinants. 1867.

Through the Looking-Glass, and What Alice Found There. 1871.

The Hunting of the Snark, An Agony in Eight Fits. 1876.

Euclid and His Modern Rivals. 1879; reprint, 1973.

Alice's Adventures Under Ground. 1886; reprint, 1965. キャロルがアリス・リドゥルへのプレゼントとした手書きの、太い線で描いた挿絵が入った大元の手稿のファクシミリ版。『不思議の国のアリス』の半分ちょっとの長さである。

The Nursery "Alice." 1889 (withdrawn); reprint, 1890. 最初の『アリス』本を「0歳から5歳までの」幼い子供読者のために縮め、書き直したもの。テニエルの挿絵を大きくし着色してある。

Sylvie and Bruno. 1889; reprint, 1988.

Sylvie and Bruno Concluded. 1893.

The Lewis Carroll Picture Book. Edited by Stuart Dodgson Collingwood. 1899; reprint, 1961. キャロル発明のゲーム、パズル、楽しい数学問題など雑多な小作品を集めた貴重なコレクション。

Further Nonsense Verse and Prose. Edited by Langford Reed. 1926.

The Russian Journal and Other Selections from the Works of Lewis Carroll. Edited by John Francis McDermott. 1935; reprint, 1977. キャロルがヘンリー・リドゥンを伴って1867年にしたロシア旅行の旅日記も見られる。

The Complete Works of Lewis Carroll. Introduction by Alexander Woollcott. 1937. あれっと思わせるタイトル。(この本もそうだが) チャールズ・ドジソン名で発表された多くの本は入れないとしてさえ、全集という名には遠い。そうは言っても(モダン・ライブラリー叢書の名には恥じず)いまだにキャロルの散文・韻文が一番簡単に読める一冊であることに変りはない。

Pillow Problems and a Tangled Tale. Reprint, 1958. キャロルの2冊のたのしい数学問題集の1冊本復刻版。

Symbolic Logic and the Game of Logic. Reprint, 1958. キャロルが論理学を扱った本2冊(1冊は子供向け)の1巻本復刻版。

The Rectory Umbrella and Mischmasch. Reprint, 1971. キャロル初期手稿2点の復刻。

Lewis Carroll's Diaries: The Private Journals of Charles Lutwidge Dodgson. Edited by Edward Wakeling. 1993-2007. キャロル研究者万人の必携本。ルイス・キャロル協会(英国)が日記の現存部分から9巻本を注解注釈付きで(索引、逸失部分の再現を第10巻ということで付して)出している。ロジャー・ランスリン・グリーンが1953年に編んだ2巻本の『ルイス・キャロルの日記』を補ってくれる。

The Pamphlets of Lewis Carroll. Vol. 1: *The Oxford Pamphlets, Leaflets, and Circulars* (1993), edited by Edward Wakeling; Vol. 2: *The Mathematical Pamphlets* (1994), edited by Francine Abeles; Vol. 3: *The Political Pamphlets* (2001), edited by Francine Abeles; Vol. 4: *The Logic Pamphlets* (2010), edited by Francine Abeles; Vol. 5: *Games, Puzzles, and Related Pieces* (2015), edited by Christopher Morgan.

Phantasmagoria. Edited by Martin Gardner. 1998. キャロルの笑える幽霊譚バラッドを復刻。

「アリス」詳注本

Alice in Wonderland. Edited by Donald J. Gray. 1971.

Alice in Wonderland and Through the Looking-Glass. Edited by Roger Lancelyn Green. 1971.

The Philosopher's Alice. Edited by Peter Heath. 1974.

Alice's Adventures in Wonderland and Through the Looking-Glass. 2 volumes. Edited by James R. Kincaid. 1982-83.

Alice in Wonderland and Through the Looking-Glass. Edited by Hugh Haughton. 1998.

「アリス」イラスト本

全世界で『アリス』物語で絵を描いた画家は1,000人を越える。全体を見通したければ *Illustrating Alice*（Artist's Choice Editions, 2013）が良い。取りあげたほぼ全部の本から少なくとも絵1点は採っている。この分野では、あと次のようなものがある。

The Illustrators of Alice. Edited by Graham Ovenden and John Davis. 1972.

Alice's Adventures in Wonderland: The Ultimate Illustrated Edition. Compiled by Cooper Edens. 1989.

The Art of Alice in Wonderland. Stephanie Lovett Stoffel. 1998.

Alice's Adventures in Wonderland: A Classic Illustrated Edition. Compiled by Cooper Edens. 2000.

Alice Illustrated. Edited by Jeff Menges. 2012.

「アリス」翻訳関連

Alice in Many Tongues. Warren Weaver. 1964.

Alice in a World of Wonderlands: The Translations of Lewis Carroll's Masterpiece. Edited by Jon Lindseth. 2015. 3巻の学術書。174ヶ国の国語・方言もろもろへの翻訳の特徴的部分を論じるエッセー、「無茶な苦茶会」の章の英語への逆翻訳、全部で8,400に及ぶ各国語エディションにわたる目配り広い書誌チェックリスト等が載る。

大衆文化の中の「アリス」

Alice's Adventures: Lewis Carroll and Alice in Popular Culture. Will Brooker. 2004.

All Things Alice: The Wit, Wisdom, and Wonderland of Lewis Carroll. Linda Sunshine. 2004.

Alice's Wonderland: A Visual Journey Through Lewis Carroll's Mad, Mad World. Catherine Nichols. 2014.

ルイス・キャロルの手紙

A Selection from the Letters of Lewis Carroll to His Child-Friends. Edited by Evelyn M. Hatch. 1933.

The Letters of Lewis Carroll. 2 volumes. Edited by Morton N. Cohen. 1979.

Lewis Carroll and the Kitchins. Edited by Morton N. Cohen. 1980.

Lewis Carroll and the House of Macmillan. Edited by Morton N. Cohen and Anita Gandolfo. 1987.

Lewis Carroll and His Illustrators: Collaborations and Correspondence 1865-1898. Edited by Morton Cohen and Edward Wakeling. 2003.

「アリス」の舞台制作関連

Alice on Stage. Charles C. Lovett. 1990.

"Dramatic Adaptations of Lewis Carroll's Works." Dietrich Helms. *The Carrollian* 4 (1999).

"Alice on Stage: A Supplement to the Lovett Checklist." August A. Imholtz, Jr. Four parts. *The Carrollian* 14, 16, 20, and 24 (2005-2013).

ルイス・キャロル伝記

The Life and Letters of Lewis Carroll. Stuart Dodgson Collingwood. 1898. キャロルの甥によるキャロル伝。キャロルの生涯については一番基本的な情報源。

The Story of Lewis Carroll. Isa Bowman. 1899; reprint, 1972. サヴィル・クラークによるミュージカルでアリス役を演じた少女女優の一人で、キャロルが一番近しくした少女友達の一人となる人物のキャロル回顧伝。

Lewis Carroll. Walter de la Mare. 1932.

The Life of Lewis Carroll. Langford Reed. 1932.

Carroll's Alice. Harry Morgan Ayres. 1936.

Victoria through the Looking-Glass. Florence Becker Lennon. 1945; reprint, 1972.

Lewis Carroll: Photographer. Helmut Gernsheim. 1949; revised 1969. キャロル撮影の64枚の良い出来映えの写真を掲載している。

The Story of Lewis Carroll. Roger Lancelyn Green. 1949.

Lewis Carroll. Derek Hudson. 1954; revised 1977.

Lewis Carroll. Roger Lancelyn Green. 1960.

The Snark Was a Boojum. James Playsted Wood. 1966.

Lewis Carroll. Jean Gattégno. 1974.

Lewis Carroll. Richard Kelly. 1977; revised 1990.

Lewis Carroll. Anne Clark. 1979.

Lewis Carroll. Graham Ovenden. 1984.

Lewis Carroll: Interviews and Reflections. Edited by Morton N. Cohen. 1989.

Lewis Carroll in Russia. Fan Parker. 1994.

Lewis Carroll. Morton N. Cohen. 1995.

Lewis Carroll. Michael Bakewell. 1996.

Lewis Carroll in Wonderland. Stephanie Stoffel. 1996.

Lewis Carroll. Donald Thomas. 1998.

Reflections in a Looking Glass. Morton N. Cohen. 1998. キャロル撮影の美しい写真。現存した少女裸体写真4葉含む。

In the Shadow of the Dreamchild: A New Understanding of Lewis Carroll. Karoline Leach. 1999.

Lewis Carroll Among His Books. Charlie Lovett. 2005. キャロルが所蔵し、読書し、推輓《すいばん》していた本の完全リスト。

Lewis Carroll and the Victorian Stage: Theatricals in a Quiet Life. Richard Foulkes. 2005.

Lewis Carroll in His Own Account. Jenny Woolf. 2005. キャロルの銀行口座、そこからキャロルのどういう性格が見えてくるか。

The Mystery of Lewis Carroll. Jenny Woolf. 2010.

Lewis Carroll: The Man and His Circle. Edward Wakeling. 2015.

The Photographs of Lewis Carroll, A Catalogue Raisonné. Edward Wakeling. 2015.

キャロル批評本

Carroll's Alice. Harry Morgan Ayres. 1936.

The White Knight. Alexander L. Taylor. 1952.

Charles Dodgson, Semiotician. Daniel F. Kirk. 1963.

Alice's Adventures in Wonderland. Edited by Donald Rackin. 1969.

Language and Lewis Carroll, Robert D. Sutherland. 1970.

Aspects of Alice. Edited by Robert Phillips. 1971.

Play, Games, and Sports: The Literary Works of Lewis Carroll. Kathleen Blake. 1974.

Lewis Carroll Observed. Edited by Edward Guiliano. 1976.

The Raven and the Writing Desk. Francis Huxley. 1976.

Lewis Carroll: A Celebration. Edited by Edward Guiliano. 1982.

Soaring With the Dodo. Edited by Edward Guiliano and James R. Kincaid. 1982.

Modern Critical Reviews: Lewis Carroll. Edited by Harold Bloom. 1987.

Alice's Adventures in Wonderland and Through the Looking-Glass. Donald Rackin. 1991.

Semiotics and Linguistics in Alice's World. R. L. F. Fordyce and Carla Marcello. 1994.

The Literary Products of the Lewis Carroll-George MacDonald Friendship. John Docherty. 1995.

The Making of the Alice Books: Lewis Carroll's Use of Earlier Children's Literature. Ronald Reichertz. 1997.

The Art of Alice in Wonderland. Stephanie Lovett Stoffel. 1998.

Lewis Carroll: The Alice Companion. Jo Elwyn Jones and J. Francis Gladstone. 1998.

Lewis Carroll: Voices from France. Elizabeth Sewell. 2008.

Alice Beyond Wonderland. Edited by Christopher Hollingsworth. 2009.

The Place of Lewis Carroll in Children's Literature. Jan Susina. 2010.

定期刊行物

The Carrollian. The Lewis Carroll Society (UK). thecarrollian.org.uk. で読める記事全リスト。

Knight Letter. The Lewis Carroll Society of North America. archive.org/details/knightletters. で既刊号がオンラインで読める。

キャロルの精神分析的解釈

"Alice in Wonderland Psycho-Analyzed." A. M. E. Goldschmidt. *New Oxford Outlook* (May 1933).

"Alice in Wonderland: the Child as Swain." William Empson. In *Some Versions of Pastoral.* 1935. The U.S. edition is titled *English Pastoral Poetry.* Reprinted in *Art and Psychoanalysis.* Edited by William Phillips. 1957.

"Psychoanalyzing Alice." Joseph Wood Krutch. *The Nation* 144 (Jan. 30, 1937): 129-30.

"Psychoanalytic Remarks on *Alice in Wonderland* and Lewis Carroll." Paul Schilder. *The Journal of Ner.vous and Mental Diseases* 87 (1938): 159-68.

"About the Symbolization of *Alice's Adventures in Wonderland.*" Martin Grotjahn. *American Imago* 4 (1947): 32-41.

"Lewis Carroll's Adventures in Wonderland." John Skinner. *American Imago* 4 (1947): 3-31.

Swift and Carroll. Phyllis Greenacre. 1955.

"All on a Golden Afternoon." Robert Bloch. *Fantasy and Science Fiction* (June 1956). アリスを分析的に理解しようとするやり方を皮肉った短篇小説。

論理学者、数学者としてのキャロル

"Lewis Carroll as Logician." R. B. Braithwaite. *The Mathematical Gazette* 16 (July 1932): 174-8.

"Lewis Carroll, Mathematician." D. B. Eperson. *The Mathematical Gazette* 17 (May 1933): 92-100.

"Lewis Carroll and a Geometrical Paradox." Warren Weaver. *The American Mathematical Monthly* 45 (April 1938): 234-6.

"The Mathematical Manuscripts of Lewis Carroll." Warren Weaver. *Proceedings of the American Philosophical Society* 98 (October 15, 1954): 377-81.

"Lewis Carroll: Mathematician." Warren Weaver. *Scientific American* 194 (April 1956): 116-28.

"Mathematical Games." Martin Gardner. *Scientific American* (March 1960): 172-6. キャロル発明のゲーム、パズルを論じる。

The Magic of Lewis Carroll. Edited by John Fisher. 1973.

Lewis Carroll: Symbolic Logic. William Warren Bartley, III. 1977; revised 1986.

Lewis Carroll's Games and Puzzles. Edited by Edward Wakeling. 1982.

The Mathematical Pamphlets of Charles Lutwidge Dodgson and Related Pieces. Edited by Francine Abeles. 1994.

Rediscovered Lewis Carroll Puzzles. Edited by Edward Wakeling. 1995.
The Universe in a Handkerchief. Edited by Martin Gardner. 1996.
Lewis Carroll in Numberland. Robin Wilson. 2008.
The Logic of Alice: Clear Thinking in Wonderland. Bernard Patten. 2009.

アリス・リドゥル関連

The Real Alice. Anne Clark. 1981.
Beyond the Looking Glass: Reflections of Alice and Her Family. Colin Gordon. 1982.
Lewis Carroll and Alice: 1832-1982. Morton N. Cohen. 1982.
The Other Alice. Christina Bjork. 1993.
The Real Alice in Wonderland: A Role Model for the Ages.
C. M. Rubin with Gabriella Rubin. 2010.

書誌学

The Lewis Carroll Handbook. Sidney Herbert Williams and Falconer Madan. 1931. Revised by Roger Lancelyn Green, 1962; further revised by Dennis Crutch, 1979.
Lewis Carroll: An Annotated International Bibliography, 1960-77. Edward Guiliano. 1980.
Lewis Carroll: A Sesquicentennial Guide to Research. Edward Guiliano. 1982.
Lewis Carroll's Alice: An Annotated Checklist of the Lovett Collection. Charles and Stephanie Lovett. 1984.
Lewis Carroll: A Reference Guide. Rachel Fordyce. 1988.
Lewis Carroll and the Press: An Annotated Bibliography of Charles Dodgson's Contributions to Periodicals. Charles Lovett. 1999.
Pictures and Conversations: Lewis Carroll in the Comics: An Annotated International Bibliography. Mark Burstein, Byron Sewell, and Alan Tannenbaum. 2005.
Lewis Carroll's Alice's Adventures in Wonderland and Through the Looking-Glass: A Publishing History. Zoe Jaques and Eugene Giddens. 2013.

ノンセンスについて

"A Defence of Nonsense," Gilbert Chesterton. In *The Defendant*. 1901.
The Poetry of Nonsense. Emile Cammaerts. 1925.
"Nonsense Poetry." George Orwell. In *Shooting an Elephant*. 1945.
The Field of Nonsense. Elizabeth Sewell. 1952.
"Lewis Carroll" and "How Pleasant to Know Mr. Lear." Gilbert Chesterton. In *A Handful of Authors*. 1953.
Nonsense. Susan Stewart. 1979.

テニエルとその他のイラストレーター

すばらしいアリス！　こう黒白くっきりしては
きみの魅力は今や不滅。
かの「混沌と古き夜」でもなければ
何ももうきみをテニエルと別れさせられぬ。
——オースティン・ドブソンの詩より

"The Life and Works of Sir John Tenniel." W. C. Monkhouse. *Art Journal* (Easter Number, 1901).
Creators of Wonderland. Marguerite Mespoulet. 1934. テニエルがフランスの画家 J.J. グランヴィルから受けた影響を論じる。
Sir John Tenniel. Frances Sarzano. 1948.
The Tenniel Illustrations to the "Alice" Books. Michael Hancher. 1985.
"Peter Newell." Michael Patrick Hearn. In *More Annotated Alice*. Edited by Martin Gardner. 1990. 2つの『アリス』物語にピーター・ニューエルが描いた80枚の挿絵を掲載。
Sir John Tenniel: Alice's White Knight. Rodney Engen. 1991.
Sir John Tenniel: Aspects of His Work. Roger Simpson. 1994.
Artist of Wonderland: The Life, Political Cartoons, and Illustrations of Tenniel. Frankie Morris. 2005.

ジョン・テニエル卿、自画像、1889.

スクリーンの上の「アリス」

Alice on the Screen

メリーランド州シルヴァースプリングのキャロル学者、デイヴィッド・シェーファーは
アリスが関連する映画の素晴らしいリストを持っている。以下は、彼が親切にも提供してくれたリストである。

ニュース映画

1932 *Alice in U.S. Land.* Paramount News. キャロル生誕百年の祝賀行事に渡米した80歳のアリス・リドゥル・ハーグリーヴズ夫人の姿を撮影したニュース映画。夫人は「ドジソン氏」と昔した川下りの思い出話をする。子息キャリル・ハーグリーヴズ、妹のローダ・リドゥルの姿も見える。ニューヨーク港寄港のキュナード海運の「ベレンゲリア」号船上にて。1932年4月29日。上映時間75秒。

長編映画

1903 *Alice in Wonderland.* Produced by Cecil Hepworth; directed by Cecil Hepworth and Percy Stow. Filmed in Great Britain. Alice is played by May clark.『アリス』映画第1号である。アリスは身長が伸縮する。16景は全て『不思議の国のアリス』から。上映時間10分。

1910 *Alice's Adventures in Wonderland (A Fairy Comedy).* Produced by the Edison Manufacturing Company, Orange, New Jersey. Alice is played by Gladys Hulette. 14景は全て『不思議の国のアリス』から。上映時間は10分(1リール)。ブロンクスで撮影。アリス役のグラディス・ヒューレットは後にパテ社の看板女優に。

1915 *Alice in Wonderland.* Produced by Nonpareil Feature Film Company, directed by W. W. Young, "picturized" by Dewitt C. Wheeler. Alice is played by Viola Savoy. ほとんどの場面がロング・アイランドのある地所で撮られた。最初つくられた時は『不思議の国のアリス』と『鏡の国のアリス』からの場面を含んでいた。上映時間50分(5リール)。

1927 *Alice thru a Looking Glass.* Pathé. 1915年の映画の『鏡の国のアリス』のシーンに、新たにインタータイトルを加えて作られたもの。

1931 *Alice in Wonderland.* Commonwealth Pictures Corporation. Screen adaptation by John F. Godson and Ashley Miller. Produced at the Metropolitan Studios, Fort Lee, New Jersey. Directed by "Bud" Pollard. Alice played by Ruth Gilbert. 全景、『不思議の国のアリス』から。『アリス』の発声映画としては第1号。時々、キャメラがものに当る音が入る。アリス役のルース・ギルバートは1950年代、ミルトン・バール・ショーでミルトン・バールの秘書マキシンの役を演じた。

1933 *Alice in Wonderland.* Paramount Productions. Produced by Louis D. Leighton, directed by Norman McLeod, screenplay by Joseph J. Mankiewicz and William Cameron Menzies. Music by Dimitri Tiomkin. Alice played by Charlotte Henry. An all-star cast of forty-six includes: W. C. Fields as Humpty Dumpty, Edward Everett Horton as the Mad Hatter, Cary Grant as the Mock Turtle, Gary Cooper as the White Knight, Edna May Oliver as the Red Queen, May Robson as the Queen of Hearts, and Baby LeRoy as the Deuce of Hearts. 場面は『不思議の国のアリス』と『鏡の国のアリス』。上映時間90分。主演のシャーロット・ヘンリーはまるで鏡を見るように、この映画のスターとして映画人生を始めたのに、どんどん端役女優になっていった。

1948 *Alice au pays des merveilles (Alice in Wonderland).* Produced in France at Victorine Studios by Lou Bunin. Directed by Marc Maurette and Dallas Bowers; script by Henry Myers, Edward Flisen, and Albert Cervin. Marionette animation by Lou Bunin. Alice played by Carol Marsh. Voices for puppets by Joyce Grenfell, Peter Bull, and Jack Train. Color. Produced in French and English versions. ルイス・キャロルのクライスト・チャーチでの生活を描いたプロローグでパメラ・ブラウンがヴィクトリア女王を、スタンレー・ベッカーがアルバート王子を演じた以外は、大人の女性(キャロル・マーシュ)がやったアリスの他は皆パペット。ディズニーはこの映画の制作・配給・公開をやめさせようとした。

1951 *Alice in Wonderland.* Walt Disney Productions. Production Supervisor, Ben Sharpsteen. Alice's voice by Kathryn Beaumont. Animation. Color.『不思議の国のアリス』『鏡の国のアリス』から。上映時間75分。制作時評判はよくなかったが、以後、ディズニーの金のなる木に。

1972 *Alice's Adventures in Wonderland.* Executive Producer, Joseph Shaftel. Producer, Derek Home. Director, William Sterling. Musical Director, John Barry. Lyricist, Don Black. Alice played by Fiona Fullerton. Peter Sellers is the March Hare, Dame Flora Robson is the Queen of Hearts, Dennis Price is the King of Hearts, and Sir Ralph Richardson is the Caterpillar. Color. Wide screen. 贅沢な制作、見た目きれい、動きゆっくり。テニエルの絵に忠実。『不思議の国のアリス』と『鏡の国のアリス』からのシーケンス。上映時間90分。

1976 *Alice in Wonderland, an X-Rated Musical Comedy.* Alice is played by Kristine DeBell.

1977 *Jabberwocky.* Python Pictures. 全編、テリー・ギリアムによる詩の改作。モンティ・パイソンの仲間マイケル・ペイリン主演。

1985 *Dreamchild.* The 80-year-old Alice (Alice Hargreaves) is played by Coral Browne. Her young paid companion by Nicola Cowper. The young Alice by Amelia Shankley and Lewis Carroll by Ian Holm. 1932年のアリス・リドゥル（当時80歳）の訪米に刺激されたフィクション。

1988 *Něco z Alenky.* Directed and written by Jan Svankmajer of Czechoslovakia. 英語版タイトルはすっきり『アリス』。

2010 *Alice in Wonderland.* Walt Disney Pictures. Live action/computer-animated, directed by Tim Burton, written by Linda Woolverton. The film stars Mia Wasikowska as "Alice Kingsleigh," with Johnny Depp, Anne Hathaway, and Helena Bonham Carter.19歳のアリスが「アンダーランド」に帰って来る話。続篇企画、進行中。

その他の長編映画における「アリス」のシーケンス

1930 *Puttin' on the Ritz.* Produced by John W. Considine, Jr., directed by Edward H. Sloman. Music and lyrics by Irving Berlin. ジョーン・ベネットがこの映画の6分間の『不思議の国のアリス』のダンス・シーケンスに登場。

1938 *My Lucky Star.* 20th Century Fox. 冬のオリンピックの金メダリスト、ソニヤ・ヘニーが『アリス』からの他のキャラクターたちと一緒にスケートをはいてアリスを演じる。このシーケンスは約10分。

漫画映画

1933 *Betty in Blunderland.* Cartoon directed by Dave Fleischer. Animation by Roland Crandall and Thomas Johnson. ベティ・ブープが『不思議』『鏡』のキャラたちについて、ジグソーパズルから地下鉄駅を通ってウサギ穴に入っていく。

1936 *Thru the Mirror.* Walt Disney Productions. 『鏡の国のアリス』をベースにミッキー・マウスの冒険を描く秀作フィルム。上映時間9分。

1955 *Sweapea Thru the Looking Glass.* King Features Syndicate cartoon. Executive Producer, Al Brodax. Directed by Jack Kinney. Color. スウィーピーが鏡を通り抜け、ゴルフ穴に落ち、「ヴンナーランド・ゴルフ・クラブ」に行く話。上映時間6分。

1965 *Curly in Wonderland.* 三ばか大将のアニメ。上映時間7分。

1966 *Alice in Wonderland.* ファミリー・クラシック TV ショーのためにサンディー・グラスが採用。上映時間30分。

1967 *Abbott and Costello in Blunderland.* Hanna-Barbera Productions. 上映時間5分。

1971 *Žvahlav aneb Šatičky Slaměného Huberta.* Produced by Katky Film, Prague. Screenplay, design, and direction by Jan Švankmajer. Color. 上映時間14分。シュヴァンクマイエルのこのアニメは「ジャバウォッキー」を読むところから始まる。「見たところナンセンスな動きでできたイメージたちのシーケンス」。

1973 *Alice of Wonderland in Paris.* アニメーター、ジーン・ダイッチによるルドウィッヒ・ベールマンスの童話『マドレーヌ』とのマッシュアップ。上映時間52分。

1980 *Scooby in Wonderland.* Hanna-Barbera. Available on The Richie Rich/Scooby-Doo Show: Volume One DVD. 上映時間22分。

1987 *Alice Through the Looking-Glass.* Sixty-three-year-old Janet Waldo stars as Alice in this Australian animation from Burbank Films/Jambe.

1987 *The Care Bears Adventure in Wonderland.* 上映時間76分。

1989 *The Hunting of the Snark and Jabberwocky.* Michael Sporn Animation. James Earl Jones narrates the Snark. 上映時間27分。

1993 *Hello Kitty in Alice in Wonderland.* Sanrio. Available on the Hello Kitty & Friends: Timeless Tales, Volume 3 DVD. 上映時間30分。

1995 *Miyuki-chan in Wonderland.* Sony Music Entertainment. Anime. 上映時間30分。

1996 *Alice in Wonderland.* Jetlag Productions. 上映時間47分。

2007 *Alice in Wonderland: What's the Matter with Hatter?* BKN International. 上映時間47分。

2008 *Abby in Wonderland.* Sesame Street's adaptation. 上映時間41分。

2009 *Mickey's Adventures in Wonderland.* Disney Channel. 上映時間50分。

2010 *The Wonder Pets: Adventures in Wonderland.* Nick Jr. 上映時間22分。

2014 *Dora in Wonderland.* Nickelodeon. Mel Brooks as the Mad Hatter. 上映時間30分。

テレビ映画

1950 *Alice in Wonderland.* Television production staged at the Ford Theatre in December 1950. Alice is played by Iris Mann and the White Rabbit by Dorothy Jarnac.

1966 *Alice in Wonderland, or What's a Nice Kid Like You Doing in a Place Like This?* Hanna-Barbera Productions. Book by Bill Dana. Music and lyrics by Lee Adams and Charles Strauss. Color. Animation. Alice's voice by Janet Waldo, Cheshire Cat by Sammy Davis, Jr., White Knight by Bill Dana, Queen by Zsa Zsa Gabor. 上映時間50分。アリスは犬についてテレビのブラウン管の中に入っていく。

1966 *Alice Through the Looking Glass.* Shown November 1966. Script by Albert Simmons, lyrics by Elsie Simmons, music by Moose Charlap. Its cast includes Judi Rolin as Alice, Jimmy Durante as Humpty Dumpty, Nanette Fabray as the White Queen, Agnes Moorehead as the Red Queen, Jack Palance as the Jabberwock, The Smothers Brothers as Tweedledum and Tweedledee, Ricardo Montalban as the White King. 上映時間90分。

1967 *Alice in Wonderland.* BBC television production. Directed by Jonathan Miller. Grand production with a star cast: Sir John Gielgud as the Mock Turtle, Sir Michael Redgrave as the Caterpillar, Peter Sellers as the King, Peter Cook as the Hatter, Sir Malcolm Muggeridge as the Gryphon, Anne-Marie Mallik, a young schoolgirl, as Alice. ヴィクトリア朝の社会論評として不思議の国を提示した。

1970 *Alice in Wonderland.* O.R.T.F. (French television) production. Directed by Jean-Christophe Averty. Alice Sapritch and Francis Blanche as the King and Queen. 素晴らしい視聴覚効果の重ね合わせによるバーレスク。

1973 *Through the Looking-Glass.* BBC television production. Produced by Rosemary Hill, adapted and directed by James MacTaggart. Twelve-year-old Sarah Sutton as Alice, Brenda Bruce as the White Queen, Freddie Jones as Humpty Dumpty, Judy Parfitt as the Red Queen, and Richard Pearson as the White King.

1983 *Alice in Wonderland.* PBS Great Performances. Directed by Kirk Browning, Starring Kate Burton, Richard Burton, Eve Arden, Nathan Lane, et al.

1985 *Alice in Wonderland and Through the Looking Glass.* Produced by Irwin Allen. Songs by Steve Allen. Natalie Gregory as Alice, with a cast of stars including Jayne Meadows, Robert Morley, Red Buttons, and Sammy Davis, Jr.

1986 *Alice in Wonderland.* BBC Television. Kate Dorning as Alice in Barry Letts's adaptation.

1991 *Adventures in Wonderland.* Walt Disney Television. Live-action musical series. アリス（エリザベス・ハーノイス）は鏡を歩き抜けるだけで自由に「不思議の国」に出たり入ったりできる。百のエピソードでできているが、「シロウサギは飛べない」という話では、O・J・シンプソンがシロウサギ役で登場する。1995年を通じてシリーズで。

1999 *Alice in Wonderland.* Three-hour production directed by Nick Willing. There were 875 postproduction digital effects. Robert Halmi, Sr., and Robert Halmi, Jr., were the executive producers, and Peter Barnes wrote the script. Tina Majorino is Alice; Whoopi Goldberg, the Cheshire Cat; Martin Short, the Mad Hatter; Ben Kingsley, the Caterpillar; Christopher Lloyd, the White Knight; Peter Ustinov, the Walrus; Miranda Richardson, the Queen of Hearts; and Gene Wilder, the Mock Turtle. Robbie Coltrane and George Wendt are Tweedledum and Tweedledee. コンピュータによる高画質化が広く使われた最初の『アリス』。

2009 *Alice* (miniseries), broadcast on Syfy, with Caterina Scorsone as Alice and Kathy Bates as the Queen of Hearts. 現代的解釈の『アリス』で、二十何歳かの独立心旺盛な女性が突然鏡の向う側にいる。

2013 *Once Upon a Time in Wonderland,* an ABC spin-off of the TV series *Once Upon a Time* (2011-). Sophie Lowe as Alice, John Lithgow as the White Rabbit.

DVD

上記の映画とシリーズの大半がDVD化されている。以下はDVDによって直接初公開されたもの。

1999 *Alice in Wonderland.* DVD, aka Digital Versatile Disc, Nutech Digital, or Goldhill Home Media. Animated. Available in English, Spanish, German, Italian, Portuguese, and Mandarin Chinese. 上映時間15分。

2004 *Jabberwocky.* Joyce Media. Signed in American Sign Language by Louie Fant. From an older film.

2004 *Sincerely Yours: A Film About Lewis Carroll.* Live action. Producers George Pastic and Andy Malcom. 上映時間24分。

2009 *The Life of Lewis Carroll / Alice* (2010). Arts Magic. Produced by Mike Mercer. Research and script by Gerry Malir. 2部から成るドキュメンタリー。第1部はキャロルの生涯、第2部がキャロルとアリス・リドゥルの関係をさぐる。

2010 *Alice in Wonderland.* Cinematronics. Starring Dinah Shore, Arthur Q. Bryan, Ralph Moody. NBCユニヴァーサル・シアター・ラジオ制作の素晴らしいサウンドトラック（1948）と最初期ベクトル・アニメーション描画が結びつけられた。上映時間57分。

2010 *Initiation of Alice in Wonderland: The Looking Glass of Lewis Carroll.* Reality Films. 不正確でひどい。上映時間75分。

教育関連

1972 *Curious Alice.* Written, designed, and produced by Design Center, Inc., Washington, D.C. Made for the National Institute of Mental Health. Color. 小学校の反薬物授業教材。人間のアリス役がアニメのキャラたちの中を歩んでいく。イモムシは大麻を吸い、マッド・ハッターはLSDを飲み、ネムリネズミはバルビツールを、そして三月ウサギはアンフェタミンをやっている。シロウサギが先に立って薬物をやっている。チェシャー猫がアリスの良心。上映時間15分。

1978 *Alice in Wonderland: A Lesson in Appreciating Differences.* Walt Disney Productions. 初めと終わりにライヴの演出あり。他者との違いを認めること、という教えに念押すように、ディズニー映画のもの言う花たちの場面が見せられ、アリスが違う存在に見えるというだけで花たちがひどい扱いをする様子を見ながら議論する。

本書に収録されたイラストレーターたち

The Illustrators

Abbott, Elenore ／エレナー・アボット（1875-1935）：アメリカのアール・ヌーヴォーの本挿絵画家、デザイナー、画家。彼女の『不思議の国／鏡の国』はジョージ・W・ジェイコブズ& Co 社より1916年刊。p.337, 505

Andrea, Pat ／パット・アンドレア（1942-）：ハーグ生まれ。現在はパリ、ブエノスアイレスに在住。彼の2ヶ国語豪華版『不思議の国／鏡の国』はディアーン・ド・セリエ社から2006年刊。© 2006 Diane de Selliers, éditeur; © 2015 Artists Rights Society (ARS), New York / ADAGP, Paris, and used with the kind permission of the artist. p.514

Birnbaum, Uriel ／ウリエル・ビルンバウム（1894-1956）：オーストリアの画家・漫画家・著述家・詩人。彼の『不思議の国』は書肆ゼザムから1923年刊、『鏡の国』は1925年刊。p.139, 418, 570

Blake, Sir Peter ／ピーター・ブレイク（1932-）：英国のポップ・アーチスト。ザ・ビートルズのアルバム『サージェント・ペッパーズ』のジャケットの装丁で有名。『鏡の国』に1970年、水彩の挿絵・連作を提供。後にシルクスクリーンの連作版画となった。元の水彩作品は2004年、D3エディション社から初めて出版された。© 2004 Peter Blake and used with his kind permission. p.330, 541

Carroll, Lewis ／ルイス・キャロル（1832-98）：その「守護童子」たるアリス・リドゥルへの個人的プレゼントとして1864年、『地下の国のアリス』手書き稿をものしたが、それに自作挿画を入れた。それを1886年にファクシミリ版として公刊したのはマクミラン社である。p.63, 97, 206, 295

Copeland, Charles ／チャールズ・コープランド（1858-1945）：アメリカの挿絵画家。1893年、ボストンのトマス・クロムウェル社が出した無許可の『不思議の国』『鏡の国』にフロンティスピース画を描いた。p.63

Cory, F(anny) Y(oung) ／ F・Y・コーリー（1877-1972）：画家・漫画家・イラストレーター。その『不思議の国』は1902年、ランド・マクナリー社から刊行。p.289

Folkard, Charles ／チャールズ・フォルカード（1878-1963）：英国の漫画家・イラストレーター。その『不思議の国』はA.&C. ブラック社から、1929年刊。p.247, 260

Furniss, Harry ／ハリー・ファーニス（1854-1925）：英国の画家、『パンチ』誌の漫画家。『シルヴィーとブルーノ』正続編（1889, 1893）に挿絵提供。後にはロンドンのエデュケーショナル・ブック・カンパニーの注文で、1908年の『児童百科』の『不思議の国』項に20点のドローイングを提供。p.66, 185, 191, 263

Gracia, Leonor Solans ／レオノール・ソランス・グラシア（1980-）：スペインの画家。スペイン語訳の『地下の国のアリス』に連作挿絵を。これは英語の『地下の国のアリス』を父親のモデスト・ソランスがスペイン語に訳したものへの挿絵である。2012年刊。© 2012 Leonor Solans Gracia and used with her kind permission. p.77, 206

Ianovskaia, Tatiana ／タチアナ・イアノフスカヤ（1960-）：グルジア（ジョージア）生まれで現在はカナダ、ロシア在住。『不思議の国』への挿絵（タニア・プレス。2005, 2008）、『鏡の国』への挿絵（ロシア・リャザンのウゾロキエ社、2009. タニア・プレス、2009）。他にもキャロルの詩や作品集への挿絵がある。© 2003 Tatiana Ianovskaia and used with her kind permission. p.325, 610

Jackson, A(lfred) E(dward) ／ A・E・ジャクソン（1873-1952）：英国のイラストレーター。その『不思議の国』は1914年にヘンリー・フラウド社から、1915年にH・ドラン社から刊行。p.226

Kay, Gertrude ／ガートルード・ケイ（1884-1939）：アメリカのイラストレーター・風景画家。その『不思議の国』は1923年、リッピンコット社から、『鏡の国』は1929年。p.407

Kirk, M(aria) L(ouise) ／ M・L・カーク (1860-1938)：『不思議の国』はF・A・ストークス社から1904年刊、『鏡の国』は1904年刊。p.369, 425, 499

Lord, John Vernon ／ジョン・ヴァーノン・ロード（1939–）：英国のイラストレーター・作家・教師。『スナーク狩り』（2006）、

『不思議の国』(2009)、『鏡の国』(2011)はアーティスツ・チョイス・エディション刊。© 2011 John Vernon Lord and used with his kind permission. p.437, 470, 572, 574

McCaig, Iain ／イアン・マッケイグ (1957-):アメリカ／カナダ人挿絵画家・作家・映画監督・脚本家・コンセプト／ストーリーボード画家。『スター・ウォーズ』各前編のキャラクター・デザインの中心的役割としてのクレジットを持つ。© 2008 Iain McCaig and used with his kind permission. p101

McManus, Blanche ／ブランチ・マクマナス (1869-1935):アメリカの作家・画家。その『不思議の国』『鏡の国』は1899年に M.F. マンスフィールド&ウェッセル社から。p.409

Melnick, Lawrence ／ローレンス・メルニック:字も絵も手でやった『鏡の国』は1956年、クーパー・ユニオンの教材プロジェクト。未公刊。p313, 372

Neill, John R (ea) ／ジョン・R・ニール (1877-1943):アメリカの雑誌・児童書イラストレーター。なんと言っても『オズ』原作の大部分に挿絵を入れたことで有名。縮約版『不思議の国／鏡の国』に絵を入れたものがまず『永遠に古びない子供たちの物語集』に発表された(レイリー&ブリトン社、1908)。p.440

Newell, Peter ／ピーター・ニューエル (1862-1924):アメリカの画家・作家・漫画家。その『不思議の国』『鏡の国』はハーパー&ブラザーズ社から1901年刊。『スナーク狩り』は1903年。p.158, 341, 377, 562

Pears, Charles ／チャールズ・ピアーズ (1873-1958):英国の画家・イラストレーター・アーチスト。ピアーズの彩色図版とT・H・ロビンソンによる白黒イラストによる『不思議の国』が1908年、コリンズ社から刊行されている。p.292

Pease (Gutmann), Bessie ／ベッシー・ピーズ (1876-1960):アメリカのアーチスト、イラストレーター。『不思議の国』は1907年、『鏡の国』は1909年にドッジ・パブリッシング社刊。p.274

Pogány, Vilmos Andreas ("Willy") ／ウィリー・ポガニー (1882-1955):多作なハンガリー人イラストレーター。そのアール・デコふうな『不思議の国』はダットン社から1929年刊。p.123

Rackham, Arthur ／アーサー・ラッカム (1867-1939):英国のブック・イラストレーションの「黄金時代」を代表する存在と広く認められている。その『不思議の国』はハイネマン社から1907年刊。p.211

Robinson, Charles ／チャールズ・ロビンソン (1870-1937):多作の英国人ブック・イラストレーター。『不思議の国』はカッセル社から1907年刊。p.74, 84, 203

Rountree, Harry ／ハリー・ラウントリー (1878-1950):ニュージーランド生まれの英国イラストレーター。『不思議の国』に挿絵を入れた仕事は三回。まずグラスゴーのチルドレン・プレスから(1908)、二回目はネルソン社から(1916)、そして『鏡の国』との合本をコリンズ社から(1928)。p.94, 165, 170, 196

Sewell, Byron W. ／バイロン・シューエル (1942-):作家、無数のキャロル作品に絵を入れているイラストレーター。アボリジニー・オーストラリア語(ピッチャンチャチャラ)による『不思議の国』に彼が絵を提供した本は1975年、アデレード大学出版局から、(妻ヴィクトリアの協力を得た)朝鮮語／英語の2ヶ国語版としてシェアリング=プレイス社から1990年に。©1975, 1990 Byron W. Sewell and used with his kind permission. p.151, 174

Sibree, Mary ／メアリー・シブリー (1824–95):ケイト・フレイリグラス=クロウカーによる『アリスその他子どものための妖精芝居』にフロンティスピースの絵を提供した(スクリブナー & ウェルフォード社[ニューヨーク]、W・スワン・ゾンネンシャイン & アレン社[ロンドン]、1880)。p.221

Soper, George ／ジョージ・ソーパー (1870-1942):英国の画家・版画家。『不思議の国』はヘッドリー・ブロス社から1911年刊。p.121, 256

Sowerby, Millicent ／ミリセント・サワビー (1878-1967):英国のイラストレーター。『不思議の国』はチャトー社から(1907)、ダフィード社から(1908)。p.282

Tarrant, Margaret ／マーガレット・タラント (1888-1959):英国のイラストレーター。その『不思議の国』はウォード・ロック & カンパニーから1916年刊。p.234

Tenniel, Sir John ／ジョン・テニエル (1820-1914):英国のイラストレーター・政治風刺漫画家。1850年から1901年まで『パンチ』誌に2,000点もの戯画を提供。ルイス・キャロルと組んで『アリス』物語の挿絵として描いた92点の絵によって、不朽のとまで言わないが高い人気を獲得した。

Villars, Michel "Mixt" ／ミッシェル・ヴィラール (1952-):スイスのアーチスト。ここで採った絵は、1994年舞台に「スペクタクル」化された『アリス、或は驚異の鏡』のプログラムからのもの。© 1994 Michel Villars and used with his kind permission. p.453

Walker, W (illiam) H (enry) (Romaine) ／ W・H・ウォーカー (1854-1940):英国のイラストレーター、建築家。その『ワンダーランド』は1907年、ジョン・レイン社刊。p.90

Weisgard, Leonard／レナード・ワイスガード（1916-2000）：200冊以上の子供向けの本を書き、絵を入れたアメリカの作家。マーガレット・ワイズ・ブラウンとの共同作業は有名。彼の『不思議の国／鏡の国』はハーパー＆ブラザーズ社より1949年の刊。© Leonard Weisgard 1949 and used with the kind permission of his children, Abby, Ethan, and Chrissy. p.145, 355

Winter, Milo／ミロ・ウィンター（1888-1956）：アメリカのイラストレーター。その『不思議の国／鏡の国』がランド・マクナリー社から出たのは1916年。p.367

その他のコピーライト

p.133: © 2015 Franco Lautieri.
p.200: © 2015 Rex Harris.
p.485: The original manuscript is at the Bodleian Library, Oxford, MS. Junius 11. Reproduced from *Account of Caedmon's Metrical Paraphrase of Scripture History* by Henry Ellis, 1833.

クレジットなしであちこちに入れられている絵は1841年から1898年までの『パンチ』誌から。他のパブリック・ドメインからも採った。

テニエルによるオリジナル鉛筆画

Original Pencil Sketches by Tenniel

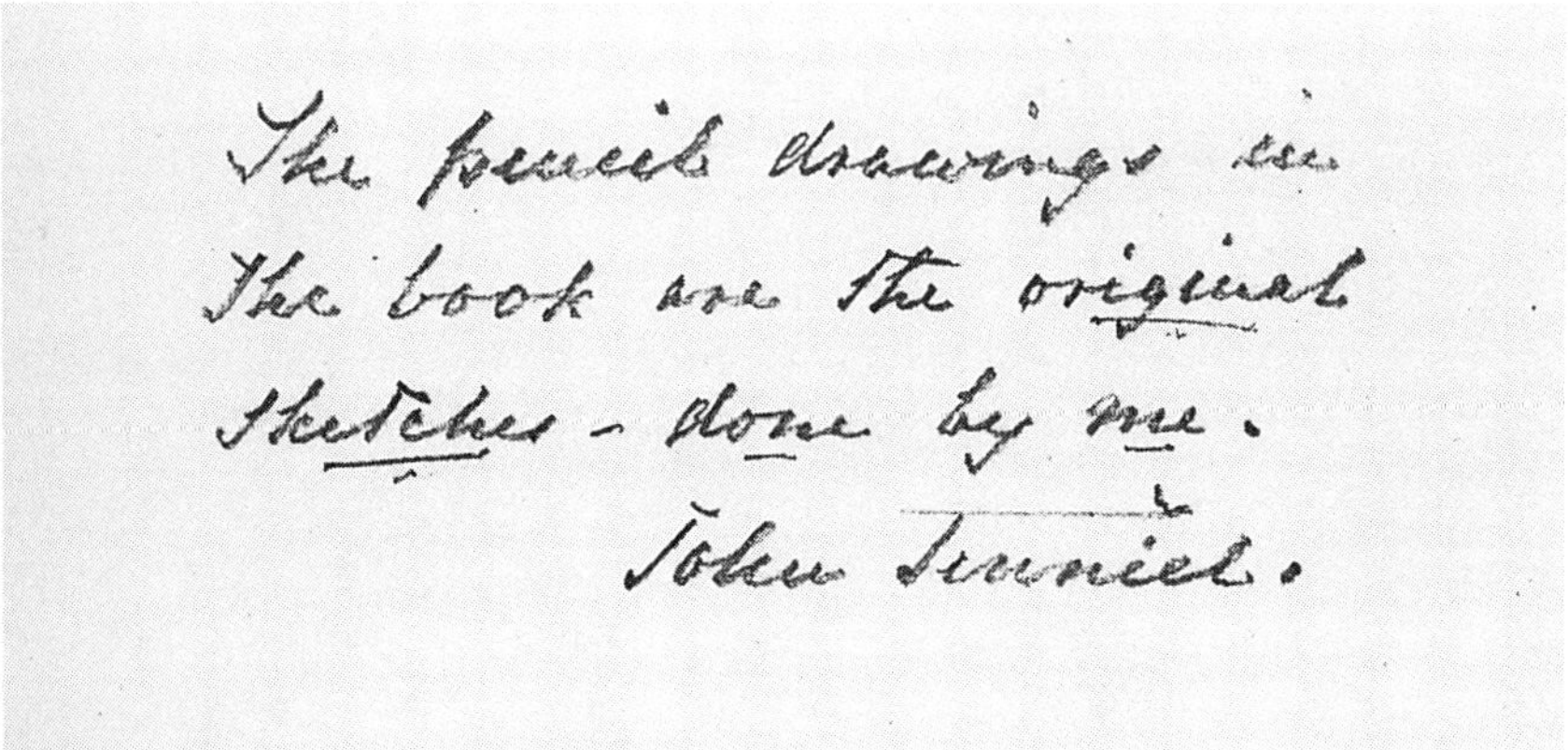
The pencil drawings in the book are the original sketches - done by me.
John Tenniel.

マーティン・ガードナー Martin Gardner

1914年アメリカ・オクラホマ生まれ。2010年没。批評家、数学者、サイエンス・ライター。ルイス・キャロルとその作品に関する世界有数の専門家。これまで100冊以上の著書をあらわし、『サイエンティフィック・アメリカン』誌上では1956年から81年まで25年にわたって人気コラム「数学ゲーム」を連載した。『ゲーデル、エッシャー、バッハ』のダグラス・ホフスタッターからも「20世紀アメリカの生んだ知の巨人」と評されている。邦訳書に『マーチン・ガードナーの数学ゲーム』(全3巻、日本経済新聞出版社)、『ルイス・キャロル――遊びの宇宙』(白揚社)、『奇妙な論理』(全2巻、ハヤカワ文庫)など多数。

高山 宏 Hiroshi Takayama

1947年岩手県生まれ。批評家、翻訳家。大妻女子大学比較文化学部長を経て、同大学副学長。著書に『アリス狩り』(青土社)、『近代文化史入門――超英文学講義』(講談社学術文庫)、『殺す・集める・読む――推理小説特殊講義』(創元ライブラリ)など多数。翻訳書にジョン・フィッシャー『キャロル大魔法館』(河出書房新社)、エリザベス・シューエル『ノンセンスの領域』(白水社)、『不思議の国のアリス』『鏡の国のアリス』(共に佐々木マキ画、亜紀書房)など多数。

The Annotated Alice: 150th Anniversary Deluxe Edition
by Lewis Carroll
Edited by Martin Gardner
Expanded and Updated by Mark Burstein
Original illustrations by John Tenniel

Japanese translation rights arranged with
W.W.NORTON & COMPANY, INC.
Through Japan UNI Agency, Inc., Tokyo

詳注アリス　完全決定版

2019年12月31日　第1版第1刷発行
2021年 1月24日　第1版第3刷発行

著　者　マーティン・ガードナー
　　　　ルイス・キャロル

補　訂　マーク・バースタイン

訳　者　高山 宏

発行者　株式会社亜紀書房
郵便番号 101-0051
東京都千代田区神田神保町1-32
電話 (03)5280-0261
振替 00100-9-144037
http://www.akishobo.com

装　丁　國枝達也
印刷・製本　株式会社トライ　http://www.try-sky.com

ISBN978-4-7505-1622-6 C0097